ベケット伝 上巻

DAMNED TO FAME
THE LIFE OF SAMUEL BECKETT

[著] ジェイムズ・ノウルソン [訳] 高橋康也 井上善幸／岡室美奈子／田尻芳樹／堀 真理子／森 尚也 白水社

写真上：ベケット家の人びと（1896年頃）.後列二人はサミュエル・ベケットの父ウィリアム・（フランク）・ベケットと叔母フランシス・「シシー」・シンクレア.前列左から,ジェラルド・ベケット,ウィリアム・フランク・ベケット（サミュエルの祖父），ハワード・ベケット，フランシス・ベケット（旧姓クロザーズ，サミュエルの祖母），ジェイムズ・ベケット，ハロルド・ベケット.ジョン・ベケット提供.

写真右：サミュエルの母方の祖母,「ちいおばあちゃん」ことアニー・ロウとロウ家の人びと（1910年頃）．後列左から，メイ・ベケット（サミュエルの母），メイの母アニー・ロウ，エドワード・プライス・ロウの妻ルビナ・ロウ，サミュエル，モリー・ロウ（ベケットの従姉）．前列左から，メイビン・フライ（エスター・ロウの息子，すなわちメイの甥），シーラ・ロウ（ベケットの従姉），フランク・ベケット（ベケットの兄）.ダートマス・カレッジ提供.

写真左：クールドライナ邸の窓下の腰掛に座るメイ・ベケット，すなわちサミュエルの母（1920年頃）．エドワード・ベケットとキャロライン・マーフィー（旧姓ベケット）提供．

写真下：ビジネスマンとして成功したウィリアム・ベケット，すなわちサミュエルの父（1922年頃）．エドワード・ベケット提供．

写真左ページ：三歳頃のサミュエルと七歳頃の兄フランク．キャロライン・マーフィー（旧姓ベケット）提供．

写真右ページ上：フォックスロックにあるベケットの生家クールドライナ邸. 二階に見える張り出し窓のついた部屋はベケットが生まれた寝室. 一階右手に突き出た部分はあとで増築された. マイケル・ジェイコブ撮影.

写真右ページ下：エニスキレンにある, ベケットが通った, 1920年代のポートラ・ロイヤル・スクール. 校長のリチャード・ベネット提供.

写真右：若きクリケット選手だった, 1920年のベケット. 校長のリチャード・ベネット提供.

写真下：ポートラ・ロイヤル・スクールのラグビー・チーム.左から五人目がベケット. 校長のリチャード・ベネット提供.

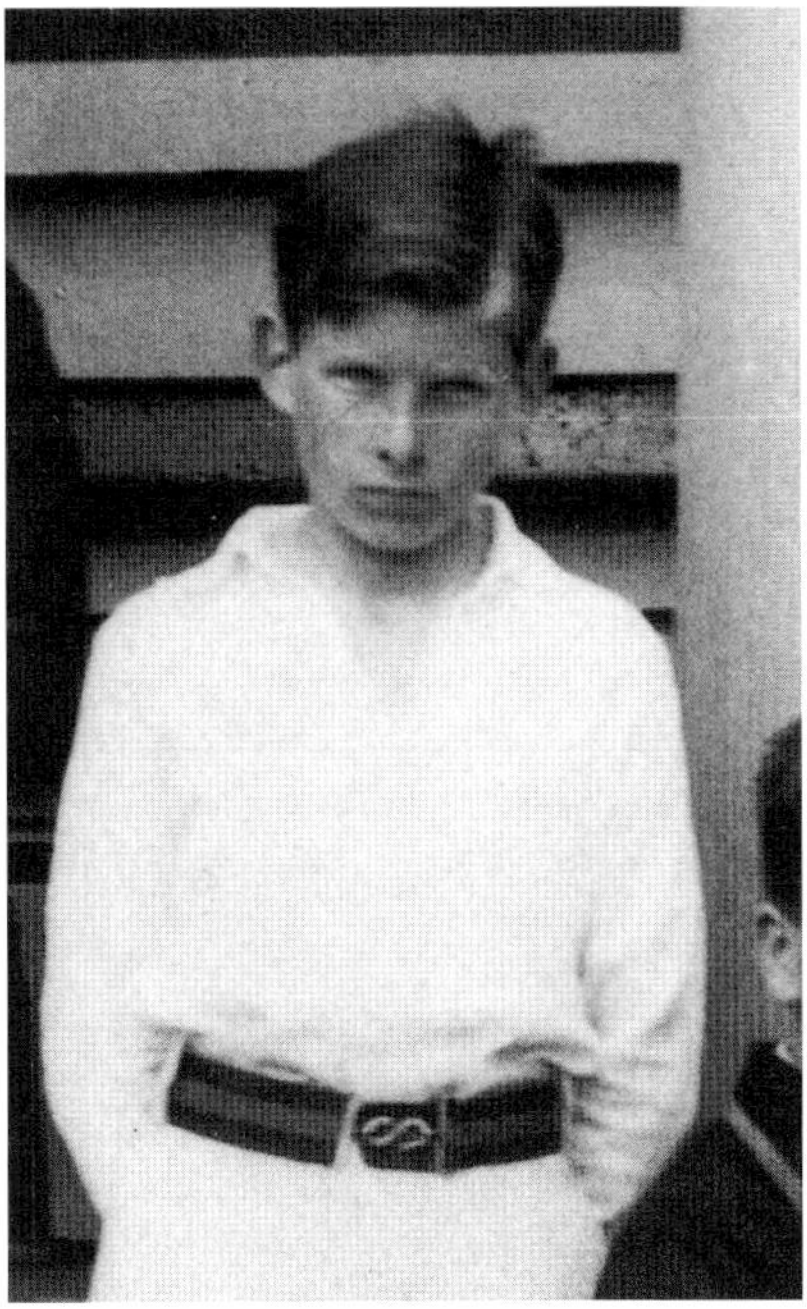

写真左：学生時代のベケット．エドワード・ベケット提供．

写真下：トリニティ・カレッジ，およびキャリックマインズ・ゴルフ・クラブの仲間たちとゴルフを楽しむベケット（中央右）とビル・カニンガム（右）．ウィリアム・カニンガム提供．

写真左ページ上：1927年夏，ヴェニスのサン・マルコ広場で鳩に餌をやるベケット．友人のアメリカ人，チャールズ・クラークが撮影した．

写真左ページ下：写真上の裏面．記述はベケットの母親による．エドワード・ベケット提供．

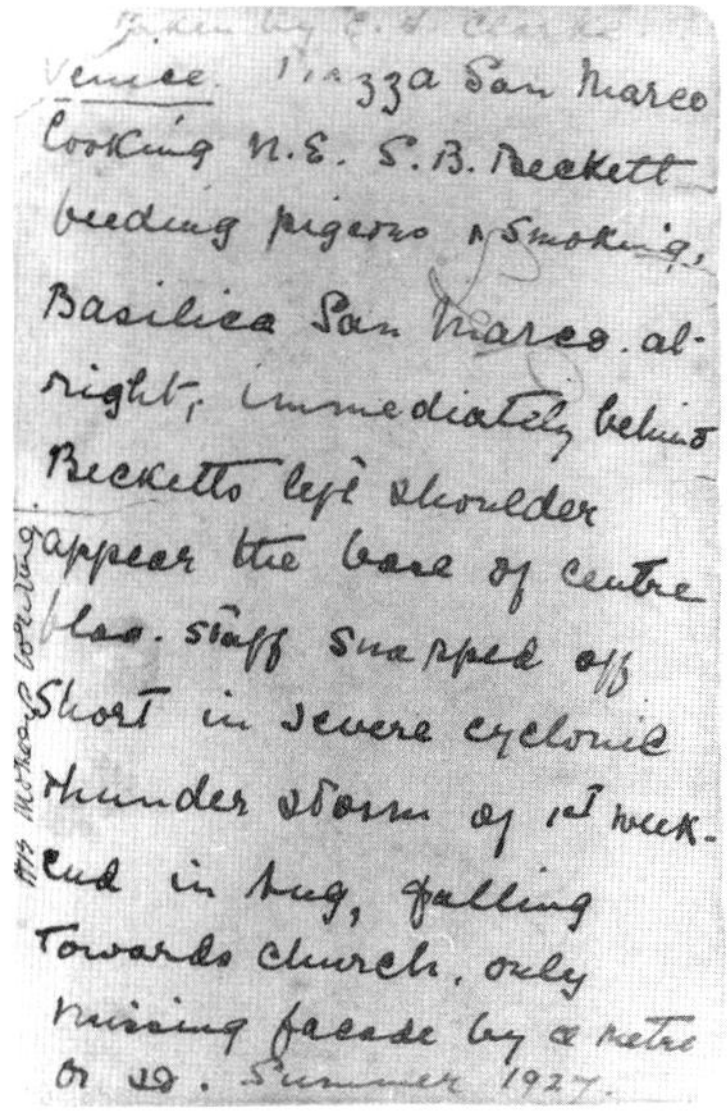
Venice. Piazza San Marco
looking N.E. S. B. Beckett
feeding pigeons & smoking;
Basilica San Marco. at
right; immediately behind
Becketts left shoulder
appear the base of centre
flag. staff snapped off
short in severe cyclonic
thunder storm of 1st week-
end in Aug, falling
towards church, only
missing facade by a metre
or so. Summer 1927.

写真右ページ右上：ベケットが恋し，憧れ，詩「アルバ」のモデルにした女性エズナ・マッカーシー．ショーン・オサリヴァンによる肖像画．アン・ウルフソン・レヴェンソール提供．

写真右ページ左上：ベケットの指導教授であり，友人であり人生の師であったトマス・ブラウン・ラドモウズ＝ブラウンと学生の一人アイリーン・オコーナー．トリニティ・カレッジ・ダブリン構内で．アイリーン・ウィリアムズ提供．

写真右ページ右下：ベケットの親友A・J・「コン」・レヴェンソール．庭で（1931年頃）．アン・ウルフソン・レヴェンソール提供．

写真右：ベケットの義理の叔父「ボス」・シンクレア（1932年）．モリス・シンクレア提供．

写真下：ベケットの従妹ペギー・シンクレア．ベケットが初めて真剣に恋した女性．モリス・シンクレア提供．

写真右上：1928年から1929年にかけて，パリ高等師範学校でベケットがよく哲学を語り合った友人ジャン・ボーフレ．パリ高等師範学校提供．

写真左上：パリ高等師範学校でベケットが教えた最初の学生で，友人でもあるジョルジュ・プロルソン．パリ高等師範学校提供．

写真下：パリのウルム通りにある，ベケットが英語講師をしていた1920年代のパリ高等師範学校．手前の木は,ベケットの小説『並には勝る女たちの夢』のなかでベラックワが寝室の窓から見ていた木である．パリ高等師範学校提供．

写真左ページ上：ベケットが心から信頼していた親友のトマス・マグリーヴィー．パリ高等師範学校で（1928年頃）．マーガレット・ファリントンとエリザベス・ライアン提供．

写真左ページ下：1930年代のジェイムズ・ジョイス．ハルトン・ドイッチュ提供．

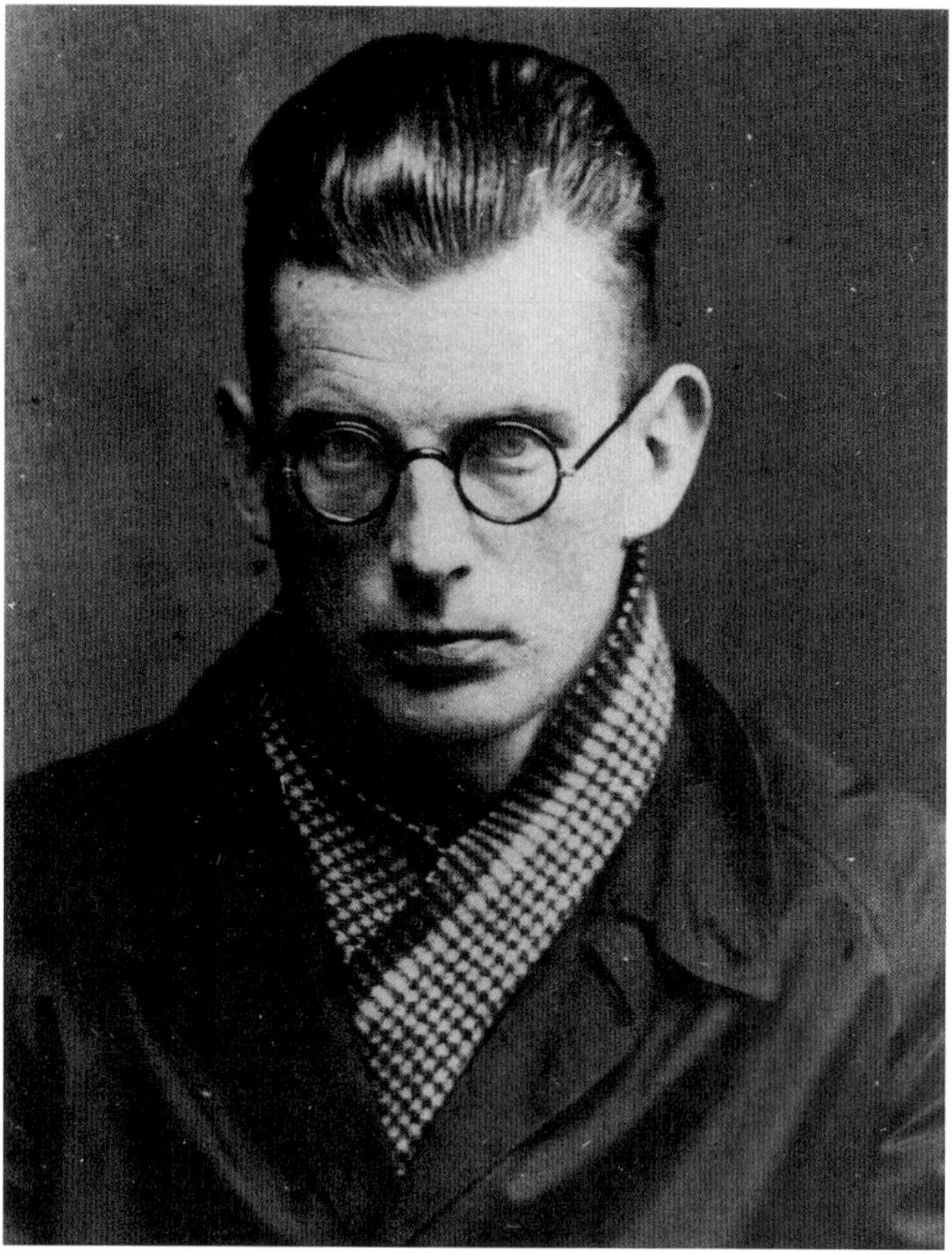

写真右ページ：1930年代初めのベケット．エドワード・ベケット提供．

写真右上：ウィリアム（通称ビル）・フランク・ベケットとメイ・ベケット．一緒にいるのは姪のシーラ・ペイジ（旧姓ロウ）とその娘のジルとダイアナ（1932年頃）．エドワード・ベケット提供．

写真左上：1930年代初め，精神の病に倒れたあとのルチア・ジョイス．ユニヴァーシティ・カレッジ・ロンドン図書館提供．

写真右下：二十代のシュザンヌ・デシュヴォー・デュムニール．ミータ・タビーとその夫エドマンド提供．

写真左下：のちにベケットの妻となるシュザンヌ・デシュヴォー・デュムニール．チュニジアの浜辺で．ミータ・タビーとその夫エドマンド提供．

写真右ページ上：1938年，ペギー・グッゲンハイム所有のユー・トゥリー・コテージで過ごすベケット．前列右がティン・ホイッスルを握っているベケットで，その隣がジョージ・リーヴィー．後列左から，ペギーの娘ペギーン，ジール・ヴァン・ヴェルデ（パイプをくわえている），グウィネス・リーヴィー，エリザベート・ヴァン・ヴェルデ．レディング大学ベケット国際財団提供．

写真右ページ下：1937年，ドニゴールの浜辺で兄フランクとくつろぐベケット．ダートマス大学提供．

写真右：ケリーブルーテリア犬を抱えて隣人とおしゃべりをするメイ・ベケット（1937年頃）．エドワード・ベケット提供．

写真下：ベケットの友人で画家のブラン・ヴァン・ヴェルデ．撮影者不詳．

写真左：アルフレッド・ペロンとその妻マーニア．二人ともベケットの親しい友人だった．ペロンは軍服を着ている．アレクシス・ペロン提供．

写真下：アルフレッド・ペロン．1942年8月，ゲシュタポに捕まったのちに撮影された．アレクシス・ペロン提供．

ベケット伝　上巻

ベケット伝　上巻——目次

［下巻・目次］

凡例

一、本書『ベケット伝』は、James Knowlson, *Damned to Fame: The Life of Samuel Beckett*, London, 1996の邦訳である。原著には英ブルームズベリー（Bloomsbury）版と米サイモン・アンド・シュスター（Simon & Schuster）版の二つの版があり、両者には若干の相違がある。本書が底本としたのは英ブルームズベリー版であり、著者による誤植等の訂正を踏まえた。

一、ベケット作品の邦訳名は、既訳のあるものはそれをもとに統一した。既訳のないもの、未刊の作品、草稿類は、原則として訳者による邦訳名を付した。

一、ベケット作品の引用訳文については、既訳のある場合は原則としてそれを使用した。既訳に変更を加えたものや、新たに訳したものもあるが、その場合も原注には既訳の該当箇所のページ数を記した。

一、ベケット作品以外の引用文献のなかで邦訳のある単行本について特定できたものには、原則として原注に著者名、著作名、訳者名、出版社名、出版年、ページ数を付した。

一、単行本のタイトル、演劇・映画・テレビ・ラジオ・絵画・音楽（固有の題名をもつもの）の作品名、および新聞・雑誌名は『　』で表記した。詩集・短編集のなかの一編、および未刊の作品名は「　」で表記した。

一、本文中の注には著者による原注と訳者による訳注があり、原注は［　］で、訳注は〔　〕割注で表記した。なお、著者が本文中で補足説明のために挿入している（　）は、そのまま使用した。

一、人名、地名、雑誌名などの呼称は、現地での呼称を尊重したが、一般に流布しているものについてはそれを採用した場合もある。

略語表

すべてのインタヴューは、とくに断りのない限り、ジェイムズ・ノウルソン（以下「筆者」と表記）によってなされたものである。

「日記」は、ベケットがつけていた未刊の「ドイツ日記」を指す。

人物名

アリカ	アヴィグドール・アンド・アンヌ・アリカ	ベケット	サミュエル・ベケット
エダン	アンリ・アンド・ジョゼット・エダン	マグリーヴィー	トム・マグリーヴィー
シュナイダー	アラン・シュナイダー	マニング	メアリー・マニング・ハウ（アダムズ夫人）
シュミット	ユーディット・シュミット（現姓ダウ）	ミッチェル	パメラ・ミッチェル
ハーヴィー	ローレンス・ハーヴィー	ランドン	ジェローム・ランドン
ハッチンソン	メアリー・ハッチンソン	リーヴィー	ジョージ・リーヴィー
ハーバート	ジョスリン・ハーバート	レヴェンソール	A・J・レヴェンソール
ペイジ	シーラ・ペイジ（旧姓ロウ）	ロセット	バーニー・ロセット

以下の友人に宛てたベケットの手紙はフランス語で書かれており、筆者自身の訳を付しておいた。すなわち――アリカ、エダン、ジョルジュ・デュテュイ、ランドン、ジャコバ・ヴァン・ヴェルデ、および数通のモリス・シンクレア宛書簡。

図書館および文書館

Imec	現代出版史資料館（パリ）
ウィンダス	レディング大学チャトー・アンド・ウィンダス社資料
カーボンデイル	南イリノイ大学モリス図書館（カーボンデイル）
ケント	ケント州立大学
シラキュース	シラキュース大学図書館

セントルイス	ワシントン大学（セントルイス）
ダートマス	ダートマス大学ローレンス・ハーヴィー文書
タルサ	タルサ大学マクファーリン図書館
テキサス	テキサス大学ハリー・ランサム人文科学研究センター（オースティン）
デラウェア	デラウェア大学図書館エミリー・ホームズ・コールマン文書
ド・ポール	ド・ポール大学（シカゴ）
トリニティ	トリニティ・カレッジ図書館（ダブリン）
BBC	イギリス放送協会資料室（カヴァシャム）
プリンストン	プリンストン大学図書館
ブルーミントン	インディアナ大学リリー図書館（ブルーミントン）
ボストン	ボストン大学
マクマスター	マクマスター大学ミルズ記念図書館
ミニュイ	ミニュイ社資料室（パリ）
ラウトレッジ	レディング大学ラウトレッジ社資料
レディング	レディング大学国際ベケット財団文書資料室

草稿および手紙の出所

右に略語で記したすべての機関に保存されているベケットの草稿および手紙を調査した。また、以下の機関に保管されている資料も利用した。すなわち、イェール大学バイネッケ稀覯書・草稿文庫、ジャック・ドゥーセ図書館、国立図書館（パリ）、ポーランド図書館（パリ）、カリフォルニア大学サンディエゴ校、オハイオ州立大学（オハイオ州コロンバス）、ハーヴァード・カレッジ図書館、カンザス州ローレンス市カンザス大学図書館、アイルランド国立図書館（ダブリン）、ニューヨーク州立大学バッファロー校図書館、ニューヨーク公立図書館、ユニヴァーシティ・カレッジ図書館（ロンドン）。ベケットの友人たちには、ベケットから受け取った手紙の写しを所持する許可をいただいた。引用した手紙の筆者名は、注に記した。引用はしなかったものの、その他の手紙は背景となる多くの情報を与えてくれた。

エリザベスへ

日本語版への序文

一九八七年、わたしは妻とともに日本を訪れた。妻はわたしたちが勤務しているイギリスのレディング大学を代表して文部省の係官と会うことになっていた。わたしは、京都大学ほか各地で、サミュエル・ベケットの戯曲について講演をすることになっていた。ところが体調を崩し、声が出なくなってしまい、京都大学での公演は中止せざるをえなかった。それでもホスト役の喜志哲雄氏は、わたしたち夫婦を夕食に招いてくれた(その席でわたしは咳を連発しながらも、かすれ声でどうにかしゃべった)。そのあとさらに、彼は小さな飲み屋に連れていってくれた。そこにはほかに客が一人いたが、それは日本の著名なブレヒト学者だった。

わたしがサミュエル・ベケットを知っていて、彼の作品についての本を出版していることを知ると、飲み屋の女将は急いで奥へ行き、大きな黒いアルバムを抱えていそいそと戻ってきた。女将はアルバムを開き、舞台の上に二人の男優のいる写真を指して英語で言った、「わたしの友だち、エストラゴン、わたしの友だち、ヴラジーミル」。さらに数ページめくって、今度は女優が一人いる写真を指して言った、「わたしの友だち、ウィニー」。もちろん、わたしたちがいた飲み屋は劇団員がよく来る店だったのだ。そして、写真は、京都で上演された『ゴドーを待ちながら』と『しあわせな日々』だった。それはうれしいの一言に尽きる瞬間だったし、わたしたちは京都に来てよかったと思った。のみならず、ベケットの芝居が日本で——少なくとも芝居の関係者のあいだで——どれだけ親しまれているかを知って感慨無量だった。

だが、このくらいの発見に驚いていてはなるまい。この伝記の翻訳の監修にあたった高橋康也氏が、すでに、ベケットの演劇には日本の能と共通する要素があることを明らかにしていたからだ。氏が、一九八一年、オハイオ州コロンバスの学会で初めてこの関連性について語ったときのことはよく記憶している。「ベケットは、ますます真剣に、禁欲的な演劇に向かっている。それは、構造の簡素さにおいても、過去と記憶に取りつかれたテーマにおいても、世阿弥の作品と密接な類似性がある」と彼は言った。高橋氏は、彼の言う「魂の演劇」('the theatre of mind') に、ベケット自身がなじみがあったと主張したことはない。実際、それは真実でないことを彼は知っていた。しかし、その発表で、また、彼の言う「ベケットの幽霊」についてののちの論文で、氏が提起した共通性と類似性は、刺激的な議論を呼び起こした。ベケットの作品を幅広い文脈で捉え、文化的多様性のなかに位置づけるよう西洋の学者に促したのだ。また、ベケット研究において、日本の多くのすぐれた若手研究者の批評と研究が、氏の仕事を霊感源とし、また模範とした面がきわめて大きいことも言っておこう。

「日本語版への序文」を書きながら、わたしは心から、本書をかの偉大な学者(そしてよき友人)高橋康也氏に捧げたいと思っている。氏が、文学や演劇についてしゃべったり書いたりすれば、必ず思考を刺激され、挑戦を受けるように思われた。氏は、サミュエル・ベケットを作家としても人間としても深く尊敬していたが、ベケットもまた、この日本人翻訳者に対して、深い親愛の情と敬意を表わしていた。病気が深刻になってもなお、彼が、この『ベケット伝』の翻訳を続け、いつもながらの才気と熱意と献身でもって仕事にあたってくれたことを、わたしは誇りに思う。これは彼の最後の仕事になってしまったわけだが、その意味でもわたしは深く感謝している。ありがとう、康也。

ジェイムズ・ノウルソン(レディング、イングランド)

二〇〇二年八月

献辞のページはわたしの妻に捧げるかわりに、「高橋康也教授(一九三二―二〇〇二)に捧ぐ」としたい。(このことはもちろん妻にも了解済みだ!)

1

聖書を愛読した人
拝礼にはごぶさただったが
この世に来たのも　この世から去ったのも
聖なる日付けに縁があった
誕生は聖金曜日　死亡はクリスマス
二つにはさまれた生は　巡礼の歩み
微笑みを絶やさず
遍路の途上さまざまのことどもを　見て　書いた
うっかり寝過ごしたり　老いこんだり　希望をもったり　怠惰に耽ったり
また途上では　仮借ないことどもも　見て　書いた
老いこんだり　希望をもったり　どうしようもなく泣き伏したり
　しかしあの人は　どちらの姿をもよく見たうえで
どちらをも受け容れなかった
なぜなら　それらより大きな　はるかに大きなものの
およそ語りつくせぬなにものかの
一部だったからだ
本当のところ　いったいどうなっているのか　どうなっていたのか
という本当のことの次第の

2

こういうことを言うための
これ以上短くはありえない言い方を　あの人はしてみせた
こんな言葉は切り詰め　切り捨てて
沈黙にまで　到達した
川の流れを吹き消して　川底の岩を掴んだ
そこに危機が潜み
真実の物語が始まる
　知っているすべてのこと　あの人は　音楽に変えた
悲惨には　リズムを
困窮には　シンコペーションを
冗談には　急所でいつもベートーベン的音調を　与えた
だが失敗については　あの人は思っていた　その脈拍を捉えそこなったと
このことはなにを語っているのだろう　失敗について
音楽について　そしてわたしたちについて

——アンヌ・アティク「詩の効用」より『岸を離れて』所収
（エニサーモン・プレス、ロンドン、一九九二年）

序文

このサミュエル・ベケットの伝記が胚胎したのは二十五年前のことだったと思う。ノーベル文学賞を受賞したばかりの彼の作品を称える展覧会を主催し、また、レディング大学にベケット財団文書資料室を設立したそのころ、わたしはベケットに会い、彼を知るようになった――そして親交は年を追うごとに深まった。一九七二年という早い段階にアメリカの出版社の人から、彼の伝記を書くように勧められた。けれどもベケットが反対の意思表示をしたため一度はこれを断った。ベケットが顕微鏡で見てほしかったのは自分の人生ではなく作品だったのだ。かくして、その後二十年間、彼の著作、とくに劇作品とテレビ作品に魅せられたわたしは作品論を書いていったが、ベケットとは定期的に文通し、毎年、何度も会っていた。その間《かん》に最初の伝記がデアドラ・ベアによって書かれ、一九七八年に出版された。

一九八九年に再び伝記を書くよう打診があったとき、わたしは今回も彼自身がはっきりイエスと言わない限り、ことを進めないとベケットに手紙を書いた。返事は一行だった――「わたしの伝記を君が書く件、イエスだ」。この件で会ったとき彼はわたしに言った、自分の人生は作品とは別だが、新たに誰かほかの人が伝記を依頼されるのを危惧して、わたしに全面的に協力することにしたのだと。そして、伝記作者が少なくとも自分の作品をよく知っている人物であることに満足感を表した。最終的に彼は、これが「自分が認可した唯一の伝記」であると正式に出版社に伝え、積極的な支援を約束した。五か月のあいだ、わたしたちは毎週インタヴューのために会い、その間《かん》、彼は役に立つ手紙をくれたり、多くの人の名前や住所、その他の重要な情報源を教えてくれた。また、ユシーの別荘を訪ねることや、サン・ジャック大通り三十八番地の自宅の書斎で仕事をすることも許可してくれた。自分と妻が死ぬまで伝記が出版されないことを望む、「そのほうが君が自由に書けるから」とも書いてきた。これは自己防衛のつもりだったかもしれないが、わたしには寛大さの表われと思えた。悲しいことに、ベケットは、わたしが調査を始めた六か月後に亡くなった。

以来、わたしが書いたものにはいかなる検閲も変更も加えられてはいない。本書は本人に認可されたものだとはいえ、きれいごとで現実を薄めたものではけっしてない。遺産相続人のエドワードおよびキャロライン・ベケット、著作権代理人兼出版者ジェローム・ランドンは、ベケットのわたしへの援助を親切にも継続してくれた。

ベケットは、たとえば、学生時代の覚え書き、一九三一―三二年の雑記帳、哲学、心理学、文学に関する一九三〇年代なかばの読書ノート、一九六四年から一九八六年までの面会予約メモ、多くの家族の写真、レジスタンス活動に関するいくらかの資料を貸してくれた。これらはすでにレディングのベケット財団文書資料室――現在は慈善団体ベケット国際財団――に寄贈されていた多くの原稿やノートの付け足しにすぎない。それら原稿やノートはもちろんいつでも手の届くところにあった。しかし、もっとも興味深い新資料――それは本伝記の第十章の基礎となった――は、ベケットの死後、地下室のトランクのなかにあったエドワード・ベケットが見つけた。それは一九三六―三七年のドイツ旅行の際に六冊にわたってびっしり書かれた詳細な日記だった。

ベケットは自分宛の何千もの手紙をほとんど保管していなかった。けれども、彼の友人たちは二、三の例外を除いてベケットからの手紙をほとんど見せてくれたし、ベケットの勧めもあって、百を越えるインタヴューのなかで、気前よく情報を提供してくれた。おかげで、最初の伝記からわたしの伝記執筆までのあいだに亡くなった友人がいても、その不在の埋め合わせをすることができた。わたしは最初の伝記作者よりもはるかに多くの私信や文書を読むことができたし、最近ようやく図書館が入手した書簡（ボストン・カレッジのアラン・シュナイダーのもの、テキサス州オースティンの人文科学研究センターのA・J・レヴェンソール、エズナ・マッカーシー、ケイ・ボイルのもの、トリニティ・カレッジ・ダブリンのニック・ローソンのもの）とミニュイ社の広大な資料室を利用することもできたのである。また、重要な問題がこれまでやや無造作に看過されてきたと思われたので、ベケットと腹心の友トム・マグリーヴィーのあいだのおもな書簡を、最初の伝記作者とは異なり、作品との関連に焦点を当てながら利用した。

さらにもう一つの主要な情報源は、ベケットの死が伝記作者としてのわたしに与えた打撃をやわらげてくれた。一九六〇年代初め、ベケットはフランス、イタリア文学専門のアメリカ人教授ローレンス・ハーヴィーと懇意だった。ハーヴィーは、著書『サミュエル・ベケット——詩人にして批評家』と意中にあった伝記のために、ベケットと何度も夜遅くまで人生や信条について語り合った。ハーヴィーはこうした会話すべてを細かく記録していたのだが、この資料をシーラ・ハーヴィー・タンザー未亡人は好きなだけ利用させてくれた。おかげで困難な作業が大いに楽になり、わたしは深く感謝している。

本書のためにおこなった最初のインタヴューで、わたしはベケットに、実生活と作品を完全に分離したいという考えはよく理解できるけれども、そういう分離は彼が主張するほど絶対的なものとは思えないと言った。そして、わたしは彼の作品に——後期の散文作品にさえ——しばしば現われるアイルランドでの子ども時代のイメージをいくつか引用した。手に手を取って山歩きをする男と少年、毎年ほかの木より一週間早く緑になる落葉松《カラマツ》の木、自宅の近くの山で石を削る石工たちの物音など。実生活と作品をつなぐイメージはさらにいくらでも引用できるとわたしは主張した。このとき、ベケットは同意してうなずくと、「そういうものに取り憑かれているんだ」と言って、いくつかの例を付け加えた。

文学における自然主義に反感を抱いていたにもかかわらず、ベケットの初期作品の多くが、若い作家によくあるように、個人的体験に基づいている。けれども、そのような体験が用いられ、変容される仕方が、最初期の作品と戦後の作品とでは大いに異なっている。作品と実生活の関係を考えるにあたり、わたしはインスピレーションの源を普通よりはるかに深いレベルに見いだすことによって、そのような変化に対応するよう努めた。確かに後期のベケットは、テクストから自分自身の痕跡を抹消したり、テクストを自己言及的に、ときには事実上自己生成的にさえしたりして、実生活を直接描くことを回避しようとした。しかし、実生活に関する題材は残存している。それは表面から何段階か下に隠れているにすぎないのだ。後期作品は存在の本質を見きわめようとしているため、結果的に、表面的なものや一過性のものとの関わりが薄くなっているだけなのだ。しばしば抽象を専門にする冷たい形式主義者であるかのように扱われてきたベケットだが、書いたもののなかには、物質的なもの、具体的なもの、いまここへの強烈な関心がある。アイルランドの作家ジョン・バンヴィルが一九六九年に述べたように、「五〇年代の暗闇が晴れ、不条理作家だの実存主義者だのというレッテルが無効になったいま、われわれは彼の作品がいかにしっかりと堅固なもの、日常的なものに根付いているかがわかる。［……］彼の作品のなかでは、ものが輝いている。すべてが内在であり、現前である。ベケットにおける瞬間は並はずれた重みをもっている」（『オブザーヴァー』一九六九年十二月三十一日）。ベケットの親友の一人である画家ブラン・ヴァン・ヴェルデはかつてこう言った、「ベケットは自分が人生で経験しなかったことを、なに一つ書かなかった」。ヴァン・ヴェルデは単純に人生と作品が同義だというのではなく、わたし同様、深いレベルの経験のことを言おうとしたのだ。

本書の価値に関しては余計な注釈をすべきではないだろう。けれども、わたしはとくに三つの領域で新たなベケットを引き出すことができたと思う。過去四十年間のベケット批評のなかでもっとも研究が手薄なのは音楽と美術へのベケットの関心である。絵画と彫刻の熱心な鑑賞者だったこと、その驚くべきポストモダンなイメージが、デューラー、レンブラント、カラヴァッジョ、マンテーニャ、アントネロ、ジョルジョーネ、ブレイク、ジャック・B・イェイツといった巨匠たちの作品への愛着に影響されているらしいこと、をわたしは明らかにした。ベケットの著作のラディカルな革新性を強調する一方で、わたしはそれを文学史だけではなく、美術史の連続性のなかにも位置付けようとした。

ベケットはしばしば「非政治的」と言われてきたし、その姿勢が誤解されることもあった。しかし第二次大戦中、アイルランド人として中立でいることもできたときにイギリス特殊作戦執行部（SOE）のレジスタンス細胞に加わり、戦功十字章とフランス功労賞を授与された。また、人権擁護に深くコミットした。アパルトヘイトには全面的に断固反対したし、若いころからあらゆる人種差別に敵意を抱いていた。アムネスティ・インターナショナルやオックスファムを含む世界じゅうの人権擁護運動を支持したし、東欧の自由化を求める運動を支援した。フランスに住む外国人として居住許可が取り下げられないよう注意はしたが、多くの政治的事件にも関与した。

ベケットはしばしば「悲惨主義者」('miserabilist') と見なされてきた。これはベケットという人物を誤って表現し、作品を歪曲していると思われる。感情の激しい性格でよくふさぎこんだのは確かだけれども、わたしが引用する何百もの手紙からは、友人たちが非常によく知っている別の顔が見えてくる。それは、機知と弾力性に富み、逆境に対しては、しばしばユーモアと不抜の決意でもって反射的に対応しようとする顔だ。また、なにより作品が第一の関心事であり、生き続けていく第一の理由だった。そのため一語一語の重みを計り、一句一句のバランスを考え、あらゆるまちがった音に耳を澄ませていた。だからといって多くの友人たちに対する理解や一途な思いやりを欠くことはなかった。作品に多くのスペースをさく一方で、わたしは公人としてのベケットではなく、私人としてのベケットを提示するよう努めた。複雑で、まぎれもなく知的だが、うぬぼれを嫌い、自分には厳しいが他人には寛容で、友人や崇拝者に深い親愛の情を起こさせるようなベケットを。

ベケットはきっと聖人のように扱われるのを嫌っただろうと思う。だからわたしもそうはしなかった。もし、わたしのベケットに対する親愛の情が本書から輝き出ているとすれば、それとつり合いをとってくれるものが本書にはある――少なくともわたしはそう望んでいる。それは、彼がわたしに期待しただろう密度の濃い充実した肖像画を描きたいという強い願いである。

第一章

少年時代の肖像　一九〇六―一五

1

やがて二十世紀の大文豪となるサミュエル・バークレイ・ベケットは、一九〇六年四月十三日の聖金曜日に、アイルランド、ダブリン州フォックスロックのクールドライナ邸で生まれた。この日が本当の誕生日なのかどうか、これまでいろいろな議論がされてきた。出生証明書には四月ではなく、五月の十三日という日付けが記載されているうえ、父親は一か月遅れの六月十四日に登録をしているからだ。そこで、もし四月に生まれていたとすればもう一か月早く登録をすませているはずだし、少なくともそうしなければならないはずだ、ベケットは十三日の聖金曜日に生まれたという神話を意図的に作ったのだ、聖金曜日はベケットのように復活祭の物語を意識し、人生を受難として捉えていた人間にはうってつけの日だからだ、という意見が出てきた。(1)

ところが事実はそれほどドラマチックではない。まちがいは明らかなのだ。子どものころのベケットを知っている人びとは誰しも彼の誕生日は四月十三日だと思っていた。その後もずっとそう信じていた。おまけに幸い、ベケットには神話作りの性癖があると信じ込む人びとでさえ認めざるをえない決定的な事実がある。公文書に記載された誕生日の一か月前の四月十六日の『アイリッシュ・タイムズ』の誕生死亡欄に、ベケットの誕生が掲載されていたのだ。こうした混同は皮肉ではあっても、それ以上のものではない。父親が単に出生登録をするのを忘れたのだという意見もあるが、それもありえない。嬰児が生命を保てるかどうか疑わしかったとか、スティローガン地区の登記所の登録係が誤って四月を五月と書いてしまったのだという意見もある。ベケット自身もこの食いちがいの理由を説明できなかった。ただ、子どものころ、母親がよく登録された日はまちがっていると言っていたことは覚えているし、自分の誕生日祝いはいつも四月十三日だった、と繰り返し語っている。(2)

それより、ベケットが語っている自分の誕生の状況のほうがはるかにおもしろいし、意味がある。彼は母親の子宮のなかにいたころの、誕生前の記憶があると公言しているのだ。子宮は一般に、胎児が危害を受けないように保護される避難所だと考えられている。このことはしばしばベケットの作品で言及されている。たとえば詩「血膿I」では、誕生した日を思い返し、郷愁に浸りながら、「ああいま信頼もなく／愛撫の指もなく／甘やかされた愛もなく／いま大網膜〔胎児が帽子のようにかぶっている羊膜の一部〕のなかに戻れたら」(3)と書いている。もっとも、おとなになったベケットが誕生直前の子宮の記憶だと思っているものは、自分が捕えられ、閉じ込められ、逃げることができずに苦しんでいる感覚と結びついている場合のほうが多い(4)。

ベケットは作品のなかで、自分自身の誕生の様子をいろいろな形で表わしている。とはいっても、すべて苦痛一色に染まっているのが共通する特徴だ——「落葉松《カラマツ》の若葉と一緒にポンと生まれ出たぼくのお家……おお落葉松よコルクを抜くような苦しみよ」(5)という具合に。しかもこの苦痛は難産という一過性の出来事だけでなく、長い苦しい旅の始まりを連想させる。この出来事をもっとも完全な形で語っている晩年の作品『伴侶』によれば、ベケットの父親は聖金曜日の朝、一人で出かけると長いことダブリン南の山々を放浪したという。この日、出かけたのは、散歩をしたかったからとか、野山の景色を見たかったからではない。「陣痛や分娩の苦しみ、不快さ」(6)を見たくなかったからだ。父親は携帯用の酒瓶と好物の卵サンドイッチの包みをもって出かけ、昼食時になると、休憩してサンドイッチをほおばりながら山の頂上から海を眺める。夜になって家に帰ると、妻の陣痛は十時間ずっと続いていて、いまなお真っ最中だ、と女中から聞かされる。そこでガレージにいき、車のなかに座る。いったいどうなるのだろうと不安におののいていると、ようやく、女中が家から走り出てきて、やっと終わりました、と告げにくる。皮肉たっぷりに「終わった！」と、この話の語り手は言う。

十三日の聖金曜日と誕生日の偶然の一致はベケットの作り話ではない。ところが、この偶然は次第に、誕生を苦しみや死と密接に結びついたものと捉え、人生を一歩一歩踏みしめていかねばならない苦しい道であると考えるベケットの人生観に吸収されていった。

2

ベケットの名前サミュエルは、母方の祖父サミュエル・ロビンソン・ロウに由来する。ミドルネームのバークレイの由来については、家族の誰も知らなかった。サミュエル・ロウはたっぷりとあご髭をはやした陽気な大男で、キルデア州の農村では誰からも敬愛され、ダブリンのとうもろこし取引所でも大変尊敬されていた(7)。

ロウ家は地元リークスリップでは十七世紀の末までその先祖をたどることができる。[8] 祖父サミュエルの先祖には土地測量士が多い。ただし、曾祖父のサミュエル・ロウは牧師で、その兄弟のうちの一人はガートリーで教区牧師をしていた。[9] 祖父サミュエル自身は製粉業者で、セルブリッジでニューブリッジ・ミルという製粉所を所有していた。リークスリップの近郊には、一七六〇年ごろから大邸宅とも言うべき大きな屋敷も所有していた。正面玄関にはりっぱな柱があり、石の階段や鉄製の欄干がついている館だった。厩舎もあれば、塀に囲まれた広い庭や果樹園もあり、屋敷からは六十五エーカー〔約八万坪〕の敷地の下方にある、サケ用の魚梯《ぎょてい》（リークスリップはこの名前を採った）で有名なリフィー川を見おろすことができた。地元ではロウ・ホールの名前で知られるこの館は、実際にはクールドライナ・ハウスと名づけられていた。[10] クールドライナは、ゲール語で「ブラックソーンの生け垣あるいは低林の奥」を意味する言葉に由来する。[11] そこでサミュエル・ベケットの父親が一九〇二年、ダブリン南部のしゃれた村フォックスロックに自分と妻メイ・ロウのためのりっぱな家を建てることにしたとき、妻の家族の屋敷にちなんでクールドライナと命名したのである。ベケットの母親が子どもだったころの一八七〇年代、ロウ家はとても裕福で、召使いと庭師をたくさんかかえていた。[12]

サミュエル・ロビンソン・ロウの妻アニーことアンは、孫たちに「ちいおばあちゃん」と呼ばれ、ベケットの父方の祖母フランシス（旧姓クロザーズ）を指す「おおおばあちゃん」と区別されていた。一九一〇年ごろに撮られた家族写真を見ると、アニーは小柄でひ弱な感じなので、この呼び名はぴったりだった。一八三九年十二月生まれだから、[13] 当時は七十歳で、このときベケットは四歳だった。彼女は夫を亡くしてからというもの、いつも地味だがこぎれいな黒い服を着ていた。またとても熱心なクリスチャンだった。孫のシーラ・ペイジがアニーに、チョコレートが大好き、と言うと、ちいおばあちゃんは、「食べるものが大好きだなんていけません。神さまだけを愛さなくてはだめですよ」と言ったそうだ。[14]

自分にはクエーカーの背景がある、とベケットが言っているのはこのロウ家のことだ。もっとも、ベケットの先祖は父方も母方もみな、カトリック教徒が主流の社会にありながらプロテスタントだった。アニー・ロウは夫と死別してからも数十年生き、ベケットの母親と親密にしていた。ベケットは、「おばあちゃん、つまり『ちいおばあちゃん』は、よくうちに遊びに来ててね。うちに泊ってくこともあったよ。亡くなったのもうちでだった。小柄でしわくちゃの人で、いつも刺繍をしていた」と回想している。[15] アニー・ロウもまた、リークスリップに住むベラス家という裕福な家庭の出身だった。父親のジョージ・ヘンリー・ベラスは事務手続きを専門とする弁護士だった。アニーは一八六三年七月にサミュエル・ロビンソン・ロウと結婚した。[16] サミュエル・ベケットは一九三四年、評論「最近のアイルランド詩」に署名するペンネームを探していたが、ロウ家を三代さかのぼって見つけた「アンドリュー・ベラス」〔ただしベケットは「ベラス」を'Belis'と綴った〕という名前を選んでいる。[17]

「ちいおばあちゃん」の家は大家族だった。メイとして知られるベケットの母は正式にはマリア・ジョーンズ・ロウという名前で、一八七一年三月一日に生まれた。[18] メイには、ジョージ・ヘンリー（一八六五年生まれ）、ジョン・リトルデイル（一八六六年生まれ）、エドワード・プライス・ロウ（一八六九年生まれ）という三人の兄があり、なかでも一番年齢の近いエドワードはメイの一番のお気に入りだった。[19] 彼はやがて「ロウ家のおじさん」として、メイの二人の子どもたちにとっても一番親しい存在になる。子どもたちは彼を「ネッドおじさん」と呼んだ。「おじさん」はモリー、シーラ、ジャックの父親である。この三人の従姉たちはベケットが子どもだったころ、忘れてはならない存在だった。[20] メイにはまたアニー・フランシスという（一八七三年生まれの）妹と、エスター・メイベンという七歳ちがいの妹もいた。

一八八六年十月十四日、クールドライナ・ハウスで五十五歳のサミュエル・ロウが亡くなると、ベケットの母メイの生活も急変した。それまでは良家の娘として働かなくてもよかったし、上流婦人がおこなう慈善活動をするだけでよかった。[21] 父親が死ぬまではそれですむはずだった。ところが死んだあとはそうはいかなかった、とベケットも述べている。[22] ロウ家は確かにかつては裕福だったが、サミュエルの穀物商売は一八八〇年代に急激に下降した。彼が死んだときにはかなりの額の負債があったと家族には思われていた。けれども、国立公文書館の遺産管理関係の目録には、一万七千五百ポンドが弁護士に託された、と記載されている。だがこれもたぶん、債権者の支払いにあてられたのだろう。というのも、妻のアニー・ロウが一九二四年に死亡したときには百三十ポンドしか遺していないからだ。

孫のシーラ・ペイジは、穀物の世界貿易に起きた変動がもたらした一家の運命の逆転をこう説明している――一八七〇年代末から一八八〇年代初頭にかけて、それまでアイルランドで作った穀物の主要な顧客であったヨーロッパの市場に、アメリカとカナダが大量の穀物を流した結果、競争が激しくなり、世界の穀物価格が下落したのだ、[23] と。かなり厳しい時代を経験したロウ家の没落について、サミュエル・ベケットはさらに次のように説明している。

サミュエルのじいさんは(競争に負けまいと)新しい設備に莫大な投資をした矢先に、たくさんの家族を遺して死んでしまったんだ。遺されたわたしの母は末娘ではなくてね。母が結婚するまでどこにいたのかは正確にはわからない。でも、とにかく祖父はたいしたお金を遺さなかった。だから母は十五歳で自活しなければならなくなった。それでアデレード病院の看護婦になって、そこで父と出会った。[24] 繁栄から没落していった一家の話はそんなところだね。

メイ・ロウはバリミーナにあるモラヴィアン・ミッション・スクールで教育を受けたが、手のかかる生徒だったらしい。ベケットのやや反抗的な性格や頑固なまでの自立心は、おそらくメイ自身の気性の激しいところを受け継いでいるのだろう。メイは学校の塀越しに若者とおしゃべりをしていたという理由で——一時的なものであったか永久的なものであったかは昔のことでわからないが——家に送り返されたらしい。[25] このような行動は当時の厳しい環境のもとでは許されるわけがなかった。「ちいおばあちゃん」の性格からすれば、帰ってきた娘を拒んだり、罰したりするようなことは考えにくい。メイは成長するにつれ、自分に対しても他人に対しても厳しい要求をする人間になっていった。

メイは背が高かった。顔は長く、鼻と耳は大きかった。それに容赦なく人をにらむような目をしていた。年ごろになっても外見はどこか男性的だった彼女のたち居振る舞いは堂々として、気品があったが、気性はものすごく激しかった。からかわれるとひどく傷つき、自分を批判した相手が悪いと思えばただちに反撃した。けれどユーモア感覚も兼ね備えていて、夫のジョークに大笑いし、ときにはウィットに富んだ辛辣な皮肉を返した。また事務処理能力にすぐれていたので、一九〇一年にビル・ベケットと結婚して新築のクールドライナ邸を切り盛りするようになると、じつに手際よくこなした。だがまた「劇的ともいうべき気性」[26]と激しい癇癪の持ち主でもあり、二人いた女中のうちの一人、メアリー・フォランとよく激しく口論をした。そんな二人が甲高い声でどなりあう場面を、別の女中は「すさまじい殺し合い」[27]と呼んでいる。メイはそんなことがあるとメアリーに暇を出したが、二、三日するとすぐ呼び戻した。怒りが燃え上がるのも速いが、おさまるのも速かったのだ。その一方でメイは人一倍他人思いでやさしく、困っている親戚に手を差し伸べたり、近所に病人があれば訪ねていったり、ビルの友人だった夫に先立たれた未亡人と親交を深めたりした。けれどもそうした行動は、こういうときにはこう振る舞うべきという厳しい掟と、礼儀正しさとはこういうものという概念に基づいていたらしく、そのせいでのちに次男が無鉄砲なボヘミアン的行動を始めたときには猛反対する。また、自分ではどうすることもできないにっちもさっちもいかない状況に陥ると、メイは何日も立ち直れずにいたらしい。そんなメイの暗い面を説明しようとする人たちは、その様子を「よそよそしい」、「気むずかしい」、「打ち解けない」、「つきあいにくい」、「手におえない」といった言葉で表現している。(28)

3

メイの夫ビル・ベケットもまた五人の男兄弟と女一人の大家族の出だった。一八八〇年に三人目の子どもとして生まれたハリーことヘンリー・ハーバートについては、なぜかほとんど家族の話題にのぼらなかった。(29)「ハリーの話は出なかった。彼に会ったのは一度だけだったと思う。やせた白髪頭の男でね。陽気な兄弟たちとはちっとも似てなかった」と、ベケットは語っている。(30)だがベケットは父親のほかの兄弟のことは熟知していた。みなアイルランドに住んでいたので、(エドワード・プライス・ロウを除けば)ホノルルやカナダ、アフリカやイギリスに移住していて、ほとんどつきあいのなかったロウ家の伯父叔母よりもはるかに重要な役目を果たしていた。

ベケット家はおそらく十八世紀にフランスから移民して来たユグノーの子孫だろう。ベケットの高祖父(曾祖父の父)ウィリアムは、たちまち「女王ケント公爵夫人、王室大尉閣下、アイルランド宮廷、聖パトリックのもっとも輝かしき階層の人びとにポプリン生地を献上した製造会社」リチャード・アトキンソン・アンド・カンパニーの社長になった。ダブリン市カレッジ・グリーン三十一丁目で生産されたものは、「殿方のチョッキ用の金糸、銀糸を織り込んだポプリン生地」や「ブロケードしたポプリンのチョッキ地」や「僧服、法服用の絹地」だった。(31)ウィリアム・ベケットはエリザベス・ハートソンと結婚した。一八〇三年生まれの息子ジェイムズは、父のあとを継いで絹地とポプリン生地の織工になった。ジェイムズは一八二六年にエレノア・ホワイトヘッドと結婚し、十一人の子どもに恵まれたが、最初の五人(うち四人は女の子)はまだ子どものときに、二人は幼児のときに死亡した。この時代になると一家はたいへん裕福になり、家紋をもち、「市民に仕えよ《プロデッセ・キヴィブス》」

をモットーにする。りっぱなもみあげをはやしたこの柔和なジェイムズはダブリン社会の柱であり、その誠実な人柄は尊敬され、自由友好同胞会の幹事を十年間務めた。[32]

一八四三年十一月に生まれたウィリアム・フランク・ベケットは、エレノアの生んだ子どものうち生存した四人目の子どもだった。ウィリアムはサミュエル・ベケットが幼少のころボールズブリッジで会っていた祖父で、フォックスロックのクールドライナ邸によく遊びに来ては一緒に食事をした。ベケット家の家族写真に、一緒に写っているほかの誰よりも温和で貫禄のある、あご髭をはやした六十歳のウィリアムの写真がある。

ウィリアムとその兄ジェイムズは名建築士になり、織工だったベケット家の先祖がダブリンの中産階級社会に確立したりっぱなイメージを守り続けた。「J・アンド・W・ベケット建設」として長くパートナーを組んで仕事をした二人が最初に請け負った大事業の一つは、アデレード病院の一部を建設することだった。[33] その後、いまなおキルデア通りに堂々とそびえ立つアイルランド国立図書館や科学芸術博物館（現在の国立博物館）を含むダブリン市の重要な建物をいくつか建てた。[34] 十九世紀末までには、ジェイムズも弟のウィリアムもかなりの財産を貯えていた。

ところが、国立図書館の完成後まもなく、兄弟は仕事上のパートナーシップを解消した。[35] 以降、ベケットの祖父ウィリアムは、ダブリン市内や開発途上の郊外に土地を買い、そこにりっぱな邸宅を建てることに専念した。[36] 建設業や建築家たちとの仕事上のつきあいは、その鋭敏なビジネス感覚とともに、自分の最初の生存した息子ビルこと「ウィリー」、すなわちサミュエル・ベケットの父親に引き継がれた。ビルはやがて積算士として多忙な、敬愛される人物へと成長していく。

ベケットの祖父はフランシス・クロザーズと結婚した。ファニー・ベケットとして知られるフランシスは、織細でいかにも芸術家らしい顔つきをした、目の鋭い女性で、それは長男とその息子たちに受け継がれた。ファニーはことのほか音楽の才能に恵まれ、自分で歌を作ったり、ピアノ曲に編曲したり、アルフレッド・テニソン卿の「砂州を越えて」をはじめ、さまざまな詩に曲を付けたりした。[37] だが、生んだ子どものうち三人は幼児のときに死んでしまう。その子どもたちが病気で死の淵をさまよっているあいだじゅう、ファニーはほかの子どもたちに病気が感染しないようにと完全な隔離状態にして、自分もそこにこもったそうだ。[38] 三人が死ぬと、気が狂ったようにダブリンの街じゅうをさまよい歩いては酔いつぶれていた姿がしばしば目撃された。その話になると、ベケットはよく、「そんなことがあったあとで酒におぼれたって、責められないよね？」と家族に聞いていた。

ファニーおばあちゃんの音楽への関心と才能は二人の子どもたち、ジェラルドとフランシス（やはりファニーとして知られるが、母親と区別するために「シシー」と呼ばれていた）に受け継がれた。ジェラルドはダブリンのトリニティ・カレッジで医学を専攻し、ウィックロウの郡診療所の医者になった。ピアノも上手で、まだ幼かった甥のサミュエルと連弾するのを楽しんだ。ジェラルドの息子のジョン（ピアニスト／「ムジカ・レセルヴァータ」の指揮者・作曲家）は連弾する二人の思い出を次のように語っている。

父はピアノがうまく、楽譜を初見で演奏できたばかりか、映画を観に行くと一度聞いただけで流れていた音楽の旋律を覚え、家に帰るとそれを弾いてしまうような人でした。ピアノは台所にあって、父とサムは何時間でも弾いていました。たいていはサムが低音を弾いていました。父はサムの弾き方が気に入らなかったようです。低音奏者に必要なのは、ペダルの踏み方に気をつけてきちんと音を捉えなくてはならない、ここぞという瞬間にペダルを放さなくてはならない、ということです。でないと音が混じってしまいます。サムはどうもこのあたりが理解できないようでした。父にはそれが気にくわなかったようです。でも口には出しませんでした。……家にある楽譜を見て弾くこともできました。ハイドンの交響曲から四重奏曲、モーツァルトの交響曲からベートーヴェンの交響曲までそろっていましたから。わたしたちのお気に入りは、モーツァルト晩年の四重奏曲をピアノの連弾用に編曲したものです。横長の青い表紙の楽譜でした。その楽譜はとくに気に入っていました……モーツァルトの交響曲の楽譜も横長だったと記憶しています。[39]

シシー叔母さんもピアノが上手だった。彼女はモーツァルトやベートーヴェンのソナタやショパンのピアノ曲が好きだった。けれど、とりわけ得意だったのは、ミュージック・ホールのポピュラー音楽や「月が出るととってもおかしくなるの」といった歌を聞きかじって弾くことだった。[40]たいていは耳から覚えた曲で、アイルランドやイギリスの曲目から選んで弾いていた。その一方で画家としての才能も発揮し、ダブリン市立美術学校に入った。そこでベアトリスとドロシー・エルヴェリー姉妹やエステラ・ソロモンズとともに学び、ウォルター・オズボーンやウィリアム・オーペンから絵画を学んだ。[41]ところが家族の期待に反して、ユダヤ人の美術商ウィリアム・「ボス」・シンクレアと結婚してしまった。そしてシシーと「ボス」はベケットが若いころ、その美術的センスを伸ばすうえでおそらく重要と思われる役目を果たすことになった。

ベケットのすぐれた運動能力は、水泳で優勝カップを手にしたことのある父親からはもちろん、叔父たち、「陽気な兄弟」ジェラルドとジェイムズからも引き継いでいた。この二人の叔父は優秀なスポーツマンだった。ジェラルドは学生時代、ウェズレー寮のラグビー選手だったが、アイルランドの代表選手にもなった。ゴルフの腕前はハンディゼロで、グレイストーンズのゴルフ・クラブのキャプテンになるほどだった。けれども競争を抜きにした気楽な楽しみ方が好きだったらしく、この点はベケットと共通している。娘のアンはそうした姿勢を次のようにじつにうまく説明している。

父は他人に勝つことよりも、水泳が好きで泳いでいました。ジムは父に比べ、競うことが好きだったようです。父はむしろ孤独なスポーツマンでした、わたしの言いたいこと、おわかりですよね。ぶらぶら歩き回ったり、ただ歩いたり、ゴルフをしたりするのが好きでした。仕事から戻ると、グレイストーンズのゴルフ場のアウトのナイン・ホールに出かけ、数時間ボールを打ちまくった、とよく言っていました。(42)

ジェラルドはいろいろなことに興味を示す、物静かな、思慮深い人で、ベケットはそんな叔父が大好きだった。辛口のユーモアのセンスにもたけ、ベケットの父親同様、地元の人びとにユーモラスなあだ名をつける癖があった。がにまたで歩く甥のベケットのことは「カエル歩行者」と呼んでいた。ジェラルドは信心深いたちではなかったので、よく人生は「病気を引き起こすもの」だと憂いていた。(43)

ジェラルドの弟ジェイムズは競争好きで、数々のトロフィーや優勝カップやメダルを取った。それらはフィッツウィリアム・プレイスの家の陳列棚に保存してあった。彼は、オールド・ウェズレー・「ラグビー」チームのキャプテンで、レンスター杯で二年連続優勝を果たした。ダブリン地区病院代表チームのキャプテンも務め、対ロンドン地区病院代表チーム戦に少なくとも二度出場し、レンスター地方の代表として数回戦った。その後、一九二〇年代には国際審判員になっている。(44)

だが、ジェイムズがなによりも得意だったスポーツは水泳だった。彼は二十年間、水球のアイルランド代表選手だった[45]。そして水泳のすべての距離種目において、二十世紀最初の十年間のアイルランド記録保持者だった。一九〇九年に作った百ヤード自由形の記録は三十五年間、破られなかった。ベケットの親友A・J・レヴェンソール、通称コンはよく、「ベケット家の人間は歌えるか、泳げるか、どちらかの才能があった」と言っていたらしい[46]。ジェイムズのユーモアのセンスには悪意があり、人をからかっては喜んでいた。ジェラルド同様、トリニティ・カレッジで医学を学んだジェイムズは麻酔医になった。サミュエル・ベケットはジェラルドほどにはジェイムズに親近感を抱いていなかった[47]。

末の弟ハワードは濃いげじげじまゆげのせいで、兄たちからは「クラーケン」〔ノルウェー沖に出現すると言われる伝説的怪物〕と呼ばれ、ジェイムズには「とげとげポインツ」というあだ名で、若い世代からは「まゆげのベケット」と呼ばれていた。スポーツマンの兄たちに負けず劣らず活発だった（が、ベケットによれば、「ハワードは一匹狼で、ほかの兄たちのように誰とでも仲良くなる、つきあい上手な人間ではなかった[48]」）。そしてほかの家族からはちょっとばかり疎んじられていた。ハワードは第一次大戦中、傷病兵輸送隊に加わっていたので、そのときの恐怖体験が彼の人格に影響を及ぼしたと思われていた。ベケットは「休暇でハワードが家に来たときのことだけど、叔父は軍服姿でクールドライナ邸にやって来てね。軍隊生活はひどいものだったらしい。たぶん家族に無理矢理、威かされたかなにかで入隊したんだと思う[49]」。独身だった当時の多くの若者に倣《なら》い、ハワードは引退した建築士の父親と長いこと一緒に住んでいたが、ずいぶんあとになってから結婚し、息子を一人もうけている。

ベケットはこの叔父のハワードが大好きだった。十代だったベケットがなにかに関心を示すと、その知的好奇心を伸ばしてやったのがハワードだった。ハワードはチェスの名手で、世界的に有名なチェス・グランドマスターのホセ・ラウル・カパブランカ・イ・グラウペラを負かしてダブリンじゅうで評判になったこともあった。カパブランカは一九二一年から二七年にかけて、チェスの世界チャンピオンだったキューバの大使だ。ハワードがカパブランカを負かしたという事件は、じつはカパブランカが同時に複数を相手にチェスをするというダブリンの公開試合で起こったことだった。それでも地元のチェス選手としてはあっぱれな出来事だったのである。それまで兄のフランクにチェスを教えてもらっていたサミュエル・ベケットはたちまち熱中し、ボールズブリッジの祖父の家に遊びにいったときや、父親がハワードをクールドライナ邸に連れて来たときには必ず、この叔父を相手にチェスをするようになった。ベケットの得意の決まり手はほとんどハワードに教えてもらったものだ。ベケットにとってチェスは生涯、重要な役割を果たすことになり、作品のなかにも数回登場する。ハワードはまたベケットが早くから映画に興味をもっているとわかると、ダン・レアリーの小さな映画館やダブリンで公開されている映画に、よくベケット兄弟を連れていった。[50] ベケットは映画にも生涯、関心を持ち続けた。

4

サミュエル・ベケットの父ビル・ベケットがメイ・ロウに初めて会ったのは、二十代の終わりごろだ。ビルは身長約六フィート、濃い口髭をはやした、小太りでハンサムな青年だった。弟たちと同様、ビルもスポーツマンでテニスやゴルフもかなりの腕だったが、水泳はとくにうまかった。[51] また、「男好きのする男」で「誰とでも仲良くなる、つきあい上手」だった。[52] ビルの長男フランクの親しい友人は、フランクの父親を「とても好感のもてる、魅力的でチャーミングな人でした……たいそうエネルギッシュで、体も大きく、頑丈そうな体つきをしていました。なんでもすぐに始めなければ気がすまない人でした」と述べている。[53] ユーモアのセンスにあふれ、気転がきいて、快活だったが、繊細な人間にはやや横柄と受け取られることもあった。短気なところもあり、ときどき怒りを爆発させることもあった。「ベッドのなかに猫がいるのを見つけて［大の猫嫌いだったので］、窓から放り投げたこともあるとか……しょっちゅう怒ってたそうです」。[54] ベケット自身も父親について、「全然知的ではなかったね。十五で学校を辞めている。家から追い出されたんだ。学校は続けられなくてね。働かされたんだ。ディケンズ全集や百科事典をもっていても開いたこともなかったよ。エドガー・ウォレスのスリラー小説はよく読んでいたけれど」と語っている。[55] 初期の小説『並には勝る女たちの夢』でベケットは、父親が本を読むときの様子をなかばからかいながら、なかばうらやましい気持ちで次のように描写している。

彼の父は自分がもっている冷えたパイプを集め、本のスイッチを入れ、必要な接続を施した。するとあとは自動的に進んだ。それが本の読み方だった――自分にふさわしい文学的電圧を見いだし、本の電流をオンにする。それが誰もが知っていた方式、コーデュロイのズボンとジン方式だった。あとは勝手に進んでくれる。……ふたたび元気になったがまだ身体の弱い回復期の患者には、そんな古くからある方式が戻ってくるかもしれない。あるいは、冬、悪天候の田舎の晩、徒党や派閥から遠く離れているときには。しかし、彼の父はその方式を手放したことが一度もなかった。彼は歌うように音を立てるランプの下、肘掛け椅子にみじろぎもせず座り、没頭して無我の境地にあった。パイプの火は一つ一つ消えていった。長いあいだ、彼は、自分に向かって言われたことであろうとなかろうと、部屋で言われたことが耳に入らなかった。次の日その本[56]がどんなだったか尋ねたら、彼は答えられなかっただろう。

二十世紀初頭のダブリンでは、ある程度社会的地位のある人間は、労働者階級が行くパブではなく、紳士の集まるクラブで仲間と酒を飲んだり、会話をしたりするのが習わしだった。商取引もたいていクラブでおこなわれていた。ベケットの父親も、祖父と同様、そういったクラブのメンバーをかけもちしていた。たとえば仕事で出かけるときは、ドーソン通りのアイルランド王立自動車クラブに自分のスポーツカー、ドゥラージュを止め、仕事が終わるとそこでお酒かお茶を一服した。妻のメイもまたメンバーで、ときどきダブリンで買い物をしたあと、そこで夫に会い、車に乗せてもらっていた[57]。昼食はやはりメンバーになっているキルデア・ストリート・クラブで、建築家のフレッド・ヒックスや家族ぐるみで親しくしているフライといった友人たちと一緒にした。ベケットによれば、結婚したてのころ、ビルはよく男性の友人たちを家に連れて来てごちそうしていたらしい。

子どものころ、父はよく男性の友人たちを連れて来てはブリッジ・パーティーをしていた。暖炉のそばに酒瓶をたくさん並べて、トランプ・ゲーム用のテーブルを囲んで座っていたのをよく覚えている。ときどき一緒に座らせてもらい、ゲームを眺めていたものだ。これは父が二階の小さな自室に行ってパイプを吸いながら、エドガー・ウォレスの小説を読むようになる前のことだけれど[58]。

ビルは、積算会社の共同経営者だった年長のメドカフが亡くなると、新たに商取引先を確保しようとじつに根気よく一生懸命働き、自分の仕事にたいそう満足していた。机に向かってばかりいる仕事ではなく、建築現場に出かけることの多い仕事だったことは幸いだった。現場で建物が作られる過程を随時目にし、完成した建物を見てほれぼれする喜びは、取引を結ぶときに味わう喜びよりもずっと大きかったからだ。一生懸命働いたあとは、フォックスロック・ゴルフ・クラブ（一九二〇年にはキャプテンをしていた）やキャリックマインズへいってゴルフをしたり、土曜日の夜はゴルフ・クラブの常連仲間とブリッジをしたりしてストレスを解消していた。[59]

　ビルは競馬にも関心があった。といっても、ベケットはこう述べている。

> 父が賭博をしていたという記憶はないね。競馬は好きだったようだけど、常連ではなかった。競馬場に勤めていたフレッド・クラークを知っていたので、競馬場の裏口からこっそり入れてもらっていた。それからまた裏口を通って家まで歩いて帰っていた。だけど、父が競馬賭博をしていたという記憶はない。フォックスロック駅の跨線橋《こせんきょう》にいたときのことは覚えているけれど。そこからは馬がよく見えるんだ。馬が一番近づくのは駅のその地点だった。柵がそばにあったから。[60]

　競馬場の総支配人となってレパーズタウン・ハウスに引っ越してきたフレッド・クラークと一緒に、ベケットの父が競馬に出かけたときは、観覧席の関係者用特別席から競馬を見ていた。ベケットもときどきついていった。彼の最初のラジオドラマ『すべて倒れんとするもの』では、ルーニー夫人のせりふから、ベケットがレパーズタウン競馬場に慣れ親しんでいた様子がうかがえる。「この場面のなにもかも、山だって、平野だって、白い柵が何マイルも何マイルも続いて赤く塗った見物席が三列ある競馬場だって、道端の小ぎれいな駅だって」とルーニー夫人は言う。[61]

　ビル・ベケットは野外がなにより好きだった。サンディ・コーヴの岩場から深いことで有名な「女人入るべからず」のフォーティー・フットめがけてダイビングをしたり、ダブリン湾周辺に点在する海水浴場で息子二人と一緒によく泳いだりしていた。そんなビルが休暇に必ず欠かさないのが散歩だった。ことにダブリンの山々が好きで、日曜日の朝や国民の休日になると、家族で飼っていたケリーブルーテリア犬を連れて、その地方で普通の人がする散歩の三、四倍は優に歩いて回った。ベケットによれば、結婚したばかりでまだダブリンのクレア通り六番地の事務所まで運転していく車を買っていなかった時分、ビルはラスファーナムまで電車を使い、それから一時間半かけて歩き、妻の愛情のこもった夕食にちょうどまにあうように帰宅していたという。

　ベケットが鮮明に記憶している父親のイメージは、二人の息子たちとのまっすぐな愛情のこもった、率直な、仲のよい関係と、父子で分かち合ったたわいのないことなどに基づいていた。シーラ・ペイジによれば、「父親と息子たちはおたがいに理解し合っていたようです。ゴルフも一緒にしていましたし、一緒に楽しく散歩もしていました。まさしく心が通じ合っていたのです」[62]。ベケットの晩年の散文でもっとも心を揺り動かすイメージは、老人と少年が丘陵地帯を手に手をとって歩く姿だ[63]。

エドワード朝時代の家長といえばみなそうだったが、ビル・ベケットはたいてい自分の感情を厳しく抑え、愛情をおおっぴらに表現しなかった。けれど、感情表現が欠如していたわけではない。ベケットの母と出会うずっと前、ビルはかなり裕福なカトリック教徒ウィリアム・マーティン・マーフィーの娘でエヴァ・マーフィーという若い娘に首ったけだった。一家の友人メアリー・マニングは、当時まだベケット家の一員だった自分の母スーザンが、同じようにエヴァ・マーフィーの兄に恋していたという話を記憶している。マーフィー家の両親は、自分たちの子どもが純粋のプロテスタント一族の二人と結婚することには強く反対していた。

マーフィー家の父親は、弁護士の息子が、もし、わたしの母と結婚したら軽蔑すると言い、もし娘がビル・ベケットと結婚したら二度と娘と口をきかない、どこへでも出ていけばいい、と言ったそうです。それで子どもたちの人生は台無しになってしまいました。ビルは二度と立ち直れなくなり、また母もそうでした。二人とも気が狂わんばかりに恋していましたから[64]。

メアリー・マニングの話では、二人がそれぞれ結婚してからずっとあと、自分の父親も亡くなったのち、ビルがひょっこりやってきて、母親と一緒にドライブしないかと誘われたことがあった。ちょうどラトガー近くの城郭ふうの屋敷を通り過ぎたとき、メアリーは母親が、ここは「殺人事件が起こったところよ」と怒りをこめて言うのを聞いた。「どんな殺人事件?」と母親に尋ねると、「ウィリアム・マーティン・マーフィーの家よ。彼が恋愛を殺したの。そうよね、ビル?」と答えたという。運転中のビルは黙ってうなずいた。息子と娘はプロテスタントの人間との結婚を禁じられたばかりか、娘は年寄りの男やもめと結婚させられたらしい。メアリー・マニングは母親がそっと、その男は「ベッドのなかではもちろん、食堂のテーブルの上ででも……いやらしいことをしてたんだって」とつぶやくのを聞いた。「汚い野郎だ」と、ビル・ベケットが声をあらげて言った[65]。

失恋の傷は深かった。アデレード病院への入院は、熟さぬうちに突然ギロチンに処せられた恋によって引き起こされたうつ病のせいだったのかもしれない。ビル・ベケットがメイ・ロウに初めて会ったのはこの病院でのことだ。メイはビルのいた病棟で看護婦ないしは看護婦見習いとして働いていた。メイは、彼の危機の時代にちょうど一番美しい年ごろを迎えていた。現実対処のうまさやくったくのない接し方、真心こもったやさしさや思いやりのあるメイは、ビルの心を捉えたようだ。どうやら彼は、愛情深く、心の支えになってくれる、しかも今回は正真正銘プロテスタントの家柄の才気あふれる女性の介護にすっかりまいってしまったらしい。メイはビルの親しみのこもった冗談にもすぐ答え、数週間ほどで二人は婚約、一年足らずで結婚した。

二人は田舎をこよなく愛していた。と言っても、メイはビルほど散歩好きではなかった。そこで結婚するとまず、ビルはスパークブルックというサイドカー付きバイクを買い、頭にスカーフをかぶったメイをサイドカーに乗せ、息子の一人を後部座席に乗せてよく旅行をした。そののち、ビルはフィアットの二人乗りの車を手に入れ、さらに一九二〇年代から一九三〇年代初頭にかけては、はるかに高価なドゥラージュを所有した(66)。夫婦としてのビルとメイは、緊張感にさらされることのない、愛情と同じくらい習慣にも根ざした結婚生活を送っていたようだ。二人はそれぞれ自分が興味あることを楽しむようになった。ビルは仕事、スポーツ、散歩、トランプ遊びに、メイは家事の切り盛りや息子たちの幸福、タロウ教区教会や、ドッグ・ショーのような地域主催の催し物、庭仕事、犬やキッシュという名のロバの世話に明け暮れた(67)。

5

ビルとメイの最初の子どもフランク・エドワードは、フォックスロックの新築の家に引っ越してきてすぐの一九〇二年七月二十六日に生まれ、二人目の息子サミュエル・バークレイはその約四年後に生まれた。新居のクールドライナ邸は、二人の元気な男の子を育てるには格好の家だった。広くてきれいな庭と芝生、それにテニスコートがあったからだ。土地は一エーカー〔約千二百坪〕あって、あずまやや、広さが普通の倍はあるガレージのほか、納屋もあり、そこではメイのロバが飼われていた。家の左側にはちょっとした雑木林があり、子どもたちはそこに葉の付いた枝とボロ布を使ってテントを作った。子どもたちはテントで遊んだり、横になって童話を読んだりした(68)。庭に植えてあった落《カ》葉《ラ》松《マツ》の木はしばしばベケットの詩、散文、戯曲に登場する。

ベケットが生まれた季節を表わす（「生まれたのは丑満時《うしみつどき》。日はだいぶ前に落葉松の林のむこうに沈んでいる。新しい緑の松葉が萌《も》えはじめている」）[69]こともあれば、子ども時代を思い出させる（「しかし落葉松だけは、ふとっちょの少年のころ木登りをしたことがあって、彼も知っていた、そしていま、その落葉松のひどく刺激的な灰緑色の若い植林が、丘の中腹から彼をさし招いているのであった」）[70]こともある。ベケットによれば、[71]小説『ワット』に描かれているように、落葉松は実際、春になると「毎年ほかのものより一週早く緑に」なり、秋になると「ほかのものより一週間早く褐色に」[72]なったという。

広々としたそのチューダー様式の家は、ケリーマウント通りとブライトン通りが交わる好条件の角地に建てられていた。設計したのはベケットの父の友人だったフレデリック・ヒックスだった。彼は有名な建築家で測量技師でもあり、ダブリンのサウス・フレデリック通りに事務所を構えていた。[73]赤レンガの玄関回りには香りの強いクマツヅラの木が植えてあり、それはベケットの作品によく引用されている。[74]

設計段階で「シッティング・ホール」と呼ばれていた茶の間には、大きくてエレガントな暖炉があり、炉床の両脇には長方形の深緑色をした小さめのタイルが貼られ、暖炉自体には炉の部分を囲むように念入りに彫刻を施した木枠がしつらえてあった（いまなお現存している）。薪をくべた炉火の正面の出窓下に置かれた大きなソファに家族が座りたいときには、玄関先とホールを隔てるために重いカーテンが引かれた。よく磨かれた板張りの床には豹の毛皮が敷かれ、壁にはメイの兄エドワード・プライス・ロウがアフリカから持ち帰ったクーズー（別名アフリカ羚羊）の長いらせん形の角がかけられていた。別の壁には真鍮の兜とともに二本の剣が十字型に飾られていた。[75]壁板はこげ茶色だったが、カーテンを閉めてすきま風を防ぐと、ホールはかなり心地よくなった。玄関の反対側の階段がある壁面には、サムとフランクが名前を刻んだ跡がいまでもかすかにわかる程度に残っている。一階の左手にはピアノが置かれた応接間があり、その隣の食堂には大きな食卓が置かれ、黄色いチューリップを生けた花瓶の絵を含む数枚のありふれた絵が飾られたていた。メイ・ベケットは花が好きで、茶の間ではよくスイートピーを生けた大きな青い花瓶から、花の香りが漂っていた。[76]

メイが二人の男の子を出産した部屋は応接間の真上、二階にあった。その部屋にも大きな出窓があり、ベケットが『伴侶』で記しているように、それは「西に面して山々を望んでいた。ほぼ西に。弓形に張り出しているので、それは少し北と南にも向いていた。あたりまえだ。やはり山がある南に少しと、山が平地にむけてなだらかになっている北に少し[77]」。兄弟二人が共有していた屋根裏部屋のある最上階には乳母の部屋があり、のちにはメードが使った。ベケットによれば、「近くには供給する水を貯えておく水タンクが置かれた部屋もあった。フランクはそこを自分の仕事場にしていてね、よくそこに閉じこもってはなにか作っていた。木工品なんかをね[78]」。フランクはサムよりはるかに手が器用で、サムの役回りはいつも兄のために物を支えたり、兄の作業を熱心に見ながら兄から木工作品についての全知識を吸収することだった。

ベケットの兄フランクは生まれてから最初の三年間を、アニー・ビセットという乳母に面倒をみてもらっていた。それからアニーが結婚を機に辞め、サムが生まれると、メイは隣のミース郡出身のブリジェット・ブレイという若い娘を雇った。「サムの乳母」として知られるブリジェットもまたクーニーという庭師と結婚退職するまで、十二年近くベケット家に仕えた。サムが子どものころ、彼女はクールドライナ邸に住み、その幼い預かり物に多大な影響を及ぼした。

ブリジェットは親しみやすい、おしゃべり好きのカトリック教徒で、童話や民話、生活の知恵をたくさん知っていた。ベケット自身の言葉を借りれば、「いちごのような鼻」と、「こなごなになった花崗岩みたいな[79]」顔をした大女だった。そしてしょっちゅうクローヴやペパーミントをなめていた。子どもたちはそんなブリジェットを「ビビー」と呼んでいた。その名前はベケットの作品のなかで幾度も登場する。たとえば『しあわせな日々』でウィニーが語るミリーとネズミの物語のなかに。また『反古草紙』でも、その語り手はなつかしげに乳母の幼児言葉を再現している。

乳母は言うだろう、いらっしゃい、坊や、バイバイをする時間ですよ。わたしには責任はない、彼女が全責任を負うのだ、彼女の名はビビー、そう呼べるものならわたしはビビーと彼女を呼ぶだろう、いらっしゃい、坊や、おっぱいの時間ですよ[80]。

ベケットは半世紀以上たっても、乳母が口にしていた格言や忠言をいくつも覚えていた。彼は子どものときから寡黙だったので、乳母の質問に「ええと、ええと……」と口ごもって相手をへきえきさせると、ビビーは「ええと《ウエル》〔「泉《ウエル》」と同綴異義語〕を何回繰り返したら川になるかしら?」と詰問したものだった。彼のほうも頑固で、夕飯を食べたくないとなると絶対に口にしなかった。ビビーの頭韻を踏んだおもしろい返答にベケットも最初のころこそ好奇心をそそられたが、「いつかあんたはパンくずが欲しくてカラスを追いかけるようになるよ」としょっちゅう言われると、やがて不快感を覚えるようになった。[81] 母親と並んでビビーは、ベケットの作品に登場する（皮肉をこめた）決まり文句の主たる源だった。それはたとえば、「およそなすべき価値のあるものはうまくやるだけの価値がある、この諺《ことわざ》に偽りはなかった」、「習うは一生、この諺に嘘はなかった」などである。[82] けれどビビーはとてもユーモアのセンスがあり、雨の日も晴れにしてしまうのだった。韻律に合わせて輪唱するようにとベケットに教えた文句の一つが、「レイン、レイン、ゴー、トゥー、スペイン（雨、雨、スペインにいっちまえ）」だったように。こうして二人で歌いながら、幼い少年は子ども部屋で踊った。[83] ビビーのやることはときにいきすぎのこともあり、子どもたちを楽しませるどころかおびえさせてしまうこともあった。たとえば、あるときには、黒っぽいオーバーを着、帽子をかぶった老人の格好で、庭じゅう子どもたちを追いかけまわしたりした。[84] 夜にはミース郡に伝わるおとぎ話を子どもたちに聞かせた。ベケットは詩『夕べの歌Ⅱ』でそれに言及している。

ミースのおとぎ話はこれでおしまい
さあお祈りをしてお休みなさい
落葉松の向こうで灯が歌いはじめないうちに
さあこの石の膝の上でお祈りを
それから骨の上でおねんねですよ[85]

兄弟二人は毎晩、ベッドに入る前にお祈りをした。お祈りの一つは「主の祈り」で、もう一つは「神よ祝福したまえ、パパとママとフランクとビビーとぼくが好きなものみんなを。そしてぼくをよい子にさせたまえ。イエス・キリストによって、アーメン」というもので、『並には勝る女たちの夢』のなかに一語一句ほとんどたがわず再現されている。[86] ベケットはお祈りの言葉を信心深い母親から教わった。母親は祈りの時間をほとんど取り仕切っていた。ベケットが二歳か三歳のころの写真に、パジャマ姿で母親の膝もとに置かれた平織綿のクッションの上にひざまずき、その小さな両手を母親の両手にしっかりと合わせている写真がある。[87] これは夜のしきたりが実際におこなわれていた証拠だ。

6

ベケットは大きくなってから、母親も乳母もずっと彼の健康状態を心配していた、と聞かされた。赤ん坊のときのベケットはたいていおとなしかった。ところがある日、手がつけられないほど泣いて泣きやまなかった。母親は元看護婦だったので、子どもの体のどこかがおかしいことはわかったが、原因はつきとめられなかった。医者が長いこと診察をした末にようやく「耳炎」、すなわち激しい痛みをともなう耳の炎症と診断を下すまでにはかなりの時間がかかった。さらに危なかったのは、もっと小さくてゆりかごのなかで眠っていたころ、子ども部屋に続く急な木の階段の下で意識を失って倒れているのが見つかったときである。彼がどうして階段から落ちたのかはまったく謎だった。ところが当然のことながら、よく注意していなかったせいだと責めを受けたのは、かわいそうに、ビビーだった(88)。

子どものころのサミュエルは夜になるとても神経過敏になり、常夜灯と大好きなテディベアがないと眠れなかった。「サムは『ベビー・ジャック』というテディベアをもってました。あの家のベッドは真鍮でできていました。もうほとんど詰め物がなくなっているそのテディベアは、そのベッドの頭の部分に結わえつけられていました」とシーラ・ペイジは語っている(89)。これはそのまま、『モロイ』のジャック・モラン・ジュニアのくわしい記述のなかにうかがうことができる。

> 息子の部屋の窓が弱々しく光っていた。息子は常夜灯をそばに置いて寝るのが好きだった。わたしはこの気まぐれを大目に見てやっていたのをいくらか後悔していた。息子が縫いぐるみの熊を抱いていないと眠れなかったのも、たいして前のことではなかった。あの熊（ベビー・ジャック）を忘れてしまったら、今度は常夜灯を取り上げるつもりだった(90)。

ベケットとフランクはベッドに横たわりながら、よく外から聞こえてくる音に耳をすませた。それらの音は生涯ベケットの耳に残っていた。「犬の吠える声、石切り人夫たちが、先祖代々の石切り人たちと同様に、山の中腹のひと群れのあばら家に住んでいる、そこの犬が、夜、吠える声(91)」、敷地内の私道の出入り口にある鉄製の門が嵐のせいでガランガランと鳴る音、庭の向こうの道路を行く馬の蹄のカタカタいう音、それに家の周りの木々が風にそよぐ音さえも。そんな自分の著しく明敏な聴力は『マロウンは死ぬ』の語り手に託されている。

> わたしは、家の外のざわめきをひとつひとつ聞き分けることができた、木の葉や、枝や、幹がきしむのや、さ

らに草や、わたしを守ってくれている家の音まで。……自分なりの叫び声を発していないものはなにひとつなかった、路上の砂でさえもそうだった。[92]

平日の朝は、牛乳屋がクールドライナ邸の勝手口の上がり段のところで陽気に口笛を吹きながら、一日分の牛乳――それに犬のために一杯分よけいに入れるのも忘れなかった――を流し入れるときにたてる、大きな茶色と白い陶製の牛乳瓶に金属製容器が触れてカチャカチャ鳴る音で目が覚めた。さもなければ、郵便配達人が自転車で車寄せまでのじゃり道を上がってくる音で目が覚めた。後者の場合、サミュエルはしばしば窓越しにフォックスロックのどの郵便配達人が郵便を届けにきているのかを確かめようとした。というのもその一人、トンプソンという名の配達人は、いつも自転車の前のかごに毛の長いスパニエル犬を乗せてきたからだ。この配達人はひどく酒を飲んだ翌朝はたいてい、自転車のクロスバーをまたいでサドルに座るときにいつも大きな音でおならをしたので、村では「大きな爆発音《ポップ・ア・ロット》」と呼ばれていた。[93]もう一人の配達人はビル・シャノンといって、音楽好きで知られ、毎朝いろいろな国に暮らすメイの親戚から送られてくるカラフルな切手を貼った手紙を配達するときに、甲高い口笛を吹く癖があった。[94]

外国の切手は、切手収集に熱心だった子どもたちがあっという間《ま》にもっていった。ベケットはフランクほどには熱中しなかったけれども、これもフランクのまねをして九歳で最初の切手アルバムを手にした。このアルバムは、いまも残っている。それは、休暇のたびにお祖父さんに会いに、クールドライナ邸の向かいのカードナ邸と呼ばれた家に遊びにきていたディック・ウォルミズリー＝コタムというベケットよりも年少の生徒の手に渡った。切手アルバムの表紙を開けると、そこには「一九一八年八月二十五日」という日付けと子どものベケットが書いたとわかる署名がある。裏表紙を開けたところの表によれば、一九一五年十月二十四日には七十一枚しか切手をもっていなかったが、十一歳の誕生日を迎える数日前の一九一七年四月十日には五百七十四枚に達していた。[95]ここで若きサミュエル・ベケットはすでに、やがておとなになるにしたがってきわだってくる特質の一つ、細部へのこだわりを示している。

彼とフランクはよく食堂の大きな食卓に並んで座るか、絨毯の上に両足を広げて寝そべるかして、熱心に切手アルバムを眺めたり、細心の注意を払いながら虫眼鏡、ピンセット、目打ちゲージ、糊付き透明ポケットといった切手収集家の伝統的な道具を使って、それぞれの切手アルバムに切手を貼ったりした。酒を入れた小さな黒い皿に切手を入れて、隠れた透かし模様を浮かび上がらせる方法をベケットに教えたのもフランクだった。二人は一緒にスタンリー・ギボンズ社〔切手商社〕の最新カタログのページを夢中になってめくった。二人はまた、保険会社を経営している隣人クート氏のマウントラスという家もよく訪ねた。クート夫人は母親の親しい友人で、『伴侶』のなかでお茶の時間に訪ねてきて、「バターを塗った薄切りパン」を賞味する「痩せて、ぎすぎすした小柄な女」のモデルである。[96] クート氏は本格的で熱心な切手収集家で、フランクのめずらしい切手の多くはクート氏が手に入れてくれたものだった。[97] ベケットが記憶しているフランクはまちがいなく、ベケット以上に熱心な切手収集家だったからだ。[98]

好きな切手をめぐって兄と冷やかしあったりけんかしたりして過ごした時間の記憶は、ベケットの円熟期の作品に垣間見られる。『モロイ』のなかでジャック・モランが次のように尋ねるところがある。

> 息子がなにをしていたとお思いか。いわゆる名コレクションから重複分のアルバムのほうへ、値うち物の珍しい何枚かの切手、毎日夢中になってながめ、たとえ数日間でも手放す決心のつきかねる何枚かを、いとも簡単に移しかえていたのだ。新しいティモール島の切手、黄色の五レアルのあれを見せなさい、とわたしは言った。[99] 息子はためらった。見せるんだ！　とわたしは叫んだ。

五レアル〔通貨の単位〕するティモール島の黄色の切手は実在する。だが高価なものではない。モランはさらに息子の切手アルバムをめくるともう二枚、実在の切手を見つける。

> わたしは盆を置いて、あてずっぽうにいくらかの切手を捜してみた。[100] 美しい船がついた洋紅色のトーゴの一マルク切手、一九〇一年のニアサの一〇レアル切手、そのほかいくつかを。わたしはこのニアサの切手が大好きだった。緑色で椰子の梢の若芽を食べているキリンの絵が書いてあった。[101]

サミュエル・ベケットは成長するにつれ、切り傷や打ち身を作る名人技を身につけたようだ。なかでもひどかったのは、十歳のころの事故によるけがだ。庭で遊んでいたサムは、台所の戸口の脇に石油缶が捨てられているのを発見した。そして誰にも告げずに、台所からスワン・ヴェスタ製のマッチ箱をもってくると、一本のマッチに火をつけて石油缶に落とし、どうなるかを見たくて缶に顔を近づけ、なかを覗き込んだ。缶の底には少量の石油が残っていたため、たちまち引火し、彼の顔めがけて燃え上がり、皮膚は火傷を負い、眉毛は焼け焦げた。彼は痛くてたまらなかったが、とても恥ずかしくて、自分のしたことを母親に打ち明けられなかった。それで家の外でしばらくしゃがんでいた。それからそーっと二階に這い上がり、洗面所で冷たい水を顔にかけた。痛みも火傷も退く気配はなかったので、しかたなく自分の愚行を白状した。元看護婦の母親は、一般によく知られた医学的見地から、火傷にはなにをしたらよいかよくわかっていたが、息子の火傷した顔を見ると怒りとショックを隠せず、ひどく取り乱した。彼は軟膏を塗った布切れで顔をぐるぐる巻きにされてベッドに寝かされた。痛みがやわらぐまでには何日もかかった。また皮膚と眉毛がまともに見られるほどになるまで二週間を費やした。[102]

　このような事故の大半は、ベケットの大胆というより向こうみずな行動によるものだった。ベケットの『伴侶』には、子どものころよく高さ六十フィートのモミの木のてっぺんから両腕を広げて飛び降りたが、それも地面にたたきつけられる前にその下枝が落下の衝撃をやわらげてくれると思ってしたまでだ、という記述がある。[103]実際、いつも下枝が守ってくれるとわかって、この危険な遊びを何度も何度も繰り返した。息子のしていることに驚いた母親はこっぴどく叱りつけた。けれど、けっして棒でたたくようなことはなかった、とベケットは言う。休暇のたびに何年間もベケット家に居候をしていたシーラ・ペイジも、メイが下の息子をたたいたのを見た記憶はないという。[104]ところが、シーラの姉モリーはまったく逆のことを述べている。[105]たしかに「懲罰を与えないことは子どもを甘やかすことだ」とする金言が当時広く浸透していたことを考えれば、ベケットの母親が懲罰を与えなかった、というのはとても考えにくい。どんな叱責や懲罰を受けても、ベケットは幼いころから自発的で独立心が強かったので、その「自由落下」とでもいうべき遊びも、自分が飽きるまで、あるいは、その結果がひどく痛みを伴うものだと自覚するまではけっしてやめようとしなかった。

　そうした潜在的な自殺行為から、ベケットが子どもだったせいで死ぬおそれを感じなかった事実に加えて、たちまちダイビングの虜になったわけがわかる。彼が泳ぎを習った記憶は、サンディ・コーヴにあるフォーティー・フットの岩壁で、はるか下の海から父親が彼に飛び込むように手招きしていたというものだ。空中めがけてダイビングをするのは、子どものころの夢として描かれているが、その経験はおとなになってから蘇えってきたものでもある。崖のぎざぎざの岩肌のあいだに見える非常に狭い水面めがけて飛び込む自分を想像すると、夢が悪夢に思えたりすることもあった。とはいえ、ベケットは生前、高いところからプールや海めがけて飛び込むのが好きで、とくに一番高い飛び込み台からダイビングするのを楽しんだ。ダイビングにつきものの解放感と危険と興奮は、一人きりで、ときには誰にも内緒で、そっとつつましやかに、自分の人生に捜し求めていたものなのだろう。

7

クールドライナ邸の日常生活は折り目正しいものだったが、それは取り仕切っていたメイ・ベケットの力によるものであった。それはまさに「大げさな作法《ル・グラン・スティル》」を表わしていた。使用人は少なかったけれども、自分が育った邸宅の水準を保ちたかったメイは、なにもかもちゃんとしていなければ気がすまなかった。使用人によれば——

> 午前中は綿のワンピースに白のエプロンと白の室内帽を、午後は袖と襟の部分にゴムの入った黒のワンピースと黒のビロードが前の部分に入った小さな室内帽を身につけていなくてはなりませんでした。それに午後は正装してないと玄関口に出ることができませんでした。誰かが手紙を届けにきたときには、銀の盆をもっていき、その盆の上に手紙を置いてもらっていました[106]。

何不自由のない暮らしをしている中産階級のダブリンの家族にとって、こうしたしきたりは当時でも古めかしかった。だがメイは、なにごとも折り目正しくなければ気がすまなかった。食事のときにも、なにもかも余すところなくきちんと運ばなくてはがまんできなかった。使用人はさらにこう語っている、「みなさんがぶどうなどを召し上がるときには、まず小さなフィンガーボウルを出さなくてはなりませんでした。小ナプキンと小さなガラスの皿は、指を拭くための少量の水と一緒に置いておかなくてはなりませんでした[107]」。こと清潔さにかけてはものすごく厳重だった。「泥のついた靴のまま家のなかに入ろうものなら、使用人がすぐうしろに這いつくばって床を拭くほどでした」とシーラ・ペイジは述べている[108]。

メイ・ベケットは行儀作法にもやたらに厳しく、子どもたちは母親の激怒や懲罰に対しては、おとなしく服従するか覚悟するしかなかった。そんなプレッシャーのおかげで、すぐれたマナーが否応なく身についた。かくして、子どもたちは客が来れば起立し、ドアを開け、ディナーの際には客のために椅子を引き、挨拶をし、質問されればこれ以上ないぐらいに礼儀正しく答えた。「わたしたちのテーブル・マナーはものすごくヴィクトリア朝式でした」とシーラ・ペイジは回想している[109]。

けれど、こんなしめつけや禁止命令があったにもかかわらず、ベケットの少年時代は概して楽しいものだった。やりたいことがたくさんあったし、時間もたっぷりあった。たとえば、ケリーブルーテリア犬のウルフとの長い散歩、キャリックマインズでのテニスやクローケーの試合、もっとあとになってからはキャリックマインズやフォックスロックでのゴルフ、フランクとの長い、頭を使ったチェス・ゲーム、フォーティー・フットでの父親との水泳など。二人の少年はかなりの距離のサイクリングをし、父親が昔ウィズダム・ヒーリーという男が監督をしていたチームでやっていたように、クールドライナ邸からそう遠くない原っぱでサイクル・ポロをした[110]。ベケットの小説『並には勝る女たちの夢』には、二人の兄弟が自転車に乗って海まで行く場面があり、少年時代の痛快な思い出を再現している。

> それは彼らが自転車に乗って海へいったあどけない日々のことだ。父は先頭に座って、家族共有のタオルを首に巻いた上からハンサムな顔を突き出し、中央のジョンはほっそりとしていて上品に座り、最後尾のベルは史上最小のギアで懸命にこいでいた。彼らは巨大熊、大熊、小熊だった、あるいは《アリテル・シク》、大熊と二頭の小熊だった。……彼らは水浴から無事に帰って来た神父メニーとすれ違った。彼はタオルを給仕のもつナプキンのように上品にたたんで腕にかけていた。すると一番大きな熊が有名な悪口、B―P！　B―P！　B―P！〔司教（Bishop）を省略したものと思われる〕を浴びせかけ、攻撃が無駄ではなかったのを確かめるためにハンサムな顔に笑みを浮かべてサドルの上からうしろを振り返った。それが無駄に終わったためしはなかった[111]。

メイ・ベケットは自分の思いどおりに子どもたちを育てあげたかった。でも、いつもうまくいかなかった。とりわけ下の息子の場合には。この母子を知る人びとはみな、二人を結びつけていたと思われる強い愛情の絆と、同時に、明らかにどうでもよいことをめぐってよく爆発した激しい衝突について語っている。意志の疎通がうまくいかずに衝突すると、サムはごく幼いころから、母親に支配されまいと懸命に抵抗した。独立独歩を強く望む傾向に頑固さが拍車をかけた。母親がなにかを強制しようとすればするほど、彼は自分の思いどおりにしようと闘った。シーラ・ペイジは二人の葛藤を次のように回想している。

叔母はサムのことでとても苦しんでいました。たぶん彼をとても愛していたんだと思います。サムは叔母にとって頭痛の種だったようです。彼の生涯すべてが。言うことをきかない少年でした。当然ちょっと反抗的でもありました。戦時中、第一次世界大戦中のことですが、わたしたちにはマーガリンしか食べる物がありませんでした。するとサムは絶対に食べないと言い張るんです。そんなことがよくありました。彼がなにもしたくないと言ったら、なにもしないんです。[112]

こうした衝突でメイが勝つのは、脅すか罰を加える場合に限った。けれど罰を与えてもサミュエルにはほとんど効果はなかった。たとえば、大嫌いな子どもの集《つど》いに無理矢理連れていかれそうになると、屋外に隠れたり、自室に立てこもったりして逃れようとするなどの強硬手段に訴えた。見つかって無理にでもいかされると、むっつりしたまま誰とも口をきこうとしなかった。その後、年を経るにつれ、母子の衝突はますます激しさを増し、それにつれて、息子を感化し、自分の考えを押しつけようとするメイの力も衰えていった。

メイは気むずかしく短気だったけれども、かといって鬼のような母親というわけではなかった。サミュエルに対する心配も、後年、彼が「激しい愛《サヴエッジ・ラヴ》」[113]と呼ぶものに由来していた。むろん、ベケットが母親を嫌っていたというわけでも、母親が自分をどう思っていようとかまわないというわけでもなかった。むしろ母親の自分に対する愛情と同じくらい強く母親を愛していたし、母親のことを気にかけ過ぎていたくらいだった。そのため、母親がみずからの判断と期待から断固反対しているのがわかると、その心の葛藤は母親との闘いであるだけでなく、自分自身のなかの情愛との胸張り裂けるような闘いになった。母親の愛情から遠のくばかりか、母親の道徳的糾弾や落胆の深さを考えると、耐えねばならぬ苦しみもいっそう増すのだった。というのも、彼自身に関することで二人の見解が一致することはめったになかったからだ。

表向きはしあわせそうにみえる少年時代にも、不安と恐怖がかなりあった。そんな恐怖の一つがフォックスロックに住む道路人夫のバルフだった。バルフにぞっとする目でにらまれると、ベケット少年の体は全身震え、家のなかにあわてて逃げ込むのだった。八十三歳のベケットは、「その人夫のことはよく覚えている。バルフっていう男で、みすぼらしい、しわだらけの、足を引きずった小男だった。よくじろっとにらまれてね。ぞっとしたよ。どんなにこわかったかいまだに忘れられない」[114]と述べている。そのフォックスロックの道路人夫はベケットの作品に何度か、ほんのわずかだが、忘れがたい名場面に登場し、少年時代の恐怖や苦痛を連想させる。たとえば『断章（未完の作品より）』のなかには、「その日わたしはバルフがわたしに向けたまなざしを見た、子どものころには凶眼のように恐れたあのまなざしを」という一節があるし[115]、その数年後に書かれた「遠くに鳥が」（『また終わるために』所収）には次のような描写がある。

おれはあいつの頭にいろんな顔やら、名前やら、場所やらを注ぎ込んで、うんとかきまわしてやる、あいつが終わるのに必要なあらゆるものを、見たくない幻想、見たくないくせに追い掛けたい幻想のかずかずを、あいつはおふくろと娼婦の見分けがつかなくなり、おやじをバルフという名前の道路人夫とごっちゃにするだろう、あいつの頭に老いぼれの野良犬を注ぎ込んでやる、痩せこけた老いぼれの野良犬を、あいつがもう一度可愛がってやり、もう一度失うことができるように、瓦礫だらけの町、狂おしい小股の足取り[116]。

少年時代のまた別の恐怖体験は、ベケットがまだ小さかったころ、ハリネズミの命を助け、餌のミミズと一緒に古い帽子の箱に入れておいたときのことだ。命を救ってやったとの思いに有頂天だったベケットは何日も、あるいは何週間もハリネズミをほうっておいた。ようやくこわごわ様子を見にいったときに彼が見たものは……「そのとき見たものをおまえはけっして忘れなかった。……あのぐちゃぐちゃ。あの悪臭[117]」。

8

ベケットが生まれるころには、フォックスロックの村も、仕事場のあるダブリンへの通勤が便利な郊外に住みたいと願う実業家や、地元の退職した高官などが居住する高級住宅街になりつつあった。ベケットの家のすぐ近くのブライトン通りには、たとえば治安判事が二人、銀行家が一人、弁護士が数人、代議士が一人、大佐が一人、クールドライナ邸の評価額五十二ポンド五シリングを少しばかり超えるりっぱな家々に住んでいた。村の中心にはオーチャード・コテッジズと呼ばれる一群の貧しい人たちが住む借家、駅、郵便局、それにフィンドラターの店があった。

家族経営の食料品店フィンドラターの支店はブライトン通りとウェストミンスター通りとトーキー通りが交差するところにあった。店はチューダー様式を模倣した大きな頑丈な建物に入っていた。その広々とした店の太い柱のあいだには大きなガラス窓がはまっていて、駅への進入路を見渡せた。高級な店で、初期のころは荷馬車で、あとではワゴン車で近所に食料品を配達していた。ベケットはおとなになってからも、子どものころ自転車でクールドライナ邸の高い生け垣からブライトン通りへ出て、フィンドラターで母親に言われた食料品を買ったり、学校からの帰りがけ、ダブリンのローカル電車を降りて家に戻る途中で、その店で買い物をしたりしたことなどを思い出している。『並には勝る女たちの夢』の冒頭場面の若いベラックワの行動がそのよい例だ。

食べ過ぎの子どもが、フィンドラターの荷馬車のあとを追ってぐんぐんペダルをこいでゆく。口をあけ、鼻孔をふくらませ、サンザシの垣根沿いにぐんぐん走る。とうとう馬の横まで来たぞ、黒く太り汗に湿った尻の横だ。ムチ打て、御者よ、打て、叩け、皮膚にしわを寄せてよたよた歩く太った黒んぼを。と、羽毛がたち騒ぐようににわかに尻尾がピーンと上がり、糞がドーッとたれてきた。うへーッ……！[118]

だがメイ・ベケットは、家の近くのコーネルズコートで、小さい店だが「食料品やお茶やワインや雑貨を売るウィリアム・コノリー」のほうをもっと頻繁に利用し、ひいきにしていた。ベケットの母親はコノリーのワゴン車で食料品を配達してもらおうとよく電話で注文した。[119]世間話は最低限にして——というのも電話ではビル・ベケットのほうが愛想がよく、おしゃべりだったからだ。『伴侶』の語り手は、「おまえは幼い男の子、母親の手を握ってコノリーの店を出る」ときのことを回想するし、[120]ラジオドラマ『すべて倒れんとする者』では、ルーニー夫人が、「おやまあ、コノリーのトラックが来るじゃない！」と叫ぶと、タイラー氏はすんでのところで自転車から転倒しそうになる。[121]

日曜日の朝になると、地元の善良なプロテスタント信徒に向けて、タロウ教会の鐘が礼拝への呼びかけをする。メイ・ベケットはその教会の熱心な参列者で、息子二人を小さいころから毎週必ず教会へ連れていった。ベケットの記憶によれば、彼らは説教壇に近い席にワット・タイラーという市場園芸家と一緒に座り、通路をはさんだ向かい側の席にはオーペンというフォックスロックでも有名な一家が座っていた。[122]ベケットは教会にいくのがいやでたまらなかった。とくに「正装《サンディ・ベスト》」のあの固い、首のところが擦れる襟には閉口した。だから彼は信徒席に座るといつもベアトリス・オーペンに対して、そして世間一般に対してしかめ《ヽ》っ面をするのだった。[123] 父親は一緒にタロウ教会に来ることはなかった。その代わり「山の上にある、鳥たちのいる教会にいくんだ」[124]と言っては、一人で、あるいはたくさんいる友人のうちの一人を連れて、ダブリンの丘を登っていった。かなりあとになってから、ベケットも父親について日曜の朝の散歩にいくようになった。だがベケットによれば、そんな父親もときどき夜になると、「教会にいかないって意地を張るつもりはないが、タロウ教区の教会にはいかないんだ、いくならブラックロックのモンクスタウン近くにある『諸聖人の教会』にいくんだ、って心に決めていた。そこの牧師［ヘンリー・B・ドブズ師］が父の友人だったんでね」[125]。ビル・ベケットは信心深い人間ではなかった（ベケットの言葉を借りれば「熱心な信者ではなかった」）が、たまに一人で、あるいはサムを連れてその教会にいった。そういうときはフランクが母親と一緒にタロウ教会にいくことになった。

9

ベケットは五歳から九歳まで、アイダ・エルスナーとポーリーン・エルスナーという二人のドイツ生まれでアイルランドに帰化した姉妹が経営する私塾に通った。その学校はフォックスロックとスティローガンを結ぶ、レパーズタウン・ロードにあるタウヌスと呼ばれる屋敷のなかにあった。その屋敷は姉妹の母親で未亡人となったエリーズ・エルスナー夫人のものだった。[126] 広い校庭があったのをベケットはよく覚えていた。[127] 彼は授業の合間に兄と一緒に校庭に出ると、ほかの子どもたちを並ばせ、手をつなぐように命令し、自分たちは助走し、はずみをつけておいてから勢いよくその列に激しくぶつかって列を壊すというゲームをして遊んだ。[128] その学校に来ていた児童の数は、十四、五人のこともあれば一人のこともあったようだ。[129] サム、あるいは「サミー」（と、この学校では呼ばれていた）がそこの生徒だったころ、父親はエルスナー姉妹が体育館として使うために校庭の後方に建てることにした新しい建物の測量技師として働いた。

通い始めのころは、サムの母親か乳母のブリジェット・ブレイが毎朝、彼と手をつないでブライトン通りを通って学校まで歩いた。午後になるとメイ・ベケットが迎えに来て、飼っていたロバの背につけた小さな皮紐に彼を結びつけて連れて帰ることもあったが、最初の一年間は少なくとも兄のフランクもその学校に通っていたので、たいていは兄弟二人でクールドライナ邸に続く静かな道を歩いて帰った。少し大きくなると、サムは自転車で学校に通うようになったが、自転車があまりに小さかったため、ものすごいスピードでペダルをこいで通り過ぎる彼を見るたびに、ほかの子どもたちは大声で笑った。サムのプライドは笑われてすっかり傷ついた。それから何十年たったのちもなお、軽蔑の対象になることがどんなものかを忘れることはなかった。[130]

エルスナー姉妹のところにはハンナと呼ばれる料理女と、ズルーという名のスコッチテリア犬がいた。姉妹と料理女と犬はすべて、ベケットが第二次世界大戦直後にフランス語で書いた『モロイ』のなかに登場する。

マルトはハンナを呼ぶ。エルスナー姉妹の家の年寄りの料理女だ。二人は垣根越しにたっぷりささやき合うだろう。ハンナはけっしてでかけなかった、出歩くのがきらいだった。ハンナはけっしてでかけなかった、出歩くのがきらいだった。エルスナー姉妹はかなりよい隣人だった。いくらか音楽をやりすぎたが、気に入らないのはそれだけだった。……用意しなければならないことばかりだというのに、エルスナー姉妹のことを考えていた。姉妹はズルーという名のアバディーン種の犬を飼っていた。ズルーと呼んでいた。ときどき、機嫌がよいときには、私も、ズルーと呼んだ。ちびのズルー！　すると犬は垣根越しに挨拶をしにやってきた。[131]

エルスナー姉妹は二人とも音楽を教えていた。ポーリーン先生は、自分の両親のあとを継いで、ダブリンのイーライ・プレイス二十一番地でもピアノを教えていた。[132] ベケットがエルスナー一家について語るときは、いつもショパンのポーランドでの最初のピアノの大先生がエルスナーという名だったことをおもしろがって指摘した。

姉妹はまた普通の科目も教えていた。サムはアイダ先生に教わった。アイダ先生は『トムの公務員名簿』に外国語の教師として登録されていた。おかげでベケットはかなり早くからドイツ語ではなく、フランス語を習い始めた。男性的でかなり支配欲が旺盛だったことから地元では「ジャック」と呼ばれていたアイダ先生は、フォックスロックでもちょっとした変わり者で通っていた。五十年ほどのちにベケットは彼女のことを「奇妙な人で、それもかなり非凡な人。愛すべき人というほどではないが、とても知的な人だ」と語っている。[133] 生涯ずっと自転車に乗っていたが、年をとるにつれ、よく転倒するようになり、転倒するたびに大きな声で悪態をつき、たまたま通りがかった人が助け起こしてくれるまで道端で倒れたままでいたこともあった。[134] こうした奇妙な行動は一九三〇年代後半のフォックスロックでは有名だった。一九五六年執筆のラジオドラマ『すべて倒れんとする者』でマディー・ルーニーという人物を創造したときに、ベケットの意中にあったのはこのアイダ・エルスナーかもしれない。この作品でルーニー夫人は、自分の望みをこう表わしている――「ゼリーをお皿からあけたみたいに道の上にぺたっと倒れちまいたいわ、そしてもうそれっきり動かないの！　砂と埃と蠅だらけのでっかいぬかるみみたいになって、シャベルでしゃくい上げられるってわけ」[135]と。

金髪でかわいい子どもだったサムは特別利発だと思われていたわけではなかったが、早くから読むことを覚える思慮深い子どもだった。一人でいることが好きで、一人丸くなって横になり、小さいころは絵本を、それ以降は年齢にふさわしい本を読んでいるときが一番しあわせだった。[136]読書は家のなかでも庭でもよかった。ごく幼いころから、家からかなり離れた近辺の野山に出かけ、そこで時間を忘れて物語に熱中することもあり、両親を狼狽させた。十七歳ごろまでむさぼるように（本人が言うには、ほとんどくだらないものばかりを）読んだ。ところがそれ以降は自分が読んでいるものに対してかなり批判的になり、容易に熱中できなくなった、と述べている。[137]それでも彼の読書好きは、人生が幕を閉じることになる最後の数週間まで変わらなかった。

10

クールドライナ邸での生活は、一九一三年十月にメイの兄エドワード・プライス・ロウの妻ルビナ・ロウが亡くなったことにより、急激に変化した。[138]ニアサランド（現マラウィ）のブランタイアにある英国中央アフリカ会社の会計士をしていたエドワードは、母親を亡くした三人の子どもたち、モリーとシーラとジャックをアフリカに連れていくよりは、母親がいないのだからとダブリンの寄宿学校に入れることを選択した。メイ・ベケットが「ベルベットうさぎ」と呼んでいたジャックは、サムとフランクが昼間通学していた同じ学校、アールズフォート・ハウス・スクールでただ一人の寄宿生になった。シーラとモリーは、モアハンプトン通りにあるモアハンプトン・ハウスという、寄宿も通学もできる女子校に入った。もともとこの女子校は、三人の独身女性が経営していたが、このころは「ウェイド先生の学校」としてダブリンでは通っていた。[139]一九六〇年代なかばにベケットはこの名前を思い出し、短い劇『行ったり来たり』の登場人物の女性三人のうちの一人に、「こんなふうに、わたしたち三人だけで、昔のように、ウェイド先生のところの運動場で、並んで座って」いたらどうかと聞くせりふを書いた[140]。しかし、シーラ・ロウとモリー・ロウがここの寄宿生だった第一次世界大戦中、この学校を経営していたのはアーウィン先生とモリノー先生という二人の老婦人だった。ロウ姉妹を二人とも知る同窓生のメアリー・マニングは次のように書いている。

朝のお祈りのあとはどんなに寒い日でも窓を開けて、わたしたちの立場がアイルランド共和国軍にはっきり聞こえるように英国国歌を歌った。戦争のあいだじゅう、わたしたちはフランスで戦っている勇敢な兵士たちのために、ぞっとするカーキ色の肩章や靴下を編まされた。わたしたちが仕事に励んでいるあいだじゅう、モリノー先生は「ジェシカのはじめての祈り」、「フロッギーの弟」、「少年のころの准男爵」といった文学作品をわたしたちに読んできかせていた[141]。

独身だった二人の先生はロウ姉妹にはとてもやさしく、買い物に連れていっては洋服を買ってくれたり、ちょっとしたごちそうをしてくれたりした。だが、親切にしてくれるベケット一家がいなかったら、父親が中央アフリカに帰ってしまったあと、残された彼女たちが学校の休暇中に帰る家はなかった。メイ・ベケットは庇護の手を差し伸べ、喜んでクールドライナ邸を宿に提供した。ジャックもときどき泊りに来たが、モリーやシーラほど頻繁に滞在することはなかった。ケリーで農業を営む母方の親戚と休暇を過ごすことが多かったからだ。突如として、家族は四人から六人ないし七人になり、そのうちの二人が女の子だった。

こうして休暇はてんてこ舞いの行事になった。ロウ姉妹は、父親が再婚して北ウェールズに一緒に移り住むまで、一九一三年のクリスマス以降五、六年のあいだ、ベケット家に滞在した。母親が亡くなったとき、シーラは八歳になるかならないかで、モリーはそれより二歳年上だった。サムはそのとき六歳だった。子どもだったサムには「シーラ」という名前が発音しにくかったので、最初のうちは「イーラ」、次には「イーライ」と発音し、サムは彼女を生涯、後者の名前で呼び続けた。女の子たちは二階の寝室の一つをあてがわれた。子どもたちが遊べる部屋も同じ階にあった。彼らはジグソーパズルをしたり、絵を描いたり、字を書いたり、子ども向けに簡単にしたブリッジをして遊んだ。家族はみんな自転車をもっていたので、メイはよく彼らを野山へピクニックに連れていった。クリスマスはとくに楽しかった。ビルとメイは、女の子たちとその弟のジャックが自分の子どもたちと同じ数のプレゼントをもらえるように努めた。シーラ・ペイジは、「わたしたちは素晴らしいクリスマスを過ごしました。クリスマスの朝、サンタクロースはどこかの部屋のドアにプレゼントの入った袋を置いていくことになっていました。もちろん、わたしたちはいつもちがう部屋のドアのほうにいってしまうんですがね」と語っている。(142)

毎年、メイはダブリンのゲイエティ劇場で上演される年一度のパントマイムに子どもたちを連れていった。これらのショーと、巡業でやってきたドイリー・カート・オペラ・カンパニーによるギルバート・アンド・サリヴァンの公演は、ベケットにとって演劇との最初の出会いだった。ベケットはよく家のピアノでサリヴァンの曲を弾いた。「彼はギルバートの歌詞の代わりに自分が作詞した不敬きわまりない、下品な歌詞をつけて歌っていた」と、ある友人は回想している。(143)その地元の友人はまた、ベケット家にはドイリー・カート・オペラのレコードがあって、雨でクールドライナ邸でのテニスが中止になると、いつもそれをかけて聞いていたのを記憶している。フランクもまたピアノがうまく、とくにポップソングが得意で、増えた家族たちに聞かせて喜ばせたものだった。男の子たちはピアノの連弾をした。残存している楽譜、ディアベリの「連弾のための二調曲」の表紙には子どもの字で「サミュエル・バークレイ・ベケット」、楽譜の一ページ目の上には「一九一四年十二月十五日、サムとフランク」と書かれ、一九一五年初頭まで兄弟はその曲を練習していたらしい。(144)子どもたちは全員、客間のピアノでかわるがわるこの曲を弾いて練習した。シーラ・ペイジは、「わたしたちはよくこの曲を弾くために順番待ちをしました。サムは弾きながら、震える声で狂ったみたいに歌っていました。わたしたちはといえば、玄関ホールで大笑いしていました。でも、サムにはとても音楽の才能がありました」と語っている。(145)

夏休みの一時期はたいてい、フォックスロックからほど近いウィクロウ郡にある小さな漁村、グレイストーンズで、海岸のそばの家を借りて過ごした。メイは子どもたちの世話を手伝ってもらうために女中を一人連れていった。ビルは平日のあいだはわが家にとどまって、仕事に行けるようにしていたが、週末になると電車でやってきて大家族に合流した。フランクはせっかちでサムはむら気だったにもかかわらず、兄弟仲はたいがいうまくいっていた。ゲームをするときには、フランクはモリーと、サムは「イーライ」とチームを組んで対戦した。

グレイストーンズは当時、主としてプロテスタント系アングロ・アイリッシュの住人のための休暇村だった。そこのグランド・ホテル（のちのラ・トゥシェ・ホテル）は二十世紀初頭には、ダブリンの最有力実業家たちが常連客で、その当時快適なナイン・ホール・コースとされていたところでゴルフをしていた。ベケット家とロウ家の子どもたちは、グレーやピンク色をした大きめの丸石がごろごろしている岩だらけの海岸で遊んだり、港の岸壁沿いを走りながら、マスト付きのスクーナー船からウェールズで荷積みされた石炭貨物が荷揚げされ、波止場わきのアーサー・エヴァンズ石炭倉庫へ丈夫な役馬のひく荷車で運ばれる様子を眺めたりした。海岸では地元の漁師たちが座ってバイ貝用の壺を補修したり、漁網をつくろったりしていた。子どもたちは漁師たちの仕事を見物するのに飽きると、港の南側に突き出た小さな船だまりに飛び降りたり、飛び込んだりした。グレイストーンズでは、家族が全員、学校や仕事、クールドライナ邸で厳守された社会的習わしなどを免除され、解放感を存分に味わい、簡素な生活の自由を満喫した。メイとビルはこの小さな漁村が気に入っていた。子どもたちは夜になると、波が岩にぶつかって砕ける音を聞いたり、港を見わたす窓から、ダブリン湾を照らしている、ホウスあたりに建つベイリー灯台の灯りを眺めたりすることができた。これらの光景と音は、フォックスロックやダン・レアリーやフォーティー・フットで見聞きしたものとともに、ベケットの記憶に深く鮮明に刻まれた。彼はアイルランドの田舎や野山を愛していた。灯台や港、高架橋や島々が点在するダブリン郡の海岸線は、彼の想像力の世界に深く入り込み、作品世界に浸透した。繰り返されるこれらのイメージは、ベケット自身の言葉を借りれば、「こびりついて離れなかった」のだ。

メイ・ベケットとビル・ベケットも次男の孤独癖には気づいていた。たいていはほかの子どもたちと喜んで遊んでいたものの、いつのまにか一人で海岸沿いをさまよったり、じっと身動き一つせず海を見つめて立っていたりすることがあった。こういうときに、彼はある種の石への「愛着」とみずから呼ぶものにのめり込んでいったのである。とくに気に入った石を海岸で見つけると、波による摩滅や移り気な天候から守るためにその石を家へもって帰った、と語っている。そして石が傷つかないように、そっと庭の木々の枝に乗せておいた。ベケットはのちにこの執着について、無機物、あるいは死にかけたものや朽ちかけているもの、あるいは石化作用に早くも魅せられた証だと、もっともらしく説明した。そして石への好奇心を、人間は無機物の状態に戻ろうとする郷愁を抱えているとするジグムント・フロイトの考え方と結びつけた[146]。さらにベケットがのちに書いた作品には、腐敗や石化作用、石や骨に対する強迫観念が見られる。たとえばモロイは海岸で集めた小石を一つひとつポケットから出しては口に入れ、なめてはまたポケットに入れるという動作を繰り返す。マロウンは三つの物語をするが、その一つはあるもの、「たぶん石」の話である。[147] ラッキーのせりふでも石の世界が語られ、「頭蓋頭蓋」という一節が騒々しく繰り返されている。[148] エストラゴンが舞台から外を見わたして観客席のなかに見たものは、死体の山と化した骸骨だけだった。[149] もしかりにベケットの両親がもっと長生きして息子の円熟した小説を読んだり劇を見たりしたとしたら、きっとベケットの初期の作品に面食らったと同じくらい、息子が昔とった行動が後年の作品で説明されているさまにわけがわからず、面食らったにちがいない。でも実際は、自分たちの痩せた九歳の息子が海岸で一人たたずみながら、犬のウルフに投げた棒を探してもってこさせたり、小さな平たい小石を海の水面すれすれに投げ、その小石が水中に沈む前に波にぶつかって跳ねるのをながめたりしているさまを、両親は目を細めて見ていたのだった。

第二章

学校時代　一九一五—二三

1

一九一五年、ベケットは九歳のとき、エルスナー姉妹の私塾を離れ、アールズフォート・ハウスというダブリンのもっと大きな学校に通い始めた。この学校はベケット自身がときおり言っていたような単なるパブリックスクール進学用の私立学校《プレッツブ・スクール》ではなかった。なぜなら、年少の少年だけでなく、年長の少年も受け入れて大学入学まで面倒をみたからである。アールズフォート・プレイス三—四番地(今日のアデレード通り六十三番地)の二つの大きな家を占めるこの学校は、ハーコート・ストリート駅からわずか数分のところにあった。ベケットは、はじめは兄フランクとともに、そして兄が寄宿学校へいってからは一人で、毎日、ダブリン南東線(地元では「ダブリンの遅くて気楽な線」として知られていた「内側の線」)に乗って、フォックスロック駅から終点のハーコート・ストリートまでいき、そこから歩いて学校へ通った。

今日もまだ残っているものの、もう駅としては機能していないこの「新古典様式の柱列の美しい」(1)ダブリンの駅は、『反古草紙』、『あのとき』、『ワット』などベケットの多くの作品に登場する。駅員は、うぶで感じやすい少年にとって魅力と恐怖の入り交じった存在だった。そのうち何人かは、ベケットが第二次大戦中アイルランドから離れているときに書いた『ワット』に、ほんのわずか変えられただけで登場することになる。ミルク缶を手押し車で運んでいた赤帽にワットがぶつかるという出来事は、おそらく実際にプラットフォームで起きたことだろう。ベケットは赤帽の一人にこわい思いをさせられたと言っている。「悪魔に呪《のろ》われて、瘤《こぶ》ができりゃいいんだ、てめえの背中の上にな」とか「盲の上に唖《おし》ときやがった」(2)といった、通行の邪魔をしているワットに浴びせられる罵詈雑言は、たしかに実人生の記憶からそのまま取られたように生きいきと聞こえる。

ベケットは、プラットフォームの小さな貸し店舗の売店で、お気に入りのコミック紙を買った。そこの主《あるじ》、気むずかしいエヴァンズ氏は、のちに『ワット』のなかで鮮やかに描かれている。

かぶっている帽子が目立つのは、その下の雪のように白い額と黒く湿った巻き毛のせいかもしれない。いちばん注目を引くのはゆがめた唇であって、彼を見るひとの目はそこからほかの部分へと移っていく。彼の口髭《くちひげ》は、なかなか美しいものではあったけれど、さだかならぬ理由によって、目立たなかった。しかし彼の印象をあえて要約すれば、帽子をけっして脱がぬ男と言うべきかもしれない。てっぺんの飾りと鍔《つば》のついた、べつに変哲のない青い帽子《キャップ》である。彼がもうひとつけっしてはずさないものに、自転車のペダル・グリップがあり、これが彼のズボンの裾《すそ》を両側に出っぱらせていた(3)。

週刊『ユニオン・ジャック』を買うとベケットは、暖かい日にはプラットフォームの椅子に、寒い日には三等待合室のなかに座って、セクストン・ブレイクとその助手ティンカーの物語にすっかり夢中になった。『反古草紙』の語り手は次のような大げさな疑問を発する。

ところでもしこの間じゅう、ずうっとわたしが南東鉄道の終着駅の三等待合室で——三等切符で一等待合室にもぐりこむ勇気はわたしにはなかった——汽車が出るまでじっと身動きせず待っていたとしたら、いまもなおそこで発車を待っているとしたらどうだろう、南東の方向へ、むしろ南へだ、東は海だった、線路に沿ってずっと海だった、どこで、いったいどこで下車しようかしらと考えながら、でなければ心ここになく、ぼんやりと放心して。終発は二十三時三十分でそのあと夜間はずっと駅は閉まるのだった。なんとたくさんの思い出だ、これはわたしが死んでいるとわたしに思いこませるためなのだ、十万回もそのことは言った(4)。

ベケットはアールズフォート・ハウスで、活発で、幸福な四年間を過ごした。建前上は、この学校はアルフレッド・E・ル・プトンという校長によって運営されていた(5)。学校じゅうで「レップ」として広く知られていたこの人物は、父親がフランス人だったが、マンチェスター育ちだった。そのため彼の英語にはかなり強いランカシャーなまりがあった。フランス語のほうはみごとだったので、ベケットは「レップ」のおかげでエルスナー先生から習い始めていたフランス語の勉強を継続することができた。学校を実質的に運営していたのは、「レップ」と共同して校長の任にあり、年長の少年におもにラテン語と数学を教えていたウィリアム・アーネスト・エックスショーという「まじめなやつ」だった(ベケットの父は「卵の殻《エッグシェル》」というあだ名をつけていた(6))。彼は一九二二年に単独の校長になった。

それは彼か「レップ」のどちらかが共同運営を打ち切ったために、ル・プトンはこのあとダブリン郊外のラネローに自分自身の学校サンフォード・パークを設立した。

ル・プトンは「とても人好きのするはつらつとした小男」[7]で、かなり厳格だったようだが、それでもどうにか少年たちの人気を得ていた。もっとも彼をとてつもない変人と思っていた少年も何人かいた。その一人アンドリュー・ギャンリーはぶっきらぼうに言っている。

あの校長は悪い奴だったね。ぼくらはとても好きだったけど、悪い奴だった。へんなところで妙にユーモアがあっておもしろかった。自分にはユーモアなんかなかったくせに、どういうわけかわからないけどユーモアを感じさせた。で、卒業式なんかでよくこう言ったもんだ、「神はわたしに少年たちを送ってくれるが、悪魔はわたしに親たちを送る」。もちろんこれは大受けだった。[8]

おそらく自分の本能的反応と父親の不信感が入り交じったせいだろう、ベケットは「レップ」に関してもっと強い疑いを表明した。彼の覚えているル・プトンはこうだった。

あまり信頼のおける人物ではなかったね。(死んだ人の悪口は言いたくないけれど)ちょっとした悪党、「ろくでなし」だったと思う。一度わたしの父から借金をしようとしたことがあった。ホモだったんじゃないかな。人なつっこく体に触るのが好きだったしね。[9]

この学校にはとてもよい先生がいたこともベケットは記憶していた。数人はトリニティ・カレッジ・ダブリン卒だったし、一人か二人はウォルター・スターキーのようにトリニティの教員でありながら、収入の足しにするために特殊な科目を非常勤で教えに来ていた。ベケットが勉強に初めて真剣な興味を抱いたのは、ここアールズフォートでだった。十一歳か十二歳にして自分が一番好きな課目は作文だとわかったのだ。彼の作文はいつも点数が高かった。

ベケットはつねにスポーツに秀《ひい》でていた。学校でテニスを、大体はほかの少年を相手に、ときどきは「卵の殻《エッグシェル》」先生を相手にさんざんやった(「十四歳ごろまで、テニスはかなりうまかったと思う」と彼は言った[10])。そればかりかフランクとキャリックマインズ・テニス・クローケー・クラブで勝ち抜き戦に参加し、しばしば優勝するほどだった。クールドライナ邸の弓形張り出し窓の左、第二玄関の煉瓦の上にベケットは書いた、「S・ロウとS・ベケット、一九二〇年八月の少年少女テニストーナメントで優勝」[11]と。

キャリックマインズでベケットは男子年少組で優勝し、従姉のシーラ・ロウは女子年少組で優勝したのだった。フランクが寮暮らしでいないときや、自分と同年代の少年とテニスをするときは、やはりケリーマウント通りに住んでいたジェフリー・ペリンという友人が相手になるのが普通だった。ペリンはこう書いている。

わたしたちは二年間、ダブリン州とウィックロウ州両方の選手権でハンディ付きダブルスのペアを組みました。わたしたちは最年少のペアで、なかなかうまかったはずです。たいしたハンディを付けられることがまったくありませんでしたから。プラス・マイナス0.2がわたしたちの普通のレベルでしたよ。(12)

夏には、クールドライナ邸でしばしばテニス大会が開かれた。一家は芝生のコートをもっていて、ベケットは庭師のクリスティーがそこに線を引くのを手伝ったのを覚えていた。年齢差にもかかわらず、フランクとサムはたがいの相手となり、週末には父と対戦することもあった。メアリー・マニングとその弟ジョンのようなお客さんもプレイしに来た。ベケットは「スポーツマンの眼を生まれつき備えていたね、わたしは一度も彼に勝てなかった」とジョンは言った。こうしたとき、サムの母親は、のどの渇きをいやすオレンジかレモンのジュースでいっぱいの大きなビンと、料理人か彼女自身がこぎれいに作ったサンドイッチをもって家から出てくるのだった。けれども、ベケットはこうした社交的な集まりをいやがった。そして、むっつり黙り通したので、しらけてしまった客が少なくとも二人はいた。とりわけ女の子のいるときは、恥ずかしさと彼女たちのテニスの力量への軽蔑が入り交じった感情から、(13)ずっとおし黙ったままだった。

ビル・ベケットは息子たちをかわるがわる連れてテニスのラケットとクリケットのバットを買いにいった。店は、ロウアー・アビー通り二番のウィリアム・エルヴェリー・スポーツ用品店で、ムーニーズ(『マーフィー』でニアリーはこのパブで悲しみをいやし、ミス・クーニハンに思いをはせる)の隣にあった。少年たちは体がバットとラケットを扱えるようになるとすぐそういう用具を買ってもらっていた。しかし、十歳という若さで、初めてのゴルフ・クラブのセットを父と買いにいったときはベケットも鼻が高かった。このあとすぐベケットはキャリックマインズ・ゴルフ・クラブ所属のプロ、ジェイムズ・バレットのレッスンを受け始めた。そして暇さえあればここでゴルフをした。(14)相手が見つからないときは、自分の打ったボールを的にしながら、一人でコースを楽しんだ。アールズフォート・ハウスでは、クリケットとラグビーのチームにも属していた。何人かの先生はクリケットがうまく（その一人、おそらくA・D・コードナーは、アイルランドのアマチュア代表チームにいた）、質の高い指導を受けることができた。この経験は、のちにベケットがポートラ・ロイヤル・スクールとトリニティ・カレッジの代表選手になったとき大いに役に立った。

夏学期のあいだ、日が長く明るいときなどには、アールズフォートのクリケットチームの少年たちは、今日ラグビーの国際試合がおこなわれているランズダウン・ロードのグラウンドで、夜遅くまでゲームを続けた。試合の日には、ベケットは、白く塗った靴、きちんとアイロンがけしたクリーム色のユニフォーム、クリケット用セーターと帽子などの詰まった途方もなく大きいバッグをもって学校へ行くのがつねだった。そのバッグはじつのところ、運ぶにはあまりに大きく、重たいものだった。試合のあとは大体夜九時にようやく帰宅したが、昼のサンドイッチ以来なにも食べていなかったので、へとへとで空腹だった。クリケット場からハーコート・ストリート駅まで市電に乗り、そこから電車（彼は定期券をもっていた）に三十分乗ってフォックスロックに帰るのが習わしだった。

十二歳ごろのそんなあるとき、ベケットは試合で活躍して気分よく市電に乗りこんだ。試合で放った外野後方への巧みなはす打ちのことを父に話すのを楽しみにしていたのだ。ハーコート・ストリート駅に近づきながら、彼はなにげなくポケットの定期券に手を伸ばした。定期券はなかった。注意深くブレザーとズボンのポケット全部を確かめ、バッグを空《から》にして探してみたが、無駄だった。残っていたわずかの小銭を使って市電でクリケット場に戻り、選手控え場に定期券を置き忘れていなかったか調べてみたが、そこには誰もおらず、定期券はどこにもなかった。

ハーコート・ストリート駅に戻って真相を正直に話せばよいのに、駅員がこわくてできなかった。ボールズブリッジの祖父を訪ねて必要なお金をもらうのも自立心と頑固さのせいでできず、結局八マイル歩いて帰ることに決めた。家から一マイルほどのところまで来たとき、それまでかついできたバッグの重さに疲れ果てて、道端にへたり込んでしまった。心配して探しに出ていた父親に見つけ出されたときはもう夜の十二時になろうというところだった。二人は歩いて帰った。バッグをかついだ父親はほとんどなにも言わなかった。一方、母親は心配のあまり気も狂わんばかりで、二人が帰宅するやいなやさんざん小言《こごと》を言い、夕食も与えずにベケットを寝室へ追いやった。空腹に耐えながら横になっていると、しばらくして、木製の階段のきしむ音がした。父親が食べ物をもってきてくれたのだ。「父にはわかっていたんだ」と、ベケットは四十年後に語った。「父からはどんな厳しい仕打ちも受けなかった。でも」と彼はすぐに寛大に付け加えた、「母を非難したいわけじゃない。母は心配で死にそうだったんだ[15]」。

　このころベケットは学校の陸上競技でも優秀だった。

学校ではよく走った。わたしは中距離から長距離走者としてはなかなかだった。一度、わたしがレースの先頭でグラウンドに入ってくると、父が去っていくのが見えた。会議に出なければならなかったんだ、わたしがテープを切る直前だったのに[16]。

ベケットはまたボクシングも習った。ボクシングは護身術として有効なだけでなく、性格形成のうえでも有意義だとも考えられていた。そこで、アールズフォート・ハウスの少年たちは年少クラスから、毎週一度か二度レンスター・クリケット・クラブの選手控え場に通った。そこではズック靴の底を通して床板のこぶがボコボコ感じられた。数えきれないほどのクリケット靴のスパイクのせいで床板のこぶの周りの木がへこんでしまっていたのである。そこで少年たちはパーソンズ軍曹という男にボクシングを習った。彼の口癖のようなアドヴァイスは「自然にやり合え！　自然にだ！」だった[17]。

　自分でも認めているように、ベケットはリングのなかでも外でもアールズフォート・ハウスでは、しばしばけんかにからんだ。「取っ組み合い《スクラッピング》」をしたり、机を削り取ったり、立入禁止区域に侵入したり、さまざまないたずらをして、ル・プトンに三、四回ぶたれたのを記憶していた。建前上は、厳しいしつけが、ル・プトンのイギリス・パブリックスクール哲学の要諦だったはずである。しかし、これは現実には学校じゅうで無視されていた。まず上級生がかなりひどいいじめをすることによって規律を乱した。たとえば、二つの校舎のうちの一つの地下室で、残虐な上級生が「ダンス教室」と呼ばれるものを開いていた。上級生の気にさわった下級生がそこへ連れていかれ、石やコンクリート片を足に投げつけられてダンスをさせられるというものだった[18]。一、二の教師もまた、規律を保てず、容赦なく少年たちにばかにされた。

　アールズフォート・ハウス時代の二つの出来事がベケットの心に強く刻まれていた。どちらも残酷さに対する深い嫌悪を示したものだ。人は回顧するときある程度同情的になるということを考慮に入れてもなお、これらは大変意味深い。第一の出来事は、すぐれた数学者だったが、トリニティ・カレッジのフェローになるための試験──ベケットによれば世界でもっともむずかしい試験の一つ──に落ちて、「私立学校《プレップ・スクール》でインクまみれの少年たちを教えるしかなくなった」リスターという数学教師に関わっている(19)。この教師はグレーヴズ病を病んで目が飛び出ていたため、規律を保つのはほとんど不可能だった。彼は少年たちに容赦なくからかわれ、馬鹿にされ、あざけられ、しまいには「神経がまいって」発狂寸前までいってしまった(20)。彼はこうした情け容赦ないいじめにはまったく無防備に見えた。ベケットは、級友たちの不当な残酷さにぞっとして、リスターいじめに加わるのを拒んだだけでなく、それをやめさせようともした(21)。だからといって、成長して大胆になっていった彼が、やがてポートラ・ロイヤル・スクールで、悪ふざけをしなかったわけではなかった。そこでは彼自身の言う、もっと巧妙で洗練された悪ふざけをした。

残酷と非人間性にベケットが心を痛めたもう一つの出来事は、一匹の犬に関するものである。ある日学校が終わると、一匹の狂犬が校庭を走り回り、口からよだれを出して荒れ狂い、近づく者がいようものならいつでもかみつきかねない様子だった。少年たちは外に出ないようにと言われたが、ベケットともう一人の友人は、電車に遅れたくなかったので、思い切って走っていくことにした。門を走り出たところで二人は校庭の隅にうずくまっている犬を見た。ハーコート・ストリート駅に向かって歩いていると、二人は犬を処理するために呼ばれた大男の警官に出会った。警官がどう始末をつけるのか見物したかったので二人は学校まで戻った。警官は警棒を取り出して、犬が隅に追いつめられている校庭に入っていった。警官はそこで犬をさんざん打ちのめし始めた。犬は跳びかかったが打たれて地面にたたきつけられた。ベケットは警官が文字どおり犬を殴り殺すのをぞっとしながら見ていた。半世紀のちに「この出来事は、わたしに大変な影響を与えた」と彼は言った(22)。

ベケットの学校時代の思い出が作品のなかに直接表われることはほとんどないが、アールズフォート・ハウスの生活で身につけたことのうち、のちの彼の姿勢と行動に深い影響を及ぼしたと考えられる二つの心構えがある。この学校は意図的に多くの宗派に開かれていて、アイルランドでは珍しいことに、大多数を占めるプロテスタント以外にも、カトリック教徒、ユダヤ人、自由思想派たちも受け入れていた。少年たちは、異なる宗教への寛容と平等の重要性をたたきこまれた。ユダヤ少年エドワード・ソロモンが転校してくるというときに、ル・プトンは、エドワードに少しでも普段とちがう接し方をした者は「生きたまま皮をはいでやる」と言って脅したほどだ。[23] それぞれのグループが独自の宗教教育を受けたければそうできるようにも配慮されていた。だから、プロテスタントの少年たちは、誰がカトリック信者で誰がユダヤ教信者だかよく知っていたけれども、それによって校内での態度や友だち関係が左右されることはまずなかった。個人の資質が宗教的信条に優先するというこうした倫理観は、終生ベケットから離れることはなかった。一九三〇年代の初めにベケットの親友には、多くのプロテスタントや無宗教者のほか、ユダヤ人A・J・レヴェンソールやカトリックのトム・マグリーヴィーがいた。のちにはこの寛大さが、はるかに積極的な反人種差別主義へと変わっていくことになる。

ベケットを含めて多くの少年がこの学校で刻みこまれた二つ目の心構えは、忠誠心、自尊心、誠実さ、礼儀正しさ、他人への尊敬の念である。学校は、ベケットが早くから家庭で吸収していた価値観をさらに強化した。これらの価値観は、プロテスタントの中産階級が重視し、現実には達成不能だったにせよ、理想としていた価値だった。学校ではこのほか団結心も大変重んじられていた。[24]

2

一九一六年、ダブリンはイースター蜂起〔イギリスからの独立を目ざした反乱〕の血なまぐさい戦闘で多くの死者を出し、混乱状態にあった。フランクはまだアイルランドにいたが、おそらく首都の混乱を避けるということもあって、親元を離れた寄宿学校へ送られた。サムに関しては、まだ親元を離れて学校へいく年ではないが、十三歳になればすぐ兄に合流できるだろうというのが両親の結論だった。両親が選んだのは、フェルマナー州北部エニスキレンにある寄宿学校の名門ポートラ・ロイヤル・スクールだった。ここは十九世紀を通じて、裕福なプロテスタントの家庭に人気があったところである。アイルランドはベケットがここの二年生だったときに分割された。彼自身は当時この事件にほとんど心を動かされなかった。とはいっても、学期が始まるたびに国境を越え、イギリス軍が付近に駐屯しているのを見て、また学期が終わるたびに形成途上の新しい国の首都に戻るという経験は、成長しつつあったベケットの政治意識になんらかのインパクトを与えたにちがいない。

ポートラ・ロイヤル・スクールはほぼ三世紀にも及ぶ伝統のある学校だった。ビル・ベケットのダブリンの仕事仲間やフォックスロックの隣人たちのなかにもすでに子息をここへ通わせる人たちがいた。ここの学業実績は優秀で、昔からトリニティ・カレッジと深い結びつきがあった。そのうえスポーツでの評判もよく、スポーツ好きのベケット兄弟にとってはこちらも重要だった。しつけはかなり厳しいという評判だった。もっとも、校則は次のように気高くうたっていた。「規律は人間の内側から発するものでなければならない。自己規律こそが最高の規律である」。

ポートラはアイルランド湖水地方のもっとも美しい地域の一つにあり、エニスキレンの町を見おろす急な丘の上に堂々と鎮座している。学校の裏のクリケット場からは、ロウアー・アーン湖とそのなかに浮かぶ島々が北のほうへずっと続いているのが見える。丘の裏手の左側にはナロウズという一種の地峡があり、そこをアーン川がエニスキレンから湖へ流れてゆく。西には地平線上にベルモア山がそびえている。近所にはクール城とフロレンス・コートの威厳ある邸宅がある。森や湖畔には快適な散歩道があり、生徒たちは週末にそこを散歩することが許され、また奨励もされた。

この学校に社会階層間の交流があるとすれば、それは自宅から通学する生徒（おおかた授業料免除だった）がいたせいだった。彼らは地元の商店主、商人、農民の息子たちで、「自宅組」と呼ばれ、寄宿生とは別の教育を受けていた。寄宿生のほうは事実上、全員がビジネスマン、銀行家、法律家、将校、公務員、アイルランド教会の牧師たち（その息子たちの授業料は割安だった）だった。「自宅組」は寄宿生たちから軽蔑されていた。上流の地主階級はたいてい子弟をイギリスへ送っていた。イギリスの名門パブリックスクールの授業料はポートラの二倍もしたのに、である。したがって、地元に残っている上流家庭の子弟はわずかしかおらず、「名士」の子弟となるとなおさら少なかった。

しかし、ポートラは独自のアイルランド的性格と雰囲気をもっていた一方で、いくつかの点でイギリスの名門パブリックスクールと似通っていた。たとえば、スポーツの重視、将校養成科（ベケットと友人ジェフリー・トンプソンは頑として加わらなかった）、イートン校の「イートンに栄えあれ」を模した校歌「ポートラに栄えあれ」が歌われる記念館での朝の祈り、アイルランド教会の少年たちのためにおこなわれる聖堂での日曜の朝の礼拝、家からもってきた救命用「食糧箱」に入っていて、地下の「食糧庫」に保管されるまずい食物、校舎と寮の監督生徒とガウンを着た教師たち、スポーツの代表選手用に特別のブレザーと帽子がある制服、などである。

新しい学校に移って最初の学期、つまり一九二〇年のイースター学期に、ベケットはひどいホームシックにかかった[25]。なんといっても親元を離れて暮らすのはこれが初めてだった。兄が同じ学校の寄宿生だったこともたいした助けにはならず、すぐに自分で道を切り開かねばならないことを悟った。フランクはサムより三年年長だったからだ。フランクはまた五、六人いた監督生徒の一人だったし、上級生のなかに自分の仲間をもっていた。だから、いくら弟に親しみを感じていても、家にいたときよりははるかに疎遠にならざるをえなかった。

ベケットは初めのうち、新入生がよく出会ういじめにかなり苦しんだ。最初の学期に図書館で、クラークという名の少年が率いる不良グループにいじめられたことは鮮明な記憶として残っていた。いじめっ子たちは知らなかったが、ベケットにはごくまれに爆発する激しい気質があった。このとき、からかわれ、いじめられたベケットは逆上のあまり猛り狂い、ボスのクラークを無茶苦茶に殴り続けた。彼はアールズフォート・ハウスでボクシングを習っていたうえ、クラークよりいくらか体重もあったので、こてんぱんにやっつけてやったのだ。ベケットいわく、「ほとんど殺すところだった[26]」。この事件のあと、ボクサーとして腕をみがいたこともあり、彼をいじめる者はまったくいなくなった。とはいえ、最初の学期のおもな思い出といえば、早く床に就きたいという願いしかなかった。「ひどいごたごたから離れたかった」のだ[27]。

二学期になるとホームシックはずっと軽くなった。けれど依然としてポートラはきつい学校だった(ベケットに言わせれば、「やつらはひどく粗暴な連中だった[28]」)。生活はつらかったし、寒くてじめじめした日が多かった。校内では多くの校則によるかなり厳しい監督体制がしかれていた。ベケットが在校してからわずか数年のちの記述を信頼するとすれば、食べ物は貧しく、不充分だった。

わたしたちの主食はバター付きパンと紅茶だった。ジャムは日曜を除いては自分持ちだった。朝食のときは、こげたオートミール、ベーコン、ソーセージのどれかが付いた。オートミールは安かったのに、揚げ物が出ない日にしか付かなかった。昼食はと言えば、たいてい食べられた代物ではなかった。そもそもあぶら身のない肉が、肉汁が全部なくなるまで焼かれているか、ものすごくどろどろしたシチューに入れられていた。ジャガイモはくずれやすくぐずぐずになっていたし、キャベツはゆですぎ、水切りは全然してなかった。わたしたちはおなかがすいていたのに、一口も食べられないことがよくあった。何度も何度もわたしは乾いたパン一切れと水一杯という昼食をとった。午後のお茶の時間は、またバター付きパンに自分のジャムを付けて食べるだけ。ゆで卵が欲しければ余分のお金を払うか、家から卵を送ってもらわなければならなかった。(29)

ベケットは入学後まもなく学校のスポーツチームに入ったが、チームに所属している少年たちにとって最大の利点は、彼の言う「トレーニング用の特別配給」があったことだった。(30)

ベケットはいったんポートラに落ち着くと、別にみじめとは感じなくなった。同学年の生徒のなかに、あるいは彼が住んでいたコノート・ハウスという「青い寮」のなかで、たくさんのよい友だちを作ることができたのだ――ジェフリー・トンプソン、オリヴァー・マカッチョン、チャールズ・ジョーンズ、トム・コックス、ハーバート・ギャンブル、そしておもにスポーツを通じてコートニー・デヴレル。これらの友人の一人、のちのチャールズ・ジョーンズ将軍は、当時のベケットをこう振り返っている。

引きこもりがちで、ときどきむっつりしていましたが、彼はとても魅力的でした。眼鏡の奥の目は突き刺すように鋭く、よくじっと座っては、周囲で起きていることを自分に与えられた題材のように思慮深く、また批判的に検討していました。でもばかげたことにはすぐ乗る、ユーモアのセンスももっていました。チャーミングな微笑によって顔がぱっと明るくなると別人のように見えました。(31)

当時のベケットを知る人は口をそろえて、彼がむっつりし、引きこもりがちで、内省的になることがあったと言う。(32) 明らかにベケットは、なにか妙に控えめで、謎めいていて、うちとけない雰囲気をすでにかもし出していた。もちろん親友たちは、引きこもりの時期を抜け出ると彼がユーモアをそなえたすばらしい仲間になることを、後年と同じく当時すでにわかっていた。もっとも、現在の校長が次のように追悼記事のなかで結論づけるほど、ベケットの社交性については疑問が残っていた。「天性の才能と鋭敏な知性にもかかわらず、彼が生徒のなかに簡単になじんだようには思われない」。(33)

ポートラでの一番の親友は、のちにベケットの人生で重要な役を演じるジェフリー・トンプソンだった。二人はおたがいを「似た者同士」と感じていた。(34) 二人とも南部出身だったし、ベケットによれば、自分たちと北部人のちがいを非常にはっきり意識していた。ベケットに比べると頑丈さと適応力にはるかに欠けたトンプソンにとって、ポートラ時代の思い出はずっと苦いものだった。「わたしはただ連中のなかをやみくもに切り抜けてきただけだ」とのちに語っている。[35] 彼もベケットと同じようにもの静かで控えめで、豊かなユーモアと皮肉っぽい機知に恵まれていた。ベケットはトンプソンのかみそりさながらの鋭い知性を尊敬し、彼とのつきあいを大いに楽しんだ。トンプソンは科学に抜群に秀でていて、まずダブリンの内科医に、次いでロンドンの精神科医になったが、文学にも強い関心を寄せ、読書の幅は広く、文章も非常に上手だった。ベケットによると、校内作文コンテストで何度もトンプソンに一位の座を奪われたという。もっとも、同級生によれば、ベケットも負けないくらいよく作文でシール賞をとっていたらしい。[36]

校長は一六一八年の学校創立から数えて十二代目に当たるアーネスト・G・シール師だった。シールは少年たちには「ボス」または「ネッド・ボス」と呼ばれていた。[37] 教員はまとめて「親方衆」と呼ばれた。[38] ベケットとほぼ同時期に学んだ一人はシールのことを次のように描いている。

> 白髪になる前でもネッド・ボスはひときわハンサムで威厳に満ちた男だった。きっとずっとそうだったんだろう。だが身体的障害のせいでしょっちゅうからかわれていた。足は湾曲し、右腕は部分的に麻痺し、とくに怒ったときには頬に神経質なけいれんが出た。そのうえ奇妙な吠えるような声だった。わたしたちは彼が背を向けるとこうした欠陥をこっそりまねしたものだが、彼の存在を恐れ敬ってもいた。彼が怒って大教室の教壇を踏み鳴らし、私たちを「下司野郎《キャッド》」と呼ぶときなど、シナイ山のいただきから大声を上げるエホバのようだった。この「下司野郎」という言葉は……彼の最悪ののしり言葉だった。[39]

数学と理科はケンブリッジ大学セント・キャサリンズ・カレッジ卒のW・M・テトリーという上級教師が教えていた。彼はクリケットのコーチもしていた。審判をしているときいつも「投げろ《ボウル・アウェイ》」と言うので、「ボロ」というあだ名が付いていた。[40] 苔《こけ》の研究が専門だったテトリーは「がっしりした近寄りがたい感じで、濃い口髭、金縁眼鏡」[41]、太い眉、きっちり真ん中で分けたグレーの薄い髪という風貌だった。眼は小さく、顔はイタチのようで品が悪そうだった。[42] ベケットは彼が大嫌いだった。ベケットは、数学はずっとましだったが、物理と化学はひどい成績だったので、とても友好関係を築けそうになかった。ジェフリー・トンプソンの話では、テトリーは次のように言ったそうだ。

「ベケット君、君ほどの知性の持ち主が化学と物理の基本原理を理解できないなんて信じられないね」。サムはこれにはなにも言いませんでした。でも数日後、うっかり硫酸のビンを流しに開けてしまいました。これが彼の答えでした。硫酸と水の区別もつかなかったのです[43]。

一方、文科系の科目は、けっして抜群というわけではなかったが、理科よりはずっとよくできた[44]。フランス語の先生はまず、「丸っこい、ふけた顔で、縁なし鼻眼鏡のせいで厳しい感じに見える[45]」が親切で才能ある女性イヴリン・テナント先生、次いで、厳しくしようとしても少年たちにからかわれるのが落ちだった、長身でやせぎすのハーパー先生だった。そして、「でっぷりと腹の出た大男[46]」ブルール先生が、父親がドイツ人だったのに、英語を教えていた。少年たちはブルールを信用できなかった。「彼のなれなれしさに下心があるように思えた[47]」のだ。学校じゅうで「ミッキー」と呼ばれ、大いに尊敬されていたA・T・M・マーフェット先生は、元来ケンブリッジ大学のピーターハウスの学者で、コノート・ハウスの寮長だった。ベケットは彼からラテン語と聖書を習った。「マーフェットは小柄で物静かな男だったが、皮肉を言う癖があって、人気がなかった。でも、並はずれた古典の先生だった」と、ベケットより数年あとに同じ学校で学んだ従弟のジョン・ベケットは語っている[48]。ベケットは、マーフェットから、次いで、(必修だった)ラテン語の上級クラスを受け持ち、すぐれた古典学者でもあった校長から、ラテン語の基礎をみっちり仕込まれた[49]。おかげで後年、難解なラテン語文献に挑戦したり、古典作家から自在に引用することができるようになった。しかし、ギリシア語とドイツ語はどちらも学ばなかった[50]。

ベケットとジェフリー・トンプソンはともに文学に関心をもっていた。おもにコナン・ドイルの短編と、イギリス生まれのカナダのユーモア作家スティーヴン・リーコックが、二人のお気に入りだった[51]。リーコックの奔放なウィット、読者にしかけるどこか強引なゲーム、愉快なパロディ、言葉遊び、特殊な単語への嗜好は、まちがいなく二人の聡明な少年を惹きつけただろう[52]。そのうえ、ベケットの後年を知っているという貴重な利点でもって判断すれば、リーコックが論理や理性とユーモラスに、また、とっぴにたわむれるやり方と、ベケットの小説『マーフィー』や『ワット』のあいだには興味深い類似がうかがえる。「家政婦ガートルード、あるいはうぶな十七歳」の書き出しの一段落は、若いベケットをおもしろがらせたたぐいの文章の好例だが、同時に、彼がのちに小説形式の伝統を転覆するやり方とのありうべき連関を示唆してもいる。

前の章の要約：前の章はありません。

スコットランド西部の海岸では激しい嵐の夜でした。でもこれはいまの話には関係ありません。舞台はスコットランド西部ではないからです。ついでに言えば、アイルランド東部の海岸でも同じように悪天候でした。

この話の舞台はイングランド南部、Knotacent（「ノッシュ」と発音します）卿の里、Knotacentinum Towers（「ノッシャム・トーズ」と発音します）とその周辺です。

でも読むときにはこういう名前を発音する必要はありません。[53]

ベケットとトンプソンは一緒に詩も読んだ。トンプソンは、ある日曜の午後、二人で田舎道を散歩し（「晴れた日曜の午後には、二時半から三時半まで学校の外へ出るべし」と校則にあった）、木陰に座って「ナイチンゲールに寄せるオード」を暗記したそうだ。[54] このキーツの詩はベケットの作品で何度も言及されている。そのもっとも印象的な例は初期の短編「ダンテと海ざりがに」で、ベラックワが魚屋から買ってきた海ざりがにが生きたまま叔母にゆでられるとき、適切にも語り手は「空中に舞いあがり消えよ、わが静かなる呼気」という句を引用するのである。[55] こうした出来事は、ハウスにあるベケットの叔母シシーの家で実際に起こった。[56]

3

学校生活への適応は、ベケットがスポーツ万能だったおかげでもちろんずっと楽になった。ポートラのようなパブリックスクールでは、スポーツはリーダーシップとフェアプレイの精神をつちかうものだと考えられていた。そこで毎週二回、午後の時間が、ラグビー、サッカー、ボート、水泳、クリケット、ボクシングに当てられた。ベケットはボートはしなかったが、陸上を除くすべてのスポーツで好成績をあげた。また、ボクシングでライト・ヘビー級チャンピオンにもなった。[57]

クリケットでは、左打者（兄が教えてくれたからいつも左打ちだったとベケットは言った[58]）としての見事な眼力と、オフブレーク〔オフサイドから内側にそれた投球、またはそのようにボールにかけられた回転〕を投げる右投手としての才能の片鱗を見せた。ポートラで迎えた最初の夏、ベケットは十四歳ですぐに一軍チームに入れられた。やがて彼とジェフリー・トンプソンは、学校代表チームの先頭打者としての地位を固めることになった。

四十得点でトップを飾ったベケットのポートラ最後のシーズンの活躍について、校内誌は次のように書いている。

　いったん調子に乗ると楽に点を稼ぐが、そうなるまでに時間がかかる。本領を発揮したのは二回か三回だけ。打者の右前方でのプレイは向上した。後方に打って投手をやっつけることができる。調子のいいときは手ごわい投手。一級の野手[59]。

水泳もベケットの数あるレパートリーのなかに入っていた。ポートラの生徒たちは近くのアーン湖で泳ぐのが習わしだった。石のらんかんに跳びこみ台が設置されたばかりで[60]、ベケットもほかの少年とともに、早朝、湖の冷たい水に飛び込んでナロウズまでいっきに泳いだものだった。ナロウズを横切る競泳や、四百二十ヤードの長距離競泳もあった。ベケットは遠泳のように持久力がいるものより短距離のスピードが勝負のものにすぐれていた。それでも一九二一年には、下級生の遠泳大会で優勝した[61]。

　勉強と運動以外の自由時間は、たいてい、読書するか、友人たちとブリッジやチェスをしていた。友人の一人チャールズ・ジョーンズはベケットのことを振り返って、「鋭く有能なブリッジ・プレーヤー」だったと回想している[62]。チェスのほうはぐんぐん熱中し、機会があれば必ずさした。ベケットはまた、当時としてはめずらしく五、六年生で定期的に音楽のレッスンを受ける生徒の一人だった。と言っても、ピアノ教師については「あまりいい先生ではなかった」と言い、批判的だった[63]。音楽と詩に関心が強かったことから、「ギルバートとサリヴァンのオペラを全部暗記している」という評判まであった[64]。また、読書に対する本当の関心が芽生えたのもこのころだったようだ。ブルール先生を補佐する図書係になって、少なくとも一冊を図書館に献本しているのだ。二年目に彼は、文学・科学クラブの委員に選出され、根っから内気だったにもかかわらず討議に参加し、女性解放を攻撃した動議に、「激越で雄弁な演説」をして反対したこともあった。ところがこのとき、彼ともう一人の生徒は十票差で敗れてしまった[65]。

　ベケットは校内誌には寄稿しなかったと言っていたが[66]、十代なかばで書いたというびろうな戯《ざ》れ歌は自慢にしていた。友人らが暗記してしまうほど歌は強い印象を与えた[67]。

我と来よ、愛しの人
いざ公衆便所へと
彼の地の名人、輝ける
便器に描くは二重丸

均整見事にうち伸ばし
両端きちんと尖鋭なり

この戯れ歌はもう十四行続くのだが、これはベケットの後年の小説にも流れる世俗的なユーモアの発露である。学童の糞尿好みが、のちには、人間の生理に対する皮肉な（とてもジョイス的な）嘲笑に変容し、それを表現する言語は、検閲を拒否して、人間の経験のすみずみまで探求する権利を主張するのだ。

4

ベケットはアールズフォート・ハウスのときと同様、ポートラでも聖人君子ではなかった。チャールズ・ジョーンズは書いている、「わたしたちと同じくらい彼もいたずら好きで、ブルール先生を怒らせて大いに楽しんだものだが、先生のほうは何度も心筋梗塞になりかかったにちがいない」(68)。ベケットはしばしば、いたずらの口火を切ったり、先導役を果たしたりした。ポートラでは毎晩七時には「小ベル」が鳴り、九十人ほどの騒がしいアイルランド少年たち――すなわち寄宿生たち――が、「大校舎」と呼ばれた大部屋に集まって宿題をやることになっていた。部屋の片側なかばほどの壇には当番の先生が座っていて生徒を監視した。ある晩、生徒たちから容赦なくからかわれていた、やたらに厳しい先生が当番になることが生徒たちのあいだに伝わった。もじゃもじゃの口髭をはやした長身痩軀のトマス・タッカベリー先生である。カーキ色の乗馬用ズボンに皮のゲートル、ツイードの上着といういでたちだった。彼は人生の失敗者だった。妻には逃げられ、学者としては悪くなかったもの(69)の、五十にもなってまだ下級教師だった。第一次大戦で男の数が激減したため、まともな教師はほとんどどこかの校長に引っ張られ、簡単に上級職を与えられていた時代に、である。

その晩は、いつものように、生意気な質問、ひそひそ話やおしゃべり、必要以上に音を出す机の開け閉めがあっただけではなかった。優秀な五年生のうち二人の積極的な少年が、合唱隊をきっちり組織してその夜を盛り上げることにしたのである。少年の一人はクロード・シンクレアで、英国国教会の牧師を数年務めたあと、アイルランドの生活について小説をいくつか書いたが、いずれもいまや忘れられている。そして、もう一人がサミュエル・ベケットだった。「疑わしい歌の歌い手たち」という頭韻を踏んだタイトルのもと、二人は歌うべき歌をあらかじめ配っていた。「自然に発生する」歌の開始の合図は、中央の通路側の誰からも見えるところにいたベケットが出した。

「コンサート」はまったく計画どおりにいった。ベケットが人差し指を上げると九十人の声ががやがやと合唱を始めた。運悪く、激怒したタッカベリーは誰が指揮をしているかを見つけ、壇を離れてベケットのほうへ怒ってやってきた。机のところまで来ると、彼のなかでなにかが切れたらしく、両方のこぶしでめったやたらにベケットを殴り始めた。ボクシングの訓練をしていたベケットは、手でガードして頭を守った。しまいにタッカベリーは自分のしていることが恥ずかしくなったのか、殴るのをやめた。ベケットはガードしていた手を下げ、顔を上げるとタッカベリーに一撃を見舞った。そして、みながシーンとするなかで静かに言った、「自分と同じ大きさのやつを殴れよ！」自分のした攻撃とベケットの言葉の双方が合わさって、先生に壊滅的な打撃を与えた。タッカベリーはゆっくりと壇に戻り、両手に頭を埋めて泣き始めた。すすり泣きを通して生徒たちにはこんなつぶやきが聞こえた――「こんなふうになるなんて――全校の便利な肥だめみたいだ」。すると彼はいきなり立ち上がって教室を出ていった。生徒たちは、先生の言葉に、そして自分たちのいたずらがすぎたことにすっかり衝撃を受けた。(70)

ベケットは、初めは楽しく無害ないたずらと思えたものがこんなことになり、ひどく動揺したようだ。友人のローレンス・ハーヴィーには、先生が無防備だったことに哀れさえ感じた、と言っている。ベケットがこうした悪ふざけを自分がいじめられた経験にひきつけて考えられるほど敏感だったのはまちがいない。

一度、ベケット自身が不当に罰せられて傷ついたことがあった。六十年後、彼はそれを昨日のことのように鮮明に記憶していた。

フランクは生徒総代か監督生徒で、わたしたちの寮の責任者だった。彼には個室があった。ある晩、彼はわたしたち全員がベッドに入ったのを確認したつもりだった。ところが、わたしはギャンブルという友人のベッドに入っていたんだ。当時のわたしはセックスについてなにも知らなかった。ベットに入ったのは、ただコナン・ドイルの小説をギャンブルに聞かせてやるためだったんだ。校長のシールが懐中電灯をもってやってきて、この友人とベッドに入っているわたしを見つけてしまった。もちろんそれはギャンブルのベッドだったので、悪いのはわたしということになった。翌朝シールはわたしを部屋に呼んで、ギャンブルのベッドでなにをしていたのか、と尋ねた。わたしは、話を聞かせていた、と言った。「話だと？　どんな話だ？」と彼は聞いた。そこで、シャーロック・ホームズの『まだらの紐』だと答えた。わたしはそれで厳しい鞭を食らったものだ。「これでもう話なんか聞かせなくなるだろう」と彼は言った。(71)

自分がやっていないことで不当に罰せられ、傷ついたものの、ベケットはこの校長を大いに尊敬していた。「まさに廉潔の士だった」とかつての生徒の一人は言っている、「シール校長は、わたしたちにも無理なくらいの高潔さを要求して、しばしば裏切られた。もし彼の目をまっすぐに見つめたなら、校長はわたしたちの言うことをなんでも信じただろう(72)」。

名誉、忠誠、誠実の重視は、ベケットが前の学校で得た価値観を強化した。後年のベケットなら、これは息苦しく、退屈な順応主義とみなした倫理かもしれない。おとなになったベケットは、「ジェントルマン」という発想がイギリス的すぎて好きになれなかった。だが、当時もそう思っていたかどうかは疑わしい。というのも、こうした価値観が押しつけられた粗雑なやり方には疑問があっただろうけれど、十七歳でポートラを去るころまでに、これらの価値観は彼の性格に深く刻みつけられていたようだからだ。ベケットは本能的な個人主義者だったし、この種の価値観が公に主張されるときにありがちな大げさな説教臭さには我慢がならなかった。また、おそらく彼は自分の受けた教育とのちの行動との因果関係を認めなかっただろう。とは言っても、ポートラの生徒に示された価値観は、彼の人格形成において重要な役割を果たしたはずで、そのことにはもっと注意すべきだろう。後年しばしば、ベケットは、とくに義理もない人たちに対して、古風な丁重さや、ほとんどつね変わらぬ親切と礼儀正しさを示した。友人に対しては完全に誠実であり続けた。正直、誠実、忠実は彼の内部にそのまま保持され、のちに、パブリックスクールの伝統やブルジョワ的順応主義にではなく、哀れみ、同情、罪悪感に基づく個人的倫理に変わっていったようだ。この価値基準のせいで、自分よりも良心的でない人たちに対してきわめて無防備になった。そして、その高い基準に自分自身が達していないと感じると、強いピューリタン的良心の呵責に、しばしば過剰なくらいさいなまれた。良心と性向のあいだのこの種の衝突は、のちに多くの厄介きわまるトラブルと強い罪悪感につながっていくことになる。

第三章

知的成長を遂げる　一九二三—二六

1

一九二三年十月、文学士をめざしてトリニティ・カレッジへ進んだ十七歳のベケットは、内気で引っ込み思案の学生だった。彼はやせ型で年齢のわりに背が高かった。といっても、成長しきったときの身長六フィートにはまだ二インチほど足りなかった。短く刈られた赤茶色の髪は右方向にきちんとブラシが当てられていた。そのしかつめらしい外見は、分け目をつけるのをきっぱりやめてしまう後年の髪型とは正反対だ。短髪のせいか、大きく突き出た耳がいっそうきわだち、長いわし鼻とともに、年をとるにつれてだんだんと大きく、目立つようになった。澄んだ青い目は鋭かった。この点だけは生涯変わらなかった。金縁の小さな丸眼鏡をかけ、見るからに勉強家という感じだったが、これはスポーツマンの体格とは不釣り合いだった。まだスポーツに熱中してはいたが、トリニティ・カレッジで劇的に開花するのは、言語、文学、芸術への情熱だった。これは二人の教師の影響を強く受けた結果である。

ベケットが大学に入ってまもなく、ロマンス語の教授、トマス・ブラウン・ラドモウズ＝ブラウンは、ベケットの学問的向上に格別な個人的関心を寄せ始めた。ラドモウズ＝ブラウンのえこひいきのひどさは大学じゅうに知れわたっていた。その一方で、気に入らない人間に対しては激しい敵意を表わした。ベケットと同年代で、ラドモウズ＝ブラウンの学生だったアイリーン・ウィリアムズは、ベケットのようにはこの教授に対して好意を抱いていない。彼女は、「正直言って、わたしは個人的にはラディをけっして好きになれませんでした。気が変わりやすく、信頼できない人でした。誰か気に入った人を見つけると、その人のことしか眼中になくなって、わたしたちほかの人間はどうでもよくなるんです。学問的な基準にも平気で個人的な感情をはさむ人でした」と語っている。[1]

ラドモウズ＝ブラウンは若くて魅力的な女子学生にやたらに愛敬を振りまく（そのうえ、結婚していて子どももいるというのに浮いた話のつきないことで有名な）、「女たらし」として知られていたが、ときたま純粋に知的な理由から男子を好きになることもあった。ベケットは彼に気に入られた数少ない男子学生の一人だった。トリニティの文学のクラスは小人数だった。だから教師は文学専攻の学生一人ひとりのことがよくわかっていた。とにもかくにもベケットの仏文学や英文学の才能、学んでいる作品を鑑賞するときの思慮深い目、並はずれた文章力は、その寡黙で、物事をじっと考え込むような態度とともに、新入生のときからラドモウズ＝ブラウン教授の目を引いた。後年、ベケットはラドモウズ＝ブラウンが「あらゆるドアを開いてくれた」(2)と認めている。またはるかのちの一九八三年にも、「わたしに必要だった光の多くは『ラディ』の教えと友情から得たものだ。ラディに対してはいつだって愛情と感謝の念を忘れないよ」(3)と、教授に対する恩義について熱っぽく語っている。

友人からも敵からも「ラディ」として知られていたラドモウズ＝ブラウン教授は、ベケットが初めて出会ったころ、四十代なかばだった。教授はやさしい、親しみやすい顔をしていた。ややふくらんでいる鼻、肉感的な唇、色艶のよい顔。ただ、鼻《び》カタルがひどく、鼻をすする姿はどうみてもみっともよいとは言えなかった。背は高く、頑丈な体つきをしていたが、がっしりした背中は猫背だった。そのうえ、丸い大きなはげ頭の下の額は突き出ていた。彼は自分の頭の上部がめずらしい形をしていることについて、下方向に傾斜した泉門《せんもん》の前にきわだったこぶがあるのは、ラップ人やイヌイットに見られるものだと言っていた。そして自分が古代スカンジナビア人の子孫だとか(4)、ベケットの記憶では、アイスランド人の血統であるとか言って自慢するのが楽しみだった。もっと近い血筋をたどれば、教授の母方の祖先が所有していた一四八八年の紋章の写しをもっている、とも話していた。また、「わたしの父方の母は王室の子孫で、スチュアート家の出だ」と誇らしげに語っていた。(5)

ラドモウズ＝ブラウンは一九〇九年からトリニティ・カレッジの教授をしていたが、正統派からはほど遠く、問題視される人物でもあった。彼はけっして学問的体制の側に立つことはなかった。当時、大学のスタッフは二つの範疇に分けられていた。特別研究員《フェロー》と呼ばれて、若いうちに難関の研究員試験を突破し、特別の資格を取るに足るしっかりした学問的業績を収めた者と、そのフェローたちと学長がほとんど第二級市民とみなしていた教育職の者である。「ラディ」はりっぱな業績で名前を残していた(6)にもかかわらず、フェローたちに自分を選んでもらえるようにするでもなければ、フェローの仲間に入るつもりもなかった。(7)いずれにせよ、その種の人事異動はきわめてまれだった。ベケットはラドモウズ＝ブラウンのことを「快楽好き」と呼び(8)、コン・レヴェンソールは「独立独歩の」「激しい個性」

の持ち主だと語っている。[9] こうした人柄が正統派の厳格なフェローたちに気に入られるはずはなかった。

ベケットは当時を振り返って、「ラディ」がウィットに富んだ、さめた人物だったと述べている。学生だったころのベケットは、むしろ教授の無軌道な性格や激しく凝り固まった偏見の数々に興味をそそられ、それを大いに楽しんでいた。また教授が自分に関心を寄せてくれるのをうれしくも思っていた。ラドモウズ＝ブラウンは話好きだったが、たとえば、教権に対しては激しく異を唱えた。彼はトリニティ・カレッジのスタッフでもあった聖職者たちと、宗教について延々と議論した。騎兵隊の兵士のようにののしっては、とげのある当意即妙な機知や、鋭い印象的な警句を飛ばした。またあるときには、もっともすぐれた政府とは、「国民の面倒をみないでおきながら国民から金を絞りとろうとする、などということのない」政府だと定義した。ベケットはこの言い回しをけっして忘れなかった。[10]

「ラディ」は、ベケットの言葉を借りれば、「自由人」だった。[11] 学生と同等な立場で話をし、指導教官が通常するようなお茶に同伴するばかりか、音楽会や劇場、パブにも同行した。自宅はマラハイドにあったが、ダブリンにも複数の部屋をもち、そこでときどき学生たちのためにパーティーを開いた。六十年後、ベケットはくすくす笑いながら茶目っ気たっぷりに、それは「とてもセクシーな」パーティーだったと語っている。ラドモウズ＝ブラウンは宴たけなわになると、学生たちを喜ばせようと、気を利かせて照明を全部消した。なかには本当にそれを喜ぶ者もいた。ベケットはまた、ラドモウズ＝ブラウンの車でダブリン近郊の山へよくドライブに出かけた、とも語っている。[12] そんな教授の親切に対する恩返しができたのは、父親に小さなスポーツカーを買ってもらってからだ。ベケットは二度ほど、教授にクールドライナ邸まで送ってもらったが、両親と面会した「ラディ」が両親ととても馬が合う様子に驚いたという。[13]

ラドモウズ＝ブラウンはベケットの文学の好みに強い影響を及ぼし、人生観にも影響を与えたことは疑いない。ベケットがラシーヌの戯曲を深く愛好するようになったのもラドモウズ＝ブラウンのおかげであり、また、コルネイユ嫌いになったのもラドモウズ＝ブラウンのせいだった。[14] ルコント・ド・リールやジョゼ＝マリア・ド・エレディア、象徴主義者《サンボリスト》のアンリ・ド・レニエなどはラドモウズ＝ブラウンが心酔していた十九世紀フランスの詩人であり、[15] ポール・ヴェルレーヌの詩はベケットが学生だったころ、ラドモウズ＝ブラウンが編纂していた詩選集に収められたもので、[16] ベケットがこれらの詩人についての知識を得たのも指導教官の熱意によるものだ。「ラディ」はまたロンサールが好きで、なかでも「エレーヌに寄せるソネット」が大のお気に入りだったし、ペトラルカやその弟子で十六世紀の詩人ルイーズ・ラベの詩も愛好していたが、これもベケットに受け継がれている。『並には勝る女たちの夢』のなかで「ラディ」を戯画化した人物、「北極熊《ポーラー・ベア》」はもったいぶってこう語る――「さてルイーズ・ラベ［ベケットはLabbeをLabbeと綴っている］だけど」彼は言った、「彼女は身体的情熱、純粋に身体的な情熱を歌った大詩人で、たぶん史上最大と言ってもいいだろう」[17]と。「ラディ」はまた、ラベの友人で悲歌《エレジー》詩人モーリス・セーヴの重要性も認めており、ベケットに対し、『至高の徳の目標』（一五四四）の詩を丹念に読むよう指導していた。[18]

ラドモウズ＝ブラウンはすでに確立している文学の正典に限らず、プルーストやジード、ヴィエレ＝グリファンやレオン＝ポール・ファルグ、ヴァレリー・ラルボーやルイ・ル・カルドネル、フランシス・ジャムといった現代の作家について教え――また教えるのを楽しんだという点で、当時としてはめずらしい存在だった。[19] ベケットにとってさらにおもしろかったのは、「ラディ」が実際にたくさんのフランスの詩人を知っていたり、詩人たちと手紙を交換したりして、フランスの文芸思潮に起こっている出来事に遅れまいと努めていた点だ。「ラディ」は作家のスチュアート・メリルと文通していたし、おそらくフランシス・ジャムに会っていた。フランスの作家でジェイムズ・ジョイスの賞讃者であるヴァレリー・ラルボーとしばらく文通したのち「ラディ」はベケットが卒業する年にとうとうヴィシーまでいって、ラルボーに会ってきたのだった。[20]

ラドモウズ＝ブラウンのおかげで、ベケットが詩全般を愛好するようになり、同時代の詩に関心を抱くようになったのは確かだ。卒業後、ベケットが同時代のフランスの詩人、ピエール＝ジャン・ジューヴについて研究しはじめたのもラドモウズ＝ブラウンの勧めによるものだし、彼のおかげで一九二〇年代終わりから一九三〇年代初めにかけて、ベケットはポール・エリュアール、アンドレ・ブルトン、ルネ・クルヴェルといったシュルレアリスト作家の作品を翻訳するようになったのだった。[21] そのうえ、ラドモウズ＝ブラウンは詩人でもあり、みずからも英語だけでなくフランス語でも詩を書いていた。二か国語で書いた詩は、ベケットが教授を知る何年かまえに『塀で囲まれた庭』と題した薄い冊子として出版されている。[22] ベケットが創作を始めたのもこの教授に刺激を受けたせいだろう。

ラドモウズ＝ブラウンがベケットの人生観に与えた影響

力の大きさもまた絶大だったにちがいない。ラドモウズ＝ブラウンの回想録を読むと、個人の自由を固く信じていたことがわかる。彼は、「ゆえにわたしはファシストでも共産主義者でも帝国主義者でも社会主義者でもないのだ」と記している。[23] 偏狭な愛国主義や国家主義に対してはどんなものであっても真っ向から反対し、新たに誕生したアイルランド政府に対し、カトリック教会がますます支配権を握ろうとしているのを見ると、激しい怒りをぶつけている。

わたしはいかなる教義も受け入れないし、また否定もしない。すべての人間には完全に信仰の自由があるとわたしは考える。しかし、教会が――どんな教会であっても――その自由を考慮しないことを命じるようであれば、わたしは抵抗するし、反対する。……わたしは教会が政治や社会経済や倫理に干渉することは断じて許せない。[24]

ベケットは初期の作品でときおり、個人の自由に関わる問題で教会や政府の干渉について論じなければならないときに、ラドモウズ＝ブラウンと類似した立場をとっている。一九二九年の『T・C・D論集』に掲載された（ヴォルテールの『カンディード』にちなんでつけた）「なんたる不幸」と題された小論文や（一九三四年に『ブックマン』のために書いたものの、別の書評と合体させたために載らなかった）「自由国の検閲《サルストウット》」のなかで、それぞれアイルランド自由国政府による避妊禁止令と書物の発禁を攻撃している。政府によるこれらの禁止事項の法令化は、カトリック教会の厳しい道徳観によってますます強化されつつあった。[25]「ラディ」のように、個人の自由に強い関心を寄せ、明確な意識をもち、大胆に発言する人物と定期的に話をしたことが、ベケット自身の意見を形成し、鋭いものにしたにちがいない。

ラドモウズ＝ブラウンが自分の学生であるベケットを自由思想の後継者と考えていたのは確かだ。一九二八年にベケットがパリに行った際、ベケットをヴァレリー・ラルボーに「帝国主義と愛国主義と全教会の大敵だ」と推薦している。[26] またベケットに対し、宗教であろうが哲学であろうが倫理であろうが、すべての体制や正統信仰に背を向けさせようともした。「われわれは誰しも断固たる態度で自分自身に忠実であるべく努めなくてはならない」とラドモウズ＝ブラウンは述べている。[27] ベケットの生涯はこの教訓の実証であるとも言える。

かといって、ベケットがラドモウズ＝ブラウンを理想化していたわけではない。『並には勝る女たちの夢』や『蹴り損の棘もうけ』に登場する「北極熊《ポーラー・ベア》」の愚鈍な姿は、グロテスクな「大柄の輝かしい老好色漢[28]」のものだ。「濡れた夜」のなかで、「北極熊」は機知に富んだ、もったいぶった反キリスト教的思想を吐き出し、「外国語のほうが気に入ったときはけっして英語を使わなかった[29]」。またこれを実証するように、彼は『並には勝る女たちの夢』のなかでは、フランス語混じりの英語で激しく悪態をつく――「『馬鹿野郎どもに神の×××あれ、だ』彼はうなった、『あの馬鹿どもの糞ったれ』彼は巨大な古い帽子をもぎ取った、すると群衆の上高く彼の顔が輝いた。彼は大きく頑丈な塊のような男だった。『糞《メルド》』彼はうなった、『糞《メルド》、糞《メルド》』、と[30]」。

2

ベケットが学生だったころ、二番目に大きな影響を及ぼした人物は、トリニティ・カレッジの教授ではなく、ビアンカ・エスポジトという、小柄で小太りの中年のイタリア人女性で、ベケットに定期的にイタリア語を教える個人教授だった。ベケットによれば、「当時は二つの言語を取らなければならなかったので、わたしは第二外国語としてイタリア語を選んだ。ビアンカ・エスポジトに出会えたのは幸運だった。イタリア語だけでなく、文学を理解するうえでずいぶん助けてもらったよ[31]」。彼らはイタリア語で会話をするだけでなく、ベケットが大学最後の二年間で学んでいたマキャヴェリ、ペトラルカ、アリオスト、カルドゥッチ、ダヌンツィオといった作家や、なかでもベケットが大好きだったイタリアの作家ダンテの『神曲』や『新生』などを細かく分析した[32]。ベケットはダンテの偉大なる詩におびただしい注釈をつけ、詩全体が表わしていることはもちろん、引喩《アリュージョン》までも解き明かした。それにまた、十九世紀の厭世詩人レオパルディの魅力も自力で、あるいはラドモウズ＝ブラウンの手ほどきで見いだしたようだ。ベケットはイタリア文学を、ラドモウズ＝ブラウンと、教授に負けず劣らず個性的なウォルター・スターキーの二人から学んでいたが、この二人の教授はなにごとにつけ意見が同じということがなかったので、「ラディ」に気に入られれば、スターキーに好かれるはずはなかった。ベケットはけっしてスターキーを評価しなかったし、スターキーからはなにもためになることを教えてもらっていない、と感じていた。

イタリア語の個人授業は、イーライ・プレイス二十一番地の、しゃれた石のポルチコが付いたレンガ造りの四階建の建物にある小さな語学学校でおこなわれた。ベケットがこの小さな語学学校に助けを求めたのは自然の成り行きだった。それはビアンカ・エスポジトがダブリン一の教師で、大変なインテリだとの評判があったからだけではない。この音楽教師が、ベケットが幼稚園時代に世話になった先生アイダ・エルスナーの妹ポーリーン・エルスナーで、アイダ自身もときどきイーライ・プレイスで教えていたからだ。[33] この学校ではイタリア語のほかにフランス語とドイツ語の教室もあった。そんなわけで、ベケットは毎週二回、エスポジト先生のイタリア語の授業を受けに、トリニティ・カレッジから、グラフトン通りかドーソン通りを通って、セント・スティーヴンズ・グリーンを横切り、短いヒューム通りに向かったのである。

この語学学校の位置関係は、『蹴り損の棘もうけ』の冒頭の作品「ダンテと海ざりがに」でベケットが描いている配置に非常に近い。この作品は、「アンチ・ヒーロー」のベラックワが、ダンテの『神曲』「天国篇」の第二歌から第四歌において描かれている月の斑点について、ベアトリーチェが説明していることが理解できない、というところから始まる。[34] 学生たちが学校のやや広めの玄関に入ると、そこにはコートかけと小さなオーク製のテーブルがある。「イタリア語教室」と呼ばれる部屋はこの屋敷の正面、玄関脇にあり、その向こうに「フランス語教室」があった。「ドイツ語教室」はどこか別の部屋だったとベケットは冷淡に書いている。当時のベケットは、ロマンス語ほどにはドイツ語に関心がなかったのだ。

繰り返し言うが、ベケットの言葉を借りれば、ダンテの「地獄篇」や「煉獄篇」――「天国篇」は読みたくてたまらないというほどではなかった――が好きになったのは、トリニティ・カレッジのイタリア語教師たちのおかげではなく、ビアンカ・エスポジトのおかげだった。[35] そんなわけでベケットのダンテ好きは終生変わらず、その生涯のさまざまな時点で作品に深い影響を及ぼしている。エスポジト先生への恩を忘れないようにベケットは、格好の思い出の品をつねに携帯していた。八十歳代の後半、転倒したせいでレミ＝デュモンセル通りの老人ホームで暮らさなければならなくなったとき、エスポジト先生のクラスで下線を引いたり、注釈を付けたりしたダンテの『神曲』をもっていった。その本のなかには色褪せたカードがはさんであった。聖フランシスが鳥に餌をやっているジョットの絵を複製したカードで、そこには、二十歳の誕生日を迎える数日前にクールドライナ邸で病に伏していたベケットに宛てて、病気が早く治るようにと願うエスポジト先生の言葉がイタリア語で書かれてあった。ベケットはこのカードをダンテ用のしおりとして六十三年間も使っていたのだ。[36]

「ダンテと海ざりがに」に登場するベラックワのイタリア語の教師、「シニョーラ・アドリアナ・オットレンギ」

はビアンカ・エスポジトをかなり忠実になぞってある。[37] この作品中の架空のイタリア語教師はナポリ出身である(「だがナポリ生まれの忍耐力にも限界というものがあった」、と語り手は解説している)[38]が、エスポジトはまさしくナポリによくある名前だ。これに対し、オットレンギはイタリア北部出身者によくある名前で、ベケットが一九二七年にイタリアを初めて訪れたときにフィレンツェで泊った宿の女主人の名前から採っている。[39]

ビアンカ・エスポジトはまた、とても奇妙な声の持ち主で、ベケットは「ダンテと海ざりがに」のなかでそれとなく、「くずれた」という言葉を使っている。これはのちに、『クラップの最後のテープ』の第一原稿で、老人クラップの声をはっきりと特徴づける形容詞となる。同作品で、ベケットはクラップの恋人の一人に「ビアンカ」という名前を選んでおり、自伝的な痕跡が見られる。その役割は主として、黒と白の対照的なイメージをたくさん散りばめた作品のなかの光の部分を連想させることだ。三十九歳のクラップはテープレコーダーに「あれはたしか、まだキーダー通りでビアンカとくっついたり離れたりしながら暮らしていたころのはずだ」[40]と吹き込んでいるが、キーダー[Kedar]は実際にある通りの名前ではなく、「暗い」[darke]のアナグラム(字なぞ遊び)なのだ。

若くて、内気で恥ずかしがりやのベケットがビアンカと恋愛関係になるなどとはとても考えられなかった。いずれにせよ、ビアンカはあまりにベケットと年齢が離れすぎていた。だが、ビアンカの知性や見識、知識や機知をベケットは心から尊敬していた。彼女に対するベケットの賞賛は、『蹴り損の棘もうけ』の冒頭の物語のなかに詳細に刻み込まれている――「彼の女性教授《プロフェッソレッサ》はとてもやさしい異色の人物なのだ。……オットレンギ夫人以上に知性にすぐれ、あるいは教養豊かな女性がこの世に存在するとはとても彼には信じられなかった」[41]。ベケットは授業で話す内容ばかりか、エスポジト夫人のしゃれた名文句を聞きたくて、イタリア語の授業を心待ちにしていた。彼女はイタリア語でだけでなく英語でも、とても洗練された、警句のような名文句を作る才能があったので、ベケットはそれがおもしろくてたまらなかった。「ダンテと海ざりがに」で、授業を中断されたあとでベラックワがイタリア語の先生に「ぼくたち、どこまでいきましたかね?」と尋ねると、オットレンギ夫人は、いかにもビアンカ・エスポジトなら言いそうな説得力のある答えを当意即妙に返す。「どこへいくはずもないわ……昔のままよ」[42]。

3

ベケットのトリニティ・カレッジでの専攻科目はフランス語とイタリア語だった。けれども、ほかの科目も学んだ。「(学位を取るための) 予備試験」の下準備として、数学——幾何学と代数学——を取らなければならなかったが、ベケットはいずれの科目も特別によくできたわけではなかった。[43] ケネス・ベイリーとE・H・アルトンのラテン語の授業も選択している。なによりも忘れてはならないのは、英文学を二年間受けていて、そのほとんどの試験で優秀な成績を収めていることだ。[44] シェイクスピアのおもな戯曲について、くわしい知識を得る土台はここで作られた。W・F・トレンチ教授はシェイクスピアの講義のなかで詩作法を強調し、韻律をたどるとシェイクスピアの劇作品の書かれた年代がわかるという、形式に重点を置いた話をしていた。[45] しかし、ベケットは作品を読みながら、シェイクスピアの言語やイメージに直接、敏感に反応していたらしく、作品の引用をたちまち暗記するほどになった。

マクベスの「人生は歩きまわる影法師、あわれな役者だ、/舞台の上でおおげさにみえをきっても/出場が終われば消えてしまう」のような一節や、「心労のもつれた絹糸をときほぐしてくれる眠り」のような文句にベケットはわくわくした。(ベケットが学んだ)『ハムレット』や『テンペスト』、『ロミオとジュリエット』や『マクベス』への引喩《アリュージョン》は短編集『蹴り損の棘もうけ』や小説『並には勝る女たちの夢』、『マーフィー』のなかに複雑に織り込まれている。初期短編の題名にある「ディーン・ドーン」はおそらく『テンペスト』のエアリアルの悲歌から取ったのだろう。「フィンガル」の語り手は、ベラックワとウィニーがポートレインのマーテロ塔に登る様子を説明するのに、ハムレットが亡くなった父親の葬式と母親の結婚式の皮肉な組み合わせについて語るせりふを借りて、「塔の出だしは上々であった、まるで葬式用の肉料理のように。しかし入り口から上は、息抜きばかりで、敬意のかけらもなかった、まるで結婚式の食卓のように[46]」と言う。また、「残り滓」を読めば、『ロミオとジュリエット』のイメージがベケットに与えた影響がうかがえる (「ただ死の装束が、その青ざめた旗はまったく別にして、彼女には耐えがたいのであった[47]」)。ベケットはのちの作品でもシェイクスピアを引用しているが、もっと自然に、さりげなく言及している。

ラドモウズ＝ブラウンは近代語課程のほかに英文学の授業も担当していた。ベケットはスペンサーの『妖精の女王』や『コリン・クラウト故郷に帰る』についての講義に出席している (そのせいか、第二次大戦後のベケットの小説『モロイ』で、モロイがラウス夫人宅に滞在する場面は、『妖精の女王』の魔法の庭の場面との類似が見られる[48]。二年次には、「善女列伝」序章を含むチョーサーについて二学期間学んでいる。七年後に書かれたベケットの小説『並には勝る女たちの夢』の題名は、この序章とテニソンの「美女の夢」から採ったものである。ベケットはまた、同書の題辞にチョーサーのこの作品からの引用を使っている[49]。

ベケットはミルトンの『失楽園』や『コーマス』や『リシダス』を（またしてもラドモウズ＝ブラウンのおかげで）知ると、すぐにそのミルトン的な世界の虜になった。そして、『断章（未完の作品より）』に描かれているように[50]、大学生だったころ、一度実際に、「山の頂上にのぼり、はるかな海を見わたす巨大な岩石にもたれて」ミルトンの宇宙論を父親に説明しようとした、と明かしている。三十年後、ミルトン的な光と闇のイメージが連続する戯曲『しあわせな日々』では、焼けつくような太陽の下で首まで土に埋もれたウィニーが二幕目の冒頭で、皮肉な調子で「栄えあれ、聖なる光よ」と言うが、これはベケットが意識的に『失楽園』から引用したものだ[51]。英文学の授業ではほかにモアの『ユートピア』、ベーコンの『随想録』、ダンの詩や説教集、ポープの『巻毛の掠奪』、スウィフトの『ドレイピア書簡』を学んだが、これらの作家のほかの作品も読んでいる。というのも、当時の英文学の講義要項によれば、試験問題にすべてちゃんと答えるには作家についての広い知識が必要で、学生は授業で扱った範囲を越えた量の読書をしなければならなかったからである。

ベケットの後年の作品はきわめて革新的なものが多いとはいえ、本人はいつも広くヨーロッパ文学の伝統に属し、その系譜を引いていると自覚していた[52]。ベケットの作品形成に及ぼした影響の話になると、必ずジョイスやダンテに集中しがちである。この二人がベケットにとって大変重要であるのは確かだが、バルザックを学び（その結果、小説家としてのバルザックの技法をおおかた拒絶してしまった）、（小説では）スタンダールとディドロを、（演劇では）ラシーヌをみずからの先駆者としたことも幸運な結果をもたらした。ベケットはまた、ラブレー、スウィフト、フィールディング、スターンの仲間に入れられることもいやではなかった[53]。彼は大戦後、さらなる知識を求めることから背を向け、不能と無知を求めたが、それでも広く多くの文学にまたがる引用の多さゆえに、二十世紀でもっとも博識な作家の一人となった。

4

ベケットは一九二六年の夏まで自宅に住み、アールズフォート・ハウスへ通学していたときのように電車を使ったり、車をもつまではオートバイに乗ったりして、トリニティ・カレッジまで通っていた。学生同士のつきあいはというと、はじめのうちはポートラ・ロイヤル・スクールから一緒にトリニティに入学した男性の友人たち数人――医学を学んでいたジェフリー・トンプソン、フランス語とドイツ語を専攻していたオリヴァー・マカッチョン、古典文学を専攻していたトム・コックス――に限られていた。ベケットは、医学にも劣らないぐらい演劇や文学の虜になっていたジェフリー・トンプソンと足繁くアビー劇場に通った。劇場で二人はいつも同じ席を求めた。ベケットによれば、

バルコニーは半円形で、通路が二つあって、二つの通路にはさまれた中央は三角形になっていた。だから通路中央脇の席を買うと、舞台からの距離が中央に座るのとほぼ同じで、舞台がよく見えるんだ。それに中央席が三シリングするのに対し、脇の席はたったの一シリング六ペンスですむからね。(54)

当時アイルランド演劇は盛況だった。ベケットは、アビー劇場でショーン・オケイシーの『ジューノーと孔雀』や『鋤と星』の初演を観たのを鮮明に記憶していた。また、レノックス・ロビンソンの『白いクロウタドリ』、T・C・マリーの『秋の火』、ブリンズリー・マクナマラの『ヘファナン家の人びとを見よ!』も観にいった。(55)アビー劇団には、F・J・マコーミックやW・オゴーマン、M・J・ドーランといったすばらしい性格俳優がいた。とくにマイケル・ドーランはベケットの心に深く刻みこまれた。T・C・マリーの『秋の火』で現代のヨブをドーランが演じたのを観たベケットは、トリニティ・カレッジのゴルフ仲間となったビル・カニンガムに、「自分の身に起こったもろもろの悲劇のせいで身も心もずたずたになった男を演じた彼(ドーラン)の手が、その感情をどんなにみごとに表現していたか」を話している。(56)なんとベケットは、十八歳か十九歳ですでに身振りのなせる技に関心を示していたのだ。一九三一年、トリニティ・カレッジでモリエールの講義をおこなったベケットは、「身振りから生まれる力強いせりふ」の重要性を強調した。(57)そしてその数十年後、彼は自分自身の作品を演出する際、最小限必要な身振りを繰り返すだけでせりふが力強いものになることを発見するのである。ベケットは学生最後の二年間に、W・B・イェイ

ツ脚色によるソポクレス作『オイディプス王』と『コロヌスのオイディプス』を観た。オイディプス王のみじめな状態は、『勝負の終わり』でハムが口にする最初のおおげさな質問、「いったい、あああ——（あくび）——わたしほど……ほどのみじめさがあろうか?」のなかで繰り返され（あるいは、パロディされ）ている。[58]

だがなんと言ってもアビー劇場でのジョン・ミリントン・シングの再演は、ベケットにとってほかのどんなアイルランドの劇作家の作品よりも重要な意味をもっていた。自分の演劇にもっとも影響を与えたと思う作家は誰かとわたしが尋ねると、シングだけを名指ししているからだ。[59]ベケットが観たシングの作品は、『西の国の伊達男』と『聖者の泉』である。ユーモアとペーソスがみごとに溶け合ったその並はずれた世界、明解で弾力に富んだ悲喜劇的視点、力強い想像力、明敏なペシミズムにベケットは惹かれていた。また、シングの演劇的なせりふのもつ豊かな質感や生気、言語の面でも視覚的な面でもきわめて単純明解なイメージにも感銘を受けた。[60]ベケットにとって、アビー劇場でのシングの芝居との出会いは忘れられない出来事だった。

ベケットが学生最後の二年間に通いつめたダブリンの劇場はアビー以外にもあった。ゲイエティ、オリンピア、シアター・ロイヤルの各劇場は、当時アビーを支配していた写実的な形式とはまったくかけ離れた、もっと軽い演劇との触れ合いを提供してくれた。演じられるのは「違法な」芝居やサーカスでおこなわれるようなレヴューやミュージックホールの寸劇から派生したものだった。同時にベケットは、映画館にも通い続け、バスター・キートンの初期短篇映画『忍術キートン』、『海底王キートン』、『キートンの西部成金』、『拳闘王キートン』、『キートン将軍（キートンの列車大追跡）』など、主要な初期サイレント映画を楽しんだ。また、この時期、チャーリー・チャップリンの映画もたくさん観ており、とくに『キッド』、『偽牧師』、『黄金狂時代』を気に入っていた。昔のミュージックホールやサーカスで必ず登場する出し物への愛着はのちまで続き、『ゴドーを待ちながら』の浮浪者／道化が、「恐るべき沈黙が忍び寄らない」[61]ようにと必死に考え出したいろんなトリックや、バスター・キートンと一緒に作った映画『フィルム』で猫と犬が絶妙テンポでおこなうおきまりのコメディ演技において再び姿を現わすことになる。しかし、『キートンの西部成金』のような映画には、ジェイムズ・エイジーが「悲哀ではなく、うつ病のぞっとするような気配を感じさせる」[62]と呼んだものも顕著にみられる。キートン映画の笑わぬ主人公は「友なき人《フレンドレス》」と名づけられ、ベケット作品の主人公に似て、孤独で迷える人物だ[63]。

ベケットが受けた教育は、文学、演劇、映画ばかりではない。美術史の授業を正式に取ったことはなく、ほとんど独学だったが、ベケットはこの時期、絵画に深い愛着を示している。彼は学生として、その後はトリニティの講師として、定期的にアイルランド国立美術館を訪れている。やがて美術館が所蔵する巨匠（ミケランジェロ、ルーベンス、レンブラントなどの十六―十八世紀の大画家）の秘宝群から乳離れするようになると、十七世紀のオランダ絵画にたゆまざる情熱を寄せるようになった。たとえば、サロモン・ファン・ライスダールの『休憩所』については、キャンバス右下の壁に寄りかかって小便をしている小さな少年のことを六十年たったのちにもなお、描写することができた。またファン・ホーイエンの『レーネン・オン・ザ・ラインの風景』については、ファン・ホーイエンの作品を熟知していたせいか、のちに実際の風景を見てはときおり、「ファン・ホーイエンみたいだ」と言ったりした。メリオン・スクエアにあるアイルランド国立美術館のレンブラントは、『若い貴婦人の肖像』（一九八一年のカタログにはまだレンブラントによると記載されているが、今日ではレンブラントのスタジオで作られたと考えられている〔現在はカタログも訂正されている〕）も、目を見張るばかりの『エジプトへの脱出中の休憩』も、レンブラントを模倣した画家による『年取った紳士の肖像』もみごとだと思った。

ベケットが『農民の結婚式』という絵画によって、ブリューゲル一族の一人、「地獄のブリューゲル」で知られる息子のピーテル・ブリューゲル二世と出会ったのもこのアイルランド国立美術館でだった。プーサンの『埋葬』〔現在の題名は『死んだキリストを悼む』〕は、青と紫というその抒情的色合いが若いベケットに衝撃を与えた。ブラウエルの『手足治療医』やカイプの『乳牛』やティツィアーノの『エッケホモ〔いばらの冠をかぶったキリスト〕』にはとても感銘を受け、その後、より広くヨーロッパの美術館に足を運び、言及したり、比較したりする際の重要な出発点となった。というのも、絵画への深い愛着は死ぬまで変わることなく、作家としてのベケットに驚くほど深い影響を与えているからだ。

5

ベケットは大学時代、初めて恋に落ちた。彼がいつエズナ・マッカーシーの魅力にまいったのか、正確に測るのはほとんど不可能だが、おそらくトリニティ・カレッジに到着してまもなくのころだろう。エズナは彼より一学年しか上ではなかったが、世の中の経験度から言えば、はるかに成熟していて、同じ近代語を学んでいた。もっともエズナはフランス語とスペイン語を専攻し、ベケットは最初の二年を終えると、フランス語とイタリア語を専攻した。けれど、一九二二年と一九二三年にそれぞれ入学した学生はよくフランス語の講義を一緒に取ることがあった。内気で引っ込み思案のベケットは頭を下げて黙って座っていることが多く、ほとんど誰とも口をきかなかった[64]。よく知らない女性と話すのは苦手で、自分のほうから女子学生に近づくことはなかった。

男女席を同じくするなかれと言われていた当時、男性と女性が気軽につきあうことはほとんどなかった。女子学生も男子学生と同じ授業を取っていたが、女子学生はトリニティ・スクエアで男子学生に話しかけてはいけなかったし、六時までに大学構内から出なければならなかった。大学の食堂で食事をする、といった営みからも除外されており、大学の演奏会など夜の行事に参加する場合は、あらかじめ大学の副学生監から特別な許可をもらっておかなければならなかった。正門には門衛が立ち、女子学生は通行許可証を見せなければ入れてもらえなかった。もちろん、トリニティの裏門近くにひっそりと建つ店「パティッセリ・ベルジュ」や昔のウェストランド・ロウ駅などのカフェや、お金を充分持ち合わせていれば、「スウィッツァーズ」やドーソン通り五十一番地の「ボンヌ・ブーシュ」などのカフェで、男子学生と女子学生が交際することはあった[65]。けれど、ベケットがそうしたカフェに通うことはめったになかった。一方、エズナには尻込みするようなところは皆無だった。彼女もまたラドモウズ＝ブラウンのお気に入りで、ベケットと同じパーティによく招待され、このフォックスロック出身の謎めいた若者に快活に話しかけたのだった。トリニティとは無関係の集まりでも、二人は顔を合わせていたにちがいない。たとえば、スーザン・マニングの音楽会《ソワレ》などで。この集会は、短篇「濡れた夜」のカサ・フリカの集いのような風刺的描写の素材になっている。ベケットはそうした折りの見栄の張り合いやその場限りの浮かれ騒ぎが嫌いだったが、マニング一家は子どものころからの友人だったので断るのがむずかしいかった。

エズナは当時の女性としてはめずらしく、時代を先取りする「フェミニスト」だった。知性にあふれ、独立心の強い彼女は、自分のキャリアを切り開くつもりでいた。ただ、どんな仕事に就くかは、いつまでたってもはっきりしていなかった。また、体つきもとても魅力的だった。小柄で黒髪、眼は美しく、黒く、表情豊かで、すばらしい笑みをたたえ、そのまつげは長くカールしていた。友人の一人は、「とてもきれいで、上品で、教養のある人でした。その物腰は洗練されていましたが、気取ったところはまったくありませんでした。ただ上品に生まれついていたのでしょう。その上品さもつくろっていたものではなく、生来のものでした[66]」と述べている。彼女はベケットの詩や散文のなかでは、目のさめるような深紅色か「フラミンゴ色」に身を包んだ女性として不滅の存在と化しているが[67]、実際の彼女はたいてい青の流行服を優雅に着こなしていた。

アイルランドの劇作家デニス・ジョンストンは、初期エズナ・ファンの一人だった。自分の死が近いことを知ったエズナはジョンストンに宛てた手紙で、彼を「世界の春が来たと思われたころのわたしの最初の恋人[68]」と描写している。その四十年ほど前には、たがいに相手の性格を記述している。デニスの洞察力に満ちた分析は、明らかにエズナをからかい、彼女の本心をチクリと刺すために書いたとはいえ、それを読むと、彼女がそのつもりになればデニスはもちろん、うぶなベケットなど意のままにすることができただろうことがわかる。

> 彼女はごく幼いころからずっと、家族からも他人からも賞賛され、敬愛されてきた。いまでは、敬愛されることが自然であたりまえになってしまっている。どこへ行っても自分はまず注目されるものと思っているし、気の毒なことに、注目されるに値するという単純な理由のせいで、必ずと言ってよいほど注視の的となる。彼女が友人に事欠くことはまず考えられないし、孤独を経験したことがあるのだろうかと疑いたくなる。
>
> その結果、彼女は自分の殻に閉じこもることなく、かなり率直にはっきりとものを言うことができ、怖気《おじけ》づくこともないので、凡庸さにがまんがならず、ばかなまねをすることもできないのだ[69]。

ベケットもエズナを敬愛していたとみずから認めているが、二人の関係が性的なものになることはなかったと述べ、「すばらしい人だった」と付け加えた[70]。エズナがベケットをすっかり夢中にさせたことは、あらゆる事実が物語っている。けれども運悪く、デニス・ジョンストンの性格分析や日記に書かれているように、エズナは出会った青年にはたいてい誰にでも同じように接していた。生来、浮気性の彼女は、医学生、ラグビー選手、教授、詩人、音楽家といった、自分の虜になった青年たちの群れの中心にいるのがよく目撃された。女性たちも、彼女の成功に嫉妬を感じなかった場合には、エズナを尊敬した。ベケットだけでなくほかのたくさんの男たちが彼女を自分のものにしようとした。たとえば、判事の息子で同輩のカトリック信者でもあり、家族で親しくしていた医学生のドナルド・オコーナーがエズナを同伴していたときには、[71] ベケットもジョンストンも不愉快だった。また、一九二六年秋には、洗練された若いフランス人のアルフレッド・ペロンがトリニティ・カレッジにやってきて講師に就任したが、彼もまたエズナが好きになった。そのころには、エズナは学位を終えていたが、研究論文を書きにトリニティにまだ来ていたのである。[72]

　その後講師に就任した、ベケットのフランス人の友人、ジョルジュ・プロルソンは、若者たちを惹きつけたエズナの魅力についてじつに個性的な味わい深い説明をしている。

> わたしにはヒョウのような感じがしました。いまにも飛びかかってきそうで。そんなうわさがありましたよ。人並はずれて知性があり、ウィットがあって、フランス語もとてつもなく堪能でした。彼女はきれいというわけではありませんでした。小柄で、小太りというか、ずんぐりむっくりってわけではないんですが、小さいわりにぽっちゃりしていました。顔だちはとてもきれいで、めったにない美しい眼をしていました。とても鋭い、利口そうな、黒に近い色をした眼でした。髪の色も黒に近い色でした。きれいな額をしてましたっけ。わたしが彼女に会ったのは三度かそこらでしたが、そんなわけで最初会ったときには、こんなふうな感じ「そわそわ不安げになる」でした。彼女は好戦的でした。不愉快な感じではないのですが、すぐに「くってかかって」きました。たしか、「あなたってどんなフランス人なのかしら」っていうようなことを言ってきましたよ。で、わたしはすぐに「おやまあ困ったことになったぞ」って思いました。才能にも恵まれていました。とてもウィットがあって、語学力が抜群でしたから、フランス語でもウィットが言えました。驚きましたよ。[73]

けれどもこれより前、エズナがまだ学生だったころ、彼女の愛を射止めようとするベケットやジョンストンやペロンやほかの若者たちの希望を打ち砕くようなことが起こった。彼女は、もっと年上で、すでに結婚もしているトリニティの教授を熱愛したのだ。自分を敬愛する青年たちに取り巻かれ、ベケットとコンサートや映画や芝居にいくのを存分に楽しんでいたのに。おそらく年上で経験を積んだ恋人に比べると、ベケットなど取るに足らない存在だったにちがいない。

　ベケットのエズナに対する気持ちはつのるばかりだった。ドイツやフランスで性体験をしてからはなおさら、エズナが自分たちの関係を肉体的な情事に発展させるのを許さないことが頭にこびりついて、長いあいだ悩みの種になった。一九三〇年代の初め、親友の一人、コン・レヴェンソールとエズナが当時それぞれすでに結婚していたにもかかわらず、つきあい始めたときには、自分は我慢して彼女に会っているのだ、とたえず自分に言ってきかせなければならなかったほどだ。ベケットが抱いてきた「すばらしい人」というイメージは、その後ずっと崩れることはなかった。結局、一九五六年、妻に先立たれたレヴェンソールはエズナと結婚し、ベケットは一九五九年五月にエズナが早死にするまで、敬愛する友人のままだった。

この浮気性の、知性にあふれた、ものおじしない若い女性が、そんなにも深くベケットの心に刻まれ続けることになったのはなぜなのか。それはおそらく、ベケットが本当に愛した最初の女性だったからだろう。そして、このあとの女性との恋愛関係がほとんど肉体関係にまで発展していったのに対し、このエズナとの恋愛だけが完結しなかったという事実、エズナが友人としての愛情だけをベケットに注ぐことができたという事実が、みずからの感情をほかとはちがう範疇に入れたままにしておくことを可能にしたのだろう。若いころのベケットにとって、肉欲と精神的愛情とを和解させることは非常にむずかしかった。おそらくエズナはなによりもまず、愛される者は肉体的に求められると同時に精神的に崇拝されるというような、肉体と精神の調和の可能性を垣間見せてくれる存在だったにちがいない。ベケットにとってエズナは、「女性そのものの化身」となり、彼のもっとも美しい二編の詩「アルバ」と（「モーリュ」とも呼ばれる）「自由のくびき」に霊感を与えたのである。また束の間ではあるが、詩「血膿Ｉ」では、「ものおじしない欲望の娘」として、「例の黒と赤〔フラミンゴ色〕」の服を着て登場する。[74] 彼女はベケットの空想世界のなかに深く入り込んで、若いころの散文の主要な登場人物のモデルになった。

6

ベケットはトリニティ・カレッジでもさまざまなスポーツを続けた。ゴルフでは、普通ハンディ7でプレーする大学の代表選手だった。また、キャリックマインズ・ゴルフ・クラブに学生会員として参加し、休日ごとに一日七十二ホール回りきるという快挙を遂げた。ローレンス・ハーヴィーに語ったところによれば、地元のコースから見える海やダブリンの丘陵地帯の風景のせいで「なにもかもが想像力と一体化する思いがする」ので、ゴルフは性に合っていた。[75]「草一本一本」見わけられた、とも言っていた。眠れない夜は、数十年のちのフランスでも、このワラビとヒースが生息する美しいコースのホールをすべて思い浮かべて、頭のなかでプレーを繰り返した。ベケットはキャリックマインズでのゲームに刺激を求めるときには、クラブ所属のプロ選手、ジム・バレットに挑戦し、当時としては巨額の七シリング六ペンスを気前よく支払った。二度ほど同行した友人は、「サムが勝ったとしても、金をもらえたら幸運というものですよ。バレットはスタウト一本買うお金だってもってなかったですからね。ってことは不公平だったってことですよ。サムに勝てば天国みたいだと思っていたはずです[76]」。

ベケットはまたクリケットも盛んにやった。夏休みには作家のジョー・ホーンに呼ばれて、ホーンのクリケット・チームのためにアイルランドじゅうの試合に出た[77]。なかでもベケットがもっとも高い評価を受けたクリケットの試合は、まちがいなく一九二六年と一九二七年の夏にダブリン大学〔トリニティ・カレッジの別称〕がおこなった二度のイギリス遠征試合だ。イギリスのノーサンプトンシャー州でおこなわれた試合は、短期ツアーのクライマックスで、英国陸軍工兵隊との試合も含まれていた。この州大会はダブリン大学のクリケット選手たちから断然むずかしい大会と考えられていた。おかげでベケットは、この大会に参加したことによって、クリケット選手のバイブルと言われる『ウィズデン』に載った唯一のノーベル賞受賞者になったというわけである。

この最初のツアーで、ノーサンプトンシャー・ザ・イレヴンスは数人の若いクリケット選手（うち一人は前の年にイートン・カレッジを出たばかりだった）を抱えていたが、ダブリン大学チームは負けに負け、一イニングで五十六失点というさんざんな結果だった。八番という下位の打順でベケットがあげた得点は十八点と十二点だったが、投球はそのまま八オーヴァー〔一オーヴァーは六または八球、一人に対して投げる〕投げて、わずか十七点に押さえた。ほかの選手たちが投げて取られた点数と比べてみると、彼に充分な機会が与えられていなかったのは明らかだ。翌年、彼は再び弱小チームの一員として、このイギリスの州大会に参加した。今回のノーサンプトンシャーのチームはレギュラー選手が四人しかいなかったが、またもや惨敗した[78]。

ベケットはまた、チェスでも学内対抗八人戦で七番手として出場するなど、二年ほど積極的に参加した[79]。彼はトリニティに在学中、ビリヤードも盛んにやっていて[80]、アイルランドを去ったあとも長年パリのカフェなどで友人たちと楽しんだ。

ベケットはスポーツ競技やチェス試合に飽きたらず、もっと危険なことにも手を染めた。在学中、彼はＡＪＳ二・七五馬力のオートバイを所有していた。彼は次のようにわたしに語った。

わたしは四サイクル・エンジンのオートバイを二台もっていた。父が買ってくれたんだ。兄のはダグラスだったよ。……フォックスロックからトリニティ・カレッジまでＡＪＳで乗りつけたものだ。一度、ギアをオンにしたまま、ロバート・テイト卿［イタリア語の教授で副学科長］にぶつけたことがあったなあ。(81)

ダブリン大学オートバイ・クラブのメンバーだったベケットは、オートバイ代表選手選考試合にＡＪＳで出場した。たとえば、一九二五年の三月初め、ドニーブルックをスタート地点とし、松林や山々を通って六十三マイルを踏破する初心者オープン試合に参加した。(82)入賞しなかったものの、ほかの二人の競技者とはちがって、全コースを完走した。よくオートバイのうしろに相乗りしていたジョン・マニングによると、ベケットは向こうみずなオートバイ乗りで、自分の（そして同乗者の）危険を顧みず、平気ですっ飛ばした。(83)長年にわたる運転歴のあいだ、彼は何度も曲がり角でスピードをゆるめなかったために横転し、しばしばこうした事故で軽いけがをした。

ベケットがローラー・スケートを始めた日のことも忘れがたい出来事だ。一九二〇年代のダブリンでは、アイス・スケート・リンクやローラー・スケート・リンクがいくつもオープンして、スケートが大流行した。そこで、新しいスポーツはなんでもやってみたかったベケットは、兄と一緒にプラザ・スケート場にいき、自分のバランス感覚を試してみた。トリニティでのルームメイトだったジェラルド・パケナム・スチュアートが語ったところによれば、

そこでの彼のスケートの試みは大騒動で、スケート場の経営者がやってきて、酔っ払っているんだろ、すぐにここから出て行け、と言ったほどでした。サムは、ちっとも酔っ払ってなんかいない、と抗議したのですが、ついには入場料を返してくれるならこれ以上騒がないで出て行くと言うと、相手も胸をなでおろしたそうです。あとでサムがわたしに話してくれたのですが、リンクにただで入れて大満足だったそうです。(84)

一九二六年夏の初め、学年末試験を受ける直前、ベケットは病気にかかった。友人のトム・コックスの記憶によれば、肺炎だった。

サムはしばらく体を動かさなかったんです。無駄にした時間を取り返さなければって思った彼は学年末試験前の六週間、昼も夜も勉強したんです。度が過ぎるものですから、ぼくらは彼がへとへとになるんじゃないかって心配したぐらいです。これがサムにとっての転機になったようです。というのは、これ以降、彼はますます引きこもるようになったからです。ぼくやほかのポートラ出身者とは、以前と変わらず親しくつきあっていましたが、それ以外の連中からは離れていきました。それにぼくらも変だと思ったことが一つありました。彼は突如、ナット・グールドを読み出して、グールドは英国一の作家だって言い張るんです。ナット・グールドは、『優勝杯レースにキスをして』みたいな競馬小説、ある馬を買収しようとあらゆる不正手段が取られるにもかかわらず、最終的にはその馬が勝つ、っていうような小説を書いた作家です。[85]

ナット・グールドの本はおそらく、ベケットに逃避の場を与えたのだろう。これはやがてフランスのスリラー、推理小説に取って代わられる。これらの書物は、ベケットが根《こん》を詰めて仕事をするときに、頭を切り替えるための催眠剤だった。

7

不眠症は、この時期、ベケットを悩まし始めた不安症候群の一つだ。一九二六年四月、まだフォックスロックに住んでいた時期、彼はのちに「例の内なる動揺に苦しむ心臓[86]」と呼ぶようになるものを初めて経験した。夜になると心臓の鼓動がどんどん速くなり、そのせいで眠れなくなるのだった。初めのうちは、たいした悩みの種ではなかった。ところが、やがてこの発作が頻繁になるにつれ、悩むどころの騒ぎではなくなっていった。まもなく、じつにひどい寝汗と恐怖感を伴うようになり、あまりのつらさに自分の体が麻痺するのではないかと思い、医師の助けを求めなくてはならなくなった。この病はずっとベケットを苦しめることになる。それでもしばらくは、この新たな、大体は夜だけの現象がどんなに苦痛であっても、それで仕事ができなくなるということはなかった。むしろ、がんばることによって報われた。その夏、ベケットはその年度にすべての科目で学内の奨学金を獲得できた上位十六人のうちの一人に選ばれた。

この成功のあと、ベケットは一九二六年の夏をフランスで過ごしたいと考えた。その主たる意図は、フランス語の会話力を伸ばすことだった。それと同時に、トゥーレーヌのすばらしい古い町々やロアール河畔の城も見たかったからだ。また、ルネッサンス時代の詩人ピエール・ド・ロンサールゆかりの地も表敬訪問したかった。[87]そこで、ラ・ポワッソニエールのロンサール一族の家を訪れ、プリューレ・ド・サン・コム・レ・トゥールにある詩人の墓に巡礼する旅を計画した。

ベケットは、クレア通りにある父親の事務所の向かいにあるグリーン書店で、アンリ・ドブレの『トゥーレーヌとロアール川河畔』（英訳の題名は『トゥーレーヌとその城[88]』）を買い、城や教会を訪れる時間をたくさん取りながら、自転車で毎日何マイルなら無理なく旅ができるかなど、この地方の旅行計画を入念に練った。文学的関心にぴったりの旅でもあった。シノンやラ・ドゥヴィニエールにゆかりのラブレー、「小リレ」のジョアシャン・デュ・ベレー、ラ・ポワッソニエールやヴァンドームやサン・コム・レ・トゥールにゆかりのロンサール、ラ・フレーシュのデカルト、ロッシュのアルフレッド・ド・ヴィニー、アンドゥルの谷やトゥールやソーミュールやヴァンドームにゆかりのオノレ・ド・バルザックなど、たくさんの作家が「この特権的な土地」で生まれたり、そこに住んだりしているからだ。[89]ベケットにとってこれが初めてのフランス訪問であり、これ以降の十年間に何度もおこなう文学や芸術の旅の最初だった。

トゥールが旅の出発点であり、また終点でもあった。[90]ベケットはパリからこの古く美しい町まで電車でいき、そこで自転車を借り、最初の晩は町を出た丘の斜面に建つ「小さなベルモント」と呼ばれるペンションに泊まった。翌朝、彼は、二本優美に並び立つトゥール寺院の塔とシャルルマーニュの塔をロアール川越しに見わたせるすばらしい庭にたたずんでいたところ、外の道で自転車に寄りかかっている若者を見つけた。若者はベケットに完璧なフランス語で、宿泊しているペンションはどんなところかと尋ねてきた。ベケットの返事から、若者はベケットがフランス人でないことをすぐに悟った。それから、自分の名前はチャールズ・クラークといって、イエール大学の大学院で学ぶアメリカ人で、フランスで休暇を過ごしているのだ、と説明した。自分のフランス語が上手なのは母親がベルギー人で家庭ではいつもフランス語を話していたからだ、とクラークは驚いているベケットに説明した。おまけに父親も、イエール大学のフランス語の教授だった。[91]

ベケットが町を見物してから宿に戻ると、そのアメリカ人も同じペンションに宿を取っていた。夕食のあいだ、二人は話をし、ついには一緒にその地方を旅することになった。彼らはできるかぎり、ドブレのハンドブックをもとにベケットが作ったプランに従い、周辺にある数か所の城を訪れたり、ロンサールの墓やほかの文学者ゆかりの地、とくにラブレーの生地ラ・ドゥヴニエールやシノンにあるラブレーの家などを訪ねたりした。フランスの風物に対する感激や、カフェやペンションで土地の人びとと実際にフランス語で話す楽しみもひとしおだった。刺激あふれる旅も終わりを告げるというとき、ベケットの最終試験が終わったらすぐにクラークがアイルランドに来て、クールドライナ邸に泊まるという約束を交わした。

ベケットはアイルランドに戻るとすぐに、ポートラ時代の同級生ジェラルド・パケナム・スチュアートと同居すると決めてあったニュー・スクエア三十九番寮に入居した。新たに選ばれたばかりの奨学生にあてがわれた寮の部屋は、トリニティ・カレッジ内の二つ目の広場、ニュー・スクエアの左側、一階にあった。「ぼくらは大きな居間一つを共有し、それぞれに個室がありました。小さな『流し』もあって、やかんでお湯をわかしたり、皿を洗ったりすることもできました」と、スチュアートは説明している。(92) 毎日、下男か「小使《スキップ》」がやってきて、若い学生たちのために暖炉を掃除したり、火をくべたり、ベッドを整えたり、掃除をしたりした。ベケットは最終学年の初め、ピアノを借りてきて、居間に置いた。彼は誰もいないときか、ジェフリー・トンプソンのような親友の前でだけ、ピアノを弾いていた。このころベケットが夢中になっていたのはフランスの音楽だった。「サムはなかなかのピアニストで、とくにドビュッシーの音楽に興味がありました。よくドビュッシーのプレリュードやほかのピアノ曲を弾いていましたよ。『亜麻色の髪の乙女』が彼の好きな曲でした」と、トンプソンは語っている。(93) ルームメイトが「唯一、記憶しているピアノを弾く姿は、ある晩、ぼくが先に寝床に入ったあと、彼が帰宅して、そこに座り、暗闇のなかで『悲しい弦』とかいう曲を弾いていたときぐらいです(94)」。

8

ベケットの大学最後の学期は、パリから新しい交換教授アルフレッド・ペロンがやってきたことによって大きく変化した。二歳年上のペロンは、都会ふうで、洗練され、ウィットに富んだ人間だった。一九二四年からエコール・ノルマル（パリ高等師範）の学生だったペロンは、ジャン＝ポール・サルトルやポール・ニザンと机を並べていた。一九二〇年代なかばのサルトルとペロンを両方知っている人は、当時のペロンのことを、「サルトルが無愛想だったのと対照的に、なにからなにまでチャーミングだった」と語っている。[95] ペロンはエコール・ノルマルで古典文学を学び始めたが、途中で英語英文学に専攻を変えた。フランス文学も広く読んでいて、このころベケットが知性を養うのに必要としていた知的探求心と個人的な友情の両方をぴったり融合した形で分け与えてくれた。さらに、ベケットがフランス語を話したり、書いたりするうえで大変助けになった。二人の若者の友情は一九三〇年代まで続き、それは第二次世界大戦中、二人にとってきわめて重大な結果を招くことになる。

ペロンの陽気な性格をもってしても、ベケットの内省、ふさぎこみ、ひきこもりを止めることはできなかった。これはおそらく、傍観し、観察し、聞き手に徹し、ほかの連中が話す奇異な事柄や行動の特異性や愚かしさを感じ取ると同時に、自分自身の知性と感性も鋭く意識してしまうという子どものころからの性癖のせいだろう。最終的に、こうした性格のおかげで、ベケットは作家として成功することになる。とはいえ、学生時代には、この性格が災いして、数人の親しい友人以外の人間を寄せつけなかったようだ。クリケット仲間とノーサンプトンにツアーに出かけたときも、ほかの連中と地元のパブで女遊びをしたり酒を飲んだりする代わりに、一人で教会めぐりをした、とベケットは語っている。[96] 彼は当時まだ禁酒禁煙を守り通していた。優越感と軽蔑の念が、彼自身の言葉を使えば、「病的」とみえるほど憂うつ感を増進させた、とのちに白状している。

だが、別の要因もからんでくる。ベケットはこの時期、大都市ならどこでも見られた、自分の周りの貧困や悲嘆や苦痛を敏感に感じ取るようになる。豊かな郊外に住んでいるうちは、人間のみじめさを露骨に示すような例に出くわすことはほとんどなかった。それに、金持ち（だけではない）の多くがそうであったように、彼もまたおそらく、自分のろ過装置を通して、考えると不愉快なことは気づかないようにするか、背を向けるか、遠ざけるかしていたにちがいない。ところが、一日の終わりにフォックスロックの家に帰宅しなくてもよくなったベケットは、町の通りをさまよい歩き、自分の周囲の人間たちがどれほどみじめな人生を送っているのかということに気がつくようになった。乞食、浮浪者、第一次世界大戦で負傷したり毒ガスにやられたりした元兵隊、目の見えない小児麻痺患者が毎日、彼がたたずんでいた「フリート通りの角あたりに、天気の悪い日にはアーケイドの屋根の下に」[97] 近づいてきた。ベケットがこの時期、短篇「ディーン・ドーン」のなかで描いた、かわいそうな小さな女の子が、「長いまっすぐのピアス通

[98]り」でバスに轢かれるというような事故も、現実に目撃したにちがいない。「ベケットはなぜ神が人のよい、罪のない人間をそんなにも苦しませるのか理解できず、飼っていたケリーブルーテリア犬を自分のスポーツカーで轢き殺してしまったときには、悲嘆にくれていた」と、ジェラルド・パケナム・スチュアートも書いている[99]。

ベケットの信仰心が衰え、急速に崩れるのは、悲嘆と苦痛と死という重要な論点においてだった。それは、ベケットによれば、学生時代のことだった。これには自由思想の持ち主で、教権反対を唱えていたラドモウズ＝ブラウンの影響や、近代語の授業で教えられた多くの懐疑主義の作家との知的な出会いも部分的には関わっているかもしれない。けれども、ベケットの信仰の喪失は、主として、先に述べたような個人的な経験によってもたらされたことがはっきりわかる事件があった。

ある晩、彼は父親とブラックロックの諸聖人の教会にいき、父の友人キャノン・ドブズが、病人や苦しんでいる人や死にかけている人や死んだ人を牧師として訪問した話をするのを聞いた。「わたしを憂うつにしているものは苦しみです。わたしに言えることは、十字架はその始まりにすぎない、ということです。あなたがたは共同積立金に寄付《コントリビュート》をしなければならないのです」と、牧師は言った。

ベケットはこの牧師の論理にぞっとした。明らかに不当に与えられた苦しみに対してなにもできない自分の無力さを平気でさらけ出し、苦しむのは人間の宿命であるという事実を公然と受け入れるのみならず、それをぞっとするような言い方で正当化するのを聞いて鳥肌がたったのだ。「朝になったら、夜のために祈りなさい。夜になったら、朝のために祈りなさい」と、ドブズは続けた[100]。人間の苦しみに対する牧師のこの嘆かわしい連禱は、当時のベケットの感情に、つい最近ヴォルテールの物語『カンディード』を読んだときにおぼえたような鳥肌のたつ思いを再び呼び起こした。この作品は人間の不幸と自然がもたらす災害の数々を、皮肉をこめつつも容赦なく描き出している。

苦しみや死をなにかに「貢献《コントリビュート》」するものとして正当化することがどうしてできるだろうか、とベケットは自問自答した。「積立金」は単に無意味な苦しみの蓄積にすぎない。だったら、苦痛や苦悩になんら道徳的価値があるはずがないではないか。そうした苦しみを死んだあとの人生のために準備するものとして、それに先立つ苦しみはかえってよいものだと考えるのは、ベケットにはどんなに浅薄に思われたことか。悪や悲嘆や苦痛がわたしたちには簡単に理解できない（アレグザンダー・ポープの言葉を借りれば、「すべてのものは調和せず、調和は理解されない、／

すべてのものは悪を含む、普遍の善も」）神の計画の一部であると論じるパングロス博士と同じ危険を、ここでキャノン・ドブズが冒しているように思われた。そして、ポープの言葉が、ヴォルテールに人間の苦しみに対するぞっとする侮辱を感じさせたように、ドブズの苦い薬はベケットをぞっとさせた。

苦しみをそのまま受け入れるというこうした考え方が、「現ナマ」――この作品は出版された一九三八年よりも少し前に書かれた――のような辛口の皮肉をこめた詩や、ベケットがずっとのちに著わすことになる『勝負の終わり』のハムの、「考えるんだ、よく考えるんだ。あんたはこの地球の上にいるんだぞ！　救いようはないんだぞ！[101]」のようなせりふの底にある。ジェラルド・スチュアートは、ある日、まだ学生だったベケットが、「駅のプラットホームに当時置かれていた印刷機からはがしたアルミニウム片をもって」、トリニティ・カレッジの自分たちの部屋に戻ってきたのを覚えている。「彼はそのアルミニウム片に『苦痛　苦痛　苦痛』という文字を刻み込んでいて、あとでそれを壁に取りつけたのだった[102]」。

第四章
学業の成功と恋愛
一九二七—二八

1

一九二六年から二七年にかけてのクリスマス休暇中、クールドライナ邸の団欒は、秋にベケットが学位を終えたらなにをしたらよいかという話で盛り上がっていた。自分のことが話題にのぼるときにはいつも寡黙だったベケットは、ほとんど口を開こうとはしなかった。ただ、就きたくない職業だけははっきりしていた。そのなかには、弁護士と公認会計士があった。これは哲学の指導教授A・A・ルースの個人指導表に書かれている。トリニティ・カレッジに入学したばかりのベケットが——おそらくなにか書かなくてはならなかったために——将来就くかもしれない職業として挙げたものだ。(1)

彼は学校の教師にもなりたくなかった。以前はビール会社「ギネス」に入ったらどうか（「楽な仕事だからね、早く退職して、ギネスがたくさん飲めて」と、ベケットは注釈を入れている）(2)と言っていた父親も、息子が会社に就職するとはもはや期待しなくなっていた。父親はまた、この次男坊が家の積算士の仕事を継ぐ気も、祖父のような建築請負人になる気もないことにも気づいていた。しかし、父親と息子のあいだの同情と愛情の絆を保つには、息子に自分の考えを押しつけないことだ、とビル・ベケットは、ときおり息子の将来を心配しながらも思っていた。それに比べ、メイはサムの将来のことで頭がいっぱいだった。しつこく詰問し、息子が自分は商社マンや銀行マンには向いていないんだ、と異議を申し立てることにがまんがならなかった。両親からトリニティの教授と将来のことを相談したらどうかとさんざん言われたベケットは、しぶしぶ、助言を求めに、指導教授ではなく、師匠と仰ぐラドモウズ＝ブラウンのところに出かけた。

「ラディ」は、自分のお気に入りの学生が前年の夏、「学部奨学生」の一人に選ばれたことをとても喜んでいた（これは、ある一定の時期に学内のすべての科目でトップ七十人だけが選ばれるため、トリニティの学生がもらえる最高の賞だった）。そのうえ、ベケットは最近おこなわれた近代文学の秋学期の試験でもトップを飾って、「奨学生」の資格に花を添えていたので、ラドモウズ＝ブラウンは、ベケットが卒業前の学位試験《モデレイターシップ》できわめて優秀な成績を収めるだろうと確信していた。

　その結果として自分の愛弟子が近代言語学部の声価を高めてくれるだろうと思っていたラドモウズ＝ブラウンは、学者になる第一歩として、トリニティ・カレッジの英語の交換講師に推薦してもらってエコール・ノルマル（パリ高等師範）で教えるといい、と助言した。そうすれば、トリニティの近代言語学部から自分の助手として指名してもらえるだろうというのだった。ベケット自身はもう大学の生活にはうんざりしていたので、心のうちではその申し出を辞退したかったが、ほかにもっとましなことは思いつかなかったため、そうします、と言ってしまった。こうして三月末、ラドモウズ＝ブラウンの推薦で、トリニティ・カレッジ評議会は、「S・B・ベケット（奨学生）」を正式に英語講師として、エコール・ノルマルの校長で、著名な文芸批評学者だったギュスターヴ・ランソンに推薦した。(3)

　ところがベケットが指名されたこの時点で、それをめぐって大騒動になった。そして、このことがベケット個人の人生とキャリアに重大な影響をもたらすことになる。(4)一九二六―二七年度のトリニティの交換講師はウィリアム・マコーズランド・スチュアートだった。ところが、一月にスチュアートがシェフィールド大学のフランス語の講師に指名された。このため、臨時措置として、トリニティ・カレッジの歴史学部の前学位試験監督官《モデレイター》だったトマス・マグリーヴィーがその空きを埋めることになった。(5)

　人好きのする、多才なマグリーヴィーは、書くフランス語よりも話すフランス語のほうがずっとうまかったので、(6)エコール・ノルマルの学生とも同僚ともすこぶるうまくやっていた。さらに、パリに到着してまもなく、ジェイムズ・ジョイスやその家族や取り巻きの人びとに会い、パリでの生活を楽しんでいた。そこで、トリニティが翌年度に指名する者はいないだろうと思っていたマグリーヴィーは、ランソンに講師を続けられないだろうかと尋ねた。マグリーヴィーの仕事ぶりに感謝し、人間的にも好感をもっていたとみえるランソンの態度から、喜んで自分を再指名してくれるはずだ、とマグリーヴィーは信じ込んでいた。

　これを聞いたラドモウズ＝ブラウンは、マグリーヴィー宛に、臨時に任用されたと知っていながら、講師職を続けようとするのはけしからん、近代言語学部は指名した「S・B・ベケット」がその任に就くことを断固主張するという内容の、短い、怒りをあらわにした手紙を書いた。マグリーヴィーは、ラドモウズ＝ブラウンと評議会に、自分はまったく知らなかった、講師を続けられるようにトリニティに後押ししてもらえないか、と苦情の手紙を書いた。

スチュアートも、マグリーヴィーがエコール・ノルマルの講師職はもう一年空いていると理解して、ロンドンの『ザ・コノサー』の編集助手の仕事を辞退してしまったと述べ、大学に支援を求める手紙を書いた。(7) しかし、評議会の書記ルイス・C・パーサーからの返事は、近代言語学部は、「優秀な学業成績を収めた、能力も将来性もある青年」ベケットが指名されるべきであるという主張を曲げるつもりはない、というものだった。(8)

このやりとりは数か月間続いた。結局、最終的には、ラソンソンがトリニティの評議会に直接出向き、マグリーヴィーとの約束を守り通したのだった。この間《かん》ずっと、ベケットは気分が落ち着かなかった。ラドモウズ゠ブラウンのぷりぷりした不平を聞く以外、なにができるというわけでもなく、結局はパリの職に指名されないことになったのだかち。代わりに、ブザンソン大学の講師を願い出れば、ほぼ確実にその職に就けるからどうか、と七月初めになってから言われた。

このとき、ベケットは大学のクリケット・チームの一員としてイギリスに遠征中だったので、この代わりの申し出を受け取ったときには、願書の締め切りにとてもまにあいそうもなかった。(9) いずれにせよ、フランスの田舎の大学に就職するというのは、ベケットにはうれしい話ではなかった。それにラドモウズ゠ブラウンが承知しなかった。なんといっても、パリは作家や画家にとってメッカであるだけでなく、向上心あふれた大学教師にとっても、こうした作家や画家と会い、フランスの首都の文化的財産を心ゆくまで楽しめるところだからだ。おまけに、エコール・ノルマルの講師に指名されることは名誉でもあった。そんなわけで、トリニティは翌年、絶対に任用されるという条件付きで、ベケットをもう一度、エコール・ノルマルの職に指名することになった。(10) この騒動で最大の皮肉は、ベケットにとってはじつに腹立たしい延期のあと、ようやくこのパリでの仕事に就くやいなや、職を強奪したはずのマグリーヴィーが、ベケットが心を打ち明けることのできる無二の親友になったことだ。二人の友情は一九六七年にマグリーヴィーが他界するまで続いた。

2

ベケットの卒業後の将来をめぐって、この交渉が続けられているあいだ、ベケットはまだフランス語とイタリア語の卒業試験の準備をしなければならなかった。夏学期中、彼は初めてイタリアを訪れた。「最終試験前にイタリア語が上達するようにと父がいかせてくれてね、フィレンツェに滞在したんだ」[11]と、ベケットは説明している。抜け目のないベケットは、イタリア旅行で受けそこなった授業のノートを、それまでのほとんどの試験で勝てなかった、もっとも優秀な学生ヴィーダ・アッシュワースから借り、最終試験ではたちまち彼を抜いてトップになった。[12]ベケットがフィレンツェを選んだのは、芸術の輝きをもつ都だったことも理由の一つだが、イタリア語の個人指導教師ビアンカ・エスポジトの妹ヴェラが五年前にダブリンからイタリアに戻って、フィエーゾレに近いギトーネのフラ通り二十四番地の小さな家で母親の面倒をみていたからだ。[13]

ベケットはフィレンツェで、オットレンギ夫人が経営する下宿に一日三食付き、三十リラで泊った。カンパネラ通り十四番地のこの下宿は、オーベルダム広場に近く、カンポ・ディ・マルテ駅からもそう遠くはなかった。ほとんど毎日、ベケットは午前中、美術館や教会を訪れてから、ヴェラとその七十六歳になるその母親に会いに出かけた。ヴェラの母親は魅力的な女性だ、とベケットは思った。[14]

ヴェラもベケットに興味をもった。彼女は、モーリス卿とドックレル卿夫人の息子モーリス・ドックレルというアイルランド人と結婚していたが、ベケットが記憶しているうわさによれば、夫はひどく酔っ払っては彼女に暴力をふるっていたらしい。当然、その結婚生活は破綻した。彼女はその前にも二十年間、ダブリンで暮らしたことがあるが、アイルランド共和国軍と関わりをもっていたかどで、独立戦争後の一九二二年、国外追放になった。二十世紀初頭には、国立演劇協会に所属し、舞台に立っていた。その後、一九二〇年代初めには、アビー劇場で、[15]大陸なまりが必要な女性の役を演じていたこともある。

ベケットとヴェラはフィエーゾレの町をゆっくり時間をかけて散歩したり、昼食の席で何時間もダブリンの思い出話をしたりした。ヴェラは、ベケットのことを「イタリア語はとても堪能だったけれど、アイルランドなまりが強い」[16]と思ったという。ベケットも、イタリア人がとっくに使わなくなった古いダンテから引いた文句を交えながらしゃべった、と語っている。たとえば、「たいしたことじゃありませんよ」と言うのに、「(ペル)メ・エ・ウグワレ」と言う代わりに、「ノン・メノ・カレール」と言ったりした。[17]エスポジト家では、その地方のワインを勧められたが、当時はまだ禁酒していたので、固く辞退した。[18]

ヴェラはベケットにジェイムズ・ジョイスの話をした。二十年以上前、ジョイスが友人のジェイムズ・カズンズ、グレタ・カズンズとともにボールズブリッジにたまたま滞在していたときに、音楽家だった父親ミッチェルと彼のところを訪れたのだという。ヴェラの父親は、ジョイスが

(自分の伴奏に合わせて)「ターピン・ヒーロー」というバラードやセンチメンタルな歌を歌っていたときのジョイスの声にとても感動した。一年後、ベケットがパリでジョイスに会い、賞賛者エスポジト氏がジョイスのテナーを絶賛していた、と伝えると、ジョイスはうれしそうだった。ヴェラもその母親も、同じ年、劇場での稽古を終えて一緒に外に出ると、劇場脇の通路でぐでんぐでんに酔っ払って横になっていたジョイスの体につまずき、まもなくジョイスは荒々しく表通りに放り出された、という話をちゅうちょすることなく、ベケットに聞かせた。[19]

ヴェラとビアンカにはマリオという弟がいた。マリオはダブリンでもパリでも知られた中世古文書学者で、アイルランドの初期ラテン語の文献について数点の研究書と、アイルランドとスイスの古代文献集の目録を二冊、出版している。[20] ダブリンでビアンカと父親とともに暮らしているあいだ、マリオはまた、シンフェーン党のスパイとして、アイルランド共和国軍の仕事で大陸にいくという、極秘の生活もしていた。[21] 彼もまた、独立戦争のあと、アイルランド共和国軍と関係があったとして、アイルランドを退去させられた。ベケットはエスポジト姉弟のこうした政治活動についてはほとんど知らなかったらしい。

ところでベケットは、前年知り合ったアメリカ人チャールズ・クラークとフィレンツェで落ち合った。二人は一緒にヴェニスを訪れ、アカデミアにいった。ベケットがパイプを吸いながら、サン・マルコ広場でハトに餌をやっている姿をクラークはカメラに収めている。クラークの帰国後、ベケットは北イタリアのコモ湖近くに滞在し、マリオ・エスポジトと短い休暇を過ごした。[22] その休暇についてマリオが書き綴った文章はなんと、ジェイムズ・ジョイスの伝記を書いたリチャード・エルマンへの手紙という形でいまも残っている。これを読むと、若者だったベケットの人並みはずれた「傷つきやすさ」や、彼個人が経験した事件をいかに(選んで)初期の作品に描き込んでいるかが手に取るようにわかる。マリオ・エスポジトは次のように追想している。

一九二七年七月のベケットのジェネローソ山での冒険は、滑稽なほど大失敗でした。彼はじつに痛々しいほど足を傷め、滞在予定の残りの日々を、わたしたちそれぞれに部屋を貸してくれていた農家のおかみさんの家のなかで過ごすはめになってしまったのです。おかみさんは二、三時間ごとに彼の足を、ハーブを入れた熱いお湯につけさせました。そうすると効くからと言うんです。おかげで治りましたよ。彼は、わたしや一緒に住んでいた医者がからかうと怒ったものです。……けれどもアイルランドに帰るとすぐ、わたしと医者に対しておこなった無礼な振る舞いをわびる二通の手紙を書いてきました。手紙はいまも大事にもっています。(23)

ジェネローソ山とガルビーガ山の頂上近くに広がるルガーノ湖あたりを遊山したときのこの不慮の事故は、ベケットが一九三二年に書いた小説『並には勝る女たちの夢』にじつにみごとに再現されている。この小説で、ダンテの『神曲』「煉獄篇」の登場人物の名前をとった主人公ベラックワは横柄な態度で、新しい「頑丈で鋲が打たれた登山靴」を買ったばかりで靴ずれしやすかったのに、登山前に厚い靴下を二足重ねるのも、布切れを足に巻くのも拒否する。気がつくと彼は、

疲れてへとへとになっていた。新しい靴は溝に投げ捨てられ、靴下で止血した腫れた足は、小さな花々のあいだで震えていた。はるか上にそそり立つ岩崖の下にいる牛の鐘《ベル》にも非難されているようだった。彼は自分の母を求めて泣いた。(24)

ベケットはベラックワをひやかしているが、本当は自分のことを笑っているのだ。だが、農婦の家のなかに閉じ込められ、止血した足の痛みが癒えるのを待ち、友人や医者にからかわれていた、といったもっと恥ずかしい経験については書いていない。

　とはいえ、この苦痛に満ちた屈辱的な経験は、牧歌もどき、学者もどきの文体練習に変わってゆく、次の一節の下地を形づくっている。

何年かのちのもっとめでたいときにトイレットペーパーの上に長々と刻印されたものと同じ、黄色い斑点がはっきりとみえる茶褐色の太った六月の蝶が、田舎の肥えだめのまわりをヒラヒラ飛んで、うずくまっていた彼のそばにいま、着地した。(25)

この部分はダンテに造詣が深いことがわかる一節で終わる。マリオ・エスポジトによれば、ベケットはいつもポケットのなかに小型版のダンテを忍ばせていた。(26)

のろまの月——それはコンスタンツァとピッカルダの永遠の真珠だ、心からは面衣を脱いだことがなかったと言われるコンスタンツァと、自分の秘密と神のみを心に抱くピッカルダの——の下、彼はぽけっとした裸足の雛鳥

のごとく、自分の住む谷中の村へと至る険しいゴルゴタの砂利道をとぼとぼと歩いていった。[27]

ベケットは太陽に照らされたフィレンツェの通りを何時間も歩いて回った。数年後、短篇「濡れた夜」のなかで、このもっとも美しい都を回想している。ダブリンのピアス通りを歩いていると、赤い、城郭のような、フィレンツェの塔のような消防署が建つタラ通りとピアス通りの角に出る。そこを散歩している主人公は、その名はまたしてもベラックワだが、シニョーリア広場や聖ヨハネ祭の花火、ヴェッキオ宮、アルノ川にかかる欄干、ベケットが広大な絵のコレクションを見て何日も過ごした「不吉なウフィッツィ」と呼ぶ美術館などを回想する。[28]

ベケットはピッティ宮を訪れたが、そこで見た、マグダラのマリアが顔を上げ、長い豊かな髪をたらし、右手を胸の前に対角線になるように置いている、ティツィアーノの『悔悛者マグダラのマリア』のような絵は、のちのちまで彼の頭のなかにしっかりと記憶された。彼はイタリア絵画よりもオランダ絵画やフランドル絵画が好きだったが、フィレンツェのティツィアーノ、ジョルジョーネ、ペルジーノ、ウッチェッロ、マザッチョらのすばらしさを感じ取れなかったわけではない。初期イタリア絵画をもっと知ろうと思い、ジョットからミケランジェロまで、ルネッサンスの美術史をたどるヴァザーリの『イタリア名画家・彫刻家・建築家伝』を一冊買い求めている。[29]

建築、絵画、彫刻に対する持ち前の貪欲さも手伝って、ベケットはほとんどの博物館や美術館や教会を見て回った。ミケランジェロの傑作中の傑作『ダビデの像』を見にアカデミアへ、ウッチェッロの『ノアの洪水』と聖歌隊席に描かれたギルランダイオのフレスコ画を見にサンタ・マリア・ノヴェッラ教会へ、マザッチョの有名なフレスコ画を見にサンタ・マリア・デル・カルミネのブランカッツィ礼拝堂へ、と足を運んだ。[30]フィレンツェでは、絵画好きな人間には息をのむような発見、開眼の連続だった。

ベケットは自分が見た卓越した芸術によって、高揚した気分で帰国した。イタリア語も以前にもまして堪能になり、長い休暇のあと、十月におこなわれた最終の学位試験のために勉強するのもそれほど憂うつではなくなり、熱心に勉強に打ち込むことができた。夏の休暇の残りは、ラドモウズ＝ブラウンやスターキーが出題しそうな問題に焦点を絞って、ダンテ、マキャヴェリ、ダヌンツィオ、ラシーヌ、バルザック、スタンダール、ジード、プルーストを勉強した。[31]おかげでベケットは試験を難なくこなし、トップの成績を収め、指導教授の言葉を借りれば、「一九二七年の秋学期、近代文学において輝かしい名誉と大きな金メダルを受けた」のだった。[32]

3

ベケットは最終学年のとき、ラドモウズ＝ブラウンの熱意に感化され、ピエール＝ジャン・ジューヴとジュール・ロマンの初期の詩に夢中になり、ロマンとその仲間が中心となった「一体主義《ユナニスム》」と呼ばれる文芸運動に関心をもった。彼はロマンの詩集『一体生活』（一九〇八）を楽しみ、（のちに告白しているように）[33]ジューヴが第一次世界大戦前、カトリックに改宗する前に書いた詩に[34]「情熱」を傾けた。ベケットはまた、ジューヴの小説を少なくとも二編、『無人世界』と『パウリナ』、それにあまり知られていない一体主義の詩人G・シェヌヴィエールの作品も数編読んだ。[35]

優秀な成績を収めた最終試験のあと、ベケットは一九二八年一月までニュー・スクエア三十九番寮の部屋に滞在し、図書館の自習室《ロング・ルーム》で、自分が選んだテーマ、ジューヴとロマンと「一体主義」についての研究論文を書き上げた。[36]「一体主義」は、たとえば、都会生活、兵舎、教会の礼拝、観客でいっぱいの劇場の客席、カフェなど、人びとが集まるところに自分たちは属しているのだ、という作家たちの強烈な意識から始まった。

> 世界はこうした社交の場や集会によって支えられ、動いている。ある意味で、そうしたものがなければ、われわれは個人の私的経験を積んでいくことはできない。個々人の経験を無視することはもちろんできないけれども、それが人生に決定的な影響を及ぼすとまでは言えない。[37]

つまり、ロマンやジューヴが初期の詩で強調しているのは（ジューヴはごく早い段階でグループから離れているが）、個人が共有する集団生活だった。ロマンが「一体化」と呼ぶものに共鳴してグループの一員、もしくは集団的な存在になれば、グループの個性や性格や精神によって、自分一人でいるよりもはるかに個性をもった人間になれるというのである。

ベケットのように個人主義者になっていく人間が、ジュール・ロマンの初期一体主義の詩や人間の集団を主題にしているようなロマンの小説に特別な関心を寄せていたというのは一見、不思議に思われるかもしれない。けれども、ベケットはロマンの『仲間』や『ある男の死』がとりわけ好きだったし、『仲間』は当時の学生のあいだで「流行」すらしていた。[38] 個人は集団のなかに、ある程度の慰めを見いだすものだとする考え方は、当時孤立感を深めていた若者には魅力であったにちがいない。ベケットがジューヴに魅せられたのは、その詩が、波打つような連帯感を伝えながらも、グループの精神を求めるのではなく、自分の心の動きや感情に焦点を合わせ、あらゆるものごとを自分の気持ちに結びつけているからだった。「ぼくはしあわせではない」といったロマンの初期の詩でも、悲しそうにテーブルに一人座り、ほかの人びとから孤立して悲しい気持ちでいる男の寂しさが歌われているが、それはベケット晩年の戯曲や散文に登場する「部屋のなかの男」の境遇とそうかけ離れたものではない。ベケットの孤独《ソリテール》は、自分の孤立感に甘く浸るだけのものではない。彼は外の世界になんの慰めも見いだせず、孤独を激しく追い求めてもいたのだった。ベケットがジューヴやロマンの作品の情感に魅せられたのは、それがトリニティの自室に座っているときに自分が味わった気持ちに近かったせいだ。

また、ロマンの詩の言葉は単純明解で、小説には良質のユーモアがあったことも、若いベケットを魅了した。とは言うものの、一体主義の理論や理想を厳密に調べていくうちに、その集団主義の主張や理想主義的願望が時代遅れで、ロマンチックな若者の妄想だと考えるようになっていたにちがいない。自分の個人的な感情に振り回されやすかったものの、ベケットは若いうちから、重宝な万能薬とは言わないまでも、気休め的な治療に対してはその安易さを見抜く力をもっており、その点では驚くほど早熟だったのだから。

ベケットがジューヴと「一体主義」について論文を作成するためにおこなった研究がどんなものであれ——彼はのちにそれを「ばかばかしい論文」[39]「まとまりのない作品」[40]と呼んでいる——それはその後、パリで仕上げられたとか、実際には仕上げることなく、代わりに『プルースト』論が生まれた、などと言われている。[41] つまるところ、その研究論文は（長い歳月のあいだに行方不明になったか、消失したかで）日の目を見ることはなかったのだ。ベケット自身によれば、一九二八年の夏に現実には完成していたけれど。[42]

ばかばかしいかまとまりがないかはともかく、トリニティ・カレッジでこの研究論文を書いてベケットが奨励金として得たお金——ベケットは五十ポンドだったか百ポンドだったか正確には記憶していないが、おそらく低いほうの金額だったらしい——が、その年の終わりごろ、パリに移り住むための当座の費用になったことだけはまちがいない。

4

クリスマスのあと、ベケットは再びラドモウズ＝ブラウン教授の推薦で、ベルファストにあるキャンベル・カレッジという北アイルランド最大の公立寄宿学校のフランス語と英語の教職を得た。この学校の建物は、時計台の付いたりっぱな赤レンガ造りで、一八九〇年代に、ベルファスト郊外、ストーモント近くの広い美しい敷地に建てられた。ここに入学する生徒は、アイルランド国教会か長老派のいずれかの教会に所属していて、カトリック教徒は一人もいなかった。ベケットがこの公立学校で教えたのは、一九二八年のヒラリー学期（春学期）とトリニティ学期（夏学期）の二つの学期だけだった。彼は最初の春学期には、ベルファストに家具付きの部屋を借りて、市街電車で終点のベルモントまで通勤していた。けれども、次の学期には、居住義務を果たすという交換条件で、無料で構内に住んだ。

この教職は、その年にベケットがなんとか百五十ポンド貯蓄する、という目的のためだけに引き受けたものだった。この額のなかには、「一体主義」についての論文を書いてトリニティ・カレッジから得た研究奨励金も含まれている。これだけ貯蓄できたのは、文化に乏しく、工業化されすぎた商業主義の町ベルファストが好みに合わず、ぞっとするほど退屈だったので、ほとんど浪費をしなかったからだ。[43]たしかに当時から、オペラハウスやエンパイア劇場、アルハンブラ劇場はあった。しかし、質の高い演劇や音楽はほとんどないに等しく、やっている演目はベケットにはどうしようもない偏狭な代物としか思えなかった。それでも、学校の中央ホールにはグランドピアノがあり、元校長の話では、ベケットが退屈をまぎらわすために弾くことのできる練習用のピアノも数台あった。[44]ベケットの記憶では、夏学期には「生徒たちとクリケットをした」[45]し、当時の学校誌「キャンベリアン」[46]には、ベケットが生徒の代表選手《ファースト・イレヴン》と闘って負けた教職員の代表選手だったことが記載されている。[47]

貯えができたことを別にすれば、ベケットのこの短期間の学校教師としての仕事は大成功とは言いがたかった。学校の体制といい、規則といい、五年ほど前に卒業したポートラ・ロイヤル・スクールとほぼ同じで、ほとんど目新しいことはなかった。トリニティ・カレッジ最後の年に味わった知的興奮から冷めきれなかったベケットは、フランス語の初歩の文法と翻訳を教えるという環境になかなか順応できず、十五歳の生徒たちとシェイクスピアを読むというのにも楽しみを見いだせなかった。もちろん、教師としての経験もまったく初めてだった。しかも、教えるときに当然ながら自分の身をさらさなければならないという衝撃に対して、心の準備ができていなかった。また、たえず生徒の態度に細心の注意を払っていなければならないというのも愉快ではなかった。

ベケットは、みんなから「スコッティ」・ギボン、または「ダフィ」・ギボンと呼ばれていた、文学修士で殊勲章と戦功十字章保持者の校長ウィリアムズ・ダフ・ギボンとの関係もあまりうまくいかなかった。[48]（昔、キャンベル・カレッジを卒業した人の話によれば）、今日のキャンベル・カレッジ史の編者は、「ギボンは思いやりのある人でしたが、意志堅固で、『世間で役に立つキリスト教徒の市民』を育てることに情熱を傾けていました。彼は生徒たちの気持ちを理解し、できるだけ学校が非国教徒のニーズにも見合うようにしたいと思っていました」と書いているそうだ。[49] しかし、ギボンはこと規律に関しては格別厳格だったため、ベケットは自分の行動や規律一般をめぐって彼と何度もぶつかった。ベケットの話では、あるときなどは、生徒たちが不埒な行動をして校長を震え上がらせたという理由で、教師のベケットにその生徒たちを徹底的に罰するよう命じたという。ベケットはそれを拒否し、校長は彼に愛想を尽かした。キャンベル・カレッジにいた短期間に、ベケットは体罰を加えることを承諾したことはなかったし、そうすることは自分にはできなかった、と告白している。[50] 朝食をとらないのが習慣だったとはいえ、一時限目の授業にまにあうように起きるというのもベケットにはつらかった。あるとき、ベケットが女中に日曜日の朝は「遅くまで寝ていられるように」ベッドに食事を運んでもらえないかと頼んだことを知ったギボン校長は、「ここはホテルじゃないんだぞ、ベケット」と言ったと伝えられている。[51] ベケットが復活祭の学期末の成績表にとくに厳しい評を書いたときには、君が幸運にも教えている生徒たちは「アルスターのクリーム〔最良の部類〕」なんだぞ、と批判した。ベケットは即座に、「ええ、わかっています。リッチ〔こってりした／金持ちの〕でスィック〔どろどろした／頭の悪い〕なクリームですよね」と答えた。[52]

ベケットは内気で孤独癖があったけれども、友人を作る才能があった。ギボンとの関係も気まずいままで終わらせることはなかったようだ。四年ほどのちにロンドンのある教育機関に仕事を求めたとき、ベケットは校長に推薦状を書いてもらっている。[53] キャンベル・カレッジでの親友は、着任まもない、オックスフォードのキーブル・カレッジの工学部を卒業した数学教師フィリップ・アーサー・タイラー・クライムズだった。ベケットはこの二十三歳のクライムズをとても気に入っていたが、ベケットがアイルランドを離れてパリに二年間滞在することになると、たがいに連絡を取らなくなり、二度と会うことはなかった[54]。土曜日の午後（というのは土曜日の午前中は授業があったからだ）、ときどきノース・アントリムの海岸にいって、ポートラッシュ（ベケットがおそらく見本にしているここの舞踏場《パレ・ド・ダンス》またはアーケイディア・ボールルームは、のちに『蹴り損の棘もうけ』に言及されている[55]）のようなとてもよいコースでゴルフを一緒に楽しんだのは、おそらくこのクライムズとだったのだろう。ベケットはこの半日の外出を楽しんだが、夏学期が終わって去るころには、ベルファストは「退屈な場所」で「なんの魅力もないところ」と、かたづけてしまっている[56]。

5

ベケットは一九二八年の夏、ダブリンに戻ると、従妹のペギー・シンクレアに会った。彼女は、ユダヤ人の美術・骨董品ディーラー、ウィリアム・シンクレアと結婚した叔母シシーの娘で、一九二〇年代初めにドイツの町カッセルに引っ越すまではホウス〔ダブリン郊外の港町〕に住んでいた。ベケットは一家が移住するまで、シンクレア家の人びとと親しくしていたが、彼の両親は息子が叔母のところへいくのを快く思っていなかった。叔母の結婚はベケット家の親戚縁者にとってそれだけ衝撃的だったからだ。ともかく、アイルランドを離れた当時のペギーは、ほんの小さな子どもにすぎなかった。ところがいまは十七歳になって、ドイツからアイルランドに遊びに来たペギーは、ドーキー・ロッジに住む父親と双子の叔父ハリー・シンクレアと一緒にいた[57]。ペギーが来たのとちょうど同じころ、ベケットが二年前にフランスで出会ったアメリカ人の友人チャールズ・L・クラークが約束どおりクールドライナ邸を訪れていた。ベケットはこの魅力的な娘と過ごしたいけれども、友人も歓待しなければならない、と二人のあいだに立って苦しんでいた。結局、たいていはペギーとクラークの二人を一緒にドライブに連れて行くことにした。ときには、やはり叔父のところに来ていたペギーの妹デアドラも一緒についてきた。彼らは静かな曲がりくねった田舎道を通ってダブリン周辺の小さな村々を通り抜け、キライニーの海辺やさらに遠くまで車で出かけた。ペギーの妹は当時のことを次のように回想している。

サムはドーキーでペギーと恋に落ちたんだと思います。彼は後部に補助席の付いた小さな二人乗りの車をもっていました。スウィフトだったと思います。その車でよくドライブに出かけていました。わたしはお邪魔虫だったにちがいありません。まだ九歳で、恋愛が進行しているなんてわかる年齢ではありませんでしたから。わたしは後部補助席に座って、ペギーとサムが前の席に座っていました。アメリカ人のお友達はわたしと一緒に後部席に座って、わたしにハイイログマの話をしてくれました。(58)

このドイツ語をしゃべる小さな女の子が自分のことを、「あなたっておもしろい顔してるのね、でも、とてもいい顔してるわよ」といった楽しい褒め方をしてくれた、とチャールズ・クラークが話していたのを、クラーク未亡人はよく覚えている。(59)こんな対話が進行しているあいだ、二人乗りのスポーツカーの前の席、すなわち本来の座席では、ペギーとサムがほかの人間がいることをすっかり忘れて、冗談を言い合って大笑いしていた。

　クラークがアメリカに帰国し、ハリー叔父とその伴侶がデアドラの「ベビー・シッター」を引き受けてくれてからは、ベケットもペギーだけを連れて、ウィックロウ山へ車で出かけたり、近くの海辺に出かけ、ボートをこいだりした。そうしたことが、『並には勝る女たちの夢』でベラックワがスメラルディーナ＝リーマと一緒にいる場面の着想の源になっている。スメラルディーナ＝リーマは、ベケットによれば、忠実にペギーをモデルにしている。(60)語り手は次のような夢を見ていた。

あの輝ける海辺、そこでは二人の下で小舟の竜骨が砂州に乗り上げキーキー言いながら止まり、あたりに誰もいないなか、二人は砂浜へとび出していって葦を集めたり、手や顔や胸を水につけたり、小山に穴をあけたりすることができた、なんの議論もいらなかったし、まばゆい光のなか、背後にはすばらしい音楽が奏でられていたのだ。(61)

「童顔で手のつけられていない小さなカメオ細工」(62)と書かれた最初の「ダブリン版」ペギーにベケットは、スメラルディーナと一緒のベラックワのように、すっかり魅了されていたのだ。この場合、ベケットの初期の作品は大体そうだが、小説はかなり忠実に事実を再現している。なぜなら、内気で思いやりのある二十二歳の学生ベケットは、みずから認めているように、魅力あふれる、いじらしいほど天真爛漫な、笑い上戸の「スメラルディーナ」に一目ぼれし、すっかり恋の虜になっていたからだ。

　ペギーことルース・マーガレット・シンクレアは、一九一一年三月九日、ダブリンで生まれ、十一歳で両親と家族とともにドイツに渡った。そしてドイツの学校で教育を受けた。そのため、しゃべる英語にはチュートンなまりがあり、ドイツ語の影響で文法上、構文上おかしな文句が入り交じった。けれど、根っからの冗談好きだったため、ちょっとしたことにも大笑いするのだった。『並には勝る女たちの夢』でベケットが説明している、スメラルディーナ＝リーマの人を笑わせる才能は、これまたベケット自身が認めているように、ペギーから着想したものだ[63]。

> 好調でのってくると、彼女は妙に熱っぽく雄弁をふるい、奇術師の色紙のように言葉をまくし立てて、途方もなく愉快な話し手になることがあった。グループの全員、そして彼女の家族でさえも、どっとあふれ出る饒舌が綿々とつづくのに腹をかかえて笑いつづけたものだった。彼女のママは笑いのあまり口から泡を吹き……[64]

不思議に思われるかもしれないが、サミュエル・ベケットは、外向型で会話をリードするような人と一緒のときがもっとも気楽になれるのだった。だから、すぐにこの元気で魅力的な、自分と性格の異なる若い女性と打ち解けた。ところが、まもなく二人の壊れやすい小舟は荒波のなかへとこぎだしていった。

ペギーはつらつとしたそばかす顔で、その鼻はきれいというには少しばかり大きすぎた。髪は当世ふうにカットせず、長く伸ばしていた。とても魅力的な緑色の目をしていて、とりわけ目に敏感なベケットをその後ずっと魅了することになる。ペギーはまた、べつに固執していたわけではないが、よく緑色の服を着ていた。服に関しては流行に敏感で、彼女の弟の目からみると、流行を先取りしていたぐらいだった[65]。父親の友人でカッセルのアパートによく遊びに来ていた画家のカール・ライハウゼンがこの三年後に描いた肖像画では、あかぬけした緑色のブラウスに、緑と茶のスカートをはき、緑色のベレー帽をかぶり、緑色のネックレスを身につけている[66]。『並には勝る女たちの夢』のスメラルディーナ＝リーマもそんな帽子をかぶっている。「その帽子は日に焼けて、緑色から胸にしみるような灰緑色へと変色しており、彼は目をやった最初の瞬間からずっと、そのひどくうらぶれた救いようのないありさまに心を動かされていたのだ[67]」。また、『クラップの最後のテープ』のなかで、ベケットとペギーのあいだの救いようのない恋に似たものを回想するクラップは、「このごたいそうな悩みのどれだけが、いったい、いま残っているだろう？　駅のプラットホームの、よれよれの緑のコートを着ていた女か？　違うかな？」と自問している[68]。

この時期に撮影されたセピア色の写真で、リラックスした自然な姿で写っているペギーは、ベージュ色か、もしくはおそらく灰色のツイードのツーピースの下に明るい色のブラウスを着ていて、手には青と灰色でパッチワークを施した皮製のふたが付いた「ややキュービスト」のような形をしたハンドバッグをもっている。[69]鋭敏なユーモアのセンスとともに、憂いに沈んだ感じが彼女にはあり、そのせいで謎めいた印象を与えていた。この奇妙な組み合わせが、じつはベケットを強く惹きつけたのだった。

　ペギーのほうはペギーのほうで、この内気でもの静かな、青い目をしたハンサムなアイルランド人がとても好きになっていた。ことに、喜んで一緒に過ごしてくれるときや、とても気が合っているなと感じるときには。そうでないときのベケットは、見ていていらいらするほど、内気で、陰気で、とらえどころがなかった。二人が会ったのはペギーがわずか十七歳のときだったので、彼女のように率直で隠しだてのない人間には、ベケットがおそろしく複雑怪奇な人間に見えたにちがいない。最初、彼女の恋心は、この従兄と、カッセルでその少し前に知り合ったアイルランド人で才能ある若き画家セシル・ソルケルドのあいだで揺れていた。彼女は二人にキスを許していた。けれども、ドイツに戻るころには、ベケットへの思いのほうが強くなっていて、定期的に、愛情をこめた手紙をベケットに送り始めた。ベケットはといえば、どうすればパリの仕事に就く前に彼女に会えるだろうかとばかり考えていた。そして懸命にドイツ語を勉強しはじめた。ペギーがカッセルに戻ったあとのベケットの気持ちは、『並には勝る女たちの夢』に苦笑を誘うユーモラスな回想として描かれている。この主人公は、「ひとりわびしく取り残された」感じがし、「雲のなかでも火のなかでも、どこを見ようと振り向こうと、瞼の裏側にさえも彼女の顔があった、彼はそれほどうぶな馬鹿だったのだ」[70]と回想している。

　だが、そんなロマンチックな恋にも、まもなく邪魔が入ることになる。恋が進展していることを知ったベケットの両親が大反対したのだ。彼らは夏のあいだ、サムがペギーに夢中になっていたことには気づかずにいたが、若さゆえにのぼせた恋の兆候はほとんど隠しようがなかった。ドイツから定期的に手紙が来るたびに、ベケットは即座に返事を書いていた。ペギーの父親の「ボス」ことウィリアム・シンクレアは貧窮状態にありながら浪費家として知られていたので、メイ・ベケットは息子がどんな期間にせよカッセルに滞在したり、従妹と深い仲になったりすることは喜ばなかった。この両親の反対の理由には、シンクレアがユダヤ人であることも関係していたかもしれない。アイルランドにおいては、それまでユダヤ人のコミュニティが気持ちよく受け入れられることはなかったからだ。しかしそれ以上に、母親も父親も、血のつながった従妹と親しい関係になることに危険を感じて、大反対していたのだろう。当時は近親相姦に近い関係に対する恐怖は非常に大きかったからだ。

ベケットが自分の気持ちはかなり固いのだと明らかにすると、両親は絶対に承知しない、と言い、ペギーに会いにいくという彼の計画に敵意すら抱いた。ベケットと母親とのあいだでこれ以降も続く途方もないけんかのうちの最初のけんかがここで始まり、ベケットはちょっとのあいだ家出をした。大学最後の年にベケットとトリニティの部屋を共有したジェラルド・スチュアートは次のように書いている。

あるとき、サムはダブリンのわたしの家に現われ、うちに泊めてもらえないかと言いました。彼はドイツに住んでいる従妹と恋愛しているのだけれども、母親がそれを認めず、相手にしてくれないとのことでした。わたしたちは彼をうちに入れ、彼はしばらく、わたしの寝室に寝泊まりしていました。女性のほうはドイツに戻り、サムはフランスの港へ定期連絡船でいき、それから列車の三等車でドイツへいきました。この一件についてわたしが知っていることはそれだけですが、ずっとあとになってからサムにこの恋はどうなったのかと尋ねたところ、サムは女嫌いになったよ、と答えていました。[71]

この約二年後、ベケットは自分がもっていたプルーストの『花咲く乙女たちのかげに』のある一節、別離の苦しみとかつての自分を葬り去ることを描いた一節の余白部分に、「一九二八年八月、郵便船」[72]とメモをする。これが、ペギーに会いにいく際に家族やアイルランドと別れた悲しく苦しい経験——母親との大げんかによってよけいに悲しい思いをした経験——をほのめかしているのはほぼまちがいない。

この「郵便船」のメモ書きから、ベケットがペギーに会いにカッセルにいったのは、八月の終わりごろであることがわかる。帰りがけにパリに寄って、エコール・ノルマルの校長や秘書に会い、おそらく自分の部屋ものぞいてきたと考えるのは無理な話ではない。彼が初めてトマス・マグリーヴィーに会ったのもこのころかもしれない。けれどもカッセルへのあわただしい訪問については、余白に残されたメモとジェラルド・スチュアートの証言からしかわからない。もしこれが本当だとすれば、ベケットは二年間続くことになるパリ滞在のための荷造りをしに九月の末に、フォックスロックに戻ったにちがいない。

6

九月のなかばに、ペギーは音楽、ダンス、ムーヴメントで知られるオーストリアの学校に入学した。授業料は、ダブリンにいる祖父が払ってくれた。両親の願いもむなしく、ベケットは彼女に会うために十月初めにオーストリアを訪れ、その月の終わりまで滞在した。[73] ペギーの学校は「ヘレラウ＝ラクセンブルク校」と呼ばれ、ウィーンから九マイル南に下がったラクセンブルク村のなかにあった。授業は、かつてフランツ・ヨゼフ皇帝と王妃マリア・テレジアが夏の別荘にしていた十四世紀の宮殿の一部、ラクセンブルク宮殿のアルテス・シュロスでおこなわれた。

　ベケットはラクセンブルク滞在中に、一九三一―三二年に書くことになる小説『並には勝る女たちの夢』の構想を練っていた。この小説の「ドゥンケルブラウ学校」に関する部分は、アウトラインはおろか、ごくごく詳細にいたるまで、彼がヘレラウ＝ラクセンブルク校で見聞きしたものの記憶か、（たぶん）取っておいたメモから書いたものだ。「ドゥンケルブラウ」（ドゥンケルは「暗い《ダーク》」の意）という架空の名前でさえも、実際の名前「ヘレラウ」（最初のヘルの部分は「明るい《ライト》」の意）をただ反対の意味にしただけだ。

　ヘレラウはもとはといえば、ドレスデン郊外の田園都市の名前で、一九一一年にスイス人の教師エミール・ジャック＝ダルクローズがジュネーヴにあった「リズム体操《ユーリズミックス》」と音楽の学校をそこに移転させたのが起源だ。ダルクローズは第一次世界大戦中、ドイツから強制国外退去させられた。それでも授業は新しい経営者のもとで続けられたが、その十年後、賃貸料を支払えなくなったため、ヘレラウの建物を明け渡さなければならなくなった。それはちょうど、学校のダンサーや音楽家がオーストリアを巡業中の出来事で、経営者はハプスブルク王家の土地管財人と交渉し、ラクセンブルク宮殿のアルテス・シュロスに全組織を移すのに成功した。そして、女生徒も教職員も全員、宮殿内に住むことになった。宮殿はかつてもいまも、湖や川や芝生や林が点在する千七百エーカーの壮大な公園内にある。ベケットの小説のなかで、架空の学校はまさしくそんな公園にあり、彼はその公園を「メーデルベルク」と呼んでいる。その名前はおそらく約六マイル離れたメードリングの町から思いついたものだろう。

　ヘレラウ＝ラクセンブルク校の生徒はほとんどが中学を卒業したばかりの若い女性たちだった。ペギーの弟による

と、そこは、

かなり有名な場所でした。生徒たちは芸術に総合的に取り組む方法として、ダンスと合わせて音楽を専攻していましたが、音楽を専門にしようとする人たちのための専門学校ではなく、芸術を理解するための学校でした。わたしがその学校のことで覚えているのは、生徒たちがおたがいにわかるように特別な笛をもっていたことです。それは吹くのが非常にむずかしく、半音階が出るものでした。ペギーはこの笛を見せびらかしては、じつに上手に吹いていましたよ。……ペギーがヘレラウ＝ラクセンブルク校で習ってきた二つの体操のことも覚えています。一つは、両足をそろえて、自分の体をまっすぐにしたまま、できるだけ大きく円を描くように揺らすもので、もう一つは、親指を使わずに、四本の指で手のひらをたたくというものです。シンクレア家の子どもたちは言われたとおりにまねをしました。(74)

ベケットの小説に出てくる「ドゥンケルブラウの少女たち」、寮の食事の定番だった「アップル・ソース」、即興の授業を担当しているスイス人教師（現実ではグスタフ・グルデンシュタイン博士、小説ではアルシュロッホヴェー氏(75)）はみな、ペギーの学校生活から直接借用したものだ。語り手に言わせれば、それは次のようなものだった。

みんな美容体操に励み、健康な頭脳をもち、健康と美を増進させようとしていた。夏になると彼女たちは屋根の上に寝そべり、お尻と陰部をこんがり焼いた。そして丸一日が、踊りと歌と音楽とシャワーとマッサージと屈伸運動と授業――和声、解剖学、心理学、即興演奏、それらを最後の音節に強勢を置いて発音したものだった――で過ぎていった。(76)

学校案内を見ると、ベケットがどんなに忠実にその学校でおこなわれていた実際の授業を再現しているかがわかる。それは、「リズム体操《ユーリズミックス》」のダルクローズ・メソッド（「リズム体操は個人の全人格を養い、生徒たちが個々の必要性に照らして体で音楽のリズムをつかむようになることをめざしたものです(77)」）、体操、ダンス、音楽、教育心理学、打楽器演奏、衣装デザイン、といったものだ。

この学校の「少女たち」は、実際「薄着が大好きなヌーディストで、まだら模様のパンタレットや、キュロットとセーターと着こなしにくいマントだけで地元の映画館《キーノ》にくり出すときなど、メーデルベルクの人びとでさえショックを受けたものだった」[78]。あるラクセンブルクの住人は、学校の守衛が、窓から外をのぞくと少女たちがヌードで日光浴をしているテラスがよく見える宮殿の屋根裏部屋に案内しては金を取っていたと断言している[79]。少女たちが出かけた「地元の映画館《キーノ》」は、実際はこの宮殿の構内、かつてハプスブルク王家が銀製品や銀食器を隠していた建物にあった。

　ベケットは、自分が作った架空の人物ベラックワと同様、村の一番端の通り、ウィンナー通りのはずれにある、かつてハプスブルク王家の宮殿だった「大きな青い館《ホーフ》」（これは「ブラウアー・ホフ」と呼ばれていた）に滞在していた。

> 村のはずれに、がらんとして荒廃の色がしみついた大きな青い館《ホーフ》が、雑草の生えた中庭を四角く囲んでうずくまっていた。彼はそこの、天井の高い暗い部屋に住んでいた。そこは湿ったベッドカバーの臭いがし、ガラスのドアが公園側に付いていた。その部屋に行き着くには、村はずれの通りから館《ホーフ》に入って中庭を横切るか、あるいはもっといいやり方として、廊下をぐるっと回るという手があったし、さらにわざと反対側から、つまり公園から入ることもできた[80]。

この建物はいまなお健在で、その配置はここで説明されているとおりだ。当時からブラウアー・ホフはかなり荒廃しており、汗をかいている壁紙のうしろでネズミがすべっている音がする、湿った臭いの部屋にベケットが実際に泊まっていたことは充分考えられる。『並には勝る女たちの夢』にあるように、ベケットの部屋は学校から「十分間公園のなかを歩く」距離にあった。ベケットが「アーチ型の校門の下で」ペギーにおやすみのキスをしたあと通った裂け目のある生け垣と、部屋に歩いて戻るときに小便をするために必ず立ち止まった茂みは、一九二〇年代の終わりにはそこにあったが、いまでは取り除かれてしまっている[81]。

　というわけで、学校の配置からベラックワの経験にいたるまでほとんどすべて、架空の事象ではなく、事実なのだ。まったく立証できない出来事は、女性が男性をレイプするということが実際、現実に起きたことなのか、それが小説のように二人の関係を変えるきっかけになったのか、ということだ。小説のなかの女性が性的関係を迫ったあと、その関係を続けたいと思っているのは明らかだ。ところが男性のほうは、精神的な純粋な愛を求めているため、肉体的な関係に引きずられたくないと思っている。小説のなかの女性は自分が愛する男性だけとセックスを望んでいるので、ベラックワを愛している、と言う。「彼の目にはかわいらしく見せておいてじつは××××そうやって彼の愛の《アモローシ・》ため息《ソスピーリ》を虚仮にしてしまうのが彼女のゲームだった[82]」のだ。ところが、男性のほうは実際に起こりうる結果のせいだけでなく、精神的愛と肉体的愛欲を別に考えていたので、そうした関係になるようなことを望んでいないのだった。

　ところで、こういったことはベケットとペギーとどう結びついているのだろうか？　もしペギーがここに書かれているようにセクシーな女の子で、大好きな人と肉体的な結びつきをもつことも平気で、性的に情熱的な関係を求めていたとしたら、これはとんでもないことになったことは確かだ。ベケットはすぐにもパリへ発つことになっていた。それに自分が作家になることをまだ真剣に考えていなかったとはいえ、二十二歳で身を固めて妻子をもつことなどは思いも寄らなかったはずだ。しかも自分が好きになった少女は、母親から耳にたこができるぐらい言われたように、なんと言っても血のつながった従妹だった。だから、妊娠だけではなく、不幸な欠陥をもった、精神の病をもつ子どもが生まれる可能性に対する恐怖も彼にはあったはずだ。しかもさらに重要なことには、性的行為は必ずしも恋愛と結びついたものではない、と少なくともこの点では自分の作品の登場人物ベラックワとたがわず考えていたと思われるふしがベケットの人生にはたくさんある。小説のなかでは、「彼らはいつもまさにこの点をめぐって仲たがいしがちだったし、また実際このせいで別れたのだった[83]」。セックスをめぐっての仲たがいは、現実にベケットとペギーが別れた原因だった。ペギーはそういう肉体関係を求めていたが、ベケットは求めていなかった。けれども、けんかはしたものの、二人の恋愛はウィーンで終わりはしなかった。そしてベケットは十月末に、列車でパリに向かったのだった。小説では、「スメラルディーナはどうにか唇を噛んで勇敢な女の子としてふるまったが、とうとう赤帽による席の確保《ブラッツネーメン》も終わるときが来た。彼女の涙は怒濤のように流れ出した。彼女がしゃくり上げると列車全体が震えるようだった。緑の帽子は飛んでいった……[84]」。

第五章
パリ時代

一九二八—三〇

1

一九二八年十一月一日、ベケットはパリで初めての朝を迎えた。前の晩、ウィーンから列車でエコール・ノルマル（パリ高等師範[1]）での秋学期にまにあうようにパリに到着していたのだ。彼の部屋（パリに着いたときにはまだ前任者のトム・マグリーヴィーが住んでいた）は、ウルム通りに面した大きな中央玄関口右の、古いエコールの建物の二階正面部分にあった。ベッドからは、雨に濡れた窓ガラスを通して、『並には勝る女たちの夢』で描いた光景を眺めることができた。

葉のない木がしずくを垂らしているのが見えた。そのうしろでは守衛所の煙突が、灰でできたマツの木のように硬直した煙を出していた。そしてその向こう、世界の向こうで、リュクサンブール公園——それはずぶ濡れの枝々でなかばおおい隠されている——の西につながる長い溝のような街路にかすかな光を注ぎ、また、祝福され、えも言われず超然とした彼が熱いベッドの上で横になっている部屋にもかすかな光を送りこむ[2]。

エコール・ノルマルはベケットには驚きであった。途方もないエリート集団に見えたからである。学生の大部分はむずかしい、競争率のきわめて高い入試をくぐり抜け、奨学金を与えられていたから在籍していたのであり、必ずしも親が裕福だからというわけではなかった。エコール・ノルマルに通うことは若いフランス人にとって、とてつもなく有利な立場に立つことを意味する。国内随一の名門校生という肩書きに加えて、りっぱな古い図書館が利用でき、また構内に寄宿している一級の学者から（堅苦しい講義ではなく）個人指導してもらえるという特典に恵まれ、フランスの教育制度において素晴しい地位を約束されている。それになんといっても、ノルマルの学生として、自分がフランスの秀才中の秀才の一人だという自信は比べようもない。

エコール・ノルマルは学問の実際の中心地というより、寄宿学校にずっと近かった。学生たちは「カーニュ」〔高等師範文科受験準備クラス〕において、フランスの教育システムのなかでももっとも優秀な先生から徹底した指導を受けたのち、かなり自由に自分の思うようにさせてもらえた。それは象牙の塔、自己満足、そしてひとりよがりといった、やや井の中の蛙のような性格を帯びていた。ソルボンヌ大学では、エコールの学生はほとんどの授業を履修するが、彼らはしばしばその尊大さや優越感を帯びた態度ゆえに普通の学生から嫌われることがあった。集団は生来好きでなかったベケットだが、エコールでの二年間で二、三の親友を作り、彼らのなかにじつに才気にあふれた者がいるのを発見することになる。

　学生数は少数に絞るように配慮されていた[3]。ベケットは「新入り《コンスクリ》」（すなわち一年生）が学位を取るための英語講読を一クラスだけ担当した。「講師」はまた、きわめて競争率の高い国家試験である「教授資格試験」の準備をしている学生の手助けもした。「講師」のなかにはベケットの友人となったアルフレッド・ペロン――彼はダブリンのトリニティ・カレッジから帰国したばかりだった――や、ケンブリッジでフランス語の「講師」をしていて、たいてい留守だった学位取得希望者のエミール・ドゥラヴネーらがいた。

　ドゥラヴネーがパリにいるときはいつも、二人の大学院生（あるいは教授資格試験の志願者）が、最初はマグリーヴィーと、次にはベケットと――「彼がつかまえられるときは（彼もまた早起きではありませんでした）」と、ドゥラヴネーは書いている[4]――非公式に会うよう手筈を整え、散文の英訳に取り組んだり、文学作品を論じ合ったりした[5]。ペロンはたくさんの友人と仕事をした。そのなかには恋人のマヤ（あるいはベケットが書いているようにマーニア）・レジーヌもいて、のちに彼らは結婚した。ベケットはマーニアのことをペロンの「頭の切れるロシア人の恋人[6]」と呼んでいたが、彼女は第二次大戦時にはベケットの生涯において重要な役割を果たすことになる。

　エコールの学生であることがどれほど特権的なものであれ、生活は貧しかった。学生たちは寮ではきれいとはいえない仕切り壁でたがいに隔てられた小部屋で生活した。部屋《テュルヌ》と呼ばれる書斎で勉強し、そこを何人かの学生が共同で使っていた。洗濯や体を洗う水を使える設備は原始的で、トイレは汚かったし[7]、食事やコーヒーはすこぶるまずかった。学生たちは「寮内で」一種の隠語を使っていたが、ベケットもすぐそれに慣れた。代々寮内に伝わる子どもじみた悪ふざけもかなりたくさんあった。侮辱的な歌を一年生がほかの年度の学生に対して食堂ごしにがなったり、秘密めいた通過儀礼が学年度の初めにおこなわれたりした。この儀式では、新入りがエコール出身者《アルシキューヴ》の「宮殿」と呼ばれるところに入れられ、そこで「シラミに恋する蜘蛛」の歌が歌われた。新入りはそれから目隠しをされ、地下室を通り、階段を登って屋根の平坦なところまで連れていかれる。夜になるとノルマルの学生が屋根ごしに数ブロック離れたエコール・ポリテクニックの、軍事教育を受けている学生に向かって、いっせいに侮辱的な言葉を叫んでお開きとなる。「サーベルを振り回す、血に飢えたトラたちよ」と、太く唸《うな》るように叫ぶのである(8)。ベケットは講師だったのでこの種の待遇を受けずに済んだが、きっとなんという学校にきてしまったのか、と何度もいぶかったにちがいない。

　講師は学生よりはずっと快適な寮をあてがわれていた。少なくとも自分のプライバシーを守れる個室があった。しかも広々として暖かだった(9)。けれど体を洗う水は朝はとても冷たく、小さな講師用食堂で出される食事も学生食堂で出る食事とほとんど変わらなかった。だから講師も学生も同じように近くのカフェやレストランで食事をした。とはいえ、英語講師の給料は低かったので、お金に余裕のあるときに限られていた(10)。掃除と食器のあとかたづけは使用人《ギャルソン》あるいは「用務員」がしてくれた。ベケットの「用務員」は背の低い男で、フェルディナンと呼ばれる大酒飲みだった。部屋はスパルタ式とでもいおうか、簡素な家具しか備え付けられていなかった。つまり、ベッド、テーブル、安楽椅子、本を並べる棚が何段かしかなかった。これにコップ、皿、スプーン、ナイフが二本、グラスが少々、それに二つのシチュー鍋。ベケットが到着する以前、マグリーヴィーは前任者のウィリアム・マコーズランド・スチュアート(11)に、せまい台所を絶望的な密度で占拠しているゴキブリの群について不平を述べている。

2

　任命をめぐるごたごたを考えると、マグリーヴィーにさらに二年間エコールにいてもよいという認可がおりたのは少々驚くべきことである。彼の部屋はベケットの部屋から廊下を下ったところにあり、少しばかり英語を教えたり、秘書として視覚芸術の雑誌『フォルム』の英語版の仕事をしたりしていた。二人にとってあまり望ましいとはいえない経験があったにもかかわらず、ベケットはすぐにこのアイルランド人の暖かい友情とウィット、そして親切な性格とに魅了された。マグリーヴィーは必要なときにはいつでも友人として力になってくれ、数々の貴重な情報を教えてくれた。おかげで毎日の生活がずっと快適になった。毎週月曜の朝には汚れた洗濯物を肌着整理係に出すこと、掃除人にはときどき五フランのチップを渡すこと、あご髭をはやした門番のジャン（彼は手紙を届けたり、電話を取り次いだりしてくれた）にも同額のチップを渡すことなどを教えてくれたのである。[12]

トム・マグリーヴィーは、一八九三年にケリー州のターバートに生まれ、ベケットより十三歳年上だった。[13] 第一次世界大戦では王立野戦砲兵隊の少佐に任命され、二度にわたり負傷した。戦争後、ダブリンのトリニティ・カレッジで政治学と歴史学の学位を取り、学生時代にはダブリン芸術連合クラブとダブリン演劇連盟の現役の会員となった。[14] キラリと光るユーモアのセンスと、華麗な、ときにはかなりきわどい逸話の持ち主で、小粋な身なりをした小柄な男だった。マグリーヴィーは実質上無一文（しょっちゅうのことだった）のときでさえ、エレガントな雰囲気を漂わせていた。まったく同じ型のネイビー・ブルーのスーツを二着所有し、つねに清潔なシャツを着、よくスマートな蝶ネクタイをしていた。[15] ベケットが人見知りをして、無口で、孤独好きであったのと正反対に、マグリーヴィーは自信に満ち、おしゃべりで社交的だった。マグリーヴィーを知っていた誰もが、彼を好人物で、友だちづきあいにおいて、すぐれた才能があったと述べている。天性のおしゃべりだったが、人の話を聞くのがおそろしく上手だったらしい。

ベケットはマグリーヴィーのことを「生きた百科事典」[16]と呼び、その関心の幅の広さに感銘を受けた。共通した絵画に対する情熱と、音楽好きと芝居好きがおたがいをひきつけることになったのではないかと思われる。しかし最初の何年間かは、マグリーヴィーがさまざまな領域で活躍できる万能選手としてベケットのモデルになっていたようだ。つまり、詩人、エッセイスト、文芸評論家、さらに小説家（マグリーヴィーは小説を出版したことはなかったが）としてのすべての役割が一人の人物のなかにまとまっていたのである。[17] だが、何年もたたぬうちに、ベケットはこの友人の厖大な博識ぶりをまねることをあきらめる。

しかし、マグリーヴィーの個性でもある元気のよさ、ウィット、そしていつでも進んで人に思いやりを示す態度は大いにベケットを惹きつけ、彼の信頼と愛情を勝ち取ることになった。マグリーヴィーの敏活で刺激的で、しかも相手を元気づけるような話しぶりには、内気で無口なベケットを繭のなかから引き出すような能力があった。二人は深い友情の絆で結ばれ、少なくとも第二次大戦までは、マグリーヴィーがベケットにとって唯一無二の、さまざまな問題を打ち明けることのできる親友となった。マグリーヴィーは熱心なカトリックであり、他方、ベケットは根強いプロテスタントの出身だったものの、そのころにはすでに宗教的な事柄にはきわめて懐疑的であった。マグリーヴィーのほうはのびやかで雅量に富んでおり、ベケットもまた宗教思想に興味を抱いていたので、宗教のちがいが妨げになることはけっしてなかった。二人は単に論争をしたり、あるいは意見が異なるといって相手の許しを乞うたりした。二人は文学についても絵画についてもしばしば激しく意見が対立した。しかし会話はまったく純粋なものだったので、二人は時のたつのも忘れて熱中した。

マグリーヴィーはイギリスで兵役につき、イギリスのパスポートを所持していたが、一九二八年にはきわめて激しい反英感情を抱くようになっていた。熱烈な英国帰属派および王党派的な家族のなかで育てられたベケットだったが、おそらくマグリーヴィーを通して自分自身のアイルランド気質をより十全に確認したのだろう。もっとも、ベケット同様、マグリーヴィーも新しいアイルランド自由国の、ますます激しくなっていく息苦しい状況には耐えることができなかった。彼自身は、戦争のあいだダブリンに帰る前にしばらく異郷で暮らすことを選び、一九五〇年にはアイルランド国立美術館の館長の職についた。彼らは二人とも文学においても芸術においても、ヨーロッパの伝統に非常に敏感だった。また同じように、二人とも思想や文化におけるあらゆる偏狭さに反対していた。

マグリーヴィーの知性と業績もさることながら、ベケットが劣らず強い印象を受けたのは、交遊の広さだった。たとえば、ダブリンでは、レノックス・ロビンソン、スティーヴン・マッケナ、ジョージ・ラッセル（AE）、そしてW・B・イェイツ、ロンドンではT・S・エリオット、パリではジェイムズ・スティーヴンズ、リチャード・オールディントン、そしてジェイムズ・ジョイスとその周辺の友人たち。マグリーヴィーはまたジャック・バトラー・イェイツと、スペインの画家ジョアン・ジュニヤーの個人的な友人でもあり、ステンドグラス作家のハリー・クラークとも知り合いだった。マグリーヴィーはまたいつもオープンで、人を紹介することにも寛大だった。エレガントでどこか態度が男らしくない事務局長のジャン・トマやエコールの図書館のエタール氏などを紹介してくれたおかげで、ベケットはエコールに容易にとけこめた。わざわざベケットを連れて図書館の手伝いをしている男——クエールという、以前は仕立屋だったブルターニュ人で、探している本のありかを突きとめるのを手伝ってくれた——や、守衛のジャンにも引き合わせてくれた。さらにはパリに住んでいる友人にも紹介してくれた。彼らの多くはアイルランド、イギリス、あるいはアメリカからの海外移住者だった。

正真正銘の宵っ張りのマグリーヴィーは、パリのカフェにあふれていた活気と社交性を愛し、家に帰らず早朝まで（ときには朝食の時間まで）話し込んでいた。そのためマグリーヴィーもベケットも午前中に学生と会うことはなかった。仕事はたいてい午後と夜にした。夕方になるとカルチェ・ラタンにあるレストランで外食した。お金があれば、コルネイユ通りにあるオデオン座の脇のコション・ド・レに出かけることもあった[18]。ベケットはそこで給仕してくれるマリオやアンジェロとイタリア語で話すのが好きだった。

食事にまにあう時間に起きられれば、ゲ・リュサック通りとサン・ミシェル大通りの角にあるカフェ・マユー（いまはマクドナルドになっている）で遅い朝食、すなわち「ブランチ」を食べた[19]。学生とはおもにそこか、あるいはソー駅（のちにリュクサンブール駅と呼ばれるようになる）の反対側のカフェ・ドゥ・デパールというあまりぱっとしない店で会った[20]。夕食後、二人は夜遅い酒を飲みにマユーに立ち寄り、マグリーヴィーの友人であるアラン・ダンカン大尉[21]と小柄なラスマインズ生まれの妻のベリンダと会ったりした。ベケットいわく、「パリではダンカン夫妻とよく会った。一緒によくカフェにいったものだ。彼女の結婚前の名はベリンダ・アトキンソンで、スティローガンにいく途中のフォックスロックの近くに家があった[22]」。ベケットはエッセイストで劇作家としてのジョージ・バーナード・ショーに対する大尉の熱烈な英雄崇拝には苛立ちを覚えた。ダンカン夫妻との友情はときにはギクシャクしたこともあったが、長年続くことになった。ベケットがよく通った店は、ほかにモンパルナスにあるドーム、レ・ドゥ・マゴ、セレクトなどや、さらに高級で有名な店クロズリー・デ・リラのバーも含まれていた。

マグリーヴィーはアメリカの詩人ウォルター・ローウェンフェルズにも紹介してくれた。彼はマイケル・フランケルとともに、短命に終わった匿名《アノニム》運動を創始した。だが、ベケットにとってより重要な意味をもつ人は、ユージーン・ジョラスだった。彼はジョイスの友人で、雑誌『トランジション』の編集者だった。この雑誌にはすでにジョイスの「進行中の作品」が掲載され始めていて、やがてベケットの初期作品のいくつかもこの雑誌に発表されることになる。ベケットは再びマグリーヴィーを介して、画家で、フランスのタピスリーの有名なデザイナーであるジャン・リュルサにも会うことになった。

パリに到着してすぐ、マグリーヴィーはベケットをオデオン通り十二番地にある有名なシェイクスピア書店にも連れていってくれた。シルヴィア・ビーチの経営する英書専門の書店兼貸本屋である。ここにはアルフレッド・ペロンもたえず出入りしていた。ベケットはミス・ビーチの伝説的ともいえるジェイムズ・ジョイスへの親切心と献身を聞き及んでいて、『ユリシーズ』を出版したこの勇気あふれる出版者に会えてうれしかった(23)。むき出しになった暖炉と書物がぎっしり詰まった書棚、そして多くの作家たちの写真が飾られ、なににもまして歓迎してくれるオーナーのいるこの書店は、やがてベケットのいつもの立ち寄り先になっていった。けれども、彼がこの書店から本を借りて帰ったことはなかったようだ。

3

ベケットはパリに来てから酒に親しむようになった。最初はかなり控えていたが、滞在の二年目の終わりごろにはたくさん飲むようになった。午後五時前に飲むことはめったになく、これは彼が生涯を通じて守り通した習慣だった。学生時代の禁酒の反動もあってか、いくつか異なる酒を試し始めた。お気に入りのレストラン、コション・ド・レで食事をしながら、マグリーヴィーとシャンベルタンを二、三本飲み干すのが好きだった。が、たいていは辛口の白ワインを好んで飲んだ。ときにはほかのさまざまな酒や食前酒、それに食後にはブランデーなどのディジェスチフを試したりした。「強くて気持ち悪い味のマンダリミカンのキュラソー、いたるところにあるフェルネーブランカ、こいつは頭をぼーっとさせ、胃の腑にとどまって見かけはモーリヤックの短編小説のようだ。炭酸水、それに本物のポートワイン、そう、本物のポートワイン(24)」。彼のように内気で引っ込み思案の人間にとっては、アルコールがもたらすくつろぎと開放感は、知らない人に会うときの緊張をやわらげたり、もっと形式ばった機会には腹をくくるのを容易にしてくれた。しかし、ときにはただ楽しむためだけに酒を飲むこともあった。滞在が終わりごろになったある日、ベケットはマグリーヴィーに宛てて、前日ひどく酔っ払ってしまい、翌日になっても眼鏡が見あたらず、代わりにスチール製の眼鏡をかけざるをえなかった、と書いている(25)。そんなことはそれほどまれではなかった。

ベケットはよく夜更かしすることから、エコール・ノルマルの常勤のスタッフたちに強い印象を与えていた。深夜、門が閉まってからずっとのち、学校から渡された鍵を忘れたり(あるいは失くしたり)したときは、練習をつんだ競技者のようにエコールの正面の柵に登ってそこをのり越えてなかに入り、ときにはおぼつかない足取りで中庭を抜けて本館の大きな入口のドアを通っていったものだった(26)。門衛詰所の小さな窓から見ていた守衛は、ベケットが深夜遅くにエコールに帰ってくるのをちらりとみかけたりすることがあった。警備員が夜回りをしているときもそんなことがあった。[27]あご髭をはやした足の悪い用務員で、ノルマルの学生には「ルヴォア」という名で知られていた（ルイ十四世の厳格な陸相で、王の陸軍の秩序と規則を立て直したマルキ・ド・ルヴォアの名に因んでいる――彼の前任者はコルベールと呼ばれていた）男は、水槽と呼ばれていた入口ホールにある小さなガラスのカプセルのなかで一日の大半を過ごした。ベケットがエコールにいるあいだは「ルヴォア」は、実際的なブルターニュ出身の男で、イヴ・ゲルーという名前だった。彼はこの二人のアイルランド人がランチの時間になって起きてくることに強い不満を示した。ベケットはこっそりと部屋から抜け出ると部屋着と屋内用スリッパを履いて廊下を歩いたものだった。ルヴォアか守衛が午前中にかかってきた電話を取り次ぐため、正面の中庭からベケットの部屋の窓に向かって叫んで起こそうとしても、ベケットはぐっすり眠っていて、最初の手紙の配達時間に手紙を受け取ったことはほとんどなかった。[28]

しかし、ベケットのパリでの滞在が突飛な行為だけに限られていたわけではない。勉強も遊びも同じように熱中した。ダブリンでは――少なくともベケットには――カテゴリー分けがもっとはっきりとしていた。酒を飲み、たばこを吸い、スポーツを楽しむなんてことはできなかった。それらはたがいに相容れないもののように思われたからだ。パリでの生活はそれほど固苦しくなく、柔軟性に富んでいた。スポーツに対する興味は失せてなかったが、それはもっとゆるやかで、あまり厳密なものではなかった。ポートラ・ロイヤルでは、スポーツと肉体の健康はある種、盲目的な崇拝の対象だった。トリニティ・カレッジでもスポーツ活動に身を捧げ続けた。パリでもときどきラグビーはしたが、チームとして、エコール・ノルマルは真剣さに欠けていた。試合は日曜の午後、二週間ごとにおこなわれた。パリ郊外の地元のチームメートの一人であるカミーユ・マルクーによれば、ベケットは目立って足が速く、しかも活力にあふれ、試合が始まって最初の十五分から二十分間はディフェンスを攻撃に変える能力はすぐれていた。けれどもそのあとは次第に力が入らなくなった。――「彼は雛菊のあいだにぐったりと倒れていました」というのが、ベケットのスタミナが切れた状態を表わすのにマルクーが用いた、生きいきとしたフランス語だった。この同じチームメイトはこうも語ってくれた、アイルランドでは試合は土曜の午後におこなわれ、ときどき「第三ハーフ」がダブリンのパブで土曜の夜におこなわれた、と。伝えられるところでは、ベケットは、単にモンパルナスのバーでこのアイルランドの伝統を続けていただけにすぎなかった（ベケット自身はアイルランドでは、けっして実行していたわけではないが）。ところが不幸にもそれが日曜の試合の前の晩だった。[29] これが原因でベケットのラグビーの腕前はもう限界だった、と言われてしまった。

ベケットのスタミナ切れについて、ユリース・ニコレはもっと思いやりのある、そしておそらくより正確な説明をしてくれている。彼は古典文学の研究者で、チームではフッカーをつとめていた。ラグビーをしていたときのベケットを次のように表現している。

ベケットの攻撃法ははっきり覚えています。膝をポンプのように宙高くまで上げ下げしてすばやく走っていました。眼鏡ははずしていましたから、相手の動きをあまりはっきり見分けられなくて、しゃにむに前へ突進してましたよ。そんなわけで彼の攻撃は切れがあったのですが、ときには激しいタックルにさらされることにもなりました。マルクーから聞いた話では、ベケットはこのような激しいタックルを受けたあと、〔英語で〕「もういやだ、絶対いやだ」と起き上がりながらぼやいていたそうです。[30]

ベケットはまた夏になると、定期的にテニスもした。ときどきアルフィー・ペロンとエコールからパリ郊外にある会員制のテニス・クラブまで通った。ペロンが会員だったからだ。一九二九年、ベケットはそこでピアノのレッスンをしているという一人のフランス女性に会った。それがシュザンヌ・デシュヴォー・デュムニールである。ベケットとペロンはよくシュザンヌとそのパートナーを相手に試合をした。そのころベケットはこの二十八歳の美しい女性との出会いを特別なものとは考えていなかったが、彼女は十年後には彼の恋人となる女《ひと》だった。当時はまだ感じのいい、楽しい女《ひと》としか思っていなかった。

エコール・ノルマルではしばしば奇妙な、むせび泣きのようなものが夜間、ベケットの部屋から聞こえてきた。リチャード・オールディントンはこの件にふれ、こう書いている、ベケットは「自殺したいと思っていたんだ。フルートを吹いて、エコールの教員の半数にこの運命を押しつけようというのだった」[31]と。ベケットの近い部屋に住んでいたマグリーヴィーの友人ジャン・クーロンは夜中に聞こえてくるセレナードに抗議した。ベケットが吹いていたのは実際はフルートなどではまったくなかった。ベケットいわく、「ティン・ホィッスル〔アイルランドの民族楽器であるたて笛〕を吹いていたんだ。色あせた古いティン・ホィッスルだ。ティン・ホィッスルをもってたんで、それで遊んでいたのさ」[32]。マグリーヴィーはノスタルジアをこめながら、マドレーヌ寺院近くの食料品店で「クーパーのマーマレード」を買い、朝食にそれを食べたときのことをこう回想している。

多分ストコフスキー指揮のボストン交響楽団が『レオノーレ』序曲第三番を蓄音機で演奏していたときだと思う――あるいは極上のマーマレード付きのパンに合うように余分にお茶を入れようとやかんで湯を沸かしていたときかもしれない。そのあいだサムはエコールの廊下を通って部屋からティン・ホィッスルをもってきて、もう一度『アイネ・クライネ・ナハト・ムジーク』からセレナードを一曲吹こうとしていた。[33]

ベケットは笛はうまく吹けなかったが、パリでは音楽への関心を深める機会はいくらでもあった。一階の、ルヴォアが守衛の任についている小さな詰所の向かいの部屋のガラスがはまったドアを入ると、ノルマルの学生なら誰でも使えるピアノがあったが、そこに細い体を弓なりに曲げてピアノのキーをやや強く叩いているベケットの姿がしばしば見受けられた。

自室に蓄音機をもっているギー・アルノアという名の学生もいて、友人のリュシアン・ルボーとベケットを呼んで黒人霊歌のレコードをかけ、ベケットに歌詞を訳してもらうこともあった。ルボーの記憶によると、ベケットは即興で訳しつつ、黒人奴隷が自分たちは救われるとして宗教に願いをこめたというのは本当かどうか、また「アメリカ英語」と「イギリス英語」[34]のまことしやかなちがいは事実かどうか怪しいもんだと意見をはさむこともあった。ベケットはまたパリにいる二年間に多くのコンサートにいき、ときにはオペラも観にいった。[35]

エコール・ノルマルにいても、ほとんど変わらないことがあった。それは、ここでもトリニティ・カレッジでも、ごく少数の人としか親しい間柄にはならなかったことである。そのほうが内気で引っ込み思案な彼の性格には合っていたし、一緒にいたいと思う人を選ぶこともできたからだ。若いときのベケットは自分を苛立たせる人には我慢がならず、愚かなものに対しても寛大な気持ちにはなれなかった。退屈したりイライラしたりするととても不愉快な沈黙に陥るベケットを、人は（まさにそのとおりなのだが）無礼だと思い、礼儀に欠けていると見た。けれども、ベケットは礼儀正しさとマナーのよさを信条とするように育てられたので、自分がイライラしたり無礼な態度をとったり、不作法だったと気づくと狼狽した。エコール・ノルマルでも友人を選ぶときは同じように慎重だった。たいていの学生は、ベケットに近い部屋にいた学生でさえ、ほとんどまったくといってよいほど彼のことを知らなかった。ベケットにとって、ただ一人の一年生の英語の学生だったジョルジュ・プロルソンは、ベケットとの最初の出会いを次のように描いている。

引っ越してきた翌日、メールボックスに鉛筆で書かれたメモを見つけた。それにはこうつづられていた、「ぼくが君の英語教師です。会ったほうがいいと思うので、明朝十一時にぼくのところに来てください」と。そこで翌日階段を登って先生の部屋のドアをノックしてみたが、返事がないので何度かノックした。やはり返事がない。そっとノブを回すとドアが少しだけ開いた。雨戸を半分ほど閉めた状態で窓は開いており、太陽の光がそこからさし込み、ちょうどベッドの真上に落ちていた。そこには半裸で、顔だちの整った、背の高い若い男性が大の字に寝ていた。眠っている男性のうえに太陽の光がさしているのでその顔だちはさらに美しく見えた。わたしはこの光景に強い印象を受けた。起こしたくなかったので、走り書きをし、会いに来ましたが眠っておられたので勉強部屋に戻ります、と書いておいた。[36]

翌日二人はランチをともにした。そしてベケットの部屋に戻ると、とりあえず『テンペスト』を一緒に読んでみようということになった。これは英語を学ぶのにあまり効果的ではなかったので、最終的にバーやレストランで単に会話をすることになった。プロルソンが情熱を傾ける対象――たとえばワーグナーの音楽や、アヴァンギャルドの文学（とくにシュルレアリスム）、美しい女性など――は、たいそうベケットをおもしろがらせ、やがて『並には勝る女たちの夢』のなかでひょっこりと顔を出すことになる。

エコール・ノルマルでのベケットの選り抜きの友人たちのなかのもう一人、英語講師として二年目に出会った友人は、華々しく、自分の思考をきわめて明確に表現できる哲学研究者のジャン・ボーフレであった。ベケットは彼との友情を思い出して次のように語っている。

エコール・ノルマルでよくつきあっていた友人はジャン・ボーフレだった。彼はハイデガーの専門家で、大変有名な哲学者だった。ハイデガーがナチ支持者であるといった非難に対して、彼をかばっていたね。エコール・ノルマルにいたときはよく一緒に行動したよ。ボーフレはパンテオン近くのアンリ四世のリセで教えていた。[37]

クルーズで生まれ、ベケットより一歳年下のボーフレは、一九二八年にエコール・ノルマルにやってきた。彼の名前をフランス語の「やり出し〔俗語でペニスのこと〕」――帆船のマストのこと――と結びつけて、ベケットや友人たちは彼のことを親愛の情を込めて「やり出し」と呼び、「やり出しを進水させる」などの言い回しを用いた。ボーフレはおそらくジョルジュ・プロルソンに紹介されてベケットと知り合ったのだろう。というのも、二人はともにルイ・ル・グランのリセ出身で、同期入学生だったからだ。

ベケットは古典期および近代ヨーロッパの哲学者の主要な著作を読み、その方面での遅れを取り戻そうとボーフレに助けを求めた。ボーフレに助けられた様子は、ベケットの書簡や蔵書、さらには作品中にうかがえる。一九三〇年夏のトム・マグリーヴィー宛書簡には、「やり出しが一日おきにやって来て、抽象的な事柄についてしゃべり、図書館でぼくにふさわしい本を見つけてくれた(38)」と書いている。ベケットが亡くなったときも、その蔵書のなかには以前ボーフレが所有していたデカルト選集の一冊がまだ残っていた。その本には『情念論』に関するボーフレの手書きのメモが記されていた。エコール・ノルマル時代にボーフレはとりわけギリシア思想に興味があり、パルメニデスの「存在」と「非在」、変化するものと変化しないものに関する思想、パルメニデスのライバルだったヘラクレイトスの思想、のちのベケット作品で重要な位置を占めるようになるエレアのゼノンのパラドクスなどをベケットに紹介したのではないかと思われる。ボーフレはプロルソン以上に明白な形で『並には勝る女たちの夢』に登場する、風変わりで派手な人物のモデルの一人になった。

4

しかし、パリでほかのどんな友人関係よりもはるかに生彩を放つ関係があった。ベケットはトム・マグリーヴィーを介して、はじめてジェイムズ・ジョイスに紹介されたのである。このことでは生涯マグリーヴィーに感謝した。ベケットは義理の叔父にあたるハリー・シンクレア（彼はかってダブリンでジョイスと知り合いだった）からの紹介状をもってパリに来ていた(39)。だが、もしマグリーヴィーが熱心に推薦してくれなければ、ベケットがジョイス一族にあれほどまで歓迎されたかどうかは疑わしい。一九二八年の一年間にマグリーヴィーはジョイスのごく内輪の友人の一人になって、ジョイスの前で（あるいはジョイスの代わりに）本を読んだり、ほかのさまざまな方法で彼の手助けをした。おまけにジョイスはじつに多くの仕事を他人に要求する人だったので、彼の妻は、もし仮に神がこの世に降りてきたならば、すぐにでも神を使いに走らせただろう、と言っていたくらいだ。[40]マグリーヴィーはジョイスの妻のノラと同じアイルランド西部の出身で、気のおけない愛想のよさと暖かみにあふれた態度によって、たちまちノラのよき友人となったが、これはベケットにはけっしてまねのできないことだった。ベケットはノラに興味がもてず、おそらくこれがはっきりと顔に出てしまったせいだろう、ノラのほうが自分によそよそしい態度をとっているのに気づいた。

ベケットがジョイスに会いたいと思ったのは、おもに『ダブリンの人々』、『若き芸術家の肖像』、『ユリシーズ』、それにジョイスの詩のいくつかに強い賞讃の念を抱いていたからだ。ベケットが最初にジョイス作品を知るようになったのがいつのことか正確にはわからない。マリオ・エスポジトは、ベケットが一九二七年の夏のはじめにフィレンツェの自分の家を訪ねて来たときは、ジョイスについてもアイルランドの文学運動一般についてもなにも知らなかったので、自分がベケットに教えてやったのだと主張している。[41]彼の姉のヴェラもまた、マリオとはまったく無関係に、ベケットは「そのころジョイスについてなにも知らなかったように思う」と言っている。[42]しかし、この夏の休暇中にジョイスの詩に熱狂していたからこそ、ゴルフ仲間のビル・カニンガムにジョイスの詩集『一個一ペニーのリンゴ』を「君の友、サム・ベケット　一九二七年七月」[43]と署名して渡したのだと考えて、まずまちがいない。このことから、ベケットがジョイスの著作に出会ったのは、遅くともトリニティの最後の数か月のあいだか、大学院の研究生としてまずダブリンで、次にベルファストで過ごしたころだったと考えられる。

ベケットより年長の、このアイルランド作家のおいたちと人格には、ベケットを惹きつけるものが多かった。卒業した大学こそちがうが、二人ともダブリンの大学からフランス語とイタリア語の学位を取っていた。ジョイスの並はずれた言語能力と、イタリア語、ドイツ語、フランス語および英語による幅広い読書量は、言語通で学者気質のベケットに強烈な印象を与えた。またベケットは以前からの研究のおかげで、ダンテへの強い情熱をジョイスと分かち合うことができた。[44]二人とも言葉やその発音、リズム、形態、語源、発達史が大好きだった。ジョイスは多くの言語から得た桁はずれの語彙力をもち、同時代の複数の言語のスラングに強い興味を抱いていたので、ベケットはそれには頭が下がる思いで、自分もそれを見習おうとした。

二人はまた宗教に関わるあらゆる事柄について強烈な反教権主義と懐疑主義を分かち合った。もっとも、宗教的なイメージへの関心はともに強く、聖書の知識も二人とも完璧だった。二人にはほかにもたくさん共通の興味があった。たとえば二人ともシューベルトの『歌曲集』が好きだった。ただし、ジョイスの関心はもっぱら声楽やオペラに向いていたが、ベケットはオペラには興味がなく、器楽曲が好きだった。セザンヌの絵画にもともと興味があったが、ジョイスにはマグリーヴィーのように絵画について語る才能はなかった。二人はまたジョン・ミリントン・シングの芝居やチャーリー・チャップリンの映画が好きだった。

ベケットはジョイスとの初めての出会いに「圧倒された」という。(45)

トムがジョイスに引き合わせてくれた。ジョイスはすぐにうちとけた。エコール・ノルマルにはヘトヘトになって帰ったのを覚えている。そうしたらいつものことだけど、入り口は閉まっていた。だから柵の上をよじ登った。覚えているよ、ジョイスと初めて会って帰ってきたときのことをね。そう、たしか歩いて帰った。それ以来ずっと、しょっちゅう会った。(46)

ベケットはのちに『フィネガンズ・ウェイク』として実を結ぶ「進行中の作品」のために、ジョイスに代わって調べものをすることをすぐに承諾した。午後遅く、ロビアック広場にあるジョイスのアパートまで散歩し、ノラと娘のルチアと数分間ぎこちない会話を交わしてから、ジョイスとともに夕食前までのひとときを過ごし、仕事に集中した。このときからおよそ六十年たってからも、ベケットはこの広場周辺の地理を正確に記憶していた。それを聞けば容易にパリでジョイスのいたアパートを突き止めることができるほど正確だった。

そこはグルネル通りをはずれた小さな通りだ。この通りはカルチェ・ラタンから、士官学校近くのボスケ大通りまで伸びている。そのボスケ大通り近くの、グルネル通りが終わる直前、つまりボスケ大通りに出る直前に右側に小さな通りがある。当時は袋小路だった。いまでもまだあるけれど、広場になっている。ロビアック広場だ。袋小路だったと記憶している。グルネル通りをはずれて右側にいく。とても短い通りだ。そしてその通りの右側にジョイスが住んでいたアパートがあった。(47)

ジョイスとの仕事はおもに「文士《ペンマン》」(友人はジョイスのことをそう呼んでいた)が役に立ちそうだと思った本の一部を朗読することだった。というのも、ジョイスの視力は日に日に衰えていたので、できるかぎり目が疲れなくてもすむようにしていたからだ。ジョイスの伝記を書いたリチャード・エルマンは、この場面を次のように描いている、「ジョイスはいつもと同じような姿勢で、足を組み、上に乗せたほうの足のつま先を下の足の甲の裏につけた。同じように背が高く痩せたベケットも同じ姿勢をとった」[48]と。読んでレポートを作成するために、ジョイスのアパートから本を抱えて出てくるベケットの姿がしばしば目撃された。ベケット個人の資料のなかには、ジョイスのために作成されたと思われるメモがいくつかあり、そのなかには「雌牛」に関する神話と歴史書から得た詳細なアイデアや、アイルランドの歴史に関するメモも含まれていた[49]。

　ベケットやジョイスについて書くとき、ベケットの『フィネガンズ・ウェイク』への貢献に触れているものがある。ベケットが口述筆記中、誰かがドアをノックしたので、ジョイスが「入りなさい」と言った言葉をつい書き留めてしまったのを、そのままにしておくように言われてそのままにしておいた、という話である。けれどもこれまでのところ、最終稿のなかにそのような意図されない言葉を見つけるのはむずかしいことがわかっている[50]。もう一つのエピソードは、バックリーというアイルランド人の男の物語のコメントとして書かれた「アイルランドに対する新たな侮辱」という言葉がベケットのものだというもので、その言葉はこの男がクリミア戦争で、泥炭で自分の尻をぬぐいながらロシアの将軍を撃ったことをさしている（このせりふは『フィネガンズ・ウェイク』では「意而《いじ》にかけても露辱《ろじょく》の逡時《しゅんどき》」と表現されている）。最後に、ベケットと彼の作品に暗に言及しているのではないかと思われているものがある。それは「サム……おれがもっと友達《ともだち》として、また兄弟《きょうだい》として、あいつを請《う》け出《だ》し、……星《ほし》まわりの悪《わる》い在《ア》ル廃《スク》レの忿懣《ふんまん》呻《スタめ》く語呂《ごろ》つき……同四《どうし》社大《しゃだい》に追《お》っ払《ぱら》われてさん三《ざん》トリニティ二《に》も……おまえのエリンの耳《みみ》を直《じき》にぴんちく手《しゅ》びよく調律《ちょうりつ》するだろう」という箇所で、じつはこれはまったくのまちがいである。というのも、そもそもこの箇所の大部分は、ジョイスがベケットと知り合う以前に発表されているのだから[51]。

　二人が出会ってちょうど一か月を過ぎたころ、ジョイスはベケットに「進行中の作品」について書かないかと勧めた。ベケットによると、

「ダンテ・・・ブルーノ・ヴィーコ・・ジョイス」を書いたのはジョイスから提案を受けたからだ。わたしはイタリア語ができたからね。エコール・ノルマルのりっぱな図書館でよくブルーノとヴィーコを読んだ。ジョイス

とは「永劫回帰」といった話をしていたと思う。わたしの書いた論文を気に入ってくれてね。でもコメントといえば、ブルーノが充分論じられていないというものだった。ブルーノの扱いがずいぶんとおろそかだと思われたらしい。ブルーノもヴィーコも当時のわたしには出会ったばかりの人物だったんだ。それまで読んだことがなかったから。もちろんダンテはそれまでに勉強していた。ほかの二人についてはほとんど知らなかった。どんなことをした人物かぐらいは多少知っていたがね。どちらか一人の伝記を読んだことは記憶しているけれど。(52)

ジョイスは正しかった。ベケットはブルーノからは対立物の一致の原理しか借りてきていない。

最大の速度は一種の静止状態となる。最大の崩壊と最小の発生は一致し、原理的に崩壊はすなわち発生である。そしてあらゆるものは究極には《神》、普遍的モナド、モナド群の《モナド》と同一のものとなる。

その代わり、ベケットはジョイスの指導により、さらに自分が読んだ『新しい学』の解釈に基づいて、ジョイスの作品と「坊主頭の実際的なナポリ人」との関係を論じた。すなわち人間社会の発展を三つの時代に分けるジャンバッティスタ・ヴィーコの見方が、ジョイス作品では、「一つの構造的便宜——あるいは不便——として」採用され、誕生、成熟、崩壊が生成へといたるものとして捉えられていることを論じたのである。ベケットはジョイスが「進行中の作品」のなかでヴィーコの「発展——あるいは後退」の循環理論を採用しているさまを説明してみせた。ヴィーコの詩学の助けを借りているにせよ、いないにせよ、ジョイスの言葉の用法（たとえば「意味が眠りであるとき、言葉も眠りにつく。……意味が踊りであるとき、言葉も踊る」）について語るとき、ベケットの本領が発揮される。あるいはまた、ダンテの煉獄とジョイスの煉獄を比較するとき（たとえば「ダンテの煉獄は円錐形をなし、したがって最高地点を内包する。ジョイスの煉獄は球形をなし、最高地点を含まない」）にもベケットの非凡な才能が花開く。この評論にはすでに、のちのベケットの考え方が散見される。たとえば、文学とは簿記をつける類の批評家のためにあるのではないこと、英語は死ぬほど抽象化された言語であること、さらに「形式がまさに内容であり、内容がすなわち形式である」(53)ことなど。

ベケットはジョイスの新しい作品に関わる仕事を手伝う七人の友人のうちの一人にすぎなかったが、ジョイスのためにかなりの時間をさくことになった。[54] だがジョイスをとても尊敬していたので、手伝えることはとてもうれしかった。ベケットはこの時期、エコール・ノルマルの副所長でギュスターヴ・ランソンの後任のブグレ教授に、プルーストとジョイスの作品をテーマにフランス文学の博士課程に登録するかもしれない、と、ほのめかしてもいる。[55] けれども当時フランスでは、真剣に学問の道に進むには、必ず対象となる作家が死んで埋葬され、時間によって聖別されるまで待たねばならなかった。プルーストは死んでからまだ八年しか経っておらず、ジョイスはまだ元気に活躍していた。そんなわけで、ブグレはベケットを必死になって思いとどまらせ、この提案はすぐに立ち消えになった。

ジョイスのアパートはセーヌ河からほんの五百メートル離れたところにあった。ベケットとジョイスの朝のお気に入りの散歩コースは、ブランリー河岸通りとグルネル河岸通りに沿ってビラケムまで行き、それからグルネル橋近くまで、中洲に浮んでいる樹木の植わった白鳥の散歩道（あるいは白鳥の島）をぶらつくことだった。彼らの足取りはずっとのちにベケットの短い芝居『オハイオ即興劇』に投影される。「ひとつしかない窓からは『白鳥の島』の下流の突端が見えた。……来る日も来る日も、小島の上をゆっくりと歩いている彼の姿が見られた。何時間も何時間も[56]」と。ベケットとジョイスはスワンの小島をゆっくりと散歩しながら、ひとことも口をきかないこともあった。ベケットによれば――

二人のあいだで会話はあまりなかった。わたしはまだ若くジョイスに心酔していたし、彼もわたしのことを気に入ってくれていた。……彼が「ミスター」の敬称をつけずに名前を呼んでくれたときはとてもうれしかった。だって、だれに対しても「ミスター」だったからね。洗礼名もファースト・ネームもなし。「ミスター」の敬称が落ちるときが一番親しい間柄なんだ。サムと呼ばれたことは一度もない。せいぜい「ベケット」までだね。[57]

ニーノ・フランクによれば、ベケットはポール・レオンやスチュアート・ギルバートなどのようにジョイスと冗談を交わすことはなかったという。[58] たぶんこの巨匠に対し畏れ多いと感じていたからだろう。なんといってもベケットはまだ二十二歳の若さで、英雄崇拝をしても仕方ない年ごろだった。彼はジョイスの服のあわせ方や、身のこなしや癖までまねた。窮屈な靴を履いたり、白ワインを飲んだり、たばこを特定の持ち方で吸ってみたりした。

六十年後になっても、ベケットはまだジョイスの電話番号をすらすらと言えた。「セギュール九五―二〇」と。

朝エコール・ノルマルから守衛のところまで降りていくと、「ジョイス氏から電話があり、連絡をとってほしいとのことです」とよく言われたものだ。たいていは散歩に出かけたり、一緒にディナーに出かけていくのが目的だった。[59]

ベケットは電話をかけて会う約束をしたり、どんな用事をしてほしいとジョイスが思っているかを聞いたりした。用事はある特定の本をもってきてくれるようにとの依頼だったり、参考事項の調査だったり、パーティー会場へのエスコートだったり様々だった。ジョイスは視力の悪化のせいで、一人で外出するのをこわがるようになっていた。ベケットはそっとジョイスの腕をかかえるようにしたが、通りを横切ったり、カフェの席まで連れていくときは、じつに慎重に腕を支えていた。自分が盲人のように扱われるのをジョイスがいやがっていたからだ。[60] 自信に満ちた外見にそぐわぬ傷つきやすさをかかえたジョイスの姿は、知的には自信たっぷりでありながら、いまだ自分に確信をもてないでいる若者には訴えるものが多かった。ジョイスが外見から想像されるほどには自分の作品に自信があったわけではない、とベケットがリチャード・エルマンに強調していたことは興味深い。その証拠としてベケットは、「もしかすると『ユリシーズ』は体系化しすぎたのかもしれない」といったジョイスのせりふをあげている。[61] ジョイスはというと、ベケットを非常に高く買っていた。リュシー・レオン・ノエルによれば、ジョイスはベケットが自分の取り巻きの若者のなかでは、もっとも才能ある人物だと思っていたようだ。[62] またマリア・ジョラスによれば、ジョイスはベケットの鋭敏な知性に大きな信頼を寄せていたらしい。[63]

だがレオン夫人の言葉を借りれば、ジョイスのサークルの一員であるということは、「脱脂綿のなかに吸い込まれていくような」[64] ものでもあった。すなわち、すでにできあがったジョイスの親密な友人や知人たち――ポールおよびリュシー・レオン、ユージーンおよびマリア・ジョラス、スチュアートおよびモーヌ・ギルバート、ニーノ・フランク、シルヴィア・ビーチ、そしてアドリエンヌ・モニエら――の輪のなかにベケットが吸収されていくということだった。それはまた、多くの社交的なお祝いや記念日のディナー、あるいはジョイスのアパートや彼らのお気に入りのレストランで開かれる誕生パーティーなどに参加しなければならないということでもあった。ベケットが記憶しているノラ・ジョイスの夕食会の思い出はじつに新鮮そのものだった。

ホーム・パーティーで夕食会をしたり、多くの友人を家でもてなしたりするとき、ジョイスは充分飲み食いしたあと、ピアノの前に座り、テナーの名残りをとどめたみごとな声で、「いとまを告げよ、いとまを、いとまを／いとまを告げよ、少女の日に」と歌ったものだ[65]。

これはジョイス自身の詩集『室内楽』（一九〇七）に出てくる歌でもあった。一九二九年六月二十七日、ベケットは大型遊覧バスに乗って『ユリシーズ』のフランス語版の出版と六月十六日のブルームの日の二十五年祭を祝うために、レ・ヴォー・ド・セルネーにあるレオポルド・ホテルへジョイスに随行する友人たちのグループのなかにいた。この祝賀会ののち、ジョイスはヴァレリー・ラルボーに宛てて次のように書いている。

飲み騒ぐ二人の若いアイルランド人がいた。その一人がベケットで、「進行中の作品」論集のなかにエッセイが収録されている男だ。ベケットはビール、ワイン、ウィスキーやブランデー、リキュール、新鮮な空気、移動、女性との交際などのせいで倒れてしまい、皇帝ウェスパシアヌスの思い出と切り離して考えることのできない仮設宮殿［つまり小便所のこと］で不名誉にも遊覧馬車から降ろされてしまった[66]。

わたしが、このときの様子を写したグループ写真を示して、どこにいたのか、とベケットに尋ねると、「たぶんテーブルの下だろう［つまり酔いつぶれていた[67]］」という返事だった。

「側近グループ」のメンバーであることはまた、ジョイス自身やノラの健康に関する心配事[68]や、息子ジョルジオの将来の就職や結婚に関する悩みなどの聞き役になることでもあった。まもなくベケットは、ジョイスの二人の子どものジョルジオとルチアとののっぴきならない関係に引きずりこまれる羽目となった。

5

一九二八年十一月の初旬、ベケットはジョイスのアパートで初めてルチア・ジョイスと会った。ジョイスに関する書物から浮かび上がってくる彼女のイメージは、驚くにはあたらないことだが、一九三〇年代の初めに発病した精神病のせいで歪められている。ベケットが初めて彼女に会ったとき、若い男たちにルチアがどんなふうに映ったかを想像するのはむずかしい。残された何枚かの写真のなかで彼女は、一人もしくは家族と一緒に写っている。写真の多くがはっきりと彼女が斜視であったことを示しているが、そのことをルチアはとても気にしていた。けれど、魅力的な顔つきをしている写真もあり、「背が高く、ほっそりとしてしとやかな」体の「美しく敏感な少女」だと褒める男たちもいた。「かわいい娘だった。黒い巻毛が肩まで伸び、かすかに斜視の青い目をし……それでもなお魅力的だった」[69]と、ジョイスの姪のベルタ・ボージェナ・デリマータは書いている。ルチアの初期の恋人の一人アルバート・ハッベルによれば、彼女はしかつめらしい表情をしていたかと思うと、突然それがくずれて猿のようににやっと笑って歯を見せることもあったという。また「すぐそばに立ち、しばらく自分の身を相手にゆだねるようなところ」[70]もあったという。ルチアはよくフランス語、ドイツ語、イタリア語、あるいは英語で歌を歌うことがあった。彼女の好きな歌の一つはデシルヴァ、ブラウン、そしてヘンダーソンの当時のヒット曲「君はコーヒーに入れたクリームだ」[71]だった。

　ルチアは一九二六年ごろから二九年にかけてダンスを学んでおり、ジャック・ダルクローズのダンスなどの講習を受けていた。そういったダンスの原理をラクセンブルクの学校でペギーが学んでいたので、ベケットも多少は通じていた。ルチアはまた、ザルツブルク近くのレイモンド・ダンカンのダンス学校でも学んでいた。ベケットに会う直前、ルチアはヴュー・コロンビエ座の舞台で『太古の巫女』に出演して踊っていた。ルチアが一九二九年五月二十八日にクロズリー・デ・リラの真向いにあったビュリエのダンス・パーティーで人前でダンスを踊ったとき、ベケットはトム・マグリーヴィーとダンカン夫妻とともにジョイス一家に随行していた。彼女はかすかに光り輝く銀色の魚のコスチュームを着て、とても魅力的に見えた。「それには緑で縁取りをした銀のスパンコールが付いていた。片足は踵《かかと》までおおわれ、もう片方はコスチュームから外にはみ出ていた。だから片足を前に出すと、魚の尾ひれのような錯覚を生むことができた。緑と銀はルチアの髪にも巻きついていた」[72]。ベケットによれば、彼女はその夜、ソロのダンス・コンテストでシューベルトの行進曲を踊った。惜しくも賞は逃したが、結果が発表されると観客が大声で、「われわれが出て来てほしいのはあのアイルランドの女性なんだ！　もっと公平にやってもらいたい！」という抗議の声があがり、ジョイスはとても喜んだという。ベケットもルチアのダンスはすばらしかったと言っている。アパートでジョイスがピアノを弾きながら歌うと、ルチアがうしろのほうでダンスを踊ってベケットの気をひこうとすることもあった。ビュリエのダンス・パーティーからしばらくして、彼女はスタミナ不足を理由にダンスをあきらめたが、一か月間は後悔して泣いていた(73)。

ルチアは男性にとても興味を示し、ベケットに恋愛感情をつのらせる以前にも、すでに何人かの男性にべた惚れしていた。ベケットはよくジョイスのアパートに立ち寄り、そこで仕事をしたり、マグリーヴィーとともにジョイス一家と外で食事をしたりした。一九二九年二月の終わり、ルチアは母親が病院で子宮摘出手術を受け、父親が母親につきそい、寝泊まりしているときに、何度もベケットと二人だけで会う機会があった。もっともジョイスの後援者だったミス・ウィーヴァーが、ジョイス一家を手助けするためにはるばるパリまで来てくれてはいた。パリからベケットが出した手紙には、ルチアがエコール・ノルマルに立ち寄り、二人でお茶を飲んだことが記されている。実際二人はレストラン（たいていはユニヴェルセルのカフェ・レストラン）へ行き、芝居や映画にも出かけている。

ジョルジオ・ジョイスは当時ヘレン・フライシュマンと恋愛関係にあった。ひとたびノラとジョイスがこの関係を承諾せざるをえなくなると、ベケットはしばしば三つのカップルからなる家族グループを作り上げた。たとえばジョイスとノラと一緒に、ルチアをエスコートしてジョイスの息子が一九二九年四月に歌手デビューを果たすのを聴きにいったこともある。『並には勝る女たちの夢』のなかに出てくるベラックワのように、ベケットはオペラに行きたくはなかったが、ジョイスがぜひ一緒にいこうと言い張って、家族と一緒にベケットを引っ張っていったこともあった。また、ジョイスのところにいるおよそ八人から十人の客たち一行とジョン・サリヴァンが歌うのを聞きにいったこともあった。そのときジョイスは大声で、「コークよ、がんばれ！」と叫んだりした。オペラのあとはカフェ・ド・ラ・ペで、シャンペンとコールド・チキンのごちそうが待っていた(74)。

友人たちには、ベケットがジョイスの友人というよりも、ルチアのパートナーのように映ることも多かった。アパートに着くと、たいていルチアはドアのところですぐにベケットを迎えようと待っており、できるだけ長く彼と話をしようとした。夕食のテーブルの席でもテーブルごしに熱い眼差しで彼を見つめ、たえず二人だけで会話をしようとした。ベケットはよくルチアをレストランや芝居に連れていったが、それはすでに人を困惑させるほどの激しい気分の不安定ぶりを示し始めていた彼女と一緒にいたいという願望からというより、むしろジョイスとの関係を断ちたくないという気持ちからだった。しかし、ルチアを「非常に美しい人だ」[75]と思ったとベケットが認めているとはいえ、彼女との関係が性的なものにまで発展していくと思っていたとは考えにくい。ベケットにしてみれば、ジョイスとのことで失うものがあまりにも大きすぎたし、いずれにしても当時はペギー・シンクレアに熱中していた。その一方でアルバート・ハッベルは、一九三〇年の終わりにルチアと肉体関係をもったことを認めている。それはベケットが彼女に恋愛感情がないことを明らかにした数か月後のことであり、その彼によれば、ルチアはそのときまで自分は処女だったと請け合ったという。[76]

たしかにベケットは必要以上に二人の関係を長く引き延ばしていたが、一九三〇年五月、ルチアの両親がチューリッヒに行って不在のあいだ、ベケットはルチアに、アパートに来るのは単にジョイスに会うためで、恋愛感情は抱いていない、とはっきりと告げた。

ルチアは取り乱した。ノラはスイスから帰ると激怒した。ジョイスに気に入ってもらうために娘をだましたのかとベケットを責めた。ノラはジョイスを罵り、娘の愛情はもてあそばれたのだと言った。ジョイスは自分の作品に夢中になっていて以前は気づかなかったのかもしれないが、このときは憤激した父親のように振る舞った。今後ベケットの訪問は断る、と告げた。つまりベケットはロビアック広場では意にそわぬ人《ペルソナ・ノン・グラータ》となったのである。[77]

ベケットはジョイスとのあいだに生じた亀裂に打ちのめされた。ジョイスが、娘の病気が重く、本物の恋愛関係がきわめて困難だと認めるようになるまで、それはけっして完全に修復されなかった。この初期パリ時代はベケットには、なにを置いても「ジョイス時代」だったのであり、この言葉の巨匠との友情関係は、ベケットに起こったほかのどんなことよりも重要だっただけに、ショックも大きかった。

このころのベケットへのジョイスの影響力は決定的なものだった。ベケット自身、この影響を主として倫理的なものとみており、次のように述べている。

> 初めてジョイスに会ったとき、作家になるつもりはなかった。のちに、自分は教師に向いていないことに気づいて初めて、作家になりたいという気持ちが生まれてきた。どうしても教えることができないということがわかったときにね。ただ、ジョイスの英雄的な仕事についてしゃべったのはよく覚えている。彼には大いなる賞讃の念を

抱いていたから。ジョイスの成し遂げたことは、それこそ叙事詩的な、英雄的なものだった。けれど自分は同じ道をたどることはできないということがわかった。[78]

一九八〇年にはベケットはもっと短い表現で書いている、「英雄的作品、英雄的存在[79]」と。彼にとって、このようにごく身近でジョイスの創意工夫、言語に対する陶酔、さらに作品を創作するときの彼の方法論に接することができたことは魅力的だったにちがいない。そして、そういった経験を経たあとでは、ジョイス的なアプローチの仕方から抜け出すことはヘラクレイトス的困難を伴う作業であると思えたことは、まずまちがいあるまい。

ベケットの初期の方法とジョイスの方法とのあいだに共通点があることはかなり明白である。ジョイスは自分の調査に細心の注意を払った。まず書物を読み、ベケットも含め、彼を知っている多くの人たちがもっぱら主張していることだが、そこから自分の作品に役立ちそうなものを探し求めた。ジョイスに比べ、純粋に知的および学者的好奇心のあったベケットだが、彼もまた自分の作品に取り込めそうな素材を探して、書物を読んだり調べたりしていたことが彼のノートからわかる。ベケットは強烈な印象を与え、記憶に残るような、ウィットに富んだ文章や語句を自分のノートに書き写している。そのような引用、あるいは引用に近いものは彼の初期の散文の緻密な織物のなかに組み込まれている。これは「接ぎ木」技法とでも呼びうるもので、ときには過熱気味になることもあった。ノートに写した引用句をひとたび自分の作品に取り込むと、それにしるしを付けさえしているのだ。この技法はとくにジョイスに学んだというわけではないが、その野心と衝動はきわめてジョイス的である。ベケットはまたジョイスと同様、引用や部分的引用を多くの言語や文学のなかから取り込んでいる。ジョイス以上に（少なくとも『フィネガンズ・ウェイク』までのジョイス以上に）徹底して取り込んでいる。ベケットはまた自分の作品に（あたかも音楽作品のなかに取り入れるかのように）、音楽的なエコーを導き入れるというやり方を部分的にジョイスから学んだと思える節がある。これはベケットがジョイスよりずっと十全に発展させた技法で、とりわけ彼の後期の散文や芝居において顕著である。

『並には勝る女たちの夢』のなかでは、ある一節全体が後期のジョイス（ベケットがさまざまな瞬間に感受性鋭く反応したジョイスの文体には、さまざまに異なる文体があったので）の模倣であったりパロディーだったりしているが、ベケットにはジョイスと知り合ったころからずっと、自分をジョイスと切り離し、一人の作家としてジョイスとのあいだに距離を置くことが必須であると感じていた。それでもベケットの初期の創作の原動力は、ジョイスの芸術があらゆるものをそのなかに吸収していくことだったように、基本的に拡大と蓄積だった。とはいえ、一九三〇年代のなかばにはすでにジョイスとはまったく異なる創作方法を獲得しようとしていたのは明らかだ。ただし、ベケットがわが「道」を発見するのは、第二次大戦後のことである。

6

パリはそれ自体、ベケットにとって一つの啓示だった。フォックスロックでのおしつけがましい上流気取りとトリニティ・カレッジでのアカデミズムの堅苦しさから抜け出すことができて、罪の意識がまったくなくなったわけではないが、ベケットは大いなる解放感を味わっていた。『並には勝る女たちの夢』に挙げられている「金は青い目をした家族から入ってきた。彼はそれをコンサート、映画、カクテル、芝居、アペリティフ（…）に費やした」[80]というリストは、じらすかのように彼の前に展開される刺激的で新たな可能性に満ちた世界を暗示している。当時ベケットは、「われらが恋人パリ」[81]との長く続くことになる個人的関係の基礎固めをし、アヴァンギャルド文学、絵画および芝居に魅せられていった。

ダブリンにいたときと同様、パリでも劇場通いをした。ラシーヌの芝居の一つ（おそらく『ベレニス』）をオデオン座で観ているし[82]、一九二九年の冬にはマキャヴェリの『マンドラゴラ』を観て、ケイ・ボイルに興奮して話をしている[83]。しかし、ベケットがどんな芝居を観たのかはほとんどわかっていない。断るまでもないが、選択肢が不足していたというわけではない。ジャック・コポーの「ヴュー・コロンビエ」座は五年前に閉鎖されていたが、演出家「四人組《カルテル》」、すなわちバティ、デュラン、ジュヴェ、ピトエフらはまだ健在だった。ピトエフ一座は芸術座で外国の芝居——一九二九年にはチェーホフ、ショー、ブルックナー、そしてオニールの芝居——を上演していた。デュランは外国の古典劇の翻案を舞台にのせ、ジュヴェはモリエールのすばらしい舞台やジャン・ジロドゥーのような現代作家の作品も演出していた。フィルマン・ジェミエは一九三〇年二月に引退するまでオデオン座で現役で活躍していた。

ベケットが大変興味をもっていた詩に関しては、ダダはすでに死に絶えていたかもしれないが、一九二四年に上梓されたアンドレ・ブルトンの『シュルレアリスム宣言』が二九年に再版されており、ツァラやクルヴェル、ブルトンやエリュアールの最新の詩が同人誌に掲載されていた。ベケットはシュルレアリストたちには親近感を抱いていなかった。それはおもに（フィリップ・スーポーという唯一の例外を除いて）ジョイス自身の「言語の革命」に対して、あからさまな敵意を示しているとまではいかないまでも、まぎれもなく冷淡だったからだ。とはいうものの、ベケットはシュルレアリスムを取り巻く実験的かつ革新的なスリルに満ちた雰囲気に共感を覚えた。同じように刺激的だったのは、ドイツ表現主義「橋　派《ブリュッケ》」のグループやバウハウスに属する画家たちの作品が、パリのこじんまりとしたアート・ギャラリーなどに出現したことだった。美術界のもっとも現代的なものに魅了される一方で、ベケットはルーヴルのようなパリの主要な美術館にも足を運び、レンブラントやプーサンの作品に親しみ、トム・マグリーヴィーから（彼はときおり、そこで教師役やガイド役を務めてくれた）イタリア美術について教わった。ベケットはまさに刺激に満ちた混合物を吸収していたのである。

一九二八年から二九年のパリでもう一つ刺激的だったのは、個人出版社や小雑誌の急増で、おかげで才能と折目正しい社交性があれば、若くて見込みのある作家は作品を出版できたことだ。ベケットがフランス語で創作に取り組むようになるのはさらに十年先のことだったので、ナンシー・キュナードが経営する小出版社アワーズ・プレスやユージーン・ジョラスによる雑誌『トランジション』、それにエドワード・タイタスの『ジス・クォーター』などの存在は、将来の執筆の場が確保されていることを意味していた。ジョラスがベケットの作品を掲載したのはおもにジョイスとのつながりによるものだった。一九二九年には、ジョラスはベケットの最初の評論「ダンテ・・・ブルーノ・ヴィーコ・・ジョイス」を「被昇天」と題した最初の短編小説とともに『トランジション』に掲載している。ベケットはすでに一九三〇年の春、タイタスの仲間の編集者サミュエル・パットナムのためにイタリア語の文章を翻訳して、みずから活動範囲を広げ始めている。(84)

7

このように、知的な面では非常に多くのことが起きている一方で、感情面では激しい混乱の渦中にあった。ベケットは一九二八年の夏の大半をペギーとともに過ごした。彼女のほうが先に性的関係を求め、主導権を握った。ところが、ベケットはセックスについては混乱していた。ウィーンで別れたあと、情熱的な手紙が洪水のように押し寄せ、混乱はますますひどくなった。「不在が愛を育むとはよく言ったものだ」(85)と、ベケットは『並には勝る女たちの夢』

のなかで気のきいたせりふを残している。セックスが生命の力として認められることがまずなく、論じられることもないようなダブリンの中産階級出身の彼が、気がついてみるとセックスが当然のこととして受け入れられ、街路であからさまに見せびらかされ、売春宿で営利本位に提供されている街に住んでいたのである。「われわれは主人公をこの楽しい場所に置き、同時に彼はそこの売春宿を避けたと主張するのだ」と、『並には勝る女たちの夢』で語り手は皮肉っぽく述べている。[86]

ベケット自身による証拠や友人たちの証言からのみならず、彼が取り交わした書簡のなかでも、ややつつしみ深さに欠けた部分を見ると、性欲はほかの欲望と同じような本能的欲求とみなされ、いつもそうとは限らないが通例愛情とは切り離されており、また、それは彼が生涯の大半を通してごくごく慎重におこなった情事だけに限定されていなかったことがわかる。パリでの最初の二年間以降、ベケットはときおり「夜の女たち」と交わっていたことは明らかである。小説『マーフィー』や、戦後の短編小説『初恋』はもちろん、詩「ドルトムントビール」や「血膿Ⅱ」を見ると、彼が娼婦の姿と流儀とに通じていたことがわかる。そして、ベケットが受けたピューリタン的なしつけのことを思えば、そのような出会いが罪の意識と激しい自己嫌悪を生み出したであろうこともまずまちがいあるまい。

『並には勝る女たちの夢』のある箇所では、主人公のベラックワが、パリにいて一緒には暮らせない女性に恋している以上、彼女がいないあいだに「売春宿」にいくのは好ましいかどうか、あるいは「ナルシシズム」(マスターベーションのこと)――この小説にはこの言葉に対する婉曲表現が多い――をおこなうほうがよいのかどうか、あれこれ(しかも、少しも遠まわしにではなく)考えている。「売春宿」にいけば、必然的に恋人のイメージがつきまとい、それを汚したり破棄したりすることになるし、「ナルシシズム」をおこなえば、恋人はたとえ性欲の空想のなかでは汚すことになろうとも精神面においては無傷のままでいることになる。小説のなかでこのジレンマに対してどんなに入り組んだ思考と言語でもって議論がなされようとも、そこで達した結論――「そこで彼はこの時期、いかがわしい宿に入るのを差し控えたのである」[87]――が、実生活においても同じように真実だったとはとうてい考えられない。

ところで、この箇所を純粋に伝記的に読解することを不可能にしている一つの重要な要因がある。ベケットは『並には勝る女たちの夢』を書く前に、アウグスティヌスの『告白』に非常に熱中していた。多数の箇所をほとんど寸分たがわず原文から書き写している。引用の多くはいずれも「堕落せず、傷つかず、不変の」存在である神の奇跡、威厳、および徳についての箇所である。ベケットは小説のなかでこれらの語すべてを、ベラックワが愛する女性に抱く精神的なイメージにあてはめ、「彼女は一つの同じ仕方で存在し、あらゆる面で自分らしく、いかなる場合も傷ついたり変化したりせず、時間に従属することもなく、どの時点でも常に同一である」[88]と結論づけている。これはまさにアウグスティヌスが、真の本質である神を定義するのに用いている言葉である。そこでベラックワの恋人は精神の化身となるが、『告白』においてもまた、この精神は肉の誘惑におびやかされ、ベケットの小説の場合と同じ程度に明確かつ詳細に説明されている。ベケットの個人用ノートには、アウグスティヌスから借用したたくさんの言葉に章分けと短い詩のような文が添えられている。彼は剽窃しているのではない。ベケットは自分がしていることを隠そうとはしていない。アウグスティヌスの本に精通した読者であれば関連箇所に気づくだろう。ベケットが引用を用いるのは、精神と肉体の対照的な要求を強調するためであって、自分自身の喜びと読者の楽しみ、あるいは気晴らしのために哲学的な引喩《アリュージョン》を付け加えているだけなのだ。

ベケットによれば、彼は一九二九年に何度かカッセルに旅行している。おもにペギーに会うためで、学期が終わるとすぐにそこへ飛んでいった。彼はシンクレア家の人々と楽しく過ごし、よく笑い、悪ふざけをし、大いにいちゃついた。ラントグラーフェン五番地のアパートは音楽にも満ちていたようだ。ベケットがピアノでグラナドス、モーツァルト、カセッラ、マクダウェルらの曲を弾き、ペギーが歌った。ベケットとペギー、あるいはベケットとシシーで四手のためのピアノ曲を弾いたり、モリスがヴァイオリンを習っていたので、モーツァルトによるヴァイオリンとピアノのためのソナタを弾いたり、シシーは自分の伴奏に合わせてポピュラー・ソングをメドレーで歌ったりした。[89]夏のあいだ一家はフルダ川に面したクラーゲンホーフを訪れ、しばらくそこで暮らし、川で泳いで渡し場までいったり、川岸で日光浴をしたりした。ベケットは叔母のシシーとはとてもよく馬が合った。シシーは自分の甥がいまではジョイスを個人的に知っているということがわかると、甥の滞在中に『ユリシーズ』を読み、この作品とジョイスについてしきりにベケットと意見を交わそうとした。ペギーは本にはまったく関心がなかった。いくら読み書きができないのは恥ずべきことだと説得しても無駄だった、とベケットはコメントしている。[90]彼女は自分が議論に入れてもらえなくなると怒り狂った。そのくせ、ベケットがカッセルを訪れた一九二八年のクリスマス、イースターの祝日、および一九二九年の夏以外のときには、じつに多くの情熱的な手紙を送り続けた。

一九二九年から三〇年にかけてのクリスマス休暇は、二人の関係にとって重大な時期となった。『並には勝る女たちの夢』のなかの、あるバーでの大晦日に始まり、カッセルのヴィルヘルムスヘーエのカフェで夜明けを迎えて終わるエピソード、すなわちベラックワがスメラルディーナとは別のところで一夜を過ごす（つまり娼婦といたことがほのめかされている）話は、彼らの関係が悪化していった時期を反映している。そのころ二人のあいだで口論にならないことはほとんどなく、意見が一致することもまったくなくなっていたようだ。ベケットがパリに戻って、恋愛関係は終わった。ベケットは書物に集中し、ペギーはハイナー・シュタールケという新しいボーイフレンドを見つけた。ハイナーは画家だったが、カッセルのホーエンローエという加工食品会社で、次いでバート・ヴィルドゥンゲンにある保養所管理事務所で働いた。ベケットはのちに何度かカッセルに戻り、シンクレア一家のところに泊まってハイナーに会っている。ひどく「変な奴」だと思ったが、ペギーのことは相変わらず親友だと思っていた。[91]

8

ジョイスとマグリーヴィーに刺激を受け、ベケットはパリでものを書き始めた。最初はジョイスに関するエッセイで、次が「被昇天」だった。「被昇天」はきわめて革新的な物語である。わずか三ページ半の小品で、伝統的な語りの手法をとらず、語りのプロット、会話、あるいは性格描写といったものの代わりに、メタファーとパラドックスを用いている。これはある若い男、つまり、「作品自体は沈黙を中断することなく、他人に沈黙を連想させるような作品を創作しようとしている芸術家」[92]についての物語である。男は自分のなかに鬱積してゆく感情の泉を感じながらも沈黙したままで、やがて一人の女性の訪問を受け、彼女の献身的な愛情、あるいはセックスを通して、ある種の解放を得る。その結果、「彼は永遠の光のなかに不可逆的に飲み込まれること、鳥もいない、雲もない、色もない空と合体して、終わりなき本望成就に到達する」[93]。精神と肉体、感覚と精神、沈黙と叫びなどがあいまいに、だが力強く対照をなしている。

「被昇天」はベケット自身の生活と関心対象を映し出している。大好きだったチェス、研究していたロマンの「一体主義《ユナニスム》」、二年前に見たフィレンツェのサンタ・クローチェにあるミケランジェロの霊廟、そして一種焼き尽すような解放感をもたらす女性には、「色あせた緑のフェルトの帽子」と緑の目をしたペギー・シンクレアへの言及さえも見いだされよう。叫びたいという衝動の強調は、ムンクの絵画から借用された表現主義的な技巧を暗に示している。ベケットはこの絵を複製で見たことだろう。というのも、メタファーが用いられているにもかかわらず、この作品は非常に視覚的だからである。しかし、こうした伝記上の類似も、この短編の核にある美学的な関心事に比べれば色あせてしまう。つまり、そこには「完璧を求める努力、意味作用の削減、読者を感覚的効果やただ単に美的なものによってもてなそうとすることに対する拒絶、美は容易には達成されないという確信」[94]がある。物語の中核には抑圧された叫びと「音のあらし」のあいだにある苦悩に満ちたコントラストがあり、それが死へといたる（「駆けつけた人びとは、彼の死せる乱れ髪を愛撫《あいぶ》している彼女を見いだした」）ように思える。たとえこの物語がどれほど難解であろうとも、これは力強い作品で、後期の主題や苦しみをも予感させる。いやそれどころか、すぐれてベケット独自の世界を表わしているともいえる。この若い弟子はおそらくすでに師ジョイスから距離を取ろうとしていたのだろう。

ベケットによる最初の単著の出版は、長詩『ホロスコープ』だった。彼はこれを一九三〇年六月十五日に、数時間で書き上げた。この詩を執筆してみようと思い立ったのは、トム・マグリーヴィーの勧めによる。彼はその日の午後、ベケットの部屋を訪れた。マグリーヴィーは、小説家のリチャード・オールディントンと、詩人で出版も手がけていたナンシー・キュナードが、時間を主題に百行以内の詩のコンテストのスポンサーになっていることを耳にしていた。また、もし作品が質の高いものであれば、キュナードは出版したいと望んでいることも知っていた。だが、そのときベケットにとって重要だったのは、賞を獲得した詩に与えられる十ポンドの賞金のほうだった。それを手にすれば夏のあいだ、パリにもっと長くいられるのだ。その日早くマグリーヴィーはリチャード・オールディントンに会い、ナンシーと自分はそれまで受け取った詩の質がよくないことに落胆している、とも聞いていた[95]。マグリーヴィーは苦笑いしつつ、実質的にはもう最後の土壇場だが、詩を書いてゲネゴー通りにあるアワーズ・プレスのナンシー・キュナードのところへ、コンテストが公式に締め切られる真夜中前に自分で届けてみてはどうかとベケットに提案した。

ベケットは数か月前からエコール・ノルマルの図書館で哲学者ルネ・デカルトの研究に取り組んでおり、友人のジャン・ボーフレから本を借りてもいた[96]。そこでマグリーヴィーの提案に従うことにし、デカルトに関するメモにざっと目を通し、それまで集めてきたさまざまな資料を使ってコンテストにふさわしいものが書けるかどうか思案して、それからすぐに細かい計画を立て始めた。語り手はデカルトということにしよう、この哲学者の生涯、作品、時代に対する言及を含むものにしよう、なにより奇抜であるように、八日から十日のあいだ、雌鳥の腹の下で暖められた卵しか食さなかったというデカルトの奇妙な嗜好を巡るものとしよう、作品のなかにはユーモアばかりでなく苦しみも含めよう、そしてそこには時間というテーマを、表面下にかすかにそれとなくわかるように忍ばせておこう、と考えた。ベケットはナンシー・キュナードに宛てた書簡のなかで、いかにすばやくこの詩を書き上げたか、手短かに述べている、「夕食前に前半を書き、コション・ド・レでサラダをシャンベルタンとともに流し込み、エコールに戻り、午前三時ごろ書き終えました。それから歩いてゲネゴー通りまで行き、あなたの郵便受けに入れました。それがことのあらましです。そんな時期でした(97)」。

『ホロスコープ』はウィットに富み、衒学的で、神秘的でもあった。不明瞭な言及を拾い出そうとすれば、デカルトの専門家か、あるいはベケットが読んだと思われる書物を読んでおかねばなるまい。この詩を充分に理解しようとするには、ベケットが刊行時に付した注よりさらに広範囲にわたる注が必要である。彼はこの詩のもつ難解さに気づいていただろうが、このように限られた情報しか提供しなかったという事実から考えると、T・S・エリオットが『荒地』でおこなった補注の単なる模倣というよりも、むしろそれに対する意図的なからかいとみなしていたのではないか。それはまたアカデミズムに対するぞんざいな承諾の身振りをも表現しており、ごく部分的にではあるが、「わかる人にだけわかってもらえればよい」といった傲慢な態度も潜んでいる。

『ホロスコープ』を書いたときのベケットは、まだ二十二歳だった。彼はアカデミズムの体制の産物でありながら喜んでそれをばかにしていたが、いやいやながらもそこへ帰らざるをえないことになっていた。そのころのベケットは、あとになってみれば、他人がみても自分がみても、高慢と思える態度で無知と俗物根性を退けるのをちっともいやだと思っていなかった(98)。それに、じきにアカデミズムの世界を捨て、批評家や批評をあざけったりするようになるとはいえ、実際のところけっして学問を捨てたわけではなかった。おどけた調子と暗黙のあざけりとが結びついたかたちでその博学ぶりを誇示しているこの最初の作品は、ベケット自身の立場の曖昧さを映し出しているように思われる。ともあれ、どれほど才気にあふれた人であれ、およそ数時間でこのような作品を書き上げたことは驚くべきことである。なんとそこでは、十七世紀における科学論争や、化体説〔聖餐のパンとぶどう酒がキリストの肉と血との全き実体と化するとする説〕の原理と神の存在証明に関する真剣な議論の考察が、デカルトの私生活をめぐるユーモラスな話と並んでいるかと思えば、ときには私生活の話から議論が始まったりしているのだから。

　ベケットのこの九十八行の詩にはナンシー・キュナードもリチャード・オールディントンも感銘を受け、たちまち賞が与えられた。ナンシーはのちにそのときの興奮を、あふれんばかりの感情をこめて語っている。その言葉は彼女が、どんなにこの詩の曖昧さに強い感銘を受けたかをも明らかにしている。

> なんとすばらしい詩、なんというイメージと類推、なんと生きいきとした彩色法が全体にみなぎっていることか！　本当になんというテクニックだろう！　神秘的で、ところどころ曖昧で、……この詩は明らかに知性豊かな高い教育を受けた人が書いたものにちがいない。わたしたちは興奮さめやらんばかりだった。しかもそれが締め切りの最後になって到着したという事実が、この詩をよりいっそう甘美なものに感じさせたのだった。(99)

オールディントンとキュナードは翌日ベケットを呼びにやり、彼に祝福のことばを述べ、すぐに賞金を、しかも現金で渡した。ベケットは受賞を喜び、思いがけない賞金をありがたく思った。ところがその同じ夜、オールディントンをブリジット・パトモアとトム・マグリーヴィーとともにお祝いだと言ってディナーに誘い、いかにも彼らしいのだが、そのお金の大半を使ってしまった。それも、じつにそれにふさわしい場所であるコション・ド・レで。(100)二日後、リチャード・オールディントンは彼の親友であるチャトー・アンド・ウィンダス社のチャールズ・プレンティスに手紙を書き、ベケットは今度の新しいドルフィン・ブックス・シリーズのプルースト論の執筆者に最適だ、というマグリーヴィーの提案を伝えた。(101)

9

『プルースト』については、チャトー・アンド・ウィンダス社がベケットに執筆を依頼した、とよく言われているが、じつはそうではない。オールディントンとプレンティスの往復書簡をみると、オールディントンがマグリーヴィーに（そしてマグリーヴィーを通してベケットに）、彼の評論は出版社が依頼する性質のものではないと注意していたことがわかる。プレンティスは、「君の言うとおりだ。ドルフィン・シリーズは執筆依頼をしてはいけないんだ。マグリーヴィーにそう伝えていただきありがとう。もしサミュエル・ベケットがぜひともプルースト論を書きたいというのなら、われわれも考慮しよう[102]」。というわけで、ベケットはこの評論が出版されるかどうかわからないで書いたのである。だが、トム・マグリーヴィーはこの同じシリーズで（ベケットと同様、依頼というかたちではなく）、すでにT・S・エリオット論に取り組んでいた。マグリーヴィーはチャトー・アンド・ウィンダス社のドルフィン・シリーズの主たる推進者であるチャールズ・プレンティスとは親しい間柄で、個人的な友人同士でもあったので、ベケットも自分の評論が採用される可能性はかなり高いと思えたのだった。

　ドルフィン・ブックスはなかなか興味をそそる、革新的で多彩なシリーズで[103]、著名な執筆者も名をつらねていた。最大一万七千語以内、廉価、同一の魅力的な体裁という条件のもとで、さまざまなジャンルのものを提供するのが目的だった。デザインも重視され、チャーミングなイルカの絵が本扉の飾り模様にも、また表紙とカバー[104]のデザインにも、一目でそれとわかるように採用されていた。カバーの型はそろえてあったが、表紙の色はさまざまだった。表紙の種類と値段の決定に関しては、何度も熟考がなされ、一冊一シリングでペーパーバックで売り出すよりは、一冊二シリングで軽い厚手の表紙を採用しようということになった。

　ベケットより名の知れた著者の場合は、大型判で署名入りの限定本を愛書家用に出版してもいた。むろんマグリーヴィーもベケットも当時はほとんど知られていなかったので、出版社側も特別署名本のためにコストをかけるはずもなかった。チャールズ・プレンティスは十月にベケットと契約を結ぶ際に手紙を書き、次のような正直な気持ちを伝えた。

> わたくしどもは、あなたのプルースト論を大型判で出版する自信はありません。あなたのお名前は集書家や愛書家にはまだ知られていませんので。いま大型判を作って失敗するようなことがあれば、この先、出版社との関係においても損でしょう[105]。

　プレンティスの提案を受け入れるにあたり、ベケットは辛辣な、ややウィットに富んだ返事をせずにはいられなかった。

ええ、書斎をうろちょろするような奴は、もちろん、そんな作家のシミのついた威張りくさった版は買わないでしょう。でも、応接間をうろちょろする女ネズミなら二シリングのパンフレットより、もっと大袈裟な記念品を飾っておきたいのではないでしょうか？　それとも下あごの突き出たプルーストの尻を追いかける輩は絶えてしまったのでしょうか？　気むずかし屋のこんな的はずれな質問には返答無用です。[106]

そろそろこのへんで、公平な判断を下さなければなるまい。サミュエル・ベケットを「発見した」最初の出版関係者は、疑いもなく、チャトー・アンド・ウィンダス社にいた、篤学の、古典に通じた学者で社長だったチャールズ・プレンティスである。彼こそがサミュエル・ベケットのプルースト論を上梓し、のちに短編集『蹴り損の棘もうけ』の出版を引き受けた当事者なのである。必ずしもベケットの革新的な飛躍が理解できず、出版を断ると何度かベケットに告白しているものの、[107]プレンティスはベケットの著作への関心や、「うちに本当によいもの」を秘めたベケットがいつか「本当によい作品」[108]を産み出すにちがいないという確信を失うことはけっしてなかった。ところが、プレンティスの予知能力の正しさが明らかになるのをもう少し待つだけの忍耐が欠けていた会社は、一九三〇年代なかばにベケットを手放した。いまから振り返って、あれこれ言うのは易しいが、営利を目的としている当の出版社としては、なかなか読者がつかないような書き手に固執するのは無理というものだ。

リチャード・オールディントン、オルダス・ハックスレー、ノーマン・ダグラス、および、しばらくのあいだのウィンダム・ルイスと同様、数年のあいだ、ベケットはプレンティスのよき友人の一人となった。一九三〇年に最初に出会ったとき、ベケットはたちまち、この内気なところはあっても友情に満ちた、親切で慇懃な男性に好意をもった。ロンドンにいるときはよくプレンティスに会い、一九三四年から三五年にかけてそこで暮らしていたあいだは何度か彼と食事をしている。また長年プレンティスと書簡を交わしてもいる。[109]最晩年、ベケットはプレンティスのことを親愛の情をこめて思い返し、若いころの自分にとって主たる支持者の一人だったと回想している。[110]リチャード・オールディントンはプレンティスについて次のように述べている。

彼の親切心には本当に真心がこもっていて、公平無私だった。学者で、とりわけギリシア研究に心血を注いでいたが、現代作家にも大変強い関心があった。［…］結婚はせず、人望のある人柄だったにもかかわらず、むしろ孤独を好むタイプで、ケンジントンのアールズ・テラスの借家であふれんばかりの書物や葉巻、ワイン、さらにウィンダム・ルイスの絵に囲まれて暮らしていた(111)。

目先の利くスコットランド人だったプレンティスには、新人作家を嗅ぎ分けて見つけ出し、すでに名の通った作家には勇気づけて最良のものを書かせる才能があった。ジョン・フォーザギルはプレンティスを、「アイダーダウン〔片面または両面をけば立てたウールの軽くて柔らかいニットのこと〕の服を着た天才」と呼んでいた(112)。チャトー・アンド・ウィンダス社の社史のなかで、オリヴァー・ウォーナーは、なぜベケットがプレンティスと一緒にいるのをあれほど楽しく感じたかという点について、多少の手がかりを提供している。

> プレンティスにはピクウィック氏のような雰囲気があった。事実ピクウィックはプレンティスお気に入りの作中人物の一人である。彼には洞察力があった。それに人生一般についてどんな幻想ももっていなかった。彼はコンラッドのウィニー・ヴァーロックのように、人生はその意味を探求するほどの価値があるとは思っていなかった。学者でもあった。文学も、書物のデザインにも、ともかくすばらしいセンスを持ち合わせていた(113)。

プレンティスがベケット作品を断る際はいつも（初期の詩や短編「沈思静座のうちに」や小説『並には勝る女たちの夢』のときもそうだったが）正直に、思いやりをこめて、如才なく手紙をしたためた。その批評眼は鋭かったが、ほめて勇気づけることもけっして忘れなかった。ベケットはプレンティスを友人として、また書物の良し悪しを的確に判断できる人として心から尊敬していた。

10

一九三〇年の夏のあいだじゅう、いきたいと思っていたドイツに再び旅行することもなく、ベケットはエコール・ノルマルで過ごした。エコールにいた理由は二つの作品を仕上げるためだった。一つはある断片の翻訳で、それはジョイスの「進行中の作品」の一部である「アナ・リヴィア・プルーラベル」の最初の三分の一にあたっていた。この仕事はフィリップ・スーポーがアルフレッド・ペロンとベケットに勧めたもので、スーポーは雑誌『ビフュール』にこの翻訳を載せるつもりだった。もう一つはマルセル・

プルーストに関する評論であった。

ペロンとベケットはよく夕方、ベケットの部屋かカルチェ・ラタンのカフェで会い、ジョイスの翻訳に取り組んだ。七月はあっというまに過ぎ、ベケットは充分な時間とエネルギーを注いでこの翻訳に本格的に取りかかることができず、次第に苛立ちを覚えるようになった。ことにルチアとの仲たがいによって、ジョイスとの関係が冷たくなっていたため、ベケットは、この難解きわまる作品をすぐれたフランス語に訳すことによって、ジョイスに喜んでもらいたいと願っていた。ベケットはトム・マグリーヴィーに、「アルフィー」と会うときはいつも疲れ切っていて、まったく仕事にならないとぼやいている。またペロンがガールフレンドのマーニアにすっかり熱をあげていて、つかまらないことが多く、八月の大半をオーヴェルニュで過ごすことになっているのも残念だった。ベケットはこの計画にもスケジュールにも不満だったが[114]、ついに草案を作成し、ジョイスと『ビフュール』のもとに送った。

七月十四日は、ナンシー・キュナードと彼女のアメリカの黒人の恋人で、ピアニストのヘンリー・クローダーと一緒に祝った。その夜ベケットは酒に酔い、彼自身の話では、友人たちよりもしたたかに酔っ払って、ぐったりとタクシーに倒れ込んでしまう始末だった。その祝いの席で、ヘンリーが音楽を付けて歌えるような詩を書いてくれないか、とナンシーに頼まれたベケットは、十七行からなる詩を書き、それをクローダーに贈った。ベケット自身は当時その詩を「ラハブのばかふざけ」と呼んで退け、けっして高く評価しなかった。この詩のタイトルは、「ただ一人の詩人から輝ける娼婦へ」というもので、「ただ一人の詩人」とはダンテのことであり、「輝ける娼婦」とは聖書に出てくる町エリコの遊女ラハブのことであった。ナンシー・キュナードがこの詩を声に出して読み上げると、クローダーはベケットに、何度も「とてもうつくち」く、「本当にとてもすばらしい[115]」と繰り返し感謝した。

三人は続いてナンシー・キュナードのパリのお気に入りの一つであるシゴーニュ（これはおそらくボアシー・ダングラース通りにあるブフ・シュル・ル・トワに昔の常連がつけた名前だろう）に行った[116]。ここはジャズで有名なところだったが、経営者から演奏するように勧められ、ナンシーとベケットからも励まされたヘンリー・クローダーは、「シゴーニュでピアノを弾き、そこでぼくは独特のアラベスク模様を描いた[117]」と、ベケットはまたもやジョイスをまねて言っている。ベケットの普段の印象はもの静かで控え目だったが、かなりのアルコールが入り、しかも気のおけない友だちと一緒だといくぶん大胆になり、あけっぴろげになった。

夏のあいだベケットはプルーストの長編小説の研究に集中して取り組んだ。彼はこの小説が妙に不均質だと思った。『スワン家の方へ』について最初のころの判断は、饒舌や不自然なシンメトリーにひそむ危険を鋭敏に感じ取っていることを示しているばかりでなく、形式を完全に把握してしまうことも危険だという並外れた認識を示している。

ブロック、フランソワーズ、レオニー叔母、ルグランダンなど、比類のないものがある一方で、不愉快なほど気むずかしく、不自然で、不誠実とさえ言いたくなるような箇所もある。プルーストについてどう考えればよいのか、判断がむずかしい。彼は自分自身の形式を絶対的なまでにあやつろうとするので、しばしば逆にあやつられてしまうこともある。彼のメタファーは光がさく裂したようにページ全体を照らし出すものがあるかと思えば、絶望のどん底でなんとかひねり出されたように見えるものもある。あらゆる種類の微妙な均衡、魅力的な、こきざみに震えている均衡があったかと思うと、突然静止し、秤の腕をくさびで固定したように完全に水平になる。そうなると最悪のときのマコーリーよりもずっとシンメトリカルになり、高音部と低音部とがおたがいに気持ちよく反響し続ける……しかも、机に向かって十六巻にもわたってプルーストのことを考えなければならないとは。[118]

ベケットはエコール・ノルマルの図書館や自室で無我夢中で研究に没頭した。ときには朝方までかかることもあった。それまでの数年間はフランスで出版されたプルーストに関するさまざまな評論を読んでノートを取ったが、ベケットは必ずしもその出典を明示してはいない。[119]

気晴らしにはジョン・キーツの詩を再読して楽しんだ。トム・マグリーヴィーへの手紙で、ベケットはキーツが好きな理由を書いている。

(好きなのは) キーツの、うずくまって考え込むようなところだ。コケの上にしゃがみ、花びらを押しつぶし、唇をなめ、両手をこすりあわせながら「最後のしたたりを何時間も数えている」。ぼくは誰よりもキーツが好きだ、彼はこぶしでテーブルの上を叩いたりしないからね。あの崇高なまでの甘美さと、しっとりとしたなめらかな濃い緑の豊かさがいいね。それに倦怠も。「寂として息を大気に吐き[120]」。

キーツからの引用は、ベケットが手紙でキーツについて用いた言葉の……

いている語句とともに、「プルーストが花に取り憑かれている点」[121]を論じているところでもほとんど一語一句たがわず、再び登場する。ベケットは『プルースト』で、ほとんど意志を喪失したマルセルが、一晩じゅう自分の部屋のランプのそばに置かれたリンゴの花の小枝を見つめながら座っているイメージを引っ張ってきて、それを「キーツのあのすさまじい、恐怖に襲われた停止状態……苔むした茂みにうずくまり、『芥子《けし》の香気にまどろみ』、蜜蜂のように、甘美な香りのなかで消滅させられ、『最後の滴りを何時間も』見守っている、あのキーツ」と対比している。[122]

ベケットはまたガブリエーレ・ダヌンツィオのジョルジョーネ論を読んで、プルーストの小説に現われるジョルジョーネの絵画（とくに『田舎のコンサート』と『あらし』）への引喩《アリュージョン》を明らかにしている。彼はトリニティ・カレッジ在学中に読んだこのイタリアの小説家についてこてんぱんにけなしている。

> ダヌンツィオがジョルジョーネについて書いたところを読み返してみたが、まったくのくずだ。下品で汚らわしいくずだ。ぼくは、プルーストが花に取り憑かれている点を論じるためにキーツとジョルジョーネの二人の若者——コンサートとあらし——のことを考えていた。ダ［ヌンツィオ］は若者たちは単にセックスの合間に小休止しているにすぎないと考えている節がある。ひどい。彼はきたないスケベなピチャピチャした音をたてるような精神の持ち主で、彼の有名なザクロの実みたいに、出血したり、はじけたりしている。[123]

このダヌンツィオの卑俗な読みちがえとみえるものに対するベケットの苛立ちは、『プルースト』のなかの「ジョルジョーネが描く若者の、はるかかなたにあってなおも息もつけぬほどの激情」を、ダヌンツィオが「『あらし』の、心を奪われた宿命の姿に、官能の喜びのあいだに憩う卑俗なレアンドロスを見る」[124]と誤解しているとベケットが思ったところなどに現われている。

しかし、ベケットがプルースト論を準備していたとき、そのプルースト解釈にもっとも影響を与えたのはショーペンハウアーの書物だった。その年の七月、ベケットはトム・マグリーヴィーに次のように書いている。

> いまショーペンハウアーを読んでいる。そう言うと、皆が笑うんだ。ボーフレもアルフィーも。でも、ぼくは哲学を読んでいるわけではないし、彼が正しかろうがまちがっていようが、あるいは無価値な形而上学者であろう

がかまやしない。不幸とはなにかを知的に正当化することと——これまで試みられてきたなかでも最大のものだ——は、カルドッチやバレスよりもレオパルディやプルーストに興味をもっている人間にとっては考察する価値があるのだ。[125]

ここでもっとも興味深いのは、そのころベケットが「不幸を知的に正当化」したいと思っていたことだ。そして、彼がプルースト作品における音楽や、「《死者《デファンクトウス》》という言葉の意味を明かす」、最終的に人生を一つの罰科（あるいは成し遂げねばならない仕事）とする考え方にショーペンハウアーの影響がはっきりと見えているばかりでなく、ベケットのプルースト解釈全体に漂う暗く悲観的な調子にも、ショーペンハウアーの影響が明確に見られる。[126]ベケットのプルースト論は、とりわけ人間生活における無意志的記憶と習慣の役割について鋭い洞察を示しているかと思えば、次にはこれ見よがしの学識を誇示し、その突飛な文体で読むものをへきえきさせたりもする。

一九三〇年九月の終わりごろ、ベケットは『プルースト』をチャトー・アンド・ウィンダス社のチャールズ・プレンティスに手渡し、帰郷の途次ロンドンを経て、ダブリンに戻った。パリから列車に乗り、海峡をわたってフォークストーンに到着するまで海は荒れた。まどろみつつ気まぎれにD・H・ローレンスの『セント・モー』を読んだが、そこには「いつものように美しいものと、多くのがらくた」[127]があった。ロンドンでは顔と頭皮に発疹ができ、とても気になっていた。あまりのひどさに、コーク出身だという女性がロンドンの鋪道でベケットを呼び止め——

かん高い声で言った、あんた、ぜにたむしにかかっているんだよ、あたしには子どもが二人いるからさ、だから知ってんだよ、ときどき洗ったほうがいいよって。それから酒を飲んでるかって尋ねるんだ。だから女のそばを離れたよ、話したいことはしゃべりつくしたんだなと思ったからね。[128]

とはいうものの、これだけ言われると、ベケットは母親がこんな顔をみたらどんな反応をするだろうかと考え込んでしまった。ダブリンに帰ったとき、自分は「腺病にかかった怪物《ガーゴイル》」[129]のように見えた、とベケットは書いている。

第六章

アカデミー――帰還と脱出　一九三〇―三一

1

ベケットの帰郷はトリニティ・カレッジのフランス語講師に就任するためだった。両親は温かく迎えてくれたが、母は彼の風体を見てショックを受け、顔の見映えが充分よくなるまで外出させないよう努めた。父は、頭を丸刈りにして皮膚科に見てもらうよう勧めた。ベケットは疲労からズルズルと怠惰になり、最初のうちは母がやかましく言うのも素直に受け止めていた。彼はマグリーヴィーに次のように書いている。

いま、ぼくは炉端に座って、雨や木々の音に耳を澄まし、理想的なくらい愚鈍な心地でいる。お茶の時間まで『ストランド・マガジン』、夕食まで『イラストレイティッド・ロンドン・ニューズ』を読み、それから寝る時間まで『愛の夢』〔シューベルトの歌曲〕と……ラジオを聞くだろう。十数キロも太ってボーフレみたいな顔立ちになれたなら放免されるかもしれない。[1]

クールドライナ邸での最初の日々をかき乱すものはほとんどなかった。エコール・ノルマルの部屋に置き忘れた、ペギーのラヴレター入りの二つの箱が気がかりで、すぐにマグリーヴィーに手紙を書いて燃やすように頼んだ。しかし、「肘掛け椅子に座り」、食事を知らせる「鐘《ゴング》の音を耳を澄ませて待つ[2]」生活におおよそ満足していた。

それでも実家で皮肉っぽくくつろいでみせる生活は、二、三週間しか続かなかった。母の干渉がひどすぎたし、カレッジへの就職もいらだちの種だった。ベケットは幻滅してこう書いた。

こんな生活は最低だ、なぜ我慢しなければいけないのかわからない。軽口――それはもっとも汚らわしい病だ――スキャンダル、それに親切。ラディの家と大学の談話室での安っぽい軽口と、卑わいっぽくまったくばかげた噂話、そしてわが家での親切、こうしたものがみんなぼくのなかに高圧で注入されているんだ。[3]

ラドモウズ＝ブラウンへの好意と負い目がある一方で、彼の絶えざる反聖職者的、反軍隊的、反ロマン主義的放言を従順に聞かねばならないのは苦痛で、ベケットの心は引き裂かれていた。彼は「ちょっとした冗談——意味ありげな微笑をさそうたぐいの冗談[4]」に憤慨した。彼のように話を批判的に聞く者には、学者的才知と嘲笑もたいてい、見せびらかし、意地悪、人格毀損と映ったようだ。

ベケットはこんな生活に一年以上耐えるのは無理だとさっさと結論を下した。そしてトリニティ・カレッジの部屋に引っ越したら得られるはずの独立を最大限活用し、書くのは無理としてもできるだけ本が読めるようになるのを待ち望んだ。というのも彼はこう言っていたからだ、「ここでどうやって書けると言うんだろう？　ここでは毎日敵意が卑俗になり、怒りが不毛ないらだちに変わってしまうんだ[5]」。

一九三〇年十一月初め、ベケットはトリニティ・カレッジ近代語協会で、「ジャン・デュ・シャという架空のフランス詩人[6]」に関するウィットに富んだ講演をフランス語でおこなった。「集中主義」と題されたその講演はいまも残っている[7]。これは学術的講演をパロディにしたもので、内容と調子の双方において、ベケットがみずからその鋭敏なユーモアを存分に楽しんでいる証拠が数多くある。たとえば、講演はデュ・シャが「守衛」(concierge)にこだわっているという話から始まるが、どうやらこのフランスの制度がデュ・シャの文学体系全体の礎石をなしているらしい。またデカルトの有名な論文の題名をもじった『出口叙説』をデュ・シャは書いたとされるのだが、それは「こっけいなマルセイユ[8]」の小さなホテルで自殺したという人物にしては皮肉である。

ベケットはこの架空の詩人のために伝記を丸ごと創り上げた。誕生日は自分と同じ一九〇六年四月十三日にした。途方もないでっち上げだとはいえ、デュ・シャはベケット自身の人生と性格に関係がある。デュ・シャは子どものころ夏をクラーゲンホフで過ごすのだが、ここはベケットがシンクレア家とともに訪れて太陽に焼かれたのをよく覚えている場所である[9]。デュ・シャは生来怠け者である。そしてまた「大学内のごたごた」を嫌う。デュ・シャは、「彼がワイセツへの還元、と呼ぶそのごたごたによってヒステリーの発作が起こり、顔をしかめて卒倒した」。そして彼は自分なりにデカルト、ラシーヌ、プルーストを理解していた。この講演の感じはジョン・ピリングによる次の翻訳によく現われている。

> シャがその日記において素描した集中主義宣言からは、さまざまな結論を引き出すことができよう。これは、わ

われわれの誰もが秩序と明晰の領域に対して抱いている、卑わいな憧れを喜んで受け入れる種類の言明である。たとえば、この『出口叙説』を自殺を予感させる言い逃れの芸術的表現と、そして「ドアを開けてくれ!」を最終的に自分に対して正義以上のことをなす個人の唯一の決定的な行為と、解釈することもできよう。これはまたきわめて謙虚な「ワレ思ウ、ユエニワレアリ」かもしれぬ。それでは、シャを外に出す守衛は? 解釈はお好きなように、神でも疲労でも、発作でもラシーヌ的明察でもよろしい。階段を降りる娼婦たちの腐敗。それでいいのだ。……だが次のことは明白である。シャの言うイデアを凝固させたり、カントの物自体を具体化させたりしようとやっきになると、モーツァルトにおける不協和音の解決のごとく、完璧に理解可能でかつ完璧に不可解な芸術を、ラビッシュのヴォードヴィルのレベルにまで引き下げてしまうことになる、ということだ。(10)

ベケットは想像力を使うこと、機知を研ぎ澄ますこと、フランス語で書くことを再び楽しんだ。しかしまた彼は、真の芸術とはデカルト的「明晰にして判明」とは無関係で、究極的にはそれは説明不可能なものの暗い水のなかでうごめいているものだという、のちにしばしば繰り返す考えを、同僚や学生に対してはっきり述べることができてうれしかった。この講演は当時まじめに受け止められたと考えられてきた。「それはちがう、みんな冗談だとわかっていた」(11)とベケットは言った。

いま振り返って考えると、「集中主義」の講演はベケットがほかの問題から気持ちをそらそうとした必死の努力のように見える。当時ベケットは、大学組織への怒り、自分で納得がいくものをなに一つ書けないという欲求不満、そしてとりわけ、教えることに対するいや増す絶望にさいなまれていたのだ。

2

一九三一年一月の初め、トリニティ・カレッジ近代言語学部の教員数名が、数人の学生と非公式に会い、近代語協会の年一回の催しとしてダブリンのピーコック劇場で上演する芝居になにを選ぶか話し合った。トリニティでは、フランス人の交換講師も含め、教員も学生と一緒に上演に関わるのが習わしだった。一九二九年から三一年までの二年間、交換講師だった若く躍動的なジョルジュ・プロルソンは、ベケットのパリでの学生仲間だったが、前年の春、同じ劇場でジャン・ジロドゥーの『ジークフリート』を演出して大成功だったので、今回も催し全体の責任者となっていた。

話し合いではたくさんのアイデアが飛び交ったが、結局新機軸の年にしようということになった。異なる三つの芝居を同時に上演するのだ。一つはスペイン語のもの、一つは現代フランスのもの、そしてもう一つはピエール・コルネイユによる十七世紀の四幕悲劇『ル・シッド』を茶化した『ル・キッド』。ベケット批評の世界では、この茶番劇をベケット自身による、いまや失われた初期作品とみなす伝統ができている。理由は明白だ。ドン・ディエグとチャーリー・チャップリンを組み合わせ、高級文学と大衆的どたばた芝居を接合した芝居なら、将来の『ゴドー』の作者が最初に書いた作品としてうってつけというわけだ。しかし、神話にとっては残念だが、事実はもっと複雑である。

ジョルジュ・プロルソンによれば、この芝居はプロルソンが一人で発案し、コルネイユの原典を切り貼りして一幕の茶番劇に仕立て上げたのもほぼ自分一人で、ベケットからの援助と助言は皆無に等しかったという[12]。タイトルだけがベケットの案で、それはチャーリー・チャップリンがジャッキー・クーガンと十数年前に製作していた映画『ザ・キッド』にちなんでいた。しかしこの芝居は、ベケットが実践的に演劇に取り組んだ最初期の試みの一つであり、またわれわれが知る限り、彼が出演した唯一の芝居として興味深いものがある。

公演の夜はアルバレス・キンテロ兄弟によるスペイン語の一幕喜劇『火刑』で始まった。これはきびきびした小男のイタリア文学の教授ウォルター・スターキーが妻の助けを借りて演出した。続いてドゥニ・アミエルとアンドレ・オベイ作で、一九二一年パリで初演された『微笑むブデ夫人』という短い劇が上演された。これはベケットの勧めによるもので、前年にこの芝居をパリで読むか見るかしていた彼が、役者のために台本を手に入れる係を務めた。この選択は問題含みだった。協会のメンバーの多く（ベケットにしては驚くべき選択だと考えたプロルソンも含めて）が、この芝居はフロベールの『ボヴァリー夫人』の色あせた、かなり退屈な焼き直しにすぎないと考えたのだ。ブデという、「繊細で神経質な妻のことを理解できない、太った愚鈍な仕立て屋[13]」がシャルル・ボヴァリーに相当する。ブデは弾の入っていない拳銃をこめかみに当て、引き金を引いては妻をおびえさせるという遊びを楽しんでいる。ある日、結婚生活が退屈でたまらないと感じた妻は、銃に一つの弾をこめ、夫がいつもの遊びに興じるのを見守る。弾は発射されるが、ブデの頭ではなく花瓶に当たる。皮肉にもブデは、自分が妻に関心を払わないから彼女が自殺しようとしたのだと思い込む。つまり、彼女は自分のしたことのせいで、いっそうひどい結婚生活の退屈地獄を創り出してしまったのだ。カレッジの雑誌『T・C・D』は、やや的外れな興奮と、お高くとまった調子でもって近代語協会を称賛した。「伝統的にカレッジの演劇に求められるような、三十年は時代遅れの味気ない商業的駄作ではなく、現代ヨーロッパのもっとも重要な文学から、厳粛で困難な作品を選んだ」[14]というのである。

『ル・キッド』はプログラムでは「コルネイユ的悪夢」という触れ込みだったが、時間が重要だと考えたベケットは、これをコルネイユとベルクソンの融合と見たほうがいいと思った[15]。台本は残っていないようだが、おもな作者プロルソンの情報によれば、それはコルネイユの劇を過激にまたコミカルに縮約し、実際に原典にあるせりふを用い、ベケットではなくプロルソンが考案した多くの滑稽な視覚的しかけや脇演技を導入してあった。『アイリッシュ・タイムズ』の批評家はこう書いている、「ここでは古典主義が表現主義の歪んだ鏡に映されている。コルネイユの主人公たちが突如グロテスクなまでにコミカルな形象をまとったのだ」[16]。温厚で無害な老人として扱われるカスティリヤ王ドン・フェルナンドは、芝居のあいだじゅう車椅子に座っている。物言わぬインファンタはラヴェルの『パヴァーヌ』に合わせて[17]、あたかも「無言のデカルト的当惑」[18]にとらわれたかのように、二度舞台上をさまよう。男は全員現代服を身につけ、キッド自身もスポーツ用のフラノのズボンをはいている。ドン・ディエグ（ベケットが時の翁をまねて、白く長いあご髭を付けて演じた）は、刀の代わりに傘をもち、ベケットの一九五六年の芝居『勝負の終わり』のクロヴのように目覚まし時計をもっている。プロルソンが演じたシメーヌの父ドン・ゴメスは、とがったヘルメットに大きなブーツ、それにサーベルを身に付けたドイツ将校の制服姿だったが、これは前年の芝居『ジークフリート』で用いた衣装をそのまま使っていた[19]。鳴り物がガラガラ回され、風船が舞台上で破られるか、観客席に投げ入れられた。ドン・ゴメスは舞台から飛び降りて観客席まで風船を追いかけ、サーベルでできるだけたくさんの風船を破裂させた。最後に、芝居はバーテンが「時間です、皆さん」と告げて幕となった。

時間というテーマはおもな視覚的しかけの一つによって表わされた。芝居のアクションはすべて二十四時間以内に起こる（または起こると想像される）という時間の古典的統一は文字どおり守られているのだが、それを示すのは「はしごに座ってパイプをくゆらせた物言わぬ人物」がペンキ塗りの背景に付けられた時計の針を動かす、という

「アインシュタイン的時間遊び」[20]である。この物言わぬ人物はときおり眠りこけるので、誰かが大声を上げるか、はしごを揺らすかして起こしてやらなければならない。彼は突然起こされると、時計の針を狂ったように先に回す。第一幕のドン・ディエグの独白場面で目覚まし時計を舞台に持ち込むというのは、ベケット自身のアイデアである。彼はひざまずき、目覚まし時計を大事そうに床の上に置く。かの有名な「おお、憤怒よ！　おお、絶望よ！　おお、敵なる老いよ！」のせりふもなかばに達したころ、目覚まし時計が突然鳴り出す。彼が怒ってどなると、はしごの上の男が目を覚ます。大時計の針を大急ぎで動かさなければならなくなったはしごの男は、ぐんぐんスピードを上げて針を回し、ついには凶暴な勢いにはずみがついて、奔流のようにわめき散らす。これは適切にも『ゴドー』のラッキーの途方もない独白の効果と類比されている。[21]

一九三一年二月十九日から二十一日にかけて、ピーコック劇場では三回の公演があった。ベケットにとって初日はひどく気まずいものとなった。終わりになって困ったことが起きたのだ。劇の選択にまったく関与していなかったラドモウズ＝ブラウン教授がプロルソンとベケットを侮辱したあげく、激怒して帰ってしまったのだ。彼にはこれが、近代言語学部全体に悪影響を及ぼす愚かで恥ずべき茶番としか思えず、むかむかしていた。[22]二晩目までになにもかもまちがっていたと感じるほど落ちこんだベケットは、再び観客と向き合うのがこわくなった。そのため、金曜と土曜の晩の公演は初日以上に緊張を強いられた。プロルソンは次のように語っている。

じつを言うとベケットは、すべてがまったくむなしく感じられて、ひどく打ちのめされていました（彼らしいことです）――それはまちがいありません――それに罪悪感も感じていました。初日にラディが出ていってしまったのがかなりショックだったのです（むろん本人はけっしてそれを認めようとはしなかったけれど）。[23]

二日目の公演の前にベケットは酒を飲んでへべれけだった。出演しないとみんなを裏切ることになるぞ、と言ってプロルソンが部屋から引っ張り出さなければならないほどだった。ベケットはほとんど引きずられるようにしてピーコック劇場に行った。なんとか演技をこなした彼は、のちに、「もっとひどいものになっていたかもしれない」と言い、仰々しく「型どおりの卑俗化は人をぐったりさせ、うんざりさせるものだ」とも付け加えた。[24]

芝居は大成功とは言えなかった。けれど、多少の論争の種にはなった。結局それがプロルソンのねらいだったし、みんなに不人気というわけでもなかった。ラドモウズ＝ブラウンはぞっとしたけれども、英文学教授のトレンチは喜んでいた。カレッジの雑誌は、「実際、ちょっと無邪気すぎはしなかったか？　四十年ぐらい前にゲイエティ劇場にかかっていた『現代ふうカルメン』やその他大時代なパロディを否応なく思い起こさせた。たまたまコルネイユが心底嫌いというのでない限り、やや消化不良を起こさせる[25]」と書いた。しかし『ル・キッド』は、プロルソン自身も認めているように[26]、ゲイエティ劇場のパロディの伝統に従っているというよりは、知的な「悪ふざけ《キャニュラー》」、エコール・ノルマル的精神の産物と言ったほうがよかった。言い換えれば、巧みで、アヴァンギャルドで、ややシュールでもあるが、退廃、尊大、稚拙が入り交じってもいるような精神の産物だった。『アイリッシュ・タイムズ』の批評家はこれを「みごとな知的遊戯」と評したが、この評が表現主義に言及しているのは正しいと言っていいだろう。『ル・キッド』は、たとえばイヴァン・ゴルの『メトサレム、あるいは永遠なるブルジョワ』のように、ドイツ表現主義によくみられる歪曲の技法を幾分採用しているし、ダダの実験演劇の（当時すでにやや色あせていたが）法外で偶像破壊的な精神を発散しているのだ。

プロルソンの春学期の自由時間がほとんど『ル・キッド』の稽古に当てられていたのに対し、ベケットは稽古には事実上まったく出なかった。いかにも彼らしく、自分の部屋で一人で稽古するほうがよかったのだ[27]。このころのベケットは、ラシーヌとジードの講義のために図書館で本を読むほかは、落ち着いてまともな仕事はできないと感じていた。ジュール・ルナールの『日記』を、その綿密な自己分析に強く魅了されながら読んだのは例外的だった。このころ、ベケットは事実上なにも書いていない[28]。彼はトム・マグリーヴィーに、「知ってのとおりぼくはなにも書けない。どんな単純な文章を書くのもおっくうだ。君と会って話ができたらって思うよ、ぼくがわけのわからないことか、ぺらぺら品のいいことを言い出すようになる前にね[29]」と哀れげに書いている。

　ベケットが「麻痺状態」と呼んだ状態の主たる原因の一つは、彼が講義がいやでいやでたまらなかったということだ。十月に教え始めて三週間後にはもう「講義というこのグロテスクなコメディ」と言っている[30]。一九三〇年十一月十四日にはマグリーヴィーにこう書いている、「学生たちとうまくいっていない。それはうれしいことでもあるけれど、ぼくの自尊心をいらだたせもする……こんなことがだらだらいつまで続くのか、トムよ、さっぱりわからない[31]」

と。一九三一年三月初めになると、「ぼくは教授になんかなりたくない（この仕事のむちゃくちゃさを思うのはほとんど快楽だ）[32]」と彼は激しく訴えた。ベケットにとって大きな問題の一つは、人前に立って話すのがまさしく拷問だったということだ。彼は極度のとまどいを経験していた。しかも、話し手にとって障害となるごく自然な自意識に対抗して、緊張しているのに自信ありげに見せるという自己顕示的性質が徹底的に欠けていた。学生に教える中味についても自信がなく、しばしば、教職を捨てたのは、「自分が知らないことを他人に教えるのが耐えられなかったからだ」と言っていたほどだ。ジードとラシーヌに関する秋学期の講義録（学生の一人レイチェル・バロウズによって保存されている）を見ると、ベケットの講義はなかなか視野が広く、おもしろい洞察に満ちている。だが、凡庸な学部生には程度が高すぎたのかもしれない。

　ベケットの内気で控え目な態度をもってしても、大半の学生の浅薄さ、関心の弱さ、文学的感性の欠如に対する彼の軽蔑は隠しようがなかった。ランボーに関する講義で詩人の「眼の自殺」を説明しようとして次の句を引用したときに学生が「大笑い」した経緯を語る調子には、防御の姿勢、傷ついた自尊心、軽蔑が入り交じっている。

　　灰色がかった黒、甲高いにわか雨
　　黒い河と売春宿

「そこで」と彼は続けた、「ぼくは繰り返した。すると、くすくす笑いが起きた。ぼくは素朴にも、なんのことかわからず、『売春宿』という言葉が彼らの抑圧された想像力をくすぐったのかと思った[33]」。困惑した彼はプロルソンに相談した。プロルソンは笑いの原因は「売春宿」だけでなく、「甲高い」（“glapissante”）という語が「小便する」を意味する“pissante”を含んでいるからだと説明した。

　この種の幼稚な笑いと未熟さはベケットを落ち込ませた。ベケットは、キャンベル・カレッジで教えていたときにはこのような幼稚なふるまいや規律の無さも覚悟していた、とローレンス・ハーヴィーに語った。しかし、トリニティに教えに行くときには、もっと学生への期待は大きかった。ところが、これら裕福な家庭の子女たちは、「この上なくいいかげん」だとわかっただけだった[34]。こうした生半可な学生たちと、自分たちが知的エリートに属していることを伝統的に誇りに思うフランスのノルマリアンとは、どうしようもなく対照的に見えたにちがいない。もし誰かがトリニティの学生流の下品な笑いと、プロルソンとベケットによるコルネイユの大胆なパロディが似ていると口にしたものなら、すぐに連中と混同するのはやめてくれといわんばかりの身振りで一蹴されたにちがいない。

3

一九三一年三月の第二週までベケットは、復活祭の休みをドイツで過ごす計画を立てていた。ハンブルクに行こうとしばらく考えていたが、そこで一人で過ごすと思うと恐ろしかった。[35]だが結局、誰かが――まずまちがいなくシルヴィア・ビーチだろう――手紙でパリに来ないかと招待してくれた。オデオン通りのアドリエンヌ・モニエの書店「本の友の家」で開かれる夜会で、『進行中の作品』に焦点を合わせてジョイスの栄誉を称え、「アナ・リヴィア・プルーラベル」の部分のフランス語訳が朗読されることになっていたのだ。ベケットは友人アルフレッド・ペロンとフランス語版第一稿を作っていたので、ジョイスがハリエット・ショー・ウィーヴァーに「翻訳の傑作の一つ」[36]と言った最終稿がどう仕上がったか、当然興味があった。そこでぎりぎりになって船に乗り、[37]三月二十五日の晩だけロンドンのシャフツベリー・ホテルに泊まってパリに赴いた。[38]

アドリエンヌ・モニエの書店では、主賓ジョイスが注目の的だった。彼は威厳に満ちた様子で座っていたが、友人や知人、支持者らに囲まれて終始満足そうだった。そうした取り巻きには、エドゥアール・デュジャルダン（ジョイスが内的独白の手法を学んだと認めた、『月桂樹は切られた』の尊敬すべき著者）、この晩のためにロンドンからやってきたハリエット・ショー・ウィーヴァーのほか、シルヴィア・ビーチ、フィリップ・スーポー、ポール・レオン、ユージーン・ジョラス、マリア・ジョラス、ロバート・マカルモン、ミナ・ロイ、メアリー・コラム、サミュエル・ベケット、それにアドリエンヌ・モニエ自身がいた。ジョイス一家も出席していた。招待客のほかに、のちにこの晩のことを『カナディアン・フォーラム』に書いたレオン・イーデルのような新参者も何人かいた。[39]

それは厳《おごそ》かな、畏敬の念に満ちたとさえ言える催しだった。[40]マカルモンによると、オデオン通りの書店の裏の部屋は、アドリエンヌ・モニエが主催し開会したその夜会を見に来た二百人ほどの人びとでごったがえしていた。モニエは開会の辞で、一九二〇年アンドレ・スピールの家で初めてジョイスに会ったときのことや、以来フランスでジョイスの名声も影響力も大きくなったことについて語り、さらに自身の『ユリシーズ』観を述べた。次いでフィリップ・スーポーが「アナ・リヴィア・プルーラベル」翻訳のいきさつを述べた。[41]ベケットとペロンが果たした役割は初めのほうでごく簡単に触れられただけだった。彼らの訳は、のちにポール・レオン、イヴァン・ゴル、そしてジョイス自身によって修正された「第一稿」だと表現された。しかも修正の第三段階でスーポー、レオン、ジョイスが第一稿で不適切と思われるところを拒絶し、リズムと意味の双方においてテクストの質を高めようと懸命に努力した点が強調された。ベケットは自分とペロンは第一稿と呼ばれる以上の大きな仕事をしたと考えていたので、スーポーの話に強い反発を覚えたが、ジョイスとほかの協力者のいる手前、本当の気持ちを抑えざるをえなかった。

ベケットがダブリンに戻ってから、ジョイスは問題の翻訳が掲載された雑誌『ヌーヴェル・ルヴュ・フランセーズ』のサイン入りの号を『至るところに子どもあり《ハウス・チルダーズ・エヴリウエア》』のサイン入りの本とともにベケットに送ってきた[42]。お礼を言うにあたりベケットは、「訳文を読んで翻訳の不毛さを思い知らされた」と言わざるをえなかったし、マグリーヴィーに対してはもっと辛辣に、「ジョイスがみずから翻訳を読んで、そのぞっとするような軽薄な雰囲気と低俗さが見えなかったとは信じ」られないと付け加えた[43]。幸い、ベケットとペロンの稿は保存されているので、出版された翻訳と比較してみることができる[44]。

夜会の三番目の演目としてアドリエンヌ・モニエは、シルヴィア・ビーチの蓄音機でジョイス自身による「アナ・リヴィア・プルーラベル」の英語の朗読を聞かせた。その直後に彼女は早口の、感情を抑えた、歌うような声でフランス語訳を朗読した[45]。南米探検から帰ったばかりで、医者を連れてやや気乗り薄で現われたロバート・マカルモンは、その情景をマダム・タッソーの蝋人形館みたいだと評した。彼は、「口もきけないほど崇めたてまつっている[46]」この手合いの畏敬に満ちた雰囲気に強い苛立ちを覚えたのである。マカルモンは連れの医者に、両手を空中に上げ、祈りをささげるようなふりをして自分の気持ちを表わした。このときエドゥアール・デュジャルダンが、自分の妻の太い足首を見つめていたマカルモンが、その太さをからかったのだと思い込んで、部屋を横切っていき、思い切りマカルモンの横面を張った。この突然の劇的行動に部屋じゅうが大騒ぎになった。デュジャルダンはなんの説明もせずにすぐに出ていってしまったので、なぜ彼がこんな突飛なことをしたのか、人びとはそのあと、書店の上のアパートで開かれた二次会のときもまだ不思議がっていた。翌日になってようやく事の真相がわかり、デュジャルダンもまたマカルモンのしぐさの本当の意味を悟った。

パリにいるあいだに、ベケットは『ユーロピアン・キャラヴァン――ヨーロッパ文学の新精神のアンソロジー』の第一巻（この巻だけしか出版されていない）のアイルランドの部に彼の詩を載せたいと思っていたサミュエル・パットナムに再会した。(47) ベケットが彼に四つの詩を送ることが決まったが、そのうちの一つ「自由のくびき」はあとに書かれて送られたのかもしれない。残りの三つは「地獄の嶋鳥たち」、「放蕩な官吏の娘のためのプラリネンの小箱」、「テクスト」である。パットナムは「テクスト」を彼の『ニュー・レヴュー』の第一号に再収録した。ベケットはまたパットナム、エドワード・タイタス、ユージーン・ジョラスからもっと翻訳の仕事を得たいとも思っていた。彼の友人の多くはまだパリにいた。そのなかには、一九三〇年にパリで会っていたジョージ・リーヴィーのほか、ジャン・トマとジャン・ボーフレがいた。そして、もちろんジョイスもいた。ベケットはまだジョイスがかなり冷淡だと感じていたが、ダブリンに戻ったあと二冊のサイン入りの著作が届き、また聖霊降臨祭にはロンドンのカムデン・グローヴの住所が書かれたカードが送られてきた(48)ので、夜会に出席したおかげで二人の関係も多少なりとも修復したと思った。それは彼の思惑どおりだった。

パリ訪問の直後、ベケットは再びカッセルのシンクレア家を訪れた。その途上、朝三時から列車が来るまでのあいだ、ニュルンベルク駅の三等待合室で寒々とした不快な一夜を過ごさなければならなかった。シンクレア家の人びとは、ここ数か月健康を害していたペギーのことをとても心配し、また自分たちの経済状態の悪化に不安を感じていた。それでもみんな、ベケットの教えることに対する愚痴や大学を辞めたいという願いを熱心に聞いてくれた。ときはあっというまに過ぎ、やがて彼は沈んだ心でアイルランドに戻り、嫌いな仕事を続けなくてはならなくなった。

4

夏学期、ベケットはわずか数週間しか教えられなかった。(49) 五月末に激しい胸膜炎に襲われたのである。復帰するまで何週間ものあいだ、ラドモウズ＝ブラウンとプロルソンが代講をしなければならなかった。おそらく完治するための一助としてだろう、ベケットと兄フランクは六月末から一か月間のフランス旅行を計画した。地中海まで出、そこから海岸沿いにヴァール県ル・ラヴァンドゥまで行って、リチャード・オールディントンとブリジット・パトモアの客としてヴィラ・コクランに数か月滞在していたトム・マグリーヴィーと会う予定だった。帰りにはブルゴーニュ地方のぶどう園を回るつもりだった。

ところが、その前にとんでもない出来事がベケットと母親のあいだに起こって、クールドライナ邸のはかない平和[50]を粉砕してしまった。正確な原因は不明だが、ベケット、マグリーヴィー、プレンティスのあいだの手紙をつなぎ合わせると、出来事の全体像がかなり明らかになる。マグリーヴィーは故郷ターバートの家族の元を六月八日にたち、ダブリン、ロンドンを経由してフランスへ行った。途中トリニティ・カレッジのベケットを訪ねたが、彼はまだ病状が重かったので二、三日しか泊まらなかった。マグリーヴィーが去ったあと、ベケットはフォックスロックの実家に帰り、休暇までに完治することをめざしていたらしい。ある日、彼が散歩に出かけているあいだ、メイ・ベケットはテーブルの上に置き忘れられた彼の書きものをたまたま見つけた。彼女はなにげなく目をやり、読み始めた。そして、たちまち恐怖と嫌悪に襲われた。

ベケットが帰宅すると、メイは激怒していた。激しい口論が続き、母はベケットに、読んでぞっとしたと言い、家のなかでこんなひどいものを書くのは許さないと宣告した。ベケットがなにを言ってもなだめることはできなかった。フランクと父親が会社から帰ると、取り乱したメイが、問題の作品をバッグに詰めて家を出ていこうとしている不幸なベケットと口をきかないでいた。父親と兄が仲裁しようとしたが無駄だった。メイはベケットは家を出ていくべきだとし、けっして譲歩しなかった。そんなわけで、面食らった哀れなベケットは、旅行を二週間後に控えてトリニティ・カレッジの自室に舞い戻らねばならなかった。

ではなにが母親にこれほどのショックを与えたのかという疑問が生じる。『ダブリン・マガジン』の編集者シェーマス・オサリヴァンが、「イエスの愛のために一発ぶつ」というような句のために却下したベケットの詩を読んだなら、彼女はまちがいなく、激しく嫌っただろう。けれど、それらの詩がこれほど強烈な怒りを引き起こしたとは考えにくい。むしろ、当時ベケットが書いていた短編が原因となった可能性のほうが高い。のちに『並には勝る女たちの夢』に吸収されることになる「沈思静座のうちに」、あるいは三年後に『蹴り損の棘もうけ』の一編として出版される「外出」である。「外出」のなかの「のぞき」行為とその後のけんか、それに怠惰な婚約者ベラックワによるルーシーのひねくれた扱い——内面の平和が乱されずにすむという理由で、ルーシーに別の恋人をもってほしいと願う——をメイが読んだとしたら、ショックを受けたはずだ。「いったいぜんたい彼女はなにを欲しがったのか」(“what the hell she wanted”)のような句でさえ、メイのようにきまじめなプロテスタント信者には不快だっただろう。だが彼女は一九三一年からベケットがつけていた草稿ノートを見たのかもしれない[51]。ベケットはこのノートに、「エロティック」な文献から抜き書きした語句――「名誉の尻を一発ぴしゃり」とか「坊主のケツくらいひどく不幸」など――のリストを作っていた。とはいっても、詩「血膿II」や『並には勝る女たちの夢』の一部に織り込まれた鞭打ちに関するこうしたイメージや引喩《アリュージョン》は、たいていは難解きわまるものか、メイが理解できない外国語で書かれていた。

一年後ダブリンではベケットが、「このうえなくわいせつな小説」を書いているといううわさが広まっていたが[52]、実際、彼はその六か月後、メリオン病院での手術の回復途中、「わいせつなスペンサーふう詩節」を実験的に書いた[53]。もしかすると問題の「わいせつな」小説というのは、『並には勝る女たちの夢』の最初のころの草稿だったのかもしれない。通常この作品が書かれたとされている一九三二年一月から七月という時期の何か月も前に、その一部が書かれていたことは明らかなのだ。そして、ベケットがペギーとの性体験をたいして包み隠さずに描き、なによりもショッキングなことにペギーの恋文をそのまま使ってもいる『夢』の一部を、メイが読んでしまった可能性もある。となると彼女の激怒も理解できるというものだ。

休暇前の二週間、フォックスロックとトリニティ・カレッジのあいだに多くの行き来があったが、メイの態度は変わらなかった。けんかのせいで心穏やかでなかったにもかかわらず、結局、兄弟は予定どおり六月末にフランスに旅立った。まずルーアンの大聖堂を見学し、この街の有名な大時計を見てからパリの北ホテルに一泊した[54]。そこから南下してソーヌ・エ・ロワール県のシャロルとマコンにいき、いくつかのぶどう園で地元のワインを味わった。ベケットは、旅の帰りに「すごいもの」だからと期待して試飲した、かの有名なニュイ・サン＝ジョルジュとジュヴレ＝シャンベルタンが「平凡で安っぽい」ものでしかなく[55]、「マコン地方」のワインのほうがずっとおいしかったことにびっくりした[56]。短時間だが、ロマン派詩人アルフォンス・ド・ラマルティーヌの生地マコンを訪れて触発されたベケットは、帰国後しばらくしてから短編「フィンガル」の、みごとに皮肉のきいた対話を書いた。ベラックワが恋人ウィニーとフィンガルの田園を眺めながら、それをフランスのマコン地方の風景と比較するところだ。

「魔法の国だというのに」と彼は溜め息まじりに言った、「ちょうどソーヌ＝エ＝ロワールのように。」

「それなんのことかしら?」とウィニーが言った。

「そうとも」と彼が言った、「うまい葡萄酒とラマルチーヌ、悲しみに沈めるきまじめなる者のためのシャンペンの国、ウィックロウのようなけちなお子さま用キンダーガルテンとはおおちがいなのさ。」

わずかばかりの外国滞在をごたいそうに言うじゃないの、とウィニーは考えた。

「あなたと、あなたの言うその悲しみに沈めるきまじめ屋さんですけど」と彼女が言った、「それどうにかならないもんかしら？」

「そうだ」と彼は言った、「アルフォンスはきみにあげよう。」

彼女はまにあってますわと答えた。どうやら風向きが悪くなりはじめたようだ。(57)

トゥーロンの局留便窓口でル・ラヴァンドゥのマグリーヴィーの住所を知ったベケットとフランクは、コートダジュール沿いにさらに進み、リチャード・オールディントンが借りている家に近いカナデル・シュール・メールでほぼ一週間過ごした。二人はヴィラ・コクランを二度訪れ（一回はマグリーヴィー、オールディントン、ブリジット・パトモアと昼食をともにした）、その後マグリーヴィーを夕食に招待した。話題の中心はマグリーヴィーの小説と、ベケットが仕上げたばかりの短編「沈思静座のうちに」だった。後者についてマグリーヴィーはのちに明敏にも、ベケットは「ジョイスのまねだ——彼自身はジョイスだということを否定するけれど」と述べた。(58) しかし、いくらベケットが快活を装っても、また兄の手前いくら本心を隠そうとしても、マグリーヴィーには母親との決裂のせいでベケットがどうしようもなく不幸せなのは明白だった。ベケットとフランクは帰途ディーニュ、グルノーブル、アネシ経由で北上し、ラマルティーヌが「湖」を書いたブールジェ湖を通って、ディジョン、トロワイエへいった。

二人はパリ、ロンドンを経由して七月末にダブリンに戻った。パリのホテル・コルネイユに数日泊まったベケットは、フランス人の友人や、外国から移住してきた友人に再会することができた。二人がカルチェ・ラタンで最初に会ったのは、ベケットの旧友かつ飲み仲間で、いまや「ドゥ・マゴのテラスでヴィッテルを飲んでいる」ジョルジオ・ジョイスだった。(59) 前の年の十二月、ジョルジオはヘレン・フライシュマン（ベケットは手紙でしばしば彼女のことを「肉《フレッシ》の 女《ユウーマン》」と呼んでいた）と結婚していた。ベケットはこの物議をかもした結婚がうまくいっているのかどうか興味があった。ヘレンはジョルジオより十歳年上で、ノラ（初めのうちは）もルチアも結婚には強く反対していたのである。ベケットとフランクは夕食に招待された。ジョルジオの両親と妹がおもな話題になり、ベケットは次の週にロンドンで彼らを訪ねると約束した。
翻訳の仕事をもっと手に入れたいこともあってベケットが会いたかったナンシー・キュナードは、波乱含みにせよヘンリー・クローダーと再び結ばれて、残念ながらアメリカにいた。ベケットの冗談によれば、彼女はそこで「色を比較していた」のである。[60]しかし、エコール・ノルマル時代の友人たち、つまり、事務局長ジャン・トマ（ベケットが就職したくなったら推薦状を書いてやると約束していた）とジャン・ボーフレはパリにいたので、ベケットはこの二人とは食事をともにすることができた。フランクと彼は、アラン・ダンカンと妻のベリンダとレストラン・ラ・リヴィエールで、ベケットによれば「不気味な寸劇《グラン・ギニョル》」だった夕食をとり、そのあと別の外国人の友人トム・マッケンナ夫妻を交えてフロールに飲みにいった。[61]
フランクとベケットは海峡を渡ってロンドンへ行き、そこでベケットだけフランクが帰郷したあとも数日残った。彼はひどい不安に駆られながらケンジントン、カムデン・グローヴ28bのジョイスの家にいった。ルチアとの決裂がまだ記憶に新しかったため、耐えがたいほど緊張していた。パリでジョイスとの関係もすでに雪融け状態になっていたので、ジョイスと二人きりで話す時間がほしかった。ところがあいにく、ノラとルチアのせいでジョイスとはほとんどまともに会えなかった、とベケットはのちにこぼしている。「例のいまいましいごたごたと逃避行」もあった――ルチアがまた困惑するほど親切にしてきたからか、不機嫌でむっつりしていたからかはっきりしないが、おそらくは前者だったのだろう。その週の終わりごろ、「かなりみじめな夕食」を、不運にも再びジョイス一家の三人と一緒にとることになった。[62]ジョイスが『フランクフルター・ツァイトゥンク』に誤って彼の名で掲載された記事のせいで憤慨し、新聞社を訴える構えだったことを除けば、[63]夫妻は二人とも元気で、ケント州での休暇を楽しみにしていた。だがルチアはひどかった。ベケットは彼女の状態を「破滅した」（"foutue"）と表現した。[64]この強い語にほぼ匹敵する英語は、「廃人」（"knackered"）である。
もう一つベケットの将来にとって重要な会見は、チャトー・アンド・ウィンダス社のチャールズ・プレンティスとのものだった。彼らは食事をともにし、ベケットの仕事の計画と、プレンティスがちょっとした専門家だったギリシアとその文化について話した。ベケットの言葉を借りれば、「とにかくなにか言わなければと思い、絶対自分が実行しない（できない）ことをよく知りながら」、彼はしばらく前から読んでいたドストエフスキーについて評論を書いてみようかと申し出た。[65]その晩は二人ともそれぞれ「非常に楽しい夕べだった」と言うほど盛り上がったので、翌日ベケットは短編「沈思静座のうちに」をもっていった。ところが、数日後プレンティスはこれを拒否した。

5

ベケットは八月一日にダブリンに戻った。だが帰ったところはフォックスロックの両親の家ではなく、トリニティ・カレッジの自室だった。母との関係は容易に回復しそうもなく、亀裂はだらだらと何か月も続いた。これは母の頑固さのせいだけではなかった。ベケット自身の傷も深く、痛んだ自尊心と生来の頑強さによってその傷は開いたままになっていた。

頼むからもういいかげんにしなさい、帰ってきて一緒に食事をしなさい、酒をやるから、ママとキスして仲直りなさい、とパパは言う。神よ、パパ、ママ、フランク、ビビーとぼくの愛する人みんなを祝福したまえ、イエス・キリストのためにぼくをよい子にさせたまえ、アーメン、だ。それからぼくは控え目で平板で意味のないことをなにか言った。でも、ぼくは折れたりしない。いやだ。どんなことがあろうといやだ。(66)

彼は父親とはダブリンでときおり会っていた。「親父はトルコ風呂と辛口マティーニを週一度おごってくれるのでありがたい」とも書いている。(67) 兄もいつも心配して頻繁にやってきた。フランクはベケットのために最初の二か月分の家賃を払ってやったし、十月には元気づけるためにピアノを借りてやったりもした。(68) しかし、母親とは十一月後半まで会った形跡はない。このことを語るベケットの口調から、かなり深刻だったことが察せられる。劇的に家を追放されたのみならず、母親とのあいだに感情的亀裂ができてしまったことで、彼は明らかに動揺していた。

トリニティ・カレッジは夏期休暇の後半はほとんどひとけがなかった。ラドモウズ＝ブラウンは研究室に来ていたが、ベケットは彼にはほとんど会わなかった。会っても教授は、ケープ・タウンでの講師職とかカーディフ大学での似たような職とか、ベケットが志願してもよい就職口の話しかしなかった。また、ウォルター・スターキーがオックスフォードのイタリア文学教授を志願したので、それが通ればトリニティのイタリア文学教授のポストが空き、ベケットがそこに指名されるかもしれない、とも言った。「そうなったらとんでもないことになる」とベケットは言った。(69)

ベケットはときどき、このころいっそう親しくなっていたコン・レヴェンソールに会った。またエズナ・マッカーシーともよく会った。けれども、彼女がコンと感情的に結びついていくのを見て、すでに傷つき繊細だったベケットの自我はたいそう痛んだ。一九三一年八月、エズナへの片思いに触発された美しい二つの詩を書いた。それらの詩は「続けて誕生した。二精〔一つの卵子が二つの精子を受精すること〕の昼夜を送った月々の卵黄二つ分のオルガズムだった」とベケットは記述している。[70] 彼はこれら二つの恋愛詩が大いに気に入っていた。[71] 最初の詩のタイトルは「アルバ」といい、イタリア語で夜明けを意味するこの言葉をベケットは、小説のなかでエズナをモデルにした女性に使った。これはシェーマス・オサリヴァンに受け入れられ、『ダブリン・マガジン』に掲載された。「オサリヴァンと編集委員の連中は、わいせつなアナグラムが隠されていないか、この詩を縦にしたり斜めにしたりして調べたそうだ」とベケットは書いている。[72] 二つ目の詩は最初「モーリュ」と呼ばれ、数か月後には『ユーロピアン・キャラヴァン』に「自由のくびき」として出版されたが、オサリヴァンには却下された。その理由はベケットの推測によると、冒頭の「彼女の欲望の唇は灰色だ」が女性器のことだと思われたかららしい。「自由のくびき」（ダンテの「自由のくびき」からの借用）というタイトルとテーマについてベケットは、「詩人はこのわなに引っかからないけれど、引っかからないことがかえって重荷なのだ」と説明している。[73] 彼のこの要約をさらに展開したのが最終の数行だ。

しかし彼女は死に、彼女のわなは
私のおとなしく用心深い悲しみに
あれほど我慢強く差し出されたが
砕けてしまい
哀れな三日月にかかるだろう[74]

明らかに彼はエズナとの失恋から立ち直ったとは言えない状態だった。

十月の第二週にフランスに戻るまで、ジョルジュ・プロルソンはまだトリニティ・カレッジの旧地区の一番地に住み、ベケットはニュー・スクエアにいた。プロルソンはこの時期のベケットに会えた数少ない人物の一人だ。これはプロルソンが、自分の読んだ本や書いた詩に対して興奮であふれんばかりだったせいもあるが、彼自身エコール・ノルマルの学者としての道をあきらめようと考えていたので、教えることや学生、大学全般に対するベケットの小言《こごと》をわかってあげられた、ということもあるだろう。ベケットはこのつきあいを楽しみ、プロルソンの生きいきした、あるいは風変わりなせりふやイメージを初期の作品にかなり取り入れたようだ。この夏に書かれた詩「愁嘆の歌II」にはいくつかの奇抜なイメージがある——「足はマーマレードのようにくたくた／滝のように汗を流しながら／心はマーマレードのようにへとへと／もっと香ばしい湯気を立てよ／老い疲れた心老い疲れた心は」[75]。当時不眠症気味で、たばこを吸いすぎていたプロルソンは、しばしば「足がマーマレードのようだ」という表現を使った。これはプロルソンの祖母がよく言っていた「足がジャムのようだ」の変形である。興味深いのは、もう一つ彼がよく使った表現が、「ぼくの老いぼれた心臓」だったことである[76]。六年後メアリー・マニングへの手紙のなかでベケットは次のように書いている。

プロルソンはよく心臓のなかの石について語った。自分でさわってみるまで、ぼくはどういうことなのかわからなかった。心臓の結石だ。フィーンディッシュ公園を散歩したあとで、彼がトリニティの自室へ向かう階段の途中で立ち止まり、ぼくに心臓をさわってくれと言ったときのことを覚えている。ぼくは手をそこへやった。彼は、女性に編んでもらったセーターを着ていたが、その人はいま奥さんになっているか、最後に便りをもらったときに奥さんだったはずだ。とにかく、彼の胸骨はへこんでいた[77]。

プロルソンは、ダブリン郊外の学校で教えていたマルセルという女性に当時ぞっこん惚れ込んでいたので、夜はたいていベケットに会う暇がなかった。それでも彼は夜の十一時か十二時に予告なしにふらりとやってきた。二人は泥炭の燃える暖炉の両側の大きな籐椅子に座り、手にはグラスを、床にはジェイムソン・ウィスキーのビンを置いて、夜更けまで語り合った。

プロルソンの訪問は、ベケットの言う奇妙な「沈黙の悲劇」を中断してくれた。複雑なことや逆説的なことに対して敏感だったベケットは、このつかの間の平和と沈黙を恐れると同時に楽しみもした。彼は疑いなく孤独で落ち込んでいた、しかも、母親との感情的亀裂によって孤独は増幅されていた。しかし同時に孤独を、暗く、親しみ深い、慰めを与えてくれる深い水たまりであるかのように、あえて開拓し、探究してもいたのだ。彼はすでに孤独と平和が必要だと感じていた。だから、ダブリンの文学者や芸術家、たとえばオースティン・クラーク、オフラハティ、アシャー、カーノフらを避けるようにした。ということは、都会のパブを避けて自室で一人飲む（「飲んで心を落ち着かせる[78]」ため）か、彼を知っている人のいない郊外のパブで飲むかしかなかった。また、プロルソンやレヴェンソールのようにわざわざ連れ出しに来てくれる者たちを除いて、友人たちとの関係も断たなければならなかった。『並には勝る女たちの夢』の注目すべき一節に、この種の平和と静謐の追求が描かれている。ここで主人公は外界から離れてカップ状の穴かトンネルを掘り、そこで、

> 彼は怠惰の至福のなかにくるまれて横たわっていた。それは油よりも滑らかでカボチャよりも柔らかく、アダムの息子たちの暗い苦痛とも無縁で、不従順な精神からなにも要求しなかった。彼は欲望が除去された辺獄《リンボ》のなかを、死者、死んで生まれた者、まだ生まれない者、決して生まれない者の影を帯びて動いた。……自分の心のなかに戻るということがそのような状態を意味しているなら、現世でも来世でも、これ以上によいものがありえるだろうか。精神が病室のように、灯火をともした霊安室のように薄暗く静まり返り、影たちがひしめいている。精神がついにみずからの避難所となり、無私で無関心で、みずからの惨めな神経過敏症や差別や無益な突進が鎮圧されている。精神が突然執行猶予を得て、せわしない身体の付属物であることをやめ、理解のスイッチが切られる。[79]

このような一節は「想像力は死んだ想像せよ」、「人べらし役」、「びーん」のような、ずっと先のベケットの後期散文に出てくるリンボ的世界の前触れである。しかし、こうした遠い内奥の場所に存在しようとすることは、学期が進むにつれて彼の精神衛生を脅かしていった。

これほど強烈でも静かでも孤独でもない喜びのときもまだあった。たとえば十一月の最初の日曜日、ベケットはパイン・フォーレストを通ってラスファーナムからエニスケリーまで何マイルも歩いたあと、ホテルなので日曜でも酒が飲めるパワーズコート・アームズで気の抜けたビールを飲んだ。散歩中に詩作したランボーとちがってベケットは、散歩のときは「心がとても気持ちよく、もの悲しくぐんなりし、おもに子ども時代の記憶が集まる交差点、すなわち、涙の風車になる」と書いている。[80]しかし、しばしば天気のせいで、彼がひどく嫌ったあの暗くじめじめしたダブリンの日曜日——「もやと雨と鐘と禁酒」があり、「やることがまったくなく、会いにいく人もまったくいない」[81]——になってしまった。

試験監督、採点、講義のほかにできた仕事はほとんどなかった。ナンシー・キュナードの『黒人選集』のためにブ

ルトンやクルヴェルなどのフランスのシュルレアリストの未発表作品を翻訳して二十五ポンドを得、またおそらくトリスタン・ツァラの翻訳もいくらかやった。とはいえ、当時の状況では創造的な仕事はまず無理だった。「人生の困難な時期の一つにいま、自分はいる。まったくなにも書けない、文章の輪郭すら想像できないし、メモも取れない……趣味に合う合わないを問わず、なにもまともに読めない[82]」と、彼ははっきり書いている。

唯一の例外は、晩秋に書いた一編の長く憂うつな詩または"Eneug"(愁嘆の歌)と呼ばれるジャンルの作品だった。このころのベケットの気分をうまく反映したこの詩は、腐敗、寂寥、流浪のイメージに満ちている。ベケットによると、この詩は、ポートベロ私立病院から大運河沿いに西進し、市外に出てからリフィー川沿いに戻るという、彼が実際におこなった散歩に基づいている[83]。現に、パーネル橋近くのはしけ、フォックス・アンド・ギース、チャペリゾッド村、キルメンハム[84]のホッケー選手たち、といった地元の地理的特徴が多く出てきている。また、自伝的要素もしのび込んでいる。曲がった槌《つち》状足指の手術が一年後に必要となる「ガタのきた両足」、子どものころ父親と丘の上を散歩していて見かけた情景を回想した「ハリエニシダを焼く山腹から日暮れて」などだ。それに読書で得た知識への言及がなかば隠された形で登場する。「一人のくたびれた老人、デモクリトス」への皮肉な言及、「地獄の底めいたリフィー川」におけるダンテの「地獄篇」の喚起、「存在せぬ北極の花々」という句におけるランボーの想起など。おそらく全体の気分をもっともよく要約しているのは次の数行だろう。

巨大なぬめぬめした毒茸《どくきのこ》が、
青黒く、
ぼくを追いかけて滲《にじ》み出し、
ずたずたにちぎれた空を悪疫をたたえたインクのように
　吸い込んでゆく、
ぼくの脳髄のなかでは風が悪臭を放ちはじめ、
水は……[85]

6

このころベケットは知的な読書はとうていできないと考えていたけれども、実際には乱雑で幅広い読書をしていた。そのうえ、どんなに落ち込んでいても、彼の判断力は、特異だったにせよ損なわれることはなかったようだ。T・F・ポウィスの二つの小説『マークだけ』と『タッカー氏の神々』を読んで次のように書いている。

彼の作品をまったく知らずに読み、ひどく失望した。作為的な暗さ、むりやり組織され統一された悲劇的完璧さ。ハーディー的罪のカリカチュアのよう。偉大な作家だとみんなが言っていたのに。それになんという文体！[86]

のちの作品でよく絶望と悲観主義の権化とみなされることになるベケットが、ポウィスを「統一された悲劇的完璧さ」ゆえに、これだけ厳しく批判したのは皮肉である。

これより前にベケットは、九月下旬に出たトム・マグリーヴィーの評論『リチャード・オールディントン』を読んでいた。オールディントンとフランスの画家ジャン・リュルサをT・S・エリオットの静物画に対する「活人画の達人」として結びつけるなど、大胆な類比、想像力豊かな比較はおもしろかった。だが、マグリーヴィーが以前は出版していたエリオット研究のほうがずっとよいと思った。その説明なのか、あるいは丁寧な言い訳なのか、少なくとも詩に関しては、「嘆かわしい代物」だと思っていたオールディントンよりエリオットのほうに共感すると言った。九月にはホメーロスの『オデュッセイア』をヴィクトール・ベラールのフランス語訳で読んですっかり夢中になり、「『宝島』、『オリヴァー・トゥイスト』やほかの多くの作品を大昔に読んだときのような子どもじみた熱中ぶり」を取り戻した。[87] マグリーヴィーもベラールによる『オデュッセイア』が「自分の日々を黄金色にしてくれた」[88]ので、これも二人が分かち合える経験となった。しかしこのころのベケットの読書は、ちょうど彼の人生が、少なくとも見た目には方向性を欠いていたのと同様、目的を欠いていたようだ。

「キップス」と呼ばれたダブリンの赤線地帯に一人で行ったときの経験は、のちの詩に反映している。十月初めのある晩、彼は有名な女将ベッキー・クーパー経営の売春宿に行った。一九二五年の警察による最初の大規模な取り締まり以来、以前は認可されていた売春宿が、その地域から締め出されようとしていた。しかし、こういった店の多くが前よりも隠れた形で営業を続けていて、ベケットはそれを知っていた。もちろん、近年とちがい、当時は売春宿に行くことが健康な男性の生活の一部としてもっと普通に受け入れられていた（ベケットの母親からすればまったくご法度だったろうが）。ベケットが二年過ごしたパリでは、売春宿が合法で、粋ですらあり、友人と飲みながらそこで一夜を過ごすのもおかしいことではなかった。[89] 客は女たちと上へ上がって「商品」を試してもよいし、ただ好きなだけ長いあいだ眺めていてもよかった――もちろん飲み物を注文し続けるという条件でだが。少なくともこのときは(というのも、これが初めてでなかったのはたしかなので)、ベケットは黒ビールを注文し、ただ周りを眺めていただけだった。

ベケットがそのとき売春宿で見たことや感じたことは、パリで何か月かあとに書いた詩「血膿II」の重要な題材となった。この詩のなかでは、読書に由来する売春宿と鞭打ちの一連のイメージが、はるかに素朴なイメージと並置されている。「グラシューズ」、「ベルベル」、「ペルシネ」のような名前は「すべて売春宿的な雰囲気をもっている」(90)と同時に、ベケットの覚え書きメモからわかるように、彼が当時読んでいたペローやオーノア伯爵夫人の童話の世界も喚起する。(91)ともあれ、軽蔑的、冒瀆的に笑い出して女将を露骨に侮辱する客にはさまざまな苦痛が待ち受けていた。ベケットは、ローレンス・ハーヴィーに、「ダブリンの売春宿の壁に版画がかかっていたので」、その皮肉で場ちがいな組み合わせに「笑ってしまうと、外に放り出された」と語っているが、(92)この話から、侮辱がどんなものだったかがわかる。マグリーヴィーへの手紙のなかでは、ベッキー・クーパーの店にいるあいだに「ルンガルノの交差点でのダンテとベアトリーチェの絵のカラーの複製を見て嘲笑した」(93)と告白しているが、このせいで放り出されたことは伏せている。詩のなかでも同じ複製に言及し(「あそこにはダンテと至福のベアトリーチェ」)、同じ侮辱を持ち出している(「見よアルギエリはこれらいっさいに別れを告げて去った/おれは侮蔑《ぶべつ》のくすくす笑いに身をよじる」)。さらには侮辱に対する埋め合わせも試みている。

おおベッキーわれを許せわれは汝《なんじ》に何をせし覚えもなしおのれ!
われを許せわがベッキー
汝の毒蛇をわれより呼び戻せベッキーわれは汝に十分の
償いをせん(94)

7

当時ベケットが日々通ったもっとまともな訪問先はアイルランド国立美術館だった。サロモン・ファン・ライスダールの『休憩所』のように何年も前から知っている絵は、旧友のように感じられていた。しかし、新しい友が現われたころでもあった。一九三一年、ロンドンのクリスティーズのオークションで、美術館はペルジーノの美しい『ピエタ』を購入した。これはすぐに公開されたので、ベケットはただちにメリオン・スクエアに駆けつけた。「ここ国立美術館で新しいペルジーノのピエタを何度も見た」、「光るガラスのすごい煙幕の向こうに埋もれているので、一平方インチごとに少しずつ認識していかねばならない[95]」と書いている。

彼は文字どおり何時間もこの絵を調べ、「修復者によってすっかりめちゃくちゃになっている」ものの、死んだキリストと女たちが「愛らしい」と結論づけた。

きれいに髭を剃った精力あるキリストと無駄な死のために流される情熱の涙。もっとも不思議な要素は、おそらくラファエラによって付け加えられた軟膏のつぼだ。この分厚いショーウィンドウのうしろに、ひどい照明の下でひどいかけ方をされているので、全体を見渡せない。グロテスクな修正がたくさんある。でも精液に満ちた愛らしく陽気なキリストだし、彼のももに触れて、彼の陰部の死を悼んでいる女もそうだ[96]。

絵の中央でひざまづき、右ももを抱えてキリストの体を支えている「女」とは、もちろん聖母自身である。手紙で言及している「グロテスクな修正」とは、おそらく、前廊のアーチの上に描き加えられた二つの紋章（クロード・グフィエ家とジャクリーヌ・ド・ラ・トゥルムイユ家のもの）だろう[97]。十字架とそれにかかるはしごのあるゴルゴタの情景は、前廊のあいだの広い間隔に描き加えられたものにすぎない。でも、フィレンツェでベケットが以前に見た同じ画家のほかのピエタと比べると、ダブリンのピエタのキリストは、神秘的というより人間的に表象されている、とベケットが考えたのはそのとおりだ。キリストはまた、ティツィアーノの『この人を見よ』にあるような、いばらの冠を着けたひげの男でもなく、晴朗、闊達で「精力のある《スパンキー》」若者である。手足の釘の跡でさえかろうじてそれとわかる程度である。

『蹴り損の棘もうけ』の短編「愛と忘却《レーテー》」を書いたとき、これだけ一生懸命に見たあとなのだから、ペルジーノの『ピエタ』が頭に浮かんでも当然だった。ルビー・タフを描写する代わりに彼女と「アイルランド国立美術館蔵、ペルジーノの〈ピエタ〉に描かれたマグダラのマリア」を類比し、「ただしわがヒロインの頭髪は黒毛であって赤毛ではないことをつねに心にとどめおき願いたい」と付け加えている[98]。

頻繁な国立美術館通いのなかで、ベケットがとくに注意した新しい絵はこのほかにもあった。アイルランドの画家ウィリアム・オーペンの二つの絵が、ポー夫人によって美術館に遺贈されたところだった。オーペンは数か月前に死んだばかりで、地元の新聞は感傷的な追悼記事や弔辞でいっぱいだった。ベケットはこれら二つの絵を強い個人的関心を抱いて見ていた。叔母シシー・シンクレアがダブリンの美術学校でオーペンの生徒だったこと、オーペンが彼女の夫ボス・シンクレアの親友で愉快な飲み仲間だったことを知っていたからである。[99] しかし、マグリーヴィーに対して彼はこれらの絵を酷評した。「オーペンの『雷鳥』と『洗濯所』はほとんどキーティングくらいひどいと思った[100]」。

8

十二月なかば、ベケットは心からの別れを言うつもりで美術館を最後に訪れる。トリニティ・カレッジでの教育もダブリンでの生活全般も、もはや耐えられないところまできていたからだ。彼はしばらく前から正念場にあると感じていた。トリニティの教職にとどまるべきだし、とどまれる、とむなしく自分を説得しようとする試みと、いまの状況を逃れなければならない、そしておそらく教職もはっきり辞さなければならない、というますます強まる確信。この両極のあいだで激しく揺れ動いていた様子が手紙によく出ている。現状を受け入れ「静かな生活」に落ち着くことへの捨てがたい誘惑がまずあった。

この古い死体に目的地を与え、切符を買ってここからずらかるには、疲れ過ぎていて、胆力だか精力だかが足りない。カバが天使を待っている状態だ〔T・S・エリオットの詩「カバ」を意識した表現〕。それに実際、捨てたいものも手に入れたいものもなにも思い当たらない。どんな自由や資産の増大も、ここの瘴気のなかでは、失うにせよ得るにせよ、ほかの場所以上にばかげたもっともらしさがついて回る。……無意志的解放（アルバ）〔彼が書いたばかりの詩を指す〕によって区切られた心地よく静かな生活。それにぼくのへそは、あまりよく見えないけど、ほかの人のへそ十個分の価値があるんじゃないか？[101]

とはいえ、惰性の淡い魅力と、自分のへそを見つめるように瞑想に耽る怠惰な快楽のほうを向きながらも、明らかに彼はまごついていた。

トリニティを辞職すれば、カレッジに事務的な問題を生じさせ、ラドモウズ＝ブラウンのような支持者を失望させるのはわかっていた。また両親をひどく動揺させることも知っていた。就職する前から彼は、「この職を受け入れればば逃亡はますますむずかしくなるだろう、というのも一年でダブリンを捨てれば、ダブリンをすっかり捨てるだけでなく、ぼくの家族も捨てることになり、彼らに苦痛を与えるだろうから」と悟っていた[102]。問題は、家族の考えや価値観を受け入れては生きていけなかったにもかかわらず、家族の気持ちをひどく気にしていたことにあった。スタッフだけがもてる鍵で門を開け、父親を連れてトリニティ・カレッジに入ったとき父親が示した誇りを、彼は半世紀たってもまだ覚えていた。また、父親の期待を裏切ったという、まだ消えない悔恨についても語った[103]。ビル・ベケットには、ベケットが責任を逃れ、りっぱな経歴をむげに捨ててしまうように見えただろうし、彼の書いたものを最近読んで非難し、すでにきわめて疎遠になっていた母は「落伍者」とみなしただろうからだ[104]。最終的には、絶望と意志が混合して出来上がった強制力によってようやく事態を打開した。そのときですら彼はおおっぴらに実行する勇気がなかった。トリニティの誰にも、近々姿を消して辞職するつもりであることを伝えなかったのだ。

十二月二十日にマグリーヴィーに向けて手紙を書いたとき、ダブリンからオステンデ行きの切符はもう予約していた。

ぼくは立ち去る、なにが起ころうとも誰に引きとめられようとも。クリスマスのあとすぐ、オステンデ経由でドイツのどこかへ行く、とにかくケルンまでは。次の土曜の晩［十二月二十六日］、ノース・ウォールから出る。(これは内緒だが)何か月も帰って来ないつもりだ、トリニティはまだ辞職してないけどね。もしぼくが連中を裏切ることになっても、それは仕方ない。誰かすばらしい金メダリストのようなやつが一学期間代講を命じられ、そのあとで本当に責任のある人物が採用されるんだろう。新年のうれしい驚きじゃないかね。……為替レートその他を考えると、いま行くのは狂気の沙汰だが、本当にいましかないんだ。それに、いつもながらぼくは、自分の船に火を放って自滅しようとしているわけじゃない！　連中に遠くから火を吐きかけてやりたいのさ[105]。

トリニティを辞職するという決意は、あるおぞましい出来事によって決定的になった。この出来事は、両親を裏切るという自責の念に恥辱の気持ちを加え、彼を二重の意味で逃げ出したくさせたのである。二十六日の大陸行き夜行フェリーの切符をすでに買っていたベケットは、クリスマスの直前、ダブリンで別れの酒をともにしたエズナ・マッカーシーをサンディマウントの家まで車で送った。疲労、絶望、飲酒、そしてエズナに別れを告げなければならないことからくる気持ちの動揺、まったくの虚勢、おそらくそれらが入り交じった状態だったせいだろう、ベケットはロイヤル・カナルのリングズエンドの窪地に近づいたあたりでスピードを出しすぎた。危険でせまい「あのひどい、こぶのあるヴィクトリア橋」[106]に来たとき、ブレーキをかけようとしたが、スピードのせいで橋の中央分離帯に衝突し、助手席はまともにぶつかってしまった。ベケット自身は少しの切り傷、打撲傷ですんだが、エズナ・マッカーシーは重傷を負い、病院に連れていかなければならなかった。これは彼にとってひどいトラウマになった。三十年以上たってから、ローレンス・ハーヴィーに、「事件後の父の眼を忘れることができない」、そしてこの件はずっと、口にするのも耐えられない悪夢だった、と告白している。[107]その父の目は、ドイツ行きの船のなかでも彼について回り、すでにあった罪悪感の重荷をいっそう重くすることになった。

第七章

『並には勝る女たちの夢』一九三二―三三

1

一九三一年のクリスマス、サミュエル・ベケットはドイツに渡った。けれどもドイツで一人になるのはこわかったし、トリニティ・カレッジから突然逃げ出したばかりとあって、親身な支えを大いに必要としていた。そこで、ドイツのほかの都市へ旅を続けるのはやめ、叔母のシシーと「ボス」・シンクレアのいるカッセルに身を寄せることにした。(1) 彼の個人的な立場がいかに困難なものであれ、シンクレア家では温かくもてなしてもらえる目算があった。シシーも「ボス」も、この繊細で、知的で、芸術家肌の若い甥がとても気に入っていたからだ。「ボス」自身もほぼ十年前に困難な状況でアイルランドを離れていたので、おそらくベケットは、国と教職を捨てる決意に関して家では期待できそうにない理解と援助を当てにしていただろう。

トリニティを辞めること――決意はしたが、まだ実行していなかった――で頭がいっぱいだったベケットにも、シンクレア家が深刻な問題を抱えていることがわかった。「ボス」・シンクレアの財政難はますます悪化していた。アイルランドからもってきた金は何年も前に底を突いていたし、英語を教えて得られる収入もたいした家計の足しにはならなかった。ドイツ現代絵画の商売もうまくいっていなかった。彼がもっていたボッチョーニ、ファイニンガー、カンペンドンクに買い手がつかなかったからである。今日なら、これらの絵で一財産築くことができただろうに。そのうえ、ドイツでは反ユダヤ主義が急速に広まっており、借金と人種差別主義のせいで家族ともどもドイツを去らざるをえなくなるという状況も想定できた。

だが、最大の不安の種はペギーの健康だった。ウィーン近郊のヘレラウ＝ラクセンブルク校を中退せねばならなかった彼女は、顔色は悪くげっそりしていた。体重は減り、息づかいもますます苦し気になっていた。それに、夜は寝汗をかくことが多くなり、日中も体温が不安定だった。心配なからぜきがこうした症状について回った。医者たちは、新鮮な空気をたっぷり吸って十分休養しなさいと勧めた。これらの症状と、このよくある忠告を総合して考えると、どうしても肺結核という恐ろしい疑いが生じた。しかし、彼らにつきまとうその恐怖について語られることはほとんどなかった。ベケットはみんなと一緒にペギーのことを心配する以外なにもできなかった。いまやハイナー・シュターケと婚約していたものの、彼女にまだかなりの好意を抱いていたので、心配でしかたなかった。しかし、シンクレア家を経済的に救うには貧乏すぎたし、彼らの大きな支えになるには、自分自身の罪悪感に苦しみすぎていた。

ベケットは、二学期にまにあうように一月初めにはトリニティ・カレッジに戻らなければならなかった。そして、まず正式に辞職しない限り、大学教師以外の道を考え始めることすらできなかった。そこでカレッジに辞職する旨の電報を打ったのち、机に向かい、人生でもっとも苦しい手紙を二通書いた。両親とラドモウズ＝ブラウン教授宛である。彼らは驚き、ショックを受けた(2)。

一九三二年の前半の六か月間ベケットがカッセルで過ごしたという説があるが(3)、実際にはせいぜい一か月だったという証拠がある。気を取り直してどうやって生活していくかを考える時間が必要だったのは確かだが、かといって叔母たちが苦しんでいるときに余分な重荷になるのもいやだった。そこで一月の終わりにパリへ行き、復活祭をカッセルで過ごした以外は、七月十二日までフランスに滞在した。ローレンス・ハーヴィーに、二月から七月初めまで、トリアノン・パレス・ホテル最上階の女中部屋のようなせまい部屋で暮らした、と語っている。ポワッソン夫妻の経営するそのホテルは、ヴォージラール通りとムッシュー・ル・プランス通りの角の、ヴォージラール通り三番地一号にあった(4)。チャールズ・プレンティスは、二月八日にこの住所に手紙を送り、次の週にパリでマグリーヴィーを交えて会ったらどうかと提案している(5)。リチャード・オールディントンは、二月から六月までパリのマグリーヴィーに手紙を書くたびに、「サム」によろしくと書いている(6)。

ベケットが滞在先にパリを選んだのは、感傷のせいだけではなく、現実的な意味もあった。マグリーヴィーが、数は少ないが友情厚い友人たちとともにすでにパリにいた。また、ベケットは、タイタス、ジョラス、パットナム、ナンシー・キュナードからもっと翻訳の仕事が回ってくるのを期待していた(7)。誕生祝いには大騒ぎするジョイスが、二月二日に五十歳になるということもあった。それに冷えきっていた間柄が前の年の夏に雪融けしはじめていたので、それがそのまま続くよう、なんとかジョイスの近くにいたかった。

トリアノン・パレスでベケットは、風変わりな小説『並には勝る女たちの夢』の執筆に専念した(8)。この作品の大部分を二月から初夏にかけてパリで書いた。そして六月の終わりには完成した(9)。マグリーヴィーは未公刊の回想録のなかでこの時期の自分たちの生活について次のように記述している。

パリのエコール・ノルマル時代、それからカルチェ・ラタンのホテルで短期間過ごしたとき、サミュエル・ベケットとわたしは部屋が隣同士でよく朝食を一緒にとったが、サムは朝起きて紅茶かコーヒーを飲むとすぐに、タイプライター、本、聖書索引、辞書、スタンダールに向かった。逆にわたしは、外に出て、世界が昨夜のままだということを確かめるのだった。(10)

2

『並には勝る女たちの夢』は、ダンテの「煉獄篇」で、煉獄の手前で待たされている人物にちなんで名づけられた、ベラックワという若者の経験、思想、内面生活を扱っている。この小説の構造は複雑で断片的である。筋書きもあえて直線的形態をとらず、統一性もなくしている(「この物語における唯一の統一性は、うまくいって、無意志的統一性である」と語り手は言っている)。(11)それに表層に描かれた現実はきわめて意識的に歪曲されている。「ピカレスク」とか「エピソードの積み重ね」と呼ばれたが、どちらの言葉も、この小説の言語の過剰さや文体の華麗さはおろか、意図的な一貫性の欠如すらうまく言い当てていない。

一貫性、技巧、統一は、バルザックの小説の「クロロホルムに漬けられた世界」のものだとベケットはみなした。そこでは、登場人物は「機械仕掛けのキャベツ」と化し、小説家は「必要ならどこででもそれらを停止できるし、またスピードと方向を自由に操ってそれを動かすこともできる」。(12)ベケットが筋書きと登場人物に対するこのような安易な支配権を放棄した理由はいろいろある。人生はどんな場合もそうならない――生けるものはこんなふうに粗雑で機械的なやり方で分類され、支配されるにはあまりに複雑で、不可思議で、不可解である、とはっきりわかっていたのだ。彼はまた、作者と読者の双方にはるかに幅広い可能性を与えるさまざまなルールをもった、自意識的小説を書いていたのである。それはあたかも、彼が読者に語りかけ、意地悪をし、あざけりさえしながら、読者とゲームをしているかのようである。

ベケットはたいへん才気にあふれた若者で、またそのことをかなり意識していた。そのため、この小説には随所にベケットの見栄が表われている。この小説が最終的に出版された一九九二年に、ある書評子が気のきいたことを言った。

この本と取り組むには、なにがしかのフランス語とドイツ語の力〔イタリア語、スペイン語、ラテン語を加えてもよかったろう〕、専属のダンテ学者、良質の百科事典、オックスフォード英語辞典、ヨブのごとき忍耐力、それに機知が必要だろう。なんという旅の道連れだろう！〔ベケットの『伴侶』に出てくる言葉〕最後までずっときつい上りだが、煉獄山もそうだったわけだし、頂上からの眺めは苦労を埋め合わせてくれる。(13)

ベケットは、辞書や参考書を使っているだけでなく、文学、哲学、神学の本から何百という引用を織り交ぜている。というのも、彼は意図的にジョイスの影響から逃れようとしている――ある部分では「進行中の作品」をパロディしさえしている――ものの、この小説はその野心と重層的技巧においてやはりジョイス的なものになっているからだ。小説のほとんど全部が――ほとんどと言うのは、これはかなりむらのある作品だからだ――ベケットの並はずれた知性の躍動ときわめて個性的なユーモアの奔逸によって活気づけられている。これは手ごわいが、大変、滑稽な書物である。

全体の構造は三人の若い女――スメラルディーナ＝リーマ、シラ＝クーザ、アルバ――とのベラックワの経験を軸に成り立っている。この点で、そしてこの点に限ってと言ってもいいのだが、この小説はきわめて単純である。また、ベラックワがアイルランドでスメラルディーナと初めて会ったときの回想や彼女からの恋文を含んでもいる。しかしプロットは断片化しすぎていて、語り手はこれら三人の女に関する短めの話をソナタ形式で書いてもよかったと言っているが、とてもそんな形式には似ていない。『夢』は舞台、時間、焦点を矢継ぎ早に変え、語り手はプロットのなかで自意識的にふざけた、しばしば自己卑下した役割を演じている。彼が読者や自分自身とたわむれるさまは、表向きは控えめでも実際は支配権を振るう十九世紀の語り手ではなく、十八世紀のスターンやディドロを思わせる。

詳細な人物描写、背景に関する情報、事実の記述も、ベケットが反対する伝統的な小説の遺物として、意図的に避けられている。とはいえ、語り手は、場所や人物の外的現実にものすごくこだわっている。作者ベケットは自分の反リアリズムの規律にいつも従っているわけではないのだ。というのも、小説に登場する人物の多くが、細部にいたるまで、実際にベケットが知っていた人びとをモデルにしているからだ。ときにはあまりに似すぎていたため、のちのベケットにとって当惑の種となり、最初のうち何度か出版しようとして失敗したあとは、自分やモデルにした人びとが生きているあいだに出版されるのをひどくいやがった。
だが、ルビン・ラビノヴィッツも指摘しているように(14)、彼はこれらの人びとを露骨に描写してはいない。代わりに、人物の外見の感じをほのめかす、きわめて比喩的な言語を用いているのだ。この小説は、厳密に言えばモデル小説ではないが、ときとしてそれにかなり近づいている。想像力によって現実の素材が——しばしばかなり大胆に——変えられているし、露骨に自伝的な要素を偽装する努力も払われている。それでもこの作品は、ベケットがのちに書いたどの作品よりも事実に近いので、ほとんどの登場人物の正体をかなり言い当てることができる。

語り手が「われわれのプリマドンナ」と呼ぶ(15)三人の主要な女性たちは、ベケットのそれまでの人生に登場した三人の女性にかなり忠実に対応している。最初に出てくるスメラルディーナ＝リーマ（略して「スメリー」）は、ベケットの従妹で若いときの恋人ペギー・シンクレアをモデルにしているとずっと言われてきた。作中でこの人物に起こる多くのことが実際ペギーに起こった。アイルランドでの初めての出会い、彼女が音楽とダンスを学んでいたラクセンブルクへのベケットの訪問、二人の関係が修復不能なまでに悪化したときの彼のカッセル訪問、彼女が洪水のように送った数々の恋文。その恋文の一通をベケットは「スメラルディーナの恋文」として——「事実と虚構を混ぜたもの」と彼自身は言っているが(16)——『並には勝る女たちの夢』に取り込み、さらに『蹴り損の棘もうけ』のなかにも入れて出版し、シンクレア家とベケット家の双方をうろたえさせた。

この若い女性の描写に使われている細かな外面的特徴はおおよそペギーのものだ。「両のこめかみのあいだで弧を描き短く太く垂れる黒髪の下に形づくられるほの暗い扇窓のような額(17)」をした青白い表情。別れに胸を詰まらせた彼女が振って、ベラックワを感動させた緑のくたびれたベレー帽。音楽と会話における即興の才能。そしてすでに言及したように、「彼が自分の輝く青い目をとめたなかでひときわかわいらしい、小さく、青白く、引き締まった童顔のカメオ細工(18)」。『夢』では、スメラルディーナはさらに絵画にもなぞらえられている。「彼女は淑女《マドンナ》ルクレツィア・デル・フェーデに瓜二つだと彼は思っていた。私青白クナイ？　私キレイ？　……彼女は、静かなる石のなかの咆哮《ウルラ・イン・ピエトラ・セレーナ》、ピエタのなかのオウムのように見えたと言ってもよかろう。ときどきだが(19)」。このように語り手は、彼女がベラックワに与えた強烈な印象をイメージと引喩《アリュージョン》を介して伝えようとしている。客観的な彼女の姿だけでなく、彼女が喚起する主観的な連想にも力点が置かれているのだ。

とはいえ彼女は、アイルランドからドイツに移住した現実味あるボヘミアン家族のなかにいる。「ママ」と「マンダリン」と呼ばれる「スメリー」の両親は、シシーおよび「ボス」・シンクレアの性格、才能、態度をそのまま映している。「ママ」は献身的な母親の役にほぼ限定されている。「多産」[20]で、四人の娘をもつ、働き者のやさしい母親で、気遣いと共感をよく口にするシシーにそっくりだ。マンダリンはもっと細かに描写されている。けれども本当のところは、愛とセックスの区別という主題をさらに追求するために使われている。人生に満足し、快楽をとことん味わわなければならんという信条の代弁者として、彼はベラックワの「文学的数学」[21]を攻撃する。ベラックワの言う「矛盾した現実」のリアリティを認めず、ストレートで野卑なマンダリンの言葉を使うなら、「君とベアトリーチェが神秘のバラでたとえば五時にしあわせに過ごし、その一分後に六十九番地［明らかに売春宿を指している］でまたしあわせに過ごす」[22]のはかまわないと思っているのだ。

じっとしているペギーを描写したと思われる次の一節は、彼女のなかの二つのイメージの衝突をうまく表わしている。すなわち、中世の吟遊詩人（おそらく、ダンテのソルデロとベラックワ、それにドイツの詩人ヴァルター・フォン・デア・フォーゲルヴァイデの合成に基づいている[23]）が称えた、純潔で、理想化された精神的愛と、自分の要求を押しつけながら、ベラックワの純粋で静かな世界に、どこかグロテスクな現実味をもって容赦なく闖入してくるみだらで誘惑的な若い女、という二つのイメージの衝突である。

緑の島で初めて彼の魂を恋で高揚させたあの夏の晩も、彼女は同じだった。身体の偉大な静止状態にあって手足も乳房もなく、悲し気にじっとしていた。木のように静かで、まったく静けさの円柱のようだった。少女ハカッテ松ノ木デアッタ。ああ、デアッタ、か——。彼は彼女にいつもそうであってもらいたかった。トゥルバドゥールの精神のようにうっとりとして、影を落とさず、彼女自身が影であるようなままでいてほしかった。ところが、もちろん、愉快で肉づきがよく若くて活発な彼女が、彼の上に波のように押し寄せるのは時間の問題だったのだ。彼女はみだらで短気な処女で、大きな雄馬をヒヒンヒヒンと追い回す気前のいい雌馬よろしく、はち切れそうな乳房を色っぽくむき出しにして見せたのだった。彼女は我慢できなかったのだ。誰だって我慢できない。誰だって生きている限りそれを抑えることができない。できるのは岩陰で自分に没入し、彼のための祈りが届かないならば永久にうずくまって隠遁することになるトゥルバド

ゥールの、堂々とした、閉じて瞑想に耽る《ラッコルタ・ア・セ》精神だけである。(24)

彼女の聖母のような顔は、「イルカのような胴」の上に乗っているのだが、その胴体は、過剰な頭韻を使った言葉遊びの材料になっている。「は《ボ》ち切れんば《パ》かりの乳房《タ》に大きな尻、ボッティチェリふうの太腿、内股、こぶだらけの足首で、ぷりんぷりん、ぶよんぶよん、めそめそ感傷的で、バブバブ、バブバブ、とにかく、まったくボタンが弾けそうなくらい熟した女《ライブ・ヴァイブ》だった(25)」。もちろん、ベケットがこの騒々しくグロテスクな小文を書いたときには、ペギーとの恋愛は終わっていた。しかも彼女はすでに結核を病んでいた。いずれにせよ現実のペギーは、この並はずれた言語実験の出発点にすぎなかった。

ではシラ＝クーザの出発点は誰だったのか。一九三〇年にベケットが親しくしたナンシー・キュナードという説があるが(26)、これはまずありそうもない。作品中にはこの説を裏づける描写はなにもない。姿形がまるで一致しないし、彼女の悪名高い象牙の腕輪や重い首飾りへの言及もない。アフリカの仮面や彫刻への耽溺も触れられていないし、愛書家としての側面や、詩人兼編集者としての活動もまったく無視されている。

これに対し、シラ＝クーザは部分的にルチア・ジョイスをモデルにしたことを示す手がかりは多い。シラ＝クーザには、ルチアと同様、ダンサーのような体としなやかな優美さがある。

> シラ＝クーザ。彼女の身体は夢の入江や常世の花咲く潟よりも完璧だ。彼女は細い腕を大きく振って、神経質そうにいばって歩いた。硬い距毛《けづめげ》が、ブランクーシの鳥のように蹄《ひづめ》から飛び上がり、青く浮き出た静脈と小骨が、歌《リート》のように上に昇って腰とビリティスのような胸にしっかりつながっていた。首はやせこけていて頭部は無いに等しかった。(27)

語り手は、シラ＝クーザの描写のなかで彼女の目に関して印象深い留保をつけている。「彼女の眼はいたずらっぽく、ぎょろぎょろとあてどもなくさまよい、だらっとみだらで、みずからの狂熱の仲介人で、バシリスクのように危険で……眼——正直に言ってわれわれが理解するほどよくはない、ペンの勢いで誇張してしまった(28)」。もちろん、ルチアはこんなぎょろぎょろした目をしていなかったが、片目が斜視だったため美貌が損なわれているのは確かだった。

シラ＝クーザと同様、ルチアもかわいらしい体つきをしていて、挑発的な面があることで知られていた。「喉から足指まで彼女は致死性で、発熱性で、スキュレーやスフィンクスのように死を招いた。……身体は巻かれたばねのようで、またヤマシギを捕らえるための罠のようでもあった」。そしてシラ＝クーザがベラックワに「色目を使っていて、そのように彼に理解させていた」としたら、ルチアがベケットに対して使った色目も同じくらい強烈だった。シラとルチアのもっと細かい類似もある。小説のなかでシラ＝クーザは「外で食事に誘われたとき、よくゲロを吐いた、もっとも、上品にナプキンのなかに吐いたのだったが。おそらく彼女の臓腑が飲食を求めていなかったからだろう」[29]。ベケットによれば、現実にルチアは「発狂する前でも、食事に来てあまり食べずに立ち去り、吐いてしまうことがときどきあった」[30]。

ベケットはまたルチア・ジョイスにダンテの本をプレゼントした[31]。だが、彼女はすぐにそれをカフェに置き忘れてしまった。『夢』のなかでベラックワもシラ＝クーザに「贈物と敬意のしるし（敬意のしるし！）として、彼が愛していた美しい本」を押しつける。しかし彼女はたいして気にも留めず、カフェに置き忘れてなくしてしまい、ベラックワを憤慨させるのだ。この本が『神曲』であることはベラックワの手元に残った本からわかる。「今彼が持っているのは劣悪なサラーニ・コレクションのなかのフロレンティア版だけであり、それはグロテスクな注がやたらについているし、白い厚紙に薄い金色のタイトルという銀行通帳のような体裁をしているし、まったく不快な代物である」[32]。この描写は、ビアンカ・エスポジトとともに勉強したときに彼がつけた「グロテスクな注」に至るまで、ベケット自身がもっていた学生版『神曲』に完全に一致する[33]。

さらにベケットは、シラ＝クーザの正体に関して文学通《つう》にはわかる自分流の「ヒント」を滑り込ませている。『神曲』のなかでルチアは「三人の祝福された女」の一人で、彼の学生時代のノートに記録されているように、彼女はシラクサ出身なのである[34]。いままで述べてきた類縁性にもかかわらず、シラ＝クーザはスメラルディーナ＝リーマ、アルバと比べてはるかにフィクション性が強い。しかし、それは驚くべきことではない。ルチアを拒絶したことによってジョイスを憤らせた失敗を繰り返したくなかったベケットは、彼女をモデルにした人物を、穏当で不透明な匿名性でくるもうとしたのだろう。

『並には勝る女たちの夢』の語り手は言う、「最高（低）部を担うスメラルディーナと中声部を担うシラからご自分でアルバを想定して、かわいいアルバに対するわれわれの扱いをコントロールなさっても結構だ」[35]。そうは言っても、

「かわいいアルバ」はとても複雑な人物なので、印象的なモデルがいなければ、ほかの登場人物よりはるかに創造するのがむずかしかっただろう。彼女は非凡で、きわめてモダンな女性だ。ブランデーをよく飲み（三つ星のヘネシー、しかもダブルで）、ヘビースモーカーで、教育があり、フランス語とスペイン語を流暢に話し[36]、ベラックワの博識な文学的引喩《アリュージョン》のほとんどを見破って、それに応答することができる。また強烈で個性的な意見、辛辣な機知、歯に衣着せぬ批判をする才能をもっている。「あなたって、病気の雌鳥みたいに考え込むのね」と、彼女はベラックワに言い、「彼を刺激して自分の立場を明確にさせた、つまり弁護させたということで」喜ぶ[37]。

アルバのこうした特徴はすべて、ベケットがぞっこん惚れ込んでいたエズナ・マッカーシーに由来する。暗号の形で彼女の名前を出してさえいる。あるときアルバが病気で家にいると、ベラックワは「彼女の名を一度、二度、アブラカダブラ、アブラカダブラと呪文のように唱えた。そしてそうしながら舌先を切歯のあいだに感じた。強弱弱格強弱格、強弱弱格強弱格でねっとりと呪文を口にし、第四音節のところで濡れた舌先を噛んだ[38]」。「アブラカダブラ」と発音するために舌先を歯のあいだに置く必要はないが、「エズナ・マッカーシー」と言うためにはそうする必要があるし、第一、第四の強音のところで確かに舌を噛むのである。ベケットはもちろんこうした韻律法を、トリニティ・カレッジの二人の専門家、トレンチ教授とラドモウズ＝ブラウン教授のもとで学んでいた。

『並には勝る女たちの夢』のなかでアルバについて書いたとき、ベケットはほんの数か月前の体験を利用している。エズナと一晩過ごすためにあるパーティーに出たときのこと、あるいは、「ジャックの穴」と呼ばれる洞穴に彼女を連れて行き、砂浜で一緒に横になった日のことなどだ。おかげで、エズナやエズナとの関係については、ペギーや（否定的なものに終始した）ルチア・ジョイスとの関係よりはるかに身近な立場から、ずっと緻密な分析をしている。アルバは、エズナがもっていたような自意識をもち、男を魅了する自分の力を自覚しているが、一方でベラックワ（あるいはベケット）のような知的な男との関係は、いつだってたちまちややこしくなってしまうのをよく知っている。彼とは「無茶苦茶に混乱することになっちゃうわ」と彼女は認めている[39]。ベケットを虜にしていた女性と本気で関わっている感じが伝わってくる書きっぷりである。けれども「彼はまだ彼女と寝ていない。彼女もまだ彼と寝ていない[40]」というのが、二人の関係の真実だった。

脇役の何人かは簡単に正体を突き止められる。大男北極熊《ポーラーベア》はモデルがあまりにはっきりしているので、もし小説が一九三〇年代に出版されていたら、名誉毀損になった可能性もある。この人物描写に知らぬ間《ま》に寄与していたのがラドモウズ＝ブラウン教授であることを疑う者は、トリニティ・カレッジのスタッフのなかに一人もいなかったはずだ。彼の姿形、激しい聖職者嫌い、ののしり、卑俗、好色、どれをとっても彼だとはっきりわかるように書かれている。

若いフランス人リュシアンは、ベケットがエコール・ノルマルにいたころ、哲学を学んでいた友人ジャン・ボーフレをモデルにしている。小説のなかでこの人物は、ちょうどボーフレがベケットとしたように、ライプニッツ、ガリレオ、デカルトをベラックワと論じ合う。そして、ボーフレがベルリンからベケットに宛てた手紙のなかで使った印象的な言葉「ペシミズムのダイヤモンド」を使う[41]。ボーフレは若い男にしては肉づきがよく、少女のようなピンク色の顔をしていた。話しぶりは才気にあふれ、熱意のこもった早口が特徴だった。彼は同性愛者で、ベケットがハンサムなうえに哲学を生きいきと論じ合えると見てとると、熱心に関係をもとうとした。ベケットが恋人ペギー・シンクレアを訪ねてダブリン、ウィーン、カッセルからパリに戻ってくると、ボーフレはしばしば予告なしに駅へ迎えに来た。ベケットはボーフレの感傷癖にはややうんざりしたが、熱意はありがたかった。

ボーフレと同様、リュシアンも身振りがおおげさだ[42]。彼の身振りを表わす描写はほとんど沈着冷静に始まる。「両手が持ち上げられ、ゆっくり重苦しく、しかし結局はむなしく空中をつかんだり突いたりし、次いで支えを求めて下げられ、彼の膝かテーブルに遠慮がちに置かれ、そのままこわばった自意識過剰の状態で留め置かれる[43]」。しかし、やがてこういった身振りは、触手をもった海の生き物がするような気色悪いけいれんに変貌する。「あのぞっとするようなしぐさ、小さくずんぐりとした手とみごとな言葉と海草のような微笑が丸まったりほどけたり展開したり開花したりして無となっていくあのしぐさ、彼の身体全体が分裂と流動のシチューだった[44]」。リュシアンの微笑は、「あたかも水を通して見たかのように恐ろしいものだった。ベラックワはそれを拭き取ってしまいたかった。またリュシアンは、崩れてしまっていまや何事も意味しない例のしぐさを捨てようとはしなかった。それは死産した胎児に施す人工呼吸のように耐えがたかった[45]」。かと言って、『夢』のほかの部分に示されているように、こうした描写はベケットがボーフレに対して抱いていた感情を代表するものではない。実在の人物に対する偏見をいくらかは含んでいるが、それ以上のものではない。ボーフレは単に、身体からの疎外の感覚を表現するきっかけになったにすぎないのだ。ベケットはこの点で、四年後に出版されたジャン＝ポール・サルトルの『嘔吐』にみられる、存在の粘着性への実存主義的関心を先取りしている。しかもサルトル以上にサルトル的に。「またある日、鏡のなかに自分の手を見て彼はめそめそ泣きはじめた。それはまだベラックワの性向に合っていたので、同じように彼を動揺させることはなかった。リュシアンは自分の手をどう扱ってよいのかわからなかったのである(46)」。

　リュシアンの友人リーベールと詩人ジャン・デュ・シャのモデルは複数存在する。若手作家がよくすることだが、ベケットも友人や同時代の複数の人間から特徴を借り、それをさまざまに組み合わせて二人の登場人物を作った。たとえば、ベラックワはリーベールによって国立音楽アカデミーのワーグナーの演奏会に連れて行かれるが、リーベールがプラスフォー〔ゴルフ用半ズボン〕をはいていたため追い返される。「ベラックワは笑いで腹がよじれそうだった(47)」。さて、ジョルジュ・プロルソンは「ワルキューレの五割引の公演(48)」にベケットを無理矢理連れていったりはしなかったものの、確かに熱烈なワーグナー・ファンだった。けれども、ダブリンでは大流行していたがフランスではあざけりの対象でしかなかったプラスフォーをはいてアイルランドから戻って来たのは、プロルソンではなく、当時のベケットの別のフランス人の友人アルフレッド・ペロンだった。

　音楽に関するほかの一節でベケットは次のように書いている。

> 彼〔リーベール〕はある晩、携帯用蓄音機をもって現われ……アイネ・クライネ・ナハトムジーク、次いでトリスタンをかけ、明かりを消すよう断固主張した。それですべてがおしまいになった。……彼はリーベールがよくペール・ラシェーズ墓地のミュッセを訪れ、墓のそばに座って瞑想のためのメモを付けたこと、そしてバスで帰ってきていまつきあっている娘の写真を取り出したことを思い出した。彼女は大変すばらしく（彼女ハカワイイ、アア、彼女ハモノスゴイ、アア、マッタクブッタマゲルホドダ）、彼を大いに狂わせ、彼に大変力強い効果を及ぼし、彼の気分を大いに舞い上がらせた。彼はピスカートルふうパントマイムで、その強力な効果や高揚感を細かく上演してみせた(49)。

ここに書かれた細部の出所を突き止める証言がある。ジョルジュ・プロルソンが、蓄音機の場面――ここで彼のワーグナー好きがまた出ている——と、女性の美しさをやたらにほめる傾向は身に覚えがあると認めたのである。ミュッセに熱狂したことや、その墓を訪れたことはないと言ったが、リーベールとまったく同じことをしたアンリ・エヴラールというリセの同級生の話をベケットにしたことは記憶していた。[50] けれどもベケットは、おそらくこの伝聞に頼る必要はなかっただろう。というのも、エヴラールは一九二九年、エコール・ノルマルの英文学の学生となり、プロルソンがダブリンにいるあいだベケットに教わっているからだ。[51] こうしてベケットは、プロルソン、ペロン、エヴラールという三人の実在の友人がもつ別々の面を合成してリーベールを作ったのである。

かつて冗談半分でやった講演からこの小説に再登場した架空の詩人ジャン・デュ・シャに関しては、はるかに自由な造形がなされている。しかし、これほど明らかに架空とわかる人物でも、ベケットはその性格と行動様式の多くの面をさまざまな友人たちから借りてきている。「ジネット・マック・なんとか」（フランス語とスコットランド語の異例の組み合わせ）という女性に向けられたシャの熱い恋心は、プロルソンが将来の妻マルセル・グレアムに向けた情熱を思わせる。また、ジャン・デュ・シャの優雅で高貴な一面は、友人アルフレッド・ペロンを茶化したものだ。ベラックワとシャが海辺を散歩中、ラシーヌの『フェードル』と『ベレニス』を引用しながら、フランス詩について語る場面は、[52] ベケットとペロンが実際にした会話の忠実な再現だ。

あと残っているのは、フリカ母娘[53]のやや残酷な描写である。彼女らも実在の人物をモデルにしているのだろうか。ベケット自身の手紙によればそうらしい。一九三四年、トム・マグリーヴィー宛の手紙のなかで、ベケットは友人のジェフリー・トンプソンが、「フリカ」家に泊まっていると書いている。[54] ジョン・マニングによれば、トンプソンはたしかにその年の夏、母スーザンと妹メアリーと過ごしている。マニング母娘《おやこ》が、もう一つのグロテスクなカリカチュアの出発点になったのである。セックスに対してあけっぴろげなところや顔だちなどは事実に基づいているが、実際のモデルから遠くかけ離れ、馬にたとえたイメージが次々と気ままに、また滑稽に積み重ねられている。

『並には勝る女たちの夢』はまた、非常に強く実在の場所を喚起させる。ダブリンからウィーン、パリ、カッセル、北イタリアとじつに広範に移動して再びダブリンに戻ってくるのだが、ダブリンはしばしばベラックワ（と偏見をもったベケット）を不機嫌にする。

というのも、彼の生まれた都市が再び彼をとらえ、その瘴気がほとんど彼を打ち倒していたからである。その都市が自分の優れた息子たちのためにこっそり隠しもっている黄色い沼地性の熱病が、じっとりした蜜月の手で彼をたたいていたため、彼の精神的体温は猛烈に上昇しやがて彼は毎時間襲う熱病の発作で震え、燃え上がってしまうだろう。(55)

「ドゥンケルブラウ」校はウィーン近くのヘレラウ＝ラクセンブルク校がモデルで、フランスを舞台にした部分はベケットが居住し仕事をしたパリのカルチェ・ラタンでの出来事に基づいている。また、カッセルを知っている人ならきっと——第二次世界大戦中の激しい爆撃による破壊にもかかわらず——ベラックワと「スメリー」がタクシーで、滝と城を下にしてヴィルヘルムスヘーエのヘラクレス像が見えるところを走っているとき、それがどこかすぐにわかるだろう。ベケットはシンクレア家での自分の日常生活も再創造している。たとえば、ベラックワが「スメリー」をほとんど外へ連れて行かない理由を説明するとき（ドイツ語の文章構造を巧みにパロディしながら）、こう書く。

実際、朝はベッドでぐずぐずし、夜はマンダリンと大酒を飲み、昼はホストの書斎で見つけたヴァザーリの本や壁にかかった最新の絵画に夢中になり、また、昼夜を問わずいつでもピアノに突進して下手糞に弾いてみる、という具合に過ごしたし、その上、ストーヴに暖まりながら偉大な思想を生み出すことができるのにわざわざ外へ出て凍死するのがいやだったせいで、彼は到着から大晦日までの一週間に三回しか彼女を連れて歩くことができなかった。しかもそのうち二回はママも一緒で、マドンナはママの浮かれ騒ぎに猛烈な怒りを感じていた。(56)

ここでベケットは、絵画、ピアノ、そして明らかにストーヴのあったラントグラーフェン通りのアパートを回想している。というのも、モリス・シンクレアが次のように指摘しているからである。

「ボス」が英語を教える場所でもあった居間には、石炭ストーヴがあり、その窓（たしか雲母でできていた）からは炎がかすかに見えました。サムにとっては炎が見える暖炉のほうがよかったのかもしれませんが、彼はよく手を炎にかざしてストーヴの前に座っていました。そして手首のところで手を下に折り曲げ、またしばらくすると手を元に戻したものです。父はこのサムの手のリズムについて愛着を込めて語り、そこになにか意味を見出していました。いま思うと、サムはきっと手の表と裏それぞれに当たった熱の量を考えながら手を動かしていたのでしょう。(57)

この小説でアイルランドを舞台にした部分にも、ダブリンとその周辺にある特定の場所への言及が多い。ダブリンの公園、橋、建物、都心と近郊の村を結ぶトラム、ダン・レアリーのカーライル埠頭、ビッグ・シュガーローフ、ジュース、スリー・ロックスなどの山、シルヴァー・ストランドとジャックの穴など。(58)当然と言えば当然だが、ベケットは場所に関しては、人物の場合とちがって、ほんのわずかしか変形を施していない。一つには人とちがって場所は傷つかないからだ。

『並には勝る女たちの夢』は、たとえ作品としてむらがあるとしても、たいへんな力作である。ここには驚くべき博識があり、早熟な言語運用能力が複数の言語にわたって示されている。また、ベケットの芸術観をめずらしく明快に述べている。また、もっとも重要なテーマを早くも先取りしていて、いくつかの点で作家としてののちの発展を予期させる。

3

ベケットとジェイムズ・ジョイスの友情は、一九三二年の最初の数週間に復活した。(59)ベケットはルチアの心をかき乱さないようにと、以前ほど頻繁にジョイスのアパートを訪れることはしなかったが、(60)ジョイスとは再び定期的に会い、日曜ごとにアレ・デ・シーニュ沿いを散歩した。また、ときにはトム・マグリーヴィーも交えて、ジョイスと食事や酒をともにした。そんなときは、ジョイスのお気に入りのカフェかレストラン――レ・トリアノン、カフェ・フランシスやシェ・フーケ――にいった。

この時期、ベケットとジョイスの人生は、いくつかの点で重なり合った。まずルチアが心配だったこと。ベケットが再びパリに現われたことによって彼女は動揺しているようだった。ジョイスの誕生日に、彼女が母親めがけて椅子を投げつけるという暴挙に及んだのは、そのせいだと多くの人が考えた。彼女は母親のノラが自分とベケットとの関係を邪魔しているとして非難したが、ジョイス一家の事情を知っている人は、兄のジョルジオが結婚し、近々父親になることに嫉妬し激怒したせいだと感じていた。

三月初め、見合い結婚のような形でポール・レオンの義弟アレックス・ポニソフスキーがルチアに求婚した(ルチアを愛していたというより、レオンを喜ばせようとしたらしい）。彼女は承諾した。ところが数日後、レストラン・ドルアンでの正式な婚約パーティーのあと、ルチアは「レオン家のアパートへいき、ソファーに横になった。恐ろしいことに、彼女は緊張病のようにそこにじっとしたままだった」[61]。これがルチアにとって、いつまでもむなしく続く医者の診察、入院、注射、手術の始まりだった。ジョイスにとっては、死ぬまで続いた、娘の健康と精神状態への強迫的不安の始まりだった。

ルチアの病気に関する情報は、ジョイスとジョルジオではかなり異なっていた。ベケットはジョイスから、ルチアの治療計画や、装飾アルファベットの頭文字デザインの仕事をもっと彼女にやらせたいという希望などを耳にしていた。ジョルジオからは、危機的状況や狂気と暴力の発作に関する、陰うつで、現実的で、詳細な説明を聞いた。生涯最後の年にベケットは、ジョイスの頑固な希望をしかたなしに賞賛しながら言った、「ジョイスは、あらゆる悲観的な証拠や忠告にもかかわらず、ルチアが治るという希望を貫いた唯一の人物だった」[62]。

ジョイス家のこの悲劇的な事件のせいでベケットはたちまち遠ざけられ、ジョイスは愛娘《まなむすめ》の破滅の責任の一部はベケットにあるとして彼を非難する、ということが起こったかもしれなかった。しかし、実際にはそうはならなかったようだ。リチャード・エルマンが言うように、ルチアと一心同体と感じていたジョイスは、自分に責任を感じていた――おそらく自分のせいで娘の家庭生活が不規則だったことに。ジョイスは「わたしがもっているどんな才能の火花もルチアに伝えられたし、彼女の脳に火をともした」[63]と述べている。ベケットとの「恋愛」はおもにルチアの一方的な思い込みであって、ベケットはそれを助長するようなことを（ジョイス家を訪問する以外には）なにもしていなかったとするベケットの抗議を、ジョイスもこのころには、受け入れるようになっていたのかもしれない。

ベケットはジョイスの人生の悲しいときと楽しいときの両方に深く関わっていた。ジョイスの父ジョン・ジョイスは、一九三一年十二月二十九日に死んだ。ジョイスは悲嘆に暮れた。ハリエット・ショー・ウィーヴァーに宛てて、「わたしをここまで打ちのめすのは父の死ではなく、自責の念だ」と書いている。「精神の極度の衰弱」[64]のなかで何週間も過ごしたとも語っている。父親が死ぬ前に一度もアイルランドに帰らなかったことに、苦い後悔を感じていたのである。こうした悲しみと後悔が、ベケットとの会話に忍び込むようになった[65]。

ジョイスの深い悲しみは、二月十五日に孫スティーヴン・ジョイスが生まれたことでおさまった。ジョイスの心のなかでは、時間的に近接したこれら二つの出来事が、新しい生が死を埋め合わせるという形で結びつけられた。ジョイスが彼のもっとも美しく感動的な詩の一つ「幼な子を見よ《エッケ・プエル》」を書いたのもスティーヴンが生まれた日だった。この詩は孫の誕生を祝うと同時に、自分の父親を「うち捨てた」罪悪感を確認している。ベケットはジョイスがこれを見せたか読んで聞かせたかしたときに、大変興味をもった。最後の二行「ああ、うち捨てられし父よ／息子を赦したまえ！」は、ベケットの悔恨の要約でもあった。彼も家族を「うち捨てた」うえ、トリニティ・カレッジを辞職することによって父親をすっかり裏切ってしまったと思っていたのだから。ベケットは自分流にこの詩を暗記していた。興味深いことに、五十年以上前の辞職に関する悔恨について語ったとき、八十二歳という高齢であったにもかかわらず、この詩の一部をすらすら暗誦しはじめた。

新しい生命が息づく
ガラスの上に、
存在しなかったものが
この世に生じた
子供が生まれ
老人は行く
うち捨てられし父よ
汝の息子を赦したまえ。(66)

ベケットはまた、マグリーヴィーとともに、ジョイスの検閲との闘いを気遣っていた。一九三二年の最初の数か月、ジョイスは『ユリシーズ』の普通の無削除版をアメリカとイギリスで出版しようとしていた。出版社はわいせつ文書を出版したかどで告発されるのを恐れていた。しかし結局、ランダム・ハウス社がアメリカで無修正、無削除版を出版し、『ユリシーズ』発禁に対する法廷での異議申し立ての資金援助をすることに同意した。ジョイスは友人に頼んで、イギリスで同じように危険を冒す出版社があるかどうか探ってもらった。けれども、自分たちの自由を守ることに必死のロンドンの出版社は、最近、ジェフリー・ド・モントーク伯爵という若い男が告発されたことに恐れをなしているところだった。(67)

イギリスでジョイスを出版していたT・S・エリオットとジェフリー・フェイバーが、危険は冒せないと知らされてきたので、ジョイスは別の出版社を探しはじめた。そしーリ」は、非合法ならできない、C夫人［D・H・ローレンスの『チャタレー夫人の恋人』］とジアン・ガストンの大騒動のあとでは危なすぎる……サムは、パリで出版し、ヨーロッパの著作権を取り、英米では公式に流通させないようにするのがよい(69)。

検閲に屈しないジョイスの態度はベケットに深い影響を及ぼした。彼の誠実さ、意志の固さ、大胆な抵抗が、ベケット自身の態度に影響したか、あるいは少なくとも強さを与えた。

二十代からベケットは、あらゆる種類の検閲に決然と反対し、全世界の作家の表現の自由を積極的に支持するようになっていった。また自分の作品に対するあらゆる検閲に一貫して対抗した。『ユリシーズ』無削除版印刷の可能性に関してシスリー・ハドルストンに次のように述べたジョイスに、ベケットは心から共感したにちがいない。

検閲を認めるのは、削除される部分が必要不可欠ではないと認めるのと同じだ。そういう部分の肝心な点は、削除することができないということだ。それらはわたしの全体的意図と無関係に不必要に挿入されたか、わたしの本の必要不可欠な部分であるか、どちらかだ。もし挿入

て友人を介して風向きを見積ってみることにした。マグリーヴィーはチャトー・アンド・ウィンダス社のハロルド・レイモンドに手紙を書き、高価な限定版でもいいから『ユリシーズ』をイギリスで安全に出せないものか尋ねてみた。レイモンドの答えは、イギリスの司法の世界では『ユリシーズ』は「高級ポルノの最高の実例」とみなされており、荷物のなかに一冊隠しもっていた大学生がドーヴァーの税関で告発されたのを聞いた、というものだった。彼はまた、「『ユリシーズ』のような本がなんらかの形でこの国で入手できないのはおかしいが、よほど勇気がないと実現は無理だろう」とも付け加えた(68)。ジョイスにはさまざまな妥協案が提示された。だが、ジョイスは無削除版以外の出版はいっさい認めなかった。

ジョイスの出版をめぐる問題にベケットが関心をもったのは、単に友人への気遣いということではなく、二人が共有した固い原則のせいでもあった。リチャード・オールディントンの次の手紙が示すように、ベケットは自分の小説『並には勝る女たちの夢』が同じ困難に直面することを予感していた。

ベケットは自分の小説を出すにはかなり並はずれたことをせねばならないだろう。ピーノ［ジュゼッペ・オリオ

にすぎないなら、わたしの本は非芸術的ということだ。もし厳密に適切な場所に置かれているなら、削除することはできない(70)。

わいせつや下品さを理由に削除版を出す話をもちかけられると、ベケットはいつも拒否したが、それはジョイスと同じ理由からだった。そして、もし自分の知らないところで削除がおこなわれると、いつも激怒した。

ベケットは再びジョイスの個人的交友の輪のなかに引き寄せられていたが、他方、自分自身の声を見いだすための重要な一歩として、作品においてはジョイスと距離をとる必要をますます意識するようになってもいた。前の年の八月に、チャトー・アンド・ウィンダス社のチャールズ・プレンティスに短編「沈思静座のうちに」を送った際に、ベケットは、「むろんこの作品はジョイスのにおいがします、わたし自身のにおいをつけようと一生懸命努力はしたのですが(71)」と書いている。一九三二年六月にはサミュエル・パットナムに、「死ぬまでにはJ・J・［ジェイムズ・ジョイス］を乗り越えることを誓う。本当だぞ(72)」とも書いている。だから、のちに『並には勝る女たちの夢』の一部をチャールズ・プレンティスが次のように褒《ほ》めたときには、きっと喜んだにちがいない。「君のベストが出ている。ジョイスから離れて自分の書きっぷりになっている。それに言葉の美しさと正確さには心底感動した(73)」。

4

一九三二年五月七日、フランスの大統領ポール・ドゥメルが、白系ロシア人のパウル・ゴルグロフに暗殺された。このため事件直後、当局はパリ在住のすべての外国人の書類をチェックすることにした。ベケットは有効な滞在許可証をもっていなかったために、ホテル・トリアノンを追い出された。またどこにも合法的に宿泊することができなかったため、数晩を画家ジャン・リュルサのアトリエの床の上で寝た。けれども結局、フランスを出なければならなかった。所持金がほとんどなかったベケットは、エドワード・タイタスに会いに行き、ランボーの詩『酔いどれ船』の英訳を買ってくれるように説得した。千フランを要求して、最終的に七百か八百フランを得たが、これはイギリスに短期間滞在するのにぎりぎりの額だった(74)。

ベケットは七月十二日から十三日にかけて、ロンドン行き夜行列車に乗り、グレイズ・イン・ロードのはずれアンプトン通り四番地の部屋を、サウザン夫人から借りた(75)。週十七シリング六ペンス払い、サウザン夫人から借りた鍋を使って自分でガスこんろの上で調理した。アンプトン通りの突き当たりには「巨大なパブ」があり、夏の暑い時期にはそこで時間をつぶした(76)。八月なかばには、日陰でも摂氏三十三度あるほどの猛暑だった。

パリのあとロンドンを選んだおもな理由は、文芸ジャーナリズムや書評欄に自分が入りこむ余地がどのくらいあるかを確めたいからだった。いざというときには、臨時教員になることも考えていた(77)。ともかく、チャールズ・プレンティスに会いたかった。将来チャトー・アンド・ウィンダス社から文学批評を出してもらえるかどうかを話し合い(78)、『並には勝る女たちの夢』を出版してもらい(79)、ついでに詩集の企画にも乗ってもらう(80)という腹だった。

『並には勝る女たちの夢』出版の可能性については、かなり疑問であると、この出版社が考えているらしいことははっきりしていた。その印象がまちがっていないとわかるまではそう時間がかからなかった。この小説を却下したプレンティスは次のように書いている。

> ところどころに出てくる難解な単語が問題なのではない。この本の出版にわれわれが役に立てることはないと思う。正直に打ち明けるのはたいへん心苦しいが——というのもわたしも、もう一人の読み手もある部分にはすぐにピンときたし、並はずれていると思うからだ——ほかの部分はだめだ、そのせいで、全体の印象がどことなく否定的になってしまうのだ(81)。

のちに、行動力を発揮してベケットは、この小説と詩をホガース・プレス（「ホガース私立精神病院」と彼は呼んだが(82)）に持ち込み、批評家のデズモンド・マッカーシーに電話をして助けを求め(83)、さらに教育関係の職業紹介所トルーマン・アンド・ナイトリーへ訪問の予約をした。ところが、いずれもなんら実を結ぶことなく、まもなくベケットはすっかり意気消沈した(84)。

ベケットはロンドン滞在中ずっと、とても創作はできないと思っていた。そこで幅広く雑多な読書をすることにした。はじめは大英博物館の図書館で本を借りて読んでいたが、そこの読書室に飽きると下宿で読んだ。大英博物館は下宿のすぐそばにあった。七月下旬、彼がそこでプラトン、グノーシス派、アレティーノ、それにギリシアの哲学者タレスに関するアリストテレスの論を読んだことがわかっている(85)。六ペンスで買ったダーウィンの『種の起源』については、「こんなにおもしろくないへたくそな本は読んだことがない」と断じ、サッカレーの『虚栄の市』を読み、オルダス・ハックスレーのベストセラー小説

『恋愛対位法《ポイント・カウンター・ポイント》』（彼は巧妙にも「女陰《カント》・指示する《ポインター》・女陰《カント》」と呼んだ）は、「ひどく読みづらい苦しみを語る（"pains-talking"）作品」とけなし、「来週の今日までに覚えているのはスパンドレルがジギタリスをステッキで打つところくらいだ」と言った。これに比べ、メルヴィルの『白鯨』ははるかにおもしろいと思った。「そいつはもっと本物だ。白鯨にしろ自然への崇拝にしろ」。[86]

　これはベケットにとってロンドンでの初めての長期滞在だった。読書をしていないときは、公園（ハムステッド・ヒースの一部ケンウッド、ハイドパーク、ケンジントン・ガーデンズ）を散歩したり、教会や史跡を訪ねたりした。またロンドンの大火を記念してクリストファー・レンが建てた記念塔の螺旋《らせん》階段をのぼり[87]、西方のセント・ポール大聖堂とその彼方を眺めたこともあった。そのとき、この高いオベリスクに関するアレグザンダー・ポープの詩の一節を思い起こした。

　ロンドンの塔、空を指し、
　　横柄な巨漢のごとく、頭を上げうそをつくところ[88]

彼は一人であてどもなくセント・ポール大聖堂に入っていったが、ぞっとしただけだった。すぐに寺院を出ると、ロンドン塔の外側を散歩してから、桟橋に座った。そして、小さな蒸気船がタワーブリッジの下をくぐるときに煙突を下げたり、橋が大型船を通すために二つに割れて開くさまを眺めた。

　また別の日には、落ち込んで仕事が手につかず、リージェンツ・パーク内の動物園に行った。暗い気持ちで檻から檻へと歩いて回り、サル山のサル、ゾウ、アフリカ、アジア、南米産の珍しい鳥——カラフルなハタオリドリ、退屈したコンドル、むっつりしたオウギワシ——に重苦しい視線を向けた。ヒヒの紫の尻は、乳母がいつも「尻」（'bottom'）の婉曲表現として'b. t. m.'を使っていたことを思い出させた。しかしこの思い出も彼を陽気にすることはまったくなかった[89]。ヘビがゆっくり白ネズミをたいらげるのを見ながら、自然に内在する残酷さや、人間が動物を閉じ込めることの無意味さが頭から離れなかった。彼は動物園が嫌いだった。

　数日間のこういった経験はすべて、ダブリンに戻ってすぐに書いた詩「夕べの歌Ｉ」に凝縮されている[90]。この詩は、ベケットの孤独と悲嘆をとりわけよく捉えていて、「苦しみに次ぐ苦しみという単調な光景からの、一連の肉体的逃走」と呼ばれている[91]。

　ロンドン到着直後にマグリーヴィーがごく短時間訪れた

のを除けば、ベケットは一人きりだった。マグリーヴィーにこう書いている。

君が先週の今日去って以来、ぼくは飲み屋と食糧店でしか口を開いていない。高慢なバーの連中と腹黒い食糧商人に対してだけだ。……いまやっているのはそれだけ。二時ごろ外へ出て、パブが開くまでどこかで座っている、それで七時ごろここに戻ってレバーを調理し、『イーヴニング・ニューズ』を読む。(92)

ある日、セント・ジェイムズ・パークで、「小さな男の子が、庭師と結婚する前のぼくの乳母そっくりの、こなごなになった花崗岩のような表情をした乳母と『空《から》のバス』(93)ごっこをしている」のを見て、涙が出るほど感動した。すぐに自分のノスタルジアを嘲笑したが、感傷的な過剰反応は心配な症状だと考えた。「ぼくは落ち込んでいる」、と彼は書いた、「ナメクジにやられたキャベツがそうであるようにね(94)」。

八月の第三週になると、もう現金も気力も尽きていた。「こそこそしたり、這い回ったり、無心したりした今月は、ロンドンなまりのぐちばかりが出てきた」、と書いている。(95)『スペクテイター』も『ニュー・ステイツマン』も彼に書評させなかった。彼が言うように、書評させる余地はあっただろうに。職業紹介所が紹介した教職はどれもまったく気をそそられなかった。(96)短期間持ち続けたわずかな自信も、ホガース・プレスから『夢』と詩が送り返されるに及んで、完全に崩れてしまった。プレンティスもチャトー・アンド・ウィンダス社（このころにはベケットは「糞ったれとおだぶつ野郎《シャットン・アンド・ワインダップ》」と考えていた）から詩を送り返してきた。添えられたメモには、「新しく奇妙な体験だった」が、「もっと長く楽しませてくれればよかった。とてもすまない、本当にすまない」とあった。(97)ランズ・エンドでの休暇中、ジョナサン・ケープ社のためにこの小説を読んだエドワード・ガーネットは私信で次のように報告している。

これには見向きもしたくない。ベケットはたぶん賢いやつなんだろうが、ここではジョイスのまねを奴隷みたいに、かなり乱雑にやるのに骨を折っているだけだ。言葉は常軌を逸しているし、ぞっとするほど気取ったところがやたらに多い——それに下品だ。この流派は救いようがない。こんな本は、タイトルはおもしろいけれども売る気にならないだろう。チャトーは拒否して正解だった。(98)

泣き面《つら》に蜂を地でいくように、ベケットはラドモウズ＝ブラウンから、エズナ・マッカーシーがコン・レヴェンソールをしっかり保護下に置いて、「コンはそこでいとしい死の安逸を感じている」(99)と伝え聞いた。そのうえ、父親から送ってもらった最後の五ポンド紙幣が、おそらくサウザン夫人の下宿に一時的に滞在した者によって盗まれたときには、気力は奈落の底まで落ちた。しぶしぶ両親に手紙を書いて、ダブリンまでの旅費を無心せざるをえなかった。(100)「這うように帰郷した、負け犬のようにしっぽを両脚にはさんで」(101)と三十年後に彼は言った。

5

八月の末までに家族の懐に戻ったベケットは、はじめ歓迎され、次いで甘やかされた。「これでいいんだ、ぼくのドゥニデモナレ主義がおもしろく満たされている限りはね。……父はリアル。母はコミックでリアル。愛撫という麻酔を欲しがるぼくはコミックでリアル」(102)と彼は記している。自分の収入がなかったので、彼は経済的には父親に頼った。庭仕事を手伝って、いくらかは稼いでいるという感触を得ようとした。けれども、前にあったように、場違いで、両親の重荷となっていると感じがした。なにをするにせよ、それはまず第一に、クールドライナ邸で感じざるをえない孤独を回避するためだった。木材を切り、犬と山を散歩し、朝食後にピアノを弾いた——彼の表現を使えば、「草葉の陰のモーツァルト」を嘆かせるために。(103)とくにイ短調ピアノソナタを好んで弾き、毎週「美しい老婦人」とのレッスンを楽しみにしていた。その婦人はモーツァルトの弾き方を教えてくれ、彼に「小銭をいっぱいもたせて」家に帰した。(104)彼はまた、フォーティー・フットで水浴びをし、父と長い散歩に出るか、ダブリンのトルコ式浴場へいった。

しかし、トリニティを辞職した罪悪感と、元同僚にはちあわせする恐れから、ダブリンに出ることはめったになかった。(105)ただし、ベケットは自分の孤立を大げさに考えがちだった。というのは、最近、辞職したにもかかわらず、ラドモウズ＝ブラウンが彼に会い続け、翻訳やその他の「退屈な仕事」（ベケットの表現）を見つけてやろうとしていたからだ。ラディの親切は、『並には勝る女たちの夢』の北極熊《ポーラーベア》をあからさまに教授に似せて描いたことを後悔させた。ベケットは芸術家ショーン・オサリヴァンに会ったり、国立美術館を訪れたりもした。(106)またパーシー（のちアーランド）・アッシャーによってキャパーに招かれ、そこで詩を読んだR・N・D・ウィルソンと知り合い、三人で文学の話をした。(107)このようなときは居心地が悪かった。世間話が我慢ならないほど偏狭だったからだ（オースティン・クラークとマンク・ギボンがわいせつの定義を追求しているとか、ジョージ・ラッセル（A・E）とW・B・イェイツがラスファーナムでクローケーを一緒にしたとか）。ある晩は、ジョーゼフ・モーンセル・ホーンとその妻ヴェラとともにキライニーで過ごした。(108) そこではホーンがマリオ・ロッシと共同で書いているスウィフトに関する本の話をした。(109)

ベケットにとってはるかに重要だったのは、画家兼作家ジャック・B・イェイツと会うことだった。イェイツはトム・マグリーヴィーの親友で、ありがたいことにジョイスの場合と同様、トムがベケットのことをイェイツに話してくれたのだった。最初の出会いは一九三〇年十一月で、誰かと一緒に会いにいくこともあった。

このあいだの日曜日、プロルソンと一緒にジャック・イェイツに会いにいった。ジャックは一人だった。ぼくたちはそれまで見たことのない絵を見たり、おしゃべりをして本当に楽しい二時間を過ごした。彼は残酷さの定義はなにかと聞き、残酷さの話は原罪の話までさかのぼれると断言した。そのとおりだ。(110)

一九三〇年代を通して、イェイツは、ベケットが定期的に会いたがった人物の一人だった。ベケットは死ぬわずか数週間前に、これらの会見の思い出を語ってくれた。

フィッツウィリアム・スクエアでの彼の「家庭招待会《アト・ホーム》」によく出かけたものだ。歓待してくれてね。奥さんはけっして出てこなかった。まずアトリエで挨拶して……そして彼は一種の間仕切りのようなもののうしろにいって絵を運んでくると、わたしと、ほかの人に見えるようイーゼルの上に置いた。そして、たぶんシェリーをもってきてくれた。彼がシェリーを出すしぐさを覚えているよ。レモンを独特の手さばきで絞ってくれた。それからわたしたちは散歩に出かけた。公園を通ってね。わたしたちはあまりしゃべらなかった。(111)

イェイツの絵はベケットの想像力に強い衝撃を与え、芸術家と世界の関係について考えるよう刺激した。

ジャックの絵はすばらしかった。彼は、誰からもまったく影響を受けてないとよく言っていた。自分が唯一の画家だと思っていたのだと思う。彼は、すべての絵は、「ぴりっとした生気」が必要だと言った。……ぼくはよくドライヴか散歩の約束をした。公園まで車でいって、そこから歩く。リークスリップかどこかへ。それから一緒に食事をし、歩いて戻る。それからぼくが波止場沿いに車を走らせて彼を送る。[112]

ベケットに強い印象を与えたのは、事実上、イェイツの存在感と静かな機知(「わたしはジャック・イェイツに言った、『この非人間的な風景は、人のなかの非人間的なものを呼び起こす《イヴォーク》──かき立てる《プロヴォーク》』。すると彼は言った、『引き起こす《インヴォーク》、だと思うね[113]』」)、彼の自己充足と、画家としてわが道を行くという決意だった。

しかし、こうした刺激的な会見も、自分の作品を出版できないという問題までは打ち消してくれなかった。彼は初期の詩をロンドンの編集者ウィシャートに送ってあった。また、別の出版社グレイソン社が『並には勝る女たちの夢』のタイプ原稿を返却してこないのにやきもきしていた。短編「ダンテと海ざりがに」はパリのエドワード・タイタスの元にあったが、これもまた長いあいだ音沙汰がなかった。苛立った彼は書いた、「ぼくの原稿がどうなっているのか知らせてくれない無礼な糞野郎《くそ》どもに宙づりにされるのはもうたくさんだ[114]」。『ニュー・ステイツマン』の編集者エリス・ロバーツが、トリニティ時代に講義のテーマにしたことがあるアンドレ・ジードについて、ベケットが書くと申し出た論文にいくらか興味を示した。[115] 仮の副題を「遍在に麻痺して」にするとも言った。しかし、彼はフォックスロックでこのような学術論文に集中することはできず、数行書いただけで終わった。[116]

その代わり、創作のための努力には熱心だった。おもにやったのは、とにかく貪欲に読書をして、ほかの作家から学べることを見きわめ、多様な散文のスタイルを品定めすることだった。ベケットの読書リストのなかでもっとも重要な作品の一つは、ヘンリー・フィールディングの『ジョゼフ・アンドリューズ』である。彼はこれをディドロの『運命論者ジャック』とゴールドスミスの『ウェークフィールドの牧師』を合わせて一つにしたものだと表現した。[117] 『蹴り損の棘もうけ』を書いているあいだ、フィールディングの小説から多くを学んだようだ(『トム・ジョーンズ』まで読んだのだから[118])。フィールディングの影響は『マーフィー』にもまだうかがえるし、戦後に発表した小説三部作にさえ流れ込んでいる。フィールディングの影響が感じられるのは、ベケットの言う「見せ場をむらなく作るやり方[119]」や語句のバランスと精密さ、それに(ディドロとスターンの影響の継続だが)しばしば語りに介入する自意識的語り手のふざけた、あるいは皮肉《アイロニー》を交えたコメントにおいてである。ベケットは、フィールディング、スウィフト[120]、ハーディー（『ダーバヴィル家のテス』、ただし興奮せず）を読んだほかに、プルースト、ルソー、サント＝ブーヴの小説『欲情』も読み返した。同時に、ラーエル・ザンツァラの『迷子』のような駄作も読んだ。もっとも、この小説にはベケットの好きなたぐいの文章「苦しみ、神を信頼せよ、それが大切なのだから」が含まれていた。このメッセージがよいのではなく、一つの複文のなかに「救われるものと救うもの」の両方が入っているところがよかったのだ[121]。

またこのころ、語源を調べ辞書を引きながら、語彙をさらに豊富にするための努力を懸命に続けた。ベケットの初期の詩は言葉に関するこの種の喜びを表わしている。一九三三年に書かれた詩「血膿Ⅰ」のタイトルは、「潰瘍あるいは化膿した傷から出る血の混じった流出物」を意味する。この詩には、大陸で覚えた単語も入っている。'slicker'（レインコートの意、数年前フランスで友人チャールズ・クラークから学んだアメリカ英語）や、'Ritter'（馬に乗った中世の騎士）、'müde'（「疲れた」）、'Stürmer'（「伊達男」を意味する俗語）などカッセルで学んだドイツ語も取り入れられている。彼は依然として、おもしろいと思った引用句や、注意を引いた語句を自分のノートに記録し、いつでも自作に織り込めるようにしていた。

6

健康問題はつねにベケットを悩ませていた。とうとう「重い腰を上げて」医者にいき、首にできていた痛む嚢胞を診てもらった[122]。診断は「根の深い、腐敗性嚢胞組織」（"deep-seated septic cystic system"）で、ベケットはこの語句の頭韻が気に入った。問題をいっきに解決するために（と、保証されたのだが）、手術を受けるよう勧められた。一九三二年十二月一日の木曜日、彼はメリオン私立病院で手術を受け、麻酔が効いているあいだに、痛んでいた槌状足指の関節も取り除いてもらった。

> ぼくは午前中、日当たりのいい快適な部屋にいる。ベッドに横たわって眠ったり読書したりしながら、ぼんやりと、甘えん坊、犠牲者、滑稽の感覚を同時に感じるのは心地がいい。ビタミン、鉄分、ヒ素の注射を次々受けながらだけれどね[123]。

抗生物質のない時代だったので、このような注射は、ひどいと言われていた貧血状態をよくするために打たれた。それも腕の筋肉が不充分だという理由で尻に打たれた。

入院生活は予想より長引いた。ほぼ二週間にわたる注射と手当てにもかかわらず、首から再びうみが出始め、さらなる注意が必要になったのだ。[124] ベケットは昼間は、冬の弱い陽光に目をやったり、本を読んだり、手紙を書いたり、訪問客と会ったりして過ごした。訪問するのはたいてい、両親と兄のフランクで、頼んだ本をもってきてくれた。

ベケットは、病院で起こる出来事を注意深く観察し、手術のための準備にも細心の注意を払った。そして手術から数日後、自分の経験と感覚のなかで覚えていることをノートに記した。それは短編「黄色」の材料になった。この作品で、ベラックワはベケットと同様、二つの手術を同時に受けるし、病院で覚えた情報や医学用語も、皮肉《アイロニー》を交え、現実から大きな距離を置いたうえで使われている。この時期の特徴だが、ベケットは短編の多くの材料を実生活から借りてきている。ただし、リアリズム文学を高く評価しないので、想像力によってそれらを変えている。短編「なんたる不幸」と詩「夕べの歌Ⅱ」はともに、十月に兄といったゴールウェイとメイヨ郡への旅から細部を借りてきている。[125]

一九三二年十二月二十六日、ベケットは雨のなか、ダブリン北にあるドナベイトとポートレイン精神病院まで自転車で行き、近くのランベイ島に住む老人に出会った。ベケットは彼に、近くの原っぱにある塔はなにか聞いた。「あれは主任司祭スウィフトが妾《モット》に会いに来た場所さ」と、老人は答えた。ベケットは妾《めかけ》を意味するこのめずらしい単語がわからず、「なんだって?」と聞き返した。「ステラのことさ」が答えだった。この一件に触発されたベケットは、スウィフトに関する詩を構想しはじめ、書いていく過程を「詩のかすの発酵」とか「どろどろ状態における久しぶりの閃き」と表現した。詩は完成を見なかったが、主任司祭スウィフトが塔で愛人ステラに会っていたことをめぐって老人とした会話は、やがてほとんどそのまま短編「フィンガル」に取り入れられた。[126] 一方、最初「一者への道」と呼ばれ、のちに「血膿Ⅰ」と題された詩は、通りでエズナ・マッカーシーと偶然出会ったこと、自分が聖金曜日の生まれであること、そして、一九三三年復活祭の土曜日に「マラハイドを通り河口を回ってポートレインにいき、ソーズ経由で帰った」自転車の旅に触発されている。[127]

しかし、メリオン私立病院でのベケットの関心事は、自分の健康と執筆のための材料集めに限定されてはいなかった。カッセルの叔母シシー・シンクレアから家庭の事情を知らせるニュースが入ってきたのだ。[128] 彼女はベケットの手術について同情を寄せ、クリスマスにはカッセルに来て養生したらどうかと書いてきた。だが手紙は、「ボス」が借金を返すためにピアノと絵を売らざるをえなくなるなどの絶望的な経済状態にも触れていた。もし自分に百ポンドあって、あれらすばらしい絵を買ってあげることができたなら、とベケットは夢想した。おそらくあれらの絵はよそで売れても二束三文で、「ボス」の「赤字をわずかばかり減らす」にすぎないだろう。[129]ペギーはいまや寝たきりで、弟モリスも一過性の心臓疾患にかかっていて、シンクレア家の状況は絶望的な様子だった。ドイツにいきたいのは山々だったが、カッセル行きは問題外だとベケットは感じていた。お金がないし、いずれにせよ母メイが、完全に治ったと納得しない限り、目の届かないところへ出してはくれそうもなかった。そして事実、ベケットはまだ完治していなかったのだ。

7

ナンシー・キュナードの『黒人選集』をフランス語から英訳する仕事をして生計の足しにしていたベケットは、パリの文壇との絆は完全には切れているわけではないと感じるときもあった。だが、この仕事はまったく逆の効果を生んで、孤立と距離をよけいに強く感じてしまうこともあった。パリに対する感情は、じつのところ、故郷に対する気分と感情の波に左右され、激しく揺れ動いた。「一つのところにイソギンチャクのように根をおろすという感覚は恐ろしいものだ。服従という粘液を食って生きるようなものだ。しかもこともあろうに、ここでそうせねばならないとは」[130]とベケットは書いている。タイタスもジョラスも手紙一つよこさないとベケットはこぼした。マグリーヴィーの、切符一枚でパリに出かける勇気をうらやみもした。けれど、少なくともマグリーヴィーにはただで泊めてくれる画家ジャン・リュルサをはじめ多くの友人がいた。ショーン・オサリヴァンがロイヤル・ヒベルニア・アカデミーの展覧会の下見用特別券が一枚余分にあるから友だちを誘っていったらどうかと声をかけたとき、ベケットの孤立感は深まった。そのあとすぐ、オサリヴァンは、君の友だちが多くないことを忘れていた、と一言付け加えたのだ。[131]オサリヴァンのこの言葉には深く傷ついた。ベケットがそうした友人を非常に必要としていたことは、トム・マグリーヴィーへの手紙の調子からも明らかだ。

　手術から数か月たっても、まだ首は完全には回復しなかった。重いインフルエンザにかかったフランクを看病しながら、母メイは暇があればベケットのことで大騒ぎした。本当のベケットは、「母の暗黙の非難が、過剰な心配と猫かわいがりに変形した」と感じていた。[132]メイの心配の大半は、彼がこの先どうやって生きていくのかということだった。先にミラノでの職に応募していたが、実らなかった。マンチェスター大学のフランス語講師として、もうしばらく学究生活をしてみようかとも考えてみた。けれども結論は、そんな仕事に再び就くなんてことはとうていできない、だった。

一九三三年五月三日、ベケットは、今度は局部麻酔で、首の嚢胞を再び切開しなければならなかった。傷は縫合されたが化膿し、メイが数日間、毎日心をこめて湿布をしてくれた。ベケットはその間《かん》の日々をベッドで過ごした。従妹で元恋人のペギーが、彼の手術の日の早朝、バート・ヴィルドゥンゲンで結核により死んだと聞いてショックを受けたのも、そうやってベッドで意気消沈しているときだった。

ペギーは睡眠薬を飲んでから咳の発作に襲われ、そのあと安らかな眠りについたということだった。彼女の死は家族にとっては思いがけなかった。ほんの数日前に、ペギーは医者に行くためにカッセルに戻ってきたばかりだった。しかもその医者は、病状はかなりよくなったから、思い切って日光浴をしてみたらよいと言っていたのだ。おかげで、ペギーとドイツ人の婚約者は、結婚に向けて楽観的な計画を立てていた。婚約者の悲嘆は慰めようもなかった。ベケットはペギーの死に恐怖と絶望を感じた。ダブリン、ラクセンブルク、カッセルでともに過ごし、一時恋仲になった、いつも生きいきとし、笑いを絶やさぬ、楽天的なこの女性のことを、深い悲しみとともに思いやった。また哀れな叔母シシーに襲いかかったこの最新で最悪の事態に戦慄した。家族が抱える借金は、この恐ろしい悲劇に比べると、いまや取るに足らないことのように見えた。

ベケット家の雰囲気は、両親がもっぱら彼の健康増進を気遣うようになって少しずつよくなった。両親はベケットによく食べるよう勧めた。メイは、血行をよくし、体重を増やすために黒ビールの常飲を認めさえした。また両親は、就職問題を話すのを控えるようになった。だが、緊張は、表に出ないからといって消え去るわけではなかった。それに、税務署のショーン・キャグニーなる人物から赤インクで書かれた書状が来て、自分の経済問題を強く意識させられた。一週間以内に五ギニーの税を払わないと資産を差し押さえるというのである。(133) ベケットは払うお金もなかったし、差し押さえられるべき資産もなかったので、税務署にいって猶予を懇願するほかなかった。

こうした重圧を抱えながら、ベケットは、もっと執筆し、作品を売ろうと、さらに努力を続けた。ベラックワ・シュアについての短編をもう二つ書き、五月十三日までには合計五つになった。[134] またジョー・ホーンの勧めでメシュエン社の編集者に会い、ゴランツ社から『夢』の原稿を返してもらっていなかったので、代わりに詩と短編二つを渡した。その見返りには、シェルボーンホテルでの、ロブスターとシャブリだけの昼食でいいと言った。実際、それだけしか出なかった。

五月と六月のあいだ、ベケットはずっと、短編執筆に行き詰まり、ますます欲求不満で落ち込むようになった。この欲求不満に対抗し、家のなかで感じる閉所恐怖や倦怠と戦うために、再び深酒をするようになった。ある晩、彼はへべれけになって帰宅した。母親とけんかし、食卓の上の皿を投げつけ始めた。しまいにはプディングを、食堂の入り口のそばにあったクワガタソウの生け垣に投げ込んだ。[135] 当然ながら、彼の行動は家族みんなをうろたえさせた。母親は、この法外な行動を許したり、簡単に忘れたりするたちではなかった。そこで彼は、自分自身を含めて家族全員のために自分が家を出る準備をしなければならないと思った。父親に小金を無心してスペインかドイツに住みたいと思い、前者の可能性を考えてスペイン語を勉強しはじめた。

ベケットが「例によってなにも起こらない[136]」と評したこの時期を通じて、父ビル・ベケットはつねに彼の大きな支えだった。ビルは六十一歳だった。ゴルフ、水泳、山歩きをして体を鍛え、二十歳は若く見えたが、ベケットはもちろん父の老化に気づいていた。けれども、父が老いと死に対して取るぶっきらぼうで相対主義的な態度には敬意を表わしていた。

今朝、父と楽しい散歩をした。父は年を取ることに関して、とても優雅な哲学をもっている。蜜蜂や蝶を象、オウムに比べたり、死と契約を結ぶ話をしたり！　生け垣を押し分けて進んだり、ぼくの肩を借りて壁を乗り越えたり、ののしったり、景色を眺めるために立ち止まったり。こんなおもしろい人はいない。[137]

六月なかば、ビルは心臓発作で倒れた。最初の発作で命を奪われることはなかったが、少なくとも数週間の絶対安静を医者から命じられた。そのせいでビルは気力が弱り、みじめで絶望的な心境になった。[138] ベケットは父の髭を剃り、体を洗った。生涯活動的な男だったビルは、こうした生活が耐えがたかった。だが、それも長くは続かなかった。

六月二十六日月曜日の朝、エイブラハムソン医師がクールドライナ邸に往診し、ビルはかなりよくなった、と言った。この吉報を祝い、父親を元気づけるために、ベケットは自分のもっているもっとも明るい色の服を着た。ところが医師が帰るや否や、ビル・ベケットは再び激しい心臓発作に襲われた。数時間苦しんだあげく、家族が取り囲むなか、午後四時に息を引き取った。サムは父の最期の言葉をけっして忘れなかった。「闘え闘え闘え」、それに（たいそう控え目な表現だが）「なんて朝なんだ」[139]。

第八章
ロンドン時代　一九三三―三五

1

父の死に接して、ベケットは言葉では言い表わせないほどの悲しみに打ちのめされた。「ぼくは父について書くことはできない。ぼくにできるのは父の面影を追ってぬかるんだ山道を登ることだけだ」(1)。父との散歩の思い出はベケットの脳裏から離れることはなく、いまとなっては「うち捨てられし父よ／息子を赦したまえ」というジョイスの言葉が涙とともに思い出され、父を失望させてしまったことに胸を締めつけられるような罪悪感を感じるのだった。

ビル・ベケットは「ブレイ・ヘッドのグレイストーンズ側にある山と海に挟まれた小さな墓地」(2)、レッドフォード・プロテスタント墓地に埋葬された。葬儀の準備の様子は色あせることなくベケットの作品のなかに生きている。一九三三年の夏に執筆された短編「残り滓」では、主人公ベラックワの墓に、以前彼の花婿介添人を務めたヘアリーとスメラルディーナが飾りつけをする。実際にはベケットが母とともに父の墓に飾りつけをしたのだった。

　共同墓地では光は薄れかけ、海の月長石色は掘り返された無数の爪先《つまさき》を洗い、山は墓石の向こうに黒ずんだウチェルロのように連なっていた。いままで見たこともない美しい大地のたたずまい。……

　さて、語れば長い話だが、要するに二人は、二人なりに力を合わせ、彼女が上から彼に糧《かて》を与えつつ、墓に詰め物をしたのである――床には羊歯《しだ》と蕨《わらび》、壁面には青々とした新緑を。下のほうは粘土がひどく固かったので、ヘアリーは杭《くい》を打ちこむのに靴を使わなければならなかった。しかしながら、彼らの仕事ぶりはなかなかのもの、仕上げてみると外からは粘土のかけらも見えず、すべてが青々と緑色に、馥郁《ふくいく》たる香りを発散させているのであった(3)。

同じ夏、ベケットは「葬儀屋の男」が出てくる詩を書いた。父親の遺体の寸法を測り、棺に入れ、運び去る情景が目に浮かぶような詩だ。詩のなかの息子は一番つらい瞬間を母に見せまいとするのだがうまくいかない。葬儀屋はダンテの『神曲』「地獄篇」に登場する「悪爪の鬼マレブランカ」

にたとえられ、この詩のタイトル「マラコーダ」はその鬼の名からとられている。こうした文学的な遊びも、「彼女耳で聞くのはいい目で見る必要はないのだ」[4]という一節の繰り返しににじむ痛みをやわらげることはない。

父の死のあと、家は大きな墓のようになってしまった。葬儀から数週間後にベケットは、「陰気なしきたりといういやな虫にひさしまで埋もれた家」[5]と記した。長いあいだの習わしで、誰かが死ぬとその家と近隣の家は、葬儀が終わるまでブラインドをおろすことになっていた。だがメイは、クールドライナ邸のブラインドは葬儀が終わったあとも引き続き数週間おろしたままにしておくと言い張った。ベケットは母に劣らず父の死を悲しんではいたものの、これみよがしに弔意をひけらかし続けることには耐えられなかったし、「窓のない沈黙の家」の雰囲気にも息が詰まりそうだった。[6]

「家のなかで笛を吹いたり、ブラインドを開け放ったりして、母の気持ちを踏みにじるのが怖かった」[7]から、行きすぎた悲しみの装いから逃れようと、ベケットはクレア通り六番地にある父の事務所の最上階に簡素な居を構えた。そして日中は街なかにあるその部屋で過ごし、夕方になると父の会社を引き継ぐことにしたフランクと一緒に、母との憂うつな夕食にまにあうように帰宅するようになった。

フランクは夕食が済むと、翌年三月にひかえた積算士の資格試験の準備のために自室に引き上げるのが日課だった。そういった言い訳をもたないベケットは、居残って黙って母と座っているしかなかった。

父の死を悼むうちに、健康状態はひどく悪化しはじめていた。体の故障は、表面的には精神状態とはほとんど（あるいは全然）関係がないように見えた。七月には嚢腫か膿瘍が手のひらにできて、つつくと激痛が走った。八月の末にはオートバイに乗っているところを車にはねられ、右腕と腰を負傷した。だが、なによりも心配なのは、心臓が「またジグを始めて」動悸が激しくなり、寝汗とパニック発作の恐怖に悩まされることだった。[8]わらをもつかむ思いで、ベケットは親友の医者ジェフリー・トンプソンに助けを求めた。この時期のことをベケットは次のように回想している。

父の死後、わたしは精神的にまいってしまった。つらかった時期は、一九三二年に這うようにして家に戻ったときから、三三年に父が亡くなったあとまで続いた。それはこんなふうだった。わたしはドーソン通りを歩いていた。すると前に進めなくなった。うまく説明できないほど奇妙な経験だったよ。動き続けるのは無理だと思ったので、一番近いパブに入って飲み物を注文し、ただじっとしていた。わたしには助けが必要だった。だからジェフリー・トンプソンの診療所にいったんだ。彼はロウアーバゴット・ストリート病院にいって留守だったので、待つことにした。彼が戻ったとき、わたしは玄関に立っていた。彼はぼくをひと目見るなり、肉体的にはどこも悪くないと見抜いた。で、精神分析を勧めたんだ。当時ダブリンでは精神分析は認められていなかった。ご法度だったんだ。精神分析を受けるためにはロンドンにいかなければならなかった。(9)

トンプソンの勧めを実行に移すまでに数か月かかった。そのあいだに、「家事と神聖な台所、そしてひそかな涙」とともに暮らしていた母親のメイが、自分自身の人生の新規まき直しをはかって、十月の初めにドーキー港の対岸にある小さな家を借りることを決断した。ベケットは本や原稿、タイプライターを車に積んで母に同行した。けれどもそこに根をおろすことはなく、「いったいどうすればこんな海辺——というより水際に平気で住めるのだろう。波の音が夜の夢のなかでうなり声をあげるのに」と、母の決断をいぶかった。(10) ベケットは自分の生きる道を見いだそうと努め、ロンドンのナショナル・ギャラリーの学芸員助手の職に応募した。だが、身元保証人としてジャック・イェイツとチャールズ・プレンティスの名前を挙げたのに、なしのつぶてだった。(11)

そんなとき心浮き立つニュースが郵便で舞い込んだ。プレンティスが、のちに『蹴り損の棘もうけ』と名づけられることになる短編集を、チャトー・アンド・ウィンダス社から出版することを九月二十五日に決定したのだ。(12) ベケットは狂喜した。そして海辺に座って、プレンティスを満足させるべく物語を書き足した。プレンティスに、あと五千から一万語あれば本の売り上げが伸びるかもしれないと言われたからだ。しかし、「こだまの骨」と名づけられた、主人公ベラックワが復活し生き返るという内容のその短編は、チャトー・アンド・ウィンダス社にはとうてい受け入れられるものではなかった。(13) 却下するにあたって、プレンティスは手加減しなかった。

これは悪夢のような作品だ。あまりにもしつこすぎて、ひどい神経症になりそうだ。話の焦点はつねに不快かつ唐突に転換してばかりだし、登場人物たちはつねに粗野で得体のしれないエネルギーを放っている。つながりのわからない箇所もある。こんなふうに感じて申し訳ない。ひょっとすると細部にこだわっているだけなのかもしれないのだが、この作品の印象を、わたしはおぼろげながら正しく感じ取っているように思う。遠回しな言い方をするのが嫌いな性分で本当にすまない。でもこれはわたしの感性が鈍いせいではないと思う。「こだまの骨」がわたしに強烈なパンチを繰り出さなかったことは確かなのだ。……「こだまの骨」はきっと多くの読者を遠ざけてしまうにちがいない。人びとは戦慄し、当惑し、混乱するだろうが、その戦慄の正体を熱心に分析するとは思えない。「こだまの骨」を収録すれば、本の売り上げを深刻に落ち込ませることになるだろう[14]。

ベケットはフォックスロックに戻るとコンサートや劇場に再び足を運ぶようになり、幅広い読書も始めた。そのなかにはライプニッツや、やや軽薄だったが、ジェレミー・テイラーの『神聖なる生』や『神聖なる死』も含まれていた[15]。けれども、なにをしても神経が休まることはなく、不安と悲しみと憂うつにとらわれ、なにより自分の健康のことがひどく気がかりだった。ジェフリー・トンプソンが精神分析の勉強のためロンドン行きを決めたことと、ロンドンで精神分析を受ければ効果があるかもしれないという彼の見立てが、とうとうベケットの腰を上げさせた。当時一日一ポンドで生活していた彼は、資金について母とぴりぴりした議論を重ねたのち、ロンドン行きを決意した。その滞在は長引くことになった。

2

一九三三年のクリスマスの直後、ベケットは精神分析の集中コースを受け始めた[16]。彼にとっては経済面のみならず精神面、感情面を含めてあらゆる意味でみじめな日々だった。ベケット自身、当時はかなり不幸だったと語っている[17]。さいわい親友のトム・マグリーヴィーがすでにロンドンに住んでいて、二人の友情は数か月にわたって、つねにおたがいの命綱であり続けることになった。ロンドン滞在中の二年のあいだには、精神療法医を除けばマグリーヴィーにしか会わない時期もあった[18]。一九三五年の初めに八十歳の母親が重い脳卒中で倒れ、マグリーヴィーがアイルランドに戻らなければならなくなると、ベケットはまた一人ぼっちになった。それからは自分の殻のなかに閉じこもりがちになり、通りや公園をぼんやりと歩いたり、暖房器具のそばに座って読書をしたりして一日の大半を過ごすことが多くなった[19]。肘掛け椅子に体を丸めて、夏にはライム・ジュース（知ったばかりの味だった）[20]やキアオラを、寒い冬にはもっと強いものをすすりながら。

ロンドンにやって来た理由は穏やかなものではなかったが、滞在は好スタートを切った。マグリーヴィーが、ポールトン・スクエア四十八番地のまかない付きの下宿屋に家具付きの部屋を見つけてくれた。一八三〇年に建てられた美しい建物だ。そこから四百マイルもいかないところにあるチェイニー・ガーデンズ十五番地のヘスター・ダウデン邸には、マグリーヴィーが客人として事実上居候していた。ヘスターはダブリンのトリニティ・カレッジの元教授で、文芸評論家のエドワード・ダウデンの娘だった。[21] その結果、ベケットとマグリーヴィーは定期的に会うことになった。ときには、「かつてロセッティやホイッスラーたちが飲んだ（一九〇〇年に再建されたが）洞穴のような、チューダー様式の装飾を施してあるシックス・ベルズ[22]」や、尖塔のある新エリザベス朝様式のパブ「世界の果て」で会うこともあった。二人はロンドンの美術館を一緒に訪れたが、それは入館料が無料のときに限られた。二人ともひどい金欠病だったからだ。

　長引く精神分析の費用は母が支払っていた。ベケットの説明はこうだ。

　治療費は二百ポンドにのぼる勢いだった。もちろん自分で調達することなど論外だった。母はわたしを経済的に援助することを決意し、治療費を出してくれた。父の遺言による相続分では治療費をまかなえなかったからだ。[23] 母がお金をくれたのにはそういう事情があったんだ。

それでも家賃や食費を支払ってしまうと、ぜいたくできる余裕はほとんどなかった。マグリーヴィーはそれ以上に貧しく、やっとの思いでどうにか生き延びているという状態もめずらしくなかった。あるときには、とうとう郵便切手を買う金もなくなってしまったほどだ。[24] ベケットは可能なかぎり援助の手を差し伸べた。マグリーヴィーを救うために「なけなしの一ポンド[25]」を送り、「ぼくたちのあいだで貸し借りがどうとか敵同士みたいにギヴ・アンド・テイクのようなくだらないことを言うのはやめよう」というメッセージを添えた。ベケットは、青臭く芝居じみた大げさな表現で、さらにこう書き加えた、「金はあるときにはある。ないときにはない。それでいいじゃないか。死活問題を乗り越えるためにぼくたち二人のどちらがこの金を使おうが、そんなことは問題ではないのだ[26]」。

3

ジェフリー・トンプソンの勧めで、ベケットはマレット・プレイスにあるタヴィストック診療所に通院した。ウィルフレッド・ループレヒト・ビオンという若手の精神療法医が彼の担当だった[27]。ベケットは週に三回、ビオンの個人診療を受けた[28]。ベケット自身は、通院は六か月間くらいだったと記憶していたが[29]、実際には治療はほぼ二年にわたっておこなわれた[30]。

ビオンはベケットと共通点が多かったせいか、医者として接するだけでなく親しい関係を築くことができた。ベケットと同様に、ビオンもまたそこそこに恵まれた家庭の出で、私立のビショップス・ストートフォード・カレッジに学び、スポーツも得意だった[31]。けれど、この時期のベケットにとってもっと重要だったのは、ビオンの多彩な知的・文学的好奇心のありようだ。クイーンズ・カレッジの学生だったころ、彼はH・J・ペイトンの影響を受け、カントの哲学を勉強した。卒業後はポワティエ大学で好きだったフランス文学を学び、フランス語をすらすらと読むことができた（しゃべるよりもずっと得意だった）。ビショップス・ストートフォード・カレッジでほんの短期間、歴史と文学を教えたのち、二十代の終わりにロンドンのユニヴァーシティ・カレッジ・ホスピタルの医学部に進む（ここで彼は成績優秀者に贈られる金メダルを外科の分野で獲得している）。一九三〇年に医師の資格を取得し、精神療法の道に入った。三二年には前もって精神療法の訓練をなにも受けないまま、助手としてタヴィストック診療所に就職した。ベケットが患者として訪れる、わずか二年前のことだ。したがって精神療法医としての経験はわりあい浅かったが、三三年には上級スタッフに昇進している[32]。

ビオンは肩幅が広くスポーツ選手のような体格で、眼光は鋭く、黒い小さな口髭をたくわえてきちんと整えていた。三十七歳にして頭髪は急速に後退しつつあった。ベケットはビオンに好感をもっていた。このころのベケットなら人を辛らつに批判してもおかしくなかったが、手紙にビオンの悪口を書いていないところをみると、彼のことを高く買っていたのだろう。ベケットはこの担当医を「やまうずら」と呼んだり、彼が着ている厚手のスコットランド製のセーターの趣味をやさしく、愛情をもってからかったりもした[33]。ベケットはこう書いている、「仕事を離れるとビオンは愉快だ。ぼくを震え上がらせるような、トールボットハウス〔兵士のためのキリスト教親睦団体〕に属していたとか、戦車部隊あがりだとかいう経歴の持ち主にしてはね[34]」。それでも彼はビオンを主治医として信頼していたし、長いこと会い続けていたのも治療がためになると感じていたからにちがいない。二人の関係は医者と患者にしてはめずらしいほど親密だった。一九三五年十月二日には、ベケットはビオンと一緒にシャーロット通りにあるエトワール・レストランで食事をし、それからビオンの招待客として、タヴィストック診療所の心理学研究所で開催されていたC・G・ユングの五回にわたる連続講演会の三回目を聴きにいっている。この講演は何年ものあいだ、ベケットの脳裏に刻みつけられることになった[35]。

ベケットが患者として通院していた一九三四から三五年ごろにタヴィストック診療所でおこなわれていた診療方法は、かなり折衷的なものだった。考え方はフロイトとユングの両方から借りていたが、アドラーの仮説も使っている。診療所の年代記編者によれば、精神療法医たちは「どちらかといえば経験主義的で、教条主義的ではなかった」し、「折衷主義や探究心」を重んじていた[36]。ベケットはビオンに深刻な不安の症状を訴えており[37]、初回の診察ではそれを、「心臓が張り裂けそうで、鼓動は明らかに不規則です。寝汗、身震い、パニック、呼吸困難に襲われますが、一番深刻なのは全身麻痺です」と説明した[38]。

診察を重ねるうちにベケットは長期の患者となり、主治医はかなり深層に立ち入ることもできたはずだ。しかしながらビオンは、おそらくフルコースの精密な分析よりも、むしろ「還元型分析」のビオン版をベケットに適用したと思われる。「還元型分析」とは、当時のタヴィストック診療所でもっとも影響力のあった人物、J・A・ハドフィールドの造語である[39]。ビオンは革新的な考え方をする人物で、当時すでにさまざまな治療法を取り入れ、独自の方法を編み出していたのだ。「還元型分析」とは以下のようなものである。

症状と強く結びついた過去の原因を発見することを目的とする。ハドフィールドが「核心的事件」と呼ぶ過去の原因の探索は、自由連想と夢の分析によっておこなわれた。「核心的事件」は必ずしもひどいトラウマである必要はなく、分析用寝椅子で想起される、子ども時代に内面で起こった危機や転機を指す。患者は、たとえば依存のような抑圧されたある態度を、反抗といった新しい態度をとったり愛情の欲求を分離させることによって再体験し、実感する[40]。

ビオンとのあいだに起こったことをベケットが記述したものを読むと、還元型分析が実際におこなわれていたことがわかる。

わたしはいつも寝椅子に横になって過去にさかのぼろうとした。あれはたぶん実際に役に立ったのだろう。パニックを抑える助けにはなったと思う。子宮のなかにいたときの異様な記憶が蘇えってきたことはたしかだ。子宮内の記憶。囚われ、閉じ込められ、逃げることもできず、出してくれと泣き叫んでも誰にも聞こえず、誰も耳を傾けてくれないという、あの感覚をいまも覚えているよ。痛みを感じても、なにもできなかったこともね。下宿に戻るとなにが起こったのか、自分がなにに出くわしたのかを書き留めたものだ。あのメモはあれから見あたらないが、たぶんまだどこかに残っているだろう。そういったことすべてのおかげで、わたしは自分がなにをしているのか、また、なにを感じているのか、少しはよく理解できるようになったのだと思う(41)。

ビオンはベケットに、目覚めたときに夢の内容をくわしく書き留めることも勧めた。「ビオンはいまや夢の常客だ」とベケットは一九三五年一月のマグリーヴィーへの手紙に書いている(42)。その文面から精神療法をかなり興味深く感じていたことがわかる。最初の二、三回の診療を終えたときには、従弟への手紙にこう記した。「いまのところぼくの興味をひくのはこれだけだ。もっともそうでなけりゃならないんだ。だってこういったことは、実質的にほかのことをすべて投げ打って専念するよう求められるものだからね(43)」。

このセラピーのあいだ、ベケットは心理学や精神分析をテーマとする書物を広く読みあさった。R・S・ウッドワースの(44)『現代の心理学学派』が必要な一般的知識を与えてくれた。この本についての詳細なメモは現存している。ベケットはそこに書かれている行動主義やゲシュタルト心理学(45)、フロイト、ユング、アドラー、マクドゥーガルについての記述を読んだ。たとえばキュルペ学派のどこか不可解な知識を得たのもウッドワースからだった。その知識は、一部ロンドンで書かれた小説『マーフィー』に仰々しくもウィットに富んだ書き方で開陳されている――「マーフィーはキュルペ学派をいくらか信用していた。マルベとビューラーはだまされたかもしれない、ワットにしても神ならぬ身、しかしアッハがどうしてまちがうことがあろうか？」マーフィーはライアンズ紅茶店で、紅茶と詰め合わせビスケットを注文するために、キュルペの専門用語を喜々としつつも場違いな感じで引き合いに出す。「もってきてくれたまえ」とウェイトレスに言うと、彼は「この準備信号のあとで少し間《ま》を置いて、キュルペ学派によれば、反応の主要な苦悶が経験される三大契機の第一期にあたる前期反応が展開するのを待った。そしてそのあとで、彼は刺激そのものを与えた」のである(46)。こうした専門用語はウッドワースから直接借用したものだ。[47]

ベケットはまた、長くて少々難解なアーネスト・ジョーンズ（ベケットは「エロネスト・ジョーンズ」と呼んでいた）が書いたフロイト学派の『精神分析論集』を読み、シングル・スペースで二十枚にのぼるノートをタイプした。[48]さらにアルフレート・アドラー、オットー・ランク、カリン・スティーヴンズ、ヴィルヘルム・シュテーケル[49]や『ノイローゼの治療』と題されたフロイトに関する批評（フロイトのことはドイツ語で「フロイトちゃん」と呼んでいた）も読破した。

死後、地下室のトランクのなかから発見されたノート類からは、ベケットの関心の深さや熱意のほどがわかる。フロイトが説明する不安神経症やヒステリーの特徴をタイプしたものには、たとえば「スペインの地下牢」という書き込みがある。これは空中楼閣や空想を意味する「スペインの城」をベケット流に書き換えたもので、「（ぼくの造語）」と書き添えている。少しあとには「ピーターパン病」という語をやはり「（ぼくの造語）」としている。また、余白に赤いインクの書きつけがあるのは、ノートを読み返してとくに興味深い箇所にしるしをつけたからだろう。なかには感嘆符や、「だからどうした！」という辛らつな言葉の見られる箇所もある。

ノートにはまた、ベケットの症状とすぐに結びつく記述を書物から抜き書きしたものもある。たとえばオットー・ランクの「暗闇に一人残された子どもの不安は、無意識に子宮内の状況を想起することによって起こり、母親からの分離によって解消する」とか、アルフレート・アドラーの「神経性不眠症は、睡眠の無防備さから逃れ、『意識下』に対する防衛を維持しようとする象徴的な試みである」というものだ。[50]

けれどもこのノート類には、治療期間中に探り出され、診断を下されたはずのベケット自身の神経症がなんだったのかは書きつけられていない。[51]ジェフリー・トンプソンは、ベケットを理解する鍵は母親との関係にあるだろうと述べている。彼は、治療をおこなったビオン自身を除けば、ベケットの症状についてもっともよく知りえた人物だ。[52]還元型分析は、母親のベケットに対する愛着の強さと、ベケットの母に対する愛憎なかばする思いに焦点を当てていたにちがいない。

ビオンは、ベケットがたっぷりと時間をかけて、不幸な綱引き状態から解放されたうえでアイルランドに帰ることを望んでいた。臍の緒で結ばれているかのような母親への依存と、母親から独立したいという欲求とのあいだで激しく起こっていた綱引きだ。ベケットの造語「ピーターパン病」は母親への依存を意味する言葉だろう。ベケット自身も、一九三五年一月および四月の休暇にフォックスロックに一時帰省したおりに、寝汗と「言葉にできないほど不快な日々」に再び見舞われたのは、家族のもとに戻ったことと無縁ではないと感じていた。[53] 三五年七月にはいったんダブリンに戻り、母を連れてイギリス旅行に出かけている。このときの手紙は、母との関係の進展具合や、それがいったいどのような性質のものなのかということで頭がいっぱいだったことをうかがわせる。精神療法の目的の一つは、ベケットに母に対する感情を理解させたうえで否定的な感情を取り除き、より肯定的で穏やかな感情を促進することによって、彼自身が心身への有害な影響と闘う方法を見いだす手助けをすることにあった。

長引いたセラピーには、同じくらい重要な側面がもう一つあった。それについてはもっと詳細な資料が残っている。注目すべきは、ビオンとほぼ百五十回会ったあとの一九三五年十月十日付けのトム・マグリーヴィー宛の手紙だ。そこにはつらい身体的症状のおもな原因はなんだったのかが赤裸々に明かされていて、ベケットがパニックの発作だけでなく、自分の生活そのものを制御するすべを身につけていった様子を理解するには欠かせない内容となっている。これは現存する六通の最重要書簡のうちの一通で、ベケットの人間的成長について説得力のある説明を与えてくれる、おそらく最初の手紙だろう。これを読むと、一九三〇年代初頭には傲慢で情緒不安定で自己愛に浸りがちだった若者が、のちに人並はずれて親切で礼儀正しく、思いやりと寛容さに満ち、気高いと言っていいほどの「りっぱな作品」で知られるようになる人物へと変容する過程が見えてくる。

マグリーヴィーはベケットの暗い気分と「乱れ打つ鼓動」のことを深く心配していると手紙に記し、トマス・ア・ケンピスの『キリストのまねび』を引き合いに出して、「善良で無欲の状態」に安らぎを見いだすような生き方を勧めた。ベケットは返事のなかで、ケンピスの著作はよく知っているとしてラテン語と英語で引用し鋭く論評しながらも、自分にとってはわざと自分の世界にこもって他者から孤立することを助長するだけだと述べている。彼はそれを「みじめな自己言及的静寂主義」と呼んだ。そして自分の身体的症状を孤独や敵意、優越感に結びつけて明快な自己認識を示している。

ぼくは長いあいだ不幸だった。学校を出てトリニティ・カレッジに進学して以来、意識的にわざとそうしていたんだ。どんどん孤立して、ものごとに関わらなくなり、他人と自分自身を軽蔑することにやっきになっていた。

だけどそういったことに、ぼくを病気にして打ちのめす要因が含まれていたなんて思いもよらなかったよ。あのみじめさや孤独、敵意、軽蔑といった感覚は優越性の指標となる要素で、「自分は特別だ」という自負を保証してくれるものだと思っていた。当時のぼくにはそういう傲慢な優越感も正当で自然なものだったし、将来、口にすることはあるかもしれないにせよ、当面はっきりと口に出さずにほのめかす程度に留めておく分には、なんら病的なものには思われなかった。そういった生き方——生きることの否定といったほうがいいかもしれない——が、ああいう恐ろしい身体的な症状を生み出して、もはやその生き方を続けられなくなってはじめて、ぼくは自分のなかになにか病的なものを抱えていることに気づいたんだ。つまりもし心臓が死への恐怖を喚起してくれなければ、ぼくはいまだに酒を飲んで冷笑しながらのらくらと過ごし、自分はほかのことをするにはもったいない人間だと感じていただろう。(54)

ベケットの手紙によれば、彼はある恐怖心と不満をかかえて、まずダブリンのトンプソンのところに、次いでロンドンのビオンのところにいったが、その恐怖心や不満は、「自分でも思い出せないころに始まった病気の、もっとも取るに足らない症状」にすぎないということがわかったのだ。彼はこうも書いている。

すぐれた人間であることを示す指標だと思って大事にしていたばかげた苦痛は、みな同じ病気から発していたのだ。それこそが、ぼくが受け入れざるをえなかった現実だった。けれど、いまもあまり変わりばえはしないさ。化けの皮がはがれたあとに哲学や倫理や君の手紙にあったキリストのまねびの境地を受け入れる素地があるのかどうか、ぼくにはわからないんだ。言い換えれば、「前進」という言葉が意味を失い、いまやぶち壊すしかなくなった自我の構図をそれらがどんなふうに修復してくれるのか、わからないんだよ。

身体的症状についての目に見えるような描写はさらに続く。

もし心臓が、まださかまくような音をたてているなら、それはたまった水が排水されていないからだ。これまで以上に激しく乱れ打っているという事実も、排水が一番ごぼごぼと音をたてるのは風呂がもうじきからっぽになるときだということを思えば、たぶん慰めになるだろう。(55)

この段階までに、ベケットはセラピーの半分以上をこなしていた。ビオンの助けを借りて過去をさらに掘り下げる必要はあった。けれども身体の故障の原因の一端は、病的で異常なまでに自分の世界に浸ることからくる優越的な態度と他者からの孤立にあることを彼はほぼ確信していた。「激しい愛し方《サヴェッジ・ラヴィング》」[56]と彼が呼んでいた母親の愛が、どんなふうにこのような態度の一因となったかは容易に想像できる。母親は子ども時代のベケットを一段高いところに立たせて優越感を植えつける一方で、同時に彼を密室に閉じ込めるように扱って息が詰まりそうにしたり、自分の厳格な（ベケットには受け入れがたい）基準や価値観を信奉することを要求したのだった。マグリーヴィーが勧める「善良で無欲の状態」を思いながら、ベケットは当を得た質問をしている。

> ぼくには「善良さ」がどんなふうにものごとの基礎になったり始まりになったりするのかわからないんだ。ぼくは歯を食いしばって無欲になるべきなのだろうか？　自分では答えられず、身を処することもできないとき、ぼくはなにに奉仕すればいいのだろう。悪魔――気取ったマルガリータ［真珠］よ！――は、ぼくが利己的でない目標をもち、他人の幸福を気にかけていたなら、汗や震え、パニックや激情、悪寒や動悸でぼくを不能にしたりはしないのだろうか？　くそっ！　それとも痛みや異常さや無能さを、それに値するだけの大義に捧げる方法があるのだろうか？　人は要求されてもいないのに磔《はりつけ》になりたいと主張するべきなのか？[57]

精神療法のこの段階では、ベケットには自分の孤立がもたらした悪影響しか見えず、そのせいで自虐的になっていた。けれどもビオンの助けを借りて、自分の行動について倫理的に判決を下すことから次第に遠ざかり、つらい症状を抑える方法を現実問題として考えるようになっていった。マグリーヴィーの助言の宗教的な意味合いは認めないながらも、日常生活のなかで外に目を向け、他者にもっと関心をもつことによって自己の世界に埋没しないようにすることが、彼には必要だった。もともと家族や友人に対して示す親切や思いやりのなかに素地はあったので、そういう長所のうえに積み上げていけばよかった。当初は、この態度の変化は、単に精神療法で求められたからという実際的な理由で起こったにすぎない。だが友人たちの証言からは、我慢できる範囲でどうにか折り合いをつけていただけの態度が、やがて他者の問題や苦痛や困難を分かち合おうとする、より自然で自発的な姿勢へと発展したことがうかがわれる。

ビオンもまた聡明で（すばらしい自伝的著作にあるように[58]）、芸術創造のプロセスに興味をもっていた。彼はおそらく、唯我論的な態度がどれほど多く作品から掘り起こされうるか、ベケット自身が知る手助けもしたのだろう。ベケットは、作品に現われた欲求不満や抑圧された暴力的感覚といった心の揺らぎを客観視することによって、実生活において病的で破壊的に見えた自己への執着に歯止めをかけることが容易になったと気づいた。そうして、書くことはのちの精神的・身体的安定にとって欠くことのできないものとなったのである。

ロンドン滞在中の著作にはすでに、実際に体験した精神療法と、それに関連した書物の影響が見られる。この影響は、のちにもっとはっきりと直接的な形で現われることになる。一九三四年に『ブックマン』に掲載された短編「千に一つの症例」は、一九三三年の終わりにトンプソンから聞いた実際の症例に基づいたもので、ベケット自身の心理学への傾倒を反映している。実話では、ある母親が病棟で重い病気の息子に一日じゅう付き添っていた。面会時間内にだけ息子を見舞うように求められた母親は、来る日も来る日も病院にやってきては、建物の外で日がな一日面会時間を待ちながら見守っていた。息子が死に葬儀が終わると、母親はまた戻ってきて、運河沿いの引き船道に狩猟ステッキを置いて腰掛けにしてすわり、寝ずの番を続けたという。この奇妙な献身がトンプソンの心を捉えたのだ。

けれどもベケットの短編では、内科医のナイ医師と、くだんの少年の母で昔ナイ医師の乳母だったブレイ夫人の関係へと焦点が移行している。物語の中心となるのは、医師と乳母の双方が回想する、医師の子ども時代に起こりトラウマとなった出来事だが、医師はおぼろげにしか思い出すことができない。ストーリーは明らかにエディプス的で乳母は母親の代用であり、少年時代の医師は大きくなったら彼女と結婚しようと思っていた。しかしベケットが、「この愛慕の根っこにあるトラウマ」と精神療法の用語で描写する問題のトラウマは最後まで解明されることはなく、謎に包まれたままだ。最終的には、「幼年期と結びついた出来事で、個人的でほんのささいなことなので、ここで大きく取り上げる必要はない。あの哀しい男、ナイ医師は、重大なことが解明されるのを期待していたが[59]」と記され、肩すかしに終わる。

この物語にはいくつかの自伝的要素がみられる。たとえば、ナイ医師はベケット自身の性格をいくらか備えている。うつ病と、「専門の医師にも理由がわからないまま故障音をたててエンジンがかからない心臓」だ。また、ベケット自身の乳母の名も作中の乳母と同じくブリジェット・ブレイで、やはり「鼻にいちごのような斑点があり、息はクローヴとペパーミントの匂いがした」。けれどもベケット自身の「トラウマ」が「ばあや」との過去の出来事の周辺にあったのかどうかはわからない。重要なのは、その医師の症例の謎が、小説のなかのブレイ夫人をめぐる謎と同様に未解決のまま残されるということだ。ベケットにとって書くことは探求することではあったが、すっきりと説明する行為ではなかった。ここから読み取れるのは、精神療法は子ども時代のトラウマとなった出来事を見いだしてくれるかもしれないが、心に負った傷を直してくれるとは限らないという悲観的な思いである。慰めとするにはこの話は自伝的すぎると思ったのか、あるいは心理学的素材を使ったのがあからさますぎると感じたのか、ベケットは生涯、この作品の再版を許さなかった。

4

十の連作短編からなるベケットの『蹴り損の棘もうけ』は、一九三四年五月二十四日にロンドンで出版された。「ちょうど全英祝日〔ヴィクトリア女王の誕生日〕だ」とベケットは皮肉っぽく言った[60]。三三年十二月、ダブリンを発つ前に校正刷りは受け取っていた。ベケットは最後の短編「残り滓」（短編集全体の暫定的な標題でもあった）[61]の校正刷りの最後に短い文章を書き加えた。それは墓掘り人についての文章で、チャールズ・プレンティスの興味をそそった[62]。

チャトー社はイギリスでの出版に先立って、その短編集をアメリカの出版社に売り込もうとあらゆる努力をした。話をもっていったのは、ヴァイキング・プレス、ファラー・アンド・ラインハート社のスタンリー・ラインハート、ハリソン・スミス・アンド・ハーズ社[63]、ダブルデイ・ドーラン・アンド・ガンディー社で、春の出版目録から「『とてもモダンな語り口』、しかも輝いている」[64]という宣伝文句を引用した。けれども興味を示したアメリカの出版社は一社もなく、結局、チャトー・アンド・ウィンダス社は自分たちだけで出版を進めることにした。

短編集の出版に際し、ベケットの心には喜びと不安が同居していた。自分が創作した作品が初めて活字になって世に出るという期待と、これがほかの原稿依頼につながるかもしれないという希望に胸が高鳴ると同時に、この短編集を見たら親戚や友人が気分を害するのではないかと心配でもあった。叔母のシシーと「ボス」は多額の借金と反ユダヤ主義のせいでカッセルから戻ってくることを余儀なくされ、いまではダブリンの北側の湾を囲むホウスの丘に住んでいた。彼らが、「スメラルディーナの恋文」が含まれていることに狼狽するのをベケットは恐れた。めちゃくちゃなドイツ式英語で書かれたそのラブレターが、ペギーからの手紙をもとにしていることに気づかれるだろうと思ったのだ。ペギーが亡くなってからわずか一年しか経っていないという事実を思えば、これはますますまずいことだった。確かにそんな状況であの手紙を使ったのは残酷な仕打ちだと言えるだろう。ベケットはペギーの弟モリスへの手紙にこう書いている、「ぼくには自分のしようとしていることがわかっていなかった。どこからどう見ても痛ましいことをしてしまった(65)」。五十四年後、彼は「いまも後悔しているよ」とわたしに告げた(66)。『並には勝る女たちの夢』の登場人物数人と本文を大幅に再利用していたため、ダブリンのほかの友人たちも登場人物たちがまとった薄っぺらなヴェールを通して自分のことが書かれているのに気づくのではないかと、当時のベケットは心底恐れた。

なにより母メイのことが気がかりだった。校正刷りとその短編集に関するチャールズ・プレンティスからの手紙はクレア通り六番地宛に送られていたので、母に見られずにすむことは確かだ。けれどもいまや出版が迫っている以上、母親が読もうとすればそれを阻止することはとうていできない。母がまったく認めないだろうということは確信していたが、ひょっとして本の評判がよく、商業的に成功することがあれば、そんな態度もいくぶんやわらぐかもしれないという望みもあった。とにもかくにも短編集はダブリンの書店ですぐに発売されるのだから、友人から教えられたり、もっと悪いことにアイルランドの新聞記事を読んで初めて知るということのないように、母親とフランクには自分で手渡すのが一番いいだろうとベケットは考えた。

結局、家族と友人に関する心配はふたをあけてみれば大体が杞憂《きゆう》に終わった。シンクレア家は最初は憤慨し、冷淡だった。叔父は叔母よりは文学作品の必要性を理解していたので、それほど気を悪くしたわけではなかった。シシーも初めはかなり困惑していたものの、ベケットが、夏に帰省したおりに会ってくれるよう嘆願する手紙を書くと、あっさり許してくれた(67)。和解はとてもうまくいったので、夏に叔母に会ったあとで、ベケットはマグリーヴィーに、「スメラルディーナの母親にはほんのちょっと気兼ねしただけで、すべてうまくいった」と知らせている(68)。クリスマスにまたアイルランドに帰ると、シシーとのあいだの障壁は影も形もなくなっていて、ホウス半島のシンクレア家で週末を過ごすまでになった。ラドモウズ＝ブラウンはといえば、自分の戯画である「北極熊《ポーラー・ベア》」のだらだらした姿を好意的に受け取ってくれた。また、メアリー・マニングとその母親はフリカ家のモデルにされたことに大喜びというわけにはいかなかったが、心が広く、みずからも自由思想をもった作家のメアリーは、その後もずっとベケットとの関係を絶つことはなかった。

メイ・ベケットは、この出版に対処するすべを心得ていた。それは完全に無視することだ。だから出版から数か月経つまで『蹴り損の棘もうけ』がクールドライナ邸の本棚に並ぶことはなかったし、ベケットの帰省中にこの本のことが話題になることもなかった。[69] この沈黙という侵しがたい壁は危険ではあったが、敵意や嫌悪感がむき出しになるよりはましだった。「嫌悪感」に満ちた反応は、八月のダブリンで唯一その本を所蔵していたスイッツァー図書館からそれを借りた一般読者のあいだで、充分共有されていたのである。[70]

この「とてもモダンな語り口」はアイルランドとイギリスの批評家のあいだに、じつにさまざまな反応を巻き起こした。好意的な批評は、ベケットを鋭く「フィールディングとスターンの系譜」に位置づけた。[71] なかには、ジェイムズ・ジョイスの明らかな影響は認めつつも、ベケットは「単なる流行の模倣者」ではないと強調するものもあった。[72] エドウィン・ミュアーはこう評した、「ベケット氏はなんでもかんでもでっち上げる。それが彼の芸術だ。ときには一流のナンセンスへと堕することもあるが、うまくいったときには掛け値なしに楽しく筋を運ぶ巧妙さと自由さがある」。[73] また、『タイムズ文芸付録』の評者は、「作品に作用しているのはまちがいなく新しい才能だ。自分の才能にまだ確信をもてないでいるけれど」と言い当てた。[74] けれども批評家の多くは批判的だった。『モーニングヘラルド』は(「アイルランドの神秘化」という署名入りで)「まったく奇妙でわけがわからない」と評し、[75]『モーニングポスト』は「『蹴り損の棘もうけ』の意味がわたしにはまったくわからない」と認めた。[76] 批評家たちは、T・S・エリオットやウィンダム・ルイスやロナルド・ファーバンクとの類似性を指摘した。ジョイスへの傾倒が不利な判断材料となることも多かった。ある評者は、「ベケット氏はジェイムズ・ジョイスのすべてを模倣した――言葉の魔術とインスピレーション以外は」と無情に評したし、[77] 別の評者にいたっては、「この作品全体が『ユリシーズ』のなかでも軽薄で皮肉な部分のまぎれもない模倣作品だ」と記している。[78]

この短編集が「インテリの茶番」[79]で「広範な読者には受けそうにない」[80]という指摘は、売り上げに影響を及ぼした。六月には早くもチャールズ・プレンティスはリチャード・オールディントンへの手紙に、「サム・ベケットの短編集は相手にされないだろう」[81]と書いている。十一月にベケットが初めて雀の涙の支払い計算書を出版社の謝罪文と一緒に受け取ると、プレンティスは元気づけようと手紙を書いた。

計算書についてのお手紙ありがとう。誓って言うけれど、売り上げはもっと伸びるだろうとわたしは信じていた。君ががっかりしていなければいいのだが。チャトー社のことはまったく心配はいらない。君の手紙を共同出資者たちに見せたところ、みなわたしとまったく同じ考えだ。われわれは『蹴り損の棘もうけ』を出版できたことを本当にうれしく思っている。われわれに気がかりなのはむしろ君のことだ。結局のところ文学作品を出版するのは冒険なのだし、われわれは失望することを歓迎はしないけれど、こんなことではびくともしないのだ。著者の立場はずっと厳しいものだが、どうかくれぐれも失望して心を深く痛めないでほしい。本物の書物である場合、おおかた歴史は繰り返すものだと言うと、君は憂うつに思うかもしれない。でもその一方で、こうしたショックをバネにして前進する作家たちもいるのだ。だからどうか、ときがきて気持ちが楽になったら、もう一度気力をふりしぼってペンを執ってほしいと思う。『蹴り損の棘もうけ』を出版したことをわたしたちが後悔しているなんて、一瞬たりとも考えないでもらいたい。[82]

ベケットは一九三四年八月、精神療法を一か月休んでフォックスロックに帰った。この休暇を使ってシンクレア家と仲直りすることができたし、エズナ・マッカーシーに対する自分の気持ちを試す機会にも恵まれた。エズナはいまではベケットのよき友人コン・レヴェンソールとの関係に夢中だった。ベケットは何度も二人と会い、「こんなこともへっちゃらになったよ——どうってことないさ」[83]とうそぶくまでになったが、自信満々すぎてかえって怪しいものだった。

しかしながらこの帰省はなによりも、ビオンの診療が、母親と同じ屋根の下で暮らすことからくるストレスや緊張にうまく対処するために役立っているかどうかをたしかめる格好の機会となった。この点でも、ベケットは励まされる思いがした。「どうにか家のなかのことが以前に比べ気楽に感じられるようになった。感情をあけすけに表わす雰囲気も平気になってきたよ。[84]母の生真面目さからくる憂うつ症だって気にならないんだ」と、マグリーヴィーへの手紙に記している。十日後にはまた、「母との関係もずっと楽になった。ぼくは母のほうから近づいてくれば受け入れ、そうでないときは放っておくことができるようになって、とても満足している。母もそれを感じていて、結局は楽になったように見える」[85]と述べている。けれどもこれは根拠のない安請け合いでしかなく、心穏やかな日々は比較的短い試験期間中だけのものにすぎなかった。

健康に関する不安も解消されたわけではなかった。一か月の休暇が始まったころには、ベケットは腹部に鋭い痛みを覚え、胆石かヘルニアかもしれないと思った。そこで、まだ仕事をやめてロンドンに移住していなかったジェフリー・トンプソンに診察してもらった。レントゲンを撮ったが、器官にはなんの異常も認められなかった。[86]夜になると、二十八歳の男には不似合いな対処法だったが、不安とパニックを抑えるためにフランクと一緒に眠った。[87]腹部の痛みは徐々におさまり、夜間のパニック発作もやわらいできた。「どうやらパニック全体が精神神経症の症状だったらしい。だから急いで通り過ぎてはまた戻ってくる。そしてまたいってしまうんだ」[88]と、ベケットは書いている。精神療法を始めてから七か月が過ぎ、ようやくビオンの治療は功を奏しはじめていた。

5

一九三四年にはほとんどの日々をロンドンで過ごしたが、ベケットの興味や関心の焦点は、当然のことながらアイルランドにあった。留守中に家族に起こったどんなことにも熱心に首を突っ込んだ。母がクールドライナ邸を貸すのかどうか、また、セラピーの費用を払い続けてくれる余裕があるのかどうか気になった。[89]一九三五年になると、四月に結核で入院した叔父の「ボス」・シンクレアのことや、[90]ハリー・シンクレアの店がうまくいかなくなっていることも心配になった。[91]従弟のモリスがトリニティ・カレッジの入学試験に向けてどんな勉強をしているかにも興味があったが、彼の健康状態も気がかりだった。モリスは乾燥した気候が体にいいからと、スペインに三か月いくことを強いられていたのだ。[92]娘を結核で亡くしているシンクレア家では、息子には万全を期していた。また、兄フランクのこともあれこれ考えた。幸福や仕事や性生活のことまでも。

ベケットはロンドンが大嫌いだった。パブや店で自分に向かって「パット」や「パディー」といったアイルランド人を指すあだ名で呼びかける、人を見くだしたイギリス人の態度には憤慨した。男性の友人はもっぱらアイルランド人だった。マグリーヴィーや一九三五年の初めにようやく引っ越してきたジェフリー・トンプソンたちだ。詩人仲間のブライアン・コフィやデニス・デヴリンも短期間ベケットのもとを訪れている。芸術家のショーン・オサリヴァンもやってきたし、コン・レヴェンソールもアイルランドから来て長めに滞在し、エズナの話をした。ときには評論家のデズモンド・マッカーシーにも会った。

女性の友人もアイルランド人だった。一九三三年九月には、ダブリンでヌアラ・コステロという魅力的な女性と会っている。パリのジョルジオ・ジョイスとヘレン・フライシュマンのアパートで紹介されたのが最初の出会いだった。ヌアラはジェイムズ・ジョイスとその妻ノラとよく一緒にお茶を飲み、娘のルチアとも親しかった。ベケットは彼女と頻繁に会い、ヌアラ自身が言うには、週に一度は食事をともにしていた。[93] 彼は恋愛感情をもっているのかもしれないと、ヌアラはしばらくのあいだ思っていたという。一九三三年十二月初めのトム・マグリーヴィー宛の手紙に、「ぼくはまたちょっと惚れてしまい、自信もないのに言い寄ってるんだ」[94]と書いているのは、どうやらヌアラのことらしい。

ヌアラはパリで教育を受け、ユニヴァーシティ・カレッジ・ダブリンでフランス語と歴史を専攻し、ソルボンヌの大学院に学んだ知的で教養ある女性だった。[95] 一九三四年の前半、ずっとベケットはヌアラと文通していた。現存するベケットが書いた二通の長い手紙は、才気あふれる表現に満ちてはいるものの、押しつけがましく自意識過剰な知性を感じさせる。(ときには自分のことを茶化しているものの)なんの遠慮もなく博学をひけらかしているのだ。ベケットは自分がなにを読んでいるかヌアラに語り、映画について彼女と議論を闘わせている。その年の夏、ベケットがロンドンからフォックスロックに戻った折りに二人は再会した。

ベケットが次にヌアラに会ったのは、彼女がロンドンに引っ越してきたときで、それからの二、三か月、二人はときおり会うようになった。そんなふうではあったが、ベケットが「ぼくはコステロに見捨てられたらしい」[96]と手紙に記した一九三五年二月の初めまでに二人の関係は終わりを告げていた。けれど、九月にヌアラがラス・パルマスから戻ると、ベケットは会いに行き、ソーホーのポッジョーリの店に連れ出して食事をした。それから自分ののぼせた頭を冷やそうと、この「陰核には触れない友だち」をエスコートして『ラ・クカラーチャ』というスペインのカラー映画を観にいった。[97] ベケット本人によれば、ヌアラと性的な関係をもったことは一度もなかったけれど、[98] 彼女のことはずっと好きで、ある時期まで連絡を取り合っていたという。[99]

その年のもっと早い時期には、当時グローヴナー・スクエアに滞在中で精神障害の進んだルチア・ジョイスとの、やはり情事をともなわずに終わった過去の関係が再燃するのをどうにか避けおおせていた。が、ベケットがマグリーヴィーに、「ルチアの残り火はぱっと燃え上がり、しゅうっと音を立てて消えてしまった[100]」と語っているところをみると、どうやらルチアにつきものの修羅場を何度もかいくぐったらしい。ときどきベケットはロンドンの裏街に足を踏み入れたが、それはけっして偶然ではなかった。つまるところ当時の彼は、女性と恒常的な肉体関係をもたぬ二十八歳の青年だった。だから、過去六年以上にわたってしてきたように、娼婦を利用することはめずらしいことではなかったのだ[101]。

　ベケットはマグリーヴィーと『アイリッシュ・タイムズ』に載るアイルランドの日々のニュースについて絶え間なく語り合い、『ダブリン・マガジン』に掲載された文学に関する記事について議論した。シェーマス・オサリヴァンが編集するこの雑誌は、ベケットの詩や書評の発表の場としてすでに定着していた。ただし、オサリヴァンはベケットが送ってくるものすべてを認めるわけでも、気に入るわけでもなかった。それでもロンドンにいるあいだに、ベケットは「ノーム」という四行詩と、マグリーヴィーの『詩集』への熱のこもった書評を、一九三四年の八―九月号に寄稿している。彼は依然としてマグリーヴィー同様、文学雑誌の世界に自分の居場所を切り開こうとやっきになっており、マッカーシーやウィリアムソン夫妻やプレンティスとの接触がイギリスの雑誌やロンドンの出版業界での仕事につながるだろうと期待していた。その年には、戦略の一環として、鋭く衒学的な書評を『スペクテイター』と『ブックマン』のために数本とT・S・エリオットの『クライテリオン』のために一本書き上げている[102]。

　『ブックマン』の編集者であるヒュー・ウィリアムソンとR・P・ロス・ウィリアムソンは、「アイルランド特集号」に「最近のアイルランド詩」についての評論を書かないかとベケットに提案した。彼はそれをアンドリュー・ベラスというペンネームで書いた。その理由は、同じ号に短編「千に一つの症例」が本名で掲載されたためか、あるいは、その評論がアイルランドの詩人たちを怒らせると思ったからか、どちらかだろう。ベケットはその詩人たちのことを、「好古趣味の輩《やから》。装飾過多で仰々しいヴィクトリア朝のオシアンふうの代物について、天まで届きそうな自己満足を振りかざしている」と酷評しているのだ[103]。

　一九三四年の五月から七月の[104]あいだに書かれたその小論は、一見、トム・マグリーヴィー、アーランド・アッシャー、デニス・デヴリン、ブライアン・コフィらベケット自身の友人たちへの、少々生意気ながら、惜しみない賛辞に見える。後者二人のことをベケットは、「アイルランドの一番若い世代の詩人たちのなかで、文句なしにもっとも興味深い」と評している。(105) だがこの評論は、一種のロマンチックな身びいきとしてではなく、この詩人たち（たまたま友人だったにすぎない）の共通点を確認する試みとして読まれるべきだろう。彼らは芸術に対する姿勢やヨーロッパを視野に入れる態度において、一つの系統をなしているといえる。みな霊感を求めて、コルビエール、ランボー、ラフォルグといったフランスの詩人たちやシュルレアリストたち、それにエリオットや、たぶんパウンドにも目を向けていたのだ。ベケットは彼らがアイルランドで「新しいもの」を表現しようとしているととらえ、「好古趣味の輩」や「ケルトの薄明」の担い手たちと区別した。

ベケットにとって、最近のアイルランド詩に「新しく起こったこと」とは、「対象との断絶であり、現在のものであれ歴史上のものであれ神話的なものであれ亡霊であれ、……コミュニケーションの経路の断絶」だった。(106) 彼はこの詩人たちが主体と客体のあいだの断絶に気づいていることを見いだし、彼らの領域を刺激的な言い方で評価している。

このことに気づいている芸術家たちは、自己と客体世界のあいだに横たわる空間について述べるだろう。呼び方こそ、無人地帯《ノーマンズランド》やヘレスポントス〔ダーダネルス海峡の古代ギリシア名〕や真空地帯などさまざまかもしれないが、それはその芸術家がたまたま怒っているか郷愁に浸っているか単に気が滅入っているかのちがいにすぎない。ジャック・イェイツ氏やエリオット氏の描く「荒地」の情景は、この種の声明として注目に値する。(107)

ベケットは、オシアンまたはアシーン、アイルランドの伝説の英雄クフーリン、同じく伝説の女王メイヴ、その二人が赤牛をめぐって闘いを繰り広げる「クーリーの牛争い」、理想郷とされる「常若の島」、ヨーガ、七度若さを手に入れたという「ベア半島の老女」など、「古いもの」についても充分よく知っていた。(108) しかし、このようなアイルランド的主題を扱う詩人を十羽一からげにして「好古趣味」なるカテゴリーに組み込むことによって、たとえばオースティン・クラークのような詩人がみずから実践していると思っていることを曲解してしまっているとも言える（ベケットはクラークと彼の『巡礼とその他の詩』に対してとりわけ辛辣《しんらつ》だった）。それはまた、イェイツの神話への傾倒を非難することにもなった。それでもベケットはそうした。それはイェイツの作品がもつ挑戦的な面や、もっと繊細な面を強調しようという意図をこめればこその行為だった。若干の（すべてというわけではない）戯曲は退屈でつまらないと思っていたものの（「土曜日にアビー劇場でイェイツの最新作を二本観たよ――『復活』と『大時計塔の王』だ。壁を造っているバルビュスを見たほうがまだ劇的だろうさ」と、一九三四年八月にマグリーヴィーに宛てた手紙に書いている)[109]、ベケットはつねにイェイツを愛し、その詩の多くを賞賛していたのである。

ジョン・ハリントンは、この評論はベケットが自分で思っていたほど革命的ではないと指摘する。

ベケットの「最近のアイルランド詩」における「好古趣味」でないものへの賞賛は、革新的というよりはオシアンふうの型にはまった誇大表現に対する批判を借りてきたにすぎず、実質的にはその誇大表現と同じくらい古臭いものだ。好古趣味を攻撃することによって、ベケットは地元文化との関わりを放棄したわけではない。そのかわり、完全無欠の保証書に異議を唱える分派に入ったのだ。アイルランド文芸復興のなかでもよほど粗雑な形式のものや緊急の目的を帯びたものを除けば、完全無欠であることは、近代アイルランド文学の重要な特徴であるとされていたのである。[110]

しかしこの指摘は、ベケットが使った「オシアンふうの代物」という言葉にこだわっているだけで、ベケットがアイルランドの若手の詩人たちを賞賛しながら、その裏で「断絶」を過激なまでに強調していることに触れていない。ベケットは次第に文学や絵画のなかに、この「無人地帯」の兆候を見いだすようになっていた。それは彼にとって、「すでに起こった新しいこと」を表わしていた。「ぼくの無人地帯」は、ベケットが自作について語る常套句になった。そこでは、主体と客体のあいだに断絶があるのみならず、人と人、人と自分自身のあいだにも断絶があるのだ。

この機知に富み、論議を呼んだ評論をものにした直後に、ベケットは『ブックマン』の編集者たちにジードかランボーに関する論文を寄稿したいと言った。それに対して、編集者たちは、アイルランドの「不当な」検閲制度について書くよう求めた。[111]ベケットはその依頼をしぶしぶ引き受けた。[112]それでもクレア通り六番地にある兄の事務所の小さな屋根裏部屋で執筆活動を再開すると、一九二九年七月十六日付で施行された検閲法を粉砕する攻撃の言葉を、約十日間にわたって紡ぎだした。[113]彼はまず最初に検閲法のなかで使われたわいせつの定義を嘲笑しつつ、次のように述べている。

たまたまわいせつになってしまった表現とそれ専門との区別を求める嘆願も、委員会に歯止めをかけることはなかった。委員会には、体毛ごとき（恥毛も例外ではない）を区別するよりも、もっと大切でもっとましな仕事があるのだろう。「検閲官が考慮しなければならないのは、作者の表現の意図であり、作者が自分の思想を挿入した（傍線は筆者による）特定の言葉で表現したときにその思想がもたらす影響である。」（法相）(114)。

ベケットは次に、出版検閲局の機構と「適任で妥当な五人の人物」が委員会を構成するという原則を攻撃した。ここでいう「適任で妥当」とは、「常識にたけた人」を意味する。これは「料理店主にとってそうであるように、芸術家にとってもお客様は神さま(115)」という主義に近づく危険性があると指摘したうえで、委員会のメンバー数人が表明した、検閲官は有害の判定を下す前にその書籍を全頁にわたって読む必要はないとする考えを蔑んだ。そして、原則として疑わしい書籍を委員会に五部提出する用意のある者は誰でも告訴することができるという事実を憂えた。しかもやっかいなことに、こういう条件のもとでは、カトリック真理協会《トゥルース・ソサイエティ》のような団体が主たる告訴人となりそうに思われた。問題の所在は明らかだった。道徳的に権利を付与された有力者たちが、正しい読み方を——あるいは誤った読み方すら——していないかもしれない書籍を発禁にするよう、小さな任意団体である委員会に圧力をかけるだろうということである。

ベケットはまた、裁判記録の公開の制限と、避妊具の使用を提唱する出版物の禁止条項に注意を喚起した。この検閲法は、スウィフト首席司祭のバルニバルビ・グランドアカデミー〔バルニバルビは『ガリバー旅行記』に出てくる、福祉国家を夢見る空想家たちの国〕ですら、ほとんど改良の手を加えられないくらい愚かしい法だ、と論評している。結論は寒々しいほどに軽蔑的だ。

結局のところ、病理社会学のしろうと愛好家なら、パニック処理法として、あるいは生活と思想のあいだのつらい緊張感が合法的なげっぷに出口を見いだしたものとして、また、二十一項にわたって悪魔払いされた大量の退屈な読み物として、この法律に好奇心をそそられるかもしれない。精神を殺菌消毒《スターライゼイション》〔不妊にするの意もある〕してしまうことと、くずを賛美することは表裏一体である。処女たちの楽園と仮面をはがされたお産経験者たちがあふれる地上が表裏一体であるように(116)。

『ブックマン』は一九三四年の末に廃刊となり、『ロンドン・マーキュリー』と合併して、ウイリアムソン夫妻に代わってR・A・スコット＝ジェイムズが編集長となった。

ベケットの評論は合併後の批評誌で没にされることになった原稿に含まれていた。一九三六年五月、ベケットは前年の九月に発禁となった図書のなかからいくつか例を付け加え、軽く修正を施した原稿を、ジョージ・リーヴィーに送った。『トランジション』への掲載を求めてユージーン・ジョラスに渡してもらうためだ[117]。この評論はからかうような調子ながらも、ベケットが強い関心をもったテーマに対し、かつてないほどに明確な意思表示をしたものだったが、一九八三年まで出版されることはなかった。それは断固とした厳しい批評で、検閲法に対する軽蔑に満ちていた。ベケットはこの原稿の修正版を、みずからの作品『蹴り損の棘もうけ』に与えられた「四六五番」という検閲番号で締めくくることができたことを誇りに思ったことだろう。

6

ロンドンでの生活は、ベケットが折りにふれて匂わせていたほど無味乾燥ではなかったし、数か月が経つにつれて心身の乱調にも始終悩まされることはなくなっていた。このころのベケットはわりあい豊かな音楽環境に身を置いており、それはトム・マグリーヴィーの家主のヘスター・ダウデンのおかげでもあった。だが、そのことに充分な感謝の意を表わすには、当時の彼は精神的に不安定すぎたようだ。ヘスターは「霊媒で心霊研究者」だった。ベケットが初めて会ったとき、彼女は六十六歳で、ダブリンの有名な内科医トラヴァーズ＝スミスと十八年前に離婚していた。ドリーという名の娘がいて、ドリーはアイルランド人の劇作家レノックス・ロビンソンと結婚してダブリンのアビー劇場で舞台美術家として働いていた。ヘスターの髪はか細く白髪混じりで、顔は角張り、大きい鼻に男っぽいあごをしていた。そして、長くゆったりとしたシフトドレスをまとっていた。ベケットはよくヘスターの邸宅のあるチェイニー・ガーデンズまでぶらぶらと歩いていき、そこでヘスターと、広い客間の奥にあったスタインウェーで連弾した。ロンドンでグランドピアノを弾くことのできる機会は、ほかにはなかった[118]。

ピアノを弾いたり上品な陶器のカップから紅茶をすすったりしているあいだ、まわりではシャム猫と小さくて元気のいいペキニーズ犬が、好きなときに部屋を出たり入ったりしていた。ベケットはこの家のこうした雰囲気を毛嫌いしていた。客間の目立つ場所には、ドリーが描いた二匹のペキニーズ犬の油絵まで掛かっていた。ベケットはまた、「心霊現象の証拠にはうんざりだ。ぼくがあの心身の不快感を感じるのは、あれとなにか関係があるんじゃないかと思いたくもなるよ」[119]と、ぼやいたりもしている。そうは言っても、ヘスターはマグリーヴィーとその寡黙な友人のために親しみやすい人びとを集めてくれた。ホームズ・レイヴン＝ヒルという感じのいい画家と出会ったのも、ヘスターを通じてだった。「レイヴン」として知られていたその画家は、風景画と肖像画を描くために医療をやめてしまった医者だ。レイヴンは隣りの十七番地に住んでいて、ベケットが日曜日のランチに招かれていると、ときおりふらりとやってくる。そんなことがたびたびあった[120]。ベケットは「レイヴン」やマグリーヴィーと絵画や音楽について語るのが好きだった。

ヘスター自身も音楽好きで才能あるピアニストだったので、ロンドンでいく価値のあるコンサートの情報にはくわしかったし、ときには日曜の夕べに友人や客たちのために自分で音楽会を催すこともあった。ベケットの手紙を読むと、人前ではやけに内気な彼が、マグリーヴィーがアイルランドに帰国したあとも、こうした夕べに何度も参加していたことがわかる。たとえばコンサートピアニストのマリーヨ・プラドとその夫に出会ったのも、チェイニー・ガーデンズ十五番地だった。プラドのピアノ演奏について、ベケットは次のように感想を述べている。

> 彼女の演奏するラモーのガヴォットとぼくの知らない変奏曲、スクリャービン、『はかない人生』、プロコフィエフの『悪魔的誘惑《タンタシオン・ディアボリーク》』〔『悪魔的暗示（シュジェスティオン・ディアボリーク）』のことか〕、そしてどこか線香花火のようなドホナーニ〔エルネ・ドホナーニ〕はよかった。でも彼女のショパンとドビュッシーは襟首をつかんで引きずり出したみたいで、ちっとも気に入らないね。彼女はマダム・マイユーのように、鍵盤よりも高い位置に腰掛ける。いつもそうだ。スクリャービンを弾く彼女の左手はきわめて正確ですばらしい[121]。

この感想を読んで驚かされるのは、ベケットがいかに自信をもって音楽を批評しているかということだ。やがて懐疑の徒となり、「たぶん」がキーワードとなる人物の、弱冠二十九歳のころの音楽批評には――文学や美術批評でもそうなのだが――自分への懐疑はみじんも見られないのである。

初めのうちはロンドンで催されるクラシック音楽の豊富な出し物に圧倒されたベケットだったが、華やかな饗宴を味わう喜びも、お金を浪費できないというきわめて現実的な理由で限られたものとなった。ただし鑑賞したものについては、独特で確信に満ちた、ときにはかなり批判的な批評を残している。たとえば、一九三五年三月九日にクイーンズ・ホールで聴いた有名なレナー弦楽四重奏団によるベートーヴェンの三つのラズモフスキー弦楽四重奏曲については、「とてもがっかりした。あの演奏は無味乾燥で、こうるさいくらい細かなところにこだわりすぎている。ルートヴィヒ〔ベートーヴェンのこと〕はけっしてあんなふうにレンブラント的ではないのに」と記している[122]。

ベケットは数週間前に聴いたベルリン・フィルハーモニー管弦楽団の、賛否両論渦巻く指揮者ヴィルヘルム・フルトヴェングラーにも感心しなかった[123]。フルトヴェングラーはイギリスの報道でナチスとのつながりが取りざたされていたので[124]、よけい好きになれなかった。従弟のモリス・シンクレアへの手紙には、フルトヴェングラーによるベートーヴェンの第七交響曲（ベケットのお気に入りだった）の解釈について、最近のナチズムへの転向から、神秘性の欠落と形式的な構造の崩壊以外のなにを期待できるだろうか、という反語的な疑問が記されている。ベケットは、バッハの管弦楽組曲ロ短調でプログラムを開始するというフルトヴェングラーの選曲もコンサートを台無しにしたと思っていた。が、それは単にベケットのバッハ嫌いのせいだ。音楽家の従弟ジョン・ベケットは、ベケットのバッハ嫌いは、おそらく「同じことの繰り返し。短くて果てしなく繰り返される楽節[125]」のせいだろうと考えている。歌手のベティーナ・ジョニックは、「彼はバッハを嫌っていたわ。手回しオルガンで楽節をこねまわしているみたいだと言って[126]」と語っている。

しかし一九三四年二月に開催された、高名なブッシュ四重奏団によるベートーヴェンの弦楽四重奏の連続コンサートには、ベケットも大いに熱狂した。本人によれば、席を予約したのは、とりわけ一八二五年の弦楽四重奏曲第十三番（変ロ長調・作品一三〇）が聴きたかったからだという[127]。ベートーヴェンの通俗的で安易な面がすべて体現されていると感じる田園交響曲に比べて、この曲には好感を抱いていた[128]。同じ手紙には、室内楽の最終コンサートのチケットも買うつもりだと書いている。プログラムには、有名な弦楽四重奏曲第十六番（ヘ長調・作品一三五）が含まれていた。従弟に宛てたその手紙に、ベケットは、ベートーヴェンが「ようやくついた決心」と題されたその曲の譜面に記した言葉を小楽節とともに書き写している。それはゆっくり厳《おごそ》かな曲調の「そうあらねばならぬのか」（“Muss es sein” [“Must it be”]）がアレグロの、「そうあらねばならぬ」（“Es muss sein” [“It must be”]）となる倒置法に基づいたものだった。この小楽節は、ベートーヴェンの不可解な死の受容を表現したものと受け取られている。これは、ベケットが父の死のわずか二、三か月前に書いた「マラコーダ」のなかの感動的な詩句「ねばならぬのかねばならぬのだねばならぬのだ」（"must it be it must be it must be"）に反響している。[129] この詩句は、ベケットのもっとも寒々しいライトモチーフの一つとなり、人生でたびたび訪れたつらい時期に友人たちに書き送った書簡のなかで繰り返し使われることになった。

　音楽はベケットの人生のなかで欠くことのできない大切な構成要素だった。初期の著作には、音楽や音楽の形式への言及がたくさん含まれている。たとえば『並には勝る女たちの夢』の「ブラームス！　あののらくら野郎！　よりによってピッツィカートしやがって！　ブラームス！」[130] のように。けれどものちにベケットは、多くの演劇作品で音楽を直接使うようになる。[131] あるいは間接的に、音楽のテクニックや専門用語の知識を利用して、音楽の構成をあてはめたり、反復、変奏をともなった反復、対位法、キー・リズム・テンポ・ピッチの変化などを取り入れたりすることになる。とはいえ、音楽からの借り方は微妙で、類似点も採用部分もほとんどそれとはわからない。[132]

　ロンドンに滞在していた二年のあいだには、多くのバレエ公演にも足を運んだ。その理由は、世界屈指のバレエ団によるロンドン公演が目白押しだったので、労を惜しまず観にいくべきだと思ったからだと、ベケットは述懐している。そういうわけで、一年目はコヴェントガーデンで有名なバレエ・リュスによるファリャの『三角帽子』の再演を観た。装置と衣装はピカソが担当し、振り付けはこの有名なバレエ団と組んで初めてのシーズンを迎えたマシーンが手がけていた。[133] マシーン自身も、コレヒドールを踊るディヴィッド・リーチンとともに、トゥマノヴァに敵対するミラーの役を踊った。

　その後、街でばったり再会したトリニティの同期生アーサー・ヒリスと一緒にコンサートやバレエに出かけるようになった。コリシーアム劇場でレオン・ウォイジコウスキーの『レ・シルフィード』、『恋は魔術師』、『薔薇の精』、そして『ペトルゥシュカ』といった演目を観た。[134] 前の年にマシーンが『ペトルゥシュカ』で同じ役を踊ったのを観ていたベケットは、ウォイジコウスキーが、偉大なダンサーであり振付家でもあるマシーンほどには的確に踊っていないことに気づいた。そこでベケットらしく、バレエの背後にある哲学に目を転じ、「哲学としてのペトルゥシュカは、謎を解明しようとする試みなどなにもしていないように見えながら、じつは解き明かされている。人間味の乏しい者は球形キノコ《アースボール》を崇拝し、呪いにとらわれた者は創造者を崇拝するのだ」[135] と述べている。

ほとんどの場合、ベケットは、バレエは音楽への熱い思い入れに水を差すものだと感じた。ヴァイオリニストの才能に恵まれていたモリス・シンクレアへの手紙には、こう書かれている。

バレエを音楽だと思わないでくれ。バレエがぼくをいらだたせるのは、はっきり言って、バレエでは音楽が従属的な役割を担わされているからだ。……ダンスや身振り、舞台装置や衣装などをとおして音楽を表現することは、音楽を堕落させ、単なる物語の次元にまで価値をおとしめることだ。たしかに目で見ることでしか満足を得られない人たちもいる。でもぼくに限って言えば、これはまちがいなく不幸なことなのだが、まぶたを閉じて初めてやすらぐことができるんだ。[136]

けれどもこんなふうに苦々しく感じていたにもかかわらず、のちに舞台上の所作の振り付けに関心をもつようになる素地は、この時期に形成された。一九六〇年代から七〇年代に自作の戯曲を演出するようになると、ベケットは高度な集中力と細心の正確さでもって振り付けの仕事にのぞんでいる。

ベケットの日記から抜け落ちている文化的行事はオペラである。彼はオペラが好きではなかった。それはおそらく、音楽と歌と演技が混ざっていたからだろうし、形式が仰々しすぎて感動する気になれなかったせいでもあるだろう。(ベケットをオペラ好きにしようと、ジョルジュ・プロルソンが最大限の努力をしたにもかかわらず)ワーグナーやリヒャルト・シュトラウスは心の底から嫌いだった。が、その一方でドビュッシーの『ペレアスとメリザンド』は、地味なせいか、がまんするどころか楽しんですらいた。また、ベティーナ・ジョニックによれば、ベケットはアルバン・ベルクのオペラ『ヴォツェック』には惜しみない賛辞をおくり、二十世紀の傑作とみなしていたという。[137]

7

ベケットにとって音楽の楽しみに比肩しうるのは、絵画への熱烈な思いだけだった。ロンドンに住んでいるあいだは、ナショナル・ギャラリー、テート・ギャラリー、ヴィクトリア・アンド・アルバート美術館、ダリッジ美術館、ウォーレス・コレクション、ハンプトン・コート王室コレクションといった市内の主要な美術館を足繁く訪れた。トム・マグリーヴィーが一緒のことも多かった。この時期の手帳には、ヴィクトリア・アンド・アルバート美術館のほかハンプトン・コートやウォーレス・コレクションで出会った絵画のうち、記憶に留めておこうと思った作品の表題が書きつけてあり、そのなかのいくつかはありがたいことに日付けも明記されている。一九三四年六月なかばにベケットは兄とパリに短い旅行をした。そこでもルーヴルとシャンティイで過ごした一日のなかで注意をひいた絵画——ルーヴルでは主としてプーサンとオランダ絵画——のリストを作成している[138]。八月にダブリンで休暇を過ごした際には、アイルランド国立美術館で午後をまるまる過ごした[139]。親友だったアヴィグドール・アリカによれば、ベケットは一枚の絵の前でたっぷり一時間を費やしてその絵に集中し、構図や色を味わい、絵の内容を読み取り、細部に至るまで吸収することもあったという。そこで見いだしたのは往々にしてささやかな物語や人間の姿だったが、画布の上に見たものをのちにありありと思い出すことができた[140]。

　絵画に対するベケットの興味は玄人《くろうと》はだしで長続きした。それ以前にもロンドンのナショナル・ギャラリーの求人に応募したことがあり、彼の知識がどれほど専門的なものだったかを物語っている。ベケットはR・H・ウィレンスキーの『オランダ芸術入門』[141]など美術史の本を読んで勉強し、図録を買い込み、絵画に関して広範囲にわたるノートをとった。彼の初期の作品ではときおり特定の絵画を引き合いに出して、登場人物の顔がたたえている雰囲気を伝えている。たとえば、『並には勝る女たちの夢』でアルバの眼に起こった変化は次のように描写されている。

彼女の大きな眼はリンボクの実のように黒くなり、また、エル・グレコが『オルガス伯の埋葬』のなかで、重い絵筆を二、三度器用に打ちつけて描いた、伯爵の息子——あるいは愛人だろうか？——の堕落した眼と同じくらい大きく黒くなった。それはすばらしい見ものだった。瞳と白眼が夜のように黒くなった暗い虹彩のなかに沈みこんでいた[142]。

作中に見られる絵画の記憶のなかでも、もっとも鋭く、もっとも鮮明なもののいくつかは、ロンドンに滞在した二年のあいだに書かれたものだと特定することができる。マーフィーはその名を冠した小説において、自分の父母の顔をなかなか思い起こせないにもかかわらず、絵画に描かれた顔は生きいきと思い出すことができる——「彼はジョヴァンニ・ベリーニの『割礼』に描かれている子供の、いままさにメスを入れられようとして拳《こぶし》を握りしめ、顔をこわばらせている表情を思い浮かべた[143]」。

　しかし絵画はベケットにとって、単なる視覚的なたとえ以上の意味をもっていた。とりわけこのころには、ある特定のイメージが心の目にくっきりと刻みつけられつつあった。たとえばレンブラントの描く、暗い背景とは対照的な顔、カラヴァッジョの力強い構図、それに、アダム・エルスハイマー[144]やヘリット・ファン・ホントホルスト[145]の、画布の一点を強い光で照らす印象的な画法などである。のちにベケットは、自分がこうしたイメージを作品のなかに自在に描くことができることに気づいた。それはダンテ、ミルトン、ラシーヌ、レオパルディ、シェイクスピア、ヘルダーリンについての記憶を作中に取り入れるときのように、ただ自然で、おそらくは無意識的ですらあっただろう。こうした絵画の影響を自覚していることもあれば、していないこともあった。ニンニクを大量に消費する人が、自分の息はもちろん皮膚の毛穴からもどんなに強力な匂いを発しているか、気づいているとは限らないように。

けれどもそんなイメージは、ベケットがひときわモダンな世界にも足を踏み入れていたせいで別物に変換されている。一九三〇年代のベケットは、キルヒナー、ファイニンガー、カンディンスキー、ノルデといったドイツ表現主義者たちにも夢中だった。したがって、絵画を通じて歪曲、断片化、分離、異化などの技法に通じていたのだ。それでも、彼の後期の戯曲にX線を照射することができるとしたら、表層の奥に亡霊のように潜むいにしえの巨匠のイメージを必ず探知することができるだろう。

絵画はことに、ベケットが芸術家と作品と外界という三者の関係について深く思考するうえで手助けとなっていた。ベケットの目に映った二十世紀の芸術上の出来事は彼自身の世界観を補強したし、どうすれば作品にリアリティを付与する適切な形式を見いだせるかを模索する励みにもなった。たとえば一九三四年にテート・ギャラリーでセザンヌの絵画を見たあとには、セザンヌの風景の扱い方をそれ以前の画家たちと対比している。

擬人化された風景画を見たあとで、セザンヌの『サント＝ヴィクトワール山』を見ると救われる思いがする。ファン・ホーイエン、アーフェルカンプ、二人のライスダール、ホッベマ、さらにクロード・ロランやウィルソンやクローム・イエロー好きの画家は、風景を擬人化している。ヴァトーも「下船《デバルクマン》」〔『シテール島への船出《アンバルクマン》』のもじりか。この絵では人びとが山道を上っている〕の絵を「上りである限りはその坂を上り続けること」という言葉を絵解きしてみせようと準擬人化したし、ルーベンスにいたっては超擬人化してしまった――記録的に産気づいている大地母神テルースを見よ。それに、コローの絵だって去勢されている。こうした風景画は、散策する人間の感情にまで「高められ」、その人間と関係を取り結ぶものと仮定され（なんという思い上がり。イソップと動物たちよりひどい）、ひざやげんこつが生きているのと同じように生きているのだ。(146)

ここで引き合いに出している、風景を「擬人化」した先人たちの多くをベケットが好きだったことは、たいした問題ではない。というのも彼は、自分がセザンヌの絵画に見たのは、風景は人間とは相容れず、人間は風景からは完全に切り離された異物であるという認識であると思っていたが、それこそは彼自身のものの見方や「最近のアイルランド詩」に書いたばかりの「無人地帯《ノーマンズランド》」にどきどきするほど似ていたのだ。「セザンヌは風景を、人間が表現するいかなるものとも比べものにならないほど厳しく、独特な秩序をもった素材として呈示した最初の画家だとぼくは思う。それは生気論のかけらも寄せつけない原子からなる風景であり、百歩譲って個性はもっていたとしても、それはペルマンの言う意味ではなく、風景自体の個性、『風景性』とも言うべきものだ」(147)とベケットは書いている。

　ベケットは筆を進め、自分が賞賛するライスダールの絵を例にとりながら、外界から隔絶された人間の、微妙だが透徹した知覚を表現する。

ヤーコプ・ファン・ライスダールの『森の入り口』——そこにはもはや入り口もなければ森との交渉もなく、その大きさは謎に包まれ、通信手段もない……だから疑問は……すなわちそこに表われたライスダールの感情を、後期印象派の絵画を見る視点からいかに記述しうるかという疑問は、きっと次のことを理解したとたんに解消されるだろう。ライスダールの感情がもはや確かなものではなく、カイプの牛〔カイプは、刻々と変化する陽光に照らされた牛のいる風景を多く描いた〕は、メリオン・スクエアにあるアイルランド国立美術館のサロモンの小便小僧［サロモン・ファン・ライスダールの『休憩所』に描かれた小便をする少年］ほど時代遅れではないということを。ただしそれは、さまざまな相を見せながら変化するものと静止したもののあいだの落差を強調する装置であるという点においてである。……セザンヌは動く侵入者が自分自身であって、風景は定義上異質で近寄りがたく理解不能な原子の配列だということ、信頼できそうな顔をした隣人たちのおせっかいによってかき乱されることはないのだということを理解した。そのとき、セザンヌは、マネとその一派のスナップショット的な幼稚さからどれほど遠ざかったか、計りしれない。(148)

この爽快な分析は、トム・マグリーヴィー宛の翌週の手紙でも続いた。そこではさらに突っ込んで、風景画を異物として見るセザンヌの視点を、人間そのものに敷衍《ふえん》している。「ぼくがセザンヌに感じるのは、まさに、ローザやライスダールにとってはあたりまえの、調和というものが欠如しているということなんだ。彼らにとっては、自然というものに精霊を宿らせるやり方は有効だけれど、セザンヌにとっては、そんなものはまやかしにすぎない。なぜならセザンヌは、自分が、風景のように異なった秩序をもつ生命現象のみならず、自分自身の秩序だった生……自分に影響を及ぼす生とさえ相容れないという違和感を抱いていたからだ」[149]。ベケットがほかの人間と自分とのあいだにある、この「相容れないという違和感」を表現する独自の方法を見いだすのは、それから十二年以上もあとのことである。

第九章 『マーフィー』 一九三四—三六

1

一九三四年九月初旬、ベケットはダブリンからロンドンに戻り、新しい下宿先を見つけた。そして、いまでもチェルシー通りにある、ガートルード通り三十四番地の大きな寝室と居間兼用の下宿に移った。そこには初老の夫婦のフレッド・フロスト夫妻が住んでいた。妻はアスローン出身で、結婚前の姓をクウィーニーといい、「救いようもないほど目が悪かったが、根っからの下町女だった」。彼女は「いまでは途絶えてしまったさる高貴な家」に仕えていたことがあり、夫もそこの運転手として働いていたが、すでに引退していた。ベケットにとってフロスト夫人は、

いわば、かゆいところに手が届く母親、紐を引っ張るとただちにお茶やサナトジェン〔強壮ワイン〕、ものもらいに温湿布をするためのお湯［ベケットはロンドンに帰ると片方の目に悪性のものもらいができ、そのためビオンによる最初の診察はキャンセルせざるをえなかった］をもってきてくれるし、ありとあらゆる援助を惜しまず、いつでも元気でいそいそと現われるんだ。[1]

この「かゆいところに手が届く母親」の長所は、どんな非難も口にしなかったことで、ベケットの母親がするような感情的な要求をすることもいっさいなかった。上品さが多少彼女と夫にしみついていたとみえ、「……ぼくが彼女のリプトンの代わりにラプサン紅茶を出してもたじろがなかった」とマグリーヴィーに書いている。[2]ベケットの小説『マーフィー』では、ミス・キャリッジがシーリアに「極上のラプサン・スーチョン」をいれてもってきて、「凝固しないうちに召し上がれ」と言う。[3]またのちの戯曲『芝居』では、登場人物の一人がげっぷをして、「おれはどちらかといえば、いつもリプトン紅茶のほうが好きだった」とフロスト夫人をしのんで言う。[4]ベケットはまた「台所部分も自由に使わせてもらった。そこはぴかぴかのガスこんろが並んでいるよりも快適で、こちらからせがまなくても手作りのジャムと『ウィークリー・テレグラフ』[5]が出てくる雰囲気のなかにどっとへたりこんでしまった」。

三十四番地の部屋の床は「離れて眺めたときのブラック

の絵に似た[6]」模様のついたリノリウム張りだった。この部屋の大きさとブラックの絵との類似は、のちにブルーワリー通りにあるシーリアとマーフィーのためにベケットが創作した部屋にいかされた。

部屋は大きく、そこに置かれた二、三点の家具類も大きなものだった。寝台、ガスこんろ、テーブル、ポツンと置かれた高脚洋箪笥《だんす》、すべてがじつに大きなものであった。堂々と直立した、詰め物なしの肘掛け椅子、バルザックがすわりつぶしたのに似たのが二脚あり、二人がすわって食事するのがやっとだった。［……］広大な床部分は一面みごとな模様のリノリウムでおおわれ、青・灰・茶のくすんだ幾何学模様はブラックを思い出させるのでおおいにマーフィーの気に入った[7]。

フロスト夫妻はベケットの隣の部屋で寝起きしていた。真上には一時期二人の下宿人が住んでいた。彼らは若い夫婦もので、夫はカドガン・ホテルでウェイターをしており、妻はハンズ・クレッセントにいる年老いた婦人のメイドをしていた。ベケットはこのカップルにアイルランドやフランスから届いた手紙に貼ってあった切手をあげた[8]。夜、心臓の不整脈に不安を覚え、恐怖を感じながら眠れないでいると、二人が騒がしい音を立ててセックスしているのが聞こえた。フロスト夫妻にはすでにおとなの息子がいて、父と同じくフレッドという名だった。その息子についてベケットはこう記述している、「フレッド・フロスト・ジュニアは歯科技師で、家のなかのことに関しては信じられないほど器用な人だった。ほとんど誰にも手伝ってもらわずに風呂とクロゼットを取りつけていたが、ぼくにも読書用ランプを取りつけてくれ、おかげで部屋の一番遠く離れた隅々まで見渡すことができるようになった[9]」。

一九三四年から三五年にかけての寒い冬のあいだ、フロスト家の下宿でどんなものよりもありがたかったのは、自室にある石炭の炎だった。ときどきひどく寒かったので、夕方は戸外へ出たいとは思わなかった。マグリーヴィーは母や妹とターバートにいたが、彼にはとても会いたかった。彼がいないときは、マグリーヴィーほどしょっちゅうではなかったが、ヘスター・ダウデンに会った。フランクは一九三五年一月に、一時的にベケットと一緒にダブリンからロンドンへ戻った。彼らは仕事仲間と『若きイングランド』という評判の芝居を観にデーリーズ・シアターへいった。この芝居を最後まで見続けるのはベケットには窮屈だった。「言葉で言い表わせないほどのひどい苛立ち[10]」と彼は書いている。それからジェイムズ・ギルフォードという兄の親友が、二月に一週間やってきた。しかし、ギルフォードはフォックスロックに住んでいたころからの知り合いだったにもかかわらず、ベケットとの仲はけっしてよくはなかった。ベケットはこの訪問を逃がれられない侵入として偶した。またジョージ・リーヴィーが何度か短期間パリからやってきて、文学関係のエージェント「ヨーロッパ文学事務所」を構え、ロンドンで代理人兼出版人として契約を取りつけようと努めた。[11]

ベケットは週三度のビオンによる診察の合間の時間を、美術館通い、散歩、読書、コンサート通いなどに費した。一年以上にわたるビオンの診察が終了し、多少の改善はみられたものの、ベケットはあきらめたように書いている。「いったいなぜ診察が終わることになったのか理由がわからない。いまいましい心臓はときどき急にピクッと動き、あたかも改善という耐えがたい徴候に対して、ぼくを慰めでもするかのようだ」[12]。彼の興味に生気を与えてくれる気分転換もときにはあった。たとえばシェーマス・オサリヴァンの妻のエステラ・ソロモンズが、オールド・ボンド通り二十二番地にあるアーリントン・ギャラリーで開催されたルイーズ・ジェイコブズとメアリー・ダンカンの二人による「ドネゴールとヨークシャーの風景画展」という共同展への紹介状を送ってくれた。しかし、ベケットの心に強く残ったのはステラ・ソロモンズの作品ではなく、ルイーズ・ジェイコブズの絵だった。オサリヴァンはこの展覧会のためにイギリスに来ており、次号の『ダブリン・マガジン』に「ヤガテ夜明ケトナリヌ」の四行詩を掲載することを漠然と語った。

しかし、日常生活ではしばしばみじめな気持ちになり、しょげきっていた。「ぼくについて語ることはなにもない。こちらに帰ってきて最初の週に感じた安堵と活力に満ちた気持ちもいまはすっかり消え失せたことを除けばね。いまでは言い尽くせないほど自分が無価値でみすぼらしく無能力って感じだ」[13]。ベケットのみじめな気持ちは疑うよしもないが、かといって彼の不満や嘆きをまったく額面どおりに安易に受け取ることもできない。マグリーヴィーは結局のところベケットにとって相談役で、すぐに同情や理解などをお返しに受け取ることができるとわかっていたからこそ不満をぶちまけたのだ。ベケットが真に知的な仕事をおこなっていたことを無視するのはあまりにも安易すぎる。新しい言葉は彼の興味を刺激したし、書物は彼を魅了し、哲学的な思想は彼の心をとらえ、音楽と美術は彼にインスピレーションを与えていた。この知的かつ芸術的活動が発酵するなかでは、人との交流はけっして本質的なものとは映らなかった。ベケットは自分の孤独をときおり強烈に感じていた。だが、それはまたみずから進んで深めた孤独でもあり、取捨選択しながら知識を積み重ねるにつれ、なにかが自分のなかで生じつつあることを漠然と意識していた。

2

一九三五年四月、ベケットは短期間セラピーを中断してダブリンに戻ったが、再び「最初の何日間かはとても具合が悪く、夜はずっとひどい汗をかきっぱなしで、無言の不機嫌な階段を切り抜けるのは大変だった(14)」。それは家族の世界に戻っていくうえでの悲しく苦痛に満ちた試練であった。フランクは仕事の外では途方に暮れ、なにも手がつかないようだった。「ボス」・シンクレアは最初、アデレイド病院で結核を患っていると診断され、それからニューキャスル・サナトリウムに入院した。「ボス」が田舎の空気が身体によいということでそこに送られたとき、ベケットはシシーとデアドラのお供をして彼に会いにいった。その同じ日の朝、ベケットは叔母のシシーをロイヤル・ヒベルニア・アカデミーに絵を見に連れていった。彼女はそこでペギーのことを話しながら、わっと泣き出した。いままた夫が病に倒れ、過酷な人生と直面しているシシーを見て、ベケットはこの大好きな叔母に、同情の気持ちが大いに高まるのを感じた。

ベケットはトム・マグリーヴィーに、「ほとんどの時間を家で過ごしている、ピアノを弾いたり、芝を刈ったり、犬を散歩させたりして。ダブリンの近くにいて、こうしているのが一番楽しく、ぼうっとしていられる。車を借りて、母を父たちの墓地に連れていってあげようと思う(15)」と書いている。十四か月にわたって留守にしていたことに対するある種の償いの気持ちと愛情から、ベケットは母親と多くの時間を過ごすようにした。そこで、母親と車でグレイストーンズの墓地に行き、刺すように冷たい北東の風が吹くなかで、父の墓にヒースを植えた。けれども、村の港と湾を見おろす小高い丘陵の斜面にある墓を訪れると心はひどく動揺した。昔、兄とともに父親と一緒によくそこで泳いだことがあったからだ。

二匹のケリーブルー犬だけを連れて、たった一人で長時間、スリー・ロックとツー・ロックへ散歩し、さらにグレンカレンを通って帰ってくると、さらに痛切な思い出がベケットに甦った。一月に家に帰って、同じような散歩をしたときに、ベケットはツー・ロックの頂上に立つと——

何マイルも離れたグレンカレンの小川の近くで、一台のアコーディオンの音《ね》が寂しげに聞こえてきた。そんなに遠い昔ではないあるクリスマスの朝、父と一緒にスカルプ山の尾根に立っていると、グレンカレン・チャペルから歌声が聞こえてきたときのことを思い出した。それからはるかかなたまで見わたすことのできるすき通った空気が、点描されることなく輪郭線を与えていた。そこにはほかではけっして見ることのできないピンクと緑の夕やけがあった。すっかり暗くなると、小さなパブに入って休み、そこでジンを飲むんだ[16]。

ある風景をこよなく愛すること、にもかかわらず欠かすことのできない人がそこにいなくて寂しいと感じること、それは二重につらいことであった。

もっとも純粋な喜びは、美術鑑賞、つまり、国立美術館やチャールモント・ハウスへ通うこと、そしてジャック・イェイツを訪問することだった。ベケットはこう書いている、

昨日の午後、ジャック・イェイツはたっぷりぼくとだけつきあってくれた。夫人は留守で、三時から六時までたっぷり新しい絵を堪能させてもらった。イェイツはいま、緑の時代を体験しているようだ。ロイヤル・ヒベルニア・アカデミーにある『干潮』(メレディス[17]がダブリン市立近代美術館のために購入した絵)は圧巻だ。

だが、このようにときにはうれしいことがあっても、ますます緊張していくばかりのクールドライナ邸での気分を解消することにはならなかった。

三週間後、ベケットはロンドンに戻った。これ以上いつづけると母親とのあいだで事態がきわめて深刻になるだろうと恐れたからである。しかし、二か月足らず経ってから良心の呵責に耐えかねて、六月に母を誘ってイングランドで三週間の休暇を過ごした[18]。小型自動車を借り、母を乗せて市《いち》が立つ小ぎれいな町や大聖堂のある町々をめぐる、ベケットによれば「あわただしい旅」に出た。行き先はセントオールバンズ(「堂々とした」塔と「身廊の柱に描かれたフレスコ画のみごとな断片、とりわけ暗いキリストの磔図」[19]がある大聖堂を見物するため)、カンタベリー、ウォリック、ウィンチェスター、バース、ウェルズ、ブリストル、グロースター、テュークスベリー、ストラトフォード、そしてリッチフィールドであった[20]。西部地方ではポーロック・ウィアー、そしてウェルズに一泊し、午前中に見た、西側正面に「すばらしい小壁《フリーズ》」[21]のある大聖堂には感心した。そこから小さく曲がりくねった道を運転して近くのウィッキーホールの峡谷と洞穴へいった。二人は、そのころ一般に公開されていたこの洞穴の三つの空洞を見物した。そこ

は一九二九年には電気の照明がつけられていた。

二人は一週間程度、ノース・デヴォンで過ごし、リンマウスでは快適なグレン・リン・ホテルに滞在した。(22) その真向かいには、シェリーが一八一二年に扇動的なパンフレットを書き、ビンに詰めて海に流したとされる小屋があった。(23) このホテルは海岸線に沿ったエクスムアを通って、イルフラクームとクロヴェリーへ、さらには『ローナ・ドゥーン』の谷間へと出かけるための基点となった。「四分の一くらいはいかれた勾配があたりまえのようにある」丘だらけの田舎、リントンやポーロックの周辺を運転するのはきつかった。なかでも一番急な傾斜のポーロック・ヒルと格闘し、無理をしすぎるとレンタカーが故障してしまうのではないかと心配になった。(24) ホテルでの夕食の際、心理療法がどうなっているのかということが母のほうから切り出され、ロンドンの滞在が終わったら将来どうするつもりなのかと聞かれた。会話はいつものように身動きがとれないような堂々めぐりだった。けれども、このときだけはとくに棘々《とげとげ》しい口論にはならずにすんだ。

母親のメイは穏やかで、くつろいだ気分でいた。息子がノース・デヴォンの浜辺で泳いでいるのを一心に見守っていた。また、訪ねた場所をベケットが有名な本と比較するのを辛抱強く聞いていた。母親を喜ばせようと、彼は著名な文学作品ゆかりの地へ彼女を連れていった。オーアでは、小教区の教会を訪れた。伝承によると、そのただ一つある明かり取り窓から、カーヴァー・ドゥーンが『ローナ・ドゥーン』のなかで、ジョン・リッドとまさに結婚しようとしていたローナをめがけて撃ったとされている。ビデフォードは、チャールズ・キングズリーが『西へ出帆!《ウエストウオード・ホウ》』の一部を書いたところだった。さらにビデフォード湾に面した（その作品に因んで名づけられた）ウェストウォード・ホゥ！という海水浴場は、ラディヤード・キプリングが連合兵役学校で教育を受けたところで、『ストーキー商会』のなかでこの学校時代の経験をいかしている。(25)

ベケットの興味をもっとそそったのは、ジェーン・オースティン、シェイクスピア、およびジョンソン博士たちゆかりの場所だった。二人はウィンチェスターを訪れた。そこはジェーン・オースティンが暮らし、亡くなったところである。彼女は大聖堂の身廊の北の側廊に埋葬されている。二人はさらにバースまで足を伸ばした。そこは「神々しいジェーン」が最初パラゴン一番地で、次いでシドニー・テラス四番地で、父親が引退したあとの数年間を過ごした場所だった。ベケットは二月に『分別と多感』を読んでおり、オースティンは「多くのことを教えてくれる」と感じていた。(26) またバースにある鉱泉水飲み場や集会室を訪れるのも楽しいものだった。そこは『説得』や『ノーザンガー寺院』の舞台になったところでもあったからだ。他方、ストラトフォード・オン・エイヴォンでは「口にするのもいやだ、お偉方から公衆便所にいたるまでなにもかも[27]」と書いている。

ジョンソン博士はベケットにとってはとりわけ重要だった。だからジョンソン博士の生まれ故郷のリッチフィールドへの巡礼は大切に残しておいた。母親がラグビーの町で自分の兄や姪と合流して無事アイルランドに帰るのを見届けてから、ベケットは一人でゆっくりと味わった。この訪問はずっとのちまで彼の心に鮮明に刻みつけられることになった。ベケットはいかにも彼らしく、ジョンソン博士の家の来訪者名簿に名を記してはいない。しかし、リッチフィールドへの巡礼はベケットのなかにこの「文壇の大御所」に対する献身的愛情を育み、彼にインスピレーションを与え、ジョンソン博士とスレイル夫人に関する芝居を書いてみようと思わせた[28]。

ベケットは一九三五年七月終わりにロンドンに戻り、友人たちを迎えた。訪ねてきたのは、ショーン・オサリヴァン、デニス・デヴリン、ブライアン・コフィ、そしてヌアラ・コステロだった。母には定期的に手紙を書き、ときにはシシー、「ボス」、モリス・シンクレアにも書いた。『タイムズ文芸付録』や『テレグラフ』をトム・マグリーヴィーに送ったり、彼のために図書館の本の貸出期限を延長してやったりした[29]。映画館にも通った。また自作の詩を練り直すために一生懸命仕事をした。しかし、過去数年間にベケットが暖めてきた知的発酵は沸騰点に達し、いまにも吹きこぼれそうになっていた。ベケットはこの「吹きこぼれそうな」イメージを、恐怖とパニックという視点から見ている。「ぼくには言うべきことも書くべきこともほとんどない。あるいは莫大なものを言葉にできないのと同じほど、ほとんど書くことができない。脳のなかがまるでミルクでいっぱいになっていて、いいと思ったアイデアがほんのかすかに動くだけで、沸点に達しそうだ。そうなるともうどうしようもない、ただ急いで鍋をおろすだけだ。ミルクが吹きこぼれてパニックになるんだ[30]」。とはいえ、この恐ろしい気持ちで書いているときにこそ、沸き立っていたものは出口を見いだしつつあった。その結果、火にかけた鍋の比喩ではなく、噴火する火山の比喩が生まれてくることになるのである。

3

八月も終わろうとするころ、ベケットは、「ぼくは今度の火曜日でここにちょうど一年いることになる、とフロスト夫人が教えてくれた。これほど強烈で不条理な『こんな一年は二度とごめんだ』」と書いている。[31] 新しい小説のタイトルは最初『サーシャ・マーフィー』であったが、その草稿は実際には一九三五年八月二十日にガートルード通り三十四番地で書き始められている。[32] 九月中はゆっくりとした進み具合だったが、フレッド・フロストが取りつけてくれた読書用ランプを夜遅くまで規則正しく使えるようになって、秋と冬のあいだ書くペースはあがっていった。[33] ベケットは取り憑かれたように、ほとんどほかのすべてを犠牲にして、この小説執筆に全力投球した。九月下旬には、「もう何週間も美術館には足を運んでいない。執筆に専念しているので、それがほかのものに対する関心をすべて吸い取ってしまうんだ。眠るのを楽しみにすることができさえすればいいのに！」と書いている。[34] 今回の本では、非常に凝縮した形で、広範囲にわたる読書体験、最近のロンドンでの経験、さらにダブリンに関する詳細な知識が使われた。[35]

日中は何時間もぶっとおしで通りや公園を歩き回った。ベケットは元気よく歩いた、と従弟に書いている。それは、体を疲れさせればよく眠れるからだった。それに、規則的に動き回れば、それが一種の麻酔のような効果を生み、心痛を緩和してくれるという理由もあった。[36] ベケットはウェスト・ブロンプトンとチェルシーにあるテムズ河の岸に沿った自分の住む地域をとくによく知るようになった。そしてよくバターシー橋あるいはアルバート橋を通ってテムズ河を渡り、亜熱帯性の植物の植わった庭園やボートが浮かんだ池のある、近くのバターシー公園を回った。それどころか、ベケットは一日に、ゆうに二十マイルは歩くことができたので、もっと遠くのハイドパークやケンジントン公園も熟知していた。二年後のドイツでの習慣をもとに判断すれば、ベケットはあたりを歩きながら、将来の作品に使えそうな事柄をメモにとっただろうと思われる。具体的には、看板がユーモラスな連想を産むのでおもしろい通りや、あたりの会社や工場の名前（「忍耐・禁酒協会の作業場、生命力製パン会社、さらにマルクス・コーク浴室用下敷き製作所」など、いずれも『マーフィー』に登場する）、[37] ハイド・パークへの入り口、公園内の散歩道、ヴィクトリア女王の像、G・F・ワットの「肉体のエネルギーの像」、およびジェイコブ・エプスタインの石のリーマなどに関する詳細をメモした。[38]

ベケットは『マーフィー』のなかでロンドンに関する知識を広範囲にわたって利用している。通りの名がのったどんな地図を見てもわかるように、ロンドンでのエピソードは街の三つの異なる地域に集中し、ベカナムという少し離れた地域がそれに加わる。売春婦のシーリアは最初身動きしない一人の人物に近づき、それがマーフィーであることが判明する。彼女はやがて彼と恋愛関係に入る。

彼女はエディス・グローヴから出てクレモーン・ロードにはいり、湾曲部《リーチ》の臭気で気分を一新し、それからロッツ・ロードを通って戻るつもりだった、そのとき、ふと右手に目をやると、そこに見えたのが、ステイディアム・ストリートの出口のところにじっと動かず、天空と一枚の紙切れとを交互に考察している男、マーフィーであった(39)。

ここに描かれている通りの名はすべて文字どおり、ベケットが一九三四年から三五年にかけて最初の七か月を過ごしたポールトン広場、および次の十五か月間を過ごしたガートルード通りの一角から採られている。テムズ河に浮かぶ紙屑を積んだはしけ、バターシー橋を通り抜ける際に「頭を下げ」る船の煙突、「エルドラド・アイスクリーム売り」、近くのチェルシー病院から出てきた真っ赤な上着の年金受給者(40)などはどれも、テムズ河岸に沿って散歩していたベケットには見慣れた光景だった。だが、この情景も『マーフィー』のなかでは、地獄、煉獄、天国を思わせるダンテ的な雰囲気をかもし出している。そのために、せまい地域に限定されたこの平凡な光景がそれ以上に高められている(41)。

シーリアがマーフィーと自分のために借りる第二の部屋は、「ペントンヴィル監獄とロンドン家畜市場にはさまれた、ブルーヴァリー・ロード(42)」にあった。ここは一九三二年にベケットが住んでいたグレイズ・イン通り脇のアンプトン通りにある部屋からは、カレドニアン通りかヨーク通りを上がった、歩いてすぐの距離にあった。家畜市場と監獄にはさまれたシーリアとマーフィーの部屋の位置は、地理的な一致だけにとどまらない。畜舎、監獄、そして檻状の囲いはこの小説のいたるところで見られ、孤立と幽閉の主題を反映している。マーフィーの「南東に面した普通サイズの住処《すみか》(43)の屋並みが直接見える、北西に面した普通サイズのこの住処(44)」や、バターシー公園の「四羽の檻に入ったフクロウ」、「マグダレン神の座精神院」での狂人の安全保護「独房」、それにマーフィーの生命が尽きる屋根裏部屋もそうである。こうしたイメージの繰り返しは、主として反覆、反響《エコー》、引喩《アリュージョン》によって機能するこの小説を構造化するのに役立っている。

ダブリン近くの野山が見られず寂しく思ったベケットは(45)、散策に適したロンドンで最大の緑地（六三〇エーカーを越える）を探し出した。そして、そこを『マーフィー』の三番目に重要な場面にした。小説の主人公と同じように、ベケットはハイドパークのコックピット（そこには当時、実際に羊が自由に草をはんでいた）への常連だったし、サーペンタイン池やロング・ウォーターをぶらぶらと歩いた。ケンジントン公園の西寄りにあるラウンド・ポンドは、ベケットもマーフィーもお気に入りの立ち寄り先だった。[46]小説の主要場面は細部にいたるまで、ベケットが何度も足を運んで気ままにあたりをぶらついたり、公園で注意深く観察したりした賜物であった。

しかし、ベケットはバルザックのような十九世紀の作家がしたようにはこれらの情景を用いていない。正確な地誌的細部が登場人物たちをきわめて適切な世界のなかに位置づけることはなく、ましてやそれによって人物が説明されるということもない。むしろ、「にぎやかに花開く大混乱」の外界から、マーフィーの内的自己という「小宇宙」を切り離そうとして未遂に終わった試みを強調している。そういった実在の場所に関して示される情報量は、登場人物に関して読者に提供される、意図的に不充分な情報とは対照的である。たとえば、われわれはマーフィー自身が実際にどんな外見をした人間かはうかがいしれないし、語りの要素の多くがわざとあてにならないように書かれている。『マーフィー』における事実は、ある批評家も指摘しているように、「脇に寄って避ける必要のある障害、あるいは乗り越えねばならない的外れなものなのだ」。[47]ときにはちょっとしたまちがい（おそらく意図的なまちがい）も含まれている。そうは言っても、やはりこの作品はもっとも従来の小説の伝統に即したもので、ベケットは、しばしば自分の慣れ親しんだ環境や、自分で経験したか、聞いたか、読んだかした出来事を使っている。こういった自伝的素材が二十九歳の作家によってどのように作り変えられ、小説の素材となっていったかを知るのは興味深い。

ベケットの手紙のなかで触れられているある出来事を見ると、『マーフィー』のなかで彼がどれほど特異な形で現実の出来事を使い、作り変えたかがよくわかる。その出来事とは、「年配の男性」と呼ばれるマイナーな登場人物をめぐるものだ。実際の出来事は、「向かいの家の『年配の男性』」にまつわる。ベケットはその男が日に何度か小鳥にパンのかけらを与えているのをガートルード通りからじっと見ていた。そしてその男は、ベケットが聞いたところによると、死ぬほんのわずか前に窓枠の外にカップを置いたまま、発作で亡くなったとのことだった。[48]『マーフィー』では、この年配の男性を中心にこのエピソード全体を組み立て、発作による彼の死を出発点にしている。しかし、ベケットはこの出来事を用いて伝統的な語りのテクニックとたわむれ、その周りに一連のさまざまな状況を入念に仕組んでいる。

マーフィーは帰宅してみると、シーリアがベッドの上で顔を埋めて打ちのめされたように横たわっているのを見つける。「ショッキングなことが起こっていた」という文章で第五章は終わる。第八章の始めになって、やっとこのショッキングなこととは、年配の男性の死であったことが判明する。ミス・キャリッジという、もう一人のマイナーで変わった名前の登場人物がいる。彼女は下宿屋を営んでおり、この年配の男性が髭剃りクリームの蓋を探しながら、刃をむき出しにした状態で剃刀をもち、床を歩き回りながら、「剃刀の上にうつ伏せに倒れて、グサリ」[49]と、のどをかき切ったのだろうと想像する。この出来事は、不快な、あるいはいやな出来事を説明するために物語をでっち上げたり、合理的な説明を苦心してでっち上げたりする人間の傾向についての喜劇的な模倣作品《パスティーシュ》へと展開していく。ベケットは子どものころ大好きだったコナン・ドイルの小説の演繹的論理法をパロディー化する。ミス・キャリッジの推論はすべてその出来事が自殺ではなく事故だったということにすりかえるものだ。なぜなら、もし自殺だとすれば、自分が営む下宿屋の体面を汚すことになるからだ。そんなミス・キャリッジの勝手な想像は、それぞれ新たな事実が明かされたのち、語り手が「嘘だ」と合いの手を入れることによって切り崩される。このように多くの現実の出来事が『マーフィー』のなかで作り直されている。[50]

ベケット自身も、さらに重要な出来事を記録している。ある晩夏の午後、ベケットはケンジントン公園のラウンド・ポンドのそばに立っていた。なんと彼はそこで次のような光景に釘付けになったのだ。

土曜の午後や日曜には、小柄な、くたびれた服を着た品位のある老人たちを見かける。公園でぶらぶらしながら片手間仕事をやっていたり、ケンジントンのラウンド・ポンドではるか遠くまで空高く凧を揚げていたりする。昨日は凧揚げ同好会の老人たちがちらりほらり孫を連れて三日月のような弧を描いて座って、風が吹くのを待っていた。美しく手入れした長い尾の付いた凧は草の上に置かれ、組み立てられ、揚げる準備は整っている。というのも、老人たちは棒も尾もキャンバスの布に包み、大きな糸巻きもばらばらにしてもってくるからだ。なかにはボートをもっている人もいるが、それは凧揚げにはそれほど熱中していない人たちだ。[51]

ベケットはこの老人たちがどんなふうに自分の趣味と取り組んでいるのかを見ようとして、近くに寄って観察した。老人たちが凧を広げ、巻き上げ機をあやつり、凧を揚げるのを観察した。彼は生来の遠慮がちな自分を克服して、全然知らない人に凧がなんでできているのか尋ねた。「絹かインド産薄地《ネーン》綿布《スック》だよ」というのが答えだった。「ネーンスック」という言葉をベケットは『マーフィー』のなかで好んで使っている。ベケットの手紙によれば――

最初の風の一吹きで、凧を揚げる際に大きく揺れた。凧はほとんど見えなくなるぐらい高く揚がった。昨日などは南のほうへ、木々の上まで揚がっていって、雲一つない、虹色に輝く夕暮れの空へと昇っていった。糸をすべて伸ばし切ると、御者が鞭を使うときのように糸を軽く叩きながら、ただそこにすわってじっと凧を見ている。おそらく高度を落とさないためにそうしているのだろう。誰も競い合っている様子はなかった。それからおよそ一時間後、そっと糸を巻いて凧をたぐり寄せ、家に帰っていく。ぼくは昨日は本当にその場で動けなくなってしまった。そこを立ち去ることができず、なにがぼくを引き留めているのかと思った。小鳥たちが凧のそばを、しかも凧の下を飛んでいる様子もまたとても感動的だった。ぼくの次の老人、もしくは年老いた男は大宇宙の人ではなく小宇宙の人であり、凧揚げの人となるにちがいない[52]。

ここでベケットが記録しているのは、インスピレーションが生まれる瞬間の出来事である。彼の創造的な「小宇宙」の「次の老人」は、『マーフィー』のなかで凧を揚げるウィロビー・ケリーだった。というのも、まさにこれに続く手紙のなかで、ベケットは同じ場所でのある嵐の日を描写しながら、こう書いているからだ、「昨日のラウンド・ポンドで見た凧はまっしぐらに落ちたり、空一面をのたうち回っていた。ぼくの本は、もしそんなときが来れば、凧を揚げている老人で終わることになる[53]」と。このころはまだ、のちに『マーフィー』へと結実することになる「ぼくの本」はまだわずか九千語しか書かれていなかった。だが、ベケットはすでにこの小説がどんなふうに終わるかを予測していた。この場面は彼の頭のなかで、この小説のもっとも基本的なテーマの一つと関連する自由と解放の力強いイメージを提供してくれたのである。

凧揚げのエピソードは、『マーフィー』のなかで見られる三つの主たるインスピレーションの源泉のうちの一つだった。もう一つは星占いである。『マーフィー』を書いているころ、ベケットは、有名な心理学者C・G・ユング

――彼の講演にビオンとともに出席したことがある――が、患者たちに天宮図を使って星占いをするとよいと主張していたことに明らかに驚いたのだった。[54] ビオンもまた患者たちの星占いに強い興味を抱いていたと言われている。ベケットもビオンの要求に応じて、自分でも星占いの運勢表を作成する計画をしていたと思われるふしがある。「ホロスコープ」と表紙に書かれた赤ワイン色の堅表紙のノートに、星占いと、当時はただXとだけ書かれていた彼の主人公の生涯とがどのように関連するかを書き留めている。「H」すなわち神託か星占いが「動機の集積[55]」を主人公に提供し、その結果、次第に主人公に対して運命の典拠となり、「もはや参照すべきガイドなどではなく、従わねばならない一つの力となる[56]」。

マーフィーは患者の付き添い人の仕事を取り巻く環境がまさに星占いが導くものと一致しているのを見て取ると、シーリアのもとを離れ、この付き添い人の仕事を受け入れ、自分の運命と定める。そして、星座表のほうは最初のほうこそ「成功と繁栄を約束するインチキ坊主の六ペンスの令状[57]」として描かれているが、やがて屋根裏部屋での火事によって容赦なくマーフィーを死にいたらしめ、またシーリアを再び街娼としてロンドンの街頭に戻らせる。ベケットが何年か前に母校で講義し、物語の構造を考えているあいだいつも念頭にあったラシーヌ劇のように、なにかが「自然の経過をたどり[58]」、登場人物たちは、あらかじめ定められた終局へと至るのである。[59]

ベケットは第三の重要なインスピレーションの源を、ベカナムにあるベツレヘム王立病院で見いだした。ジェフリー・トンプソンは、この病院で一九三五年二月四日に上級の住込み医師としての仕事を開始した。ベケットは二月から十月にかけて、トンプソンがその地位を離れるまで、何度かそこを訪れた。[60] 前のベケットの伝記作家によれば、彼は自分が精神病院を舞台にした小説を書いていることや、そもそも自分が小説を書いていることをトンプソンに明かしてはいないという。[61] しかしながら、ベケットは当時精神分析を受けており、自分ばかりか他人の病気にも興味があったので、精神病院への訪問は小説に真実味を添えることになった。

「先週の今日、ぼくはベツレヘム精神病院にいた。初めて病棟を見て回ったけれど、恐怖感はほとんどなかった。軽いうつ症状から重い痴呆まですっかり見学した[62]」と、ベケットはマグリーヴィーに書いている。ベケットが精神病のさまざまなカテゴリーと名前を知っていただけでなく、個々の患者の振る舞い方をも記録していたことが『マーフィー』からわかる。

動かず、思いに沈み、それぞれのタイプに応じて頭あるいは腹をかかえている憂鬱《ゆううつ》病患者。自分が受けた治療に対する不満、あるいは内心の声の逐語的報告で何枚もの紙を夢中で埋めている偏執病患者。熱心にピアノをたたいている破瓜《はか》病患者。コルサコフ氏病患者に玉突きを教えている軽躁《けいそう》病患者。永遠の活人画になることを命ぜられたかのように、ころがりそうな姿勢で石化し、半分吸って消えてしまったタバコを持った左手を大仰にさしのべ、震え硬直した右手で天を指している衰弱した分裂病患者。(63)

三十年後になっても、「大きな肉の塊みたいな」精神分裂病患者から五、六フィート離れて立っていたことをベケットははっきりと記憶していた。「そこには誰もいなかった、彼は不在だった」(64)ことも。

ベケット自身、実際にこの病院で男性看護人としてしばらく働いたことがあるという神話もある。『マーフィー』の英語版ペーパーバックの表紙の推薦広告には、「背景もアイデアも大変アイルランド的な小説で、筆者の若いときのダブリンとロンドンでの経験、とりわけ精神病院で過ごした男性看護人としての経験に基づいている」(65)と書かれている。ベケットには絶対にそのような経験はなかった。ベケットにとって、ジェフリー・トンプソンこそがおもな情報源だった。病院での日常業務にしても、実際に起こったことに関しても。だがベケットの個人用ノートのコメントを見れば、そこには男性看護人の任務の詳細な説明が記されており、病棟について看護人の一人に細かい質問をしていたことがわかる。「看護人による裏付けあり」とあるのだ。したがって、ベケットのノートのなかの夜の巡回に関する詳細な情報（患者をチェックする覗き穴、ある患者が自殺しないということを確認できるように看護人に与えられる情報カード、夜間看護人の権力、保護独房を意味するさまざまな婉曲表現など）は、『マーフィー』のなかでほぼ正確に再現されている。(66)

「ベツレヘム王立病院は、ベケットの小説にとって単なる出発点でしかなかった。そして「マグダレン」神の座精神院およびその建物の記述は純粋に虚構である」と、ある批評家は書いた。(67)しかし、そうだろうか？　さらにくわしく調べてみると、神の座精神院についてのベケットの記述は、ベツレヘム王立病院の現実の場所や配置、および外観と一致しているのが明らかである。この点、ベケットは初期の作品で採用していた、場所を記述する技法に従っている。今回もまたベケットは詳細なノートを取り、自分の見たものをはっきりと記憶している。現実の病院の一部はサリー州に位置し、ある病棟はケント州に位置しているというのも事実である。ただし、ベケットはその近さを誇張してコミックな効果をねらっている、「こちらの州長官の権限内で死ぬよりは、あちらの州長官の権限内で死にたいというときには、患者はベッドのなかで少しだけ動くか、動かしてもらうかするだけでよかった」[68]。ベケットはマーフィーが「二階の、男性側」のほうで働いている病棟に「スキナー館」という名前を考案したが、そのもととなった建物は、ベケットが描いているものと非常によく似ている。

スキナー館は長い、灰色の二階建ての建物で、両端が二重のオベリスクのようにふくれあがっていた。女性は全員西側、男性は全員東側にまとめられていたので、そのことからこの建物は混合館と呼ばれていたが、それは回復期の患者用の二つの建物と区別するためで、こちらはきわめて当然のことながら混合ではなかった。これと同様に、混合と呼ばれる公衆浴場もあるが、そこが混浴であるわけではない[69]。

「柔らかな色合いの瀟洒《しょうしゃ》な煉瓦造りの建物［……］その前庭には芝生と花があり、建物の正面には牡丹蔓《ぼたんづる》鉄線とみずからにからみついた野葡萄《のぶどう》の類がふんだんに生い茂り、刈り込んだ櫟《イチイ》の垣根が全体を取り囲んでいた」[70]というのは霊安室を意図的に皮肉ったものだ。この描写は、いまでも病院が霊安室として用いている建物がもとになっているが、作家の想像力によってうまく潤色されている。「牡丹蔓の生い茂り」にはハムレットの「どんな旅人も戻ってくることのないところ」が意識されていて、「みずからにからみついた」というのは、じつにみごとな表現である。ベツレヘム王立病院の文書館員・主事はこう書いている、「病院の前にはいまでも実際にイチイの垣根があります。でも、芝生や花が植わっていたことはなかったと思います。建物の翼の部分にあったといったことは考えられますが、建物の裏や脇、周囲にあるのはシャクナゲ属の花木であって、イチイの木ではありません」[71]。おそらくベケットはここでも「霊安室と同じ道路の隅にある、外見が『バンガローふうの』通用門のところの詰所とを合成して」[72]いるのかもしれない。友人たちが黒焦げになったマーフィーの死体を検分にやってくるとき、この建物はそんなふうに描かれている。

「マグダレン神の座精神院」の医療スタッフの名前は、言葉遊びを楽しむベケットの特徴をよく示していて、奇妙な名前がつけられている。「アンガス・キリークランキー博士、外ヘブリディーズ諸島のR・M・S」[73]、すなわち病院長の名前の意味はおのずから明らかである（「クランク」というのは「病気の」を意味するドイツ語なので、彼は「病人は殺せ《キル・ジ・イル》」博士ということになる）し、威嚇的な男性主任看護士と男性看護士長は「ビム」と「ボム」という名で知られる双子で、ロシアの道化師の名前である。[74] ベツレヘム王立病院の上級内科医と副内科医は、おそらくベケットと会っており、ともにスコットランド人で、デイヴィッド・ロバートソンとジョン・ハミルトンだった。[75]

これらの鍵となるインスピレーションの源泉に、ちょっとした補遺を付け加えておきたい。ベケットはチェス愛好家だったので、一番交えるほどの腕をもった人となら、それが親類であろうと、友人であろうと、知らない人であろうと、だれとでもチェスを指した。ジェフリー・トンプソンが仕事のないときはいつでも二人は激しいゲームを戦わすようにし、実際ベケットはベツレヘム王立病院を訪問中チェスを指した。しかし小説のなかでマーフィーがエンドン氏と交わすゲーム（「エンドン氏にとってマーフィーとはチェスそのものであった」[76]）は、小説のテーマとうまく調和するよう特別に考え出されたものだった。黒のコマでチェスをするエンドン氏とのゲームはまったくコミュニケーションが不在だった。精神病患者のエンドン氏はマーフィーの存在を認知できず、ゲームを始めたときとちょうど同じように、自分のコマをシンメトリーに並べた状態でゲームを終える。マーフィーは四十三番目の手を打ったあと、必要もないのに投了する。[77] この、相手を認知できない人物とのゲーム経験を通して、マーフィー自身も束の間の、完全に平和な精神状態を得る。「（その時）なにものかが《無》に屈服するか、あるいは単に《無》に付け加えられたときに生じる積極的な平和、かのアブデラ人《びと》［デモクリトスを指す］のばか笑いによれば、この《無》より以上に現実的なものはないというしろものであった」。[78] ベケットのチェスへの愛着と、デモクリトスおよびソクラテス以前の哲学者に対する関心が、ここで奇妙に混ざり合って表面に表われ出ることになった。

4

ベケットは『蹴り損の棘もうけ』の出版から苦い教訓を得ていた。つまり、小説に自分や親しい人たちが残酷に、あるいは情け容赦なく描かれているのをみて大変驚き、狼狽する人たちがいることを悟ったのだ。それどころか、自分で予想していた以上に自分自身が気にしていることも自覚した。「ボス」およびシシー・シンクレアに与えた苦痛に対するベケットの狼狽ぶりは、ちょうど『並には勝る女たちの夢』や『蹴り損の棘もうけ』でやったような、それとわかる実在の人物を描くことを『マーフィー』ではベケットに断念させる結果となった。

一つの解決策は、語り手自身の言葉を借りれば、マーフィーは例外として、「操り人形」としての現実感しかもたないような登場人物を生み出すことであった。それはまた、ある批評家の言葉を使えば、「描かれているのはすべて表面だけで、しかも機械的な身ぶり」(79)しか示さない人物である。「この本に登場する操り人形たちはみな遅かれ早かれめそめそすることになっている。ただマーフィーは違う。これは操り人形ではないので」と、語り手はコメントする。(80)もう一つの解決策は、ベケットが個人的に知っている人びとから特徴を借りながらも、想像力でそれを変形させ、それに付加的な要素を文学や哲学や神話などの読書経験から加えることであった。

たとえば、マーフィーのかつての導師であるニアリー(Neary)には東洋的な哲人めいた雰囲気が多分にある。彼の名は「あこがれる」(yearn)という動詞のアナグラムである。この名はまた、ダブリンにあるニアリーズ・バーの名もふまえている。そこでは、風変わりな酒豪で、タフなおしゃべり人、H・S・マクラン教授がよくファンに囲まれてちやほやされていた。彼はトリニティ・カレッジの道徳哲学の教授で、ヘーゲルの研究家だった。(「『たぶんあんたは聞いていなかったのでしょう』とワイリーが言った、『ヘーゲルが自分の発展を中絶したことを』(81)」)。マクランはダブリンのアカデミズムの世界では伝説的な人物で、ベケットの先生たち、すなわちウォルター・スターキー(彼にはマクランに関する著作もある)、ラドモウズ＝ブラウン、そしてベケットの指導教官であったA・A・ルースなどの親友だった。(82)もちろん、ニアリーは虚構の人物なので、それ以外の特徴や思想をも反映している。たとえばゲシュタルト心理学や、(83)ベケットが『マーフィー』を書く前に読んだばかりのトマス・デッカーの喜劇『老フォルトゥナトゥス』などを。それゆえ、ニアリーがマクランと完全には一致しないのは、たとえ「ヨット帽、(ベッドでの)終わりなき進行中の作品、イカロスの凧揚げ、さらに天と地とを結合しようとする試み」(84)がそこにあるとしても、ウィロビー・ケリー氏がジェイムズ・ジョイスと完全には一致しないのと同じである。

シーリア・ケリーは娼婦であると同時に女神《ミューズ》でもあり、その名前は、空(ラテン語のcaelum「空、天」を意味する)と同時に、あやふやな大志も意味している。またベケットは、フランス語の「もし《シ》あると《リ》すれば《ア》」(85)と彼女の名前をかけている。ここでもまたベケットは多くの素材を借りている。シーリアの「緑の目」はペギー・シンクレアから、バスト、ウェスト、ヒップのサイズはミロのヴィーナスから、改心した娼婦はトマス・デッカーの二つ目の芝居から[86]、それにマーフィーの死後、心で葛藤しながら嘆き悲しむ聖母マリアのような姿は、「ピエタ」から採っている[87]。では、ミス・クーニハンはどうか？ 彼女はイェイツの伝説的な人物キャスリーン伯爵夫人に類似していると言われている。誰かが誰かを愛し、その誰かがまた別の誰かを愛し、その別の誰かがまた別の誰かを愛するという、ラシーヌの『アンドロマック』にも似たプロットにおいて、彼女は次から次へとぐるぐる追いかけ回される。

　これに対し、マイナーな登場人物のうち、霊媒師のミス・ロージー・デューと、病院の雑役人のオースティン・ティクルペニーは、文学や神話よりも実生活に多くを負うている。愛犬ネリーを連れ、「四世紀のパンピゴプトーシス病のマニ教徒で、名はレナ、行状は峻厳《しゅんげん》、顔面蒼白《そうはく》、カルキスの砂からローマを経てベツレヘムに向かうヒエロニムスをもてなした女であった[88]」支配霊に取り憑かれたミス・ロージー・デューについては、トム・マグリーヴィーの家主ヘスター・ダウデンがモデルになっている。ヘスターは自宅で定期的に霊媒師としてウィージャ・ボードの占い板を使って[89]相談にのっていた。ベケットがヘスターを知るようになったころには、彼女は墓のかなたからよみがえった支配霊で、紀元前二百年前に生まれ、その生涯の大半をアレクサンドリアで過ごしたヨハンネスというギリシア人と十四年間も交信していた[90]。ただし小説では女性の身体的特徴が変えてあり、短足を意味する「あひる病」にかかっていることになっている。しかもなんとベケットはこの病を、「尻丸出し病」を意味する「パンピゴプトーシス病」と名づけたのだ！（傑作なのは、この霊媒師の支配霊までが霊媒師と同じ病気に悩まされている）。おまけに鼻をクンクンいわせるヘスターの小さな愛犬ペキニーズを、同じように背の低い、短足のダックスフントこと「ソーセージ犬」に巧みに置き換え、その犬に公園でマーフィーのビスケットを、一枚除いて全部食べさせることにしたのだ。

　ヘスター・ダウデンの顧客のなかには貴族もいた。おそらくこのために、ベケットは出版を断られた短編「こだまの骨」から採った名前を用いて、ロージー・デューを「芋虫森の虫瘤《ロード・ゴール・オブ・ワームウッド》卿御用達」と呼んだのだろう[91]。霊界の父親と接触をはかろうとして、ゴール卿は霊媒師に父親のブーツの片方と靴下一足を送る。ベケットが説明している霊媒師ミス・デューの方法は、チェイン・ウォーク・ガーデンズ十五番地で彼が目撃したか、あるいは小耳にはさんだものと非常によく似ている。そしてベケット自身の気持ちは、おもしろがりつつも少々イライラした様子がうかがえる語り手の懐疑主義的態度のなかに現われている。

ミス・デューは、普通の霊媒師ではなく、その方法は独創的、折衷的であった。つぎつぎに心霊体を降下させたり、腋の下からアネモネをいくつも取り出したり、そういうことはできなかったかもしれないが、片手を取りつく島もない長靴に、もう一方を霊応盤に置き、ネリーを膝に載せ、やがてレナが現出する、そういう彼女の邪魔さえしなければ、彼女は七か国語で死者たちに生者たちの機嫌取りをさせることができた。(92)

しかし、実物から借りてこられた人物のなかでももっとも露骨な例は、オースティン・ティクルペニーである。彼は精神病院で医療上の雑役をこなす仕事をマーフィーに譲る「操り人形」である。この「アイルランドの著名な赤貧のアル中吟遊詩人」であるティクルペニーと、アイルランド詩人のオースティン・クラークとのあいだには多くの類似点がある。(93) たとえば、小説のなかのティクルペニーはオースティンという名で知られている。(94) あるところで彼はマーフィーにまったく根拠もなく、「別に悪気があって言うんじゃないが、さきほどのあんたはクラークによく似た表情をしてたよ」という。語り手はさらに、「クラークは緊張病で三週間混迷《こんめい》状態であった」(95)と説明を加える。クラークはまたティクルペニーのように酒豪として鳴らしていた。ベケットは一九三一年にグラフトン通りをはずれたバーで何度か彼と酒を飲んだことがあり、クラークが極度の神経衰弱に落ち入り、聖パトリック病院にしばらく入院していたことがあったことも知っていた。

しかしながら、この二人の人物が同一人物としてもっとも近づくのは、ティクルペニーの詩に対してベケットが情け容赦のない発言をおこなうときである。

その詩ときたら、五歩目はまるでカナリアのように気ままで（こういう犠牲を強《し》いるのは残酷というものだ、ティクルペニーは脚韻のところでしゃっくりをしたのだったから）、その中間休止は、彼自身の聖なる鼓腸のようにしつこくつきまとい、あるいはさもなければ、ビーミッシュの黒ビールのジョッキから吸い飲みできるかぎりの、ゲール語の泥炭性韻律法の群小美人ではちきれそうになっているのであった。(96)

これはほんの数か月前、ベケットがペンネームを用いて書いた「最近のアイルランド詩」という評論でクラークの詩について書いていた内容とじつによく似ている。そればかりか、クラーク自身が自分の著書『巡礼およびその他の詩』（一九二九）[97]の注に書いていた交叉押韻と母音押韻に関する記述にほぼそのままである。

このアイルランド詩人のことは、さまざまな理由で『マーフィー』を書く以前からベケットの気にかかっていた。[98]ティクルペニーがオースティン・クラークであることをほぼ決定づける要素は、ベケットがアーランド・アッシャーに、『マーフィー』が出版されたあとで書いた手紙である。ベケットは、「オースティン・クラークが今度の本を、自分が中傷されているとして、その卑猥な目で重箱の隅をつつこうとしているという趣旨の手紙をコン［レヴェンソール］がよこした」[99]と書いているのである。つまりベケットはクラークへの中傷が（まるで蚤が発見されるのを待っているように）、そこに潜んでいることを知っていたわけだ。なおかつ、ティクルペニーは卑屈で、人を苛立たせるような、かなり不快な人物に描かれ、しかも同性愛者である。批評家のジェイムズ・メイズが指摘するように、一九三六年当時、これは、最初の結婚が二週間も続かず、性生活もなかったとうわささされていたとはいえ、[100]同性愛者だとは思われていなかったクラークのような人間に対する根拠のない中傷と映ったことだろう。

なぜベケットがクラークをこんなふうに侮辱するようになったのか、説明するのはむずかしい。自分がなにをやっているのかわからなかったと考えるのは無理がある。なにか人知れぬ、個人的な侮辱を受けたというのではないかぎり、ベケットには深刻な恨みはなかった。おそらく単にクラークと、作詩法に対する彼の考えをからかってみたいという欲求を押さえられなかっただけなのだろう。だが、それだけではあれほどまで冷酷な描き方をした理由にはならない。たぶんプロット上、ティクルペニーを医療にかかわる雑役人に仕立て、彼をクラークと結びつけようと決めたあとで、この人物の同性愛的側面を強調すれば、読者はティクルペニーとこのアイルランド詩人とを同一視することはないだろうと判断したからなのだろう。

この登場人物をクラークをモデルにして仕立て上げることは、一歩まちがえば大変な犠牲を払わねばならないところだった。『マーフィー』が刊行されたとき、ティックルペニーがクラークにまちがいないと思ったオリヴァー・セント・ジョン・ゴガティは、ベケットを名誉毀損で訴えるべきだとクラークに促したほどだった。[101]ジェイムズ・メイズによれば、アーランド・アッシャーは、クラークがベケットの諷刺の標的であるのをダブリンじゅうの文学仲間が気づくのは当然だと思った。クラークは（本人の言葉によれば）小説にざっと目を通しただけで、ベケットに対して訴訟を起こすのをやめたという。理由は、彼の言に従えば、この小説をなんとか最後まで読み通す人間はほとんどいないだろうからというものだった。(102) たぶん名誉毀損で訴えるのはあまりにも危険な試みのように思えたのだろう。「緊張病で［……］混迷状態」という表現や、同性愛者という中傷のせいで、訴訟はきっと恥ずかしい思いをさせられ、不愉快なものになるとクラークは考えたのだろう。しかしながら、ベケットのジョークは品位に欠けていたというメイズの意見に異を唱えるのはむずかしい。それにそう驚くことでもない。若いころのベケットは、自分が高く買わない作家について語るときは非常に残酷で、痛烈なこともあったのだから。

最後に、唯一操り人形ではないと語り手が言う人物、すなわちマーフィー自身についてはどう考えたらいいのだろうか？　マーフィーは明らかにベケット自身の態度と関心（とりわけ哲学への関心）をかなり反映している。もちろん、ベケットその人でないことは断るまでもない。もっとも月並みなレベルでは、家主、パブ、カフェ、公園などが主人公の人生で大変重要な役割を果たしている。ちょうど当時のベケットの生活でもそうだったように。マーフィーが激しく脈打つ自分の心臓をコントロールできずに苦しむ様子は、ベケット自身の病状をそっくりそのまま映し出している。この小説ほど、ベケットが自分の症状をはっきりと描いたものは、手紙のなかにも見いだせない。

というのは、マーフィーの心臓は、いかなる医者もその根本《ルート》をきわめることのできない非合理《イラショナル》なものであったので。検査し、脈をとり、聴診し、打診し、レントゲン写真を撮り、心臓運動計にかけてみても、それは普通の心臓に変わりはなかった。服のボタンをはめ、さて活動を始める段になると、彼の心臓はまるで箱に入れられたペトルーシュカであった。ある瞬間にはいまにも発作が起きそうなほどに脈動困難になるかと思えば、次の瞬間には張り裂けそうなほどに沸騰する。(103)

給料がもらえる職にマーフィーをつかせようとシーリアが甘い言葉で「彼を男にし」ようとするところでは、彼女はベケットの母親が使ったのと同じ言葉を使用する。それに答えてマーフィーもまた、ベケットと母メイとのあいだに鬱積《うっ》した欲求不満と緊張をぶちまける。

「六月以来」と彼は言った、「いつも仕事、仕事、仕事、仕事ばっかりだった。ぼくをふるい立たせて仕事にありつかせようという特別な計画以外に、世のなかにはなにも起こらなかった。仕事につけばぼくたち、少なくともぼくはおしまいなんだ。きみはそうじゃなくて、はじまりだと言う。ぼくは新しい男になり、きみは新しい女になり、世界中の排泄物が麝香《じゃこう》になり、マーフィーが仕事を見つけるためなら、他になにも持たざる何万億の革製の猫の尻《けつ》のためにも勝《まさ》りて天に歓喜《よろこび》あるべし、だ。[104]

しかし、とりわけマーフィーは自己への沈潜や孤独や内的平安への衝動を根源的に、かつ鮮明に表現している。その結果は、ベケットが精神分析を通して自分の私生活のなかで獲得しようとしていたものである。

ベケットがマグリーヴィーに書いた返事の手紙を読むと、彼がマーフィーとの関係をじっくり入念に考えていたことがよくわかる。マーフィーが死んだあと、霊安室での長い場面があり、それに続いてシーリアとケリー氏との場面があるが、マグリーヴィーは、この小説をそんなふうに続けるのは賢明ではないと、はっきりと留保の態度を表明していた。するとベケットは、それは意図的なものだと言い、その理由を次のように説明している。

> マーフィーの死は抑制の効いたものにし、できるだけ感情を押さえて、さらっと終わらせたかった。そのほうが全体を通したマーフィーの扱い方とも、ぼくが一貫して彼に向けてきたような共感や忍耐や嘲笑や「汝はかくのごとし」［ショーペンハウアーの言葉］の姿勢とも、また彼の精神が精神自体について短い記述をするまでにいたる共感（それ以降はだんだんがまんできなくなる）ともよく調和すると思えたからだ。彼を深刻に扱いすぎると、ほかの人物からあまりにもはっきりと切り離してしまうような気がしてならなかったものだから。もちろんそのあやまち（アリョーシャ［『カラマーゾフの兄弟』のなかの登場人物］的誤り）を完全に避けられたとは思っていない。[105]

ベケットの心配は、それでもなお自分がマーフィーに近すぎるかもしれず、また、確かにマーフィーはあまりにも自分に近いということだったようだ。

5

『マーフィー』の創作には、ベケットが実際に出会った人や場所だけでなく、読書体験も多くの素材を提供している。ベケットは今度もまた大英博物館の読書室で、チェルシー図書館で、さらにはマグリーヴィー、トンプソンやヘスター・ダウデンからも本を借りて、部屋でも手あたりしだいに読書した。ときにはおびただしい量のメモを取ることもあった。そして興味をひく単語や言い回しなどを、ときおりノートに書き留めるという習慣も続けた。

その読書体験のなかには、とくに小説家としての技量を伸ばす目的でなされたものもある。一九三五年の初頭にジェーン・オースティンを読み、彼女から「教わることが多い」[106]と感じたことはすでに述べたが、ベケットはさらにスタンダールの『アルマンス』を四月に再読している。次には以前読んだ十八世紀文学を取り上げた。詩人としては、ポープとゲイを読んだが、自分の技術を磨くことが念頭にあったので、とりわけ小説家では、フィールディング、スモレット、スウィフトを読んだ[107]。以前『トム・ジョーンズ』を読んでおり、『ジョゼフ・アンドルーズ』を賞賛していたので、五月になるとヘンリー・フィールディングの『アメリア』を読んだ[108]。アラン・ルネ・ルサージュの『ジル・ブラース物語』やセルバンテスの『ドン・キホーテ』といった悪漢小説《ピカレスク》も集中して読んだのは、以下のベケットのノートのなかの興味深い一節が示すように、『マーフィー』のなかで故意にこれらの小説を逆転させる意図があったからである。

ピカレスク的なものの逆転。『ジル・ブラース物語』は、ジルが出会うものによって実現され、出会いから自分の使命を受け取る。X「マーフィーへと発展してゆく人物」は、出会いそこなうことによって実現され、彼の進む道はこの失敗の持続によって決められる。もし仮に彼が人と折り合うことになれば、物語は終わることになるだろう。彼はそうなるように見え、事態もそうであるように見える。そこにH「星占い」が救いとなって現われる[109]。

読書のなかには、ルソーの『告白』や『孤独な散歩者の夢想』などのように、格別ベケットに「生きいきと」蘇えってきたものもある[110]。またトーマス・マンの『ブッデンブローク家の人々』のなかのある有名な一節は、ベケットに静寂主義[111]〔ギュイヨン夫人などに代表される、神と魂との合一を目指した十七世紀末の神秘主義思想〕の基礎を提供してくれた。バートンの『憂鬱の解剖』もまたベケットは高く評価している。他方、バルザックの『従姉ベット』のように否定的な反応を示したものもある――「文体と思想の急落法があまりにも激しいので、真面目に書いているのか、それともパロディーのつもりなのか考えてしまう。でも続けて読んでいる[112]」と。最終的にバルザックは「株式取引所のユゴー[113]」だ、と結論づけている。また少々びっくりするような本も読んでいる。ジョージ・ピーボディ・グーチの『ドイツとフランス革命』[114]と、アルベール・ソレルの『フランス革命』がそれだ。

ベケットの広範囲にわたる読書は、『マーフィー』のなかでさりげなく衒学的な引喩《アリュージョン》の形で反映している。たとえばロバート・グリーンの『メナフォン』に出てくるセフェスティアの折り返し句「泣かずに、娘よ、わたしの膝《ひざ》でほほえみを浮かべよ／おとなになれば、悲しみばかりが待っている」[115]や、ジョージ・ピールの「恋は棘《とげ》、恋は針／恋はとってもすばらしい」[116]は『マーフィー』のなかにも、またベケットの「大学才人派」〔エリザベス朝時代のケンブリッジ、オックスフォード大出身の劇作家たち。クリストファー・マーローもその一人〕に関するタイプ原稿のノートのなかにも表われる。このノートを見ると、ベケットがさほど有名ではない芝居も読んで[117]、自分でエリザベス朝とジェームズ一世時代の芝居（ナッシュ、ピール、デッカー、マーロー、マーストン、さらにフォード）を必死に読んでいることがわかる。おそらくトリニティ・カレッジで勉強しなかった英文学の不足部分を補うためだったのだろう。しかし、ずっとよく知られているベン・ジョンソンの二つの道徳劇『へぼ詩人』と『ヴォルポーネ』は大好きで、『錬金術師』は前もって読んでからエンバシー・シアターでその上演を観たいと思っていた[118]。

このころ得た神話と古代に関する知識の一端は、かなり意識的に『マーフィー』のなかに導入されている。「イクシオンはいったい火の輪を滞りなく回転させておくというなんらかの契約を結んでいたか？ タンタロスが塩をなめるための用意はなされていたか？[119]」と語り手は尋ねる。ベケットのノートには、イクシオンとタンタロスの双方に関するメモが残されている。そこには〔新約聖書〕「ルカ伝」第十六章の金持ちとラザロの物語、すなわち父アブラハムが乞食ラザロを弁護する場面も記されている（しかもベケットはフランス語とイタリア語の両方で引用しているのだ！）この話は『マーフィー』のなかで二か所にわたって言及されている[120]。

ベケットが読んだ本のなかには、『マーフィー』の進展にきわめて重要なものもあった。一九三五年七月にベケットは母親と休暇に出かける前に、「フランスの天才」版でラブレーの『パンタグリュエル』を買い、ロンドンに帰るとすぐに読んだ。そしてかなり長い部分から短い語句にいたるまで、抜き書きをしたり、おかしくて大笑いするような文句を意訳したりして、なんと二十三ページものメモを取っている。「ブーレーの神託にうかがいをたてるために世界一周の旅に出て、再びラブレーのなかで身動きが取れなくなった[121]」ものの、ベケットがこのムードンの聖職者を読んだときと『マーフィー』の最初の一万語が書き上げられたときとは正確に一致している。ラブレーの第二の書のなかの「偉大なるパンタグリュエルの起源と古代に関する」説明は、ベケットにマーフィーと彼の行動とを黄道十二宮の記号と天体の運動の観点から位置づける考えを示唆した可能性が考えられる。しかし、もっと一般的に言えば、『マーフィー』における博識とユーモアの混交、言葉遊びと新造語などは、むずかしい、あるいは古語となった言葉の音に対する喜びと並んで、読者をラブレー的精神のなかにどっぷりと入った気にさせるほどだ。一九三八年にこの小説が出るや否や、ハーバート・リードは即座にこの点に着目し、ラウトレッジのT・M・ラッグに、『マーフィー』は「真のラブレー的特質を備えている。つまり学識と型破りなところの両面を正当に合わせもつ、希有な作品だ」と書き送っている。[122] しかし、この彼の見解はそれ以来ほぼ完全に無視されたままだ。

『マーフィー』の第六章は、その題句を、スピノザの『エチカ』第五部から引用している。すなわち、「マーフィーガミズカラヲ愛スル知的愛」である。神の代わりにマーフィーを入れたのが唯一の変更点である。この章でマーフィーは自分の精神を閉ざされた体系として、つまり「外なる宇宙に対して魔術的に密閉された巨大な空洞の球体[123]」として思い描く。マーフィーは自分が肉体と精神の二つに分裂していると感じ、この二つがどのようにして意志を疎通しあっているのか理解できない。彼はさらにこの精神を光、半影、暗闇という存在の三つのゾーンに分割する。この重要な章と、マーフィーが自己の精神の暗闇のゾーンへ閉じこもっていく部分は、心理学や精神分析、さらに哲学に関する本からベケットが得た知識をひとまとめにして生まれたものである。

ベケットがビオンと一緒に出席した一九三五年十月の講演で、ユングは以前に自分が用いた図形に注意を促した。それは、「精神という大きさの異なる球体と、中央にある無意識という闇の中心を表わしている。その中心に近づけば近づくほど、ジャネが〈精神的レベルの低下〉と呼ぶものをよりいっそう経験することとなる。すなわち、意識の自律性が消滅しはじめ、無意識の内容物にますます魅了されるようになる[124]」。ベケット自身による心理学のメモには、「イド、自我、超自我」がくわしく規定され、「知覚的－意識的」「前意識的」さらに「無意識的」なものを「イド、自我、超自我」との関係において簡単にスケッチしたものが含まれている。

だからと言って、ベケットはユング的な、あるいはフロイト的なモデルを使ってマーフィーの精神の構造を説明していると言いたいのではない。そうではなく、ベケットのモデルはおそらくそれと平行しておこなわれた哲学に関する読書から借りられていると思われる。しかし、もしベケットが心理学に関する読書から洞察を得たり、ビオンのもとでおこなった分析で精神の深部へと自分で降下していくことがなかったならば、マーフィーが暗闇のゾーンへと降下して「暗闇のなかに、無意志状態のなかで［……］過ごすことがさらに多くなった[125]」状態が、小説の重要な部分となったかどうか疑わしい。マーフィーの星占い頼みでさえ、アドラーの言う神経病患者がおこなう「人生設計」の外的代替物であると言える。さらに精神病者エンドン氏を登場させたのは、無意識に関するベケットの読書体験からだけでなく、ジェフリー・トンプソンが働いていた精神病院で出会った患者にも負うところが大きい。

エコール・ノルマル以来、ベケットは断続的に哲学に取り組んでいた。そして、ソクラテス以前の哲学者（とくにデモクリトス）に興味があった。マーフィーは暗闇のゾーンではデモクリトス的な「絶対自由の微片[126]」となることを求める）や、精神と肉体は分離しており、神によってのみ接触が引き起こされるというマルブランシュやアルノルド・ゲーリンクスのような機会原因論者の著作に大変興味を抱いた。

それだけではなく、ベケットはまた、第六章に付された題辞が示すように、スピノザにも取り組んでいた。このあと、一九三六年の夏、詩人で学者でもあるブライアン・コフィにダブリンで会ったが、そのとき、コフィが「スピノザについておもしろそうに話をした」。ベケットがスピノザの『エチカ』を「英訳で読んでみようとしたが途中であきらめた」ことを告白すると、コフィはブランシュヴィックの『スピノザと彼の同時代人』と、ガルニエ版の古典シリーズの『エチカ』のフランス語版を貸してくれた。この版はフランス語訳とラテン語の原文が見開きになっており、「そのおかげで（英訳では不可能だった）解決策と救済策がどうにか生まれ、スピノザを一瞥するのに充分な時間がもてた[127]」。

『マーフィー』を執筆中、ベケットにある啓示が現われた。ダブリンに帰省したのちの一月なかば、この小説とベルギー生まれで機会原因論の哲学者ゲーリンクスとのあいだにある関係について、ベケットは次のように書いている。

ゲーリンクスを探しにT・C・D（ダブリンのトリニティ・カレッジ）にいかなければならないだろう。国立図書館にはないんだ。突然わかったんだ、『マーフィー』とは、ゲーリンクスの「自分が無価値なところでは、なにも望むべきではない」という命題と、マルローの「社会の外で生きている人間には、自分の同類を探し求めずにいることはむずかしい」という否定とのあいだで生じる挫折である、と。(128)

ベケットがゲーリンクスに思い当たったのはこれが初めてではない。エコール・ノルマルでボーフレと知り合うようになってから、彼はすでにデカルトや、ゲーリンクスを含む後期デカルト主義者たちに関する書物をかなり読んでいた。けれども、ゲーリンクスの『倫理学』をラテン語の原文で読んだのはこのときが初めてだった。彼は読みながら、ラテン語でくわしいノートを取った。シングル・スペースのタイプ原稿で五十ページ以上にもわたるノートは、いまでも残っている。一冊まるごと読んだわけではなかったが、そのノートを見れば、それが非常にはっきりとした決心のもとで取りかかった仕事であることがわかる。そして、ゲーリンクスの考え方にベケットは魅了された。

自分でもなぜだかよくわからないままに、T・C・Dでずっとゲーリンクスを読んでいる。たぶん本がなかなか手に入らないからだと思う。でもそれは屁理屈であって、ぼくの本能こそが正しいのだ。この仕事はやるだけの価値がある。なぜなら「永遠の相のもとで」得られたヴィジョンこそが、生きいきとあり続けるための唯一の理由なのだという確信に浸されているからだ。(129)

ベケットはこの先、『マーフィー』を理解する鍵の一つとして、価値と意志に関するこのゲーリンクスの言葉に学者たちの注意をうながすようになる。

6

『マーフィー』を書いている最初の数か月間、何度か「壁」にぶち当たったり、身辺の出来事のために仕事を中断せざるをえないことがあった。たとえば一九三五年十一月一日には、ジェフリー・トンプソンとフィアンセのアーシュラ・ステンハウスがハイヤーで迎えにきたので、ベケットはドーセットまで一緒にいき、ウェスト・ラルワースでの彼らの結婚式で新郎の付き添い人の役を務めた。ベケットは結婚式は戸籍登記所でするのだろうと思ってジェフリーの立会人を引き受けたが、ベケットの表現を借りれば、「帽子をかぶって殿様顔で」参列するような、わずらわしい社交が要求される教会の結婚式に出席するのは気が進まなかった。(130)けれども長いつきあいで、しかもそのころとりわけ親切だった友人を失望させるのはしのびなかった。そこで、いやな気持ちを押さえて最善を尽した。

移動は四時間近くもかかった。コートをもってこなかったベケットは、凍えるような寒さのなか、車の後部座席に辛抱強く震えながら座っていた。[131] その日は地元のホテルでジェフリーと一晩を過ごした。同じ晩、バーで結婚式のためにはるばるアイルランドからやってきていたジェフリーの家族とも会った。それは和気あいあいとした一夜だった。翌朝、花婿の付き添い役でポケットに金の結婚指輪を大切に忍ばせながら小さな村の教会まで新郎をエスコートして行くと、式場は小さめで、花婿の側よりも花嫁の側のほうがほんの少しばかり出席者が多いだけなのを見て胸をなでおろした。礼拝のあと、彼らは披露宴のために教会からアーシュラの両親の家まで歩いていった。途中、ジェフリーが花嫁に「交戦中の豪胆船はいまや最後の投錨地まで引っ張っていかれた」と言っているのを小耳にはさむと、ベケットはにやりとした。ジェフリーのせりふは、誇り高き戦闘船が解体されようとして、係船所へと引き船で引っ張っていかれるところを描いたターナーの絵に言及していたのだ。[132] 披露宴でベケットは乾杯の音頭をとったが、いかにも彼らしく、当然のようにスピーチはしなかった。新郎新婦と一緒にロンドンに戻ったときには、すべてが終わってほっとした。ベケットはこうした社交的な行事で見せ物になっている感じがとてもいやだったのだ。

7

三年前にロンドンのいくつかの出版社にあたって、詩集の出版の引き受け先を探して以来、ベケットは新しい詩を数篇書き、以前書いたものに手直しをした。ときにはかなり根本的に書き直したりした。そのころ、つまり一九三四年の初頭、当時パリに住んでいた友人のジョージ・リーヴィーが、自分が興した出版社の名を付した詩集のシリーズにベケットの詩集を入れられないものかどうか打診してきた。その出版社は社屋は小さかったが、名前はかなり雄大で、ヨーロッパ・プレスといった。それは、「ボナパルト通り十三番地で、ロシア人が経営する書店のちょうど真上にある小さな部屋」[133] にあった。そのころには、もっと大手の出版社から刊行できるかもしれないという希望はすっかりあきらめていたので、ベケットはこの絶対にお金にならない申し出を受けることにした。ジョージ・リーヴィーは、出版社を始めたいきさつを次のように説明している。

わたしは当時イギリスの出版社にとてもうんざりしてい

ました。詩集だというと、自分が書いたものばかりか、友人の詩人たちが書いたものもみな断られるのです。そこで自分でなにができるだろうかと考えたのです。同時にわたしは、スタンリー・ウィリアム・ヘイターという、パリでアトリエ17という工房を開いている有名な版画家と親しい関係にありました。わたしの考えは、詩集の一部に最初にその工房出身者に挿絵を描いてもらおうというものでした。事実、ヨーロッパ・プレスから出たもののうちの四冊はアトリエ17の出身者が挿絵を担当していますす。ジョン・バックランド・ライトのもの、ヘイターのものが二つ、さらにそのうちの一冊はチェリーチェフの手になるものです。［……］でも、サムは自分の詩集に挿絵が載ることには乗り気ではありませんでした。そこでわたしは一枚だけ版画を載せてはどうかと提案しましたが、それも望みませんでした。結局じつに地味に、挿絵なしで刊行したのです。(134)

一九三五年十二月初頭、ベケットの詩はついに三二七部からなる、薄い版で刊行された。そのうち二十五部は著者の署名入りである。もともとベケットはこの詩集にただ『詩集』というタイトルをつけるつもりでいた。ところが一九三五年の三月に考えを変えた。「最終的には『詩集』ではなく、『こだまの骨および他の沈殿物』とします。そのほうがもっと妥当です(135)」と、ベケットはリーヴィーに書いている。

彼は自分で気に入った詩だけを載せることにし、そして以前にサミュエル・パットナム編のアンソロジー『ユーロピアン・キャラバン』に載った「地獄の嶋鳥たち」、「テクスト」など放蕩な官吏の娘のためのプラリネンの小箱」、「自由のくびき」は放棄した。(136)同じアンソロジーに載った「自由のくびき」という美しい短詩を載せるかどうかに関してはずいぶんと迷った。最終的に詩集から除くと決めてから、もう一度考え直したにちがいない。一九三四年十一月一日、それに「モーリュ」という新しいタイトルをつけてシカゴの雑誌『詩歌』にほかの三つの詩とともに送った。しかし、いずれもじきに断られてしまった。(137)

ベケットはまた、ほかに数篇の詩を『こだまの骨』から除いている。それらはいまでもまだ出版されていない。そのなかには「春の歌」という、一九三一年にチャトー・アンド・ウィンダス社のチャールズ・プレンティスに送った作品がある。(138)初期の長編詩や、「恋人よ愉快な時がきた」といった作品ーに送ったあと、詩集に収めるべきかどうかを決める際の自分の理想的な判断について、容赦なく正直に自己批判した手紙を書き送っている。

君がこの詩を気に入ってくれたのを知ってうれしい。ぼくの印象を正直に言わせてもらえば、この詩はなんら必然性を表現していないという点で、ほとんど価値がないんだ。つまりなんらかの点で必然性を欠いており、これを書かなかったからといって少しも調子が悪くなるということはなかっただろうと思うんだ。そんなふうに詩を考えるのは安易だろうか？　いずれにせよ、この件についてそんなふうに考えるのを止めるのは不可能だと思うんだ。繰り返しになるが、まったくのところ、ぼくの詩の大部分は、言葉の選択は的確だとは思うが、必然性を欠いているという理由で失敗なのだ。なかには三つか四つ好きなのもあって、それらは、最近の好天続きのなかにあってひどい天候の時のために備えて「私生活」の巣穴のなかに持ち込んだようなものだ。「アルバ」と、長篇詩「愁嘆の歌」と「ドルトムント・ビール」、そして「モーリュ」でさえ、「みごとに構成されている」という印象を与えてくれないし、けっして与えてくれはしなかった。それらの詩がほかの詩と区別できるものとしてなにがあるのかと言われれば、うまく説明できないけれど、ワーグナーでも、車輪で運ばれる雲でもない、なにか樹木のようなもの、空に関わるものなんだ、膿瘍を越えたところで書かれたもので、体口から書かれたものではない、精神のなかの膿を償うために精神のなかの熱を言葉にしたものであって、それを描写したものではないんだ。[139]

最終的には、以上のような見解よりも、もう少し自分の作品に寛容にならざるをえなくなったベケットは、あまり高くは評価していない詩も数篇『こだまの骨』に収めざるをえなかった。「愁嘆の歌I」、「ドルトムント・ビール」、それに詩集のタイトルとなった「こだまの骨」の残された草稿を見ると、出版に先立って、ベケットが相当手を入れていたことがわかる。父親の葬儀をもとにした詩「マラコーダ」は一番大変だった。これには原型をとどめないほど手を入れ、修正は一九三五年の十月になってリーヴィーのところからやっと届いた校正刷りにまで及んだ。[140]

『こだまの骨』のなかの詩は、個人的で、きわめて自伝的だ。しかし、ある批評家も述べているように、そこには、「少し距離を置いた個人の内面」[141]がある。それぞれの詩のタイトルも、個人的な連想から生まれた。「愁嘆の歌」、「夕べの歌」、「アルバ」はいずれもプロヴァンス語の詩の形式で、ベケットはこれをトリニティ・カレッジで、ラドモウズ＝ブラウン教授のもとで学んだのだった。ただし、二つ収められた「血膿」は、「血の流出」を意味しており、ベケットの典型とも言うべき病的状態と苦痛の雰囲気は、「愁嘆の歌」をはじめ、この詩集に収められたほかの詩にも同じように流れている。

　こうした詩の多くが、すでに見てきたようにベケット自身の生活や書物、あるいは彼にインスピレーションを与えた特定の詩と関連している。さらにダブリンとその周辺の田舎という地誌ともつながりがあり、別離、放棄、苦悩、苦痛といった主題と関連する緊密なイメージに変形されている。だが、詩のなかに見られる文学的引喩《アリュージョン》や、遠回しにほのめかされる文学作品との類似は、全体として見たとき、個人的な体験と同じくらい重要である。オウィディウス（詩「こだまの骨」そのもの）、ダンテ（「マラコーダ」）、ゲーテの「禿鷹のように」（「禿鷹」）、さらにドイツのトルバドゥール詩人、ヴァルター・フォン・デア・フォーゲルヴァイデ（「ヤガテ夜明ケトナリヌ」）などとともに、聖書、『トリスタンとイゾルデ』、ペローやシェイクスピア、デフォーやポープ、それにランボーといった人たちの作品へのちょっとした言及がなされている。衒学的な言葉使いや俗語、それに詩句のいくつかのリズムが多言語的に混ぜ合わされているところなどは、ジェイムズ・ジョイスの影響が明らかだが、それはT・S・エリオットの「風の強い夜のラプソディ」や、エズラ・パウンドの『詩篇』ほどには顕著ではない。半世紀以上も経ってみると、「アルバ」、「ヤガテ夜明ケトナリヌ」、「こだまの骨」などといった短めの詩のほうが、複雑で引喩《アリュージョン》の多い詩より読みやすく、成功しているように思われる。

　初期の短編小説に対しては長いこと背を向けていたベケットも、詩集『こだまの骨』に背を向けたことは一度もなかった。「言うべきことも、表現したいといううずきもなにもない、青二才の作品だ[142]」という彼自身の判断はあまりにも厳しい批判であるとはいえ、これらの詩はベケット自身の導きによってローレンス・ハーヴィーがおこなうことのできたたぐいの詳細な説明を必要とし、それがないと、専門家ではない読者にはあまり意味がよくわからないのも事実である。そしてそのことは、ベケットもすぐに気づくようになった。

8

一九三五年のクリスマス前にロンドンからクールドライナ邸に帰ったベケットは、幸運には恵まれていなかった。帰ったとたん胸膜炎に襲われ、一週間以上もベッドに寝たきりだった。このためベケットはほとんど母親に頼らざるをえず、母親のほうは息子を献身的に看護できるしあわせを感じていた。再び家に帰ってはみたものの、あまり幸先のよいスタートとは言えなかった。

フランクはこのうえなく親切だった。弟の気持ちを楽にしてやろうと必死に気づかい、ピアニストのアルフレッド・コルトーのグラモフォンのレコードを買ってやったり——ところが、ベケットの嫌いなリストの曲を演奏したレコードだった——ベートーヴェンの弦楽四重奏全曲のレコードを借りてきて、前年に家族のために作ったラジオ付き蓄音機で聞かせたりした。ほかにも心配して訪問してきた人たちがいた。シシーとデアドラ・シンクレア、モリス・シンクレア、スーザン・マニング、それにアラン・トンプソン医師などで、トンプソン医師は兄のジェフリーが留守のときはベケットの治療にあたったばかりでなく、彼とときたまチェスも指した[143]。外出できるまでに回復すると、ベケットは肺のレントゲンを撮りにリッチモンド病院にいくようにいわれた。しかし、レントゲン写真を見ると肺はきれいで、胸膜炎は肺の組織になんのダメージも与えていないことがわかった。病気のあいだベケットは、手あたりしだい家にある書物をむさぼるように読んだ。病気中はフランスの子ども向けの歴史書ですらおもしろかった[144]。

一月の第二週を迎えたころにはほぼ完全に胸膜炎は回復していた。ところが今度はまた例の精神的なパニックが夜になると襲ってきて、丸二年におよぶ分析によってなにも解決しなかったのかと思うと絶望感に襲われた。ふえ続けるノートの山を見ながら、ベケットはロンドンに戻っていたトム・マグリーヴィーに、「自分の敗北がまだ決まったわけではないと思える唯一の場は、この文学の荒地だけだ[145]」と手紙を書いている。その年の最初から、ベケットには家族のいる家で暮らすのは、ほんの一時的なものでしかないと思えた。

おそらく脱出は思っているより早くやってくるだろう、でも、もうビオンはこりごりだ。ものを書いたり、考えたり、動いたり、話したり、ほめたり、非難したりしながら、ぼくはこの二年間が教えてくれた自分のありようそのままに生きている。言葉が出てくるとすぐ自分の自動症に赤面してしまうのがわかる[146]。

ベケットは自分にお金が足りないのは母親の策略だと思った。そうすれば自分が家に留まって、「お金もうけのできる仕事」を見つけざるをえないことになるだろう、と。それでも彼は「朝」と呼ばれるジャック・イェイツの絵を三十ポンドで、母とフランクから借りてでも買いたいという欲求に逆らえなかった[147]。ベケットがアイルランドに根をおろすように、家族はできることならなんでもした。もちろん当時のベケットと彼の行動をそのまま受け入れることはできなかった。たとえば、シシーでさえ、ベケットの詩集『こだまの骨』が一か月前に出版されていたにもかかわらず、この詩集についてはひとことも言わなかった。母親には三部も渡していたけれども、ベケットの言葉を借りれば、「反抗的な沈黙[148]」が返ってきただけだった。ベケットもこれにはとてもがっかりした。五月には母親との関係について、「ぼくたちはたがいがベストと考えるやさしさとよそよそしさに居心地よくくつろいでしまったようだ[149]」と記している。

ベケットは、以前ビオンから自分の孤立から生じる結果と戦うためには人と会ったほうがよいとすすめられていたので、この時期、意識的に人に会いに出かける努力をしていたようだ。ラドモウズ＝ブラウンは入院中で、快方に向かってはいたものの「戦闘力を失って」いた。そこでトリニティ・カレッジで医学の勉強もしていたエズナ・マッカーシーが、ラドモウズ＝ブラウンのプロヴァンス語詩の授業を担当することになった。ベケットは「フェリブリージュ」の作家たち、およびフレデリック・ミストラルの詩、とりわけ『フェリブリージュの宝』に関する詳細なノートを取ってエズナを手伝った[150]。従弟のモリスは再びトリニティに入るために奨学生資格試験の準備をしていた。そこでベケットはモリスに毎週フランス語のレッスンをしてやった。

社交面でも、以前ならためらったようなこともやった[151]。たとえばサー・トマス・ビーチャム指揮のロンドン・フィルハーモニーのコンサートや、コルトーのリサイタルに母と一緒に出かけたり、モリス・シンクレアを友人の画家ジャック・イェイツに紹介したりもした。またゲート劇場の初日の晩、ダブリンの有名レストランのオーナーであるジャメ夫妻や夫妻の友人たちととても愛想よく談笑したり、翌日には彼らの所有するブラックロックの田舎の土地まで出かけていった。けれども、生きている世界のちがいからくるギャップを強く意識させられた[152]。

ベケットはけっして集団を好まなかった。しかし、このときばかりはダブリンの文学サークルの舞台で、少なくとも端役を演じようと本当に努力していたようだ。もっとも、彼は自分が舞台の前面にいると思うと、決まってとてつもなく居心地の悪さを感じていたことは確かである。「そうなのです、彼はそんなことは嫌いでした。実際、彼は母親似で、リラックスして社交のできるような人ではまったくありませんでした。一人でいたいと思う人でした[153]」と、メアリー・マニングは言っている。それにもかかわらず、ベケットはシェーマス・オサリヴァンの「内輪だけの」集まりに出かけてゆき、ときにはシシーも一緒だった。シシーはシェーマスとステラの昔からの友人だった。一九三六年の後半、『ダブリン・マガジン』にベケットによるジャック・イェイツの『常世の花のひと』の書評が掲載され、彼の最良の詩の一つが採用になったあと、オサリヴァンはベケットに『ダブリン・マガジン』の編集者の地位を引き継いでもらえないかと頼んだ。シェーマスは三年間の印刷費用をすべて支払うと約束したにもかかわらず、ベケットはこの申し出を断った（ベケットが明らかに「旧い流派」に属すると見なしていたような人が、彼のすぐれた知性に充分な敬意を払ってこのような提案をおこなったのは意義深い）。ベケットはまたソルケルド家を訪ねて、そこでセシルの詩を数篇読み、非常に感動した。(154)

仲間の作家や芸術家などと一緒にいるときは、純粋な喜びを感じることもあった。とりわけジャック・イェイツと過ごす土曜の午後がそうで、ベケットは再びイェイツを訪れるようになった。最大の喜びは一番最近描かれた絵を鑑賞し、イェイツと話をすることだった。ベケットは彼に対し、明らかに畏敬の念を抱いていた。ヘンリー・トンクスがダーモッド・オブライエンと一緒に来たときのように、(155)ほかのおもしろい訪問者と会うような土曜も何度かあった。またベケットには小さな友人の輪ができていた。デニス・デヴリンと一緒にランチをとったり、コフィ家の人と食事をしたり、ブライアンと散歩にでかけたりもした。ベケットが好きだったり、その仕事に敬意を払っている旧世代の友人もいたが、彼らに会うことはきわめて稀だった。たとえばアーランド・アッシャーにはジョー・ホーンと一緒にカッパーまで会いにいった。(156)またジョージ・リーヴィーがある日ベルファストからやってきて、フランクの車で小説家のフランシス・スチュアートに会いにいったりもした。(157)

だが、ベケットの関心はすでに地元の事柄にはなかった。もっとも重要な仕事は『マーフィー』を仕上げることだと感じていた。そこでクールドライナ邸の寝室を書斎に作り変え、兄の仕事場のあるクレア通り六番地から自分の本を引き取り、ロンドンからもって帰った本と一緒にした。彼はいつもフランクの道具を使って本棚を作るのが得意だった。ほとんどはかどらない日もあったものの、ベケットはそこでほぼ毎日のように『マーフィー』に取り組んだ。それでも、一九三六年の二月には「機械的執筆」(158)とベケットが呼ぶように、残りはほんの三章分になった。(159)五月の初めには「最初の終わりに近づいて」いた。そして六月の第三週には仕上がり、出版社に送るために同じものを三部用意した。[160]

母親につねづね就職するように言われていたので、ベケットは、おそらく永遠に貧乏な作家兼書評家として生きる代わりに、少なくともなにかほかの生き方が可能かどうかを考えざるをえなかった。彼はつねに映画に興味をもっていた。そしてこの時期、映画に関する本をたくさん借りた。フセヴォロド・プドフキンに関する本や、理論家のルドルフ・アルンハイムの本や、『クローズアップ』のバック・ナンバーを読んだりした。さらにモスクワにいって国立映画研究所に入ることを真剣に考え、セルゲイ・エイゼンシュテインに手紙を書き、研修生として受け入れてもらえないかどうかと尋ねてもいる。[161]ベケットは、サイレント映画の可能性はまだあると考えていた。カラーのトーキーの発展とともに、「二次元のサイレント映画は独自の場所を確保するかもしれない。サイレントはようやく幼年期を脱したとたんに水をかけられてしまったけれど、もしそうなれば、二つの別個のものが並び立ち、それらのあいだに戦いが生じる、いやむしろどちらかが完敗する」[162]と考えた。エイゼンシュテインへの申し出はもちろん実を結ばなかった。自分の視力が弱いこともすっかり忘れ、[163]訓練を受けてパイロットになるのはどうだろうかとなかば真剣に、絵に描いた餅のようなことも考えたりした。

9

ベケットの詩や散文には大変豊かなドイツ文学とドイツ思想の知識が表われている。一九三〇年代なかばにはドイツ語で読書ができる幅が広がった。ゲーテとヘルダーリンを読んでいたのはきわめて明らかだが、さらに言語思想家のフリッツ・マウトナーや、哲学者アルトゥール・ショーペンハウアーなどにまで及んでいる。ポートラ・ロイヤル・スクールでも、トリニティ・カレッジでも、ベケットはドイツ語を学んだことはなかった。しかし、スペイン語と同様——一九三三年にベケットは、「スペイン語を一生懸命勉強」[164]しはじめた——ドイツ語も独学で学んだ。シンクレア家の従姉弟に助けてもらい、モリスとはドイツ語で手紙をやりとりしたし、さらに重要なのは、一九二八年から三二年にわたって定期的にこのカッセルの一家を訪れていることだ。一九三二年には、トリニティ時代の教授ラドモウズ＝ブラウンが、タイプによる推薦状のなかで、うそいつわりなく、ベケットがフランス語とイタリア語に堪能なばかりか「ドイツ語もできる」[165]と書いている。

一九三四年にポールトン・スクウェア四十八番地にいる

あいだずっと、ベケットは小型の淡い黄褐色の大学ノートを使ってドイツ語に取り組んだ。ガートルード通り三十四番地に移ってからは、ドイツ文学史に関してドイツ語で詳細なノートを取り始めた。一九三五年にはゲーテの作品をたくさん読んでおり、ヘスター・ダウデン所有のゲーテの自伝『詩と真実』も借り、ドイツ語で四十一ページにわたるノートを取っている。さらにまたゲーテの詩「プロメテウス」をこの時期にタイプしてもいる[166]。のちにゲーテの『タッソーとイフィゲニア』を読み、「それからラシーヌ[フランス語の『イフィジェニー』]を読んで口直しをした」[167]。一九三六年の夏にはゲーテの『ファウスト』を読み、それに関しても再びドイツ語でかなりのノートを取っている[168]。

はじめは関連する言葉や語句を書き留めていたベケットは、まもなくドイツ語で数節の文章を書けるようになった。これらのノートを見ると、ほかの人に助けてもらったらしく、作文にときおり修正した形跡がある。かと言って、彼がドイツ語の授業に出席していたという証拠はなにもない。彼の論理的思考と音楽に対する鋭い耳をもってすれば、言葉を学ぶのは比較的容易だったのだ。「大学」ノートの終わりのほうになると、ドイツ語の語彙と構文ははるかにずっと洗練され、一九三六年の八月には、すでにドイツ語による短い作品の執筆に手を染めている。そのなかにはリナルドとアンゲリカの物語（『狂えるオルランド』をもとにした）についての才気あふれるアイロニーに満ちた模倣作品《パスティーシュ》や、自分の詩の一つをドイツ語に訳したものも含まれている。

しかし、ベケットが新たな言葉を獲得していった動機は、もっぱら知的な関心からばかりではない。ベケットはもはやフォックスロックで母と二人だけで暮らすストレスと緊張には耐えられなくなっていると感じていた。だからさまざまな言葉を修得することは、ヨーロッパ大陸のどこかほかのところで新たな生活を送るパスポートを手に入れられることのように思えたのである。

10

この一年間を通して、ベケットの手紙にはクールドライナ邸での暮らしに対する、落ち着かない不安な気持ちが次第につのっているのが見て取れる。数か月のあいだ、母親とのあいだに大きな感情の衝突はなかったようだ。ただ、再び逃げ出さねばならないという確信が強くなっていた。そんな折り、夏のあいだに、本当に逃げ出さざるをえないようなことが起こった。子どものころの友人メアリー・マニングは一年前マーク・ド・ウルフと結婚してボストンに住んでいた。メアリーはこの夏、二人の若いボストンの友だちエリザベス（「ベティー」）・ストックトンとイザベラ（「ベル」）・ガードナーとダブリンで落ち合った。彼女たちはコーク州の南西海岸に面した借家にストックトン一家と一緒に滞在していた。

ベティーとベルは、みずから認めているように、男性と会って元気よく、どちらかと言えば無邪気に「ふざけまわりたくて」ダブリンにやってきたのだった。二人はシェルボーン・ホテルに泊まった。ベルには光沢のある青いサージのスーツを着たチャーミングな恋人、すなわち「デートの相手」がいた。彼の名はアースキン・チルダーズで、のちにアイルランド大統領になった。[169] ベティーの相手は、背が高くてハンサムで、青い目をした、チャーミングだが寡黙なサム・ベケットというダブリン人だった。ベケットはメアリーの若いアメリカの友だちに会うよう、六月の終わりにお茶に招待された。そしてすぐにこの元気な、よく笑う二十歳の女性に惹かれた。彼女はわくわくするほど以前会った誰ともちがって見えた。彼女と会ってベケットは目が眩んだ。ときどき二人は一緒にドライブに出かけた。あるときは二人はオリアリーという人の家へお茶に招待された。それは気づまりで堅苦しい席で、男性客のなかには、ぎこちなく気をつけの姿勢をして両手を正面で組み、部屋の隅で立ったままの者もいた。主人がケーキをたくさんのせた大皿をもって歩いて、「クッキーはいかがですか」と言うと、この形式ばったふるまいにアメリカ人女性たちは笑い出した。

それがきっかけになりました。わたしたち四人は笑いを抑えられず、どっとふき出してしまいました。男性たちも体を動かしてじろじろと見ながら、組んでいた手を少しゆるめたようでした。わたしたちは自分たちのマナーの悪さにぞっとしました。でもそう思ったのも束の間で、どうしても笑いを止められなかったのです。わたしたちにできることといえば、そこを立ち去ることだけでした。そして実際に立ち去ったのです、雨のなかを、止む気配もまったくないままに。アイリッシュ海に沿った灰色の石ころだらけの海岸まで車でいきました。サムはイングランドめがけて石を投げていました。[170] そのおかげで、やがてわたしたちの気持ちも鎮まりました。

ベティー・ストックトンはベケットと過ごすのを楽しんだし、二人はよい友だち同士だった。けれど、ベティーは自分の容貌と元気のよさ、それに自分の魅力にぞっこんほれているこのもの静かで、内省的で、ふさぎ込んだアイルランド人にどうしても恋心を抱けなかった。ベケット作品のなかでも、もっとも個人的で近づきやすい詩の一つ「カスカンド」は、ベケットがベティーの虜になっていた七月に書かれている。二、三行読んだだけでも、いかにベケットが魅惑されていたかがわかる。

これを最後の言葉でさえなんどもこれを最後とくり返す
もしきみがぼくを愛してくれなければぼくはおよそ愛さ
　れることがないだろう
もしきみを愛することがなければぼくはおよそ愛するこ
　とがないだろう
またしても心臓のなかで腐った言葉の攪拌《かきまわし》
愛愛愛ドサッドサッとあのピストン野郎の音
相も変わらぬ相も変わりえぬ
言葉の乳漿《にゅうしょう》をこねまわしながら[171]

結局、ベティーは恋に応じることはなく、恋愛沙汰（それは本当はけっして情事ではなかった）は短く、一方的なままで終わった。のちにベケットはベティーに何通かの手紙を書いたが、彼女には理解できず、返事を書くこともなかった。ベケットはがっかりし、非常にうろたえた。

その反動として、ベケットは夏の後半になると、ベティーの友人のメアリー・マニングに慰めを見いだそうとした。彼女は子どものころからの知り合いで、もっと恋愛経験があり、結婚していた。メアリーはウィットに富んでいたので、一緒にいると楽しかった。彼女は激しい情事に発展したもっともらしい原因を次のように要約している。

わたしたち二人はとてもおびえていて孤独でした。わたしのほうがとくにおびえていました。こちら「アメリカを指す」に来てあわてて結婚して、それがよかったのかどうかもわからなかったのです。……つまり同じ年恰好で、同じ社会、同じ社会的背景にいた二人の、おびえた孤独な人間同士が突然危機に陥った、そういうことでした。[172]

二人は残りの夏のあいだじゅう、定期的に一緒に外出した。性的関係があったことは明らかで、二人の母親たちは心配で気も狂わんばかりだった。メイ・ベケットはスーザン・マニングに電話をかけ、「本当にあの娘《こ》、いつアメリカに帰るのかしら？」と言うと、スーザンは、「本当にすぐに発ってくれるといいんだけど、神さま、わたしをお許しください」と答えるのだった。九月の最初の週に「モリー」と呼ばれていたメアリーは、船でボストンに帰っていった。みんなは大きな安堵のため息をついた。ベケットもすでに出発の計画を立てていた。九月十九日には、「逃亡できる見込みが出てきて非常にほっとしている」と書いている。(173)もっとも、ただドイツに旅行して、あとは「風まかせ」という以外、これといった計画はなにもなかったのだが。

第十章　ドイツ——知られざる日記　一九三六—三七

1

一九三六年九月二十八の日朝、ベケットは緊張してはいたが、愛情をこめて別れの言葉をクールドライナ邸の正面玄関に立っている母親に告げた。母親のほうは、息子の出発を前にして、悲しみや不安を見せたくなかったので、ドイツ行きを前にして息子がフランクと車に乗ってゆっくりと離れていくのを見つめながら微笑んだ。ベケットはコーク行きの列車に乗るためにウォーターフォード駅で兄と別れたとき、兄を見捨てていくような気がした。(1) 家には定期的に手紙を書くと母親に約束していた。最初の数か月、彼はその約束を守った。

コークでベケットは夕方近く、セントアンの赤いシャンドン教会の墓地を訪れている。そこにプラウト神父として知られている十九世紀の作家の墓を見つけた。実際はフランシス・マホニー師で、「シャンドンの鐘」の詩で知られている。(2) それからベケットはやるせない気持ちで、一文無しの人と一緒に歩いてフィッツジェラルド公園までいき、その人に一シリング与えた。「あんたのためにお祈りをするよ」と、感謝の気持ちを表わすつもりでこの浮浪者が言った。「ト、トンデモナイ」と、ベケットは日記に書いている。(3)

コブではみすぼらしい小さなホテルに泊まった。早起きして、アメリカ航路の船「SS・ワシントン」号に連れていってくれる四時十五分発のはしけに乗るためであった。ベケットはノミに悩まされて眠れなかった。それというのも、これからの旅への興奮と不安は別にしても、近くの教会の鐘がやたらに鳴ったからだ。さらにホテルに雇われている少年がこれまたまったく自分本位で、事前に乗客に知らせた時間より一時間遅れて起こすことになるのは、船の出発が遅れるからだと言うために、わざわざ乗客全員を起こしにきたからだった。(4)

船では個人用の船室があてがわれた。翌朝目がさめると、その日はル・アーヴルに停泊していた。ベケットは町を歩き回って体を疲れさせ（「それにしてもドイツでのこれからの六か月（?）間はどんな感じになるのだろう？　もっぱら歩き回るだけだろうか?」と彼は日記に不安げに書いている）(5)、そしてフランスに愛情をこめて「さよなら」を言うつもりで、カフェ・ド・ラポストでペルノのリキュールを飲み、フランスに別れを告げた。ル・アーヴルの町を出てクックスハーフェンにあるドイツの税関に到着するまでに、サロンでチェスを指し、チェコ人に二度負けた。さらにジャワから故郷に帰る途中のウィーン人と四度指し、三度勝った。船室で一人でいるときはセリーヌの『なしくずしの死』を読み、「(技法の面では) きわめてラブレー的だ。さまざまな立場がこてんぱんにつるしあげられ、狂乱状態にいたっている」ばかりか、「まったくもって凝った文体で書かれている」と思った(6)。ベケットはこの作品をフランス語のまま日記に転写している、「本質的なのはわれわれが正しいかまちがっているかではない。そんなことはこれっぽっちも重要ではない。重要なのは、世界のわれわれに対するおせっかいを挫いてやることだ。それ以外は皆、悪徳だ(7)」。この文章は、ベケット自身の静寂主義的な自己抹消的傾向と合致した。

船が埠頭に着くと、ベケットはハンブルクでの最初の幾晩かをロイド・ホテルで過ごした。ホテルは中央鉄道駅の真向かいにあった。そこからコロンナーデン四十七番地のオットー・レムケ氏が所有する下宿屋に移った。ところが、そこには水道もセントラル・ヒーティングもなかったので(8)、すぐにその部屋がいやになり、数日後、シュリューター通り四十四番地のホッペという家族のもとへ引っ越した。そこでは少なくともドイツ語をたくさん話せると思ったからである。ホッペ家の心地よい下宿屋は、シュリューター通りとビンダー通りの角に面したりっぱな木の植わった通りにあった。四十四番地の建物正面部分《ファサード》(いまでは大学の新校舎に面したアパート)は第二次世界大戦による爆弾の被害のあと完全に再建されているが、その近くにある五階建ての家々や、石でできた独特のライオンの頭部や、牧神パンをかたどった樋嘴《ガーゴイル》、鉄格子のバルコニー、念入りに装飾をほどこされた切妻《ペディメント》などからもわかるように、この地区は昔からかなり上流階級の人びとが住む地区として今日にいたっている。ホッペ家は「みすぼらしい下宿屋(9)」などではなく、ハイクラスの下宿屋である。大学を訪れる教授連中がよく出入りしており、きちんと家賃を払う多くの人たちが贔屓《ひいき》にしていた。道路の反対側の右手には、教会のような入り口を設けた大きな新ゴシック様式の郵便局がそびえていた。ハラー通り高架鉄道駅はそこから歩いて数分のところにあり、アルスター川が注ぐ二つの「美しい」湖は早足で歩けば十分で歩いていけた。ベケットは日記に、それを見ていると、「ぼくはカレッジ・パークなんか水の下に沈んでしまえ、『ベルズの変人』(ケルズの書〔八世紀にアイルランドのケルズで作られた聖書の挿し絵入り写本。トリニティ・カレッジ・ダブリンの図書館はこのオリジナルを所蔵している〕・)に掛けている）もなにもかも、と願わずにはいられなかった」と書いている。[10]

ハンブルクでの最初の週は宿泊先の主人や下宿屋にいた住人を除いて知っている人が誰もいなかったので、ベケットは毎日町じゅうをかなり長時間歩き回り、小さな手帳に歩いた道を詳細にメモしている。その同じ夜には、日記にその日自分がしたことをすべて子細に記録している。古ぼけた帽子をかぶり、だぶだぶの革のコート（あるいはマッキントッシュのレインコート）を着て、最初は雨のしたたる寒さを感じつつ、ときには降りしきる雨のなかを、ときには孤独にうちひしがれてみじめな気持ちで、何時間も歩き続けた。セントラル・ヒーティングのきいた下宿に帰り、葉巻を吸い――自分の葉巻ケースをなくし、母が父のケースを送ってくれた――ビールを飲み、買っておいたバナナを一房食べて自分を慰めた。見知らぬ街に一人でいるときは誰でもそうだが、ベケットもどこで飲食をしたらよいのかとても気がかりだった。食事をするのに結構よいところが見つかると、足繁くそのレストランに通い、新聞（できれば『フランクフルター・ツァイトゥンク』）や本を読み、気づまりな思いや孤独を避けるようにした。膀胱が弱かったので――「こいつは第二の悪魔で、わが心臓の次だ、不倶戴天の敵」[11]とベケットは書いている――しばしばどこで用を足すかが気になった。また滞在中はできるだけ長く所持金をもたすように慎重でなければならなかった。そのためしばしば食事を安くあげたり、できるだけ支出を少なくするように本を買い控えた。

ハンブルクに滞在したばかりのころ、ベケットはアルトナ方面へわびしい巡礼の旅をした。十八世紀の詩人で、劇作家でもあるフリードリヒ・クロプシュトックの墓を見つけるためである。墓は教会の中庭に、ちょうど「ツタのからまる、あたり一面を覆うように大きく育った、葉の落ちかけたライムの木の下に」あった。ベケットは日記に、墓石の上にドイツ語で刻まれた新約聖書ヨハネ伝の一節、「生きていてわたしを信じる者は、いつまでも死なない」[12]を書き写している。周りを見渡し、ほかの墓石をじっと見つめつつ、グレイストーンズ近くの丘の小さな墓に遠く離れて眠っている父のことを考えると、永遠の生が約束されていると言われてもなんの慰めも見いだせなかった。またのちにペトリ教会では、哀調を帯びたオルガンの音が響くなか、ミュンヘンにあるデューラーの『使徒たち』をもとにした、祭壇の向こう側のステンドグラスを見て、再び父親のことを考えた。「あれにはとてもまいった」と、その夜、日記のなかに気持ちを吐露している。[13]北方ドイツにある最上のバロック教会の一つだという評判のミヒャエリス教会にも訪れ、「内部は信じられないほどひどくて、機能的だ」と思った。[14] 十四世紀から十五世紀にかけて建てられたヤコービ教会やカタリーネン教会の場所を突きとめ、ニコライ教会を訪れたが、この最後の教会は、高い塔を除いて第二次世界大戦の激しい爆撃で内部は焼け、破壊されることになる。

しかし、教会にある興味深い美術作品を見たあとは、高い尖塔や塔は街なかで自分の位置を確認するためのものにすぎなくなった。[15] ハンブルク美術館では得るものも多く、ベケットはすぐにそこの常連となり、守衛や案内係とも顔見知りになった。美的観点からは対極にある「レーパーバーンは、映画館、バー、カフェ、ダンスホールなどが両側に立ち並ぶ、はるか西へとのびている長い大通りだ。夜のにぎわいを見せる歓楽街で、これこそ北国のモンパルナスだ」[16]と思った。

ホッペの家族とそこを訪れる客たちとの夕食は、最初はドイツ語での会話に限界があったので、一人取り残されているような気がした。

聞くことさえ、ひと苦労だ、話すことは不可能《アウスゲシュロッセン》。とにかくおしゃべりは強力な障害で、まったく切れ目がない。ちくしょう、いつまで続くんだ、この無力と憂うつは。外国語で黙ったままでいるのを学ぶ苦労をするなんてまったく馬鹿げている！　ぼくはなんて愚かしい、取るに足りない男なんだ。新たに沈黙の名人になろうとするなんて！　蓄音機のレコードに投資している耳の聞こえない男か、[17] ライカに投資している目の見えない男のようなものだ。

とは言うものの、ベケットはドイツ語をきわめようと、あらゆる努力をし、部屋では語彙や文法を体系的に学んだ。国立図書館で読書をし、個人レッスンの会話クラスに通い、そのあと夕食どきや酒を飲むときも、できるだけドイツ語を話すようにした。ハンブルク（のちにはドレスデンでも）での滞在中は、あんなにも引っ込み思案で一人でいることの好きだったベケットが、じつに社交的に振る舞っていた。それでもやはり、ベケットは、「ぼくは孤独が大好きだ」とわざわざ大文字で記している。ある日、ベルリンにある動物園を散歩したときのこと、「夕暮れのなか、かもたちがびっくり仰天したような音を立てて水からさっと飛び立ったかと思うと、再び降りてきて、長く澄んだ水泡の音を立てる。それもペアで激しい勢いで水の中心軸に向かって降りてくる。飛んでいるときと浮かんでいるときとでは大ちがいだ」[18]。

最初ベケットの社交生活はホッペ家とそこにやってくる

客の輪が中心だった。『ハンブルガー・ターゲブラット』に勤める愉快なルターや[19]、ハンブルクの靴下商会で働いていたマルティオン。マルティオンは「典型的なドイツ人の若者で、感傷的なビジネスマン……両手を神経質そうに握りしめていた[20]」。ミス・シェーンは読書や調べものができるようにと、じつにたくさんの本をベケットに貸してくれた[21]。それほど常連ではないほかの泊り客や来客もあった。ホッペ氏はハンブルクで人に（とりわけ外国人に）仕事を見つけてやったり、観光シーズンには旅行ガイドの役をこなしたりしていた。彼はベケットを仕事のうえでつきあいのある人たちに紹介してくれた。「彼はハンブルクにいる誰とも知り合いで、自分の知っている人たちのことを自慢げにしゃべる。小柄な、大変礼儀正しい人だ。歩き方が滑稽で、気取って小股に歩くかと思うと、蒸気ローラーのように動いたりもする[22]」と、ベケットはおもしろそうにメモしている。

すぐにベケットの知り合いの輪も広がった。「外国人窓口」と彼が呼んでいたものを通して、クラウディア・アッシャーという名の、小柄で黒髪の若い女性とたがいの母国語の会話を教え合うことにした。彼女は「とても気さくな教師で、未亡人の母親と一緒に暮らしていた[23]」。ベケットは彼女と一緒に美術館やさまざまな講演に出かけ、ときには映画や芝居に誘ったこともあった。『英国物療医学ジャーナル』に載った「車とドライバー」というおもしろくもなんともない記事を彼女が翻訳するのを手助った。お返しに彼女は、ベケットが詩「カスカンド」に手を加える際にいい助言をしてくれた。ベケットはダブリンを発つ前に、この詩をドイツ語に訳しておいたのだった[24]。ドイツ語の本でどれを読めばよいか推薦してくれたり、貸してくれたりもしたが、二人の趣味は全然合わないことがすぐに判明した[25]。彼女とベケットはけっして親しくなる運命にはなかったのだ。それでも彼女は果敢にベケットのペシミズムに挑戦し、人生に対してみずから設けている距離を克服し、勇気をもって積極的に人生に飛び込んでいくべきだ、とベケットに助言した[26]。だが、ベケットはこの助言を受け入れなかった。要するに、ベケットの注意をひき続けるほどの知的魅力と美しさが彼女には欠けていたのだ。おまけに、彼女の息は臭かったのだった！

そんなベケットも、ハンブルクにいたもう一人の女性、イルゼ・シュナイダー（母親はイギリス人だった）には大いに魅かれ、一緒にベルリン・フィルハーモニー管弦楽団のコンサートに出かけた[27]。ところが彼女はベケットになんの興味も抱いていないことがすぐに明らかになった。唇にヘルペス（ドイツにいるあいだ何度も再発し、悩みの種の一つだった）ができるやら、鼻が痛むやらで、ベケットの体は健康体からはほど遠かった。

ハンブルク美術館（「建物は荘厳で、絵画作品も目を見張るような形で展示され、（端から端まで、白い飾り縁を背景にして横一列にかけられている）[28]」）はベケットの生活の中心を占めるようになり、心落ち着ける場所にもなった。ちょうど二年前にロンドンにいたとき、ナショナル・ギャラリーがベケットにとって安らぎの場であったように。最初のうちは少し失望したが、その後、彼はオランダおよびフランドル派のコレクションに関心を向けるようになった。とりわけファン・ホーイエン、エフェルディンヘン、エルスハイマー、ヴァウヴェルマン、そしてファン・デル・ネールの絵画に魅かれた[29]。これに対し、ドイツ・ロマン派の画家たち、フォン・コベル、フォイエルバッハ、それにベックリン、メンツェルは「主として嫌悪感」を覚えさせる代物だった。ミス・シェーンが大好きだったフィリップ・オットー・ルンゲの作品は「くだらない[30]」として、ひと部屋まるごと退けている。これらの絵画は、自分にとってなにか個人的な意味を帯びるときにのみベケットの注意をひいた。たとえばルドルフ・フリードリヒ・ヴァスマンによるパストリン・ヒュッベ夫人を描いたチロルふうの作品は、クールドライナ邸の窓の隅にかかっていた老婦人を描いた絵をなつかしく思い出させたし、ヴィルヘルム・ライブルの描いたラウアート医師の肖像画はセシル・ソルケルドのことを思い出させた[31]。ところがなぜか、のちにベケットが手放しで賞賛するようになるカスパー・ダーフィト・フリードリヒの作品が展示されていたにもかかわらず、このときはなんらコメントを残していない。

北側のギャラリーに当時まだ展示されていた現代のドイツ画家たち——ヘッケル、キルヒナー、シュミット＝ロットルフ、モーダーゾーン＝ベッカー、さらにノルウェーの画家ムンク——は、ずっとベケットの趣味に合っていた。けれどもここでもまた彼はその鋭敏な感覚で好きな作品と嫌いな作品をはっきり区別している。ベケットは自分が以前の美術館で見た絵画作品を比較したり、まったく異なる時代の絵画作品のあいだにある類似点を見いだしたりすることが容易にできた。このことは、彼が写真で映したような鮮明な記憶の持ち主であったことを示している。美術史に関する幅広い読書や以前の美術館めぐりを通して、ベケットは絵画に対し、目利きにふさわしい知識と眼識を得たのだった。十七世紀のオランダ絵画についての知識はとくに豊かだった。そのうえ、自分が見たモダンアートに関するコメントも鋭く、良否を見分ける力を具えていた。ハンブルクにある倉庫のなかで見たノルデの『キリストと子どもたち』を前に、熱中して次のように記している。

ノルデの『キリストと子どもたち』、黄色の幼児たちの質量感、キリスト（あるいはダビデか？）の長くて緑色の背中は使徒たちの黒衣と顎髭へと続いている。神の腕に抱えられた子どもの美しい両目。一目見てこの絵に親しみを覚え、その前にいつまでも立っていたいと思った。弦楽四重奏のレコードを何度も何度も聞き返したいような気持ち。[32]

一般には公開されていないコレクションをあとにしながら、ベケットは目にしたさまざまな絵画について、担当の若い男性と意見を交わした。

ルンゲの描いた二つの朝を前にして、その担当の男は［ルンゲ嫌いの］ぼくを寝返らせようとする。でもぼくには気に入らない。ルンゲは十七―十八世紀［十八―十九世紀の誤り］の世紀の変わり目における最高の肖像画家だと彼は言い、ぼくはアングルのほうが好きだという。フランケが描いたキリストと、ベリーニのキリストをぼくが比較すると、彼も同意した。この比較はすでになされており、マイスター・フランケのその絵を入手するとき、二つの絵の類似が大いにものをいった。彼はラヴェンナにあるベリーニ作品のことを考える。ぼくはヴァウヴェルマンの魔術［砂丘の騎手のこと］はどうかと彼に言う。明らかに彼はそこに類似を見いだせず、白馬［農夫と馬のこと］のほうがいいと言う。ブローウェル作だとみなすのは疑わしいという点においては彼も同意見だ。[33]

ハンブルクでのベケットの生活は、数人のモダンアートの有名なコレクターに紹介されたことによって、新たな刺激を帯びることとなった。ここでの滞在も残り少なくなり、目の回るようなあわただしい数週間が始まった。会う予定になっていた人たちと少し込み入った話になると、ドイツ語ではうまく対処しきれないと思うことがときどきあった。新しく知り合った人のおかげで美術工芸博物館でのヘルマン・シュペーアやメルクリン教授の講義に出席した。五十三歳の画家フリードリヒ・アーラース＝ヘスターマンが、パリでの自分の芸術生活について書いた未刊の回顧録の朗読をおこなったのを聞きにいったが、おおかたが退屈か嫌悪感を感じるかのどちらかだった。「一九〇〇―一九一〇年におけるパリの美術の非の打ちどころのない退屈さにはゾッとする」と、この朗読が終わってから、ベケットは日記に記している[34]。

　モダンアートのコレクターであるフェラ夫人（ベケットが初めて彼女のことを聞いたのはクラウディア・アッシャーからで、のちにベケットは彼女のことを「この国で、あるいはほとんどの国で出会いうる最高の女性」と表現している[35]）は、ベケットをハンブルク在住の芸術家や、有名な学者に紹介してくれた最初の人だった。たとえば、思いやりのあるユダヤ人学者のディーデリッヒ教授にベケットが会ったのもフェラ夫人の家であった。この教授はトーマス・マンや彼の妹と知り合いで、ゾラとドーデの伝記を書いた最初のドイツ人だった[36]。また、すぐれた美術批評家で、美術館館長でもあり、コレクターでもあるマックス・ザウアーラントの未亡人を訪問するよう手筈を整えてくれたのもフェラ夫人だった。ベケットはザウアーラント所蔵のすばらしいコレクションであるシュミット＝ロットルフ、キルヒナー、ノルデ、バルマーの油絵や水彩画を見て楽しんだが、ザウアーラント夫人とその息子は、妙に学者ぶっていて、二人のおこなうあらゆる批評は堅苦しい論文を読まされているみたいだった。とは言うものの、ザウアーラント夫人が夫の著書の一冊を売ってくれたときはうれしかった。その本はもはや書店では手に入らなかったからである。だが、読んでみると、「著者が過去二十年間で最高の芸術だと呼んでいるノルデを論じただけの、つまらない本だ[37]」と断言している。ベケットはまたモダンアートを見ないかとグアリット・ギャラリーにも招待され、そこでオットー・ディックスのエッチングをいくつか見たが、それには、「悪夢の才能、手足切断におけるゲオルク・グロス[38]」というコメントを残している。美術コレクターではなかったが、ベケットはアルブレヒトという人物と非常に親しくなった。この人はザウッケ書店の手伝いをしており、モダンアートに関してどんな本なら手に入り、どんな本なら入手困難かを教えてくれた。ベケットは数冊買ってみたが、そのなかにはエルンスト・バルラッハに関するものも含まれていた。バルラッハとノルデが発禁になりそうだと聞かされると、「すぐにノルデを買うこと[39]」とコメントしている。

　ベケットにとって、さらに貴重な知り合いとなったのは、「マキシム砲のようにしゃべりまくる[40]」デュリュー夫人と、「かなり年輩のユダヤ人美術史家[41]」で、モダンアート・コレクターのローザ・シャピーレ博士だった。デュリュー夫人は定期的にデッサンのための集まりを開き、そこにはアマチュア芸術家だけでなく、プロの画家たちも出席した。そんなある日、非常に困惑しながらも、ベケットは何時間もデッサンのためのモデルをしぶしぶ引き受けことがあった。苛立たしそうに「いまいましい多くのヴァージン女たちのために」[42]と、ベケットは書いている。しかし、そのなかには五十歳になる有名な画家で、すでに絵画がハンブルク美術館のコレクションに収められていたエーリッヒ・ハルトマンもいた。このときのことはベケットには大変いやな経験で、ハルトマンが描いた自分の頭部のデッサンすら「口にするのもいやだ」[43]と述べている。大体、ベケットがモデルをしたということ自体、信じられない事実である。

シャピーレ博士はドイツ表現主義の画家たちのグループ、「橋《ブリユッケ》」派の熱烈な賞讃者[44]で、かつ積極的な支持者だった。彼はベケットにモダンアートの絵画、エッチング、木版画、美術品など、自分が集めたものを見せてくれたり、別のコレクターであるフートヴァルカーのコレクションを見せに連れていってくれたりもした（ベケットによれば、エルブ大通りに面したこのフートヴァルカーの部屋で、暗い水の上にかかった橋の上の三人の女を描いた、ムンクの最高傑作の一枚を見ることができた）[45]。ローザ・シャピーレ自身の部屋は、シュミット＝ロットルフの作品であふれ、自分の友人でアイドルでもあるこの芸術家のための神殿のようだった。すなわち、油彩画、水彩画、それにシュミット＝ロットルフがデザインし、着色した家具に囲まれていた。「たばこケース、灰皿、テーブル・カバー、クッション、装飾用ベッドカバー。なにからなにまでS・R［シュミット＝ロットルフ］のデザインをもとに彫刻され、デザインされ、作り上げられているんだ」[46]。「もし彼女がハンブルクの自宅でたん壺に凝れば、それもまたシュミット＝ロットルフのデザインになるものだろうよ」[47]と、ベケットはマグリーヴィーに冗談をとばしている。

赤毛をうしろになびかせ、鼻は長く、「辛辣《しんらつ》な上品さが少し混じって唇が上を向いている女性の顔」[48]をベケットは長いあいだ見ていた。それはシュミット＝ロットルフが描いた絵で、やがて同じ部屋にあるほかのいくつかの作品と同様、シャピーレその人を描いたものであることに気づいた。ベケットが本物の美術に対する自己の判断規準を再び述べなければならない状況にいつのまにか引き込まれていると気づいたのも、まさにこの絵画について議論しているときだった。ベケットはここでまた、本物の詩や絵画は祈りであることを繰り返しているが、さらにこれまで気がつかなかった点を論じている。「祈りである芸術（絵画）は、見るものの心に祈りを生み出し、祈りを解き放つ。聖職者のたまわく、神よ、われわれを憐れみたまえ。人民のたまわく、キリストよ、われわれを憐れみたまえってことさ」[49]。この言葉からベケットを連想する読者はほとんどいないだろうが、当時の彼の芸術観からすれば、作家でも画家でも音楽家でも、これこそが本質的だったのである。

2

シャピーレ、デュリュー、あるいはザウアーラントの息子を通して、ベケットは当時ハンブルクで仕事をしていたきわめて興味深い画家たちの数人と会うことができた。それは、カール・クルート、ヴィレム・グリム、カール・バルマー、ハンス・ルヴォルト、パウル・ボールマン、グレートヒェン・ヴェールヴィル、そしてエドゥアルト・バルゲールたちである。ドイツ滞在の最後の二週間、ベケットはこれらの画家たちのアトリエを訪れ、彼ら自身の絵画や、ナチ当局とのあいだで彼らが直面している問題について何時間も話をした。

これまで、当時のドイツで政治的に生じつつあったことにベケットがどんな態度を示していたかはほとんどわかっていない。彼の日記には、下宿先のホッペ家の住人や、のちにベルリンやドレスデンで彼が会った人びとと、植民地をもつ権利や「独立」キャンペーンなど、ドイツの外交政策について活発な意見交換をおこなっていたことが書かれている。反ユダヤ的な気運にはじつに強い不快感を抱いている。また日記には、ベケットがつねにヒトラー、ゲーリンク、ゲッベルスたちの演説を「長ったらしい大熱弁」とあざけり、おもしろがりながらも軽蔑していたことがわかる。ヒトラーがラジオで演説中、総統がまだ熱弁を振るっている最中に、下宿でそのラジオを聞いている人たちが次々とその場を離れて寝にいくのを見て滑稽だと思った。後日、ベルリンで会ったカップルを、ベケットは、「身の毛もよだつナチ支持者」と表現している。[50] 日記にはほとんど毎日、NS［国家社会主義者］の教義を説教する人びとに対する嘆きが書かれている。またたえず交わされる「ハイル・ヒトラー」の挨拶にはイライラさせられた。[51] のちにベルリンで親しくなったアクセル・カウンは、このナチの台頭によるドイツを、感傷的なデマと危険で大言壮語のプロパガンダをともなった「G［ゲッベルス］博士の華々しい反啓蒙主義」であると分析している。[52] しかしベケットは、ナチ体制が犯している非人間的な行為ほどには政治的な理論には興味がもてなかった。

ベケットは出会った画家たちが受けている処遇を知ると、大変ショックを受けた。その年の初旬ベルリンでオリンピックが開催されていた期間、ヒトラーは公平で寛大な社会という偽りのイメージを世界に伝えようとやっきになっていた。そのため、数か月間はじつにさまざまな粉飾がおこなわれた。たとえば、オリンピックの最中「コリントからクレーまでの現代芸術」と題した展覧会がベルリンの国立美術館で開催されていた。それでいながら、ベケットがハンブルクを訪れる直前、文化行事の「解放」を仕切る大臣と総統から、「退廃芸術」撲滅を情け容赦なく推進せよとの命令が下されていた。一九三六年十一月五日、ベケットがハンブルクに滞在していたさなか、すべての美術館の館長に対し、退廃的な現代芸術の絵画を撤去せよという指令がくだされた。撤去担当委員は一九三七年七月まではハンブルクに到着しなかったものの、ベケットがドイツを旅しているあいだ、あちこちで絵画作品が展示から外されたり、盗まれたり、壊されたり、売却されたりした。だが、ときには（ベケットも驚いたが）ハレやエアフルトなど、「退廃」芸術家の作品を公開展示しているところもあった。しかし、ベルリンやドレスデンなどの美術館では現代絵画の展示室は閉鎖されたり、すでに取り除かれて地下室に積み重ねられたり（そのため見るには特別な許可が必要だった）、まったく見ることすらできなくなっていた。[53]ドレスデンのツヴィンガー美術館ではそこの支配人のコネで見せてもらおうとしたが、結局、「不名誉な」絵画作品は見られなかった。[54]

当時ナチがハンブルクの芸術家や芸術に反対していたありさまについてベケットがもっとも明解な洞察を得られたのは、芸術家本人たちから話を聞けたからである。それでも、多くの人たちと同様、彼もまたナチズムが用意していた恐怖を予測することはできなかった。そして、ベルリンから送ったトム・マグリーヴィー宛の手紙で、ベケットはこう言っている、「自分の隠れ家にいて、偉大で誇り高く怒れる哀れな犠牲者」の不平不満を聞かされて、「そうですとも、ちがいますとも、もう言う気にはなれない」と。[55]けれども、この手紙をしたためたころのベケットは病気にかかっており、過去数か月のあいだ社交的になろうと重ねてきた努力に疲れていた。そうでなくても、同じような不平不満を何度も繰り返し聞かされてきたのだからいたしかたない。ベケットの日記には、これらの画家たちと実際に会っているあいだに、彼らが直面しているさまざまな拘束や制約に対して純粋な懸念を感じていた様子がうかがわれる。

ベケットは、七月の終わりにハンブルク美術館で開催されていた非ナチによる「絵画と彫刻」展が、開催からわずか十日で閉鎖されるにいたった理由を知らされた。ユダヤ人の女流画家グレートヒェン・ヴェールヴィルがベケットに次のように説明してくれた、「［わたしは］当然のように、プロとしてのあらゆる活動から締め出されました。ユダヤ人だけを招待するという非公開の展覧会なら開けるかもしれない、ユダヤ人相手なら絵を売ることができるかもしれない、などなど」[56]と。カール・クルートは、水彩画だけしか展示できず、それもグルリット美術館だけでしかできない、と語った。スイス生まれのカール・バルマーは、一九三三年以来、いかなる絵もいっさい展示を禁止されている、ナチ当局の役人が突然やってきて、個人蔵書を没収してしまった、と語った。エドゥアルト・バルゲールは、「当局とのあいだに起こったごたごたや、作品をあらゆるところから撤去するよう求められたこと、取調官が敷地にたえずやってくること、など」を語った。[57]美術史家のローザ・シャピーレでさえ、たっぷりと皮肉を込めて、「幸運にも純粋なアーリア人の血統ではないため、本の出版も、公開講演もすることができない」[58]とコメントしている。

　ハンブルクでベケットが出会った芸術家のなかで、「非常に強いムンクの影響」[59]を感じたカール・クルートは、あまりベケットの関心を引かなかった。でも、三十五歳のエドゥアルト・バルゲールのアトリエを訪れたときは、とても楽しかった。「小柄で、引き締まった、ちょっと短気な、血色のよい上品な」男で、「ぞっとするほど快活で、取り憑かれたような、恐ろしいほどのエネルギーに満ちている」[60]とベケットは日記に書いている。もっとも、ベケットはバルゲールの絵を、「途方もない才能と真剣さに満ちあふれているものの、彼という人もその絵もぼくにはなにも訴えてこない。それは果敢に苦難と闘っている絵だ」[61]と評してはいる。それよりもはるかにベケットが気に入ったのは、ヴィレム・グリムとカール・バルマーの作品に見られる「不動性と口に出されていないもの」[62]だった。彼は二日続けて二人をアトリエに訪問している。ハンブルクの個人コレクターのなかにはグリムを中傷するものもいたが、ベケットは、「ハンブルクのグループのなかでは、いままで会ったなかで一番興味深い人物だ……ムンクの影響を消化しているように見える。トゥールーズ＝ロートレックだ。その絶妙な色彩といい構成といい」[63]。ベケットはまたカール・バルマーの作品も絶讃しており、戦後のヴァン・ヴェルデに関する美術評論のなかで、バルマーのことを「偉大でありながら、知られていない画家」[64]と表現している。ベケットは彼の穏やかさが「失われて、ほとんど無感動と無関心の点にまで達している」と賞讃し、興味深そうに彼の絵に思いをめぐらし、それをライプニッツのモナド論と自分の書いた『こだまの骨』所収の「禿鷹」に比較している。

> ザウアーラントの絵に見られる、風景を前にした透明な人影も、通りも町もそこにはない。素晴しい赤い色を塗られた女性の頭部像、頭蓋、大地、海と空、ぼくは「ライプニッツの」モナド論とぼくの禿鷹のことを考える。

この絵画を抽象画と呼ぶなんてぼくには考えられない。形而上学的な具象だ。自然の造物主をそのまま捉えたのではなく、その源泉、現象の泉だ。完璧な観察に基づいた絵画。たとえば、レジェやバウマイスターなどのように、一つの観念を示すために活用された事物ではなく、第一の事物。その動因であり、内容である視覚的な経験によって消耗された意思の疎通。それ以上はいかなるものも付随的なものにすぎない。ライプニッツもモナド論も禿鷹も付随的なものなのだ。並はずれた静寂。ルネサンスの伝統に対する彼の関心。[65]

ベケットは個人的にはグリムともバルマーとも非常に親しくなり、ドイツ滞在も終わろうとするころになってから二人に出会ったことを後悔した。そして、いつかまた再び二人に会いにハンブルクに戻ってくると約束した。ベケットはその後戻ることはなかったが、二人の画家は戦禍のなかを生き抜き、グリムはハンブルクを去ってある農場で生活しながら仕事を続けた。残念ながら、ベケットがハンブルクのアトリエで見たであろう戦前の絵画はほとんど爆撃によって破壊された。[66]他方バルマーは、一九三八年にドイツと完全に別れを告げ、故国スイスに移り住んで絵を描き続けた。

ベケットの母親からは定期的に故郷のことを知らせる手紙が届いた。ときどき一緒に『アイリッシュ・タイムズ』が入れてあり、ドイツに関連のある記事が載っていると、せっかくの経験を生かして記事にして収入を得たらどうかとしつように勧めたり、ほのめかしたりしてあった。[67]実際、ベケットはなにか書いてみようと考えたこともあったが、それは記事ではなく、オールスドルフにある有名な墓地兼火葬場について書いた詩だった。彼は別々の機会に二度にわたって、この広い墓地を何時間も歩き回った。「そこにいけば詩が生まれるのではないかと思ったので来てみたが、なにも感じない。落ち葉のあいだを歩く自分の足音が記憶の奥のなにかを呼びさまそうとするのだが、それがなんだかわからない」と、ベケットは日記に記している。[68]この墓地に関する詩は実際に実を結ぶことはなかった。しかし、オールスドルフの記憶は鮮明で、戦後すぐに執筆された短編『初恋』のなかに再び顔を現わすことになった。

それよりずっと好きだったのは、プロシアの土地に四百ヘクタールにわたって、死体をぎっしりつめこんだオルスドルフ、とくにそのリンネ側だった。もっとも、そこには誰も知り合いはなく、ただ猛獣使いのハーゲンベックの評判を聞いていただけだ。彼の墓碑には、たしかライオンが彫ってあったと思う。ハーゲンベックにとっては、死がライオンの顔をしていたにちがいない。男やもめや後家や親なし子たちでいっぱいのバスが行ったり来たりする。茂みや洞窟《どうくつ》や白鳥の浮かんだ池などが、悲しみにくれる人びとに慰めをほどこしていた。あれは十二月のことで、あんなに悲しい思いをしたことはなかった、鰻《うなぎ》のスープも喉《のど》を通らず、死ぬのではないかと心配になり、立ち止まって吐き、彼らをうらやんだものだ。(69)

ハンブルクの最後の数日間は、「出口をふさがれたおできのように(70)」出てきた膿が指のなかにたまり、すっかりまいってしまった。とてつもない痛みでヒリヒリした。デュリュー夫人のところでカモミールを入れた水のなかに指をひたし、包帯を巻いてもらった。まだ痛みは残っていたにもかかわらず、ベケットは移動すると言った。その夜はハノーファーで過ごし、十二月五日の午前中にニーダーザクセンの州立美術館をざっと見たあと、(71)列車に乗って午後にはブラウンシュヴァイクまでいった。とくにブラウンシュヴァイク公爵所有の有名な巨匠のコレクションを見たかったのだ。

ヘルツォーク・アントン・ウルリヒ美術館では、長いことベケットの想像力のなかに繰り返し現われることになるある絵を見た。それはジョルジョーネの、激しい、じっと考え込んでいるような自画像で、「［その絵のある］部屋にはいったとたん、心打たれずにはいない絵だった。彼だけにしかジョルジョーネだけあってじつにすばらしい絵で、ジョルジョーネのない深い思いが秘められていた(72)」。このジョルジョーネの自画像はベケットにとりついて離れず、別々の折りに三度も見に戻っている。彼はそこに「激しいと同時に辛抱強く、苦悩をたたえていると同時に力強い表現」を見、それを「理性と感覚のアンチテーゼだ」と表現している。(73)ベケットはこの絵の大きな複製画を二枚買い、一枚をトム・マグリーヴィーに送り、もう一枚は自分用にとっておいた。ベルリンの自分の部屋の暖炉の上にピンで止めたその絵を「闇のなかの一つの光(74)」と形容している。いまから思えば、「寄せた眉」と「苦悩にみちた目」をした頭部(75)が暗い背景から浮かび上がってくるさまは、ベケットの後期戯曲に見られる、人を惹きつけて止まないあの演劇的イメージに酷似しているといえよう。(76)

ベケットは静かに雪が降るブラウンシュヴァイクを足を引きずって歩き回っているあいだ、鋭い痛みを感じていた。医者の助けは借りたくなかったし、針で膿をついてみてもうまく出なかったので、痛む足の指を無理やり剃刀で切開した。それでもそんな体を引きずって、この古い町の教会や記念碑を訪れ、毎晩、日記に感想を書きつけた。そのなかで、大聖堂の未完成の塔の「悲惨な欠点」を批判したり、ダンクヴァルデローデ城を、「嘆かわしい十九世紀のロマネスク様式」と呼んだり、他方ブルクプラッツにある獅子公ハインリヒのライオンの記念碑の単純さそのものを賞讃したりしている。(77) おまけにアンドレーアス教会の高い塔にも登っている。

足を折ってもいけないし、ネズミなんかに襲われるのもいやだし、カギをなくしてもいけないと恐れおののきながら、薄暗い塔の三六五段も続いている階段を「一歩一歩登っていく」。回廊のところまで（そこのために二つ目のカギをもっている）地上から七十メートル、せまいル半。階段の踊場、壁の幅木のところから手すりまで一メートル半。壁を背にして足がすくむ。ほとんど周りを眺めることさえできない。なんとかそこを一周しながら、気分が悪くなるような素早い一瞥を地上にさっと投げる。(78)

今日でも、この塔は当時と寸分たがわず同じ長い階段を登らなくてはならないようになっており、高所恐怖症の人には恐ろしいところである。(79) しかし、ひとたび頂上にたどりつけば、せまい踊り場からの眺めは大変すばらしい。「海のように広がった赤い屋根の群れ、マルティーニ教会は荘厳に見え、ペトリ教会やカタリーネン教会、広いハーゲン広場に固まったみたいな大聖堂《ドーム》、それにまがいもののダンクヴァルデローデも距離をおいてみるとずっとましに見える」。(80) ブラウンシュヴァイクにいるあいだ、ベケットはこの機会をとらえて列車でヴォルフェンビュッテルの近くまでいった。そこで劇作家レッシングの家と、彼が一七七〇年から八一年まで司書をしていたアウグスタ図書館を訪れ、地元の本屋でレッシング全集を買うと、直接フォックスロックの家に送っている。(81) ドイツを旅行しているあいだ、好奇心にあふれていた彼は、ベデカー旅行ガイドなどの旅行本や旅の最中に買った地元のガイドブックなどの指示に従って、多くの作家や画家に由来のある土地へ足を運んでいる。たとえば、ベルリンでは病気のせいで滞在を延長しなければならなかったものの、回復するとワイマールに泊まり、ゲーテとシラーの家について詳細なノートを取っている。

3

ベケットは一九三六年十二月十一日、ベルリンに到着した。そこでの生活はハンブルクで過ごした生活とは大ちがいだった。今度は、ここに住む画家たちの住所を教えてもらっていたにもかかわらず、ノルデ、シュミット＝ロットルフ、ヘッケルといった画家の誰とも意識的に接触しないようにした。たぶんこれまでの一か月間、なんとかやり通してきた社交のストレスに耐えられなかったか、気が進まないと感じたからだろう。ベケットがアクセル・カウンという名の若者を捜し当てて訪ねていったのは、ベルリン滞在も終わろうとするころだった。カウンは、「つい最近、出版社のルーヴォルト「ローヴォルト」社に雇われたばかりの若い見習いで、ハケット、フレミング、ヴォルフ、ロマンの出版にとりかかっていた」(82)。そのころになると、ベケットはまたほかの人とどこへでも出かけるようになっていた。いま思えば、ベルリンは、それまでの非常に消耗する日程のなかでの意図的な休止期間だったのだろう。

　最初の数日間はフリードリヒ・シュトラーセ駅に近いインヴァリーデン通り三十二番地にあるドイッチェ・トラウベ・ホテルに泊まった。それからあとは、動物園が真向かいにあるブダペスト通り四十五番地の下宿屋に住むことにした。一日一食付きだけの下宿だったので、あまり人とつきあわないですますことができた。今度もまた、たいていいつも一人でギャラリーや美術館を訪れてときを過ごした。カイザー・フリードリヒ・ヴィルヘルム美術館（いまはボーデ美術館）とドイツ博物館、ベルリン国立美術館、ペルガモン博物館、そして新《ノイエス》・旧《アルテス》国立美術館などが博物館島と呼ばれる地区に堂々と位置しており、ベケットにとってダブリンのトリニティ・カレッジの建物と同じように、これらはすぐに身近なものになっていった。

　この時期どんなにベケットが意気消沈し、みじめな気持ちでいたか、ベルリンに着いたわずか二日後にメアリー・マニング宛に書いた手紙を読むと明らかだ。

　この旅行は失敗に終わりつつある。ドイツはとてもいやだ。お金はほとんどない。ぼくはいつも疲れている。現代絵画は全部地下室のなか。ここかしこに「つまりここで用いている日記をさす」使ったお金の額はつけているけれど、家を出てからまとまったものはなにも書いていないし、まとまらないことさえ書いていない。本が生まれそうな兆しすらない。体の不調はたいしたことじゃない、頭の不調に比べればね。体と頭がつながっているのかいないのか、気にもかけないし、ぼくにもわからないんだ。これよりひどい精神の消耗を想像できないだけで充分だ。そんな状態で何か月もふらついたり、汗をかいたりしている。実際、旅を始める前からわかっていたことだが、この旅行はここドイツに着くための旅ではなく、ここから出ていくための旅なんだ[83]。

ベルリンに滞在してから数日しか経っていなかったけれども、「体の不調」はさらに悪化していた[84]。敗血症からくる指の膿が治りかけているあいだに、陰嚢の下あたりにしこりができ、痛みと不快感はさらに増した。一月の中旬には、同じ箇所に同じ感染症がさらに鋭い痛みを伴って出てきたため、横になっていなければならなくなった。「起き上がるのはほとんど死刑と同然だ[85]」とベケットは書いている。歩くときも、座るときも、苦悶を感じずにはいられなかった。食事をするときは「ローマ人ふう〔横になったままで〕にやらざるをえない、そうしないと、できものが痛くてとうてい無理だ[86]」。長いあいだベケットは途方もない、おそらく無謀といってよいほどの決意と勇気で自分の追究したい計画をやり遂げてきた。というのも、それこそが彼がドイツで取りかかろうとしていたことだからだ。つまり、主要なギャラリーや美術作品のコレクションを集中的に見て回る旅に出れば、日頃からゆっくり時間をかけて見てみたいと思っていた作品を見られるのみならず、まだきわめていない美術の領域にまで自分の射程距離を広げられるだろう、と考えていたのである。ベルリンは、ドレスデンやミュンヘンと同じように、主たるコレクションのなかに、非常に多くの珠玉の作品を抱えていたのだ。

ベケットはカイザー・フリードリヒ美術館では自分がまったく知らない初期オランダ絵画を見つけた。また強い偏見をもっていたにもかかわらず、ドイツ十九世紀の絵画について、さらなる発見をするために大変な努力を重ねていたようだ。この分野に関するカール・シェフラーの書物を買って熱心に勉強している[87]。イタリア・ルネサンスの画家たちはいつも、トム・マグリーヴィーの偏愛の対象だった。ところが、ベルリンではベケットもイタリア絵画に感動している自分にすぐに気づいた。ボッティチェリの作品については「『シモネッタ』の肖像は少し若いときのブロンドのエズナ〔・マッカーシー〕に似ている[88]」、「部屋いっぱいに並べられたすばらしいシニョレリの絵画[89]」、マザッチョのパネル画は「美しい[90]」、「ドメニコ・ヴェネツィアーノの三博士の礼拝は荘厳だ[91]」と日記に書いている。ほかの美術館から借り受けて展示していたところでは、エルスハイマーの夜景を賞讃し、「絶妙だ[92]」と感じている。十六世紀のドイツのアルトドルファーには「目を開かれた」。そこでは「宗教上の主題が風景画の口実になっており、エルスハイマーの作品とは少しも似ているところがなく、むしろきらびやかでありながら、たちどころにエルスハイマーを連想させる。美しい磔刑図と出〔エジプト〕の途上での休息の図」[93]。彼の日記はほとんど毎日、小造りだが、天井の高いカイザー・フリードリヒ美術館の部屋を歩き回りながら、こうした瞬間に接したときの興奮に震えている[94]。

しかし、ベケットの文章がこれらの絵画を描写するときに筆が走っているとしても、日記の反対側のページにはきわめて散文的な画家の生没年、流派、影響関係などの詳細が、きちんと、たいていはほぼドイツ語の目録に書かれたとおりに英語で抜粋され、記されている。これはもちろんベケットには翻訳の訓練になった。けれどもそれだけではなく、彼はいつも日付けと事実に正確でありたいとする癖があり、それが人間の知識とその限界に対する特異ではあるが、筋の通った、理性的なベケットの考え方の一部になっていた。アクセル・カウンと、ゲッベルス[95]に似ていたマイヤーというカウンの友人に、歴史書についての自分の考えを述べている。

> ぼくはもはや歴史上の混沌を「統一する」なんてことには興味がない。個々の混沌を「明確にする」ことにも。ましてや混沌を誘発する、人間を越えた必然性を擬人化することにも。ぼくは麦わらのような些細なものや、がらくた、名前や日付け、出生や死などしかいらない。自分が知ることのできるものといえば、それだけだからだ。マイヤーは背景のほうが前景よりも重要で、結果よりも原因のほうが、またそれらを代表するものや敵対するものよりも原因のほうが重要だと言う。ぼくは背景や原因などは非人間的で理解不可能な機構にすぎないと思うし、思い切って言わせてもらえば、背景だの原因だのに理屈をつけている現代のアニミズムによって満たされうる食欲とはどんな食欲なのか知りたいと思う。合理主義とはアニミズムの最後の形態だ。一方で、時間と人間と場所が純粋に支離滅裂であることは、少なくとも愉快なものだ[96]。

要するにこれは、ベケットは年代順配列を好み、小さな、立証しうる個々の人間の生活の細部を愛し、行動の動機や運動といった広くて包括的な分析には関わりたくないと思っていたことを示している。

> ぼくが欲しいのは流行遅れになった歴史の参考書であって、たとえばルターについて言えば、彼が次にどこへいったかとか、なにを常食としていたかとか、なにが原因で死んだのかといったことはなにも教えてくれないくせに、なぜルターはある出来事を避けられなかったかということを仰々しく説明する当世ふうの小説化《モンド・ロマンセ》された世界

などではないのだ。ぼくは「歴史的必然」や「ドイツの運命」といった表現を聞くと胸くそが悪くなる。[97]

さらに興味深いのは、ベケットの議論が、人間がすることにはすべて一貫性がなく、混沌としているという考えを受け入れているということ、またこの混沌に形を与えようとやっきになっているあらゆる合理的な試みを信用していないということである。これはモダンアートの形式と内容についてベケットがのちにおこなう発言を予想させる。

ベルリンでの生活で新たに入り込んできた驚くべき点は、大きな博物館のエジプト、イスラム、およびインドのコレクションに対するベケットの関心である。これにはある明白な理由があった。ベケットは下宿屋に着くとすぐに丸一か月部屋を借りており、絵画ばかりを見て毎日時間を過ごすわけにはいかなかった。いや、もっと美的に説明することができる。ハンブルクにいた芸術家のグリムとルヴォルトがテル＝ハラフ美術館とカイザー・フリードリヒ美術館のアジア部門にある細密画や古代彫刻に対する熱い思いを語っていたのだ。また、レンブラントがインドの細密画を集め、その複製を作っていたことをベケットは日記のなかで思い起こしている。[98]そこで彼は、これらの彫刻や陶磁器を新たな目で眺め、工芸がもつ複雑で入り組んだ細部の模様ばかりでなく、その背後に横たわる神話にも自分を惹きつける多くのものを見いだした。ベケットはヘールトヘン・トート・シント・ヤンスが描いた洗礼者ヨハネの絵を、「曲がりくねった川の流れのある風景のなかで、非常に沈うつな姿で座っている、インドの細密画にあるような音楽に聞き入っている隠者みたいだ」[99]と表現している。

ベケットは町の喧噪から逃れたいと思うことがよくあった。そんなときはグルーネヴァルトの森まで遠出することで、ほかの人びとが寒いクリスマスを家族と家で過ごしているあいだ、寂しさをまぎらわすことができた。またあるときは、ポツダムにあるプロイセン王フリードリヒ大王の避暑の館サンスーシ宮殿（フランス語で「憂いのない」の意）まで出かけ、はじめて見た館の印象を楽しげに日記に書きとめている。

晴朗だが寒い。ぶどう用の温室をしつらえたテラスを最初に見たときは面食らったが、すぐに受け入れることができた。きれいに刈り込んだイチイの木はとても効果的だ。テラスは宮殿には不釣合いなくらい急で重たいのではないだろうか。宮殿はテラスの各段の下にいくと見えなくなる。宮殿はこのうえなく美しく、申し分なく釣合いが取れ、大きな避暑用の家の浅緑色の丸天井が、黄色い前面に花のように乗っかっている。女人像の柱は上に乗っているものが軽いせいか、笑っているように見える。ヴェルサイユ宮殿ともヴァトーともちがい、まさに無憂の建築となっている。[100]

宮殿のさまざまな部屋をガイド付きでさっと見て回り（そこには「風変わりな鳥と花の装飾のついた、ヴォルテールの部屋というみごとな喜劇」も含まれていた）[101]、絵画を展示したギャラリーを見た。ベケットは「一か所にこれほど多くのバロックふうの卑猥な絵が集められているのはいままで見たことがない」[102]と断言している。ギャラリーを出ると、気分転換に散歩に出かけた。広い構内をまずシチリアふうの、それからスカンディナヴィアふうの庭園を通り抜け、「醜い十九世紀のオランジュリー」[103]を通り、新宮殿《ノイエス・パレ》と、向いにある付属の建物《コモンズ》へいき、最後にはフリードリヒ・ヴィルヘルム二世お気に入りの邸宅で、水辺に建つマルモ宮殿へ足を運んでいる。ギャラリーで見た絵画作品は、散歩しているあいだも彼の心を捉えていたし、空間も光も色彩も心を満たしてくれた。「突然霧が降りてきて、ユングフェルンゼーの灰色の無《ネアン》を背景に、女たちが熊手でかき集めた紅葉した落葉が連綿と続くかのような赤い光に包まれた」[104]と日記に書いている。

このように穏やかな詩的喚起を味わいながら、ベケットがこの同じ日に、一日じゅう体にひどい苦痛を感じていたというのは信じがたい。だが、ベルリンの中心にある自分の部屋に帰り、ヴェルナー・クラウス（「立派な役者で、いままで見たなかで最高」[105]）の出るフリードリヒ・ヘッベルの悲劇『ギュゲスとその一味』を観に出かける準備をしているときに[106]、精神の高みから帰ってきていたというのに、肉体の病気がこれでもかと言わんばかりにその存在を主張しはじめ、陰嚢の下にあるしこりがどんどん大きくなっているのに気づいた。

痛みのせいで、ポツダムと劇場に出かけていった日のあと、数日間部屋にこもっていなければならなくなったベケットは、それまで見たり読んだりしたものについて、いくつかの問題点に思いをめぐらせた。ヘッベルの芝居は詩劇というものに異論を提示するよううながした。これはやがて演劇のなかで詩を扱う際のベケット自身の方法にとって、きわめて重要なものとなった。ヴェルナー・クラウスのすぐれた才能にもかかわらず、ベケットはヘッベルについて次のような確信を抱いた。すなわち、「詩劇は芝居としてはけっして成功しないし、詩として演じられてもやはり成功しない。なぜなら言葉が筋をわかりにくくさせ、筋によって言葉もわかりにくくなるからだ」[107]。ベケットの主張によれば、この芝居は「すぐれた詩であるので、けっして現実に生きたせりふにはならない」[108]。詩的なせりふは、「それ自体で完全なので、単なる演劇的表現の言葉にはなれない」のだ。ベケットはさらに、ラシーヌは「この点、けっして表現に凝らない、この点で言葉だけでは作品は成立しない、それゆえ彼の芝居はこの点で『詩的』ではない、つまり非演劇的ではないのだ」[109]と主張している。戦後の芝居『ゴドーを待ちながら』でベケット自身が考え出した解決法は、伝統的な演劇の筋運びを静止状態に近づけ、アルトー的な意味で、演劇における詩というよりも、むしろ、演劇の詩を創造することだった。『ゴドー』では、会話のリズムはその活力を詩的形式やメタファーからではなく、ミュージックホールやサーカスから取り入れ、動きと身振りは入り組んだバレエのような舞踏法を創り出している。待つというこの芝居全体の状況は一つの詩的メタファーである。ベケットは後期の芝居では、再び言語に着目しながらも、その言語の内部に緊張感を産み出し、しばしば絵画作品をモデルにした力強い視覚的イメージ――それは言語を支えることもあれば、その価値を無効にすることもある――を創造するようにして、もっと大きな危険をも覚悟するようになっていった。

あまり歩くことができなかったので、ベケットはベッドのなかでアクセル・カウンが貸してくれた本のうち、二冊を読んだ。それは、ヘルマン・ヘッセの『デミアン――ある若者の物語』とヴァルター・バウアーの『やむを得ない旅』であった[110]。本の中味をその題名から定義してはならないという適切なコメント(この危険は、バウアーの本の題名についてすぐに明らかとなる――「批評家はしたがってそれとは反対のことを練り上げさえすればよいのだ」[111])から始まるベケットの思索は、やがて自分の小説『マーフィー』の分析へといたる。そしてマーフィーが自分を椅子に縛りつけて不測の世界から避難することの重要性に焦点を当てつつ、そこで自分が発見したことにびっくりしている。ベケットはヘッセとバウアーの小説のなかに「自己への旅に不可避な事柄」を発見しながら、こう論じる。

いずれにしても旅というのはまちがった表象だ。どうして自分が離れられないところをめざして旅することができるというのだ。『やむを得ない滞留』といったほうがもっと近い。それはまた、椅子に縛りつけられているマーフィーの表象についても同じことで、自己というひもへの降伏、自己緊縛の純然たる体現、根源的な非英雄的なものの容認である。最終的には解放されるより、むしろ死んで消え去るほうがよい。ところが英雄的なもの、すなわち「汝自身を知」ることをこの二人のドイツ人作家は旅と見ているが、それは単に紐と椅子に対する姿勢が異なるだけで、意志と筋肉と指をそれらに敵対させ、立ち上がってそこから歩いて離れてゆく欲望と力をゆっくりと創造しているのだ。その人生は、避難する事実ではないにせよ、避難する可能性に捧げられたもの、選択する真の自由に捧げられた人生にすぎない。マーフィーにはいかなる選択の自由もない。つまり、自分の性向に対立して行動する自由は彼にはない。要するに、「汝自身を知れ」は、マーフィーの「汝自身を摘め」と同様、可動なものではないのだ。ちがいは要するに、一方では動かないということは動くことの根源であり、他方においてはそうではないということだ。などなど、などなど。思ってもみなかったことを本のなかに見いだすのはなかなか楽しい。(112)

ベケットの日記を読むと、はじめのうちは彼が『マーフィー』の出版についてほとんど忘れているのではないかという印象を受けるかもしれない。しかし、彼の苛立ちは、ひどくゆっくりと出版社間でたらい回しにされていくにつれ、ときどき爆発した。その様子は、ジョージ・リーヴィーやメアリー・マニングへの皮肉に満ちた手紙のなかに明白に記述されている。リーヴィーはこの本を出版しそうなところを探してくれていた。マニングはアメリカでこの本を出版してもらえるよう手助けしてくれていた。ベケットはハンブルクに着くとすぐに『マーフィー』がサイモン・アンド・シュスター社からも断られたことを知った。「いつもどおりの親切な言葉を添えてくれている、すばらしい才能だ、五パーセントの魅力と、まばゆいまでの将来があるってね。ホートン・ミフリン社がいま『マーフィー』の原稿をもっている。ノットはまだ決めかねている。おそらく結論に達する前にビートン夫人に連絡を取らなければならないのだろう(113)」。グリーンスレット(ホートン・ミフリン社の編集者)は、あちこちたくさんの箇所を削除しろと要求してきた。とりわけ「マーフィーの精神」に関する第六章の削除と、題名の変更を要求してきたので、ベケットは抗議の声を挙げた、「この小説が少々わかりにくいのは圧縮されているからで、それをさらに圧縮するのは、この小説をいっそうわかりにくくさせる結果にしかならないのがわからないのだろうか(114)」と。どの章も全体にとっては必要不可欠なものだ、とベケットはリーヴィーに主張している。削除せよとの要求はまた、メアリー・マニングに宛てた手紙のなかで創意に満ちた下ネタふうのウィットを生み出した。そこではベケットの苛立ちは頂点に達している。

> リーヴィーが手紙をくれて、妨害者グリーンスレットからの手紙を同封してきた。ぼくの作品でいつまでも繰返される三十三、三%削除を熱心に言ってきている。ぼくはもっといい計画を考えた。五百番目ごとに出てくる単語を取り出して句読点を入れ、パリの『デイリー・メール』に散文形式の詩として発表するんだ。それから残りは別途内密にジェフリー〔・トンプソン、ベケットの精神分析医の友人〕からあらかじめもらっておいた警告を付け、精神病者のたわごと、あるいは連載ものとして翻訳して『キッチュのための雑誌』に載せる。ぼくの次の作品はトイレットペーパーの芯《しん》に巻きつけた藁紙の上に書かれることになる。六インチごとにミシン目を入れて、ブーツ〔イギリスのドラッグ・ストアーのチェーン店〕で売り出す。各章の長さは注意深く計算して平均的な（便の）ゆるやかな動きと合うようにする。そして販売促進のために一部ごとに無料の下剤のサンプルを付ける。ベケット便通ブック、放便中のイエス・キリスト。長もちするちり紙《ティシュー》で上梓される。アザミの冠毛でできた見返し、三方虫よけ加工、千回拭いても清潔な喜び、ブライユ点字がお尻のかゆみに快適。まったくのあらし《シュトゥルム》、切迫感《ドランゲ》[115]なし。

ベケットは無知と無邪気を装った調子で次のように書いてもいる。

> スタンリー・ノットはもしアメリカでいいカモが見つかれば、ぼくの小説を引き受ける心づもりでいるのは明らかだ。それに対してミフリン社のほうは、イギリスでカモが見つからないかどうか考えているんだ。ぼくは細かな点については不案内だが、自分のエージェントはこれらのカモを寄せ集めるだけでいいように思える。そうすれば悪態がどっとわいてくるだろう。ぼくはまた判断をまちがえたようだ[116]。

アメリカかイギリスで『マーフィー』を出版するのは予想していたよりもむずかしいことを、ベケットはドイツを旅行しているあいだに身をもって知ることになる。『マーフィー』はこの一年間、文字どおり多くの出版社から断られた。ベケットはリーヴィーにドイツを離れる前、『デイリー・スケッチ』のなかで見た二匹の猿がチェスを指している写真を送ったが、それが今度はドイツのイラスト入りの雑誌に載せられているのを見た。どうしたら自分の小説の口絵にこの写真を使う許可が得られるのだろうか、とベケットはリーヴィーに質問した。さらにまたリーヴィーに皮肉をこめて、「作品を短くしてタイトルだけにする用意もできているってことは最後まで忘れない。もしご不満なら、いまはタイトルを変える準備もできている」とも書いている。[117] 日記には、「このいまいましい小説をどこが出版してくれようとくそくらえだ。家にいるとき自分を保護してくれる校正刷りと、出版できるかどうかのから騒ぎさえあればそれでいい」[118]と書いている。『マーフィー』の出版は、最終的に一九三七年の終わりごろ、ラウトレッジ社のT・M・ラッグが引き受けてくれた。

ベルリンでの残り少ない最後の日々は映画や芝居ざんまいで過ごした。一人で出かけた日もあったが、家主のケンプトや、下宿にいたもう一人の客であるヨーゼフ・アイヒハイムという名前の映画俳優と一緒にいくこともあった。[119] 三人はアイヒハイムが出演している『漁夫の利を占めるもの』と『落下のハンター』という二つの映画を観にいった。ベケットは、さらに一人でヴェルナー・クラウスが出演している『ブルク劇場』という映画や、足をひきずりながらシラーの『マリア・ステュアート』を観にいった。メアリー・マニングに宛てて「四幕のあいだずっと退屈させなかった。その秘訣をさらけ出してがっかりさせることもなく」[120]と書いている。体調が回復し、充分動けるようになったと感じると、こうした文化的なものに触れ、期間を延長したベルリン滞在に最後の幕を降ろした。ベケットがドイツに戻ってくるのは、これからほぼ三十年のちのことだ。だが、そのときには再建されてはいたものの、昔の面影をとどめていない、分断された都市に戻ってくることになる。

4

ベケットはドレスデンに移動する途中、ハレ、ワイマール（エアフルトにもほんのちょっと遠出した）、ナウムブルク、およびライプツィヒの四つの都市に立ち寄った。ベルリンを発つ直前、ポレップという名前の「魅力的な舞台装飾家で、ヘンデルの専門家」[121]に会った。彼はハレで劇場用の装置と衣装デザインを担当することになっていた。しばらくメキシコに住んでいたことがあるポレップは、作家ベン・トレイヴンを知っていたうえ、パリ在住の作曲家ダリユス・ミヨーとも面識があり、いずれ自分に連絡を取るようにと言ってくれた。ベケットはポレップのことを大変気に入っていたので、もう一度彼に会うため、わざわざハレを旅程のなかに組み込んだようだ。彼はこのデザイナーのアシスタントと一緒にハレ行きの列車に乗った。

ベケットは、ハレにあるモーリッツブルク美術館で多くの時間を過ごした。驚いたことに、取り除かれずにまだ展示されていたすぐれた現代絵画のコレクションを見つけた。ポレップはまた、ヘルデル通りのヴァイゼ館にあるモダンアートのすばらしい個人コレクションを見られるように手《て》筈《はず》を整えてくれた。そこでベケットはキルヒナー、ムンク、ヘッケル、シュミット＝ロットルフおよびミュラーの絵画を観たあと、しばらく階上の部屋に座り、快活なヴァイゼ夫人とともに「十九世紀以来、芸術家、役人、世間のあいだにある大きな隔たりがますます大きくなっている。審美的（表現主義の影）にも物質的にも、ドイツにおける若い芸術家が置かれた状況は恐ろしい[122]」ことについて活発に語った。ベケットがハレを発つ前、ポレップはドイツの指導的ダンサーの一人で、ドレスデン在住のパルッカと、彼の友人でミュンヘンにいる歯科医ツァーニッツに紹介状を書いてくれた。ベケットはしばらくしてこの二人と会うことになり、彼らもまたベケットをほかの友人たちに紹介してくれた。

ベケットは旅行を中断してワイマールにあるゲーテとシラーの家を訪れた。そこからエルフルトに日帰り旅行に出かけ、キルヒナー、カンディンスキー、ファイニンガー、ヘッケル、シュミット＝ロットルフ、ノルデ、さらにディックスのすばらしい現代絵画がまだ取り除かれずに残っているのを見つけ、非常に喜んだ。さらにナウムブルクでは、「深い雪と、命も尽きるような寒さのなかを[123]」わざわざ「きわめて印象深い」丸屋根《ドーム》を見にいき[124]、その同じ夜、ライプツィヒまでいった。再び膿瘍ができたせいで、「つむじ曲がりな気分[125]」だったことを自認してはいるが、ベケットはこの町を醜いと思った。彼はゲヴァントハウスでおこなわれていたコンサートにも出かけ、マグリーヴィーに「感覚と理性に対する侮辱[126]」であると表現している。またアウグストゥス広場にある美術館で展示されているマックス・クリンガー展にも行ったが、あまり印象には残らなかった。ハレとエルフルトで現代絵画がまだいくつか展示されているのを見て勇気づけられ、ほかにも常設の収蔵品のなかにあるはずのノルデ、ヘッケル、およびペヒシュタインの絵画を探したが、無駄だった[127]。体の痛みに加え、天候も不快だった。寒さはひどくなり、一日の大半を暖房の効かないホテルの部屋で、文字どおり凍えて過ごした。ベケットはライプツィヒを出るとほっとし、一九三七年一月二十九日にドレスデンに着いた。そこで彼の気分（あるいは運）は快方へと向かった。「ドレスデンの第一印象はとてもよい。ライプツィヒの茂みのあとでは解放感と空間にあふれている[128]」と、ベケットは「エルベ川に面したフィレンツェ[129]」とも、あるいは「磁器の聖母マリア[130]」とも呼んでいるドレスデンに着くとすぐに書き記している。それでも彼はわずか三週間しか滞在しなかった。

ハンブルクでもそうだったが、ドレスデンでは、驚くなかれ、美術愛好家や個人コレクターの手により、再びドアが開かれたのである。滞在から数日後（ベケットが到着後まもなく電話をしたダンサーのグレート・パルッカの推薦によって）、ツヴィンガー美術館の前館長であるヴィル・グローマンに会うことができた。この男性は三年前にユダヤ人であるという理由で、館長職からも、教えていたギムナジウムからも解雇されていた。ベケットが約束よりも早めに着くと、彼はクレー、カンディンスキー、ピカソ、ミロ、そしてシュレンマーの絵をちょうど壁に掛けているところだった。ベケットはこのすぐれた美術史家に魅了されるとともに、ドイツ現代美術に対する彼の深い知識に圧倒された。グローマンはまた、解雇されたのちもドイツにとどまり続けることを是とする議論や、悪化してゆくユダヤ人の状況に対する一ユダヤ知識人としての展望を語り、ベケットの知的関心をかき立てた。

彼が言うには、たとえ立ち去ることができるとしても、出て行くよりも、むしろ居続けるほうが興味深いのだという。思想は支配できないのだ、と。ナチ体制がどれだけ持続するかを判断するのは不可能だ、それは大体は経済的成功のいかんにかかっている、と。もし体制が行き詰まれば、彼や彼の同胞はその場にいるか、潜行するか、再び活動するかするのが適当である。すでに知識人たちのあいだには同胞愛が生まれており、そこでは不平を言う自由は労働者たちの自由よりも少ない。なぜなら、労働者の不平は危険ではないから。(131)

ベケットは、ドレスデンの知識人たちの同胞愛が活動して機能を果たすのを観察し、個人的にも彼らの友情に満ちた歓迎、きわだった親切、暖かいもてなしなどの恩恵をこうむっていた。気がついてみると、今度もまた有名な美術コレクターのイーダ・ビーネルトと、彼女の息子フリードリヒ、そして白系ロシア人の亡命者たちを中心としたグループに取り囲まれていた。このロシアの亡命者のなかにはオボレンスキー王子（彼はフィレンツェでガイドの仕事をしたこともある）や、その妹でフォン・ゲルスドルフという名のドイツ人と結婚した魅力的な女性がいた。到着してほんの数日後のある晩、ベケットは運転手付きの車でフリードリヒ・ビーネルトの家に連れていかれ、そこでオボレンスキー、フォン・ゲルスドルフ一家、さらに彼らの友人にも会った。

フォン・ゲルスドルフ夫人はぼくの手を取り、英語でしゃべった。ぼくが真面目な人間であると言い、質問をしながら、白系亡命者の生の物語を伝えてくれた。彼女には四人の子どもがあり、夫は軍隊の兵舎でなんとロシア語を教えているのだ！　彼女は新聞に記事を書いたり、それにイラストを付けたりしている。赤毛の女性「女優」はいまは酔っていて、自分のレパートリーのなかからいくつかの断片を演じると言ってきかない。ぼくはそれに巻き込まれてしまった。オボレンスキーは始終愉快なむっつり屋で、ときどき短い言葉を続けざまに発する。フォン・ゲルスドルフ氏はロシアの曲を演奏。ぼくはマクドナルド（「マクドナルドじいさんは農場を一軒持っていた」という歌）を歌い始めるが、途中で止めてしまった。午前二時ごろお開きになり、コニャックは全部飲んでなくなった。[132]

この会合に出たおかげで、ベケット自身「非常に気持ちのいい形で関わり合うことになった」[133]二つのまったく異なる活動に参加するようになった。一つはベケットの好きな絵画やデッサンを見ることであり、もう一つは、それほどくつろいだ気持ちにはなれないと感じたものの、講演やコンサートやパーティーに出席することであった。

ベケットはイーダ・ビーネルトがとても気に入った。彼女は「楽しい人で、陽気な性格と言ってもよい」人と思えたが、同時にまた多少ラフで、ズバリとものを言う側面もあり、それもまたベケットには好感がもてた。ベケットが日記に記しているところによれば、唯一の欠点は「ナチの連禱」[134]を朗誦するという不愉快な一面だったが、彼女の息子はナチのシンパではなかった。ベケットは最初、ヴュルツブルガー通り四十六番地にある宮殿のように豪華な住居に「黄昏どきにお茶とお菓子」[135]の集いに招待されてイーダを訪問した。そこにはモダンな環境のなかに配置された美しい時代物の家具が据えられていた。各部屋の壁に飾られた絵画は見ごたえがあった。[136]ビーネルト夫人はもう一度今度は日の光のもとでこのコレクションを見られるようにとランチに招待してくれた。このときベケットは、カンディンスキーのすばらしい作品『夢の即興』と「人物が愛らしく、とてもヴァトーに似た」[137]美しいルノワールの作品を賞讃している。

ベケットはグローマンとパルッカ（彼女はビーネルトの離婚した義理の娘だった）と連れ立ってローマ弦楽四重奏団によるモーツァルト、ベートーヴェン、ヴェルディのコンサートに出かけた。そこではたいていの同じ顔ぶれの人たちに会った。それからフォン・ゲルスドルフ一家とともにオボレンスキー王子によるフィレンツェとフィレンツェ芸術に関する講演を聞きにいき、そのあとにはイタリア村《ドルフェン・イタリエーニッシエス》での「恐ろしく大きなパーティー」が続いた。そこでは、かつてロシア貴族だった人たちの多くと一緒だったので、ベケットは自分が「この夜は全身全霊、コミュニストになったような気持ちを味わう」[138]羽目となった。

このように緊密な関係をもった同胞愛のなかで暖かく迎え入れられても、ベケット自身の深い孤立感と異境生活者の感じる不安感は強まるばかりだった。その晩ベケットは日記に辛辣な自己批判と強い自己憐憫とが著しく入り交じった自分の感情を吐露している。

ぼくはいつも意気消沈しており、こういった人びとが美しくエネルギーを傾けているのをみると、自分には価値がないと思えてしかたがない。記録資料による裏づけの正確さ、知識の完璧性、……そして本物の天職意識。それと比較すれば、ぼくはまったく一人ぼっちだ（自分と同類の人間のグループさえない）。無目的で、病理学的には無精で、弱々しく、意見もなく、不安な気持ちでいっぱいだ。毎日自分に課しているこのちょっとした骨折り仕事、絵画作品の名を並べたこの馬鹿げた日記もなんの役にも立たない、強迫観念にとりつかれた神経症者の行為にすぎない。無駄なことをしているようなものだろう。集中力を欠いた「心が開いた状態」とは、精神の括約筋が永久に弱々しく開いている状態であり、精神はもはやそれ自体の内容以外のすべてのものに対して、あるいは内容をそれ自体が扱うことに対して、それ自体を閉ざす力をなくしている。

ぼくはけっして独力でものを考えたことがない。大変な恐怖のなかでとても長いあいだ初期の思考のスイッチを切ってしまったので、いまではたとえぼくの生（！）が思考に依存しているとしても、三十秒間も考えることができない。[139]

しかし、こうして自分を非難しているさなかにも、瓦礫《がれき》のなかからいつかは文学が誕生するかもしれないという希望に、いまだしがみついているベケットの姿を見いだすことができる。「この放棄されているという深い感情を文学へと作り変えるのに必要なのは、組織化という、どちらかと言えばささいな行為だけだ。おそらくぼくにはそれをやる力があるだろう。唯一の希望《スペス・ウニカ》」[140]とベケットは書いている。これはまさにこの「放棄された状態」をどう用いるかを彼が発見する十年前のことである。

　ベケットはどうしてもオペラに魅力を感じられなかった。しかし、ドレスデンでモーツァルトの『フィガロの結婚』を一人で観にいき、このときだけは楽しんだ。

> 劇場は輝くばかり、少ない観衆。ベーム指揮によるじつにみごとなオーケストラ。このうえなくすばらしい上演。すてきな衣装。フィガロはとてもいい。スザンナとケルビーノも美しく非常にいい。とくに後者がいい。バルバリーナも。アルマヴィーヴァ伯爵夫人は悲劇的息抜き〔コミック・リリーフ（ちょっとした息抜き）をもじっている〕。彼女の頂点は第三幕における叙唱と詠唱《アリア》。最終幕は少しもヴァトーらしさがないのに、ヴァトーそのものだ。ヴァトーの世界よりも子どもの世界であり、そこでは性交に対してさえ興味はなくなっている。彼らはみなケルビーノなのだ[141]。

それは「終わってしまうのが惜しいと思えた最初のオペラ[142]」だった、とベケットは打ち明けている。ベルリンのときもそうだったが、彼はまた何度かこの町から逃げ出している。一度はピルニッツにある強力王アウグスト一世の一七二〇年代に建てられた避暑用の宮殿へ、もう一度はマイセンへ行き、そこでは有名な磁器の製作や絵付けなどより、「美しく、簡素で涼しい[143]」大聖堂の室内のほうを長い時間をかけて見て回った。ただし、マイセンを去る前に、母親へのプレゼントとして白粉用の小箱を買っている。

　とはいえ、ドレスデンを訪れたベケットの主たる目的は、美術コレクション、とくにツヴィンガー美術館所蔵の巨匠の作品を見ることにあった。そこで彼は修復の痕が多く残っているものの[144]、上手に修復された美術館の建物のなかで数日を過ごした。

> この美術館についてどう言えばいいのかわからない。十八世紀を代表する王室のコレクションでさえ、重要なものはほぼきちんと残っているとはいえ、長所より欠点のほうが多いにちがいない。おびただしい数の後期イタリアのがらくたがあり、ルネサンス以前の作品はゼロで、実質上、偉大な時代のフランドル絵画もなく、あるのは、メングスとロザルバのパステル画と、ベロット〔通称カナレット〕のドレスデンの眺めを描いた絵を飾った部屋ばかりだ。しかも照明は暗く、並べ方もひどいときている。一瞬たりともこれをカイザー・フリードリヒ美術館と比較しようなどという気にはなれない[145]。

しかし、常設のコレクションのなかにはたくさんの賞讃に値する良質の絵画を見いだしている。たとえば、ベケットのお気に入りの作品を三つだけ挙げるとすれば、「途方もなくすばらしい」アントネロ・ダ・メッシーナ（聖セバスチャンの絵は、その細部をベケットは十年以上経っても覚えていた）、[146]「言葉に言い表わせないほど美しい」フェルメールの『女郎屋の女主人』、それにプーサンのヴィーナス像（これについてはベケットは、「賞賛してもしきれない」としている）。またとりわけ、貧しい農民の生活を描いたブローウェルの絵画に惹かれていた。「ブローウェルよ、愛しいブローウェルよ」と、この画家のことを呼んでいる。[147]

　計九日間ツヴィンガー美術館を訪れたほか、丸一日を旧《アルテ》アカデミーで過ごした。そこではカスパー・ダーフィト・フリードリヒの作品が彼の目に止まった。ベケットは、「風景画のなかにいる二人の小さなものうげな男たち。小さな月を描いた風景画と同じように、まだ見ていられる唯一の種類のロマン主義だ。そんな短調にしたものへの心楽しい偏愛」[148]を感じたと言っている。彼がとくに気に入った『月を眺める二人の男』は、戦後『ゴドーを待ちながら』を書き始めたとき、さらにいっそう重要な意味をもつことになる。

5

ベケットはしばらく前からドイツ旅行の最終日程を考えていた。次にどこへいったらよいか、人から勧められるたびに、その計画は何度か修正された。最終的にはドレスデンからフライブルク（とくに黄金の門《ゴルデーネ・プフォルテ》を見に）、バンベルク、ヴュルツブルク、ニュルンベルク、そしてレーゲンスブルクを経て、ミュンヘンで終えることにした。どの町でもベケットは貪欲な好奇心に満ちた観光客だった。ベデカー旅行ガイドや、道中で買ったドイツ建築シリーズに収められた建築物に関する本をもとに、観光案内や地元の人に尋ねながら、彫刻や門や祭壇の背後に描かれた絵や彫刻の絵葉書を買い求めた。[149]

　バンベルクでは、旧宮殿《アルテ・レジデンツ》近くに住む、アルバイトで観光ガイドをしているという男と会い、彼から建物や町なかの建築物について詳細な情報を得た。ついベケットはその夜、彼をディナーに招待した。食事のあいだに、男の職業は仕立屋であることがわかった。彼はベケットに自分がかかえている悩みの種をあふれんばかりにぶちまけた。病気のこと、戦争での負傷、かかえている借金、お金を貸しつけてもらえるほどの信用がないので仕事を広げることができないこと、などなど。ベケットはこの男を気の毒に思ったが、同時に、自分の置かれている状況に同情してもらい、それを利用することにたけた人間に対する不信感も本能的に感じた。

けれども、哀れみのほうがそうした疑念より勝ちを占めた。自分の経済状態も心配だったが、ベケットは仕立屋に、「ミッドナイト・ブルー」のスーツを作ってくれないかと頼んだ。仕立屋は特別の布地を勧め、それは遠方から取り寄せなければならない、百二十マルクはかかるだろう、と言った。ベケットは以前自分のたっぷりした革のコートを十マルクで売ったことがあった。仕立屋はベケットのサイズをはかり、頭金として三十五マルク受け取り、仮縫いのためにニュルンベルクで日曜の朝、会うよう取り決めた。さらに残金は、ベケットがミュンヘンで次に家から送金されてくるお金を受け取ってから郵送しよう、ということになった。ベケットはバンベルクを発つ前、さらに何度かこの仕立屋に会い、日記のなかに本心を明かすように、こうコメントしている、「そもそも始めから気に入らない、身の毛もよだつような人間の機嫌をとれるなんて妙だ。病的なものと悪質なものを必要としているのか[150]」と。

自分が詐欺に会おうとしているのではないかという直感はベケットの頭から離れなかった。仕立屋からなんの連絡もなく、仮縫いもおこなわれなかったので、ニュルンベルクにさらに二晩泊まらざるをえなかったからだ。けれどもようやく仕立屋から電話が入り、自分が乗る予定の列車を知らせてきたので、ベケットは男を迎えに駅へいった。ところが男は駅には現われず、ベケットがホテルに戻った数分後にひょっこりやって来た。男が言うには、「特別ダイヤ」の列車で来たという。このときにはベケットは自分が担《かつ》がれているのだという確信を抱きはじめた。ベケットはその夜、日記にそんな自分の気持ちを吐露している。

この男は言い訳と説明ばかり。我慢ならないほどいまわしく、また哀れだ。二言目には嘘をつき、三言目にはだまそうとし、六言目にはおべっかを使う、その他いろいろだ!? よろしい。上着しかもって来ない。ズボンを試着する必要はない、もちろん用意はできているけれど、と彼は言う。生地は今朝、届いたばかりだとも言う。突然ぼくは生地は絶対に届いてなんかいないし、注文したこともなく、使っているのは粗悪な生地だと思った。テレパシーを感じたのか、相手は生地や横糸や縦糸のことや、重さを誉め始めた。次に自分用のスーツを作るとすれば、それ以外にはありえないとまで言う。男はほかの生地と比較できるようにサンプルをもってくるつもりだったのだが、でも云々……あまりのずうずうしさに怒るどころか、笑い出しそうになった。だまされたふりをするのは愉快だ。だまされているのだけれど、だまされてしまってはいない。だまされていることと、だまされてしまっていることのちがいは、前者の場合は気がついているのだが、後者はそうではないということだ。男はぼくに一杯食わしていると思っているが、彼は単にぼくをだましているにすぎない。これは愉快な立場だ、ぼくは絶対自分が見抜いているなんてことをちらつかせて、この愉快な気分を台無しにしたりはしないぞ。(151)

この日は仕立屋の、こんなに強くすぐに愛着を感じられる方に会ったのは本当に久し振りだ、という言葉でしめくくられたが、ベケットが日記に吐露したことは、「だまされる」ことに対する彼の姿勢について興味深い光を投げかけてくる。のちにベケットが経済的にずっと楽に暮らしていけるようになると、金品が目的で近寄ってくる人間に対して誰にでも快く応じると評判になった。友人たちは、この気前のよさと無防備状態から彼を守ろうとした。ドイツを旅しているときには、明らかに「担がれている」とわかっていたので、まだ知的優越感を楽しめた。ところが、やがてこの反応は、境遇やもって生まれた性格ゆえに詐欺や怪しげな策略に身をやつす人間への深い哀れみの情となってベケットの心に沈潜していったようだ。ドイツでのこの出来事は、ナッグが『勝負の終わり』のなかで語る仕立屋とズボンの物語にそっくり顔を出す。物語の仕立屋は、客に対してズボンを作り損ね、そのズボンを神がおこなったあまりうまいとは言えない世界創造と比較する。結局、ベケット自身のスーツは郵便でミュンヘンに届いた。それは「型は異様で、上着は大きすぎ、ズボンは短かすぎたが、色は青かった(152)」。同じ日に、ベケットはスーツに合う白いまがい物のシルクのシャツを買った。それから仕立屋に葉書を出し、「スーツはなかなかいいのですが、寸法が全然合いません」と書いた。さらにシャツを試着してみると、「大きすぎて、ひどい裁ちかただったが、色は白かった(153)」。その後これよりずっとひどい状況に置かれても、ユーモアがベケットを支えてくれることになる。

6

一九三七年四月四日、ベケットはレーゲンスブルクからミュンヘンに着いたが、そこでの滞在はドレスデンにいたときほど快適なものではなかった。到着したときにはすでに疲労を感じていた。長く寒い冬で、移動したり不慣れな貸部屋で暮らすことにつくづくうんざりしていた。ミュンヘンという町自体からも、なんらインスピレーションが沸いてこなかった。「イーザル川なんて、ヴュルツブルクの抒情的なマイン川や、レーゲンスブルクの英雄的なダニューブ川を見たあとでは、ちょろちょろ流れるおしっこみたいなものだ。雨が降ってもさざ波一つ立たないし、美術館島の鉄筋コンクリートも目ざわりなだけだ。なんとか島を沈めることはできないものか[154]」と、マグリーヴィーに書き送っている。

ベケットはカストール、ポリュデウケース、そしてアテーナーの黒ずんだ像が立つ巨大なアカデミーに面した、ペンシオーン・ローマーナという下宿に宿泊した。酒を飲みすぎ、遠くまで出掛けたので心身ともに消耗してしまい、「ぼうっとした」数日を過ごした。その後、アルテ・ピナコテークにいったら、疲労感が嘘のように晴れ、新鮮な気分になって、絵に対する新たな意気込みがよみがえってきた。「ソニー」こと従弟のモリス・シンクレアから前年、アルテ・ピナコテークのイラスト入りのカタログを見せてもらっていたので、すでに見た覚えのある絵が何枚か展示されているのを見て胸がわくわくした[155]。「硬直した足をしたクラナハの描いた磔刑図[156]」も、ハンス・ブルクマイアーの「磔刑図」も。ベケットはブルクマイアーの絵を、「聖母マリア、JB［洗礼者ヨハネ］そしてマグダラのマリアが、ラザロのそばにいる懺悔している盗人と、マルタのそばにいる懺悔しない盗人とのあいだにいる……懺悔しない盗人は見るものに背中を向けている。ぼくはカタログでその絵を見たとき、背中を向けて十字架にかけられたキリストというイメージを思いついた[157]」と表現している。しかし、ほかにも賞讃に値する多くの絵があった。ベケットの心に残ったのは、ボッティチェリの「埋葬」に描かれた「すばらしい」キリスト[158]や、デューラーの「四人の使徒たち」のなかに描かれた聖パウロで、とくに聖パウロは、「デューラーの最後の最高傑作。バウムガルトナーの祭壇にあるどんなものよりもすぐれている[159]」と思った。大ディーリック・ボウツのすばらしい「復活」は、「キリスト像としては興味深いタイプで、ボス的なものに近づいており、白痴のようにも見えるし、狡猾そうにも見える。ほとんど分裂病的なよそよそしさを感じる[160]」と日記に記している。

これらの絵画作品の何枚かはベケットの精神世界に非常に大きな部分を占めるようになり、やがて舞台用の視覚的イメージを創造したり、彼自身が演出家として自分の芝居を舞台にかけるときに再び姿を現わすこととなった。またアルテ・ピナコテーク所蔵のアントネロ・ダ・メッシーナの「受胎告知の聖母マリア」（「頭部と肩。みごとだ。ひどくおびえた様子で、不安げな下女[161]」）は、ベケットの芝居

『あしおと』で舞台上を歩く人物、メイの姿に不思議な形で再現される。女優のビリー・ホワイトローに演技をつける際、ベケットは体全体をまるでカプセルに包み込むように、体の前で両腕を交差させる格好をさせている。これはベケットが美術巡礼の旅のなかで得た、さまざまな忘れられない絵画作品、たとえばアントネッロの「聖セバスチャン」、ドレスデンで見たカスパー・ダーフィト・フリードリヒの「月を眺める二人の男」、ブラウンシュヴァイクで見たジョルジョーネの並はずれたできばえの「自画像」とともに、ベケットの心のなかに刻み込まれることになった。

ベケットは早速ハンブルク、ドレスデン、およびハレで教えてもらった人の名前を調べ、会ってみることにした。まったく異なる三つのつてを介して、いくつものコネができた。第一のつてはハンス・ルペ博士である。ルペはバイエルン国立博物館の館長でリルケの友人だったが、ベケットに良心的な出版社の友人で、学者肌のチャールズ・プレンティスのことを思い出させた。彼はまたサッフォーの翻訳者でもあり、その仕事はイギリスの古典学者のやりそうなものだとベケットには思えた。ルペはベケットを家に招き、ライン産のワイン、ブランデー、葉巻、そして活気に満ちたおもしろい会話で疲れ気味のベケットの心に再び元気を回復する力を与えてくれた。二人の会話はある点でベケットの創作活動に重要な変化が生じることを予感させるものがあった。ベケットによると、二人は「言語の性質について（話し合った）。あらゆる言語はひとたび成熟すると停滞してしまう。つまり、ひとたび刺激に慣れてしまうと影が薄くなるのだ。ぼくはフランス語の文体の欠如がもたらす可能性、すなわちその純粋な意志伝達を高く評価する」(162)。そして第二次大戦後、ベケットの使用言語が英語からフランス語に移行したとき、その説明として、ベケットはフランス語を用いることによって「文体をもたずに」書くことができるという利点を挙げている。

ルペ博士はベケットがギュントナー・フランケと連絡が取れるようにしてくれた。フランケはブリーンナー通り八Cで画廊を経営しており、ミュンヘンで依然としてマルクやノルデを展示する勇気をもった唯一の人物だった。ベケットは版画を陳列した彼の小部屋に立ち寄り、この丸々と太った若い画廊のオーナーに会った。そこで内密にノルデの後期の水彩画をたくさん見せてもらった。フランケは親しみやすく、とても協力的だった。彼はまたベケットがこれまで見たなかでもっとも力あふれる「橋《ブリユッケ》」派様式をそなえたマックス・ベックマンの絵も見せてくれた。その作品は一九三三年、ナチによって「退廃的」であるとしてかたづけられ、ベックマン自身は、ベケットがドイツを去った数か月後にミュンヘンで開かれた悪名高き「退廃芸術」展の始まる直前にこの国を去る運命にあった。フランケはまた画家のオットー・グリーベルにも紹介してくれた。グリーベルの作品はちょうどそのときフランケの画廊に展示中だった。ベケットは、グリーベルの絵が気に入らず、「ぞっとする」とか、「非常に平板で、ギリシアの壺のよう」[163]だと退けている。おまけに「溝［に溜まった水］のように活気がない」[164]画家だと思えた。この画廊のオーナーはまたほかの画家の名前や住所も教えてくれ、そのうちの二人はベケットに作品を見せてくれた。一人は「ドイツで唯一のシュルレアリスト、エンデという人」[165]で、もう一人はヨーゼフ・マーダーだった。だがどちらの絵もベケットは好きになれなかった。[166]

ベケットはがっかりした。現代絵画を収集し扱うことが、刺激に満ちていて、危っかしく、この時期には危険ですらあった世界に導き入れられて、ミュンヘンのモダンアートの最先端にどっぷりつかれるものと期待していたのに、まったく興味をそそられない、つまらない二、三の画家にしか会えなかったからだ。その代わり、滞在の最後の二週間のあいだに、ベケットは俳優兼劇場支配人でもあったエガース＝カストナーに会った。彼の名と住所は画家のクルートから教えてもらっていた。ドレスデン以来、ベケットは自分が出会った人のなかで、エガース＝カストナーといるときが一番楽しかったし、「彼の身振りと言葉に少々芝居がかったところがある」[167]点に好奇心をそそられた。だがベケットの興味をもっとも引いたのは、エガース＝カストナーがカール・バルマーの個人的な友人で、クルートのこともよく知っていたことである。彼はみごとな絵を何枚も所有し、そのなかには、バルマーが自分の子どもたちを描いた肖像画や、クルートによる絵も三、四枚含まれていた。ベケットは、そのときは画家としてのエルンスト・バルラッハしか知らなかったが、エガースは劇作家としてのバルラッハを褒めちぎった。

エガース＝カストナーと芝居や映画について意見を交わしながら、ベケットは刺激を受けて新たな発見をしている自分に気づいた。たとえば、ジェイムズ・ジョイスの「進行中の作品」について新たに興味深い分析をおこなっている。

演劇と映画についての長い議論、それをエガースはまったく認めようとせず、そんなものは主知主義にすぎないと言う。言葉が不適切であるという可能性には耳を貸そうとしない。不協和音は原理となっており、それを言葉は表現できない。なぜなら、人間の声では和音を歌えないのと同じように、文学もまた年代順配列から同時性へと、あるいは並存《ネーベンアイナンダー》から共存《ミットアイナンダー》へと逃避することができないからだ。話したり、耳を傾けているうちに、ぼくは突然「進行中の作品」は、『ユリシーズ』から発展可能な唯一のスタイルの作品だったことに気がついた。それは、元来音楽に属しているもの、すなわち共存《ミットアイナンダー》と同時性を文学にも応用しようとする英雄的な試みなのだ。『ユリシーズ』は、無意識的なもの、あるいは「内的独白」を、目的論として表現せざるをえない限りは偽り伝えていることになる。ぼくは単純な、もしくは主要な考えすら抱けない文化段階にいる人間を思い描いてゲラゲラ笑われてしまった。そんな場合、人間はなんらかの意見をもつことができるだろうか、つまり、どうして「単純かつ全体的な」ものを見ることができるだろうかとぼくは言った。なぜなら、知覚するということは即、意見をもつということ（きわめて疑わしい論理だが、無視しておく）になるからだ。つまり、判断から見解《ヴィジョン》を「純化」しようとする試みは、結局のところもっとも愚鈍な自然主義に行き着くだけだ、とぼくはさらに言うこともできただろう。[168]

ベケットは黙っていることが多かったが、言語の不適切性と、音楽が芸術形式として優位であるとする考え、あるいは芸術における主体と客体の関係について、また合理主義とは逸脱であり、芸術における自然主義とは質の低下であるという考え、こうした考えを述べる段になると、情熱を帯びてよどみなく意見が湧き出てくるので、ベケット自身も自分の熱狂ぶり、その気狂いじみた激しさに当惑していた。彼は自分が表現しようと手探りしているものを、他人にはもちろん、自分にもわかるように表現することがどんなにむずかしいか、よくわかっていた。[169]

ベケットはまた、ポレップに書いてもらった紹介状をもってその友人で歯科医師のツァーニッツにも会った。ツァーニッツは、「とても元気で小柄な男性」で、「本屋のゼヴェリング、画家のアハマン、赤ら顔の紳士洋品店の紳士、髭をはやした宗教的熱狂家」[170]などの多くの友人に引き合わせてくれた。それから、このなにかと助けになってくれる本屋の友人を通じて（ベケットは彼から絵画に関する本ばかりでなく、最近のドイツ小説の情報も教えてもらった）、ドイツの作家パウル・アルフェルデスに会った。ベケットはハンブルクで会った本屋の友人アルブレヒトがアルフェルデスをトーマス・マンと同じぐらい高く評価していたことを思い出し、『喉頭負傷者収容病室』と『仕事中のラインホルト』とを購入し、旅行中にそれを読んだ。『喉頭負傷者収容病室』は、「とてもいい。最後が親睦の接吻で終わっていても」と思った。[171]けれど、二冊目の本は『喉頭負傷者収容病室』より見劣りがする。同じ語りのトリック、次々に登場する新しい人物、複数の回想場面《フラッシュバック》。ほとんど人相学の中国趣味とでも言うべきもの、瀕死の滝」[172]と評している。

ベケットは二日続けてアルフェルデスに会い、彼を「ほっそりとした、もの静かで、とても上品な才人」[173]と表現している。しかしこの出会いは、二度とも失望に近かった。[174]ベケットは彼に自分でドイツ語に翻訳した詩「カスカンド」のタイプ原稿と『こだまの骨』を一冊与え、ジャック・イェイツが送ってくれた、最近作の絵を写真に収めたものを見せた。お返しにアルフェルデスは、自分が編集している文芸雑誌に、現代の抒情詩についてなにか書いてくれないかとベケットに頼んだ。二人は政治について語り、アルフェルデスはいまのナチ党の支配が内部崩壊してくれたらという希望を述べた。そして、ゲッベルスはよいものと悪いものをはっきりと区別する能力にたけているという考えを述べた。しかし、ベケットとアルフェルデスは水と油だった。アルフェルデスは「気持ちのよい小柄な男だが、それほど感銘は受けない。自分のことを怠け者で野心ももっていないという。怠け者で野心をもっているよりはいい。一番いいのは、野心ももたずに勤勉でいられることだろう」[175]とベケットは結論を下している。

町としてのミュンヘンは好きになれなかったとしても、それでもそこでは好奇心をそそるいくつかの経験をした。ある晩、寝る前に彼は一人で外出し、ベンツ・カバレーで有名な喜劇役者のカール・ヴァレンティンが出演している芝居を観た。「リースル・カールシュタットと共演し、間抜けな電気工の役。本当に才能ある喜劇役者。憂うつを発散させており、おそらく一番よいときは過ぎたのだ。体つきにはどこかジャック・イェイツに似たところがある。彼の言葉使いは半分もわからない。あちこち、ドタバタ喜劇になっている」[176]とベケットは書いている。それからまさに滞在最後の日に、映画俳優のアイヒハイムがミュンヘンに姿を見せ、ヴァレンティンに個人的に会えるように取りはからってくれた。それは短い、一風変わった出会いだった。「無茶苦茶だ」というのが、ベケットの使っている言葉である。片手には松明《たいまつ》をもち、もう片方の手には小さな白い毛の付いた爪楊枝をもって、ヴァレンティンが二人を暗い廊下の迷路を通って、「新しい博物館のなかに」連れていってくれた。そこはあたり一面、無茶苦茶にがらくたがころがっている。ヴァレンティンはわかりにくい言葉でとりとめもなく話を続けた。タッソー夫人のロウ人形館や、ノイローゼの一種などの話をした。また「もし、もう一度ロンドンにいくとしたら、着く前に長くて白いあご髭をつけようと思う……プロペラが離れて落ちるかもしれない、などなど[177]」とも語った。彼は突然、中座した。ベケットとアイヒハイムはなにがなんだかわからず、当惑しながらも、好奇心を抱いた。しかし、三十五年後にヴァレンティンに会ったことがあるかどうかと尋ねられると、彼が思い出したのは演技の方であって、この個人的な出会いではなかった。「ええ、みすぼらしいミュンヘンのはずれのキャバレーと劇場とを兼ねたところでカール・ヴァレンティンを観ました。彼には不運な時期でしたが、たいへん感動しました[178]」と述べている。ベケットがヴァレンティンの演技が発散させている憂うつに感銘を受けたらしいというのは興味深い。というのも、ヴァレンティンとリースル・カールシュタットとのあいだで交わされる会話は、必要以上にくどくどと論じるローレルとハーディの話し方や、イギリスやアイルランドのミュージック・ホールでの滑稽な当意即妙のやり取りなどとうまく融合し、陰うつではあるものの、生きいきとしたエストラゴンとヴラジーミルの言葉のやり取りを生み出す結果となったのではないかと考えられるからである[179]。

ドイツでの滞在があとわずかとなった三月下旬、天候は快方に向かい始めたが、ベケットの日記には、ドイツに滞在しはじめたころ経験したような印象的な日没風景や、鳥の一群が飛んでゆくさまを眺めるといった詩的瞬間の記述は減っていった。滞在の第三週目には、マグリーヴィーに宛ててこう書いている、「旅は終わった、精神的にはね、いつものごとく肉体的にそうなるずっと以前に。これからは、ただぶらぶらしながら大気中に消えていく日を待つだけだ[180]」と。もっと意志の弱い人や、立ち直りの遅い人であれば、ずっと前にあきらめていたことだろう。ミュンヘンにたどりついたころには、ベケットのふさいだ気分はずっとうつうつとしたものになっていた。「無気力で憂うつ。現在も未来も老醜以外になにもない、過去にあるのも悲しみと後悔の念だけ[181]」と多少芝居がかった強い調子で日記に記している。「これほどまでに元気がなく、愚かしく感じ、未来に希望がもてなくなったこともない[182]」とも書いている。三月十二日には母親からの便りで、家にいるケリーブルーの雌犬で、何度も山を散歩するときに連れ立ったウルフが重い病気にかかり、「繊維質の腫瘍[183]」に冒されているのがわかったことを知り悲しくなった。家に帰る潮時だった。

ベケットは長時間かかる列車よりも、飛行機で帰ることにした。それに、飛行機で帰れば、イングランドまでのチケットをすべてドイツ・マルクで支払えるからだ。かばんは前もってロンドンへ列車で送ったが、本やカタログ類、ガイドブック、絵の複製などがあり、相当重かった。翌日の一九三七年四月一日、ベケットはほっとした気持ちでナチ体制下のドイツに別れを告げた。フランクフルトとアムステルダム経由の飛行機でクロイドンまで飛んだ。もうくたくただった。しかし、ドイツの美術館で見たみごとな一連の絵画の記憶は、生涯を通してけっして消えることなく、彼の心に刻み込まれることとなった。この時期ドイツ行きを選んだのは、ペギーとシンクレア家の人たちとカッセルで過ごしたときへのノスタルジアからだったと同時に、いまのような不測の事態では、ドイツを旅することもやがてできなくなるだろうと思われたからでもあった。「彼らはやがて戦争を始める（あるいは爆発する）にちがいない」と、ベケットはドイツに着いたほんの数日後に日記にしたためている。それはアドルフ・ヒトラーとゲッベルスの「激怒」した演説が放送されるのを聞いたあとのことである。[184] やがてベケットは、ナチに反対する信念を表明するようになる。

第十一章

永遠の故郷

一九三七—三九

1

帰郷はベケットにとって、トラウマを蘇えらせるものとなった。家に帰ってきた当初、母親は息子を喜ばせようと、手取り足取りの甘やかせようだった。「帰ってからというもの、ずっと頭がぼうっとしている。うつけ者のような気分だけれど、居心地はそれほど悪くないね」と、彼は書いている[1]。しばらくはクールドライナ邸に腰を落ち着け、のほほんとしていられるんだと、自分に言い聞かせていた。だが彼の心はすでにぐらつき始めていた。

ちょっと我慢すれば、これからずっとここでやっていけそうな気がする。ここでは、せいぜいのんびりして、うしろめたさなんてものは気にしない。とにかく努力はしてきたのだからね。けれど、どうだろう？　ひょっとしたら、どこへともなくたえず動き回るというジョンソン博士の夢見た幸福こそ、ぼくの幸福かもしれない[2]。

この五年間というもの、ベケットが何か月も通してアイルランドにいたのは、二、三度しかなかった。そんなわけで、まもなく窮屈な田舎の雰囲気にまたもやうんざりしはじめた。さらに困ったことに、近ごろは明るい春の光の訪れのせいか、なりをひそめていた母親とのいさかいが、一気に表面化した。

母の苛立ちと苦悩もわからないではない。息子は三十一にもなって結婚もせず、仕事もせず、家にいる。おまけに職を探す気配はちっともない。なぜ五年前にりっぱな学問の道、講師の職を投げ出したのか、彼女にはわかるはずもない。おりしも、仕事の話が三件、二、三か月おきに舞い込んできた。一つは、兄の友人の口利きによるものだった。「カーローの近くの屋敷（ラスダウン卿の地所か？）の管理人の仕事。年収三百ポンド。しかも家賃なし[3]」と、彼は手紙に書いている。兄のフランクは、この仕事なら、屋敷の管理をしながら、物を書くこともできるだろうと思った。だがベケットは、自分にはまったく向かない仕事だと、にべもなく断わり、その求人の話をアーランド・アッシャーとジョー・ホーンに回してしまった。二つ目は、ニューヨーク州バッファローでの英文学の講師の口だった。ベケットはぐずぐずと何週間も結論を先延ばしにしたあげく、応募を取りやめた。(4) 三つ目は、ケープタウンにある大学のイタリア文学の講師だった。一九三七年四月二十九日、彼がしぶしぶ応募したのは、ほかならぬ恩師ラドモウズ＝ブラウン教授の推薦があったからである。以前、ベケットがトリニティ・カレッジを飛び出したり、教授のことを北極熊《ポーラー・ベア》呼ばわりしたにもかかわらず、「ラディ」はべたぼめの推薦状をしたためた。(5) けれども本音を言えば、ベケットはもう二度と教師などしたくなかったし、すでに一度やめた生活に戻りたくもなかった。なによりも、物を書きたかったのだ。

しかし、もし仮にベケットが作家をめざしていたとしても、母には彼の取り組み方が腑に落ちなかった。『マーフィー』は出版社に断られっぱなしだったし、ほかに書き上げたものもないので、出版社にもっていくものもない。ドイツでの体験を山ほど書き留めて帰ってきたのなら、どうしてそれをお金になる本や記事にしないのかしら、と母は不思議がった。ベルリンのローヴォルト社からヨアヒム・リンゲルナッツの詩集を編纂、翻訳するという話があったときでさえ、フェイバー・アンド・フェイバー社が出版するというのに、ベケットはそのドイツ詩人のことを、「思ってい たほどじゃない」という理由で断った。(6) そんな息子の態度は、メイのような現実的な女性には、理解を越えていたにちがいない。

まもなくベケットはほとんど一文無しになった。月々のわずかな小切手は、本代、ダブリンへの汽車賃、ビール代、タバコ代など、日々の出費で消えていった。母にすれば、ロンドンでの精神療法の治療費、ドイツ旅行の経費の大半、帰りの飛行機代などを援助していたこともあり、それ以上の出費はしぶっていた。『プルースト』も『蹴り損の棘もうけ』も、売り上げが振るわなかったため、印税の前払い金を手にしただけだった。だからジョージ・リーヴィーの結婚式や、友人のメアリー・マニングの出産祝いで、赤ん坊のスーザンにプレゼントを買わなければならなかったときなど、次に小切手が振り込まれるまで三週間もあったが、月初めにして財布はからっぽだった。(7) ベケットは心底肩身の狭い思いがした。

フランクはいつもながらの弟思いで、精神的にも経済的にも、できる限りの援助をした。たとえば聖霊降臨祭の祝日には、クロンメルやゴールティ連山へと、ベケットを散歩に連れ出した。ちょくちょくお金も貸してくれた。はたしてベケットの手紙には、フランクがこの苦しい時代の陰のヒーローとして顔を出している。しかし、二人の行動や関心はまったく異なっていた。しかも、仕事に追われるなかで、フランク自身も問題も抱えていた。無理もないが、目の前に迫ったジーン・ライトとの結婚のことや、キライニー州のショッタリーに家を買うことなどで頭がいっぱいだった。

家のなかの出来事も、ベケットの気持ちを乱し、苛立ちをつのらせた。

先週の土曜日のことだけれど、ジャック・イェイツのところにいたとき、ぼくの知らないうちに、可愛がっていた雌の老犬がクロロフォルムで殺されてしまったんだ。少しでも安らかに死なせてやりたいから、最後は一緒にいてやろうと思っていたのに、どうしたらよいのかわからない。あれから丸二日間、母はベッドに臥《ふ》せたきりだ。ぼく自身が冷静に受け止められないことを、彼女に冷静に対処しろというのはたしかに無理な注文だったろう。(8)

母はケリーブルーテリア犬のウルフを溺愛していた。(9) そして息子が自分以上にその雌犬が好きで、健康状態もすぐれないことから、犬の死を看取らせるのはかわいそうだと思ったのかもしれない。(10)

さらに悪いことが待っていた。カッセルでずっと幸福なときをともに過ごした「ボス」・シンクレアが臨終のときを迎えようとしていた。ベケットがドイツに旅立つ前の、前年の八月に、彼の病状はすでに危ぶまれていた。(11) けれどその後、一度は回復していた。今回、ベケットはカッセルに戻ると叔母のシシーをかいがいしく車に乗せ、叔父のお見舞いをした。叔父の最後の日々を見守りながら、ベケットは深い痛みを感じずにはいられなかった。彼はこう書いている、「叔父のぼくへの最後の言葉は、つきあいが悪くてごめんよ、という謝罪だった」(12) と。その訪問は、ベケットがけっして忘れることない、父親のあまりにも痛ましい姿を記憶から呼び覚ました。関節炎に加えて、パーキンソン病を患っていたシシーは、毅然として、ほとんど感覚が麻痺したように、この四年間で、また家族の一人を肺炎で奪おうとする運命と向き合っていた。ベケットはその姿を見ると胸が張り裂けんばかりだった。

五月四日、「ボス」・シンクレアは死んだ。ベケットは百行ほどの追悼文を急いでしたためたが、『アイリッシュ・タイムズ』はそっぽを向いた。(13) しかし、ハリー・シンクレアが書いた弟の「ボス」・シンクレアへの暖かい謝辞は採用された。当時、ベケットはそのことをさして気にとめなかったものの、またしても掲載を断られたことに変わりなかった。夫の死後、シシーは娘のうちの二人、ナンシーとデアドラを連れて南アフリカのグラーフ・リネットへいき、末の息子のソニーと一緒に暮らすことにした。ソニーはトリニティ・カレッジ在学中に肋膜炎をひどく患ったため、そこに送られ、乾燥台地カルーの農場で生活していた。健康上の理由から、冬は南アフリカに転地療養するように勧められていた[14]。ベケットは、叔母について次のようにもらしている、「叔母のパーキンソン病は進行がとても速いので、どんな姿で帰ってくるのか考えるだけでぞっとする[15]」と。ベケットにすれば、それは、自分を深く愛してくれて、いつも一緒にいると安らぎを覚えた人との別れでもあった。

2

クールドライナ邸でのベケットは、ほとんど毎日のように母親の小言を浴びていた。メイはフォックスロック村ではみなに好かれていたものの、家庭では家族や内輪のささいな問題にも、大げさで芝居がかった態度を取ると見られていた。たとえば、死んだケリーブルーテリアの弟犬マックが、何度も隣の猫とひどいけんかをしたあげく、とうとうある晩、嚙み殺してしまったことがあった。しっぽのすぐ下の血管を切って家に帰ってきたマックは、朝までにカーペットやソファーや肘掛け椅子をすべて血まみれにしてしまった。結局、こうしたとんでもないけんかを止めさせるためには、マックに口輪をはめるしかなかった[16]。料理人兼使用人のメアリー・フォランは、ときおりマックを散歩に連れ出したが、犬に口輪をはめるのはかわいそうだと思っていたので、やさしさからとはいえ、愚かにもマックの口輪と革紐をはずしてしまった。はたして、またまたマックはひどいけんかをしてしまった。メイは激高し、かくして、メアリーとのはてしない口論が始まった。

メイと息子のいさかいは、手のつけようがないくらいすさまじかった。ともに気性が強く、頑固で、二人のあいだに存在する強い愛情がわざわいして、ほかの誰に対してよりも、激しく、長いいさかいになってしまった。ちょっとした言葉のとげが大げんかを引き起こした。ある派手な口論のあと、ベケットはこう書いている、「母はぼくに、この国から出ていって二度と帰らなくてよい、と言わんばかりだった。もちろん、まともに受け取る必要はない。そんなことはいままでだって何度もあったし、これからもまたあると思う。でも、そのたびに少しずつ立ち直れなくなっている気がするんだ[17]」と。そしてまたもやベケットは、夜の恐怖と心臓の乱れ打ちに苦しみ始めた。

心臓が七晩に一回くらい暴走するんだ（いや、ただし昔ふうに正確に言えば、七晩に一回は、乱れ打ちがあったのを覚えているということになる）。恥骨の痛みはしくしくとおさまらず、ピタッと止んでくれない。でも昔のように体がぶるぶる震えだす前に、いまは何度か小休止があるけれどね。生まれ落ちたときに罠にはまってしまったという、どうしようもなく無意味な思い込みだけではすまなくなったよ。この調子でいけば、もう二、三年後にはいまわしい危機がやってきて、いまの状態など、言ってみれば鼻風邪ほどのもので、去勢牛のように生気を失ってしまうにちがいないと思っている。[18]

このようなことはドイツで一人きりのときにはまれにあるだけだったので、もしかしたら四年前に起きたような恐ろしい事態が待っているのではないかと、ものすごく不安になった。

その年の夏の初め、母親がインフルエンザで倒れ、喉頭炎をひどく患ったので、しばらくのあいだ、息子のベケットが母の世話をするはめになった。フランクもまた敗血症が片腕全体に及び始めたので、入院して手の手術を受けなければならなかった。メリオン病院をフランクが退院すると、ベケットは兄の着替えやら、仕事場への送り迎えやらで忙しくなったが、結婚式と新婚旅行を目前に控えた兄が、徐々に仕事に戻れるように献身的に尽くした。[19]

ところが、フランクの結婚式の八月二十四日の二、三日前のこと、ベケットの言葉によれば、「あと先の考えもなく」[20]、ウィックロウ州グレンクリーの谷間にあるチャーリー・ギルモアの借家で開かれた、ショーン・オサリヴァンとの飲み会にベケットは出かけ、すっかり羽目をはずしてしまった。ベケットはそこの女主人を知っていた。旧姓をリリアン・ドナギーと言い、現在は夫ライルと別れて子どもたちと一緒にギルモアと暮らしていた。ベケットはそこに着くまでにすでに何杯かウィスキーを飲んでいたが、さらに借りた金で買ったジェイムソンを一本、小脇に抱えていった。そして夕方から夜更けまで飲み続けた。その晩初めてベケットに会ったマーヴィン・ウォールは、なんとテーブルの下から聞こえてくる女主人の声を耳にした。「サム、やめて。お願い」[21]。彼が目を下にやると、着衣がみだれ、気の滅入るほどに泥酔したベケットが、テーブルの下から這い出てきた。

午前二時ごろ、男たちはプールへ水を浴びにいった。そのとき、ベケットは転んで頭をしたたか打ってしまった。ようやくパーティーが終わると、彼は腕時計と半分残ったウィスキー・ボトルとドイツで買った愛用のベロア帽を忘れたまま帰宅してしまった。帽子と腕時計は翌日、取りにいくことができたものの、頭の切り傷は隠せなかった。結婚式で息子の乱行のあとをぶざまにも人前にさらすことになるのを知った母メイは青ざめた。もっと悪いことに、彼は素面《しらふ》のときですらひやひやものの運転をしていたのだが、飲酒運転をしていたことまで母に知れてしまった。こうしたすべてが、とりわけ品行方正なメイには我慢ならなかった。

　フランクの結婚に対するベケットの気持ちは複雑だった。兄がこれまでにないほどしあわせそうなのはうれしかったが、恋愛が「制度化される」結婚には嫌悪を感じてもいた。

　次々に届けられる贈り物を見るのは苦痛だった。二人の関係が、とどのつまりは食事の合図の呼び鈴とティー・ワゴンに集約されてしまうこと。それらなしでは、「二人一緒の生活」がありえないことを知っている無意識のおぞましい社会的皮肉。「出かける」という言葉から人間的で個人的な要素が忘れ去られ、家事を切り盛りすることや、家でおしゃべりすることだけになってしまうんだ。つまるところ、家庭的堅実さというパイのなかのゆで卵立て同然、身動きできないんだ。[22]

兄の結婚によって、大好きな兄とめったに会えなくなることを思うと、ベケットの気持ちは揺れた。フランクがいなくなると母がどれほど寂しい思いをするだろうか、また、どれほど母の目が自分の上に耐えがたいまでに注がれるだろうかと思うと、ベケットは、「また一人いなくなった。ぼくの前から」[23]と、意味深長な言葉を記すのだった。母親との緊張の糸はさらに張りつめ、けんかはもっと頻繁になり、その結果、ベケットは酒びたりになった。

3

だが、「あっというまに堕落してしまった」[24]とか、「破滅しかけている」というベケットの自己評価を文字どおりに受け取ることはできない。生活の別の側面、とりわけ前進し続けるためには欠かすことができない、やがてその著作に計り知れない影響を及ぼすことになる知的生活のことを無視してはならない。ベケットにとって、美術は一本の命綱だった。彼はジャック・イェイツの最新作を見ようと、たびたびアトリエを訪れている[25]。またイェイツと彼の妻コティ、作家のジョー・ホーンをクールドライナ邸に招待し、母を交えてティー・パーティーを開いた[26]。

　ベケットにとって、イェイツの最近の絵は、ぞくぞくするほど革新的だった。マグリーヴィーに明かした、イェイツを評した言葉には、ベケットが二年前にセザンヌについて言ったことと通じるものがある。風景の扱いが人間の扱いとまったく無関係になされているというのだ。

彼（イェイツ）がヴァトーのように悲劇的にではなく、とても冷静にうまくやっていると思えるのは、自然とその住民である人間を混在させる手法だ。その二つの現象のあいだには変わることのない距離があるんだ。二つの孤独あるいは孤独と寂しさ、孤独のなかの寂しさと言ってもよいけれど。寂しさへと早変わりすることのできない孤独と、孤独の深みへと達することのない寂しさがあって、そのあいだには、計り知れない距離があるのと同じだ。(27)

ジャック・イェイツの絵画を、当の画家もまさか自分の絵が論じられているとは思わないだろう斬新な目で眺めながら、ベケットは、自然からも、ほかの人間たちからも取り返しがつかないほどに切り離され、孤立してしまった人間の問題として、孤独についてさらに次のように語っている。

たとえばイェイツが男と女の顔を並べたり、向き合わせたりする描き方に、ぼくはなにか恐るべきものを感じる。それはけっして溶け合うことのない二つの実体を、おぞましくも受容することなんだ。フクシアの生け垣の下に腰を掛け、背中を海と雷雲に向けて読書する男の絵を、君は覚えているかい？　人は彼の絵がどれほど静かで動きがないか、ほかの絵を見るまで気がつかない。そこには共感と反感、出会いと別れ、喜びと悲しみといった行為や慣習が、宙づりにされていることにはっと気づいたとき、人は石のように固まってしまうんだ。(28)

何年かあとにも、ベケットはやはりイェイツを讃えながら、ジョルジュ・デュテュイにこう書いている、「だから、ぼくはあなたと美術を語り合うことはできないのです。ぼくが美術について語る際にあえて冒している危険は、ぼく自身の強迫観念を語ることなのです」(29)と。というのもベケットはイェイツについて書きながらも、寒々とした人間の孤立や孤独について自分自身の信念を明確に表現していた。その見解はベケットが七年前に『プルースト』のなかで（プルースト自身のペシミズムをおおかたの読者の許容範囲を越えて押し進め）、「われわれは知ることができないし、人から知られることもできない」(30)と書いたときに予測されたものでもあった。けれども、このように定式化された見解も、のちの円熟した散文や演劇作品のなかで登場人物たちに反映されて初めて真の意義が明らかになる。たとえば、小説『モロイ』の冒頭で見知らぬ土地を彷徨する二つの影、一緒に待ちながらも根本的に一人ぼっちの『ゴドー』のディディとゴゴ、過去の自分と切り離された現在のクラップ、たいていうわの空の愚鈍な伴侶に向かって、残された時間、おしゃべりを続ける宿命のウィニー、孤独な人生の瞬間、瞬間の、三人のばらばらな説明に耳を傾ける『あのとき』の主人公、これらの登場人物を思い起こしてみるとよい。

ベケットの知的刺激への欲求は、哲学書を読むことによって満たされた。一九三七年九月初め、インフルエンザで腹をこわしていたときの記述は、彼の精神状態をよく物語っている。

読めるのはショーペンハウアーだけ。ほかの哲学書はすべて嫌悪を催しただけだった。それはとても奇妙な経験だった。まるで突然、窓がパッと開いて、室内のむっとした空気が飛び散ってしまったかのようだった。彼がぼくにとってもっとも重要な人物であることは、以前からわかっていた。もう長いこと、それがどうしてなのかを考えるのが、このうえない現実の喜びになっているんだ。詩のように読める哲学書が見つかってうれしいよ。(31)

ベケットは、ショーペンハウアーにのめり込み、自分の世界観を形成するうえでその影響をずっと受けてきた。苦悩こそ人間生活の常態であり、意志はありがたくない侵入を表象し、現実の意識は人間の理解を超えているという見解は、ショーペンハウアーの哲学によって裏付けられた。(32)一九三七年八月三十日付のマグリーヴィー宛の手紙は、マーフィーの精神の最下層を思い起こさせる。ベケットはこう書いている。

現実の意識とは混沌だ。前提も結論も問題も解決も判例も判決も存在しない精神の灰色の暴動だ。ぼくは床の上とか森のなかに何日も横たわる。心のアンテナをぼんやりと解き放っておくと、ときおり、精神の自己知覚状態がまったく無目的に訪れては、消えていった。闘争も、光も、闇もないモナド。以前は仕事をしているふりを装ったものだが、いまはもうやめたよ。好き嫌いという餌を探して、精神の砂を掘り返してみたけれど、それもやめた。そんなものは知性の餌だね。(33)

だが、「心のアンテナをぼんやりと解き放っておいた」とは言っても、ドイツから帰ったあとの数か月、ベケットはアイルランド国立図書館で膨大な仕事量をこなしている。かもめが読書室の上のガラス屋根の頭上高く、そっと飛んできて、骨や石を屋根の上に置いていくのを、ぼんやりと眺めることはあったけれど、たいていサミュエル・ジョンソンとその仲間たちについての読書に集中した[34]。

ジョンソン博士はずっと以前から気にかかっていた[35]。しかし、博士とスレイル夫人を実際に扱った戯曲を本格的に書くという考えが浮かんだのは、せいぜい一九三六年の夏の終わりにドイツに向けて旅立つ前か、ドイツ滞在中のことのようだ[36]。ベケットはメアリー・マニング宛に、ベルリンから、「いつも思うのだけれど、すばらしい主題がそこにはあるんだ。たぶん長い一幕ものになるだろう。とくにぼくがひかれるのは、スレイルが亡くなった直後にジョンソンが挫折するところさ」と書いている[37]。

そもそもベケットの意図は、ジョンソン博士と三十一歳年下のヘスター・スレイル夫人との関係を、戯曲に仕立て上げることだった。一七八一年にスレイル氏が亡くなったあとから、一七八四年七月にヘスターがイタリア人の音楽教師ガブリエル・マリオ・ピオッツィとの結婚を決意するまでの時期を扱いたかった。ベケットはジョンソンについて、いくつもの仮説を立てて楽しんでいる。その一つは、善良なる博士が、スレイル一家とストリーサム公園やサザークでともに暮らしていた十五年のあいだ、ずっとスレイル夫人を愛し続けていたというもの。もう一つは、根拠がないのは承知のうえで、博士が性的不能だったというものだ。

> なによりぼくが興味深いのは、ジョンソンがプラトニックな男めかけの状態にあったこと。つまり、家族ぐるみの友人という偽りの仮面がはがされたときにも、勃起するだけの睾丸や耳や心臓の働きがなかったんだ。スレイルが生きていたあいだ、ジョンソンの性的不能は、夫人にはわからなかったが、スレイルの死によって、ペニスの長年の禁が解け、いざ夫婦関係の位置に置かれたときに、がぜん悪化する。スレイルは死後硬直したというのにね[38]。

ベケットは八つ折りのノート三冊に、「文壇の大御所」とその仲間たちをめぐる伝記メモをたくさん残している[39]。そして三冊目のノートと、何種類かのタイプ原稿のなかでやっと、「素材を削り、形を整え、戯曲のためのシナリオに書き直すこと」を始める。それはジョンソンの「人間の望みの虚しさ」という詩にちなんで、「人間の望み」と命名されることになる[40]。以前からジョンソンに関する読書に多くの時間をかけてはいたが、ベケットが集中的にジョンソンを研究したのは、一九三七年の四月から初夏にかけてのアイルランドにおいてだった。(41)

草稿のメモや、友人たちへの手紙を見ると、ベケットがかなり異質な二つの主題と格闘していたことがわかる。一つ目の主題は、ジョンソンのスレイル夫人への愛であり、二つ目の主題は彼の肉体的な病いに加えて、病的なまでに肉体の衰えや死や臨終について考えてばかりいるジョンソン像である。仕事を進めるにつれ(とくにジョンソンの性的不能という仮説への自信が揺らぐと)、第一の主題にかける情熱は薄れ、逆に人生の節目に狂気に陥ることを恐れ、自分の肉体的衰えを細かく記録し、孤独と恐怖のなかで自分を見失ってしまう孤独なジョンソンという主題のほうに力を注ぐようになる。(42)文通を続けていたメアリー・マニングに対して、彼はきっぱりと次のように書いている。

書き上げることができたとしても、ジョンソンの芝居はてきぱきとした歯切れのよさとか、気の利いたせりふとかとは無縁のものになると思う。ぼくにとって大事なのは、ボズウェルが語るジョンソンの機知や頭脳のひらめきなどではなくて、語りたくなかったか、語れなかったかで、彼がけっして口にしなかったことのほうなんだ。霊魂消滅の恐怖、狂気の恐怖、スレイル夫人に対する恐るべき愛、そうした恐怖が怪物のようにぶくぶくと膨れ上がってしまい、ジョンソンは何時間も押し黙る。あげくのはてに彼の口から出るのは、なんと「主よ、憐れみたまえ」などという、たわごとだけ。それが『祈りと瞑想』の背景だ。アヘンを吸飲し、ベッドに入ることをこわがり、死者と過去の生活に対して懺悔《ざんげ》し、死ぬことを怖れ、死そのものを怖れ、水ぶくれの図体にあえぐ七十五歳、その右の睾丸にはほくろ。なんと愉快なこと。(43)

彼のこのころの手紙は、第一の主題そのものが、第二の主題へと変貌しつつあることを示している。マグリーヴィーには、「スレイル夫人を愛することを恐れるジョンソンの心理は、魂が最終的に消滅してしまうことに対する恐怖の表われの一つじゃないかと思う。死を恐れるあまり、彼は最終的な無に帰するよりも、永遠の拷問のほうがましだと宣言するにいたるんだ(44)」と書いている。

多くの相違点があるにもかかわらず、ベケットはジョンソン博士を単に偉大な作家であり、魅力的な事例研究の対象として認めているだけでなく、魂の友として受け止めていたようだ。というのも、彼自身もまた長いこと、肉体的、精神的病いのことや、孤独や衰弱に興味を抱いていたし、孤独と死の観念に取り憑かれてもいたからである。そのため、衰弱し、一人きりで自意識にさいなまれるジョンソン像[45]がよりくっきりと焦点を結ぶにつれて、ベケットは当初書こうと思っていた伝記的恋愛劇を押し進めることが著しく困難になった[46]。

アイルランドでの最後の年となったこの年、ベケットが情熱を注いだ事柄を三つあげるとすれば、ジャック・イェイツの絵画批評、ショーペンハウアー哲学への心酔、そしてジョンソンの伝記研究だろう。それらはすべて、当時ベケットが取り憑かれていた内的な強迫観念から発している。すなわち人間と自然、さらには人間と人間の隔絶、人間の意志の役割の限界、孤独、病気、死へのとらわれである。そして結果論ではあるが、ベケットのジョンソン像は、将来の作品の主題を先取りしていたのだった。ベケットはメアリー・マニングにいみじくもこう書いている。

ジョンソン博士を冒瀆する言葉はひとことだって書いていない。きっとどこかに知的抑制が働いているはずだ。だからこそ、『蹴り損の棘もうけ』や『こだまの骨』や『マーフィー』と根源的に相通じるものを見いだせるし、これから書くことや、書きたいこととも根っこのところでつながっているんだ[47]。

結局、彼は「ジョンソン幻想」を手紙のなかだけで語るにとどまった。おそらく一九四〇年までに全部で十一ページ半をタイプしていたようだが、なんとか書き上げたその断片には不満だった。このタイプ原稿のなかではジョンソン博士は登場もしなければ、名前も出ず、ほとんどその姿には触れられてすらいない。しかしながら、ベケットが博士の「後宮」と呼ぶ部屋の住人が口にする「ふさぎの虫」、「浮かれ騒ぎ嫌い」、「老いの気むずかしさ」などの言葉や難解な言葉に惹かれる辞書編集狂いは、ジョンソンの日頃の関心を示唆している。こうした短い作品にも、ベケットの幅広い読書の跡がうかがえる。たとえばミス・カーマイケルが、ジョンソン博士お気に入りのジェレミー・テイラー著『聖なる死と生の実践』を取り上げて、死についての一節を朗読する場面は、ベケットが四年前に読んだ同名の本からの引用だった[48]。ウィリアムズ夫人が次々に友人の死について語る場面は、ちょうどプルーストが『失われた時を求めて』の一節でやったことに似ている。それもベケットがプルースト論のなかで賞賛していた箇所だった。だがそこにはもう一つ、作者の思い入れが秘められている。おそらくベケット自身の父親の死、ペギーの死、さらに近いところで「ボス」・シンクレアの死も反映していることだろう。

　この戯曲の断片には、さらにさまざまな形で発展していく別の要素も見られる。たとえば、優雅で古風な言葉使いと形式ばった言い回しは、『行ったり来たり』の三人の女たちの会話のなかで使われる。ミス・カーマイケルが盲目のウィリアムズ夫人に嘘をつくように、『勝負の終わり』のクロヴは盲目のハムに嘘をつく。なかでも、とりとめのない会話や、「対話のなかでは、けっしてはっきりしない言外の意味」を示唆する長い沈黙は、まちがいなく『ゴドー』のものだ。[49]ジョンソン作品準備のためのノートの一冊には例の「ポッツオ／ボッツオ」の受け答えとそっくりな例もある。『英国人名事典』のピオッツィ夫人の項目に、ピーター・ピンダーが彼女を「ボッツィ／ピオッツィ」とからかった言葉遊びがあり、ベケットはそれを書き写したのだ。

4

　一九三七年九月初め、フランクとジーンがスコットランドに新婚旅行中、ベケットは下痢風邪から回復しつつあった。メイはベケットに対して驚くほど寛容で、質問を浴びせることもなければ、騒ぎ立てもしなかった。そんなある日、一人のジプシーの女がやって来て、メイの手相を読んだ。女は、メイは九十歳になっても誰に面倒をかけるでもなく元気だろう、二番目の息子については、その子はすでに「試練を乗り越えた」[50]ので心配は無用だ、と告げた。けれども、二人のあいだで起こるけんかの小康状態は長くは続かなかった。

　ベケットがクールドライナ邸から、さらにはアイルランドから出ていくことになり、二度とそこで暮らさなくなったきっかけとなる決定的なけんかがどのように起こったかは、正確にはわからない。もしいらだちがつのりつのって堪忍袋の緒が切れたのではなく、一回きりの大げんかだったとすれば、それは九月二十一日から二十八日のあいだに起こったはずだ。それより少し前、ベケットは母親に、大きな屋敷を人に貸して、もっと小さい家に引っ越したいという計画がだめになったのだから、休暇を取ってどこかに出かけたらいい、そうしたら自分は「犬と料理人」[51]と一緒にクールドライナ邸で留守番をしているから、と穏やかに言った。明らかに大きなもめ事はまだその時点では起こっていなかった。ところがそのあと、九月二十八日までに、兄が仕事でいっていたウォーターフォードのインペリアル・ホテルから、ベケットはマグリーヴィーにこんな手紙を書いている。

家を離れてすっとしたよ。あそこで母とぼくが暮らすのは無理だ。もう二度とあの家で寝るものか。来週あたり、この国から出て行きたい。母とも、自分自身ともうまくやっていけるだろうと思っていたけれど、とんだまちがいだった。もうあきらめた。これっきりさ。(52)

この破局は、ベケットが起こした、ある自動車事故が引き金になっていたのかもしれない。十日間続いた下痢風邪のあと、久々にベケットがドライブに出かけた日、彼はトラック相手に大きな自動車事故を起こした。本人は大丈夫だったが、車は廃車にしなければならなかった。ベケットは自分が危険な運転をしていたとは思わなかったのだけれど、アイルランド警察はそう考えず、彼を起訴した。ベケットは第三者賠償責任保険にしか加入していなかったため、保険会社に保険金を請求することもできなかった。起訴内容を見る限り、相手の運転手、つまりトラックの所有者に対する損害賠償請求には、まったく勝ち目はなかった。したがって、自動車の費用はすべて消えた。もし息子が飲酒運転をしていたと思っていたとすれば、メイはなおさら取り乱して怒ったことだろう。まして、ベケットが罪を認めて罰金を払えばよいものを、裁判に持ち込んで、自己弁護しようとしたとき、彼女の苛立ちは頂点に達しただろう。自分から進んで恥の上塗りをしている、彼女の目にはそう映ったにちがいない。

この裁判がけりをつけたのか、いや、もう一つの事件も忘れてはいけない。叔父ハリー・シンクレアが、オリヴァー・セント・ジョン・ゴガティを名誉毀損《きそん》で訴えていた裁判で、ベケットも証言台に立つことを承諾していた。メイはあくまで息子がこの裁判に関わりをもつことに反対だった。裁判ののち、彼女がシンクレア家と縁を切ったという事実から判断すれば、ベケット家の家名につけられた傷を、彼女がかなり深刻に受け止めていたことはまちがいない。「メイを知る人は、息子がダブリン貧民街のスキャンダルによって世間のさらしものにされ、恥をかかされたことが、おそらく耐えがたかったのだろうと理解している」と、「ボス」・シンクレアの息子は書いてきた。(53)そのころのベケットの乱行だけでなく、ベケットがメイの道徳基準に背を向けていることに加えて起こった二つの裁判は、取り返しのつかない結果をもたらした。けんかのあと、ベケットが傷つき、怒りをぶつけた手紙によれば、父親の思い出を引き合いに出してメイは彼を非難したようである。

母の激しい溺愛のせいで、ぼくはこんなになってしまった。最終的に、どちらかがそれを認めれば治まるはずだがね。これまでもそうだが、盲目的で気まぐれな上品気取りの母の気に入るようにふるまうことを、ぼくは期待されてきた。それだけじゃない、同類の彼女の友人たちにも、あるいは理想化されすぎて人間じゃなくなった父さんの仕事の規範にも合わせるように期待されたんだ。「どうしたらいいかわからなかったら、父さんだったらどうしたか、自分に尋ねてごらんなさい」。ばかばかしいにもほどがある。まるで死刑執行人に、朝からずっと親指締めの拷問を受けたあとで、歌詩のない曲を気持ちを込めてピアノで弾けと命令されているようなものだ。[54]

結局、修羅場になってしまい、ベケットはついに生まれ故郷と、生まれた国の両方を捨てる決心をすることになった。しかも、シンクレア／ゴガティ裁判のために、またすぐ舞い戻ってこなければならないことがわかっている最悪の時期だった。けんかの直後、メイはしばらくクールドライナ邸を離れた。もし当分のあいだ、彼が一人きりになれば、気が変わって、少なくともアイルランドには留まってくれるのではないか、と期待したのだろう。[55]しかし、ベケットの決意は固かった。

ベケットは、アイルランドの田舎や普通の人びとを愛していたし、その作品にはアイルランドがぎっしり詰まっている。けれども、作家としてこの国では思う存分やっていけないことは、すでに確信していた。従弟のモリス・シンクレアは、こう説明している。

アイルランドでの暮らしは、サムにとっては幽閉生活だった。彼の前にはアイルランドの検閲が立ちはだかっていた。W・B・イェイツとちがって、アイルランドの文学界や自由国の政策のなかを泳いで渡れなかった。しかし、大都市というより大きな地平には、ダブリンの抑圧、嫉妬、陰謀、ゴシップではなく（ちょうどベラックワが自分の名前が知られていないパブを捜したような）、ある種の自由と刺激があった。[56]

その「より大きな地平」とはパリだった。ベケットには、そこがわが家だった。あてにならないその日暮らしの生活をやりくりしなければならないことは、自分でわかっていた。作家、批評家、自由契約の翻訳者としてあらゆる仕事をしなければ、わずかな手持ちの金だけではとても暮らしていけなかったが、その仕事すらこれまでもすぐには舞い込んではこなかった。すでに自分のことで手いっぱいの兄に、母親の面倒を背負わせるうしろめたさはあった。だが、留まることには耐えられないほど、緊張は極限に達し、出ていくことに対する不安やうしろめたさを寄せつけないほどだった。おそらく、彼は自分がいないほうが、家族のためだと自分に言い聞かせていたにちがいない。

ベケットは十月なかばにパリに旅立った。途中、ロンドンに二、三日滞在し、そこでマグリーヴィーと新婚のリーヴィー夫妻、そしてジェフリー・トンプソンと妻のアーシュラと会っている。彼は、「ここに戻って心からほっとしている。まるで四月に刑務所から出てきたような気分さ」と、パリからの手紙に書いている。[57] パリは、このあと五十二年間、ベケットの永遠の故郷となる。

5

ベケットはパリでの最初の数週間、賄い付き下宿やホテルの一室ではなく、どこか落ち着いて住むことができる場所を探し回った。なにもかも思っていたより高くついた。アパートの賃貸料は年間四百五十フラン、所持金は二千五百フランもあったろうか。アパート探しのあいだ、グランド・ショーミエール通り十二番地の一室で二、三日泊まったあと、同じ通りの九番地にある小さなホテル・リベリアの三階（英国式に言えば四階）に移った。なじみの本屋やル・ドーム、セレクト、クーポールといったカフェのあるモンパルナス通りの少しはずれだった。

いざパリに住みつくとなると、どうしたって大切なのは、昔の知り合いを探すことだった。ベケットは、アラン・ダンカンと妻のベリンダ、ジョラス夫妻、ジョルジュ・ペロンと妻のマルセル、それに誰よりも大事なアルフレッド・ペロンとジョイス夫妻を探した。ブライアン・コフィも、ダブリンからやって来て学生用寄宿舎が集まった大学都市で暮らしていた。ベケットは彼とよく会い、ダンカン夫妻も交えて、ビリヤードや食事など、夜はちょくちょく「羽目をはずした」。[58] ホテル暮らしだと、食事はレストランで取るほかなかったが、ベケットは、たいてい一日一食にして財布のひもを締めていた。オデオン通りのシェイクスピア書店にも再び顔を出すようになった。十二月には、そこでシルヴィア・ビーチから無骨な男アーネスト・ヘミングウェイを紹介された。ヘミングウェイはジョイスの最近作「進行中の作品」をひとことで切り捨てたので、ベケットはたちまち気持ちが離れてしまった。ベケットはこのときのことをよく覚えていた。「ヘミングウェイとは一度、シルヴィア・ビーチの店で会ったが、とても尊大なやつだった。あの男は『フィネガンズ・ウェイク』をまったく認めていなかった。あいつが、ご老人につらく当たっちゃあいかんが、『ユリシーズ』であのお方は力を使い果たしてしまったらしい、と抜かしたのは忘れられないね(59)」。というわけで、ベケットは二度とヘミングウェイに会いたいとは思わなかった。

ベケットは、オランダの画家ジール・ヴァン・ヴェルデと、リスルとして広く知られているその妻エリザベートの二人と懇意になった。リスルは、ジョージ・リーヴィーのお膳立てで、背の高いハンサムな夫と物思いに沈みがちな寡黙な兄のブランが、初めてベケットに会ったときのことを覚えている。その後、ベケットはアラーゴ通りのジールのアトリエに通いつめ、酒や食事をともにした。このオランダ人はチェスの名手でもあり、彼とチェスを交えるのにベケットは夢中になった。ベケットはとくに当時ジールが制作していた小さなグワッシュに魅せられた。それは具象画ではなかったが、人の姿であることはわかるもので、その首の傾《かし》げ方にベケットはやさしさと感動を覚えた(60)。

ジールはベケットより八歳年上だった。個人的な魅力と、さりげなく辛辣な冗談を言うユーモアのセンスにあふれ、それがベケットを魅了した。ベケットはこの友人の作品を売り込むために、次の二年間というもの、できるかぎりのことをした。戦後、ジールとベケットはお互いの生き方に距離を感じ出したようで、ベケットの愛情と積極的な支援は次第に兄のブランのほうに注がれた。ブランのなかに美学的センスの共通点をより多く感じたのである。こうして古くからの友人に加え、新たな友人もできたベケットはゆったりと、くつろいだ気分も味わえるようになった。

6

ところがその直後、ショッキングな出来事がたて続けに起こった。こうした出来事のせいで、パリに戻った興奮も吹き飛んで、懐具合の不安もアパート探しの困難も、二の次に思えた。その出来事とは、一九三七年の十一月二十三日から二十七日のあいだにダブリン高等裁判所で開かれた、ハリー・シンクレアの名誉毀損《きそん》訴訟だった。そのためにベケットは証人としてアイルランドにすぐさま舞い戻らなければならなかった。帰りの旅費もなかったので、勝訴したときの損害賠償による払い戻しをあてにしていた。しかし、払い戻された可能性は低い。

「ボス」・シンクレアは、五月に亡くなる数週間前、オリヴァー・セント・ジョン・ゴガティ著『サックヴィル通りを歩きながら』を読んでいた。この作品は明らかに祖父のモリス・ハリスとボスと弟ハリーを中傷していた。祖父モリスはナッソー通り四十七番地に骨董屋を兼ねた宝石店を開いていたが[61]、一九〇九年に死んだとき、店を双子の孫に譲っていた[62]。

ハリーと「ボス」は、ゴガティと、ほかの被告、すなわち一九三六年の末にその本を出版した責任者で、ロンドンの出版社リッチ・アンド・コーワンを訴えることに決めた[63]。ベケットもまた臨終の際の「ボス」に、名誉毀損の汚名をすすぐために、証人として出席すると誓った。起訴状には、ゴガティの本の七十ページと七十一ページの次のくだりに関する訴えがある。

老高利貸しの両目は、まるで誰かに針でつつかれた貝二つ、その鼻は左右別々にぶらぶらゆれるしなびたトマトのよう。老いぼれるほどに、若い女の尻を追いかけて、幼い少女をたぶらかし、店の奥へと誘い込む。これだけでもうんざりだが、この老いぼれには孫が二人いる。二人は分別どころか熱に浮かされて、その若い足取りで爺と同じ道を歩んだ[64]。

ゴガティの「双子の孫」に言及したくだりはこれだけではない。六十五ページには戯《ざ》れ歌があり、それもハリー・シンクレアの訴えの対象だった。

ピカデリーならぬ
サックヴィル通りの二人のユダヤ人
一人は足にゲートル巻いて
一人はウィリー、女役のゲイ

このあと、アメリカ版では、こう続く。

店で売られる品々は
名高い巨匠の手によるお宝
ここで買えば、なんであれ、
ショウシンショウメイのお宝[65]

だがウィリーの使うあぶく銭
不幸を呼びこむセステルティウス〔古代ローマの銀貨〕
むかしの巨匠のお宝ならぬ
めかけにしこしこ注ぎ込む

戯れ歌の締めくくりは、次の一行である。「老いぼれへなちょこ屠殺人の双子の孫の話はこれでおしまい[66]」。事実、シンクレア家の二人の孫は双子だったが、一卵性の双子ではなかった。「ハリーは肉付きがよく、縦縞の背広にネクタイピン、一方、がっちりした『ボス』は仕事中でもツイードに開襟シャツといういでたちだった」[67]。しばしばゲートルを巻いていたのがハリーで、「ボス」と呼ばれたのがウィリーだった。彼らの父ジョンの宗派はプロテスタントだったが、母はユダヤ人で、ダブリンのユダヤ人協会副会長兼会計係だった祖父の影響を受けた双子は、ユダヤ教の教義のもとで育てられた。「ボス」・シンクレアの息子モリスによれば、「ハリーはいつも自分がユダヤ人社会の一員と考えていて、宗教を痛烈に非難していた、わたしの父ウィリーとはちがっていた」[68]。申し立てによると、戯れ歌に描かれた陳腐な描写が物語るように、シンクレア兄弟はたしかに骨董や宝石と並んで絵画も扱っていて、ウィリーは絵画を専門としていた。「彼らは重要な発見を何度もしていて、たしかこの国のどこかでレンブラントも見つけている」と、ベケットは述べている[69]。

ゴガティ／シンクレア裁判については、これまでにも取り上げられたことがある[70]。だが、そもそも裁判が始まったときから、ベケットがどれほどさらし者にされ、傷ついていたかは、たぶん気がつかなかったようだ。実際の審判が始まる数か月前の五月に[71]、先の本に出版差し止めをかけられるかどうか検討したときから、「ぼくは裁判に首までとっぷり浸かっていたんだ。『ボス』がそれを望んでいたし、ぼくも喜んでそうしたのさ」[72]と、ベケットは書いている。

当時の供述で記録されているのは二人だけで、一人はヘンリー・モリス・シンクレア、もう一人は「サミュエル・ベケット氏」[73]のものだった。一九三七年五月十二日付のベケットの署名がある供述書は、五月十三日に正式に提出され、十一月の実際の審判で再提出された。それにはこう書かれている。

六十五ページ、七十ページ、七十一ページの記述を読めば、すぐに六十五ページの「サックヴィル通りの二人のユダヤ人」で始まる行が、ヘンリー・モリス・シンクレア氏と故ウィリアム・エイブラハム・シンクレア氏を指していることがわかる。同様に「老高利貸し」と「二人の孫」が、故モリス・ハリス氏とその二人の孫を指していることも明らかだ。こうした表現は、先のヘンリー・モリス・シンクレア氏と亡くなった氏の兄弟に対するゆゆしき非難であると、わたしは考える。

裁判官は、正式の文書のなかで、このベケットの供述を重視して次のように述べている。

ベケット氏の証言は部外者として（先の原告の証言よりも）、より重要である。氏は偏見なく率直にこの本を読み、すぐにくだんの一節が原告ウィリアムとその祖父を指していることがわかったと述べている。氏はある程度シンクレア家とハリス家の状況や関係を把握している。よってこれらの一節にはその家族を知る者が、人物を特定するに足る充分な証拠が存在する。(74)

係争中ではあったが、裁判官は、出版禁止に値するもっともな理由があると認め、その判断は最高裁裁判長C・J・サリヴァンら五人の裁判官に支持された。このように初めから、ベケットは主要な役割を担っていた。その結果、彼は原告側の鍵となる証人とみなされ、被告側としては彼の判断、信用、人柄は叩いておかねばならなかった。そんなわけで、被告側の弁護士はのちの審問で手荒い戦術をとったのだ。ベケットは自分信用を傷つけようとする企てがあることを事前に察知して、「連中はあらゆる中傷をかき集めて、『蹴り損の棘もうけ』(75)の著者であるぼくの信用を傷つけようとするだろう」と、マグリーヴィーに書いている。

ゴガティの伝記作者ユーリック・オコーナーは十一月の審議の情景を次のように記している。

ダブリンはこの事件のうわさでもちきりとなった。ダブリン市民は、彼らがともに将来性を秘めた作家か弁護士であるという幻想を共有していた。両者を同時に見られるこの機会を逃してはならなかった。裁判所の廊下には傍聴席を求める列ができた。アイルランド最高法廷、フォーコーツの前にある青錆色の丸屋根の下にはその名のとおり、四つの法廷が円形に並んでいる。公判はその一室、最高裁判所第四法廷でおこなわれた。一七八一年にリチャード・ガンドン〔ジェイムズ・ガンドンの誤り〕によって設計されたこの建物は、リフィーの川辺からほんの道一つへだてたところにあり、優雅な曲線の欄干が、土色の水面とその上に浮かぶ白鳥を背景に、人目を引く。(76)

原告である叔父のハリーは、なぜゴガティの本に書かれた「しぼんだトマトのような鼻」、「老高利貸し」という表現で、それが自分の祖父と特定できるのか、その理由をとくとくと申し立てた。そのなかで、モリス・ハリスがだんご鼻の持ち主であったことにとどまらず、彼が幼い少女たちを、店に誘い込んだかどで告発されたことまでも認めないわけにはいかなかった。さらに、ゴガティの「双子の孫」が、亡くなったウィリーとハリー自身であることも明白だと主張した。弁護団はシンクレアの証言を切り崩そうとしたり、その人柄を攻撃しようとはしなかった。

だのに、公平な証人としてベケットが証言台に立ったとたん、勅選《ちょくせん》第一弁護士のJ・M・フィッツジェラルドの手荒い攻撃が始まった。フィッツジェラルドは反対尋問で、ベケットが供述書のなかで原告との関係については触れていないので、その供述には客観性があるとはまったく考えられない、と言った。それから今度は、ベケットが「マルセル・プラウスト」に関する本を書いたかどうか尋ねた。フィッツジェラルドの思わくどおり、ベケットは名前を「プルースト」と訂正した。弁護士はプルーストが「性欲の心理学にのめりこんでいたか」どうか、そしてベケットのその本がアイルランドの検閲によって発禁になるまでどれくらいの時間を要したか、と尋ねた。ベケットは最初の質問について、プルーストがそのような心理学にのめり込んでいたとは思わないと答え、第二の質問については、自分の著書が禁止されるのに「約六か月」しか、かからなかったことを認めた。フィッツジェラルドは、あなたの本が発禁となったのは、冒瀆的で公序良俗に反するがゆえではなかったか、と詰め寄った。ベケットは「なぜ発禁になったのかはまったく理解できません」[77]と答えた。

予想どおり、弁護士は攻撃の手を変え、一九三四年の作品『蹴り損の棘もうけ』をやり玉にあげた。それは弁護側がファイルした項目に挙げられていた[78]。この本のタイトルだけでも、神経をピリピリさせた信心深い陪審員の機嫌をそこねるには充分だったはずだ。フィッツジェラルドは陪審員に向かって、次の一節を大声で朗読した。それはバスのなかでの北極熊《ポーラー・ベア》とイエズス会士の宗教談義である。

あのガリラヤ人の《人生行路《レーベンスバーン》》は……けっして条件付き降伏をしない唯我主義の悲喜劇ですな。やたらに謙遜と《ワタシヲ後方ニ《レートロ・メー》》と《お許しを願って《サーレヴァレンス》》を振りかざすのは、手品師の《さあ、お立ちあい《ヘイ・プレスト》》、傲慢、エゴイズムと結局は同じものなんです。彼はつまり最初の偉大なる自己充足的なプレイボーイってわけです。血ぬられた現行犯として捕らえられたかの女性の前での隠微な面目失墜は、要するにボーイ・フレンドのラザロの問題に介入するのと同じくらい大きな誇大妄想的でしゃばり行為です。[79]……

次にフィッツジェラルドは、ベケットにこの一節がイエス・キリストを冒瀆する戯画ではないかと質問を浴びせた。ベケットは、この言葉を発した登場人物と司祭はどちらも虚構で、作家としては自分の意見とは異なる言葉を登場人物に語らせることはよくあることです、と反論した[80]。弁護士はベケットに、あなたは自分がキリスト教徒、ユダヤ教徒、無神論者のなかのどれにあてはまると思うかと尋ねると、ベケットは「三つのうちのどれでもありません」と、答えた。またフィッツジェラルドは、「ホロスコープ」(占星術)の綴りの頭に「W」をつけて「売女」の意味をこめた『ホロスコープ』(*Whoroscope*)なる本を書いた著者はあなたか、と質問した。ベケットはそうです、と認めた。そして、その本が仲間内《うち》で読むために個人的に印刷したものであったことを、しぶしぶ認めた。つまり、この場合も不道徳な内容の本を書いてしまったのを暗に認めたのと同じだった。引き続きほかの証言者たちから、ゴガティの本は原告たちをモデルにしているのがわかるとの告発がなされた。

公判二日目にはゴガティ自身が証言台に呼ばれた。ゴガティは、問題の詩がシンクレア家の人びとを中傷することになるとは思ってもみなかったし、ウィリアム・シンクレアは、巷《ちまた》では「ウィリー」としてではなく「ボス」として知られ、その名前を選んだ理由は単純に「ピカデリー」と語呂がいいからだ、と主張した。また、シンクレア兄弟を知ってはいたが、彼らが双子だったとは知らなかったし、例の「老高利貸し」の描写は高利貸し一般をねらったものであって、ダブリンの特定の人物をねらったものではない、とも言い張った。

フィッツジェラルドは弁論のなかで、原告側の勅撰弁護士アルバート・ウッドが以前使ったことのある「わいせつで神を冒瀆する輩《やから》」という表現を借りて、もしこの言葉がこの法廷にいる誰かにあてはまるとすれば、それは原告の第一証言者であるサミュエル・ベケットにちがいないと述べた。

良識ある普通の人間なら、誰でもあの本を読めばシンクレア氏であるとわかったでしょうに、その結論を導くために、なぜシンクレア氏は、自分のまわりにりっぱな人びとがいるにもかかわらず、あのような「わいせつで冒瀆的な輩」を選び、わざわざパリから呼び寄せて、供述を頼んだのでしょうか、陪審員の皆さんもその理由を知りたいことでしょう。あなた方は、「あの卑劣な輩」が、この最高法廷において、良識ある普通の人間を代表するなど信じられますか?(81)

このやりとりは新聞で大きく取り上げられ、翌日の『アイリッシュ・タイムズ』の小見出しには「わいせつで冒瀆的な輩」というコラムが載った。(82)

裁判はハリー・シンクレアの勝訴に終わり、彼は九百ポンドの慰謝料に加えて訴訟の費用も得た。オリヴァー・セント・ジョン・ゴガティが負担することになった経費は、すべて合わせると約二千ポンドで、そのために彼はまもなくダブリンから出ていくことになる。しかし、勝訴したはずのベケットは、敗者ではないにしても、得るものはなにもなかった。オバーン裁判官さえも、陪審員の前で、「証人としてのベケット氏からは、わたしの心に響くような大いに信頼に足る言葉は聞かれなかった」[83]とまで述べる始末だった。

ベケットにとって、この経験は憤懣《ふんまん》やるかたなかった。裁判によって世間の注目の的になったことにぞっとし、自尊心を傷つけられたことに激しく憤った。パリから一緒にやってきていたブライアン・コフィやショーン・オサリヴァンのような友人からの励ましや支援も、手のひらを返したようになくなり、一連の騒動はあと味の悪さを残しただけだった。手紙や友人との会話のなかで、ベケットがこの裁判について触れることはほとんどなかったが、パリに帰ってからというもの、彼のアイルランドに対する発言はますます辛辣になっていった。苦い思いを味わさせられただけに、性と宗教の双方に対する検閲制度の頑固で偏狭な姿勢をこきおろさずにはいられなかったのだ。母親のメイも、新聞で息子のことが書きたてられたことにうんざりしていたにちがいない。二人の関係は、裁判とそれがかき立てた世間の注目によって、好転するどころかますます悪化した。そういうわけで、ダブリンに滞在中も、クールドライナ邸に顔を出さなかった。フランクとは何度か二人で会ったが、母の顔は一度も見ることもなくアイルランドをあとにした。この裁判は、できることなら忘れてしまいたい、いまわしい出来事だった。

7

法廷でのドラマは終わったけれど、現実世界のドラマがベケットを待ち受けていた。ベケットによれば、それはちょうどひと月後の十二夜にあたる一月五日、午前一時ごろのことだった[84]。事件の詳細は五十年経っても彼の心にしっかり刻まれていた。

オルレアン通りからはずれた小さな袋小路クール・ド・ヴェイ、現在のルクレルク将軍通りのアランとベリンダ(ダンカン夫妻)のアパートに、二人を送って帰る途中だった。あのあたりには、いまも昔と同じ名前の大きなレストランがあって、わたしたち三人はそこで夕食を取った帰りだった。そこにあのぽん引きがひょいと現われ、一緒に来いとしつこく言うので、ほとほと閉口した。そのときは彼が誰なのか、ぽん引きかどうかもわからなかった。それがわかったのは、病院でわたしがそいつの顔を確認したときだった。警察がブルーセ病院に写真をもってきたんだ。ともかく、そいつはわたしをナイフで刺しやがったんだ。幸い心臓ははずれていたがね。わたしは歩道に倒れて血を流していた。そのあとのことはほとんど覚えていない。[85]

ベケットを刺すと、男はすばやく走って逃げた。ベケットは地面に倒れた。すぐに左脇腹に痛みを覚え、左手を見ると血がべとりとついていた。血だ、と大声で叫んだ。アランとベリンダはやっとのことで、彼を自分たちのアパートに連れて戻り、服を脱がすと、その傷口に青ざめた。医者の名前も思いつかず、ともかく警察に電話をした。ベケットはそのときには、すでに意識はなく、救急車で最寄りのディドー通りのブルーセ病院にかつぎ込まれた。[86]

翌日、ベケットと会う約束をしていたブライアン・コフィは、新聞で友人が昨夜、刺されたことを知った。彼はダンカン夫妻に電話をして事情を聞いた。コフィは、ジェイムズ・ジョイスにすぐに連絡を取るようにと彼らに言った。ジョイスの名前を出せば、ベケットが最善の治療を受けられるだろうと考えたのだった。事件を耳にしたジョイス夫妻は、すぐにベケットのもとに駆けつけた。昏睡状態から脱したベケットは、ひどく弱って痛みに苦しんでいたが、意識は明晰だった。ベケットは意識が戻ったときのことを鮮明に記憶していた。

次に覚えているのはブルーセ病院で、意識がかすかに戻ったときだった。広い部屋で、共同の大部屋だった。意識が戻り、最初に見えたのは、病室の隅に立っていたジョイスがわたしのほうに近づいてくる姿だっだ。ジョイスとジョイス家のかかりつけの医者で、変わり者の女医フォンテーヌのおかげで、わたしは個室に移ることができたというわけだ。[87]

ナイフは左の脇腹を貫通していた。幸運にも肺と心臓は紙一重ではずれていたが、肋膜は貫通していた。傷は深く、最初は命が危ぶまれた。次にさらなる大量出血や肺炎のような合併症が心配された。彼を別の階のレントゲン室に運ぶのは危険だったので、医師団は出血の全容を確認することはできなかった。一月十三日、ベケットはジョージ・リーヴィーにこう書いている。

自分で起きあがってX線室に降りていけるようになるまでは、レントゲンできちんと調べてもらえないのだけれど、たぶん大丈夫だ。医者は大丈夫だとはけっして言わないけどね。一人のときも二人のときも、ふらっと入ってきては、まず握手。次にカルテを見て、「33」をよこせと言うんだ。そしてマイセン焼きの鑑定師然として、「33」を耳に当てて、コッコッと人の胸をぞんざいにたたくんだ。鑑定を終えると、またふらっと出ていくのさ。という次第で、いつになったらお手やわらかにしてもらえるものやら。内科医長には、今日、窓を開けっ放しにされ、殺されるところだったよ。なんという病院だ！(88)

ダブリンでは刺傷事件のニュースが、各紙のトップニュースとして派手に書き立てられ、新聞売りの少年のかん高い声が「アイルランド人、パリで刺される」と、声を張り上げていた。(89) 母親とフランクと義理の姉はすぐにパリのベケットのもとに駆けつけ、彼が危機を脱して、もう安心と思えるまで付き添った。事件のおかげで、長いあいだ、どうにもならなかった母親との関係が雪解けに向かった。ベケットは事件に先んじて、せめて手紙くらいやりとりしませんか、と母に手紙を書いていた。母親のほうもすでにクリスマスプレゼントのネクタイを匿名で送っていた。ベッドの脇に付き添ってもらいながら、ベケットは彼女の純粋な愛情と深い思いやりに感激し、母親への自分の思いに胸が熱くなった。「母が枕元でぼくをのぞき込んでいたとき、愛情と尊敬と哀れみが一緒になって、どっとこみ上げてきたんだ。なんという絆だろう！」と彼は書いている。(90)

ほかにも多くの見舞い客が、ひっきりなしに病院に詰めかけてくれるのを見て、ベケットは心を打たれた。ダンカン夫妻は天使のように「毎日訪れ、ときには二度もやってきて、ぼくのためになんでも快くやってくれた。(91) 警察への対応をしてくれたり、報道陣を追い払ったりしてくれたんだ」(92)と、彼は述べている。ジョイスは親切そのものだった。ジョイスは、ジョイス夫妻の十年来の主治医だったテレーズ・フォンテーヌに、ベケットには格別の配慮をしてほしいと頼んであった。実際、彼女は入院中のベケットへの注意を怠らなかった。ジョイスは個室の全費用を負担しただけでなく、ベケットに読書用ランプを運んできたりした。ノラもカスタード・プリンを焼いてきて、明るく立ち回った。ある日、ヴァン・ヴェルデ兄弟が面会にきたとき、彼らはドアの外で両腕に大きな黄色いバラの花束を抱えて待っていたジョイスと鉢合わせした。(93)

花や果物や本や雑誌を手に、多くの人がベケットのもとを訪れた。ブライアン・コフィ、アルフレッド・ペロンとその妻マーニア、ジョルジュ・プロルソンとその妻マルセル、ペギー・グッゲンハイム、それに「元英語教師刺される」

という記事を読んだエコール・ノルマル時代の英文科の学生だったアンリ・エヴラールとその妻といった、ここ何年も会っていない人たちもいた。エヴラール夫妻の見舞いにとても驚いたベケットは、夫妻に会えてうれしいというよりは、当惑したようだ。[94] アイルランド大使コーネリアス・クレミンも美しい妻を伴って訪れてくれた。クレミン大使夫妻は初対面だったにもかかわらず、ベケットはその後、末長く親しいつきあいをすることになった。と、入院中に警察が病室にやってきて、犯罪者の写真リストをベケットに見せた。ベケットはこいつだ、とプリュダンを特定した。前科四犯のプロのぽん引きだった。

一月二十一日付けのマグリーヴィー宛の手紙に、ベケットは鉛筆書きで、息をしてもまだ痛むが、短いあいだなら起き上がれるようになったし、ようやくレントゲンも撮れたと報告している。それに、フォンテーヌ先生から翌日退院してよいが、「日常生活に戻るにはしばらくかかるだろうし、これから先何年かは肋膜の痛み方で天気予報ができると鼻高々になれるかもしれない」[95]と、言われたことを綴っている。

しばらくは息をするだけでも痛んだけれど、運動と休息で、次第に元気を取り戻していった。二月なかばまでにはアパート探しを再開できたし、ナンシー・キュナードとリップスのレストランで食事ができるくらい回復していた。そこでベケットは、のちの戯曲『しあわせな日々』のウィニーが話す物語のように、一匹のネズミが彼の足を駆け上がるという体験をした。幸いズボンの外側だったけれど。[96] また二月には、ヌイイにあるジョラス宅で開かれたジョイスの誕生パーティーにも出席できるほど体調も回復した。そのとき一緒だったマリア・ジョラスやサリヴァンらは、「宴が盛り上がると大声でわめき散らした」という。パーティーは十五人にも上る盛大なもので、ジョイスは食事が終わるとお決まりのダンスを披露した。[97] 束の間ではあったが、シンクレア／ゴガティ裁判はすでに遠い昔の悪夢にすぎず、刺傷事件さえも夢のなかの出来事のように思えた。とはいえ、二つの傷は簡単に癒えるものではなかった。

三月、いやなことは忘れてしまいたいとベケットは思っていたけれど、警察は二、三か月のうちにベケットにとって三回目となる訴訟を、あのぽん引きに対して起こすよう求めてきた。法廷の入り口でプリュダンに会ったベケットは、なぜ刺したのか理由を尋ねた。ぽん引きは「わかりません、旦那。失礼しました」[98]と、丁寧だが、わけのわからぬ答えを返した。「あのならず者は二か月の刑をくらった。五度目の有罪にしては悪くないね。あのとき、ぼくは、証拠品として着ていた服を身ぐるみ剥ぎ取られて、いまだに返してもらってないけど。あの服がそもそもぼくのものだってことを証明しなければ返してもらえないのかな[99]」と、アーランド・アッシャー宛の手紙に書いている。プリュダンはサンテ刑務所に収監され、ベケットはさらにアッシャーにこう報告している、「サンテ刑務所でやつほど人気のある囚人はいない。やつへの手紙は山のように届くんだ。めんどり（売春婦）たちからの差し入れが、やつに雨のように降り注ぐ。今度、やつが誰かを刺したら、レジオンドヌール勲章〔ナポレオン一世が制定したフランス最高の勲章〕でも贈られるはずだ。というわけでぼくがパリにきたことも、まったく無意味というわけではなかったのさ！[100]」結局、ベケットに衣服は戻らなかった。

8

一九三七年のクリスマスから新年にかけて、つまり刺傷事件のころ、ベケットは同時に三人の女性と親しい関係にあって、そのうちの二人はベケットを追いかけ回した。これは新しい体験だった。はたして彼のとった行動はときに、うぶで不器用で愚かでさえあった。愛のないセックス体験[101]（彼は「ブランデーぬきのコーヒー」と呼んだ）からは、詩が生まれた。一月の第三週に病院からホテルに戻るとすぐ、彼は一片の詩を英語でものにしている。

女人来たり
女人去り　すべて
同じからず　相似たり
年々歳々　同じからず　相似たり
年々歳々　愛の不在は　同じからず
年々歳々　愛の不在は　相似たり[102]

女性の一人はアイルランド人、二人目はアメリカ人、三人目はフランス人だった。アイルランド女性はパリまでやってきて、しばらくムーリス・ホテルに滞在した。まずまちがいなく、その女性はダン・レアリーで小さな骨董品店を経営しているエイドリエン・ベセルだろう[103]。ベケットと彼女はダブリンで一時期、つきあって（おそらく肉体関係もあっただろう）いたようだ。ベケットはペギー・グッゲンハイムに、ベセルと寝たことを認めている[104]。だがベセルがアイルランドへ帰り、安全な距離が保たれると、彼女への想いはたちまち冷めてしまったようだ。

二番目の相手はアメリカの富豪の娘ペギー・グッゲンハイムだった。それは彼女がロンドンのグッゲンハイム・ジャンヌ美術画廊を立ち上げたときに始まった[105]。恋というよりは、奇妙な友情で結ばれた二人の関係は長く続くことになった。もっとも彼女はベケットに熱を上げてしまい、「一年以上もじつに不思議な人物、サミュエル・ベケットに心を奪われてしまうことになった」[106]と、率直に回想録のなかで告白しているほどだ。

二人の関係については、これまでにも語られたことがあるが、ほとんどペギー自身が語った話ばかりだ。だが、友人で元秘書のエミリー・コールマンへ宛てたペギーの手紙や、二人の関係をよく知っているエリザベート・ヴァン・ヴェルデの証言を考え合わせると、それ以外の事実も浮かび上がってくる。ベケットとペギーは、パリで何度かばったり会っていた。しかし、男女の関係が始まったのは、一九三七年のクリスマスのあとだった。二人はともにジョイス夫妻とフーケのレストランで、夕食をとった。食後、一行はヘレン・フライシュマン宅に戻ることになった。ベケットはペギーに、家まで送りましょう、と申し出て、それで結局ベッドをともにした。そればかりか、翌日はセックスとシャンパンに明け暮れた。その直後、ペギーは友人のメアリー・レノルズの家に引っ越した。たまたま家の持ち主は入院していたので、彼女がベケットとモンパルナスでまた鉢合わせすると、ベケットはその家にしけこんで、一週間以上も同棲した。そのあいだ彼がホテルに戻るのは、手紙を取りにいくときだけだった。

ペギーはとくに容姿が魅力的だったわけではない。大きなおでこにだんご鼻（失敗に終わった美容整形の影響も多少ある）[107]、ひょろ長い足には、たいていソックスとサンダルというでたちだった。だが性的には奔放で、誰とでも寝る雰囲気をかもし出していた。あんまりあけっぴろげに、あなたに夢中なの、と言うものだから、ベケットにしても彼女を拒むのは困難だったにちがいない。といっても、肉体がすべてだったわけでもないだろう。ベケットは独立心が強く、個性的な容姿の、強く開放的な女性に惹かれていた。そしてペギーは彼女なりに、元気はつらつとしていた。彼女の言葉を借りれば、酒をしこたま飲んだあげく、やっと「自分をときほぐす」ベケットとはちがって、彼女は自分の本音や欲望を包み隠さず打ち明けた[108]。

ペギーは、芸術に情熱を燃やし始めてもいた。カンディンスキーを評価していたベケットは、たとえば彼女がロンドンでその画家の展覧会を準備しているという話に聞き惚れた。また個人コレクションのために彼女が絵画収集を始めたときなど、ベケットに買うべきかどうか、相談をもちかけて喜ばせた。そのうえ、ベケットに仕事として、画廊のカタログや、メーゼンの『ロンドン・ブレッティン』の記事の翻訳を依頼した。ペギーのような金持ちの女性と一緒に出かけることは、ベケットにとって新鮮でもあった。

彼女はあり余る金を美術品に注ぎ、スポーツカーを何台ももち（あるいは借りて）、ベケットの運転ぶりを見て楽しんだ。[109]

しかし、ベケットはペギーと身を固めるにはあまりにも複雑で、知的で、要求が厳しかった。数日後に、あるフランス人女性が彼の前に姿を現わさなかったとしても、二人の関係はけっして長くは続かなかっただろう。ペギーは自分勝手で、癇癪《かんしゃく》もちだったので、ベケットの時間も体の具合もプライバシーもおかまいなしだった。静かな川の流れを愛する者にとって、彼女との日常生活は波が荒すぎた。しばしば口論もした。ほとんどの場合、彼女が彼の自由を奪っていることが原因だった。また、彼の気が進まないことでも、無理にさせようとして譲らなかった。ペギーの説明からうかがえるのは、ベケットが彼女の子どもじみた執拗《しつよう》さにすぐに耐えきれなくなり、派手な過去から浮かび上がってくるほかの男たちの話や、彼に嫉妬させようとして話す現在の男友だちの話のどちらにも、ベケットがうんざりしていたことである。なんとその男友だちにはブライアン・コフィのようなベケットの親友もいて、結局、ベケットは彼に、「彼女をくれてやった」そうだ。[110] 補足しておくと、コフィは、賢明にもすみやかにブリジェット・ベインズという女性と結婚したが、皮肉なことに、彼女はペギーから紹介された女性だった。

だが、ベケットは彼女の男癖については目をつぶりつつも、彼女と親しい関係をしばらく続けていた。それは自分のためというよりは、彼が評価しているジール・ヴァン・ヴェルデやそのほかの画家を、彼女が支援していたからだった。ジールの妻リスル・ヴァン・ヴェルデがたしかに感じ取っていたことだが、ペギーとしてはジールやリスルと一緒にいれば、金魚の糞みたいにベケットにくっついていられると思っていたようだ。[111]

一九三八年四月、ヴァン・ヴェルデ夫妻は、ベケットの要求に応えて、ペギー・グッゲンハイムが企画したジール・ヴァン・ヴェルデの個展に顔を出すため、ロンドンのコーク通り三十番地にあるグッゲンハイム・ジャンヌ美術画廊を訪れた。二人は鉄道を使ってロンドンにやってきて、個展開催に協力していたジョージ・リーヴィーとその妻グウィネズのところで、ほぼ三週間やっかいになった。ベケットは、このころには胸の傷も回復し、飛行機で個展開催の二日前にロンドン入りし、マグリーヴィーの下宿に数泊した。飛行機代はペギーが払ったにちがいない。驚いたことに、ベケットはジールへの贈り物のヴォルチゲールの葉巻のほかは手ぶらだった。[112] ベケットもジールもこのブランドの葉巻を愛好していた。彼は、ドイツで仕立て、アイルランドで手直ししてもらった例の悪評高い「ミッドナイト・ブルー」の背広に身をくるみ、歩くとつま先が痛む新品でぴかぴかの黒い靴を履いていた。

ベケットは、ヴァン・ヴェルデ夫妻を世話係のトム・マグリーヴィーに紹介すると、すぐにマグリーヴィーはナショナル・ギャラリーへ案内した。さらにベケットは、マグリーヴィーと一緒に、二年間のロンドン暮らしでよく知っていたハンプトン・コートへ夫妻を案内した。ベケットは絵画にとてもくわしいので、彼と一緒に絵を見るのは楽しい、とペギー・グッゲンハイムは書いている。ジール・ヴァン・ヴェルデの個展は、画家にとって、経済的に大成功とはいかなかった。ペギーは彼の絵の評判が実際よりもよく見えるように、偽名を使って、絵を数点購入した(113)。さらにベケットを喜ばせようと、一年間は絵を描いてやっていけるくらいの資金を、ジールに提供した(114)。

個展が終わると、ジール、リスル、ペギー、ベケットはピーターズフィールドにあるペギーの静養先「ユートゥリー・コテージ」で数日過ごした。リーヴィー夫妻とペギーの娘ペギーンもそこにいた。ペギーが言うには、寝室はリーヴィー夫妻に譲って、自分はダイニングで寝たと言う。リスル・ヴァン・ヴェルデの記憶は、ちょっとちがって、ペギーはベケットの部屋と浴室のあいだの廊下で寝ていて、彼が通りかかるといつでも襲いかかる体勢を整えていたという(115)。ペギー・グッゲンハイム、ヴァン・ヴェルデ夫妻とベケットはコテージから海へと繰り出すことになり、ベケットがペギーの赤いドゥラージュのスポーツカーを運転した。海辺ではベケットとヴァン・ヴェルデが平たい小石を拾っては、遠くに飛ばして遊んだ。二人は仲むつまじく石投げを競ったが、ベケットにも意外だったのは、遠くに飛ばすことにかけてはヴァン・ヴェルデのほうが上だったことだ。もっとも子どものころ、グレイストーンズの海岸で何時間も過ごしたことが役立ったのか、水面をかすめて石をはね飛ばす水切りにかけては、ベケットのほうが上手だった。

一行はユートゥリー・コテージに戻り、酒を飲んだり食事を取った。庭で写真も撮った。ヴァン・ヴェルデは、スポーツ・ジャケットにフラノのズボン、結び紐や留め具のない靴という、ゆったりとしたいでたちで、パイプをくゆらせた。ベケットは、もう少しきちんとしたなりだった。スーツに黒の編み上げ靴、灰色のシャツの上には母親からのクリスマスプレゼントの、星が散りばめられた模様のネクタイを締めていた。そして、小さなティン・ホイッスル(エコール・ノルマル時代から愛用している笛)を手に、シューベルトやアイルランドのメロディーを吹いた。

一九三八年、初夏、ペギー・グッゲンハイムは、相変わらずヴァン・ヴェルデ夫妻とのつてを通して、ベケットから離れまいとしていた。ときどき四人で、パリ郊外の上品なレストラン、ル・コック・アルディで夕食をとったが、あるとき月灯りの大聖堂を見たくなり、シャトレまで深夜のドライブに出かけた。[116] しばし楽しんだのち、ベケットとペギーは、ヴァン・ヴェルデ夫妻をペギーの車に乗せて、マルセイユへと誘い、さらにコート・ダジュールからカーニュ・シュール・メールまで足をのばした。ペギーによれば、帰り道、ディジョンでベケットは部屋代を安くあげようとして、シングルを二部屋ではなく、ダブルを一部屋だけとった。しかし、彼は二つのシングルベッドのうちの一つに一人きりで寝ると言い張った。ペギーが彼のベッドに忍び込んでくると、ベケットはベッドから抜け出してもう一方のベッドに逃げ込んだのだった。[117]

ペギー・グッゲンハイムが彼女なりにベケットを愛していたのは、ほとんど疑う余地はない。一九三八年の七月ころ、彼女はエミリー・コールマンに次のような手紙を書いている。

サムと一緒にいるとしあわせなの。それがわたしの生活のほとんどすべてになっている。もし必要ならば、わたしはすべてを彼のために投げ出す覚悟ができているわ。体でもなんでも。彼と離れていても、同じ町に住んでいるだけで幸せよ。でも一緒にいるときのサムはわたしにとってもつれないの。彼にはどうしようもないってことはわかっているけれど。[118]

ベケットがペギーを本当に愛したことは一度もなかったのはたしかだ。たぶんはじめの数日間こそ、決まり文句ではないが、愛と恋の線引きはむずかしかっただろう。にもかかわらず、ペギーのエミリー・コールマン宛のその後の手紙が示すように、二十三年後に妻となる女性とのつきあいが始まってからずっと経ってからも、彼はときどきペギーに会っていた。あるときなどは、ベケットがパリにいて心がかき乱されるのを嫌ったペギーは、彼に車を貸して、フランス人の「ガールフレンド」と一緒に、ノルマンディーやブルターニュへと、ドライブに送り出したことさえあったと、ペギーがコールマンに打ち明けているという。[119]

そのフランス人の「ガールフレンド」とは三十七歳の女性、シュザンヌ・デシュヴォー・デュムニールだった。彼女とそのテニス友だち（すぐれた音楽家で、ラ・マドレーヌ教会の近くにいくつか事務所を開いている有名な音楽出版社を経営する家柄）は、十年近く昔、エコール・ノルマル時代にベケットとペロンを相手にテニスをしたこともあった。シュザンヌは新聞でベケットが刺されたことを知り、何度かブルーセ病院を訪れた。そのころ彼女はつきあっている相手がいなかったので、背が高く、内気で、ハンサムなこのアイルランド人男性に強く惹かれた。彼女は彼の健康をやさしく気づかい、彼が日常生活に戻ると一度会った。ベケットがリベリア・ホテルでまた生活するようになってからは、食事、コンサート、展覧会へと、二人はたびたび連れ添って出かけた。

　リベリア・ホテルの宿泊費は、月七百五十フランだった。ほとんど日が射し込まない部屋で、クールドライナ邸に残してきた本を収納することなどまず無理だった。そこで、四月の第二週、彼は家具なしの質素なアパートを、月四百フランで借りることにした。カルチェ・ラタンからしばらく歩かなければならないが、歩けないこともない距離で、ヴォージラール通りからはずれたうらぶれた場所にあるファヴォリット通り六番地だった。ベケットが言うには、ヴォージラールは「ジェラルドの谷」を意味し、お気に入りのジェラルド叔父さんが思い出されてうきうきしたらしい。

　四月十四日付けのベケットの手紙にはこうある、「アパートで一番肝心なのはベッドだそうだが、一週間はベッドなし。それまでは風呂場で寝るつもりだ。モンパルナス駅からはかなり遠いし、七階だけど、ここがひどく手狭なわけでもないしね。書き物をする場所、階段下の物置、寝室、浴室、収納と簡易台所と一通りそろっている」[120]と。

　二、三日して、ベケットはマグリーヴィーにこう語っている。

　ここに仮住まいを始めて一週間。みんなぼくの門出を祝福して、贈り物をくれたんだ［たとえば、ジョイス夫妻は小さな家具を一、二点と、使い古しの背もたれ付き長椅子をベケットに贈ったが、ベケットはそれを長年とても自慢していた］。でもそれにはおそろしく金がかかっただろう。明るくて心地よいので、ここは気に入っている。演劇関係者と会うには遠いけれど、カルチェ・ラタンも気に入っている[121]。

カルチェ・ラタンは、現在よりもベケットが移り住んだころのほうがはるかに趣に富んでいた。「山羊皮の靴を売りながら裏通りを行き交う、山羊を連れた老人[122]」の姿もあった。七階へはエレベーターでいけたし、「千鳥足でよたよたとのぼる夜間用の階段[123]」も使った。アパートのドアの入り口には低いまぐさが付いていて、ベケットほどの背丈があると、出入りするたびに頭をかがめなければならなかった。

主室は書斎兼居間で、そこにはベケットの書き物机が窓辺に置かれ、空を眺めることができた。日が暮れると、彼はとてもみじめになった。机の脇には大きなくずかごが置いてあり、そのなかにジョン・ジェイムソンのウィスキーを一本入れておいたものだった[124]。六月初めにアイルランドから木箱に詰められた本が三箱届き、自分でまにあわせの本棚を造った。やっと自分の家をもてたことがうれしくて、マグリーヴィーやリーヴィーがパリにやってきたとき、泊めてあげられるのが誇らしかった。画家のアヴィグドール・アリカは、一九五〇年代なかばにそこを訪れたときのベケットの仕事場の様子を次のように覚えている。

> それは小さな仕事場で、まさに画家のアトリエでした。大きくはなく、どちらかというと小さめで、光に恵まれ……上の階は細長い部屋で……イタリアふう柱廊《ロッジア》のよう。でも、そのロッジアが寝室でした。台所とアトリエが下の階にあり、寝室と浴室が上の階にありました。壁の両側には本がずらりと並んでいました。本はとてもきちんと整理されていて、奥にはがらくたをしまっておく戸棚がありました[125]。

もちろん困ったこともあった。一日じゅう、隣室から聞こえてくる「我慢ならないラジオ」の声[126]、近くのアパートからは赤ん坊の泣き声、そして、電話ときたら何年もないままだった。それでもこれまでの何年かに比べれば、快適で満足できた。

　ベケットは内気で控えめだったが、まもなく友人の輪を広げていった[127]。その多くは画家や彫刻家で、四十二歳のポーランド画家、ヤンケル・アドラー[128]、「アトリエ17」の創設者スタンリー・ウィリアム・ヘイター[129]、ニュージーランドのジョン・バックランド＝ライトとその妻[130]、また、オットー・フロイントリヒやドイツのシュルレアリストで「オートマティスム」〔意識活動を避けて無意識的イメージを解放する芸術運動〕の絵をくれたヴォルフガング・パーレンとも知り合った[131]。マルセル・デュシャンとは、たまに会ってチェスをした[132]。これはペギー・グッゲンハイムのつてで、デュシャンと親しいメアリー・レノルズと知り合ったことがきっかけだった。フランシス・ピカビアと彼の別れた妻ガブリエル・ビュッフェ＝ピカビア、さらに彼らの娘ジャンニーヌらとも知り合った。一九三九年の終わりには、ついにカンディンスキーにも会った。ベケットは彼を、「思いやりのある老シベリア人」[133]と評している。

　気心の知れた友人には、ベケットの内気な性格も気にならなかった。コン・レヴェンソールは夜まで一緒にいても、二言三言しか言葉を交わさなかったこともあったと語っている。けれど、こうした沈黙は苦痛ではなかった。ベケットはモンパルナスのカフェで人に会い、手紙を書き、詩を書いた。食事もワインも楽しみ、ときに暴飲もした。音楽あり、絵画ありのパリ生活は刺激的だった。またルーヴル美術館に通い始めたベケットは、とりわけファブリティウスの小さな絵に魅せられた。マグリーヴィーには、「ヴェロッキオの『マリアと幼子』はみごとだけれど、例のセバスティアンの殉教図以外のマンテーニャの作品にはがっかりした」[134]と書いている。

エコール・ノルマルやトリニティ・カレッジ以来の友人であるジョルジュ・プロルソンとは、ごくたまに会っていた。しかしベケットは、ジョルジュがレイモン・クノーと共同編集をしている右寄りの評論誌『ヴォロンテ』の論説の傾向に、まもなく共感できなくなった。ノエル・アルノーによれば、当時プロルソンの頭のなかは、ヨーロッパの退廃という問題と、「権力への意志」[135]という観念でいっぱいだったという。そうした思想にベケットが共感できたはずもなかった。

そのころ、ベケットのもっとも親しいフランスの友人は、アルフレッド・ペロンだった。二人は毎週火曜日に、一緒に昼食をとってから、恒例のテニスの試合をしにクラブに出かけた。ペロンはまもなくベケットの仕事に深く関わるようになった。彼はベケットの詩「アルバ」をフランス語に翻訳したり、[136]ベケットの積極的な助けを借りながら、『マーフィー』を仏訳するという大きな仕事に取りかかった。

戦争直前の二年間、ベケットは、ジョイスとその家族、およびスチュアート・ギルバートとその妻モーヌ、ニーノ・フランクといったジョイスの仲間たちとよく顔を合わせた。一九三七年のクリスマス前に、ベケットはジョルジオが『フィネガンズ・ウェイク』の第一章と第三章の校正をするのを手伝った。ジョイスは十五時間のその仕事に対して二百五十フランも支払った。「ジョイスはおまけに外套一着と五本のネクタイまでつけてくれた。ぼくは受け取ったが、人の心は傷つけることよりも傷つけられることのほうがはるかに簡単だ」[137]と言いつつも、一月初旬にジョイス宅でまた食事をしたあとに書いた次の言葉には、ベケットの彼に対する深い敬愛の情が伝わってくる。「昨夜の彼(ジョイス)は崇高だった。彼は自分の才能はたいしたものじゃないときっぱり言い放った。ぼくはもう彼との絆を危ぶんだりしない。ジョイスは本当にとても愛すべき人間だ」[138]。またベケットは、ノラやジョイスの悩みごとにもどっぷりつかるようになった。ニューヨークにいるヘレンの父親が重い病気になり、彼女がジョルジオとともにニューヨーク行きを決意したときなど、彼女の気持ちを鎮めようと懸命だった。[139]ジョイスがルチアのことでたえず苦悩していたときは、ベケットも苦しみをともにし、もしその気があるのなら、ロンドンのジェフリー・トンプソンに診てもらってはどうかと進言した。[140]そしてジョイスの仕事にもいっそう深く関わっていった。ジョイスの視力の悪化はますます深刻になったが、十年前にも増して、ベケットは彼のために献身的に本を読んだり、ノート取りをした。彼はインド神話に関する研究のノートも、ドイツ語で取っている。[141]おそらくフリッツ・マウトナーの言語批判をめぐって「ホロスコープ」ノートに残しているベケットのメモも、なかばジョイスのためのものだったろう。[142]

9

折りしもパリに来てから、ベケットの作家としての運勢は大きく変わったようだった。一九三六年、六月に『マーフィー』を書き終えてから、彼はまず以前の出版社チャトー・アンド・ウィンダス社に原稿を送った。[143]一九三四年にチャールズ・プレンティスが会社を辞めていたとはいえ、出版を快諾してくれるだろうと、彼があてにしていたのも無理はない。原稿はまずオリヴァー・ウォーナーが、次にイアン・パーソンズが読んだ。ウォーナーは『マーフィー』のユーモア、詩情、斬新な言葉使いなどを褒めてはいたが、「商業的な成功の見込みは望めない」[144]という報告をしたため、ボツになった。

だが、これで終わったわけではなかった。のちにこの作品はデントという出版社にゆだねられることになるが、そのデント社で働いていたリチャード・チャーチという男が渡された原稿を読んで、チャトー・アンド・ウィンダス社のパートナーの一人のハロルド・レイモンドに、もう一度目を通してはくれないかと頼んだのである。

一度は使ったのだからもう少し長い目で彼（ベケット）を見守り、信じてやってはどうかと思います。わたしの目には彼は完璧な資質を備えた作家だと思えます。だめだと決めつけるのはよくありません。もちろん出版という観点からの現実的諸問題は踏まえたうえでの進言です。[145]

レイモンドは小説を読み、彼の仕事仲間が先に下した判断は正しいと結論した。

あなたの評価に、おおむね同感です。またサミュエル・

ベケットを手放してうれしいはずもありません。ただはっきりしているのは、彼の作品は難解なので、二、三百部以上は売れないだろうということです。もしそうなれば、その出版の損失が、彼の次作品の出版にもはねかえってこざるをえません。[146]

ベケットはがっかりしたものの、挫けることなくほかのイギリスの出版社に原稿を送り、いまなお彼を応援してくれているメアリー・マニング・ハウを通じて、アメリカの出版社にも原稿を届けようとした。そして、彼は著作権代理人のジョージ・リーヴィーに作品をゆだねた。ベケットは、断ってきた出版社の名前が告げられるたびに、「ホロスコープ」ノートに、その名前を書き込んだリストを作っていったが、多すぎて途中でわからなくなってしまった。

一九三七年十二月の初めにラウトレッジ社が、その出版を引き受けることになった経過については、はなはだしい誤解がある。ハーバート・リードが作品をラウトレッジ社に推薦したと思われていたし、ベケット自身もそう信じ込んでいた。ところが実際は、やはり同じラウトレッジ社から小説『不死身』をそのころ出版しようとしていた、画家で作家のジャック・B・イェイツが、T・M・ラッグに手紙を書いてくれていたのだ。

わたしの友人サミュエル・ベケットは、『マーフィー』という小説の原稿をもっており、それを貴社にお届けする予定です。わたしはまだそれを目にしていませんが、彼のほかの小説(『蹴り損の棘もうけ』)を読みました。これは本物です。ひらめきがあります。それは一、二年前に出版されましたが、いまやおそらくそのひらめきは一般読者にも理解されているでしょう。たとえ『マーフィー』を前にしながら、読者が手にしていたはずのひらめきが失せてしまっていたとしても、おそらく愚鈍な読者も、「なにか書いてあるが、前と同じ物」しか出てこない「十年一日の植字工のインク壷」に鼻をつっこむよりは、なにかもっと生きいきとした読み物を求めるときが来ているのではないでしょうか? もしベケットの原稿を、あなたご自身が、いまは読むに耐えないと判断されたとしても、寛容な読者に対して、それを与えてくださるようお願いします。[147]

原稿はラッグからジョージ・リーヴィーに送られた。ラッグは下痢風邪で苦しんでいたが、一日で読み終え、興奮して返事を書いた。体調が最悪だったことを忘れてしまうほど読んでいて楽しかった、と彼は語っている。ジャック・イェイツへの返事はこうである。

あの小説を出版したいと思い、明日その件でリーヴィーと会う予定です。それは大衆の注目や大きな商業的成功を得るには高尚すぎるのは確かですが、あなたご自身の本のように、少数の読者に大きな喜びをもたらすでしょう。ご紹介感謝します。[148]

一九三七年十二月九日、ベケットはジョージ・リーヴィーから電報を受け、ついに『マーフィー』の出版が決まり、契約書が整えられ、サインも交わされたことを知った。ハーバート・リードが相談を受けたのは、契約がすんで校正刷りが出来上がったときだった。[149] リードはこれは「シュルレアリストの完璧なユーモアの一例で、きわめて滑稽かつ残酷だ。その並はずれた価値に少しでも多くの人が気づいてほしい」[150]と熱っぽく記している。

『マーフィー』の契約から出版までの時期は、ベケットの刺傷事件をはさんでいた。契約が交わされたのはクリスマス前で、校正刷りが届いたのは一月十七日。そのとき彼はまだブルーセ病院に入院していた。[151] そこで、ベッドの上で校正をし、エンドン氏とマーフィーのチェス盤での駒の動きを一緒に確かめるべく、チェスのセットを病室にもってくるようにジール・ヴァン・ヴェルデに頼んでいる。本の表紙については、二匹のサルがチェスをしている写真を「腹案」として温めていたのだが、その案はボツになった。[152] ベケットはひどくがっかりしたのか、本の広告についてリーヴィーに不平をこぼし、「あの写真が本のどこかになんとか入らないものだろうか」と訴えた。[153] ともあれ小説はついに出版され、彼は安堵した。次はアメリカの出版社が引き受けてくれることを期待した。だが、それはかなわなかった。あいかわらずの自尊心が邪魔をして、ジョイスの一筆を添えてヴァイキング・プレスに依頼するのは気が進まなかったのだ。[154] アメリカでこの小説が出版されたのは一九五七年で、グローヴ・プレスのバーニー・ロセットがラウトレッジ社の版を再版したのだった。

一九三八年二月、ジョイスのところで顔見知りになったオベリスク・プレスの創設者ジャック・カヘインが、ベケットのアパートのベルを鳴らした。彼はベケットにマルキ・ド・サドの『ソドムの百二十日』を翻訳する気がないかと話をもちかけた。ベケットはサドの小説を「十八世紀の主要作品の一つ」と評価していたので、[155] 非常に興味があった。しかもカヘインが提示した金額はのどから手が出るほど欲しかった。匿名の翻訳という条件で引き受けたいと言うと、カヘインはだめだと言った。本名で翻訳を出版するとなると、ベケット自身が「今後イギリスやアメリカで自由に文学活動をし」にくくなるのではないかと心配だったのだ。そこでベケットは、「〈究極の猥褻書《わいせつ》〉の翻訳者、しかも原作に忠実な翻訳者として、ぼくの名前が知られてしまうと、作家としてのぼくの名前に傷がついてしまうのではないだろうか？ それによって、すでに出版されているぼくの著作までも発禁になることはないだろうか？[156]」と尋ねた。結局、ベケットは翻訳を断ったので[157]、この話はその問題作品に関する彼の意見を引き出すだけで終わった。

フランス語版の第一巻と第三巻を読んだ。その表面のわいせつさは言語に絶している。これほどポルノから遠いものはありえないだろう。ぼくはある種の精神的なエクスタシーを感じた。その構成はダンテに劣らず厳格だ。もし六百もの「情念」を冷徹に述べることがピューリタン的〔厳格、禁欲的〕で、風刺の完全な欠如がユウェナリス〔ローマの風刺詩人〕的ならば、君の言うように、この作品はピューリタン的かつユウェナリス的ということになる。どっちにしても、君には気分が悪くなるだろう[158]。

10

パリに住んで二、三か月経ったころ、ベケットはフランス語で詩を書き始めた[159]。彼の英語からフランス語への移行は、戦争直後に始まったと一般には思われている。散文や戯曲作品については、たしかにそのとおりだが、一九三八、九年ごろ、すでにベケットはフランス語という言葉の海につま先をつけてみるだけに留まらなかった。フランス語で詩を書くことによって、少なくとも、鼻につくような引喩《アリュージョン》や博覧強記、さらには「人を寄せつけないよそよそしさ」といった彼の英語詩の特徴から、たいてい逃れることができた。四月になるとすぐに、ベケットはマグリーヴィーに、「フランス語で短い詩を書いたけれど、それ以外はなにも書けない。今後、もし詩が浮かんでくるとすれば、すべてフランス語になるような気がする」と書いている[160]。

ベケットの十篇を越えるフランス語詩が出版されたのは戦後になってからである。それらの詩は一見、難解で理解不可能に見えるけれど、最後に書かれた「カスカンド」を除けば、初期の英語詩よりも素直に、個人的な世界を表現している。そこにはベケット自身の愛やセックスや死や別離、そして、孤独や社会に対する思いがにじんでいる。愛はしばしば不在であり、セックスは描かれたとしても、欲望、性的はけ口、あるいは一時的な気晴らしにすぎない。死はさまざまな形に姿を変え、崩壊、腐敗、早すぎる終焉、生のなかの死などと表現される。たとえ誰かと一緒のときでさえも、たいてい一人でじっと瞑想にふける詩人は、世界を見つめ、そのよそよそしさ、味気なさをかみしめていた。

　詩に描かれたこまごまとした記述は、ベケットの日常生活から直接引用されている。[161] さらに「リュテシア闘技場《アレーヌ》」の「分身」の観念に見られるような自己の分裂、ときならぬ死の影にたえずおびやかされつつ生きていくしかない、罰としての生（ベケットは三十二歳にして元恋人、父、そして叔父を失っていた）、悪の元凶である時間の虜《とりこ》としての人間、こうした彼のもっとも永続的な主題がこれらの詩を貫いている。

　彼はまたほかにも短いフランス語詩をたくさん書いているが、これまでのところごく親しい友人にしか知られていない。彼は「小さな阿呆」という自作の詩について、手紙のなかで触れている。「小さな阿呆」をめぐる一篇の二十四行の詩が、ベケットによって書かれたことは、はっきりしている。自筆の草稿やタイプ原稿が、彼の手でアヴィグドール・アリカに渡されているからだ。[162] さらに二十の短い詩が存在しているが、それらも「小さな阿呆」[163]の肖像をめぐる独立したまとまりである。最初の詩は文字どおり「小さな阿呆」と呼ばれており、ほかの詩は（すべて一人称で）さまざまに変奏されながら、その続編を形成している。馬に乗る人、旅人、ライオン、蛾、歌い手、月追い人などだ。それらが一人の少年の冒険、すなわち空想世界を再現している。同じころのベケットのほかの詩と比較すると、語彙や語法にしても思想においても、それはずっと素朴で、一見すると文体の練習かとも思える。ベケットはこう書いている。

> 一連の詩とはまったく異質の、とても長い詩が二篇ある。それは一人の少年の生活をめぐるエピソードをうんと素朴に描写した（フランス語の）詩なんだ。価値があるかどうかはわからない。何人か、ぼくが見せた人は気に入ってくれたが、みんな友だちだからね。[164]

ベケットがアリカに贈った詩は、この説明にぴったりあてはまる。めずらしいことに、もう一方の短い詩群がまぎれもなくベケットの詩であることもわかっている。ベケットがリーヴィーに「小さな阿呆」を送り返してくれと依頼したときに、「早くあれをばらばらにしたくてたまらない」[165]と書いている。おそらく長い詩を、別々の題名をもった短い詩に切り分けたかったのだろう。これらの新しい詩の発見が、詩人ベケットのこれまでの評価を大幅に変えることはないだろう。しかし、彼が意識的により単純で、直接的なものを追い求め、形式や表現が複雑すぎるものから解放されたかったことを読みとるヒントにはなる。発表された詩も含めて、全体として見れば、この時期の仏語詩は、ベケットが一九三八年から一九三九年にかけてすでにフランス語作家として変貌しつつある姿を象徴している。

11

ベケットはこの時期を、「数人の友人にしか会っていない迷走、漂流、無関心、無気力の時期[166]」と称している。創作に関しては、まったく実りがなかったと考えていた。だが肝心なのは、この時期に彼が経験したことだ。まず、前衛画家や作家とつながりをもったことである。次に、怠惰という言葉で捉えられてきたベケット像を修正することになるが、彼が幅広く、しかも批判的に「(フランス語で)カント、デカルト、ジョンソン、ルナール、それに子ども向けの科学入門書」を読んでいることがあげられる。加えて、一九三八年五月には、彼が「とびきりすばらしい[167]」と評したサルトルの『嘔吐』、ゴンチャロフの『オブローモフ』、読んでいてうんざりしたヴィニーの『ある詩人の日記』、(「質は高いがいらいらする[168]」)スターンの『トリストラム・シャンディ』、(「とてもむかつくので一度にせいぜい四ページしか読めない」)ウィンダム・ルイスの『爆破と爆撃手』、「初期のトーマス・マンふうの美文調[169]」にもかかわらず楽しめたジューナ・バーンズの『夜の森』を読んでいた。

このころベケットは二つの大きな決意をしている。一つは母親のためになにができるかという問題で、母親だけでなく彼の生活にも関わるものだった。母がベッドに横たわり、ロウソクの炎で本を読んでいて、両手にひどい火傷を負ったことを知ったときのベケットの反応には、いまなお母親への深い愛情がはっきり読み取れる。「折りにふれて、涙がこみ上げてくるほど、母のことがかわいそうでならない。これはいままで自分で分析しきれなかった点かもしれない[170]」。そこで彼は、毎年一か月、フォックスロックに里帰りして、母に顔を見せ、他方、自立は守ることを誓った。戦争中の数年間を例外として、ベケットは母親が亡くなるまでこの誓いを守りとおした。

二つ目の決意とは、シュザンヌ・デシュヴォー・デュムニールとの絆を深めるという決意だった。一九三九年四月、ベケットははじめて手紙で彼女のことを友人に打ち明けた。

マグリーヴィーへの手紙には、「好きだと冷静に言えるフランス人の女性がいて、ぼくにとてもやさしくしてくれるんだ。これ以上の関係は望めないだろう。こうした関係はいつかは終わるものだとぼくたちはわかっているけれど、その終わりはまだ来そうにない」[171]、と書いている。「冷静に」とか、「とてもやさしくしてくれる」というのは、一時の性的興奮以上の絆が二人のあいだに芽生えていた証しだ。ペギー・グッゲンハイムはシュザンヌと自分のちがいについて、自分は表舞台でどたばたやっていたけれど、シュザンヌは裏でごそごそやっていた、と書いているが、それほど単純な話ではない。思慮深く、冷静で、思いやりのあるシュザンヌの一面は、次第に親密になっていくベケットとの関係においてきわめて重要だった。

ベケットより六歳年上のシュザンヌには、どこか男性的なところがあって、それが魅力だった。地味ではあっても、身なりは洗練されていた。強く、成熟し、自立した女性で、はっきりした左翼思想の持ち主だった。母親はフランス北東部の古都トロアに住んでいたが、シュザンヌは少女時代のある時期、チュニジアで過ごしたこともあった。文学や芝居の好きな練達のピアニストで、せっせとコンサート通いをした。彼女は一九二〇年代、エコール・ノルマルで音楽を専攻し、尊敬する卓越したピアニスト、イジドア・フィリップに師事した。学生時代は理論をしっかり教わり、音楽のすぐれた基礎をつちかった。絶対音感の持ち主で、「どんな音を鳴らしても、彼女はたちどころにその音を言い当てた」と、彼女の親友は語る。複数の音を一度に鳴らしても、すべての音を言い当てたという[172]。一九二〇年代後半には、ピアノ専攻の学生に、何度か和音のレッスンを手ほどきしたこともあった。散歩が好きで、ブリッジもした。

彼女は人望があり、生涯つきあい続けたよき友人も数多かった[173]。両極端なところがあって、服の仕立ては一流の腕前を誇っていたが、料理への関心は皆無だった。現実的だったにもかかわらず、おかしな民間療法を盲信したりした。貧乏人や恵まれていない人に対して思いやりがあってやさしく、他人の失敗には同情し、成功を嫌った。それでいながら嫌いな人に対しては、嫉妬、不寛容、とげとげしさ、軽蔑をあらわにすることもあった。

シュザンヌは、ベケットの人生で母親の役割をしたように思われている。たしかに、ベケットが酒を飲み過ぎると、酒をたしなまない彼女は、かつてのメイのように小言を並べた。しかし、決定的なちがいがいくつかあった。とりわけ彼女はベケットの才能に大きな敬意を払っており、その才能を信じて疑わなかった。最悪の事態に向かっていたときも、信頼を失うことなく、彼を助けるためにできるかぎりのことをした。初めのうちは驚くほど寛容だった。ベケットが毎夜深夜まで仕事をしていても、筆が進まず癇癪《かんしゃく》を起こしたり、ふさぎの虫にに襲われたりしていても、じっと耐えた。また、「ああ、人はなんとものごとを言いつづけることだろう……！　誰が最終的に彼らを黙らせるのか」[174]と、『並には勝る女たちの夢』の語り手がかつて自問したような沈黙の必要性を理解し、分かち合った。「終わりはまだ来そうにない」というマグリーヴィー宛の手紙のなかに出てくる慎重な言葉は、理解できなくもないが、結局二人の関係は死ぬまで続いた。シュザンヌの死後わずか数か月で、ベケットもあとを追うように他界したことからしても、鋭く先を見通したかのような言葉だったと言える。

第十二章

亡命・占領・レジスタンス

一九四〇―四二

1

一九三八年と三九年のあいだずっと、ヨーロッパじゅうに戦争の脅威がまがまがしくたれこめていた。一九三八年九月、ベケットはすでにペロンに約束していた、「戦時動員になったら、車で彼の子どもたち、義母、義理の叔母を避難させる……ここでは、ヴォージラール行政区《コミューン》ですらやさしさがあふれている(1)」と。まだときどきナチの脅威を冗談めかす余裕があり、アーランド・アッシャーにアーリア人の最新の定義はこうだと書いた、「ヒトラーのごとくブロンドで、ゲーリングのごとく痩身で、ゲッベルスのごとくハンサムで、レームのごとく男らしく――そしてローゼンベルクと呼ばれるのでなくてはならない(2)」。またこうも言った、「昨夜ラジオで調停者アドルフの演説を聞いた。空気が抜けているのかと思った――ゆっくりしたパンクだ(3)」と。しかし、一九三九年四月一日に、ネヴィル・チェンバレンが、イギリスはドイツからのいかなる脅威を受けてもポーランドを防衛する、と公約する声明を出してからは、もはや冗談に笑うことはできなくなった。賽は投げられたのだ。四月十八日、ベケットは、「戦争になったら――近いうちになるにちがいないが――ぼくはこの国の作戦計画に従う(4)」と書いた。

結局、一九三九年九月一日、ヒトラーがポーランドに侵攻し、二日後にチェンバレンが、イギリスはこの結果ドイツと戦争状態に入ったとラジオで宣言した。このとき、ベケットはグレイストーンズの小さな借家に母と宿泊していて、母のラジオでこの宣言を聞いた。九月三日五時からフランスもドイツと交戦状態に入った。ベケットはわざわざそのすぐ翌日にフランスに戻ることにした。だが、イギリス経由で帰らなければならなかった。ディエップ行きの船に乗るためニューヘイヴンに着くと、出国許可がないと船には乗れない、そして、許可の申請はロンドンでしなければならないと言われた。自分はアイルランド国民なのだからあてはまらないと係員に食い下がり、なんとかうまく切り抜けようとさんざん議論した挙げ句、やっとのことで乗船を許された(5)。パリに戻る列車のなかで、通り過ぎる家の窓の明かりがすべて消えているのに気づき、戦争中の国にいることを実感した。

一九四〇年五月十日にドイツがベルギーとオランダを攻撃し、数日後にフランスにも侵攻したとき、五月二十日ごろを境に、パリでは、フランスのきわめて深刻な窮状が、厳しい報道規制にもかかわらず誰の眼にも明らかになった。ベルギーは五月二十八日に降伏し、二万六千百七十五人のフランス兵を含む三十三万八千二百二十六人の英国海外派遣軍は、六月の最初の数日のあいだにダンケルクの浜辺と港から避難しなければならなかった。六月四日、ウィンストン・チャーチルが議会で有名な徹底抗戦の演説をした。「われわれは海岸で戦う、われわれは上陸地で戦う、われわれは平原と街路でも戦う、われわれは山でだって戦う。われわれはけっして降伏しない」。しかし、クライストの、ホートの、グデリアンの戦車部隊が予想外のスピードで南下し(そしてイタリアが六月十日にフランスに宣戦布告してドイツに加わったとき)、パリがドイツ軍の手に落ちるのは、数日、いや数時間後であるようにさえ思われた。(6)

ベケットは、救急車の運転を志願してフランスのために尽くそうと考えた。(7)けれども、彼の申し出は急変する事態に追い越されてしまった。ドイツ軍が侵攻するいま、分別ある唯一の行動は、首都パリを逃れる亡命者の大群に加わることだ、と彼とシュザンヌは結論づけた。そこで二人は、ドイツ軍がシャンゼリゼで勝利の行進をするわずか四十八時間前に南に向かった。ベケットは衣類などの所持品と、『マーフィー』の仏訳でいっぱいになったかばん数個をしっかりつかんだ。シュザンヌもやはり衣類などの持ち物でふくらんだリュックサックを背中にしょった。電車賃と数日間の食費がようやく払えるだけのお金を手に、二人はリヨン駅を離れる最後の列車の一つに乗った。(8)列車が駅を出るとき、道路にはパリを離れる大勢の人が見えた。所持品を入れたスーツケースや箱が高く積み上げられた車やトラック。小さい手押し車や自転車を押している人たち。乗り物がない人は、荷馬のように荷物を運びながら歩いていた。人びとはいつ帰るのか、あるいは帰れるのかどうかもわからないまま、できるだけの荷物をもっていこうとしていた。

六月十二日、ベケットとシュザンヌは、ジョイス夫妻が滞在しているヴィシーに到着した。ベケットはこのときの短い滞在を次のように描写している。

それは一九四〇年、戦争が始まったときのことだった。わたしたちはヴィシーのホテルに泊まっていたジェイムズ・ジョイスに会いに出かけた。シュザンヌとジョイスと会うのはこれが最後になってしまったのだが。結局ジョイスと同じホテル[ホテル・ボージョレ]にわたしはジョイスと同じホテル「ホテル・ボージョレ」に泊まった。その後「パリ陥落とともに」そのホテルはヴィシー政府に徴用された。マリア・ジョラスが、ヴィシー［あるいは近くのサン・ジェラン・ル・ピュイ村］で語学学校を経営していた。ジョイスたちはホテルを出てマリアの学校に泊ることになったんだ。それで、シュザンヌとわたしだけホテルに残った。もちろん、そのままそこに居続ける気はなかった。とにかく、わたしたちは一文無しだったからジョイスに書いてもらった紹介状を手に、わたしはヴァレリー・ラルボーに会いにいった。彼はとても大きな地所をもっていて相当な金持ちだった。……彼は当時体が麻痺していてね。奥さんがドアを開け、招き入れてくれたのを覚えている。彼は車椅子に座っていた。麻痺のせいで言葉がしゃべれないので、奥さんが代わりに話してくれた。結果的に、彼は二万フラン貸してくれ、わたしたちを危機から救ってくれた。わたしは彼にお返しをした記憶がある。いや、実際には彼が死んでしまっていたから、遺族にお返しをしたのだ。(9)

戦争の不安定な状況を考えると、ラルボーの寛大な融資は返済をほとんどあてにせずに提供されたのだろう。ジョイスの思い出のみならず、こうした事情があったからこそ、戦後ベケットはヴァレリー・ラルボーの遺族への借金返済を強く申し出たのだろう。

ベケットは、ジョイス、ノラ、ジョルジオ（ベケットの滞在中に両親と合流していた）に別れを告げ、シュザンヌと徒歩でヴィシーを離れた。町の南にある駅で列車に乗り、長く、またいらいらするほど遅い旅の末、ついにトゥールーズに着いた。(10)列車は難民と敗走するフランス軍兵士であふれんばかりで、兵士たちのほとんどはまだ軍服姿だった。トゥールーズで二人は難民センターにいくように言われた。外国人ベケットは、アイルランド人として、またフリーの作家としての中立の立場を明確にする書類をパリから得ようと何か月も試みていた。(11)しかし、書類が整う様子はまったくなかったので、神経過敏になっている当局にこの段階で顔を出すのは危険だと感じた。いったん当局の管理下に置かれてしまうと、未登録の外国人として無期限に拘留されるのは避けがたいように思われた。そこで二人は、ベンチの上で寝た（あるいは少なくとも寝ようと試みた）。それは、ベケットいわく、「ひどい」の一言につきる体験だった。(12)

数日後、二人は西の海のほうをめざすことにし、バス、次いで電車に乗ってボルドー方面へ向かった。ところが、カオールで列車が止まり、乗客は全員降りるように命じられた。駅の外では叩きつけるような雨が降っていた。夜になっていたが泊まるところはどこにもなかった。二人は疲労し、空腹だった。疲れきったシュザンヌは、ベケットの言葉を使えば、とうとう「音《ね》を上げ」、これ以上は無理だと言った。十八年後、ベケットは友人スチュアート・マギネスに書いている、「最後にわたしが泣いたのは一九四〇年のカオールでだ。ほとんど最後と言ったほうがいいけれど」[13]と。窓に明かりがともっているのを見つけ、二人は道に立ち止まってその明かりに向かって叫んだ。ようやく誰かが戸口に出てきて、シュザンヌが手短に自分たちの苦境を説明したところ、二人はその家の床の上に寝かせてもらえた。そこは宗教関連の商品、ベケットの言う「安物の信心用具」を売る店だった。

2

パリを離れる前、ベケットはジョルジオ・ジョイスとともに、メアリー・レノルズの家へペギー・グッゲンハイムを訪れていた[14]。メアリーはそこにはもう住んでいなかった。彼は、メアリーがマルセル・デュシャンとともにパリを離れ、大西洋岸のアルカッションに住んでいることを思い出した、あるいはヴィシーでジョルジオに思い出させてもらった。そこで、メアリーが裕福で彼を気に入っていたことを知っていたベケットとシュザンヌは、翌朝、彼女を探す旅に出かけようとした。ところがなんと、誰も町を離れてはならないという指令が出ていたのだ。幸運にも二人は、アルカッションにいく正当な理由をもったトラック運転手をなんとか見つけ出した。いくらか小金を握らせて説得し、トラックのうしろに隠してもらえることになった。

こうして空腹で疲れきった二人は、でこぼこ道を揺られながら、アルカッションに到着した。そこでまず、中央郵便局に行ってメアリー・レノルズの住所を聞いた。ところが、シュザンヌが必死に懇願してもフランス人郵便局員は冷淡で、レノルズの住所を教えるのを断固拒否した。しかたなく、地元の人にそのあたりに住むアメリカ人女性を知らないかと尋ねながら、どうにか彼女の家を見つけることができた。そして、メアリー・レノルズの親切と寛大さのおかげで、この海辺の町に部屋を見つけることができた。

少し経ってから、ラルボーの融資にメアリーからの借金を加えて、二人は大西洋を見おろす家を借りた。プラージュ通り一三五番地二号のヴィラ・サン=ジョルジュである。いまでも残っているこの家を、ベケットたちは所有者のマダム・ダンブリエールから借りた[15]。階段を数段上がった上にあるその白い家は赤いかわら屋根で、左手の寝室の上に教会のような尖塔があった。そして砂浜まではわずか数フィートだった[16]。

二人はその夏じゅう、この家に滞在した。ときおり、メアリー・レノルズ、マルセル・デュシャン、彼のところに泊まっていた画家ジャン・クロッティとその二番目の妻と食事をともにした。六十二歳の帰化したフランス人クロッティは、一九一五年ニューヨークでデュシャンと出会い、彼の妹シュザンヌと四年後に結婚していた。かつてダダ評論への寄稿者で、未来派の影響を受けた作品を描くこの画家にベケットは興味をもった。彼のほうはいっぺんに二人もチェスの相手が見つかったと喜んでいた。そして、海辺のカフェで長時間チェスをしながら、長く陰うつな日々が過ぎていくのに身をまかせられるようになった。あるときデュシャンとベケットがチェスをしていると、デュシャンが、チェスの世界チャンピオン、アレクサンドル・アレーキン（ベケットによればチェスの天才）がたったいま入ってきた、と言ってベケットを興奮させた。[17] ベケットにとってデュシャンはまだ強すぎていつも負けていたが、クロッティはちょうどよい相手だった。ほかの時間をベケットは海で泳いだり、『マーフィー』を漫然とフランス語に翻訳したりして過ごした。

三組の夫婦はみな、無期限にそこに滞在することはできないので、国外に出るかパリに戻るかの決断をしなければならないことをまもなく知った。だが、いま、国外に出るのは容易ではなかった。ドイツ軍がたちまち、北はダンケルク、南はバイヨンヌまでの大西洋岸全体を占領していたからである。実際、ベケットによれば、シュザンヌと二人でメアリー・レノルズとデュシャンの居場所をつきとめたその翌日に、ドイツ軍はアルカッションに入っていた。

ベケットがこの段階でスペインかポルトガルを通ってアイルランドに戻ることを真剣に考えていたことは、ジョージ・リーヴィーが証言しているし、マドリッドのアイルランド公使館が彼に宛てた手紙からも裏付けることができる。リーヴィーがベケットと最後に会ったのは、一九四〇年一月、パリでジョイス一家とともに夕食をとったときだった。このときリーヴィーはマドリッドのイギリス協会の事務官となるために当地に向かうところだった。彼はベケットのためにアイルランド公使館と連絡を取った経緯を次のように説明している。

一九四〇年、フランス降伏後の夏、突然わたしはアルカッションから葉書を受け取った。ベケットはそのなかで助けがほしいとほのめかしていた。わたしは、アルカッションに着いた彼が国外に出たいのだと考えて、マドリッドのアイルランド領事館ないし公使館に出向いてベケットの状況、ダブリンにいる彼の親類のことなどを話した。親類が彼と連絡を取ったり、彼がアイルランドから送金してもらうのは可能なようだった——アイルランドはもちろん中立国だったので。しかしベケットは予想に反して現われなかった。いつマドリッドに姿を見せてもおかしくないと思ったのだけれど。[18]

アルカッションで小切手を現金化できるよう手筈を整えたのは兄のフランクだった。ベケットはまた「ワイン商人を通して」送られた資金についても語ったが、[19]おそらくその人物はダブリンと商取引があったのだろう。こうしてシュザンヌとベケットは三か月半の滞在中、あまり不快な思いをしないですんだ。ベケットがのちに認めたように、ここに止まっていさえすれば、残りの占領期間ははるかに楽なものになっていただろう。食糧はずっと豊かだっただろうし、ドイツによる占領の影響もはるかに小さくてすんだはずだ。しかし、二人はパリこそ自分たちの根拠地だと感じていた。もっている本や絵が全部パリにあったし、もちろんフランス人の友人の多くが居残っていたか、数か月後に戻っていた。首都から届く報告によると、ドイツ人たちはこの一種の蜜月の期間、なかなかまともに振る舞っているようだった。そこで九月初め、まずデュシャンとメアリー・レノルズがパリに戻ることに決めた。数日後、おそらくはメアリー・レノルズから資金援助を受けて、ベケットとシュザンヌもその例にならった。

3

彼らのアパートが壊されも空き巣に入られもしていないことを確認したあとで、真っ先にやらなければならなかったことの一つが、市役所で行列に加わり、配給カードを有効にしてもらうことだった。そうすれば食糧配給券を得て、店を再開していたわずかのパン屋や八百屋にできるたくさんの行列に真っ先に加われたからだ。パリはまだ寂れた様子だった。ベケットは、彼の職業を証明する公式文書を求めて、ヴァンドーム広場八番地にある臨時事務局内のアイルランド公使館をしつこく訪ねた。その結果、ようやく一九四〇年十一月二十八日に一通の手紙を手にすることができた。それにはフランス語で次のように書かれていた。

下に署名したわたし、アイルランド公使館の全権公使兼特別参事官は、パリ(十五区)ファヴォリット通り六番地在住のアイルランド人サミュエル・ベケット氏の職業が作家であることを証明する。特記すべきものとして、マルセル・プルースト論を含む彼の作品は、一九三一年以来ロンドンで出版されている。[20]

ジェラルド・オケリー・ド・ガラハ伯爵によって署名されたこの職業証明書とアイルランドのパスポートで、ベケットは普通のパリ市民と同じ通常の食糧配給を受けることができた。はじめ配給は、一日三百五十グラムのパン、週五百グラムの砂糖と三百六十グラムの肉（肉屋に肉があった場合）、それに月わずか三百グラムのコーヒーと百四十グラムのチーズだった。[21]ベケットには一九四一年に始まったたばことワインに課せられた規制がこたえた。一人月六箱のたばこと週一リットルのワインに制限されたのだ。一九四一年二月十八日、モロッコの卵を載せた積み荷が連合軍による封鎖をかいくぐったときのように、例外的に幸運な日も多少はあった。けれども、多くのパリ市民と同様、ベケットとシュザンヌは、高騰した闇市場の物価には手が届かず、生きていくのに必要な食糧を手に入れるのが毎日頭痛の種だった。一九四〇年秋の凶作と翌年にかけての厳しい冬の寒さのせいで、配給はさらに削減された。戦後の戯曲『ゴドーを待ちながら』のエストラゴンとヴラジーミルによるにんじん、大根、カブをめぐるやり取りを先取りするような会話が、シュザンヌと彼のあいだであたりまえになった。[22]しかし、こうした野菜の代わりに悪名高いカブハボタン（普通は牛の飼料となるのみ）が、ごく普通の野菜になった。戦争中ずっと、ベケットはダブリンの銀行を通じて父の遺産から資金援助を受け続けていたが、そのお金もいまやたいした役に立たなかった。二つ目の大問題は暖房だった。燃料不足で、ベケットのアパートには暖房がなかった。そこで彼は天井の高い仕事部屋にテントを張り、そのなかで二人は何枚も重ね着して座り、読んだり書いたりした。[23]

誰がパリに戻ったか戻らなかったのかを突きとめるのは大きな関心事だった。ジールとリスル・ヴァン・ヴェルデは戦争中ずっとカーニュ・シュール・メールにいた。ジョイス、ノラ、ジョルジオ、スティーヴンはサン・ジェラン・ル・ピュイ、次いでチューリヒに滞在し、ジョイスは一九四一年一月十三日、穿孔《せんこう》した潰瘍のためチューリヒで亡くなった。[24]ルチアはラ・ボールの南ポルニシェのデルマ病院にいた。ブラン・ヴァン・ヴェルデはマルテ・クンツとともにモントルージュでひどい貧困にあえぎながら暮らしていた。メアリー・レノルズは戻っていた。ベケットにとって重要だったのは、アルフレッド・ペロンが戻っていたことだ。除隊された彼は、再びパリのリセ・ビュフォンで教えていた。そこで二人は定期的に会って、話したり、テニスをしたり、一緒に『マーフィー』の翻訳に取り組んになる。

だ。やがて二人は、はるかに危険な行動をともにするよう

4

ベケットをレジスタンス運動に導き入れたのはペロンだった。[25]ベケットは二つ返事で参加した。一九三〇年代に彼はナチズムの勃興に当初は魅惑されたが、次第に嫌悪するようになり、最後には恐怖を覚えるようになった。ヒトラーの『わが闘争』をぞっとしながら覗いて、国家社会主義の根底にある人種差別を認識していた。一九三六年から三七年にかけてドイツを長期間旅したあいだ、単にアーリア人でないというだけで迫害されていた画家たちにハンブルクで会い、反ユダヤ主義の衝撃をまのあたりにしてもいた。

さて、一九四〇年の占領されたパリに戻ると、ユダヤ人の友人たちが汚名を着せられ、虐待され、襲撃されさえしていた。一九四〇年十月にユダヤ人を差別するために導入されたユダヤ人法にむかむかし、彼らがダビデの星を付けることを強制されると身の毛がよだつ思いがした。またユダヤ人所有の家屋が反ユダヤ主義のスローガンで塗りたくられ、攻撃され、焼き討ちされたときには、反ユダヤ主義をあおり立てるポスターの粗野なシンボルと宣伝文句に強い衝撃を受け、反発を覚えた。知り合いのユダヤ人も検挙され、逮捕された一九四一年の人質狩りと処刑には恐怖で震えた。[26]これは一九四二年七月なかばに一万二千八百四十四人のユダヤ人が逮捕された「大検挙」より、何か月も前のことだった。こうしたことすべてが（占領最初期の反ユダヤ主義的暴力がたいていそうだったように[27]）ヴィシー政府に憎悪をかき立てられたフランスの反ユダヤ主義団体によって引き起こされたのか、ドイツ人自身によるものだったのかは、ベケットにとってどうでもいいことだった。それが非人道的行為だというだけで充分だった。アイルランド人なので原理上は中立の立場にあったが、ベケットいわく、「腕組みしてただ見ているというわけにはいかなかった」。[28]

ペロンが主要メンバーだったレジスタンスの細胞に加わるのをベケットが決意したきっかけの一つは、ジョイスの友人で無償の秘書兼助手だったポール・レオンが逮捕され、収容所送りになったことだった。レオンの友人の多くと同様ベケットも、ユダヤ人にとってこれほど危険な時期に、レオンと家族がパリに残っていることに懸念を表明していた。一九四一年八月、通りでレオンに出会い、すぐに逃げたほうがいい、と危機感をつのらせながらベケットが言うと、「息子が学校の試験を受ける明日まで待たなければな

らないんだ」と、レオンは答えたという。[29] 翌日彼は逮捕され、パリ近くに監禁された。続く数か月のあいだずっとベケットは、レオンの妻リュシー・レオン・ノエルを通して、レオンに自分の配給が届くように取りはからって、友人への気遣いを見せた。リュシー・レオンは語っている。

一九四一年、夫レオンは逮捕され、ドイツ人に飢餓状態にさせられ、拷問されていました（当時わたしたちはみなパリにいました）。わたしは食糧をかき集めようとしましたが、それはほとんど不可能なことでした。でもサム・ベケットが、食糧とたばこの配給を分けてくれたので、それらを収容所まで届けることができました。わたしはサムのこの大変な親切をけっして忘れません。当時おそらく彼もわたしたちと同じくらい苦しんでいたでしょうし、自分も配給を必要としていたにちがいないのです。[30]

レオンが逮捕されたのは一九四一年八月二十一日で、公式文書によれば、[31] ベケットは九月一日にレジスタンスに正式に加わった。

5

ベケットが加わった細胞は「グロリアSMH」と呼ばれていた。「SMH」は「公用」（'His Majesty's Service'）の頭文字を逆さにしたものである。「グロリア」はグループの創立者の一人、ジャンニーヌ・ピカビアのコード名、「SMH」は彼女の共同組織者ジャック・ルグランを表わす記号だった。[32] ベケットが加わったときには、この細胞はすでにイギリスのSOE（特殊作戦執行部）の一部となっており、ロンドンから指令を受けていた。もっとも、ほかの多くのネットワークがそうであったように、それはポーランド人のグループとして出発していた。[33] ジャンニーヌ・ピカビアはいろいろなグループと行動をともにしていたが、その中心は一九四〇年八月にすでにできていた親細胞「エトワール」だった。一九四〇年十一月には、「グロリアSMH」の萌芽がすでに存在していて、占領地域で撃ち落とされたイギリスの空軍兵や連合軍の捕虜が非占領地域に逃れるのを助けていた。[34] メンバーのうちの数人は脱走者の保護や破壊活動を続けたものの、「グロリアSMH」はやがて情報ネットワークに発展した。

「グロリア」は、パリ地域を中心として、占領地域全体にわたって情報を収集する特殊な細胞の一つだった。[35] 八十人のメンバーをもつまでに成長した「グロリア」は、また、多かれ少なかれ自律していた。運動の初期には、別の細胞のメンバー同士が、勝手知った仲ならば公然と会っていたが、やがて一つの細胞のメンバー、あるいは各細胞内の小グループのメンバーが、ほかの細胞やグループをできるだけ知らないほうがよいということがわかってきた。そうすれば、正体がばれたり裏切られたりした場合にも、少なくとも原理上は、損害をより小さな集団だけに抑えることができるはずだった。スパイも自分が知らないことについては拷問されても白状できないわけだ。しかし、鉄道輸送や無線電信など、ある種の機能に関しては、別のグループ同士の接触と協力が必要不可欠だった。脱走を専門にしない「グロリア」のようなグループは、フランスで撃ち落とされた連合軍の空軍兵や、接触してきたその他の脱走者を預けられる別のグループを知っている必要があった。

「グロリアSMH」は創設当時、画家フランシス・マルティネス・ピカビアの小柄な二十七歳の娘ジャンニーヌ・ピカビア一人によって運営されていた。本名をガブリエル・セシル・マルティネス・ピカビアという彼女は、家族のあいだではジャンニーヌと呼ばれており、「グロリア」をはじめ、さまざまな偽名を使ってレジスタンスの多くのグループと仕事をしていた。彼女はまたSIS（英国諜報機関）の下でも働いていた。創設後数か月で「グロリア」はジャック・ルグランとジャンニーヌが共同で運営するようになった。小柄だが、がっしりした体格のルグランはある研究所で科学者として働いていたが、休日は素人《しろうと》船乗りをしていた(36)。

この細胞のなかにはもう二人重要な人物がいた。仲間内で「ディック」（あるいは、おもしろいことに「モービー」）と呼ばれていたベケットの親友アルフレッド・ペロンと、彼の友人シュザンヌ・ルーセル（「エレーヌ」と呼ばれていた）である。シュザンヌは、栗色の巻き毛をした、ほっそりした女性で、とても女性的で、機知に富み、目が大きいせいで、ときどき「猫」とも呼ばれていた。彼女はグループの経理係で、必要なお金を出す役だった。第三の主要メンバーは「エレーヌ」の親友、シモーヌ・ラエーだった。背筋の伸びた、長身でがっしりした体格の彼女は、哲学の教師で（のちにラーフェンスブリュックの強制収容所では「伯爵夫人」(37)と呼ばれた）、細胞の秘書として北部方面を担当していた(38)。ペロンとシュザンヌ・ルーセルは当時パリのリセ・ビュフォン(39)で英語を教えており、ジャンニーヌ・ピカビアとジャック・ルグランと同様、細胞に新しいメンバーを活発に勧誘していた。サミュエル・ベケットも勧誘された一人だった。

生き残っていくために、「グロリア」は特殊な技術をもった人間を必要とした。たとえば、偽造文書の製版と印刷は、六十歳の印刷技師ジョルジュ・オゼレと四十歳の製版技師ヴィクトール・ステイが担当した。銀細工師が身分証明書の判を作った。SOEの文書によると、書類作成を統括していたのはソフィー・ボードゥアン・ザカロフという女性だった。ポルト・ドルレアンの公共事業課で、パリの地下墓地を担当していたジルベール・トマソンという若い技師もいた。彼のおかげでレジスタンスのメンバーは、必要があれば地下に物を隠すことができた。列車運転士ピエール・テュルクと鉄道技師ガストン・パサジェは、アンリ・ブーセルが組織するパリの鉄道関係の細胞、「レール」とつながっていた。また、ブレストの鉄道で働いていたほかの二人のメンバーも、軍の動き、列車の出発時刻、その他鉄道全般に関する報告をおこなった。

現場で活動するメンバーからはメッセージが届けられた。彼らには完璧な偽装が必要で、情報伝達係の場合、それはフランスの別の地域と連絡をつけなければならなかった。たとえば、「グロリア」の情報伝達係の一人ピエール・ウェデールはVAP（商業旅行者）カードをもっていて、パリの菓子会社代表を名乗ることができた。おかげで彼はノルマンディーとブルターニュ地方を広範囲に移動することができた。そこでは、連絡相手の一人に、ディエップのカフェ・カイユーというカフェ兼たばこ屋の経営者ジャン・リュシアンがいた。彼の店からは港を出入りするドイツ船の動きがすべて観察できた。ジャン・サリュダンとジャン・ル・ギャッドという二人のメンバーが、ブレストのアラニックという薬局で働いていて、ここでも港に海軍の不審な動きがあればすぐにわかるようになっていた。二人は「ブレスト地区」で働くメンバーの一部で、ドイツの軍艦のなかでもっとも実戦的な二隻「シャーンホルスト」号と「グナイゼナウ」号が第三の軍艦「プリンツ・オイゲン」号とともに運航不能の状態で港に停泊しているのを報告した。この報告がロンドンに届いてまもなく、これらの軍艦はRAF（英国空軍）によって激しい爆撃を受けた。[40]

ロリアンにいた建築家のメンバーは、当地のドイツ軍の防御施設の地図を提供した。発電所、防空施設、防空気球など攻撃対象になりうる場所の写真を撮ったり、くわしい線画を作成するものもいた。ルーアンとル・トレの造船所で働く造船技師からも、ドイツ海軍のためにフランスで造られる船、あるいは連合軍の爆撃機による損害の程度に関する情報が入ってきた。レジスタンスの細胞には、自分たちの地域でナチスの船を見かけたら、その記章を覚えたり、スケッチしたり、説明したりする人たちが、老若男女を問わず何十人もいた。これらの報告のおかげでイギリス情報局は、ドイツ軍のさまざまな分隊の位置や移動先を知ることができた[41]。報告は「手紙箱」と呼ばれる場所に預けられることもあった。これらは人が頻繁に出入りしても、とくに怪しまれない病院、歯科医院、弁護士事務所でなければならなかった。（バルザックの小説にちなんで）「あら皮」と呼ばれたボザール通りの本屋もその一つで、通称「ベルジェ」の店主ピエール・ペリシャール、その恋人、助手、作家アンドレ・フランクらがみな細胞に奉仕した。裕福な町パシーのデゾー通りにある耳鼻咽喉科医ルイ・ジラール博士の医院も同じで、十八歳の娘アニーズも細胞のために情報収集した[42]。

6

「グロリア」におけるベケットの役割は、あいまいに連絡係とか事務職と呼ばれるものだった。ロンドンのSOEは彼に関する次の適切な記録を保管している。それは「三十八歳［一九四四年時点］。身長六フィート。がっしりした体格だが猫背。黒髪。顔色は良好。ひどく寡黙。パリ諜報員。秘書として報告された書類を写真に撮った。戦前グロリア［ジャンニーヌ・ピカビア］が知っていたアイルランド人[43]」というものだ。もっと正確には、いろいろな形で、さまざまな出所から送られてくる報告をタイプし、翻訳するのがベケットの仕事だった。ベケットは、こう述べている。

フランス全土から、ドイツ軍の動き、分隊の動きと位置など、占領軍に関するあらゆる情報が入ってきた。情報は紙の切れ端などに書かれていた。……グループは巨大だった。ボーイ・スカウトみたいだった！　みんながわたしのところに一切合切《いっさいがっさい》、情報をよこしてきた。わたしはそれをすべてきれいにタイプした。できるだけ一枚の紙に整理してね。そしてメンバーのギリシア人のところへもっていったんだ。彼はいまのルネ・コティ通りに住んでいたと思う。彼が写真を撮ると、わたしが作った書類はマッチ箱ぐらいの大きさに縮小された。すべての情報がだ。おそらく読解不能だが拡大すればよかった。彼はそれを画家のピカビア夫人、つまり［フランシス・］ピカビアの［前の］妻に渡した。彼女は大変上品な老婦人で、これほどレジスタンスのスパイに似合わない人はいなかったね。彼女は難なく非占領地域にいくことができた。こうして情報はイギリスに送られたんだ[44]。

いかにもベケットらしく、ここでも彼は、細胞内の自分の役割を控え目に語っている。けれど、それはかなり重要なものだった。受け取った情報のほとんどがフランス語で書かれていて、イギリス人にもわかるように分類、編集し、しかも、翻訳しなければならない場合が多かったのだ。また多くの場合、彼自身が先の引用で述べているように、ロンドンに送る前に情報を写真に撮って縮小し、注意深く圧縮する必要もあった。一九三〇年代、ナンシー・キュナード、エドワード・タイタス、ユージーン・ジョラスのために多くの論説、散文作品、詩を翻訳したものとして、ベケットはこの仕事に適任だった。単に必要な翻訳技能があるばかりか、彼を勧誘したペロンがはっきり見抜いていたように、驚嘆すべき集中力、細部に対する綿密な注意力、散漫な資料を編集、縮約、選別してイギリスのSOE、SIS（英国諜報機関）が理解できるものにする才能があったのだ。SOEの記録にあるように、ベケットはまた、望めばひどく寡黙な秘密主義者にもなれた。これまたレジスタンスのスパイには大きな利点だった。

ベケットによって編集、タイプされた情報は、写真技師によってマイクロフィルム化され、伝達係によってなんらかの方法で極秘に運ばれた。フィルムや、手書きの、あるいは印刷されたメッセージを隠すためにスパイが使った通常の方法は、マッチ箱の底を引き出し、その下にメッセージかフィルムを入れ、また元に戻すというものだった。薄いたばこ用の紙にメッセージを印刷し、針の周りに巻きつけ、たばこに深く挿入するというやり方も好まれた。[45] 秘密のメッセージを伝達するためには、あらゆる手段が考案された。[46]「グロリア」のメンバーの一人がパリとリヨンを結ぶ幹線でいつもやっていたように、列車の運転手や火夫は石炭のなかに書類を隠した。こうした理由から、「グロリアSMH」のような情報専門の細胞は、勧誘の網をできるだけ広げ、多くの異なる職業や社会階層からメンバーを吸収する必要があった。「グロリアSMH」はまた、政治的信条にかかわらず、メンバーをつのった。しかし、さまざまな人の証言によると、ほとんどの報告の届け先は、おもにジャック・ルグラン、ジャンニーヌ・ピカビア、アルフレッド・ペロン、シュザンヌ・ルーセル、シモーヌ・ラエーのところで、そのあとで初めてベケットらが報告を編集したり、または無線で直接ロンドンに伝達したのだった。

スパイや伝達係ほどの危険はなかったものの、ベケットのレジスタンスへの関与はかなり危険を伴うものだった。危険には三段階あった。第一に、彼のもとへ紙切れが運ばれてくることが、アパートに多くの怪しい出入りを生じさせる。第二に、彼が編集しているあいだ、極秘の文書がそこに置かれた状態にあるということ。そして最後の一番危険なことは、資料がまだ縮小されていないので、タイプされた紙をベケット自身が写真技師のところまで届けなければならないこと。第一の危険は、彼のアパートに情報を届ける人間を一人か二人のメンバーに限れば軽減できた。たいていこの伝達係はペロンだった。もし誰何《すいか》された場合の口実は、好都合にも本当だった。つまり、アイルランド(戦争中は中立だ、と彼は強調したであろう)の作家と、彼の小説『マーフィー』をフランス語に訳している、と言えばよかった。第二の危険に関しては、できるだけ文書を人目につかない場所に置き、怪しいものが処分される前にアパートが徹底的に捜索されないことを願うしかなかった。第三の配達に関しては自分に全責任があった、とベケットは強調した。細胞の消滅に関する彼の手紙が示しているように、シュザンヌもこの危険を共有していた[47]。

ベケットは、彼が写真を撮ったと言われてきたことに対し、そうではない、と、とても強く言った[48]。ベケットみずからインタヴューで述べているように、ベケットはタイプした文書を「ギリシア人ジミー」とだけ知っている男のもとへ届けた。この「グロリア」の写真技師はアンドレ(実際にはハージ)・ラザロで、本当に父親がギリシア人で、グループ内では「レオ叔母」としても知られていた[49]。ベケットが言ったとおり、ラザロはいまのルネ・コルティ通り、当時のモンスーリ公園通りに住んでいた[50]。ロンドンに送るための縮小写真を撮ったのはラザロだとベケットは言った[51]。

メッセージが縮小写真に撮られると、しばしば伝達係の手で、非占領地域まで運ばねばならなかった。伝達係は、「目立たず、群衆のなかで注意を引かず、けっしてじっくり見られないようにする」のが必要不可欠だった[52]。ベケットのメッセージを何度も境界を越えて運んだ女性が、ジャンニーヌの母ガブリエル・ビュッフェ=ピカビアだった。小柄で六十歳の彼女は、ベケットが言うには、この最大級の危険が伴う仕事にはうってつけだった。彼女は市場にいく農婦がもつような買い物かごに文書を隠したり、ときには下着の下に隠すこともあった。ベケットは戦前にピカビア母娘の両方に会っていた[53]。

ガブリエル・ピカビアは並はずれた女性だった[54]。レジスタンス運動できわめて活発に働いたが、その運動史のなかではほとんど言及されていない[55]。彼女は、イギリス行きを望んだ何百もの脱走者を助け、連合軍に貢献した。ほとんど毎週、誰かがシャトーブリアン通り十一番地の彼女のアパートにかくまわれ、食事を与えられた。ベルギー人、イギリス人、パラシュート兵、脱走した捕虜などである。彼女は、「グロリアＳＭＨ」のみならず、ベルギー秘密情報局のためにも文書を非占領地域に運んだ。朝五時に起き、北駅そばのカフェにかごを取りにいき、シャロン・シュール・サオーヌまで列車でいった。しばしば、食事も睡眠もとらないまま、翌日の早朝まで帰らなかった。誰何《すいか》された場合――実際パリに戻る列車を待っているあいだにモンシャナンで一度若いゲシュタポに誰何されたのだが――の口実は、田舎の親戚を訪ねるというものだった。[56]

ガブリエル・ビュッフェがシャロン・シュール・サオーヌ行きの伝達係になったのは娘ジャンニーヌを通じてだった。ジャンニーヌは、SOEに対しておこなった任務完了報告のなかで、彼女自身が当地でどのようにして最初の重要な連絡をつけたのかを語っている。

> ある日まったく偶然に、わたしはシャロンからたった三キロほどのところにある境界線上で、若いガソリンスタンドの店主に会った。どうやったら境界線を越えられるかと尋ねると、自分が連れていってやると言ったので、彼の車のトランクに乗せてもらった。これからもずっと協力してもらえないだろうかと聞くと、いいよ、と言った。彼の名はアンドレ・ジャロー[57]（通称デデ）。その後ずっと、わたしたちを援助してくれた。

アンドレ・ジャロー（戦後はフランス上院議員で、前の生活水準担当大臣）は非占領地域内のリュックスという小さな村に住んでいた。占領地域内でほぼ二年間、彼と連絡を取っていた別のガソリンスタンド店主カミーユ・シュヴァリエは、一九四二年六月にドイツ軍に逮捕され、銃殺された。ジャローは境界線をはさんで向こうとこっちの二つのガソリン協会の倉庫を定期的に行き来しながら手紙や文書を運んでいたので、ガソリンに事欠くことはなかったし、領域間の往復はたいした困難ではなかった。[58] 彼は、六馬力のルノーでジャンニーヌ・ピカビアを境界線越えさせたときのことを非常にはっきり覚えていた。ルノーはまったく同じ形のものがもう一台あったのだが、それは彼と友人二人がとくにこの目的のために製造したものだった。[59] 彼とシュヴァリエはまた、人、文書、フィルム、機材を境界線越しに運ぶために、きわめてすぐれた組織を設立した。シュヴァリエが逮捕されたあとは、この秘密機関はルートを変更しなければならなかった。それでも、手引き人が夜に人を越境させるやり方は変わらなかった。

7

「グロリアSMH」のリーダーたちが当初、信頼できると感じた友人のなかからメンバーを勧誘したのはしごく当然だった。しかし、これは名前と住所が多くの人に知られすぎるので危険でもあった。細胞として「グロリア」がどれほどよく組織、運営されていたかについては異なる意見もあるが、ベケットは、あまりに多くの人がほかのメンバーの素性を知り、会合も秘密行動のためのものにしてはかなり雑に設定されている、と感じていた[60]。彼らはみな素人だったので、これは驚くようなことではない。いずれにせよ、裏切りは、軽率な失言や、ベケットとペロン、シュザンヌ・ルーセルとシモーヌ・ラエーのような親友同士の会合の結果、起こったのではなかった。ユダは外からやってきた。それも皮肉なことに、カトリックの司祭という姿で。

パリの南十五マイル、ヴァル・ド・マルヌのラ・ヴァレンヌ・サンチレール教区に、ロベール・アレシュという助任司祭（主任司祭の助手）が住んでいた[61]。アレシュは、一九〇六年三月六日、ルクセンブルクのアスペルトで生まれた。フライブルクで神学を学び、一九三三年、スイスのダヴォスで司祭に任命され、一九三五年以来、ラ・ヴァレンヌ・サンチレールで助任司祭を務めていた。頭がそろそろ禿げ上がり、冷厳とした青い目をしたこの小男は、教区民にはときおり危険と思われるぐらい、ナチとその協力者に敵対する説教をした。一九一七年にドイツ軍によって拷問を受けたロレーヌの愛国者の息子を自称して、彼は、ピエール＝モーリス・デサンジュが召集し、組織したレジスタンスのグループにうまく潜入した。このグループはおもに、脱走者や、撃墜されて非占領地域に入った連合軍の空軍兵をかくまっていた。

当時誰も知らなかったが、ロベール・アレシュはすでにドイツ防衛諜報機関の諜報員一六二番として活動していた。フランス語もドイツ語も堪能だった彼は、ドイツによるフランスの占領を、金もうけの絶好の機会と考えた。アレシュの裁判で弁護側に証人喚問されたドイツ軍少佐シェファーによると、アレシュは一九四一年、みずからゲシュタポに接近し、一九四一年以降、パリの防衛諜報機関長官オスカー・ライレのもとで働き始めた。毎月定額の給料が出たが、裏切ったレジスタンスのメンバーのぶんだけボーナスが出るという、身の毛がよだつようなシステムがあった。彼は毎月六百マルクすなわち一万二千フランの固定給をもらっていたと言われ、二人の愛人ジュヌヴィエーヴ・カーン＝ギーユマンとルネ・マルタン＝アンドリも二人合わせて五千フラン受け取っていた[62]。さまざまなボーナスや必要経費を考え合わせると、彼はおそらく月に二万五千フランほど稼いでいたと推定される。平均的な労働者の月収が千フランだった時代にである。

彼は常軌を逸した二重生活を送っていた。ラ・ヴァレンヌでミサを執りおこなったあと、私服に着替えてパリに直行し、夜な夜な酒と女に耽った。スポンティーニ通りに愛人の一人と泊まるための部屋も借りていた。フランス各地で裏切りを続けて稼いだ金があったからこそ、こうした放蕩生活ができたのだ。

セックスはたしかにアレシュの生活の中心だったようだ。だが、彼の裏切りの動機が、金欲しさとセックスだけだったかどうかはさだかではない。裏切りの結果得たものだけでなく、裏切りの行為自体を楽しんでいたふしもあるからだ。犠牲者の一人ジェルメーヌ・ティリヨンは、彼の裏切りが原因で自分が逮捕されたときに彼の目に浮かんだ勝利のまなざしについて語っている[63]。アレシュの公判では、教会内での出世の問題も動機の可能性として考えられた。アレシュは自分の貢献の報酬として、戦後ケルンの司教職に就きたいと考えていたのだ[64]。アレシュを、ゲシュタポによって両親の命を脅かされた末に裏切り者にさせられたフランスの愛国者と見るのか、ドイツ人なので軍事裁判によって裁かれなければならないと主張の核心を変えるのか、弁護団は揺れた。

ジェルメーヌ・ティリヨンは、知的で勇敢な女性で、のちに「人間博物館」と呼ばれたレジスタンス細胞のリーダーの一人だった。アレシュ神父の教区の隣のサン＝モール・デ・フォセに母親と一緒に住んでいた彼女は、母親と力を合わせて自分の大きな三階建ての家にたくさんの脱走者をかくまい、ほかのさまざまなレジスタンス活動にも参加していた。ある日、神父の服装をしたアレシュが訪ねて来て、彼女のレジスタンス運動の協力者モーリス・デサンジュのところから来たものだと名乗った。そして、細胞内の彼女のグループと仕事をしたいと言った。初め疑いを抱いたジェルメーヌは、細胞の別のメンバーに、また地元の看護婦をしていたエルネスティーヌという尼僧にアレシュについていろいろ問い合わせをした。答えは明瞭だった。彼は本人の言ったとおりの、ラ・ヴァレンヌの司祭館に住む助任司祭だった。そのうえ、村ではフランスの愛国者として、またナチズムの激しい敵対者として知られていた。なんといっても司祭だったので、誠実さは保証されたようなものだった。

その数か月前の一九四二年四月の末に、占領地域のイギリスSOEの主要メンバー、ピエール・ド・ヴォメクール――レジスタンスの関係者のあいだでまず「リュカ」、次いで「シルヴァン」と呼ばれた――が、弟と部下とともに逮捕され、フレヌ刑務所で尋問を受けていた。これには大きな不安が浮上した。ジャック・ルグランはマルセイユ滞在中にこの逮捕の知らせを受け、なんとかできないかを検討するために、数日後パリに戻ってきた。[65] ＳＩＳ、ＳＯＥ双方とも、なんとしてでもド・ヴォメクール兄弟の脱走を実現したかった。そのためにはあらゆる手段を講じるようにとの暗号指令が、ジャック・ルグランと「グロリアＳＭＨ」に送られた。「いかなる犠牲を払っても」といった文句が、脱走工作の必要性に関して用いられた。[66] ルグランは、刑務所への武装襲撃の可能性さえ考えたときもあった。

マダム・ティリヨンはジャック・ルグランに会い、彼とロンドンに、デュテーユ・ド・ラ・ロシェール大佐やオーエ大佐ら自分の細胞のメンバーが、ガヴォーという男に裏切られたことはまちがいない、と伝えた。彼女のかつての仲間のうち七人が、一九四二年二月二十三日に処刑されていた。彼女はまた、ルグランがガヴォーを「帳消し」(つまり暗殺)にしてくれたらと願っていた。ちょうどこのとき、アレシュ神父が、ド・ヴォメクール脱獄のための大胆な計画を携えて登場したのだ。彼はマダム・ティリヨンに、自分の知っているドイツ人看守がフレヌ刑務所にいる、自分の教区でフランス人女性と婚約した若い士官だ、と言った。その士官は、つい最近ロシア戦線に送られることを知って、任務を逃れ、婚約者とともに蒸発したいと願っているという。[67]

ジェルメーヌ・ティリヨンからこの情報を伝えられたジャック・ルグランは、目の前にある、途方もない危険についてしばらく真剣に考えた。ともかく問題の看守を通じてド・ヴォメクールとやり取りをしてみるという、きわめて粗雑な調査の時間しかなかった。そのやり取りによれば、アレシュが言ったことは確かだった。そこでアレシュは自分の計画を進めるよう命じられた。これには、看守を「買収する」必要があるのみならず、看守と婚約者を隠し、国外に脱出させる仲介人に金を払う必要がある、と彼は説明した。そして、そのために巨額の資金がいる、とも言った。ＳＯＥは(おそらく、ＳＩＳの積極的関与でないにせよ、なんらかの支援を受けて)協議をし、熟考の末、この計画をやってみることで合意した。最終的に、八月なかばに、三十万フランと十万フランが別々に請求された。ノルマンディー沖と港の船の動きを報告してルグランと「グロリアＳＭＨ」に協力していたジャン・ラロックという、行政長官でかつてルグランの船旅仲間だった人物が、ルグランを、ロベール・ラベという学校時代の友人に紹介した。ラベの家族はウォルム銀行を部分的に所有していたのである。[68] 銀行は金を貸すことに同意し、計画をスタートすべく、所定の金がジャック・ルグランからアレシュ神父に渡された。その際、銀行はイギリス情報局から資金を弁済してもらうという了解を取りつけていた[69]。アレシュはその金を着服し、ただちに「グロリアSMH」のリーダーたちの名前をドイツ秘密情報機関に漏らしたらしい。その金は、当時、平均的な熟練労働者が一生かかってやっと稼げるくらいの大金だった。ジャン・ラロックによると、一九五〇年時点で、まだその金は返済されていなかった[70]。

8

最初に逮捕されたのはジェルメーヌ・ティリヨンだった。八月十三日、アレシュのほかもう一人の「グロリア」のメンバー、ジルベール・トマソンと連れ立ってリヨン駅にいたところで捕まったのだった。「エレーヌ」・ルーセルは八月十五日に逮捕された。アルフレッド・ペロンは翌日アンジューで捕まった。ジャンニーヌ・ピカビアによると、ドイツ秘密情報機関はペロンが、フレヌ、シェルシュ・ミディ、ラ・サンテ刑務所の地図のほか、彼女の筆跡になる手紙と指示をもっているのを発見した[71]。さらに逮捕は続き、ジャック・ルグランも捕まった。ガブリエル・ビュッフェ＝ピカビアは、SOEに対しておこなった任務完了報告のなかで、ルグランは「捕まったとき、メンバーの名前と住所が書かれたノートをもっていた」と伝えている[72]。彼女がこのときどうやってこの事実を知り得たのかは不明だし、また、その後なんの独立した確証も出てきていない。いずれにせよ、細胞のメンバーの一人が簡単に屈服し、本人がのちに認めたとおり、知っているメンバーの名前を書き出した。それで、続く数か月のあいだに、メンバーが次々に捕まっていった。もう一人の別のメンバーも自分でしゃべったか、自宅の煙突から名前と住所が書かれた文書が発見されたかした。その結果、グループ全体で五十人以上のメンバーが捕まった。逮捕され移送されたメンバーのリストを一瞥すると、ほとんどが一九四二年の八月か九月に逮捕されたことがわかる[73]。彼らの多くがフレヌかロバンヴィル刑務所に何か月も監禁され、ラーフェンスブリュック、マウトハウゼン、ブーフェンヴァルトなどの強制収容所に移送された。生き残って証言したものもいた。ベケットの親友アルフレッド・ペロンはそうした一人にはならず、スイス赤十字によって解放されてすぐの一九四五年五月一日に亡くなった。そして、強制収容所のほかの七人の犠牲者とともに、サンモリッツのそばのサムダン墓地に埋葬された。

夫の逮捕を知った最初の衝撃のあと、マーニア・ペロンは真っ先に、サム・ベケットに知らせないといけないと考えた。そこですぐに電報を打って、彼とシュザンヌに脱出したほうがよいと言った。電文は大胆だったが、意図的に曖昧にしてあった。「アルフレッド、ゲシュタポニツカマル。アヤマリヲタダスベク、ヒツヨウナコトヲサレタシ」[74]。ベケットとシュザンヌは急いで、所持品をスーツケース一つといくつかのかばんに投げ入れた。「もてるだけのものをもった」と、ベケットは言ったが[75]、電報を受け取ってから何時間も経たぬうちに二人はアパートを離れた。しかし、その前に、ベケットはほかのメンバーに警告しようとした。彼は仲間だとわかっていたブロンド髪の料理人に電話をしたが通じず、その男はやがて逮捕され、拷問された[76]。ベケットはまた危険を冒して、おもな連絡先だったギリシア人写真技師を訪ねたが、彼は警告をまじめに受け取らず避難が遅れた。そしてすぐにゲシュタポに捕まった[77]。シュザンヌは「エレーヌ」・ルーセルのアパートに警告にいき、短時間ゲシュタポに拘束された。だが、この訪問にはまったく他意はないとうまく信じさせ、解放された[78]。彼女とベケットがこのときすぐに逃げなかったなら、逮捕されていただろう。ゲシュタポはすでに彼らのアパートに来ており、帰ってきたときのためにドアに見張りを残していたのだから。

ベケットとシュザンヌは無一文で、どこへ逃げればよいのかもさっぱりわからなかった。二人はアルカッションで力になってくれたメアリー・レノルズにすぐ連絡した。連れ合いのマルセル・デュシャンは六月以来ニューヨークにいっていたが、メアリー自身はパリに残り、のちにピレネーを越えて避難した[79]。彼女はアレ通りの自宅で二人に最初の晩を過ごさせてやった。ベケットによると、次いで二人は「シュザンヌの共産主義者の友人の何人か」[80]に連絡を取り、パリとその近郊のいろいろな場所にかくまってもらった。モンマルトルのアパート、ヴァンヴのアパートも含まれていたが、後者では、レジスタンスに好意的な、信頼のおける管理人がいた。

さまざまな友人たちが二人に金銭的な援助をした。二人は見つからないように、小さなホテルを転々とした。偽名を使い、ベケットは口髭をはやした。また同じ場所に長くとどまるのは危険だと考えていた。ある小さなホテルで二人が寝る準備をしていたとき、突然ベケットが、ちくしょう、しまった、と声をあげた。それからすぐに、緊張した小声になって、階下でチェックインしたとき誤って本名「サミュエル・ベケット」と書いてしまったと言った。もちろん、これは、二人がただちに荷物をまとめてどこか別の場所で夜を過ごさねばならないことを意味した。シュザンヌは、この危険なしくじりにぞっとしたし、まったく信じがたい大ばか者だと思った。戦後、彼女は、ベケットが現実的なことにひどくうといことを示す窮極の例として、しばしば友人にこの話をした。シュザンヌ自身の頭の回転の速さと現実に機敏に対処する能力のおかげで救われることが何度もあった。

逃走中、ベケットとシュザンヌはまた、十日間、作家ナタリー・サロートのもとに身を寄せた[81]。サロート夫人と夫レイモンは、パリから離れたところにある窮屈な庭師の家(マリアージュ氏所有)でその夏を過ごしていた。著名なロシア人歌手シャリアピンの未亡人の地所に立つ、そのこぎれいだが田舎っぽい家は、ヴァレ・ド・ラ・シュヴルーズのジャンヴリー村の広場にいまもまだ残っている。

マーニア・ペロンが、ロシア生まれの幼なじみナタリー・サロートに秘密裏に連絡を取り、ベケットとシュザンヌをかくまってもらえるかと尋ねたとき、その家はすでに満杯だった。サロート夫妻の三人の子どものうち二人と、彼ら夫婦、ナタリーの母親に加えて、ゴーティエ＝ヴィラールという偽名を使っていた若いユダヤ人女性ナディーヌ・リベールがかくまわれていた。にもかかわらず、彼らは親切に二人を受け入れてくれた。レイモン・サロートは別のレジスタンス細胞に参加していたこともあって、夫婦とも、目下の状況では断るのはむずかしいと感じたのだろう。そこで若い女性たちは、通常、食堂として使われる暗い小部屋に移り、マットレスを床の上に敷いて寝た。ベケットとシュザンヌは日当たりのよい寝室をあてがわれた。

その家の状況はかなり原始的だった。水道が出るのは台所だけだったので、みんなが水の入った大きなかめを運んで、自分の部屋の大きなたらいで体を洗わなければならなかった。家族のあいだで「神々の罰」と呼ばれていた庭の奥のトイレに夜出かけないですますには、尿瓶が必需品だった。そこで問題は、ベケットもシュザンヌも起きるのが極端に遅いということだった。ベケットは、ほかの人びとが昼食をとっている一時ごろに、手に尿瓶をもって台所を通っていくということになってしまった。彼が毎日これをしたため、ナタリー・サロートの母親はおかんむりで、二人の育ちが恐ろしく悪いと考えた。ベケットが黙って眠そうに台所を通るたびに、「ああ、また狂人が来た」と、娘にロシア語で言っていた。

家は窮屈で混雑していたので、住人のあいだの摩擦は避けられなかった。ベケットとサロートの相性がまったく悪かったということもあった。実際、五十年後にサロート夫人は、当時のベケットとシュザンヌの行動と、自分たち夫妻に対する感謝の気持ちの足りなさを苦々しく語った。彼女は、ベケットは傲慢すぎて、誰に対しても感謝の気持ちをもてないのだと考えていた。

ベケットとシュザンヌが、サロート家の好意に甘えてしまっているとは感じていただろうとは想像できる。そうした二人の強い困惑が、よそよそしく不愛想な態度として現われたのかもしれない。あるいはただ単に無礼に振る舞ったのかもしれない。ベケットは自分が気に入らない人間に対しては、よそよそしく気むずかしくなったからだ。また、気にくわないと思う状況では、けっして組みしやすい人間ではなかった。さらに、彼はナタリー・サロートのことを小ずるく意地悪だと感じていたふしがある。彼女のほうも、彼の行動を語るとき、職業的嫉妬が忍び込んでいたかもしれない。何年も経ってから、彼女は、ベケットが当時シモーヌ・ド・ボーヴォワールを絶賛していたことについてとげとげしく語っており、自分の文学的才能を軽んじていると感じていたのは明らかだった。そのころ彼女は『トロピスム』を出版していただけで、たいした評判になっていなかった。けれども、そんな夫人も、ベケットと夫レイモンがひどく気が合って、よく二人で長い散歩に出かけていたことは認めた。

村で逮捕されたり告発されたりする危険はほとんどなかったので、ベケットとシュザンヌもよく田舎道を散歩した。と言っても、本当にゆったりするにはパリは近すぎた。実際、非占領地域に逃げなければならないことがまもなく明らかになった。ベケットはまだ偽装用の口髭をはやしていた。シュザンヌは口髭があるほうが彼らしく見えると言った。だが、この件に最終的な決着をつけたのはナタリー・サロートの夫だった。彼は、「ほら、君はまっさきに口髭を剃るべきだよ。典型的なイギリスの公務員か、士官に見えるよ!」と、ベケットに言ったのである。この一言で口髭を剃ることにした。

サロート夫妻は、ベケットとシュザンヌをロシア人の友人ナウム・リベールと妻のソフィーに紹介した。夫妻はパリの別のレジスタンスグループで活動していて、二人のために偽造文書の手配をしてくれた。そこで、ファヴォリット通りのアパートから逃げて六週間が過ぎたばかりの十月初めごろ、二人はシャロン・シュール・サオーヌで、レジスタンスのメンバーを「自由地域」に送り込む「橋渡し」の手で、非占領地域に連れていってもらった。ベケットたちは、シュヴァリエと(ジャンニーヌ・ピカビアの連絡役)アンドレ・ジャロー(通称デデ)が用意した橋渡し役によってエスコートされた可能性が高い。ガイドたちはさまざまなルートを使った。大きな川が渡れるようにジャロー自身がポプラの木を切って橋にしたり、夜間の通行が便利になるよう、わざと刈らないままにしてある芝生を通り抜けたりした。ベケットは次のように語った。

暗くなるまで納屋のなかで待って（逃亡者は合わせて十人ほどいた）、そのあと橋渡し役に連れられて川を渡ったのを覚えている。月光のなかでドイツ兵の姿が見えた。それから、境界線の反対側で、フランス軍駐屯地を通ったのも覚えている。ドイツ兵が道に出ていたから畑のなかを通っていった。[82]女の子のなかには車のトランクに乗せて運ばれたのもいた。

第十三章　ルシヨンの避難所　一九四二—四五

1

サミュエル・ベケットとシュザンヌは、ついにルシヨンの小さな村にゲシュタポからの避難所を見つけた。この「ヴォクリューズにある村」は、しばしばアプトのルシヨンと呼ばれ、南西にある、もっとよく知られたぶどう栽培とワイン醸造の盛んな広いルシヨンの地域とは区別される(1)。そこは丘の上のほうに位置し、赭土《しやど》からなる堂々とした断崖があり、それは北に向かって鋭く切り立っている。庭の土さえ赤い。「あの辺じゃ、なにもかも真っ赤《まっか》だ」と『ゴドーを待ちながら』のフランス語版では、ヴラジーミルがエストラゴンに、かつてぶどう狩りをしていたという地方のことを語る(2)。この村はアヴィニョンから四十八キロ、アプトからは十一キロのところにあった。アヴィニョンもアプトもともにヴィシー政府下におかれていたが、ベケットがルシヨンに到着するとすぐにドイツ軍に占領された。ルシヨン自体は無事だった。

その理由はいくつかある。村は大きな乗り物で近づくことがむずかしかったのである。当時アプトからの手頃な道は一本しかなかった。また村にはドイツ将校を泊めるための適切な宿泊施設も不足していた。きちんとした風呂場のある施設も一軒しかなく、軍が宿舎として使えそうな大きな建物もなかった。将校のなかには小学校に調査にきたものもあったが、建物は痛みがひどく、とても使用に耐えないことがわかった(3)。したがってルシヨンは戦争中、比較的安全だった。もっとも、連中はつねに一斉検挙をおこなっていたので、ここに逃げてきたユダヤ人避難民や、ベケットのようにレジスタンスの人間を捕まえにやってくる恐れはあった。

密告の心配はルシヨンではなかった。しかし、当然ながら、密告を恐れる理由を抱えた人の胸中には、その恐怖は潜んでいた。密告や逮捕の話はこの地方の近くの町や村ではときどき耳にした。ベケットとシュザンヌは、信頼できる近くの農民たちのところか、自分たちと同じ避難民のような立場の人間のところにしか出入りしないように気をつけていた。しかし、ルシヨンは当時もいまもとてもせまい村で、当時村の誰もが、見知らぬ人間は戦争からの避難所を求めてやってきたのだということを知っていた。しかし、本当の理由を知る人はほとんどいなかった。ベケットも自分が避難してきた本当の理由は言わないように気をつけていた。

村人はたいていベケットとシュザンヌのどちらか一方はユダヤ人にちがいないと思っていた。避難民たちの多くは、一括して「ユダヤ人」ということになっていたからだ。あるいは、ベケット（シュザンヌは明らかにフランス人であったので）は「居所指定」の規則に従わなければならないのだ、とも考えられていた。ヴィシー政権下のフランスでは、異邦人は海岸から少し離れたところに住まなければならなかったからである。五十年近く経っても、終戦が近づいたころベケットと出撃活動をしていたレジスタンスのメンバーのなかには、彼が以前パリで、別のレジスタンス・グループと活動していたことや、戦後、その功績を認められ戦功十字章やレジスタンス勲章を受けていたことを知らない者もいた。自分がやっていることや、やってきたことを、たとえ盟友や友人と思える人にでもあまり多くをしゃべるのはよいことではなかった。ベケットとシュザンヌはすでに一度裏切られた経験があり、二度とそんな目には会いたくなかったのだ。

それにしても二人はどうしてルシヨンが比較的安全であることを知り、どのようにしてそこに到着したのだろうか。

それはシュザンヌの友人ロジェ・ドゥルートゥルとその妹イヴォンヌのおかげだった。(4) ドゥルートゥル一家は、戦争直前、村はずれに一軒の家と「サン・ミシェル」と呼ばれるかなり大きな地所を購入して所有していた。イヴォンヌは、ユダヤ人の夫マルセル・ロブと二人の子どもアンリとドゥニーズ、それに母親ともども一九四二年初めにはそこに引っ越していた。彼女の弟のロジェもあとで一緒に合流することになっていた。

文法学者のロブは、ユダヤ人だという理由で大学の教職を解雇されており、捕まって収容所に収容される（結局はそうなってしまったが）のを恐れていた。戦争中、彼は自分の知的背景と職業を隠さないわけにはいかなくなり、自分は「耕作者」すなわち農民であると公言していた。彼の公式文書の職業欄には、そう記載されていた。妻はニースの帝国リセ《リセ・アンペリアル》の英語教員をしていたが、そこで教えることが困難と見て取ると、自主退職の道を選んだ。

ナチのパリ侵攻以来、音楽家ロジェ・ドゥルートゥルは生計を立てることがきわめて困難となり、ルシヨンにいる母や姉と合流することを考えていた。彼は一九二〇年代の初めごろから、一緒に音楽を学んでいたシュザンヌと知り合いだった。姉のイヴォンヌもときどきパリにあったシュザンヌのアパートに遊びに来て、彼女のピアノの演奏に合わせて歌を歌ったこともあり、やはりシュザンヌのことは知っていた。

まだシュザンヌとベケットがパリに潜伏していたとき、シュザンヌはロジェに連絡を取り、遠く離れたヴォクリューズの状況はどうか、またそこへ行けばなんとか避難所は見つかるものかどうか聞き出そうとした。ロジェは色よい返事をしてくれたが、ベケットが外国のパスポートをもっている以上、たとえアイルランドが中立国だとしても、居住するにはヴィシー政府の郡当局による許可が必要になるだろうとも言った。そこでマルセル・ロブがアヴィニョンの事務局長と知り合いだったこともあり、この役人と連絡を取り、アイルランドの友人を自分の家《うち》の近所に住めるようにするにはどうしたらよいか訊いてくれた。もちろん戦争中ベケットがおこなってきた、明らかに非中立的な活動はいっさい明かさなかった。いや、実際のところ、ロブは当時こうしたベケットの活動をいっさい知らなかったのかもしれない。もしベケットとシュザンヌがルシヨンにとどまり、ほかに移るつもりがなければ、居住の許可は十中八九、降りるだろうと、まず非公式に認められた。

けれども、ルシヨンへの危険な旅もあともう一息というころ、話は少しも単純ではないことがわかった。一九四二年九月二十九日、シュザンヌとベケットは徒歩でヴィシーに入った。そこで二晩カステルフロール・ホテルに泊まった。(5) 二人は最初ヴィシーのアイルランド政府代表と連絡を取ろうとしたが、ベケットによれば、代表は思いやりのかけらもない人物で、助けになってくれるどころか、警察当局へ出頭すべきだと言った。パリからヴィシーへの正式な旅行許可書をもっていない以上、人目を忍んで国境を越えたことを認めないわけにはいかないだろうと二人は決心した。ヴィシー警察から臨時通行許可証を受け取り、そのため二日かけてアヴィニョンまで列車で移動することができた。アヴィニョンでは中央警察署に出頭し、翌日ヴォクリューズ県に到着した。ここまで来てようやくロブの影響力が効果を発揮したようだ。友人からさまざまの援助を受けながら六週間逃走した末、ついに二人はルシヨンに到着した。二人はこのあたりではエスコフィエ・ホテルとして知られていたオテル・ド・ラ・ポストの小さな部屋にころがり込んだ。

2

十月六日、ベケットとシュザンヌはホテルと小さな市庁舎とを隔てている、小石を敷き詰めた、急でせまい小道を登っていった。外国人居住登録書にベケットの名前を書き記すためである。彼はすばやく視線を走らせて、数か月前に登録を済ませた人たちの名前を見た。(6) イタリア人、ベルギー人、リトアニア人、ロシア人に混じって、ダルシー・ホープ・ウルランドとアナ・オメーラ・ビーミッシュという二人の英国人居住者の名前が目にとまった。ビーミッシュの名前が彼の目をひいた。彼の好きな酒「ビーミッシュ・スタウト」と同じ名前だったし、記入されている出生地(ダブリン)と洗礼名からも、彼女がアイルランド出身者であるとわかったからだ。(7)

ベケットとシュザンヌにとり到着早々の緊急課題は、ほかの避難民と同様、どこに住み、どうやって食糧を確保するかだった。戦争中、アイルランドは中立の立場をとっていたので、二人は父親の遺産から支払われるわずかの年間配当金を通常郵便で受け取り続けることを望んだ。だが、そのためには手続きに相当な時間がかかりそうだったし、また実際、時間がかかった。当面のあいだ、二人は未亡人のアドリエンヌ・エスコフィエ夫人の経営するホテルに宿泊することにした。(8)

エスコフィエ夫人は村ではちょっとした評判の人だった。当時四十歳ぐらいの彼女は、しっかり者の親切な女性で、客室が四、五部屋の、小さくても収益の上がる古い様式のホテルを経営していた。料理も、母親に手伝ってもらいながら自分で作った。ホテルの建物の一部はカフェ・エスコフィエとして、村人たちがやってきては、酒を飲んだり、おしゃべりしたり、トランプをしたりして集う場所になっていた。そこはまたレジスタンス運動のメンバーたちの集会拠点にもなっており、正午や夕暮れになると、ラジオをもっていない人たちが奥の台所にある鉄製こんろの周りに集まってBBCの放送に耳を傾けた。(9) ミス・ビーミッシュも、四月にここに到着してからこのホテルに滞在していたが、ベケットがホテルに泊まるころには、村の東のはずれにあるエスコフィエ夫人の両親が所有していた一軒家を借りていた。ベケットとシュザンヌはやがてミス・ビーミッシュのもっとも身近な隣人となった。

エスコフィエ・ホテルで過ごした最初の数週間、ベケットはほぼ完全に神経がまいっていた、と言われている。(10) けれども、ルシヨンでベケットをよく知っていた人びとからは、その根拠となる証言は得られなかった。もちろん、ベケットとシュザンヌがふさぎ込んでいなかったとすれば、そのほうが不思議である。ともかく、二人は親友アルフレッド・ペロンの逮捕と投獄の知らせを受けて以来、精神にきわめて深い痛手を負うような出来事ばかり続けざまに経験してきたのだから。個人的な所有物といえば、二人はほとんどなにももっていなかった。せまくるしくかなり原始的な状態の、蚤や鼠のいる、居心地の悪いホテルに暮らしていた。旧式な便所が戸外の断崖の端に立っていて、排泄物は「裂けめ」と呼んでいたみぞのなかへ落ちていった。強風が吹くと、汚物で汚れた紙が舞い上がったりした。飲料水を確保するには、道路を横切って、ホテルの正面にある泉のところまでいかなければならなかった。(11) お金も、食糧も、衣服もつねに不足していたので、心配や悩みが絶えなかった。没頭できる決まった仕事もなく、またそのような状況では、執筆するなどまったく論外だったにちがいない。

当初、村には知っている人はほとんどいなかった。また知っている人にも問題があった。それというのも、ベケットは、農夫になった文法学者マルセル・ロブに対して、非常に同情を寄せながらも好きになれなかったし、友人としてもつきあっていけないと思ったからだ。ロブ夫人は寛大にも、不仲の根本原因は、ひとえに夫の気むずかしく非社交的な性格のせいだと認めている。(12) とにかく、ロブとベケットとの関係はきわめてぎくしゃくしていたので、当然のことながら、ベケットとシュザンヌはめったにこの夫婦の家に寄りつかなくなった。

数週間をホテルで過ごすうちに、ベケットたちは次第に村の人間関係がわかってきた。いくらせまい田舎と言っても、誰が誰であり、誰と誰が縁続きなのかといったことは、そう単純ではなかった。じつに多くのイカールという名前があるかと思えば、ブランという名前もあった。エスコフィエ夫人の義理の妹のアニエスは小学校で教えており、夫のアンリは運転手として、土曜に立つ市《いち》へいくために、アプト行きの小さなバスを運転し、毎日、小型のシムカで谷を走る国道から郵便物を運んでいた。ガソリンのないときは（頻繁にあったが）、アンリは馬を使って、必要なものはなんでも荷車で運んだ。パンや食料品はギュリニ家の経営する小さな食料品店で購入した。

ほかの食糧は近くの農家から手に入れた。そのためそれほど深刻な食糧不足は起こらなかったが、値段は少数の供給業者が開く闇市のせいで跳ね上がった。当然、闇市に関わった人びとは白い目で見られるようになった。いまだに元闇業者への敵意は消えていない。食べ物や靴などを買うお金をどこから工面するかは当時の住人にとって一大事だったので、暴利をむさぼる連中への憎しみはそれだけ深かったのだ。食糧の調達はつねに最大の関心事だった。

ベケットとシュザンヌも、慈善に頼らずに食糧を確保する方法を見つけることは重要だった。そこで彼らはロブ－ドゥルートゥル家から、近くの二軒の農家を紹介してもらった。一軒はボヌリ家で、そのぶどう園はルシヨンの南に位置していた。もう一軒はオード家という小作農で、四キロ以上離れたクラヴァイアンという小さな村に住んでいた。ボヌリ氏の農場とぶどう園のほうが近かったので、ベケットは当初、農産物（とりわけワイン）と交換に、そこで臨時の仕事を始めた。ジャガイモは当時大変貴重で、ベケットはのちに「最初のころの二つの戦利品」[13]と呼んだものを手に入れた。一つは、収穫後、泥の海となったジャガイモ畑で、土のなかを探して、農場労働者が取り損なったジャガイモを拾って帰ってもよいと言われたことである。もう一つは、ベケットが気に入り、とても尊敬するようになっていく農民オードが、マルセル・ロブに穀物を納める義務があったにもかかわらず、自分でそうするのをいやがっているとわかったので、代わりに自分が受け取ってもよいかと尋ねた。シュザンヌがとても喜んだことに、本当にベケットは袋いっぱいの穀物を両肩に担いで帰ってきた。それを二人はシュザンヌの友人たちと分け合った。

もう一つの緊急を要する問題は、ロブ家がシュザンヌをルーセという弁護士と連絡を取ってくれたことで解決した。ルーセは、近所に大きな鉄の十字架が立っていることから、それにちなんで名づけられたラ・クロワ地区に家をもっていた。ベケットとシュザンヌは、戦争が終わるまでこの家を借りた。ここへ移る前に、シュザンヌはパリの友人を介して、ファヴォリット通りにあるアパートの管理人と連絡を取った。管理人はベケットを逮捕に来たゲシュタポが外側のドアに鉛の封印をしていたことに気づいたが、うまく部屋に入り、急いで逃げてきたために残してきたシーツや衣類を送ってくれた[14]。

ルシヨンの家は、いまでも一九四二年当時とほとんど変わらない姿で、ルシヨンからアプトへの道の小高いところに高々と建っている[15]。ベケットとシュザンヌが使わなかった部屋もいくつかある。ダイニング兼居間を暖める小さなストーブには、台所を通って大きな煙突が付いていた。二階にある二人が使った大きな部屋には暖房がなかった。だから二人が住み始めた最初の冬の数か月は、気温が下がって北風《ミストラル》が激しく吹き始めると、暖かく過ごすのはとてもむずかしかった。ルシヨンで過ごした二年間についてベケットが覚えていたのは、つらくて単調な畑仕事はもちろんだが、冬の厳しい寒さと夏の猛暑がはっきりと両極端を示すことだった。近所にセイヨウヒイラギガシの森を所有している人物がいて、その木を根こぎにしたいと考えていた。そこで半分分けてもらうという交換条件で、ベケットはその仕事を引き受けた。木を切るほうが、根こぎにするよりもはるかに簡単なことがわかった。根こぎにしようと思うと、周りの土を掘り起こして根を切る必要があったからである[16]。

一九四三年一月の冷気のなかでこの家がどれほど居心地が悪くても、そこはベケットとシュザンヌにとっては束の間の自分たちの家と呼べる場所だった。しかもより重要なことは、二人だけでいられたということだ。庭もかなり広く、春がめぐってくるとそこで野菜を育てられたし、薪を蓄えておくこともできた。眺めもすばらしく、谷の向こうにジュリアン橋が見え、グーとボニューの村へと続いていた。村の中心から多少離れていたものの、中心まで歩いて十分とかからなかった。道の左向かい側には、ミス・ビーミッシュとその連れであり秘書でもあるシュザンヌ・アレヴィが向こう二年間住むことになっている家があった。ベケットとシュザンヌは、エスコフィエ夫人からミス・ビーミッシュを紹介された。

ベケットはやがて、ほぼ毎日オードの農場へ働きにいくようになった。[17]オード氏は寛大で、二人が快適に暮らすのに必要な食糧、たとえばミルク、卵、肉、小麦粉、根菜類、季節の果物などをほとんど分けてくれた。それと交換に、ベケットは報酬なしで畑や森やぶどう園で働いた。しばしばシュザンヌと一緒に四キロの道のりを農場まで歩いていくこともあった。たいていは少しわかるようになってきた小道を選び、ドイツの偵察隊に出くわさないようにした。ベケットはよくフェルナン・オードと一緒に畑へ出かけた。オード氏のところの十七歳の息子で、八人兄弟の一人だった。兄弟のうちの四人がまだ家族とともに住んでいた。フェルナンは、非常に暑い夏の太陽の下でも、辛抱強く、どんなにつらい仕事でも取り組もうとする農場でのこのやせてひょろ長いアイルランド人を敬服していた。フェルナンはまた、ベケットがぶどうを摘みながら手にひどい切り傷をつけたときでさえ、ぼんやりしていた自分が悪いのだ、たいしたことはない、と言っていたことも記憶していた。ベケットはまた穀物や、メロン、サクランボ、リンゴなどの果物の収穫のときも手伝った。[18]

おそらくこのオード家の農場での体験が、彼の著作、とりわけ『マロウンは死ぬ』のなかにときどき現われる田園生活の正確な知識に結びついたと思われる。この小説に描かれているように、ルシヨンでは、雌鳥が農家の台所の出入口をまたいで通ったり、夜になって谷間で犬がたがいに吠えあったりするのが聞こえてくるのはごくありふれたことだった。これらの音はフォックスロックの幼年期を思い出させた。[19]

ルシヨンで書かれた『ワット』の草稿ノートの一つに、ベケットは次の文句を書き記している。「そしてぶどう園では木箱が触れあっている」と。この表現のあとにオードの名と、「一九四三年八月二十九日」という日付けがついている。[20] この一文は、一見するとレジスタンスのメンバーに届けるための無線通信による秘密の伝言のように思えるが、オード氏の息子の説明によると、実際は地面がびしょびしょになってしまったために、馬と荷そりを使ってぶどう園からぶどうがいっぱい入った木箱を運び出すことができなくなってしまった際にオード氏が発した不運の表現であった。それからは「サムに手伝ってもらって」人間が押すことになった。[21] ベケットはこのようにしてオード家の人やボヌリ家の人とともに働きながら、農業に関するフランス語の語彙と田舎の人の言葉遣いを覚えていった。

シュザンヌはベケットについてオード家の農場にいくと、農家でそこの母親や娘たちと数時間をともに過ごした。そこではよくしゃべることはあっても、家事労働はほとんどせず、料理はいっさいしなかったようだ。シュザンヌはその家の末娘に若干の英単語を教えてやろうとしたらしい。もっとも、ベケットと過ごした後半生では、英語を学ぼうとはせず、ベケットから聞き覚えた言葉の大半も忘れてしまった。かと言って、ルシヨンにいるあいだ、彼女はまったくなにもしないでブラブラしていたわけではない。家のなかを快適にしようと努めたのはもちろん、通りの先に住んでいた村の文書係エリー・ブランの姪に音楽のレッスンもしていた。[22] エリーがシュザンヌの家に通ってきたが、家にはピアノがなかったので、シュザンヌは自分が考案した色で音符を表わす方法を用いて教えた。

たびたびシュザンヌとベケットはオード家の家族と農家の台所で昼食をとった。そのうえ一週間に一度は必ず夕方までいて、たっぷりと夕食をごちそうになって、騒がしいセミの鳴き声が止んだ畑のなかを帰っていった。どう考えても二人がオード家の人びとと共通するところはありそうもなかったが、ベケットもシュザンヌもこの家族の純朴な暖かさと親切心に好意を寄せ、物静かな気品と魅力を称賛していた。そこを訪れる者はけっして手ぶらで帰ることはなかったと言われている。ベケットとフェルナンとは、その日の出来事を思い浮かべながら、畑や夕食の席で冗談をかわし、かなり親しくなった。ときにはベケットが家族の子どもたちに新しいトランプゲームを教えてやることもあった。たいていは、自分も一緒に作るのを手伝ったワインを飲みながら静かに座っていた。

しかし、たとえベケットが畑での仕事をたいしたことではないと言ったとしても、それはけっして彼がその仕事に慣れたからではなかった。実際、仕事はとてもきつかった。だが、仕事のお陰で、二人にはたくさんの食糧が手に入った。いずれにせよ、どんなにつらくても、戦争が終わるのをただひたすら待ち続けて退屈に日々を過ごすのに比べれば、畑仕事のほうがまだましだった。ルションにいるほかのすべての人と同様、彼は夢中になって戦闘の進展に関するBBCのニュース報告――北アフリカでの、続いて連合国軍がイタリア、そしてフランスに上陸してドイツ軍を駆逐しはじめ、次第に国全体に入ってくる様子――にじっと耳を傾けた。

3

ルションにいるあいだ、ベケットはどんな本もほとんどもっていなかった。けれども、英語教員の資格をもつイヴォンヌ・ロブは十九世紀後半から二十世紀初頭に英語で書かれた小説をかなり所蔵していたので、ベケットはときどきそれを借りた。そのなかから、キャサリン・マンスフィールド、シンクレア・ルイス、オルダス・ハックスレーなどを選んだようだ。『風と共に去りぬ』を読んだことも確かである。こうしてベケットは初めて、たとえば『ヘリーズ年代記』を含むヒュー・ウォルポールの小説や物語を読んだ。[23] 小説『ワット』では、このときの体験が生かされている。『ワット』の大半はルションで書かれた。主人公ワットの「綱渡り芸人的千鳥足」を描くにあたり、ベケットはマッキャン卿夫人にワットの頭の動きと熊の動きとを比較させている。「熊がいじめられたとき、ちょうどこんなふうに、右に左に頭を振るということを、彼女はどこかで読んだことがある」と彼女は自問しながら、「きっとウォルポール氏の著書のなかではなかったろうか[24]」と答える。ベケットはウォルポールの『ジュディス・パリス』のなかで、老いた熊がいじめられるときのみごとな描写を読んだことがあった。

そのとき熊は静かに理解しはじめた、自分は敵の真っ只中にいるということを。注意深く、警戒しながら、熊は首を回して自分の主人を捜した。そして主人がコートを引き裂かれ、褐色の胸をあらわにした状態で拘束されているのを見ると、怒り出した。(中略)だがその怒りとともに、次第に悲しみと当惑とが頭をもたげ始めた。熊は足を引きずって歩いた。足をあげ、ふたたび下ろした。熊は首を振り始めた。それから自分を繋いでいる鎖をふり解こうとしだした。それができないことに気づくと、首をぐいと主人のほうに動かした。そして再び鼻から流れた血の滴をこすり落とした。[25]

この熊いじめの場面は、ウォルポールの小説の鍵となる場面である。それは苦しみの表現であり、無防備な、老いた、囚われの身にある動物に対して故意に加えられた攻撃の様子が描かれている。この場面を観察するルーベンという男は、この哀れで孤独な犠牲者と自己を完全に同類とみなす。しかし、熊はただの犠牲者ではない。首をもたげてまわりにいる見物人たちを凝視し、彼らから距離をとる。熊は受難のなかにあって威厳の象徴となるのだ。

非常に崇高ななにかが熊のなかに入り込んだ。囚われ、虐待されたあらゆるもののなかに現われる威厳のようなものが。熊は頭をもたげ、その突き出た眉の下からまわりにいる者たちをじっと見つめた。同時に、そのただ一つの動作だけで、周りの者全員よりもすぐれたものとなった。[26]

四十年後、ベケットがチェコの反体制作家ヴァーツラフ・ハヴェルを支援して『カタストロフィ』を書くとき、これと似た場面が再浮上する。この作品の主人公は、ずっと屈辱を与えられ、服従を余儀なくされ、「いじめられ」るが、最後に「頭を上げ、観客をじっと見すえ」、観客からの拍手を度肝を抜くような沈黙へと変えてしまうのだ。[27]

4

ルシヨンでの日常生活でベケットの楽しみが増え出したのは、ナチから逃れてきた二人の人物が到着したときであった。その二人とは、ポーランド生まれのフランスの画家アンリ・エダンと、ずっと若いフランス人の妻、ジョゼットである。[28] ある日ベケットは、ミス・ビーミッシュとカフェのバーにいた。彼女は二匹のエアデールテリア犬を連れ、アプト経由でカンヌに近いムーガンからルシヨンに来る予定のエダン夫妻を待っていた。アンリ・エスコフィエの運転する満員の小さなバスに乗ってエダン夫妻が到着するという、いっぷう変わった光景を見て、ベケットはおもしろいと思った。ジョゼットがバスから這い出てきた。バスのなかでは、彼女は猫を一匹入れたバスケットを膝にのせ、自分は別の女性の膝に乗っていた。一方、アンリは小さなトレイラーから苦労して降りて、古くてぺしゃんこになったスーツケースをもってカフェ・エスコフィエに歩いて入ってきた。

ベケットはすでにミス・ビーミッシュから、エダン夫妻がなぜ逃亡しなければならなかったのかを聞いていた。エダンはプロテスタントとして洗礼を受けていたものの、ユダヤ系の出だった。アンリとジョゼットは、およそ三年前にパリを脱出して逃亡を始めて以来、あてのない生活を送っていた。オーヴェルニュに滞在したのち、二人は友人の画家ロベール・ドローネとソニア・ドローネ＝テルクとともにムーガンに移った。そこで彼らはミス・ビーミッシュのイギリスの友人で、コメディー・フランセーズの俳優の妻デソンヌ夫人と知り合いになった。ドイツ軍が南部を占領しはじめると、この女性はミス・ビーミッシュに連絡を取り、ミス・ビーミッシュがエダン夫妻のためにホテル・エスコフィエの部屋を予約してくれた。ムーガンからの二人の旅の詳細が明らかになるにつれ、ベケットは、おしゃべりで元気のいい連れと一緒の、この物静かで初老の画家に好意を抱くようになった。

ジョゼットは、どのようにして友人たちのいるニースを経由してやって来たのか、またどのようにしてドイツ人が占有していた空気タイヤ式気動列車に乗って、ニースからディーニュまで来たのかを語った。空気タイヤ式気動列車が故障したので、最初の夜は午前三時に到着した。二日目の夜はアプト行きの第一便が午前六時までなかったので、ホテルを予約せざるをえなかった。そこでの夜は恐怖に満ち満ちていた。エダンはついに捕まるにちがいないと思ったほどだ。じつに不運なことに、二人が選んだホテルは、翌日ドイツの巡視の将官が使用することになっていたのだ。そこで午前三時にはドイツの兵士たちがホテルのチェックアウトを開始した。ドアが開いたり閉まったり、大声でドイツ語が交わされるのを耳にしながら、エダンはせまい押入れに隠れた。ジョゼットのほうは眠そうな振りをして一人でベッドの上で腕に猫を抱えて座っていた。幸いにも、ドイツ兵たちは宿泊名簿と照らし合わせて各部屋の宿泊客を細かくチェックしたりはしなかった。計略はうまくいき、命からがら逃げおおせたと思いながら、二人は朝のバスに乗り込むためにホテルを出た。そして当日、ずっとあとになってから、満員のバスでアプトからルシヨンへ運ばれ、やっと少しは楽に息ができるようになったと二人は感じ始めた。

エダン夫妻はしばらくホテルに住んだ。やがてエスコフィエ夫人が隣の小さな家を貸してくれた（そこはいまでは新聞販売所の一部になっている）。それでも二人は日に一度はカフェで食事をとった。やがてベケットは、規則的にカフェでエダンと酒を飲むため会うようになる。二人が絵画だけでなく、チェスにも同じように情熱を傾けていることがわかるようになるのにそれほど時間はかからなかった。そこでベケットは、ギュリニの店でパンや雑貨類を買いに歩いて村まで出かけるときは、きまって夕刻、チェスを指しにエダンのところに立ち寄るようになった。こうして二人は生涯、厚い友情で結ばれることになった。

まもなくエダン夫妻はルシヨンにいるベケットの友人たちの輪に加わるようになった。エダンもベケットも二人だけだとほとんどしゃべることもなく、黙ってチェスを指した。ところが、ジョゼットがそばにいると、会話はとぎれることなく弾んだ。彼女は二人のグラスに酒をなみなみと注いでおくのを怠らなかった。もしドイツ兵がやってくるという知らせを受けたらどうするか、そんな計画を立てることもあった[29]。かりにもしそれがベケットの家で起きたら、庭に赤い岩をくり抜いた、積んだ丸太で入り口を隠した手ごろな大きさのほら穴があるので、そのなかに身をかがめていれば、ふいにやってこられて調べられても気づかれることはないだろう、ということになった。この穴はいまでも残っており、木の扉を通ってなかに入ると、底には通気孔がついている。エダンもまた、家の裏手の切り立った断崖を降りて逃亡するという恐ろしい逃げ道を考えていた。隣のホテル・エスコフィエに泊まっていた女性の夫で、地元の運動組織マキのメンバーの一人、ロジェ・ルイは、自分ならゲシュタポに真っ向から立ち向かうほうがはるかにましだ、とエダンに言った[30]。

ベケットとシュザンヌ、エダン夫妻は一緒に食事をすることもあった。また一九四三年のクリスマスには、ジョゼットはベケットとシュザンヌ、ミス・ビーミッシュを招いて、夕食をごちそうした。彼女は、ベケットとミス・ビーミッシュが手にワイングラスをもち、古いアイルランド歌曲をメドレーで歌ったのを覚えていた[31]。このようなときにボヌリ家の自家製ワインを飲みすぎたベケットは、エダン夫妻が家の裏手に取っておいた、かつてワインを造る際に使用された、生ゴミ用のドラム缶みたいな古い筒を使って用を足した。そのそばには、筒のなかの汚物に上からかけていっぱいにするために使う大鋸屑《おがくず》の袋があった。このアイデアは、猫に用いたことから生まれたものだった。ベケットが『勝負の終わり』で二人の老人をこれに似たドラム缶のなかに入れ、ナッグがネルに、クロヴは大鋸屑を取り替えてくれたかと尋ねる場面を書いたとき、ベケットの頭の片隅にはこのときの記憶があったのかもしれない[32]。

ミス・ビーミッシュも、隣に住むベケットとシュザンヌを午後のお茶や夕食に招待してくれた。彼女は、シュザンヌ・アレヴィという若くて丸々と太った金髪のイタリア系フランス女性と一緒に住んでいた[33]。村では暗黙のうちに二人はレズビアンであると思われていた。単に「ミス・ビーミッシュ」として知られてはいたものの、外国人やユダヤ系避難民のなかには、彼女が使う「ノエル・ド・ヴィック・ビーミッシュ」という名前の貴族的な響きに、彼女の自尊心をはっきりと感じ取っている者もいた。男性ふうに綴るこの洗礼名は、事実ペンネームとして使用されていた。じつは本名は「アナ・オメーラ・ド・ヴィック・ビーミッシュ」といい、もっと印象的な名前だったのだ。彼女は村では変わり者でとおっていた。なにしろ男性の身なりをし、たいていツイードのズボンを履き、スコットランドふうの男性用縁なし帽をかぶってブーツを履き、パイプをふかしていたのだから。なにかを読むときは片眼鏡をかけた。またカトリック信者としての勤めを果たすべく、毎朝サン・ミシェルの小さな教会に通ってミサに参加した。ミス・ビーミッシュはしっかりした、ベケットによれば人に好かれるタイプで、村人全員に自己紹介をして、自分と連れの女性をみなに知ってもらい、申し分なく迎え入れてもらえるよう努めていた。

ミス・ビーミッシュは、コナハト出身の両親のもとで一八八三年、ダブリンで生まれた。ベケットが初めてルシヨンに到着したとき、彼女は六十歳に近かった。彼女は英国籍をもっていた。英国市民の居所は指定されていたので、カンヌにいるわけにはいかず、抑留生活に代わる一つの選択としてルシヨンに移ってきたのだ。彼女は長年コート・ダジュールのカンヌにあるベルリッツ語学学校で英語を教えて暮らしていた。連れの女性は犬の毛を刈ったり犬の手入れをしたりして、わずかのお金を稼いでいた。

ミス・ビーミッシュは小説家だった。ベケットに出会うころには、すでに六冊の本を出しており、そのなかには、『煙』(一九二七)、『チッチ』(一九三四)、『王様の祈禱書』(一九三三四)、『麗しき太めの婦人』(一九三七)といったとても愉快なタイトルをもつ四冊の小説が含まれていた。彼女はさらに愛犬に関する本を二冊書いており、ともに『完璧娘――あるエアデールテリア犬の物語』(一九三二)と、挿絵入りの『カクテル――豪華な子犬』(一九三四)というおもしろいタイトルが付いている。いずれもベケットの枕頭の書にはなりそうもなかったが、ミス・ビーミッシュの個性的な印象を強めることにはなった。(34)

ミス・ビーミッシュは彼女がルシヨンで出会ったほとんどすべての人に対してと同様、ベケットにも強烈な印象を与えた。彼女はぶどう栽培をしていた農夫ボヌリとも親しくなり、ほかのどの避難民よりも安くワインを手に入れた。ときおり彼女はベケットとシュザンヌにボヌリの農場まで一緒に来ないかと誘った。ミス・アレヴィやミス・マーシャルという別の英国女性が一緒のこともあった。農場に着くと、ミス・ビーミッシュは、奇妙な格好の瓶に入った赤ワインを買うように勧めた。ミス・マーシャルはときどきルシヨンのミス・ビーミッシュの家に泊まるようになった。

背が高く、やせこけて骨が突き出ていて、ミス・ビーミッシュや二匹の愛犬エアデールテリア犬と一緒に男のような格好で大股で畑を歩くミス・マーシャルを、村人たちは「まるでイギリス人女性の戯画だ」と評した。[35] ミス・ビーミッシュはいつも雄犬を連れ、彼女より女っぽい連れのほうが雌犬を連れて歩いた。雌犬にさかりがつくとこれが当然悶着の種を生み出したが、彼女たちはこれをみごとに解決した。亜麻布の切れ端を雌犬の下半身の回りに取りつけたのである。犬は欲求不満に陥ったが、村人たちはそれを見ておもしろがった。[36]

ミス・ビーミッシュは『クラップの最後のテープ』のなかで、「いつもこの時間になると歌を歌う」「オールド・ミスのマッグロー厶婆さん」[37]のモデルである。この作品の二番目の手書き草稿では、女性の名は「オールド・ミスのビーミッシュ」となっており、[38]ベケットの隣人と同様、コナハト出身ということになっている。実際のミス・ビーミッシュが本当に夕方になると歌を歌っていたかどうかは定かではなく、ベケットもそれについては覚えていなかった。[39] けれども、クラップの女の歌い手が歌う「娘時代の歌」[40]が、実際にベケットの家へと通じる道を流れてきたのではないかと考えるのは不自然ではない。当時、村でミス・ビーミッシュに関してとんでもないうわさが流れた。いまだに、彼女は英国諜報機関（SIS）と関わりをもち、夜になると畑へいき、秘密裏に情報を流していたと信じ込んでいる者もいる。それが真実だという確かな証拠はなにもない。[41] ただ犬を散歩させていただけにすぎないのではあるまいか。

ミス・ビーミッシュは画家のアンリ・エダンに定期的に英語を教えていた。ワルシャワにいた若いころ、エダンには英語の家庭教師がついていた。だから彼は、ルシヨンで絵を描いて過ごすだけでなく、戦争で勝ったときに備えて英会話も勉強することにしたのだ。彼は一週間のうち幾晩かはシェイクスピアの戯曲集を握りしめて、ラ・ビュルリエール通りを下り、ミス・ビーミッシュの家に出かけた。戯曲を一本選んで読み終えてしまうのが、英語を教えるときに彼女が好んだ方法だった。シェイクスピア作品に対する熱い思いは、作家でアイルランド生まれであるという共通点とともに、ベケットとミス・ビーミッシュのあいだの結束をより固いものにしたことはまずまちがいない。

5

一九四三年の冬は寒くて陰うつだった。この小さな村は比較的安全であったけれども、次第に窮屈になっていった。実際、彼らはルシヨンで囚人も同然だった。近隣の地域へ出れば捕まる危険がつねにあった。昼間は肉体労働が感覚を麻痺させてくれた。畑で働かないときや週末は、ベケットもシュザンヌも、畑を横切り、ゴルドあるいはサン・サチュルナン・ダプトのほうへ続く小道を通り、村を抜けて、夕食前に単にル・パスキエと呼ばれるパスキエ広場の学校のすぐそばでおこなわれるクリケットの試合を、たいていはベケット一人で観戦するのにまにあうように帰ってくるという長い散歩に出かけた。夜には教会の時計が正時になるとなぜか数分置いて二度鳴った。夏になると、蚊が睡眠中のユダヤ人の血もアーリア人の血も区別なく吸った。

ときどきは気晴らしもした。たいていはミス・ビーミッシュとお茶を飲んだり、近くの郷土史家エリー・ブランの訪問を受けるといった比較的平凡な出来事であった(42)。シュザンヌにとって最大の楽しみの一つは、トロワからの母親の訪問だった(43)。デュムニール夫人は列車でやってきたので、ノートル・ダム・ド・リュミエールという小さな駅に着いた。そこで夫人は、ベケットの友人の農夫オード氏と落ち合った。彼女は肉体的にルシヨンまでの道のりを歩くのは困難だったので、オードが馬車で迎えにいったのだ。彼女を迎えに来たシュザンヌとベケットが待つ農場に着くと、田舎の舗装されていない小道を馬車が「飛び跳ね」るとき、シュザンヌの母がどんなに歓声をあげたかをオードはおもしろそうに語った。二週間後、こんどは駅への帰り道、彼女はまたこの同じ経験を味わうことができた。彼らの最後の食事は、最初の食事のときと同様、オード家の台所でとった。

アンリ・エダンが到着して以来、ベケットには少なくとも美術との触れ合いが生まれた。エダンはほとんど毎日、村の周りの小道や坂へ画架、絵具、絵筆をもって出かけた(44)。ベケットが働いているすぐそばで絵筆をふるうこともしばしばだった。おかげで、二人は話をしたり、エダンの若い妻が作ってくれた弁当を二人で食べることもあった。そうでないときは、夕暮れになると、ベケットはエダンが一日じゅうずっと描いていた絵を眺めるという喜びを味わった。光の性質と、濃くて赤い黄土色から黄色の薄い色合いへと岩が変化する様子は、アンリをわくわくさせた。彼はカンバスが手に入ったり自分で敷布からカンバスを作ると、すぐに絵を描いた(45)。

ベケットがルシヨンで知り合いになったもう一人の芸術家は、エダン夫妻のおかげでルシヨンに来ることができた。その芸術家とは、室内装飾家であり、焼き物師であり、磁器制作者でもあった画家のウジェーヌ・フィドラーである。当時、ベケットもほかの人も彼をウジェーヌ・フルニエという非ユダヤ的な偽名で知るようになった(46)。フィドラーは以前住んでいたムジャンの市長が手に入れてくれた偽の書類をもって妻エディットと二人で暮らしていた。彼らがエダン夫妻を知ったのも、まさにこのムジャンにおいてだった。ルションでは二人は最初ホテル・エスコフィエの隣にある小さな家でエダン夫妻と一緒に暮らした。その後、村はずれの小高い丘のてっぺんにある、古い風車小屋を借りた。そこにいればドイツ軍がやってくるのも見えたし、必要なら森へ逃げることもできたからだ(47)。

ベケットはフルニエ＝フィドラーとは、エダンと一緒にカフェ・エスコフィエへＢＢＣのラジオ放送を聞きにいったときに知り合った。フィドラーは、ベケットが恥ずかしがり屋で内気な性格だと気づいたが、英語の能力を伸ばしたいという気持ちを伝えた。それを聞くと、ベケットはすぐに無料で何回かレッスンをしようと申し出た。そして数週間ものあいだ、ベケットは、フィドラーの家と自分の家の中間にあったエダンの家まで英語を教えに歩いていったが、その後フィドラーがラ・クロワの家まで来るようになった。彼らは頻繁にピカソ、カンディンスキー、キルヒナーらの絵画について語り合った。ベケットはフィドラーに、友人であるブラン・ヴァン・ヴェルデが自分の好きな現代画家の一人だと言った。フィドラーはエダンの絵に刺激されて本格的に絵を描くようになった。あるときベケットは、自分が働いている近くでフィドラーが周りの田舎の風景を描いているのを見たが、それは自分には「あまりにも仰々しい風景」だと思った(48)。

6

畑で激しい肉体労働をすることによってどうにか食べていけるようになり、またそのおかげで肉体感覚が麻痺しても、ベケットの精神的欲求は満たされなかった。そんなわけで、夜になると、ベケットは一九四一年二月、パリで書き始めた小説『ワット』に再び取り組むようになった。彼はシュザンヌとヴァンヴに潜んでいるあいだもこの小説のごく一部を書いていた。つまり、『ワット』を書き記したこの大型ノートは、二人がフランス南部へ逃れるときにも、ともに旅をしたのである。ベケットはホテル・エスコフィエにいた十一月にも、この小説の執筆を再開しようとしたが、ほんの二行しか書けなかった。一九四三年三月一日、ラ・クロワの家に落ち着いてからようやくベケットは本格的に執筆を再開した(49)。彼はシュザンヌ以外には、ルションにいる誰にもこの小説を執筆していることをしゃべらなかった。ベケットがのちに語ったところによれば、彼は文体練習のために、また正気を失わないために、「(現実との)接点を保つために」書いたという(50)。

『ワット』では、ベケットは自分の幼年期や青年期の体験をもとに場面を設定している。ノット氏の家は、一部はフォックスロックの自宅がモデルになっている。少年時代に通学に利用した「ダブリン鈍行快適」鉄道の思い出を再創造し、主人公ワットが最初はハーコート通りのターミナル駅までの、次にはそこから、駅のわきに競馬場（実際にはレパーズタウン競馬場）のある、フォックスロックをモデルにしたアイルランドの村の駅までの旅の様子を描いている。この小説の登場人物のなかには、記憶のなかの地元の人びとをモデルにして描かれたものもある。「『ピカルディの薔薇』を口笛で吹く肺病病みの郵便屋」は、フォックスロックの地元の郵便屋の一人、ビル・シャノンであるし[51]、ベケットが男子生徒だったころ、彼を驚かせた終着駅のポーターや、駅のホームの売店で働いていた愛想のいい人などが登場する。「扁平顔のミラー」、「尻けつコックス」、「ニシンの腸ウォーラー」は、ベケットの父親や叔父のジェラルドがフォックスロック居住者に好んでつけたニックネームのような響きをもっている[52]。小説中の別のアイルランド人の登場人物の一人クリームは、ビリヤードのテーブルで玉を打つのに忙しい。（「そうそう、クリームのやつ、玉の入りかたがべらぼうについておりましてね、とゴフは言った。あんなのは見たこともありません。わたしたちみんな息を飲んで、やつがきわどい的玉にねらいをつけてかまえたのを、見守っていました、しかも黒玉でですぞ」）[53]。クリームはがっしりとした体つきの老人で、ベケットが子どものころ、キライニーの家に住んでいた。そこはのちに彼の友人でスウィフトの伝記作家でもあるジョー・ホーンが住むことになった[54]。

ベケットはルションでこれらの思い出に不幸なリンチ家の描写を付け加えたが、これはスウィフトの『控えめな提案』〔『貧民児童利用策私案』のこと〕にも似た、文学におけるグロテスクなもののみごとな一例となっている。ベケットはまた、さまざまな論理学の練習や、溝のなかでワットが聞いた蛙の鳴き声を、「クラック、クレック、クリック」というようにさまざまに組み合わせて想像しながら時間を過ごした。大学単位認定委員会の楽しい場面（草稿では、学寮長が議長を務め、副学寮長、会計係、通信係、記録係がいて、すべてベケットがダブリンのトリニティ・カレッジで経験したことのある、礼儀正しく、かつ退屈なまでに長ったらしい会議に基づいている）や、その委員会にルイがナッキバル氏を紹介し、その彼が平方根と立方根についてみごとな能力を披露する場面なども、ルションでの長い夏の夜、おそらくくすくす笑いながらベケットは書いたことだろう。草稿は出版された小説以上に、アイルランド、とりわけダブリンの思い出に満ちている[55]。

だが、アイルランドの思い出は、『ワット』のなかでベケットがおこなう喜劇的な合理性攻撃に比べれば、それほど重要ではない。この小説には、論理学的法則に基づいて合理的な問いかけをしようとするワットの涙ぐましいまでの努力も描かれている。たとえばワットはノット氏の食事の残飯処理にどのようにして犬を連れてくるか、あらゆる可能な組み合わせを試してみる。どんな方法にもつねに難点が生じる。結局、理性はなにも解決してくれないのだ。ルビン・ラビノヴィッツの言葉を借りれば、ワットは「まるでデカルトの『精神指導の規則』を記憶しているかのように、それに基づいて思考を進め、その指針に字義どおり従おうと決心する[56]」。ベケットはまだ大学院生のとき、かなり長いあいだデカルト、ゲーリンクス、マルブランシュといった後期デカルト主義者の著作を読んだ。けれども、もし「知りたいという欲求」がこの小説のエピソードの推進力になっているとすれば、「知ることのむずかしさと、その不可能性[57]」こそが、それに対する結論なのだ。

『ワット』のこの重要な側面は、ベケットとマルセル・ロブとのあいだに起きた理性と論理の問題に関する個人的、かつ根源的な意見の相違から生まれたのかもしれない。ベケットとロブは、合理主義と、その力、およびその成果に関して何度も激しく意見が対立した。文法家で古い流派の合理主義者ロブは、精神の力と論理学をもってすればどんな問題も解決できると信じていた。そのため、この問題についてベケットと意見が食いちがったとき、夕食なかばにして怒ってその場から出ていってしまった[58]。そのような主張は、ベケットには愚かさや偽りにしか見えなかった。『ワット』はその実践的証明なのだ。

一見『ワット』は狂気じみた、突飛な小説のように見える。精神衰弱の状態にある人にしか書けないような代物だと言われもした[59]。けれども、この作品は非常に滑稽な小説でもあり、そういった主張とはまったく正反対であることを示す、ある程度の意識的操作も見られる。主人公のワットは確かに従来の精神分裂病、もしくは強迫神経症の徴候をいくつか示していると言えるかもしれない。しかし、作者は自分がしていることに対して、完全に自覚的であるように思える。つまりワットに合理主義者の因果律をあてはめ、最終的にはパラドックスへといたらしめるのだ。

7

小さなレジスタンスのグループがルションで活動を開始した[60]。このグループは戦争が終わりに近づくまで、めったに実際の破壊活動や戦闘には参加しなかった。ドイツ兵のパトロールは、占領期間中、わずか三回しか村には来なかった。そしてこれこそが、この地方のレジスタンスの指導者たちが望んだことだった。というのも、レジスタンス運動にとって、ルシヨンの村の有用性は、目立たないことにあるのではなく、ヴァントゥ山やリュベロンなどの地域で活動するグループに物資を補給する場所として便利だったからである。村の周りの赤土の断崖にあるほら穴は、戦闘用の装備やほかの物資を隠しておくのに便利で手ごろな広さだったし、村のなかにもたくさんの地下室や屋根裏などの隠し場所があって、そこには武器（ときには人間も）を容易に隠すことができた。英国空軍のパラシュートによる物資の投下は、一九四二年以降、かつてのフランス空軍兵からなるアプトのグループによって計画された。

近くの農民たちは、ときにはしぶしぶ山から来るレジスタンス運動員たちに持ち合わせの食糧を提供した。彼らは自分たちの飼っている羊や牛を殺すのは望まなかった。ただほかに選択肢がほとんどなかった。つまり、このような困難な時代にあっては、もしそうしないと、レジスタンス運動に反対していると思われかねなかったのである。もちろんなかには、店の経営者なども含めて、実践的な運動家を心から支持する者もいた。たとえば、当時十三歳だったエレーヌ・アルベルティーニ（旧姓ギュリニ）は、食べ物の入った籠を村から運び出して、森のはずれに置いてくるようにと言われた。ただし質問してはいけないと釘をさされた。(61)

農夫や地主のなかには、みずからレジスタンス運動に関わっている者もいた。その一人で、ルシヨンのグループのリーダーでもあったエメ・ボノムは、薬、手榴弾、ライフル銃、小さな武器などを自分の家の地下貯蔵室に隠していただけでなく、自分用の無線送信機さえ、小さなスーツケースのなかに隠しもっていた。(62)二つ目の無線送信機を所有していたのはクロード・ブロンデルだった。ボノムはまた、自宅に少なくとも一人、イギリス人の無線技師をかくまっていた。さらに、食糧の切れたレジスタンスのメンバーにはもちろんのこと、普通の村人にも食糧の補給を保証したこともあった。ボノムは夜を徹して作業し、導線を自宅の二階の窓から外の通りにある主要電気ケーブルへつなぎ、ひそかに穀物を挽くことで、家のメーターに余分な負荷がかかって告発されるのを避けたのである。

ヴィシー政府は反ユダヤ的、反フリーメイソン的、かつ反共産主義的態度を積極的にとった。フランス南部のグループがたいてい共産主義から出発していたように、ルシヨンをベースにしたグループも当初の発想は共産主義的だった。ところが、グループが大きくなり、ナチを打ち倒すことがおもな任務となるにつれ、メンバーたちの政治的見解は、はるかに多岐に渡るようになった。

以前ルションではいかなる密告もなされたことはないと言われていた。どんな密告もヴィシー政府までは届かなかったというのが真実かもしれない。エメ・ボノムは、疑わしそうな手紙、つまりアプトもしくはアヴィニョンの当局宛の手紙はいっさいとりのけて自分がなかを見られるよう村の郵便局員に言っておいた。一通たりとも例外はなかった。[63] しかし、当地のレジスタンス・グループは、ほかの地域で起こることまでは統制できなかった。実際のところ、アプトで花屋を営んでいるパリの女性による密告は、ベケットとシュザンヌのごく身辺に触れていたのである。[64]

一九四四年三月のある日、イヴォンヌ・ロブは、夫のマルセルが密告され、ユダヤ人であるとしてアプトで逮捕されたという知らせをもってベケットの家にやってきた。マルセルはパリ近郊のドランシーの収容所に連行された。そこは人種を選り分けるところで、アウシュヴィッツへの通過収容所として機能していた。ロジェ・ドゥルートゥル、シュザンヌ、ベケットは、マルセルが強制収容所に送られた場合、彼の運命がどうなるかわかりすぎるぐらいわかっていたので、どうすれば彼を救い出せるか暗い気持ちで熟慮した。もしロブ夫人が、夫のマルセルはアーリア人であるということを完全に証明できれば、ドランシーから連れ出して、別の収容所で軽目の務めを果たすだけで済むかもしれないというかすかな希望があった。そこで彼女は司教に連絡をとり、自分や弟の分だけでなく、両親の分までもローマ・カトリックの洗礼を受けたという証明書を得ようとした。彼女の証明書が見あたらなかったこともあり、じつに多くの困難と途方もない心配ののち、ついに彼女は、夫が相変わらずユダヤ人として留め置かれたままではあっても、すぐには移送されないように手配することができた。マルセルは、次々に家を明け渡したユダヤ人たちが所有していた家具や家庭台所用品、書物や書類などを選り分けるための大きな倉庫のようなところで働かされた。なかには、逮捕されたときに女性がもっていたらしい、中味がいっぱい詰まった買い物袋さえあった。これらすべての個人の持ち物は分別され、その後、ドイツへ送られた。

ベケットは、洗礼の証明書を提出できるか否かで一人の人間が救われたり、有罪を宣告されたりするという官僚制度の働きを、身のすくむような恐怖感を覚えつつ見守った。このような合理主義的な暴虐を個人的に覚えていたために、ベケットは戦争の最後の数か月間、再び近くのレジスタンス・グループに加わることになったのかもしれない。

ベケットはイヴォンヌと新たな恐怖を分かち合うことになった。英国、アメリカ、自由フランス軍によってパリが解放される直前、マルセルはユダヤ人やアーリア人の夫たちともどもドランシーへ返されたものの、フランスの鉄道員たちの英雄的努力の末、収容所が空くまでの数日間、列車の出発が遅れたことで、どうにか死刑を免れたからである。ベケットはヴォクリューズの解放とともに、アプトのレジスタンスの戦闘員たちが花屋の奥の部屋へ入っていき、女主人の頭に銃弾を数発打ち込んだという知らせにも、なんの慰めも感じなかった。

　マルセルがいないあいだ、ベケットはしばしばイヴォンヌと彼女の弟のロジェを彼らの小自作農地に訪ねていき、手伝えることはないか見にいった。イヴォンヌはベケットがヒヨコマメを植えるための穴を掘ってくれたのを覚えている。彼女はまた五月ごろ、仕事を中断しながら、ナイチンゲールの美しい歌声に耳を傾けてみては、とベケットに言った。するとベケットは、「ナイチンゲールの声はあまり好きではない」と答え、「クロウタドリの方がずっといい」と言った。ナイチンゲールの歌は（ベケットが好んで暗誦したキーツの詩にうたわれているにもかかわらず）、ベケットの耳には派手で、調子が美しすぎたのである。

　ルシヨンにいた最初の一、二年は、おそらくシュザンヌの勧めもあって、ベケットはレジスタンスの戦闘員とは距離を取り続けた。パリにいたときもう充分、危険を冒してきたと感じたからであろう。ベケット自身は「国内のフランス軍」に加わることにそれほどの意義を見いだしてはいなかった、と語っている。だが、彼の志願カードが示して[65]いるように、一九四四年五月には軍に入ることになる。以前レジスタンス運動に関わっていたことをほのめかしたことはなかったのだが、ベケットはすでに長いことシンパとして知られていた。いずれにせよ、ベケットは地元の人からは知識人だと見なされ、グループの多くのメンバーとは異なり、元軍人のクロード・ブロンデルに銃や手榴弾、爆薬の使い方の訓練を受けておらず、したがって活動家ではないと思われていた。しかし、エメ・ボノムによれば、ベケットは何度か爆薬を自宅やその付近に隠してくれたという。ベケットがテラスにあるゼラニウムのそばに、手榴弾をむき出しのまま置いていたという話もある。無理もない話で、ベケットとシュザンヌにとっても、家に入れるにはありがたくない代物だったのだ。ほかにもいくつかの隠し場所があった。たとえば庭にあった隠れ場所や使用していない部屋の床下などで、そこをベケットは使ったようだ。

　のちにアメリカ軍が戦闘を重ねながら南から近づいて来るにつれ、ベケットは夜になると何度か地元のレジスタンス運動員とともに外出して、ほら穴から戦闘兵器を持ち出したり、英国空軍がパラシュートで落とした供給物を拾ったりした。小火器類にはまったく触ったことがなかったので、ドイツ占領軍に対する実際の突撃に加わるべきだといった強制は少しもなかった。ベケットが見張りの任務を自ら申し出、また戦闘の終わりごろに国道を統制する任務を買って出たとき、多少の懸念がなかったわけではない。ボノムは、もしベケットが望むなら当然、銃を渡したほうがよいと思った。そこでベケットは丘で基本的な訓練を受け、ライフルを撃ったり、手榴弾を投げたりした。数日間は戸外で眠り、その間《かん》シュザンヌはエダン一家の世話になった。運動員と一緒にいたある日、仲間が残酷にも子羊を棍棒で打ち殺したのを見て、ベケットの髪は恐怖で逆立った。このことから、自分がこういった生活にはまったく向いていないと悟ったベケットは、「わたしは臆病だった」とのちに語っている(66)。ジョゼット・エダンは、ベケットと一緒に農場にいたとき、オード家の人がネズミを見つけて殺そうとした瞬間、ベケットが駆け寄り、ネズミを取り上げると、畑のほうへかけてゆき、溝に逃がしてやったのを覚えている(67)。

退却していくドイツ兵を待伏せするために、地元のレジスタンスのメンバーによって道路の脇にアジトが築かれた。約五十年後も、ベケットは相変わらずこのころのことを覚えていた。「銃をもって夜になったら出かけてゆき、待ち伏せしながら横になっていた。ドイツ兵は一人も来なかった。だから、幸運にも銃を使う必要はなかったんだ(68)」。しかし、実際の銃撃戦が始まったとき、偶然、ベケットはその場にいなかった。そして、それはほとんどあっというまに終わった。一九四四年八月初旬、レジスタンスのメンバーたちは数回にわたり、完全武装して現われた。彼らは国道百号線に沿ってジュリアン橋に整列し、道路を断って、退路を粉砕しようと考えた。退却してゆくドイツ軍の戦車に対し、ライフルやマシンガン、爆薬などで攻撃を加えた。この攻撃でダメージを受けた戦車はほとんどなかったし、迫りくるアメリカ軍から急いで逃げようとするあまり、たいていはまるでぶよにでも刺されただけのように、その攻撃を無視した。ルシヨンからのグループとこの地域のメンバーがもし本当に戦いを交じえていれば、多くの人が命を落としたことだろう。しかし、結局、フランス人のあいだに死傷者は出なかった。

二日後、アメリカ兵がこの同じ道路を通過した。クロード・ブロンデルは護衛隊の一つを止め、自分たちの小さなグループもレジスタンスのメンバーに同行し、ルシヨンまでいってもよいかと尋ねた。そこにいる村人たちはこちらの谷でなにが起きているのか知らなかったからだ。そこで先頭のジープがフランス国旗をはためかせ、そのあとをアメリカ兵とフランスのレジスタンスの人びとを乗せたトラックが続き、解放軍の少人数の一行がパスキエ広場に乗り込んでいくと、ルションの人たちは喝采して迎えた。

ジョゼット・エダンによれば、エスコフィエ夫人はエダンのところに大急ぎでやってきて、扉を叩き、「早く、早く、エダンさん、来てください、アメリカ人たちが到着しました」と叫びながら、シェイクスピアばりの英語を上手に使って、通訳をしてほしいと頼むのだった。驚いたことに、兵士のほんの数人だけがシカゴあたりの出身で、残りはすべてポーランドかユーゴスラヴィアの兵士たちだった。エスコフィエ夫人は最高の出来のワインを地下貯蔵庫から取ってきて、解放と間近に迫った連合軍の勝利を祝った。このときばかりはエダンの知っている東欧の言葉がまだ役に立ったのだった。(69)

アメリカ兵はしばらくしてから、連隊に戻るために村をあとにした。その夜、ルションでは解放を歓迎するムードが高まるにつれ、尽きることのない歓びにあふれ、酒、歌、踊りで盛り上がった。レジスタンスのグループが一緒に集まって大勢の人の輪ができたが、ベケットとシュザンヌは、二人にディナーを用意してくれたエダンとジョゼット・エダンとともに、静かに解放を祝った。レジスタンスのメンバーが開いたお祝いに参加しようとエダン夫妻のもとを離れたころには、祝いの催しはすでに終わりに近づいていた。いつものように、ベケットとシュザンヌは静かに村を離れ、パリが再び解放され、家に帰れるまでにあとどれくらいかかるのだろうかと思案しながら、自分たちが借りている家へと帰っていった。

第十四章　戦争の余波　一九四五―四六

1

一九四四年の秋か一九四五年の初め、ベケットとシュザンヌはルションを離れて、パリに向かった。(1) アンリ・エダンは病気の具合がすぐれず、ジョゼットとともに丘の上の村に、数か月間居残ったあと、パリの家に帰った。(2) ファヴォリット通りのベケットのアパートは、留守のあいだ、誰かが使っていた形跡があり、家主が又貸しをしていた可能性さえあったが、部屋が引っかき回されているのではあるまいかという心配は、取り越し苦労に終わった。家具も持ち出されてはいなかった。本や書類のなかにはゲシュタポに没収されていたものもあったが、ベケットの言葉によれば、アパートは「奇跡的に生き延びていた」(3)。けれどもラスパイユ大通りに面したエダンの工房は、完全に荒らされていた。彼の絵画、家具、シーツやテーブルクロス、台所の器具もすべて消えていた。シュザンヌは、これほどの非常時にブツブツ言ってもしかたがないのに、浴室に置いてあったオイルやクリームの瓶がなくなっていたことに我慢がならなかった。(4) だがすぐに気分を変えて、てきぱきとアパートの掃除、片づけ、秩序の回復に取りかかった。彼女は気むずかしいほど几帳面だったけれど、ちょっと窮屈な住まいながら、ベケットが執筆を再開できる環境を作ろうと望んでいた。

ベケットの言葉を借りれば、彼らは「しかめっ面のパリ」に戻ってきた。食料はほとんどなかった。(5) それだけに、ジールとリスルのヴァン・ヴェルデ夫妻が田舎から帰ってきて、(6) 二羽の鶏を差し入れてくれたときなど、それはとびきりのごちそうとなった。一羽はベケットたちに、もう一羽は兄のブランのためにもってきてくれた。たいらげたあとで、それが若いおんどりだったことを聞かされると、あまりに腹ぺこだったので、なにを食べたかよく覚えていないとベケットはおどけた。(7) ともあれ、暮らしがひとたび落ち着くと、ベケットは六年近くも会っていない母親や兄に会いたくなり、一刻も早くアイルランドにいかなくては、と思い始めた。戦争が終わった時点で、自分のふところぐあいがどうなっているのかを確かめる必要もあった。

ダブリンにいくには、イギリスを経由しなければならなかった。それなら、ロンドンのラウトレッジ社に立ち寄って、『マーフィー』の印税が入っているかどうか確認したかったし、ついでに新しい作品を持ち込んでみようと思い立った。けれども、その寄り道は想像を絶する長くけわしい道のりとなった。戦争はこのわずか数日後に終結をみることになるが、このときはまだドイツで戦争が続いていた。[8]ベケットが入国する際、戦争中ずっとフランスに住んでいたと主張し、アイルランドのパスポートをもつ旅行者を警察と入国管理局は、怪しんだ。ドイツ寄りの「第五列員」、つまりスパイに対する根深い恐怖にいまだおびえていた時代だった。

結局、ベケットはロンドンで数日間、拘留されることになった。ベケットによれば、パスポートと荷物のなかに所持していた分厚い原稿を没収されたそうだ。旅行を続けるためには、なにはともあれパスポートを取り戻さなければならなかったので、陸軍省に出頭し、戦争中におこなった活動について説明しなければならなかった。ベケットはレジスタンスの細胞である「グロリアSMH」における自分の任務や、仲間が逮捕され、組織が解体した経緯、さらにパリからの脱出と、ヴォクリューズでの潜伏生活などについて語った。[9]ベケットには知らされていなかったが、たまたまレジスタンスの指導者のうち二人が、すでに二年ほど前に、個別に英国諜報局から聴取を受けていた。したがって、もしこのとき、調査がさらにくわしくおこなわれていたならば、陸軍省はベケットについての詳細な記録が確認できただけでなく、レジスタンス細胞の一分子としてのアイルランド人「サム・ベケット」に関する具体的な情報を入手することができただろう。その細胞は第二次大戦中、ドイツ軍領地区で破壊活動をおこなった英国の秘密機関特殊作戦執行部（SOE）の支配下にあった。[10]

ベケットは、激しい空爆に見舞われたロンドンを歩いた。ロンドンの人びとの心には、二、三か月前に飛来してきた巨大なV2ロケット砲への恐怖が生々しく残っていた。とそのとき、驚くべき偶然が起きた。姪のキャロラインや幼い甥のエドワードのためにみやげを買おうとオックスフォード通りをぶらついていたベケットは、レジスタンス時代の仲間だったジャンニーヌ・ピカビアと、ばったり会ったのだ。ジャック・ルグランとペロンが逮捕されたあと、彼女は一九四三年にスペイン経由でイングランドに渡り、ロンドンで暮らしていた。[11]ベケットはジャンニーヌから、彼女の母親のガブリエルも一九四三年に、無事到着していたことを聞かされたことだろう。しかし、彼女は細胞の「ディック」こと、ペロンの運命についてはなにも知らなかった。また逮捕されたあと、ラーフェンスブリュック、ダッハウ、ブーヘンヴァルト、そしてマウトハウゼンなどの強制収容所へ移送されたほかの数十人の仲間たちの安否についてもなにも知らなかった。ペロンが「一九四五年五月一日にスイスにて、帰国途中に」死んだことをベケットが知らされたのは、アイルランド滞在中の六月なかばのことだった[12]。

ロンドン滞在中のベケットはそんなことはつゆ知らず、めずらしく込み上げてくる希望に浸っていた。彼はすぐにもパリに戻って、五年も遠ざかっていた作家生活に戻りたくなった。戦争はほぼ終わっていた。これで御陀仏《おだぶつ》かと思ったときもあったが、シュザンヌともども生き延びた。だが、彼が希望をもったのはほかにも理由があった。携行していた原稿は新しい小説『ワット』だった。彼は一九四四年十二月二十八日にルシヨンでこの小説を書き終えていたものの、この数か月間、いじくり回していた。少なくともベケットは暗い戦争の日々からなにかを救い上げていたのだ。

陸軍省に没収されていた原稿も戻り、自由の身となったベケットは、カーター・レーンにあるラウトレッジ社の事務所に出向き、T・M・ラグと会った。二人は前作の『マーフィー』について語り、ラグは何部売れたか調べておこうと約束した。一年後、『マーフィー』は戦争中に絶版になったことを知らされる[13]。これにより収入の見込みはついえたばかりでなく[14]、通常、契約についてくる、自分が購入する際の著者割引すら使えない羽目になった[15]。

ベケットはまた、新作の『ワット』についてもちょっと話しておいた。そして五月の終わりごろ、ラグとリードに目を通してもらうために整理しなおしたあと、アイルランドから『ワット』の原稿を送った[16]。けれどもまもなく断りの手紙が来た。六月六日、ベケットはラグから次のような情のこもった、けれど気のめいる返事を受け取った。

> ハーバート・リードとわたしは『ワット』を読ませてもらいました。この作品については、申し上げにくいのですが、二人ともとても複雑な気持ちで、少なからず当惑しています。率直に申し上げると、その大半があまりに突拍子もなく不可解であり、今日わが国で出版しても、成功するとは思えません。したがいまして、これを出版するためにきわめて限られた紙の配給を割り当てられる見通しは立てられそうもありません。こんなことを申し上げるのは心苦しいのですが、残念ながら『マーフィー』に対してわたしたちが感じた心底からの熱狂は、『ワット』に対しては感じられません。そのような次第です[17]。

一九四六年、『ワット』の原稿はカーティス・ブラウン社[18]のジェイムズ・グリーンにゆだねられ、さらにグリーンからニコルソン・アンド・ワトソン社[19]に送られたのち、ロンドンの著作権代理人リチャード・P・ワットにゆだねられることになった。ベケットは、ワットが『ワット』を取り扱うという運命の皮肉に苦笑した。代理人は多くの出版社にこの作品を送った。一九四六年三月には、ベケットの以前の出版社であるチャトー・アンド・ウィンダス社にも送ったが、当惑しきった冷淡な返事が返ってきた[20]。それでも代理人はメシュエン社、セッカー・アンド・ウォーバーグ社などに送り続けた[21]。詩人であり、外交官でもあるベケットの友人デニス・デヴリンは、これより前、アメリカの出版界もあたってみようと、ワシントン赴任中の休暇の際に一部を携えていった。だがワットからもデブリンからもよい反応は聞けなかった。かくしてこの作品は、まずはA・P・ワット代理店に、次にまたもやジョージ・リーヴィーの手に渡るという、おなじみのルートを何年かかけてたどる運命にあった。一九四六年十月、フレデリック・ウォーバーグ社はR・P・ワットへの断りの手紙のなかでベケットをもどかしがらせるように、こう述べている。

> 言葉遊びは安易にすぎるが、作品自体は難解すぎる。そこには計り知れない精神の活力、並はずれた形而上学的巧妙さ、そして卓越した作家としての才能がみなぎっている。この作品の出版を断ることは、未来のジェイムズ・ジョイスの作品をボツにすることに等しいかもしれない。こんな作家を次々に生み出すダブリン[22]とは、いったいどんな空気が充満しているのか？

2

フォックスロックに帰ると、前回、六年前に会ったときからずいぶん老けてしまった母親の姿に、ベケットは愕然とした。彼女はこのとき七十四歳だった。背が高くぴんと伸びていた背筋は曲がり、くたびれて弱々しかった。しかも心配なことに、両手はパーキンソン病のためにかすかに震えていた。今後五年間、病気はゆっくりと、しかし容赦なく進行するのだった。紅茶に砂糖を入れたり、受け皿のスプーンを持ち上げたりするときに、手が震えて母のスプーンはカップのふちをかたかたと叩いた。ベケットが留守のあいだに、彼女はクールドライナ邸を売り払い、道をはさんだはす向かいに一握りの土地を買って、小さなバンガローを建て、ニュープレイスという名を付けていた。というわけで放蕩息子が、慎ましい新居にいる母を見るのは、これが初めてだった。字が書けないほどに彼女の手が震え出したとき、かつて使用人として働いていたリリー・コンデルが、手紙の代筆をするために毎週のように通ってきてくれた。(23) リリーは、メイが長い闘病生活のあいだ、どのように新居での生活を受け止めていたかを、次のように述べている。

奥様は自分で動けるうちは、新居を気に入られていました。小さな石庭がありましてね。ほとんどは樅の木みたいな木でしたが小さな畑もあって、奥様は楽しんでおられました。でもなにもできなくなられてからは、お気の毒に、奥様はよくドアのガラスに両手をぴたりとつけたままじっと立ちつくして、「リリー、わたしはここで囚われの身よ」と、口癖のようにおっしゃってました。目に入るものと言ったら、ただ外の通りを行き交う人だけ。さぞ、お寂しかったことでしょう。(24)

母の変わりように驚いたベケットだったが、老いて気弱になったせいか、母との関係が戦前のように、ピリピリしたものではなくなって、ほっとした。親戚や友人からの呼び出しがあり、外出も多かったことが幸いし、二人は驚くほど仲良くやっていた。そして書簡に書かれているように、ベケットは戦後、毎年帰郷するたびに、母の喜ぶことならなんでもした。ときには（彼が頑固な不可知論者であるにもかかわらず）、母に付き添って、敬虔な信者として長年彼女が通い続けているタロウ教会にいくこともあった。ベケットはかぼそい声で賛美歌を歌ったが、使徒信条の唱和のときは沈黙したままだった。(25)

兄のフランクは、七歳の娘と二歳の息子をもつ家長としての役割をつつがなくこなしていた。クレア通り六番地ではまじめに働き、海辺のキライニー村でもダブリンのビジネス界でも、りっぱな人物として通っていた。教会にも欠かさず通い、バリーブラックのホーリートリニティー教会の教区委員でもあった。ゴルフも好きで、サムとおしゃべりをし、チェスを二、三回したあとにはきまってキャリックマインズ・ゴルフ・クラブのコースを一緒に回った。(26) サムとフランクのあいだには六年間の空白があったせいか、共通の話題はもはやほとんどなかったが、それでも人生の半分をともに歩んだ二人には、深い愛情に裏打ちされた絆があった。

フォックスロックに着いたばかりのベケットは、やつれて見えた。「ボス」とシシー・シンクレアの末娘デアドラ・ハミルトンは、帰郷したてのころ、ベケットと食事をともにした。そのとき初めてベケットが食事を残らずたいらげたのを見たという。(27) シュザンヌや友人たちがパリの都会で空腹に耐えていることを思えば、ダブリン州の豊かな田舎暮らしは贅沢だった。それだけに、ベケットはしばしのあいだとはいえ、気楽な生活をしている自分にうしろめたさを覚えた。とはいえ、ジャック・イェイツとその妻コティーを再訪したり、トム・マグリーヴィーやデニス・デヴリンらの旧友に会ったりするのは楽しかった。またヨークシャーでイエズス会の学校教師を勤め終えたブライアン・コフィにも、束の間ではあったが、会うことができた。[28] それでもやはり、パリがベケットの故郷と言える場所だった。いまや彼の心はパリにあった。パリに一人残してきたシュザンヌのことが心配でならなかった。一文無しでパリに帰ったものの、アパートは略奪されてからっぽだったというエダン夫妻のことも気がかりだった。家を失い、[29] 行き場のないヴァン・ヴェルデ夫妻のことも心配だった。さらに未亡人の身で十二歳になる双子のアレクシスとミシェルを育てなければならなくなったマーニア・ペロンの身の上を思うとつらくなった。ベケットは銀行の支店長に会い、収支を調べてもらった。戦争のあいだ、放りっぱなしにしていた虫歯を治してもらうために、昔からのかかりつけ歯科医アンドリュー・ギャンリーを訪れ、抜歯や、詰めをしてもらった。[30] だが、パリに一刻も早く戻りたかった。

3

フランスに戻るのは予想外に困難だった。出発に先立って書類をそろえてもらっているときに、ベケットはいくつかの重大な事実に気がついた。仮にフランスに帰る許可が降りても、じつはそれすら確かではないのだけれど、外国人の自分はパリのアパートに住み続けられないかもしれないこと、アイルランドからフランスへ英国の通貨であるポンドを送金することが、商売上の目的でない限り、厳しく制限されていること、[31] さらに、一九三三年に受け取った父の遺産は全額残っていたけれども、その価値は生活費の驚くべき高騰によって目減りしてしまっていたことなどがわかったのだ。フランが実質的に安くならない限り、たとえ銀行から定期的に送金してもらえたとしても、フランスでの生活が苦しいものになることは一目瞭然だった。結局、パリでは安アパートを借りて、なんとかしのいでいくしかなかった。[32]

ベケットは、友人で、リッチモンド病院の内科医アラン・トンプソンから耳よりの知らせを聞いた。アイルランド赤十字社が、連合軍の上陸作戦のあいだに壊滅したノルマンディーの町サン・ローに、病院を建てる計画が持ち上がっているというのだ。フランスに戻り、自分のアパートを合法的に保持するために、ベケットはすぐさま病院での「補給部隊員兼通訳」に志願し、その仕事を手に入れた[33]。トンプソンも医療班の一員として志願していて、新しい病院長トマス・マッキニー大佐も含めた三人は、一九四五年八月七日に先発隊として出発した[34]。ロンドン経由でパリに数日滞在し、そこでフランス赤十字社との打ち合わせもした。そして、彼らを待ち受けていたサン・ローの光景は、ベケットにとって衝撃的だった。

サン・ローは瓦礫の山にすぎない。フランスでは「廃墟の都」と呼ばれている。二千六百戸の建物のうち、二千戸は完璧に消滅。残った六百戸のうち四百戸は大破し、二百戸だけがわずかな破損ですんだ。六月の五日から六日にかけての夜に、惨事は起きた。この数日間の激しい雨で、町は泥の海だ。冬が来るとどうなるのか想像もつかない。宿泊所らしきものは皆無で、ぼくたちは四マイル離れたところにある大きなタンクリの城に泊めてもらった。十二世紀の代物だが、建物の片翼はまだ健在だった。けれどもこの前の水曜日からは、病院用地のすぐ近くの町医者に世話になり、なんと一部屋に三人が寝泊まりしている。一つのベッドにぼくはアランと寝たんだ！ぼくたちは建築家の尻を叩いて、水道やトイレがなくてもいいから、とにかく自分たちの居場所ができるように小屋の一軒くらいなんとかしてくれと頼んでいるところだ[35]。

サン・ローで唯一の病院は、爆撃で破壊されていた。町には木造の家も姿を見せ始めていたものの、人びとはいまだにじめじめした地下室や半壊した家屋で暮らし、マットレスの上で眠り、寒さや雨風や泥と戦っていたばかりか、水不足や粗末な下水設備とも闘っていた。アイルランド赤十字病院は、血清や必要な医療器具、驚異の新薬ペニシリン、訓練を充分に受けた医者や看護婦の一団を準備する必要があった。言うまでもなく計画のすべては、二十五の木造病棟の建設にかかっていた。そして、緊急に必要なアルミ張りの手術室を含む病院がサン・ローの郊外にまもなく建設された。ベケットは部隊の一員としておこなった仕事内容を、次のように説明している。

復興に向けて、団長マッキニー、医師アラン・トンプソンと一緒に、出発したんだ。備品をありったけ積み込んだ船に乗り込んでね。波止場付近にずらりと並んだ店で備品を調達し、積み込んだのを覚えている。次に外科医アーサー・ダーリー、フレディ・マッキー、それからトミー・ダン［ベケットの備品係助手］たちの一団と合流した。わたしの仕事は倉庫に備品をそろえておくことと、運転だった。救急車やトラックを頻繁に運転したものだ。大事な仕事だったんだ。トラック数台と救急車六台があり、備品調達にディエップまで車を飛ばして、看護婦を連れ帰ったりしたものだ。指揮は、マッキニーがとっていた。(36)

それは簡単どころか、骨の折れる仕事だった。初めのうちは、ありとあらゆる問題が次々に起こったので、問題を解決したり、地元の不安や誤解を解消したりするために、ベケットの忍耐と語学力がぎりぎりまで試された。サン・ローに到着してまもなく、彼は落ち込んだ手紙を書いている。

病院建設は完成にはほど遠い。もし本気で運営するつもりならば、十一月中旬までには、きちんとことが運ぶようにしなければならないのだけれどね。フランス赤十字社の情報はまったく頼りにならず、がっかりだ。さらに面倒なのは、地元の医療関係者とパリの赤十字関係者のあいだに、わけのわからぬピリピリとした空気が、なにかにつけて走ることなんだ。地元民は、備品は歓迎するが、われわれは不要（きわめてごもっとも）、という印象だ。しかも理由はわからないけれど、フランス赤十字社はアイルランド人スタッフでなければならないと主張しているようだ。近いうちに薬局、実験室、性病診療所にも対応していきたいし、医者や技術者を数人手配しているところだ。(37)

最初、小屋が建つまで、備品はフランスで二番目に大きな馬の飼育場の巨大な穀物倉庫のなかに山積みされていた。たまたま病院予定地の近くにその倉庫があったからだ。(38)先発隊はなんの設備もないなかで野営した。八月の終わりには、ほかの医療チームの一団が加わった。だが、すべての建物が使用可能になり、十人の医者と三十一人の看護婦全員の配置が完了し、やっと患者の治療にあたれたのは、一九四五年のクリスマス前だった。結局、公式に開院したのは、一九四六年四月七日だった。(39)

ベケットは医療スタッフのみんなに好かれ、尊敬されていたようだ。第二陣としてやってきた、小柄でこざっぱりとした眼鏡をかけた医師ジム・ギャフニーは病理学者だが、ベケットの良心的で親切な行為のことを、九月末に、マッキニーやベケットとともにしたパリ行きの旅に関する手紙のなかで、手放しで賞賛している。

土曜の朝、昼まで仕事をしたあと、サムはわたしをノートル・ダム寺院に連れていってくれた。大聖堂は壮大だった。サムにはトミー・ダンという名の礼儀正しいダブリン生まれの若い備品係助手がついている。サムはダブリンのトリニティ・カレッジ卒。物書きで文芸に興味をもっている。彼はもう六、七年、パリに住んでいる。部隊のなかでも貴重な存在だ。自分の仕事にきわめて忠実で、病院の将来を真剣に考えている。好感のもてる男の例外にもれず、ブリッジ好きだ。年齢は三十八から四十くらい。とくに宗教を信じてはいない。いわば、自由思想家とでも言うところか。なのに、ノートル・ダム大聖堂の脇の露店で、小さなビーズのロザリオを見つけたときには、ぱっとそれを選んでトミー・ダンへのみやげにした。彼にはこうした思いやりもあった。(40)

ベケットはこの若くて、まじめで、はつらつとしたカトリック教徒の助手に好意をもち、いつも愛情たっぷりに彼のことを語った。(41)

都会的で、人好きのする医師アラン・トンプソンとベケットはすでに親友で、ブリッジ仲間だった。数え切れないほどのチェスもした。部隊のなかにもう一人仲のよい外科医、フレディ・マッキーがいた。マッキーはシモーヌ・ルフェーヴルという名前の、自分よりずっと若いフランス人学生と顔見知りになり、よく彼女の両親の家を訪ねた。その家は爆撃でつぶれてはいなかったものの、ひどく壊れていた。マッキーは、そこで自分の仲間に作家で備品係兼通訳をしているフランス語の達者なサミュエル・ベケットという男がいることを話した。そういうわけでベケットも夕食に招待された。ベケットは、爆弾が貫通した家のなかに、古いプレイエルのピアノが一台無傷で残っていたのを見つけ、楽譜なしで喜々としてショパンやモーツァルトを弾いた。(42)

これがベケットとルフェーヴル一家との息の長いつきあいの始まりだった。フレディ・マッキーはシモーヌと結婚して、ダブリンに帰り、リッチモンド病院に勤めた。ベケットは毎年母親のもとに帰郷するたびに、マッキー夫妻の住居《すまい》にも立ち寄った。シモーヌの妹で、サン・ローの近くのイジニー・シュール・メールで薬剤師をしていたイヴォンヌ・ルフェーヴルも、ベケットと親しくなり、一九四六年以降、田舎からバターを、パリに住むベケットとシュザンヌに送ってくれたり、みずから届けてくれたりした。またベケットの母メイのために、パーキンソン病初期の処方薬パルパニットを入手してくれた。イヴォンヌはたびたびメイのもとに薬を郵送したり、ベケットが夏にフォックスロックに帰るときには、もたせてくれたものだった(43)。

細身の長身、わし鼻で、男前の医師アーサー・ダーリーは、縞の三つ揃えを上品に着こなしていた。彼もまたすぐにベケットの親友になった(44)。彼の父親は国際的に演奏活動をし、歌手ジョン・マコーマックを世に送り出した有名なダブリンのヴァイオリニストだった。ダーリー自身はトリニティ・カレッジ・ダブリンの医学部を卒業していた。その息子のアーサー・ダーリー・ジュニアもまた才能あるヴァイオリストで、歌手ディーリア・マーフィーのレコードで伴奏もしている。ダーリーはサン・ローにもヴァイオリンをもってきていて、夜の演奏には病院のスタッフも大喜びだった。

ダーリーは作家から見ると興味をそそられる存在だった。患者たちは無料の診察への感謝のしるしに、ちょくちょく強いカルヴァドスのボトルを何本かもってきた。ダーリーはこれに目がなかった。けれど、ひとたびこれを口にすると、いつものもの静かで控えめな性格は豹変し、たちまち物腰は荒々しくなった。彼は自分の内面にある二つの顔が衝突するのをひどく悩んでいた。信心深く聖人伝をむさぼるように読む反面、肉欲におぼれた。押さえても押さえきれない性的欲望に身を焦がしつつ、強い自責の念にかられていた。

サン・ローの赤十字病院で働く人たちの多くは、そうした罪悪感にさいなまれてはいなかった。ベケットは、アイルランド赤十字病院に志願することも一時考えたことのあるマグリーヴィーに、「乱交」に巻き込まれるのはもうたくさんだと語っている(45)。ベケットみずからも認めているが、アイルランドの派遣団は昼間の顔とはちがって、夜な夜な地元の売春宿に繰り出しては、羽目をはずしていたようだ。売春宿の近くに駐車している救急車はすぐに町のおなじみの光景となった。ベケットが運転するときもあれば、ほかの団員が運転するときもあった。大酒をあおることもしばしばで、ベケットによれば、団長のマッキニー大佐が指揮をとっていた(46)。団員のなかでベケットがなじめなかったのは、彼だけだった。

ともあれ、ベケットは本当にダーリーが気に入っていた。彼の名前はのちの作品に何度か現われる。悲しいことに、サン・ローの結核病棟で働いていたこの有能で献身的な内科医は、結核を患っていた。おそらくアイルランドを出発する前に感染していたのだろう。彼は一九四八年十二月三十日に三十五歳の若さで死んだ。ダーリーの死は、ベケットに「A・D・の死」という詩を書かせるきっかけとなった。詩はダーリーの容姿と分裂した内面の渦《うず》を同時に感動的に描いている。

わたしの告白　昨日死んだわたしの友の告白を
輝く目　飢え　髭の中であえぐ口
聖者列伝をむさぼり食い　一日に一つの生涯
夜の闇に　暗い罪業をふたたび生きて(47)

ベケットは病院の設立に向けて、信じられないほど懸命に働いた。だが、仕事そのものがおもしろいわけではなかった。一度に三、四人もの人間を相手に話をするのは苦手だったのに、通訳の仕事もよく舞い込んできた。在庫調べや在庫管理の仕事は退屈でうんざりだった。運転といえば、視力がひどく悪かったので、シェルブールやディエップから不運にも同乗する羽目になった看護婦は、その猛スピードの運転に肝を冷やした(48)。事故は一度も起こさなかったようだが、それはおそらく当時のノルマンディの道路には車がほとんど走っていなかったせいだろう。

最初のころこそ四苦八苦したものの、ベケットが仕事をうまくこなせたのはなぜかを物語る、一見のんきに見えるが、とても意味深い逸話がある(49)。サン・ローから十二マイル離れた小さな町で、アメリカ人主催のパーティーが開かれるというので、アーサー・ダーリー、トミー・ダン、それに若い細菌学者と一緒にパーティーに繰り出した。行きは何事もなく赤十字のワゴン車に乗っていったが、いざ帰ろうとすると、車のエンジンがかからなかった。アメリカ人たちは、翌朝車でサン・ローまで送るから泊まったらどうかと言ってくれた。しかし、ベケットには翌早朝、マッキニー大佐をパリに連れていく任務があった。そこで、すでに午前一時を回っていたが歩いて病院に帰ることにした。二人の若者がベケットと一緒に歩いて帰ると言ってついてきた。ところが、病院まであと二マイルというところで、二人は疲れ果てて道端にへたり込んでしまった。一方、ベケットもへとへとで頭が朦朧《もうろう》としていたけれど、頭上の木々を眺めながら、歯を食いしばり、足を引きずって歩き続けた。午前六時にやっと病院にたどり着いたが、パリ行きの予定を考えると、もう寝る時間はなかった。

本人も認めているように、頑固一徹でけっしてあきらめないことがベケットの長所だった。サン・ロー時代だけでなく、のちにものを書いたときも、舞台の演出をしたときも、最後までやり通せたのはそのねばり強さのおかげだった。だから作品のなかでも、けっして人間の尊厳を放棄したり、屈服したりしない人物を描いたのだ。またユーモアもベケット作品をペシミズム一色から救ってくれる前向きな力の一つである。

さて、一九四五年十二月、もうすぐ契約が切れるというころ、ベケットはマグリーヴィーに、この仕事から離れられるのがとてもうれしいと語っている。「もし、もうすぐ訪れる自由を存分に味わえないならば、自由はもう二度とぼくには意味がないだろう」(50)。彼は翌年の四月には、四十歳になることを意識していた。また病院の仕事で、執筆が思うようにはかどらないことに苛立ちを覚えていたので、いっそう書くことの大切さを思い知った。とは言うものの、戦争中の体験に加えて、サン・ローで過ごした時期は、おそらく彼の戦後作品にとって重要な意味をもっているにちがいない。誰かの持ち家だったはずの建物は瓦礫《がれき》と化し、所持品はこなごなだった。サン・ローではまさに荒廃と悲惨を目撃したのである。ペギーと「ボス」の痛ましい姿が思わず脳裏に浮かぶ結核患者であふれる病棟、食べるもの、着るものに困りながらも、必死で生きようとする人びと、爆撃の雨で泥の海と化した戦場跡になにもないところから建てられた病院など。サン・ロー体験がベケットに深い影響を与えていることは、一九四六年六月にラジオ・エーリャンのために書かれた「廃墟の都」という小品に示されている(51)。病院のために働くことによって、戦前、ベケットの日常生活のなかでは出会いすらもなかった地域住民との触れ合いを幅広く体験した。

同様に、まずレジスタンスのメンバーと共同戦線を張り、次にアイルランド赤十字社のスタッフと働いたおかげで、自分の殻を破り、一九三〇年代の傲慢で内向的だった若いころの自分を客観的に見られるようになった。医師ギャフニーが妹に宛てた手紙のなかで、ベケットを評する言葉が、無口とか、内省的とか、不機嫌とか、ふさぎの虫とかいった表現ではなく、むしろ積極的な親切心や人柄のよさや思いやりであることは重要だ。内的葛藤に引き裂かれたダーリーのような人間と出会い、「乱交」を目の当たりにしたり、加わったりするうちに人間性にひそむさまざまな矛盾をベケットは味わったのだ。一九二〇年代から三〇年代にかけて本の虫だったころにはわからなかった人間の魂の現実がそこにはあった。一九三五年には、精神分析による徹底的な自己評価を強いられていた。その十年後のいま、彼は他人に同情するだけでなく、自分よりもはるかに不幸な他人を助けるには、自分の殻を破らざるをえなかった。通訳として、他人と話をしなければ何事も始まらなかったからである。

なべて戦争はベケットに深い影響を及ぼした。その五年間の体験なくしては、戦争直後に物語、小説、戯曲を怒涛のごとく次々と生み出していったベケットの創作活動は、考えられない。頭のなかで恐怖や危険、不安や欠乏を理解することと、現実に暴漢に刺されたり、潜伏逃亡したりしたときに、自分の力で生きようとしたこととは、まったく別の話だった。形而上学的「苦悩」が、人を深い不安、憂うつに落とし入れることもあるということを彼は学んでいた。だが虚無に気づいたときに、生きる術《すべ》を失い、自殺してしまうごく少数の者を除けば、その種の「苦悩」はめったに生を脅かすものではなかった。後期の散文や戯曲の特徴の多くは、ベケットが体験した根源的な不安、方向性の喪失、流浪、飢え、欠乏などに直接的に基づいている。人間性の矛盾に対する鋭い視線は、それ自体、人間をこよなく愛している証《あかし》でもある。これもおそらくこの時期に身につけたものだろう。その一方で、ユーモアが命綱になることは、戦争前から何度も体験していた。そして占領下のパリ、ルシヨン、さらにサン・ローにおいても、もっとも素朴な生活の喜びを味わうと同時に、ユーモアは生きる苦しみを軽くしてくれた数少ないものの一つだった。

4

ベケットがフォックスロックで母親と暮らしているあいだに、戦争に荒らされたフランスでのもろもろの困難な体験とはなにか別のことが起きていた。ベケットの内部に変化が起こっただけでなく、創作活動に対する姿勢も変化した。当時彼が経験した「啓示」は、まさしく彼の生涯のなかでも、転換点と呼べるものだった。そしてそれは、戯曲『クラップの最後のテープ』のなかでクラップが体験する「悟り」としばしば関連づけられ、場所もダブリン港か、ダン・レアリー東埠頭《ふとう》のいずれかに、特定されてきた。(52) クラップは自分が経験した啓示を次のように断片的に録音している。

精神的にはきわめて暗く貧しい一年だった、そう三月のあの記憶さるべき夜までは。夜、突堤の端で、吹きすさぶ風の中で、けっして忘れまい、おれは突然すべてを見たのだ。ついにひらめいた悟りの瞬間。これが思うに、今晩録音すべき主な事件だろう。いつかおれの作品が完成し、そしていかなる奇跡が……(ためらって)……いかなる炎がそれに霊感の火を点じたのか、その熱い思い出も冷たい思い出もおれから消えてなくなる、そんな日がいつかやってくるのに備えて、録音しておかなければならん。おれにそのとき突然ひらめいたことというのは、こういうことだ、つまり、おれがこれまで一生のあいだ信じてきた考え、つまり——(クラップはいらだってスイッチを切り、テープを先へ回す、またスイッチを入れ）——大きな花崗岩の塊に水しぶきが散って、燈台の光の中を舞い、風速計がプロペラのようにくるくる回っていたが、おれにはそのときついにはっきり見えたんだ、おれがいつも押さえつけよう押さえつけようとしてきたあの暗闇が、ほんとうはおれのいちばん——（クラップはののしり、スイッチを切り、テープを先へ回し、またスイッチを入れ）——おれの肉体の滅び去るときまで、嵐と夜が澄みきった理性の光と分かちがたく結びつき、それに燃えるような。(53)

クラップの「ついにひらめいた悟り」は、ベケット自身の姿を映し出すものとして広く認められてきた。(54)だが、その状況も、質も、大きなちがいがある。「クラップの啓示はダン・レアリーの埠頭でのことだった。ぼくの場合は母の部屋のなかだった。こうした混同はこれっきりにしてほしい」(55)と、かつてベケットはわたしに強い口調で訴えた。あの激しい嵐の夜と港というクラップの虚構体験の設定は、ロマン主義的な神秘体験をいくぶんか意図的に反映させたものであり、自然と内的苦悩の高ぶりが共鳴して、求めるものに真実を開示するのである。自分自身の啓示についてベケットは、みずからの愚かさの認識と（『モロイ』などの作品は、ぼくが自分自身の愚かさに気づいたときにやって来た。そのとき初めて自分の感じることを書きはじめたのだった(56)」）、不能や無知への関心のほうに焦点を当てる傾向があった。彼は改めてジョイスから借り受けたものを整理しながら、その図式をわたしに示してくれた。

ジョイスは素材を意のままにあやつって、知の豊かさをめざす方向をとことん突き進んだ。彼はいつも足し算だった。そのことは彼の校正刷りを見ればわかる。わたしの方法は、足し算というよりも引き算で、貧困化、知の欠如、そぎ落としなのだ。(57)

とは言っても、クラップの一節に見られる要素は、とりわけベケット自身の体験に直接関係している。それは内的世界の闇であり、それこそまさに、ベケットが友人に「啓示」のことを語るときに繰り返し用いたイメージだった。ベケットはそのクラップの「悟り」の一節がなにを意味しているかを次のように説明している。つまり、闇こそ『ほんとうはおれのいちばん』なんとか（ここでクラップはテープレコーダーのスイッチを切り、テープを先送りしているため聞きとれない）や『おれのいちばんの味方』なのであり、要するに、ついに見えた彼の本来の原理であり、畢生《ひっせい》の大作の鍵なのだ」。つまり光はしりぞけられ、選ばれたのは闇だった。(58) そしてまさにこの闇こそ、愚かさや失敗や不能や無知をも包み込む存在の全領域へとつながっていくものである。

ベケットのその後の作品にも重大な意味をもつ、もう一つのよく知られた要素がある。それは、これ以降、ベケットが自分の内的世界を作品の主題として利用するようになったことである。外界は彼の想像力というフィルターを通して屈折させられる。内的欲望や欲求にはより大きな表現の自由が許される。合理的矛盾も、そこでは許される。紋切り型の現実世界に代わって、想像力が別の世界を創造する。彼が拒否したのは、よりたくさんのことを知ることが世界を創造的に理解し、操作する方法であるというジョイス的な原理だった。ベケットはまたこの原理に基づいた創作技法にも背を向けた。一九三〇年代の散文や詩で見てきたように、さまざまな概念やイメージを複雑に組み合わせて知的に構築していくために、引用や学識をふまえた引喩《アリュージョン》を取り込む技法である。以後、ベケットの作品は貧困、流浪、喪失に視線を注ぐようになる。彼自身の言葉を借りれば、「無知者」(non-knower) としての人間、「無能者」(non-can-er) としての人間に焦点を当てることになる。(59)

だが聖パウロがダマスカスへの道で回心したようなイメージをベケットに対して抱くことは、これまで見てきたような作家の成長を無視し、安易にねじまげかねない。批評家たちがすでに論じているように、ベケットの後期作品の主題は、初期の作品に深く根付いている。ことに彼の作品に見られる、「無より現実的なものはなにもない」というデモクリトスの思想への共感や、静寂主義的な衝動。しかし、「決定的な啓示」という見方をしてしまうと、以前のそれほど突然でも劇的でもないが、何度かあった「啓示」の存在をかすませてしまう。たとえば初期の段階においてジョイスの影響からみずからを切り離さなければならないとした覚悟、ほぼ二年にも及んだ精神療法との決別、脇腹を刺され、死の淵をさまよった体験の影響、アイルランドを飛び出し、母親の厳しい批判の目から解き放たれ、作家としてのみずからを発見する自由が彼に与えた影響、友人たちが逮捕され、逃亡と潜伏生活を余儀なくされたころの戦時中の衝撃、さらにはサン・ローにおいて他人とともに働くことを通して視野を広げ、その結果、身につけた内的自己への尊厳。こうした経験の積み重ねという下地あってこその「啓示」だった。

5

一九四六年のパリに戻ってみると、生活物資はぞっとするほどひどい状態だった。前年の小麦の豊作と秋の選挙で、一時廃止されていたパンの配給制が一月一日に再開されたものの、以前にもましてパンの配給は減った。人びとはすっかり飢えていたので、食物を求めるデモや暴動が多くの町で起こった。解放直後の歓喜のほとぼりがさめると、強い失望、幻滅、絶望に包まれた。パリに戻ったばかりのリチャード・オールディントンは弟のトニーにこう書いている。

パリは人口が半分くらいに減っているのに、アパートが見つからないんだ。ほとんどすべての通りに、ずっと閉ざされたままにちがいない窓が見えるのにね。そうした部屋がどうして使われないままなのかを、突き止める努力もなされていないようだ。おまけにフランが日々暴落しているので、誰もいまは部屋を貸したがらない。というのも今日の一万フランが半年後には、百フランになっているかもしれないからね。ほかにも問題は山積みだ。政府高官を巻き込んだワインや食物の配給券に関するひどい汚職事件もある。ケッコウな世の中だ。(60)

ベケットの暮らしぶりはというと、生活費の高騰を目の当たりにして、ほそぼそと食べていくのがやっとだった。解放時と一九四七年一月のあいだに物価は四倍に跳ね上がった。月給は四〇%から五〇%くらい上がっただけだった。しかしベケットの財産は、一九四五年十二月のフランの平価切り下げにともなう一時的な増額分を除けば、同じままだった。だが、問題は寒さだった。この冬の数か月は、彼の生涯でも、もっとも悲惨な時期の一つに数えられる。一九四五年から一九四六年にかけての冬は前年の凍てつくような厳しい寒さこそなかったが、三月にも雪は降った。そして年々アパートは暖房が切れた状態になっていった。(61) シュザンヌとベケットは厚着をして寒さをしのごうとした。しかし、ペンを握るベケットの指先が凍えて青くなることもたびたびだった。

一九四七年にダブリンに帰ったとき、ベケットとエダン夫妻は、施行されていた為替管理を通さずにパリに送金する方法をあみ出した。方法は単純だった。エダン夫妻の友人であるポール・レヴィに代わって、ベケットがお金をイングランドのベラ婦人に送金する。『オ・ゼクート』という評論誌のオーナーだったポール・レヴィは、イギリスにも自分の口座をもっており、ベケットにフランに換算した額をパリで支払った（たとえば、一九四七年五月、ベケットはこの為替管理を通さない方法で、英国ポンドにして三〇ポンドを送っている）[62]。しかし、こうした一策もむなしく、資金は底をつきそうだった。一九四八年の初めごろ、ベケットはトム・マグリーヴィーにこう書いている。

フランスのニュースには気が滅入るね。とにかく落ち込むばかりだよ。なにからなにまでまちがっている。まちがった方向に進んでいる。人びとがしがみつき、ぼくがなおもしがみついているこのフランスを思うと、つらくなる。ぼくは物質面のことを言っているんじゃない。それもひどいがね。いまやぼくのわずかな稼ぎで生活することは不可能だ。ぼくの本が売れてなんとかなることを期待してもいたけれど、満足な結果が出る見込みは、ほかのどこよりもここにはありそうにない。一万フランか一万五千フランの前金を受け取ったとしても、二週間もてばいいだろう[63]。

ベケットがサン・ローにいたときも、ほとんどずっとパリにいたシュザンヌは、近所の小売店主と仲良くなり、食料が入ったときには分けてもらっていた。当時、二人はもっぱら野菜中心の食事をしていたので、肉不足もさほど苦痛ではなかった。むしろ、シュザンヌが作る種類豊富なピューレの材料となる新鮮野菜のほうが、もっと切実な問題だった[64]。配給の乏しいなか、イヴォンヌ・ルフェーヴルが、カルヴァドス地方のイジニー・シュール・メールからちょくちょく送ってくれるバターで栄養補給をした。ベケットの言葉を借りれば、彼女は二人の守護「天使」だった[65]。二人はこの食料代と郵送料を支払ったが、やりくりが苦しいときには、月末まで清算を待ってもらっていた[66]。

パリに戻ったアンリ・エダンは、コートを二着もらった。一着あれば充分だったので、もう一着をベケットに譲った。シュザンヌは浮浪者っぽく見えないように工夫をこらした。一のものを十にする才能を発揮した。彼女はシンガーのミシンを使って、もっていた古着やもらった古着をつくろい直した。ワイシャツには袖口をつけ、襟は裏返しに、すり切れたシーツは切って、裏返したり、真ん中で縫い合わせたりした（これを当時二人は「フチアワセ」と呼んだ）。穴のあいたセーターは編み直し、二着のすり切れたスカートは、それぞれの生地を生かして縞模様にした。彼女はまたその技術を生かして内職をした。事実、一九四八年一月ごろ、ベケットは、シュザンヌの努力によってしのいでいる様子を綴っている。

シュザンヌが裁縫の腕でお金を少しばかり稼いでくれているんだ。おかげでぼくたちは現在暮らせている。なによりも困ったことに、ぼくの銀行、ダブリンの銀行は、ぼくの口座のことで財務局と問題を起こしているらしい。なにが問題なのかさっぱりわからないけれどね。というわけで静かな貧乏生活さ。(67)

「静かな貧乏生活」という表現からは、当時のベケットの日常生活がある程度、的確に伝わってくるが、そのころ彼がのめり込んでいた「書くことの狂熱」状態については、まったくわからない。戦争に続く四年間に彼が生み出した怒涛の作品群には、ベケット自身も驚かずにはいなかった。しかも彼は悪霊から解き放たれたかのように書きまくった。しかもフランス語で。

第十五章

「書くことの狂熱」　一九四六―五三

1

ルシヨンに仮住まいした二年間というもの、ベケットはほとんどフランス語しかしゃべらなかった。シュザンヌは英語に関してはさっぱりだめだった。だから、彼が母国語を使うのはミス・ビーミッシュと出会ったとき、それも彼女が一人のときだけだった。というのは彼女はたいてい友人のシュザンヌ・アレヴィと一緒で、こちらはもっぱらフランス語の人だったからである。フランス語はベケットにとっていまや日々の生活の言語だった。オード家の台所でも、エスコフィエ夫人のカフェで戦争の成り行きを語り合うときも、アンリ・エダン相手にチェスの駒を動かす合間にぼそぼそと会話をするときも、フランス語だった。イヴォンヌ・ロブからときどき借りるわずかな英語の本を別にすれば、読むものも否応なくフランス語だった。終戦後のサン・ローの赤十字病院でも、彼の関わったのは、パリ、シェルブール、ディエップなどの本部と連絡したり、病院側の窓口として土地の人びとと接触して奉仕したり、フランス語を使う仕事が多かった。

とすれば、ベケットが戦後の小説、また少し遅れて三編の最初の戯曲を、フランス語で書く決心をしたのは、ある意味では環境のせいだった。フランス語で詩を書いたり、あるいは一九三八―四〇年にかけては『マーフィー』をフランス語に訳したりしていたわけだが、そういった方式から、戦後になってじかにフランス語で散文を書くことへの転換は、たしかに英語を母国語とする作家にとっては、めずらしいけれど、ベケットのような語学の才に恵まれたものにとっては、必ずしも不自然な路線変更ではなかった。本格的な小説である『ワット』は、この展開の図式にぴったりはまらないと見えるかもしれない。しかし、この作品は一九四一年二月にパリで英語で書き始められており、ゲシュタポの手を逃れたときにはすでにその大部分が書き上がっていたのであって、ルシヨンに移ってからも同じ英語で書き続けるしかなかったのである。いずれにせよ、筆のすさびのようにも見え、ベケット自身の言葉によれば、「正気を保つために」書かれた『ワット』という作品は、じつは言語そのものの極限からはみだしそうな、途方もない書物だった。たとえば、とうてい英語とは言えない言葉が延々と続く箇所もある。

　フランス語への切り替えは、しかし、まったく状況のせいともいえない。あとから考えれば、戦前のフランス語詩創作の経験は、むしろ意識的に選ばれた修業期間のように見えてくる。つまり、かつて英語で物を書くことを学んだのと同じ意味でフランス語で物を書くことを学んだ時期。ベケットに言わせれば、「英語で書くのとはちがう経験――というか、もっとスリリングだったんだな、フランス語で書くほうが(1)」。別のときにはこうも言っている。自分にとって、英語という言葉は連想や言及――「アングロ・アイリッシュ的な過剰性と自動性(2)」――に満ちすぎている、と。この点からいうと、フランス語による創作への転換は、ジェイムズ・ジョイスの影響から脱出するための重要な一歩だったかもしれない。ベケットはまたこうも言っている。「フランス語のほうが、文体なしに書くのがやさしい」。その意味は、自分のフランス語がなんの文体ももっていないということではない。そうではなくて、他国語を用いることによって文章がより簡潔、より客観的になりうるということだ。「存在」とはなにか、無知、不能、貧窮に徹するとはどういうことか――そういう問題の表現にもっと直接的に集中する自由を、フランス語はベケットに与えてくれたのである。さらにまたフランス語を使うことによって、「余分なものを削り取り、色彩豊かな物を剝ぎ取ること(3)」、そして言葉の音楽性、その音色とリズムにもっと集中することができるようになった。

　戦後初めてベケットがフランス語で発表したエッセイは、この点ちょっと格別であって、創作というより美術評論であった。一九四六年のはじめ、ベケットのオランダ人の友人でともに画家であるヴァン・ヴェルデ兄弟（兄ジールと弟ブラン）がギャラリー・マーグとギャラリー・メーで別々に個展を開いているので、彼らの作品論を書いてほしいと、美術雑誌『カイエ・ダール』編集部に頼まれたのである。そのエッセイが正確にいつ、どこで書かれたのかは、はっきりしないが、たぶん一九四五年の初めと思われる(4)。

　ベケットは評論を『ヴァン・ヴェルデ兄弟の絵画あるいは世界とズボン』と題した(5)。このいっぷう変わった題名はある小噺《こばなし》に基づいている。客に一着のズボンを注文された洋服屋がしくじりを重ねて何週間もかかってしまう。神さまは世界全体を作るのに一週間しかかからなかったじゃないかと、客は苦情を言う。洋服屋、平然と答えていわく、「でも旦那、その世界全体ってやつを見てご覧なさい。それからこのあっしのズボンをご覧ください！」

　ベケットの輝かしい知性を示すこの評論は、美術界と美術評論界にはびこる見せかけ、偽物、形式主義をこてんぱんに叩きのめそうとするものだった。と同時に、かなり癖の強い好き嫌いを打ち出していて、たとえばカンディンスキーとか、ジャック・イェイツとか、「偉大な無名な画家」(6)カール・バルマー——いずれもベケットの個人的知り合いであり、お気に入りの画家たちである——を選び出して絶賛している。あるいはイェイツを論じたトム・マグリーヴィーのエッセイや、ヴィル・グローマン(ドレスデン滞在時にベケットを厚く遇した人物である)の著したカンディンスキー研究を、現代美術批評の見事な手本として推奨している。(7)ベケットのこの評論は必ずしも読みやすいとはいえない。しかし、画家と世界との関係をめぐって、根本的な問題を提起しているのはまちがいない。ベケットが一九四八年に雑誌『デリエール・ル・ミロワール』に書いたヴァン・ヴェルデ兄弟論においても、問題になっているのは別のことではない。すなわち、二人の画家の「目に見えるもの、純粋なもの」(8)、主体と客体、現実と表象などに対する姿勢こそがベケットの関心事である。ポール・セザンヌとジャック・イェイツの絵について彼がかつて論じたときと同様に、これはヴァン・ヴェルデ兄弟の作品よりもベケット自身の芸術への姿勢について多くを語っているエッセイである。

2

ベケットのフランス語による最初の短篇らしい短篇は、「つづき」である(これはのちに「終わり」と改題される)。類を見ない豊穣な創作期間がここに始まることになる。すなわち、短編小説四編、長編小説四編、戯曲二編、加えて多くの批評文や詩。ベケット自身もこのほとばしりを「書くことの狂熱」と呼んでいる。(9)当時シュザンヌと彼は、ありていに言って、文無しに近い状態だった。だから、彼をこれほど猛烈な執筆に駆りたてた動機の少なくとも一部として、稼ぐためということを否定する必要はない。

戦後初のベケットのこの短編は完全にフランス語で書かれたと、広く思われてきた。じつは、そうではない。原稿を見ると、一九四六年二月十七日に英語で書き始めて、二十九ページまで書き進み、三月なかば、二十九ページの三分の二くらいのところで横に線を引き、あとは最後までフランス語で書き上げている。(10)フランス語に切り替えてからは、かなり筆の進み方が速くなり、一九四六年五月の終りには、ジョージ・リーヴィーにこう書いている。

フランス語の短編を書き上げた。四万五千語くらいだろう。前半は『レ・タン・モデルヌ』(サルトルの雑誌だ)

の七月号に載るだろう……作品を前半と後半、別々に発表したいのだ。フランスでは、字数なんか問題にしないからね。カミュの『異邦人』だって、長さはこんなものだろう。カミュのこの小説はぜひ読んでみるといい。重要な作だと思う(11)。

ベケット自身が当時書こうとしていた単純かつ直截な散文。また社会からの疎外という彼自身の作品の本質的主題。それを思うと、彼がカミュの簡潔な傑作にこれほど熱い賞賛を寄せていたのはまことに意味深い。

『レ・タン・モデルヌ』を自作の発表の場と彼が考えたのは、驚くにあたらない。この雑誌を戦後まもなく創刊したのは、ジャン＝ポール・サルトルであるが、彼とベケットは共通の友人ペロンを通じて戦前から知っていた。ベケットは生涯サルトルの親友になることはなかったが、シモーヌ・ド・ボーヴォワールともモンパルナスのカフェで出会えば親しげに合図をかわすくらいの仲であったし、二人が編集者として自分の原稿をきっと好意的に受け入れてくれるだろうと信じていた。雑誌は第十号目を出したばかりだが、すでに前衛的な芸術・思想の公刊の場として評判を確立していた(12)。

しかし、ベケットは雑誌編集者とみずから直接折衝するのは苦手だった。そこで私的な代理人・仲介者の役をオランダ人の作家・翻訳家ジャコバ・ヴァン・ヴェルデに頼んだ。ヴァン・ヴェルデ兄弟の妹で、結婚後トーニー(Tony)・クレルクスの名でパリで働いていた（ベケットはときどき「トニー（Tonny)」と宛名に書くこともあった）。ジャコバは作品「つづき」の原稿の前半を雑誌に送った。ベケットはこのときまだ後半部分の仕上げをすませていなかったからである(13)。

さて、これが混乱のもととなった。ベケットは、トーニーを通じて、作品後半は雑誌『レ・タン・モデルヌ』の秋の号に載ることになっているものと、信じ込んでいた。だが、そういうことにはならなかった。というのは、ボーヴォワールのほうは本気でこう思ってしまったのだ。つまり、ベケットは――彼が当時フランス作家としてほとんどまったく無名だったことを、わたしたちは忘れてはならない――作品前半があたかも全体であるかのような誤解を編集者たちに故意に抱かせたが、じつは彼または彼の代理人は初めから二号連載を狙っていた。雑誌としては一号分のつもりで受け入れたのに、これでは案に相違してはるかに長い作品を連載する羽目になってしまう。この誤解に加えて、ボーヴォワールはどうやらサルトルより「お行儀」がよかった、あるいはより「慎重」であった、と思われる節がある。彼女はベケットのやり方を、作品全体の雑誌掲載を認めさせるための詐欺的行為だと信じたらしい。というのは、作品後半には、やたらに陰部や肛門のかゆみとか、放屁とか小便への言及があって、これは雑誌の格調（ベケットに言わせれば「お上品さ」）に合わないというわけだ。以上二つの理由で、彼女は作品後半の掲載を拒否したということになる。

ベケットは啞然とした。トーニーは雑誌の掲載作品内容検討委員であるポール・アラールに働きかけ、編集委員会をなびかせるために最大の努力をした。だがボーヴォワールは断固として態度を変えなかった。断わられたベケットは彼女に手紙を書いた。連載をめぐる誤解について議論するよりも、彼女の残酷な決定によって自分の作中人物の命がなかばで断たれたことを糾弾する手紙である。

長考の末、筆を執りましたが、この手紙の趣旨をどうか誤解なさらぬよう。議論をするつもりはありません。あなたの下した決定を翻してほしいと言うのでもありません。しかし、わたしには、自分が創り出した人物に対してもっている義務を逃れることはどうしてもできないのです。たいそうな言葉を使ってしまいましたが、ご宥恕《かんじょ》ねがいます。嘲笑を恐れるなら、沈黙を守るべきでしょう。しかし、わたしはあなたへの信頼をもっているからこそ、自分の気持ちを正確に説明したいのです。気持ちとはこういうことです。あなたは、わたしに語る機会を与えてくれましたが、わたしの声がなんらかの意味をなすにいたる前に、あなたはわたしを黙らせたのです。あなたは一つの存在が少なくともなんらかの達成に達する前に停止させたのです。これは悪夢に等しいことです。発表の仕方云々の理由でこのような中絶・切断を正当化できるとあなたがお考えだとは、わたしには信じがたいことです。(14)

ベケットの心情あふれる訴えは無視された。が、当の雑誌との関係が断たれたわけではなかった。たしかにボーヴォワールが非難したような行為を、彼が故意にしたわけではない。しかし、作品が未完であることを編集部に伝えずに原稿を送ってしまったのは、やはり世間知らずで、プロらしくないことは否めない。今後はもっと慎重になっていくだろう。関係修復のためでもあろうか、ベケットに好意を抱いていたポール・アラールは、ベケットの戦前にフランス語で書いた十二編の詩を、早くも事があった年の十一月の、つまり四号後の雑誌に掲載した。(15) 編集委員たちの迅速かつ友好的な姿勢を物語るものである。あわせて、それはベケットが散文作家のみならず詩人でもあることをフランスの文学的読者層に知らせるという、付加価値があった。

3

ベケットが次に発表した『メルシエとカミエ』は、フランス語で書かれた最初の長編小説である。執筆開始は一九四六年七月五日、完成は同年十月三日(16)。ベケットはのちにこれを徒弟仕事と呼び、長編小説三部作を書き上げたあとでは、その出版を渋った。この作品の特色の一つはフランス語の言葉遊びだ。フランス語で小説を書くという、彼にとってまったく新しい経験のなかで、この外国語のもつ奇妙な口語表現や風変わりな癖を、彼がどんなにおもしろがっているか、それがよくわかる。アルフレッド・ペロンの息子で当時少年だったアレクシスの思い出によれば、ベケットは戦後母に会いによく家に立ち寄って、覚えたばかりの奇妙なフランス語表現の話をしては笑い転げていたという。たとえば“le fond de l'air est frais”という言い方は、「今日は冷える」といった口語的表現だが、字義どおりには「空気の奥深いところが涼しい」であり、その微妙なニュアンス〔fondには「本質」「根底」「根本」「問題」「尻」などの含意がある〕はとうてい翻訳不可能だ(17)。メルシエとカミエには明らかにベケットとシュザンヌのあいだの会話が投影されている。たとえば、“s'asseoir”（座る）という動詞の語尾変化が“s'assoyait”か“s'asseyait”かで、二人が食いちがったりする場面などもそうである(18)。あるいは傘をもたずに散歩に出たメルシエとカミエは、雨が降り出したらずぶ濡れになるぞと話し合うところで、「ずぶ濡れ」を“comme des rats”（ネズミみたいに）と言うのか、それとも“comme des chiens”（犬みたいに）と言うのかで大論争になる。あるいはまた“quelque humble que fût sa condition”（彼の身分が多少つましいものであるにせよ）という句がいかにも奇妙な感じを与えることを指摘するカミエは、フランス語の構文の珍妙さに対するベケットの耳の極度の敏感さを示している(19)。

同じ敏感さは文法や構文だけでなく単語にも向けられる。たとえば“les sas”（運河・川などの水門を意味するあまり使われない語）は、わざわざ“S-A-S”と綴られている。ある種の単語がメルシエとカミエの格別な注目を浴びるとき、わたしたちに歴然と見えてくるのは自分の語彙を増やすことに欣喜雀躍しているベケットの姿である。たとえばカミエに菓子屋でプラムのタルトを奢ってくれと頼んだメルシエは、急に気が変わって、“un massepain”（マサパン）にしてくれと言い、相棒の目を回させる。この言葉はマジパンと同じものなのだが、カミエはいままで耳にしたことがなかった。こういった単語や語句をめぐるやりとり、定義をめぐる議論、常套句・格言・自明の理の用い方はギュスターヴ・フロベールの『ブヴァールとペキュシェ』を想起させるけれど（ベケットはすでに作品の題名によって先輩の影響を認めている）、『メルシエとカミエ』の躍動的な機知はおおむねベケット自身の言語的発見の旅の所産である。この小説は言語への彼の愛のしるしであるが、また言語一般への批判的態度のしるしでもある。確かにいまフランス語で書きつつあるとはいえ、彼はフリッツ・マウトナー――一九三〇年代に彼がジョイスのために（また自分自身のために）読み始めていたあの言語哲学者――による言語そのものに対する根源的な批判を忘れることはなかったからだ。

そのころには、ベケットのフランス住まいも八年を越えており、うち七年以上はフランス女性と同棲していた。彼のフランス語は流暢であり、語彙の広さは外国人としては相当なものだった。とはいうものの、外国語で書いた最初の小説をフランスの出版社に送る前に、言葉遣いの正確さとなめらかさを本国人にチェックしてもらいたいと思ったのは驚くにはあたらないだろう。最初の二回の草稿を書いているあいだ、言葉の問題にぶつかるたびに、シュザンヌと相談した。だが細かい点になると、アルフレッド・ペロンの未亡人マーニアを相談相手にすることが多かった。

マーニア（あるいは原語でマーヤ）は生まれはロシアだが、五歳のとき以来フランスに住んでいた。だから彼女のフランス語は教育あるフランス女性のそれであった。彼女はまた英語の教授資格を取っていたので、英語の癖が混じっているときには見つけてくれた。戦前、ベケットは定期的にペロンの家に現われて『マーフィー』のフランス語への共訳を進めていたが、友人の死後も続けて、手稿の一部を携えてマーニアを訪ねてきた。その場で一緒に読み直しをするときもあり、渡すだけで、あとで検討のため再訪することもあった。彼はシュザンヌが作品の素材に近すぎると感じたのかもしれないし、また書いたものすべてを早い段階で彼女に見せ、その判断にさらすのをためらったのかもしれない。しかし、書き直しの過程にあっては、新しい見解が役に立つと思ったのも明らかである。最初のタイプ原稿を見ると、初めのほうに、ときおりマーニアの質問や示唆がちがう筆跡で書き込まれているのがわかる。ただし、あとになると彼女の訂正は稀になる。[20]

マーニアとの作業は一九五〇年代末にまで及んだが、ベケットの彼女宛の短いメモを追っていくと、フランス語で言えることと言えないことをめぐる議論をしながら、彼の自信がだんだん強くなっていくのがわかる。やがて彼女のほうも彼に意見を聞き、しばしば細部の議論で彼女のほうが負けることもよくあるようになった。自説を証明するため、彼は大型のリトレ辞典を持ち出してきて、用例を示したりする。おそらく、彼はもう必要はなくなったのに、習慣として、あるいは友情のしるしとして、相談を続けたのであろう。雑誌『トランシジョン』のために論集の編集をしたときも、彼女の意見を参照し、その分の報酬を編集部に要求した。ともあれ、とくに初期の小説や短編については、マーニアが重要な反響板としての役目を果たしたことはまちがいない。のみならず、一九五〇年代を通じて、ベケットは校正刷りが出ると、彼女の鋭い「おおやまねこの眼」にさらすのがつねだった。[21]

一九四六年十月の終わり、ベケットは出版社ピエール・ボルダス社の申し出を受けて、『マーフィー』のフランス語訳版の出版契約をした。[22] 加えて、今後彼が書くすべてのフランス語および英語の作品（翻訳も含む）についてもまとめて出版契約を交わした。「ぼくの仕事はこれでいっさい彼らの手に任せた」[23]と、彼は落ち着き払って満足そうにジョージ・リーヴィーに書いている。また十月初めに完成した『メルシエとカミエ』をボルダス社に送り、一九四七年一月には小額ながら前払い金の追加一万フランを得た。ついに彼の悩みは消え果てたかと見えた。だが、そうは問屋がおろさなかった。というのは『マーフィー』の売れ行きがさっぱりで、[24] ボルダス社はベケットを出版しても金にはならぬと判断したらしいのである。ただし、またしても出版社探しの苦労を始めなければならぬとベケットが知らされるのは、しばらくたってからだった。そのあいだ、ということは一九四六年の最後の数か月であるが、彼はさらに三篇の短編をやはりフランス語で書いていた。すなわち、十月には「追い出された男」、十月から十一月にかけて『初恋』、および十二月には「鎮静剤」。

4

一九四七年一月、ベケットは芝居に転じた。息抜きでもあり、また新しい挑戦でもあった。彼の最初の本格的戯曲は一九四七年一月から二月の終わりにかけて、かなり速くフランス語で書き上げられた。題して『エレウテリア』、ギリシア語で「自由」の意である。生涯を通じて、彼はこの戯曲の出版または上演を断固として拒否し続けた。もっとも、初めのころは、興味をもちそうな演劇プロデューサーにだけ台本を見せてもいい、とは言った。出版についても、一九五二年に予告が出たことがあるが、たちまち心変わりをした。

ベケットはなぜこの戯曲の出版および上演をこれほどまでに拒否したのだろうか。一つの理由は、自伝的な緊張や回想が充分に距離化されていない、または適切に演劇化されていない、ということであろう。自伝的要素については、簡単ではない。ベケット自身の人生における場所や出来事への言及もある。かなり些細ともいえるが、必ずしも重要でなくもないといったものもある。たとえばヴィクトール・クラップという皮肉な名を与えられた怠惰な「反・主人公」は、生存への犠牲者にふさわしく、「アンパス・ド・ランファン・ジェズュ」(Impasse de l'Enfant Jésus「幼児イエス・キリストの袋小路」)に住むが、これはリュ・デ・ファヴォリット(la rue des Favorites「お気に入りの女性たちの通り」)の近くにあって、ベケットがヴォージラール通りからモンパルナスへ散歩するときにいつも通る道だった。メック夫人(mec はベケットを刺したような「ぽん引き」のこと)が乗っているのはドゥラージュという車種で、これは戦前ペギー・グッゲンハイムがベケットを乗せて走っていたのと同じである。しかし、こういった表層的な細部がベケットの心にひっかかったとは思えない。

もっと引っかかったのは個人的な思い出のほうかもしれない。ヴィクトールが繰り返し見る夢のなかで、飛び込み台の上の父親が落下や溺死をこわがっている息子の気持ちにおかまいなく、あとに続いて飛び込めとせきたてるが、これはダブリンのフォーティー・フット海岸で子どものときに経験したことに似ている。だが問題はこの場面が自伝的でありすぎるという点にあるのではなく、それが劇的な構造に充分織り込まれていないという点にあるのではないか。三十年以上あとの散文『伴侶』にこの挿話が再利用されることを思えば、そう推測できる。クラップ夫人が部屋に閉じこもった息子をなんとか引きずり出し、まっとうな就職やら恋愛やら結婚やら、とにかく世間並みの生活を、あらゆる手段を駆使して押しつけようとする姿は、たしかに一九三〇年代にベケットの母が彼に対してやろうとしたことに近い。しかし、その一件はすでに『マーフィー』で材料に使ったことがある。そもそもそんな無害な悪魔払い的な行為によって傷つく人など、彼自身を含めて、誰もいるまい。もっと肝要なのは、別のことだ。つまり、人生は生きるに値するか否か、自殺あるいは安楽死によって問題は解決されるか——そういう中心的な諸問題が劇のなかで深い内面性をもって表現されているかどうか、ベケットは自信をもてなかったのではないか。もっと成熟した彼の戯曲では、登場人物は、『エレウテリア(自由)』のたいていの登場人物に比べて、心の傷をあからさまに見せつけることはないだろう。
ベケットが拒否した主たる理由は単純明快、彼が作品に欠陥ありと思ったという点に尽きる。言い換えれば、ムキになって主題をあばこうとした処女作がその後の劇作によって乗り越えられてしまったことが、作者の目にも明らかになった、ということである。また、この芝居が書かれたたあと、ヨーロッパの演劇が、イヨネスコ、ジュネ、アダモフなどの出現によって変貌し激変してしまったことを、ベケットは認めていた。こういったことすべては、彼の死のほんの三年前、わたしと『エレウテリア（自由）』出版の是否について語り合った際に、彼が繰り返し言ったことである。その時点でも、彼は依然、出版反対の立場だったのだ。[25]
この戯曲の真の価値は、過去の演劇へのベケットの姿勢を示し、かつ自分自身のその後の高度に革新的な演劇作品を予告している点にある。伝統的な演劇や実験的演劇の特徴を捉えてパロディにし、それに輪を掛けたテクニックを付加しようとしたのが、この作であるが、それが成功しているとは言えない。第一幕では、いわゆる「ブールヴァール・コメディ」やメロドラマが愛用する手法――イプセンふうな応接間に座った人物たちが、不在の主人公を会話の俎上に乗せるという常套的作劇法――を嘲笑して、これでもかとばかり登退場を増やす。第二幕になると、ガラス屋が助手を連れて現われて窓に鏡をはめ込もうとしたり、あらゆる種類の人物たちが寄ってたかってヴィクトールを、そのねぐらから引っ張り出そうとしたり、狂おしい急テンポとばか騒ぎはもはやほとんどドタバタ芝居である。あるときは、ヴィクトールは「モリエールの時代の芝居みたいに」ベッドの下に隠れたりする。[26]第三幕では、「観客」がステージボックス（舞台脇の特別席）から舞台に上がってきて、あまりにも気まぐれな舞台進行を批判し、彼なりの方法でこれを整理しようとする。芝居とは整然明晰たるべきものだという演劇観の持ち主なのである。ベケットは二度とこのようなシェリダン／ピランデルロ的な手口を用いることはなくなり、のちの芝居では、観客の代表が必要なら登場人物のなかに組み込むようになる。さまざまな演劇のタイプをパロディにしてからかうと同時に、ストリンドベリ、ソフォクレス、モリエール、イプセン、W・B・イェイツ、ハウプトマン、それと、もちろんシェイクスピアを適当に引用する。[27]『エレウテリア（自由）』はパロディとしては切れ味鋭いときもあるが、おおむね観客の興味を惹きつけることができず、陳腐に堕している。
ドラマとしても、革新をめざしながら成功していない。ベケットの意図は、「意志」の世界を放棄し、進んでショーペンハウアー的な「無意志」の境地を拓こうとする主人公ヴィクトールを描き出すことだった。顔のない人物、存在しない特徴によってのみ、みずからの存在を印象づける人物。他人の言葉を聴くこともなく、理解しようともしない。当然、人に言われたことをたちまち忘れてしまい、他人の希望や必要や思考にまったく無関心である。人生からの意識的亡命を正当化する気もないし、できもしない。消極的な性格のために、彼の果たす劇的機能は極端に小さくなってしまう。つまり、他人の哀訴や要求によって悩まされたり、彼らの言い分に攻めたてられるだけの役である。ヴィクトールの動機をなんらかの形で解明・定義・説明しようとの願望は、劇そのもののなかで嘲笑されるわけだが、これは劇としての失敗の最大原因である。これでは劇的興味をつなぎとめようがないからだ。ヴィクトールが劇的には機能ゼロの道を選んでいるとすれば、結局、ほかの人物や、視覚に訴える脇筋の芝居や、せりふのおもしろさなどに大きく頼ることにならざるをえないわけだが、その三点からいっても、失敗が多すぎる。もっとも、失敗にもいろいろある。ときに、興味深い失敗もある。(28)

たとえば第三幕は、観客の舞台闖入というやや手垢のついたピランデルロふうの手口が想像させるよりは、はるかにおもしろい。なぜなら「観客」はいったん舞台に上がるや否や、劇中すでに、ほかの人物たちが味わっていた当惑を彼自身も味わうことになるからである。これもヴィクトールその人の定義不可能性に由来するものだ。「あんたがそこにいる感じってのは、なにか泥んこがでれぇーと広がってるみたいなんだね」と、ガラス屋はヴィクトールに言う。「ちっとは輪郭ってものを見せておくんなさいな、後生だから」(29)。第二幕ですでにガラス屋はこう叫んでいた。「おれたちはみんなでさんざん苦労しているんだ、ある意味のないことをめぐってね。それがあんたにはわからないんですかい？　その野郎の存在の意味ってやつをどうしても見つけなきゃあならねえ。でなけりゃあ、さっさと幕を下ろしたほうがましだぜ」(30)。最終幕のト書きを読むと、ベケットのねらいが察せられる。すなわち、この芝居そのものは放っておいても自然に停止点に到達する、という印象を創り出すことである。だとすれば、これはのちに『ゴドーを待ちながら』の主たる構造原理となるはずの主題――すなわち作品全体の崩壊と静止という脅威――を扱う最初の試みではないか。劣らず興味深い例をもう一つあげよう。「観客」はそもそもなぜ自分が芝居を観つづけているのかを説明しようとして、下手なチェス・プレイヤーが指しているチェスのゲームになぞらえてみせる――あの弁舌を読み直してみよう。『勝負の終わり』のチェス盤的状況、延々と引き延ばされた終末の構造を予見させるせりふである。

まるでへぼな棋士二人が指しているチェスを見物してるみたいなものだね。四十五分たったというのに、どちらも一手も指さない。盤をはさんで、阿呆二人。おまけに、そのご両人以上の阿呆が、その場に釘付けになって、見つめてる。へどが出そうなほどうんざりし、息の根の絶えそうなくらいに退屈し、疲れ果て、あまりの阿呆さに唖然としてる。ついに我慢できなくなって、二人に言う。「おい、お願いだ、指してくれ、指してくれったら。なにを待ってるんだ？　指せば終わる。そしてみんな帰って、寝られる[31]」。

戯曲が（ベケットの口癖を借りれば）「じゃあ旅に出すか」という段階に達したのはかなり早く、一九四七年の三月から四月にかけてだった。『エレウテリア（自由）』（『エレウテロマネ』という題名も彼の意中にあった）は、ほかのフランス語の小説や詩と同様、トーニー・クレルクスの手に託された[32]。彼女は原稿を何人かの演劇プロデューサーに回覧した。グルニエ＝ユスノーはほとんど受け入れた。続いて、一九四八年初めには、ベケットは手紙で、柔軟な精神の実験的演出家ジャン・ヴィラールが「すっかり気に入って、食いついてきそうだ」と書く[33]。その三か月後には『エレウテリア（自由）』はあちこちを回っていて、少しずつうわさになり始めている。いずれ舞台に乗るだろう、数回だけの上演だとしても」とも書いているが[34]、結局、ヴィラールの案は実現しなかった。だが、一九五一年の夏になってから、アダモフの友人シャルル・バンスッサンが『エレウテリア（自由）』上演に興味を見せた[35]。しかしそのころには、すでにロジェ・ブランがベケットの次作『ゴドーを待ちながら』上演のための資金集めに入っていた。『エレウテリア（自由）』をきっぱり取り下げたのはベケット自身の判断だった。

もし仮に、ベケットが『エレウテリア（自由）』の上演を願ってやまなかった一九四八年の初めごろに、ヴィラールがその上演を引き受けていたならば、この作品に穴や限界があったにせよ、それはフランス前衛劇の新時代の到来を告げる戯曲の一つとしていまや語りつがれていたにちがいあるまい。というのも戦後において腰を抜かすほど革新的な芝居が次々に登場してきたものの、一九四七年当時すでに上演されていたのは、ジャン・ジュネの『女中たち』と、ジャン・ジロドゥーの退屈な『ベルラックのアポロン』くらいだったからだ。初期のイヨネスコの驚くべき戯曲はまだ上演されていなかったし、書かれてすらいなかった。アダモフも何本か芝居を書いてはいたが、やはり上演はまだだった[36]。そして、戦争中に生まれていた数々の小劇場には、ヴィラール、ロジェ・ブラン、ジャン＝マリー・セローのような演出家たちがいて、才能ある新しい書き手に飢えていた。しかし、中二階のある舞台に加えて、十七人もの役者を必要とする大がかりな芝居を舞台に乗せるだけの資金と場所を、彼らが持ち合わせていたはずはなかった。

5

戦後の数年間、ベケットの創作欲が燃えさかる一方で、ベケットとシュザンヌの家計の状態は下り坂をたどっていた。インフレのため、アイルランドから送金されてくる小額の定期的金額の価値が下落していったからである。シュザンヌは裁縫仕事を続け、ささやかながら家計の足しにしていた。彼女はまた、音符を色で表わす方法を用いてピアノを教えていた[37]。友人の子どもなどには無料だったが、裕福な人びとはあからさまに慈善を施していると見えるのを嫌ってレッスン料を払った。ペロンの双子の息子も習っていたが、やがてペロン夫人はどちらの子もやる気がないのを見て取って、これ以上やっても子どもとシュザンヌの時間を浪費するだけだと判断した[38]。

おそらく貧困と栄養不足が原因で、ベケットはこのころいくつかの軽微だが、しつこい病気に悩まされていた。一年前、専門医ジヴォーダン医師の手で膀胱の切開・排膿の手術を受けていた[39]。そのあと、おなじみの歯痛のほか、口内の膿瘍にもかかった。体力が全体的に落ちているようだった。そこでシュザンヌはベケットを説得して、ロジェ・クララックというプティ・シャン通りに住むホメオパシー療法〔治療対象とする疾患と同様な症状を健康人に起こさせる薬物をごく少量投与して免疫力を上げる治療法〕医師の診察を受けさせた。彼女はこの医師に定期的に診てもらっていて、熱心な信奉者だった。医師は思い切った転地、たっぷりとした日光浴を勧めた。

ちゃんとした休暇をとる余裕などなかったので、まずベケットが一九四七年五月と六月をまるごとフォックスロックに戻って母親と過ごし、それから運よく見つかった家賃無料の家に移った。その名はマントンとイタリア国境に近いガラヴァンという町のアリスティド・ブリアン通り五十六番地、ヴィラ・イルランダ。この少し人里離れた家はシンクレア姉妹の一人と結婚したラルフ・キューサックのものだった。だいぶ建物は傷んでいて、ベケットとシュザンヌはほころびた寝心地の悪いベッドで寝ては、戸外で料理をした[40]。この数か月の暮らしを、ベケットは「つらい月日」と呼んでいる。しかし、家は海岸に近く、二人とも地中海の強い陽光は気に入った。ベケットは海水浴を欠かさなかった。次の小説『モロイ』の大部分はここで書かれた。書き始めたのは五月二日、フォックスロックの生家ニュープレイスの、文字どおり「(彼の)母親の部屋」であったが、小説の冒頭部分は最後に書いたと思われる。

だが一九四八年以降は、暑い夏の数か月をパリの外の村に家か部屋を借りて過ごすのが、ベケットたちのつねとなった。マントンの前はアヴォンダン、あとはユシーという小村にあるメゾン・バルビエという一軒家であった。これはパリから六十キロほど南、マルヌ川に面した村で、わりと近いところにはもっと大きな町ラ・フェルテ・スー・ジュアールがあった。その家は作家が仕事のために構える隠遁の場としては奇妙な特徴をもっていた。庭の下をパリ－ストラスブール間の鉄道の幹線が走っているのである。通過する列車の轟音で会話が途切れることもしばしばだった。二人が庭に出ていると、列車の窓から乗客が手を振ったりする。訪れた友人たちは、ベケットとシュザンヌがこんなところでよく仕事ができる、いやよく暮らせるものだと、驚いた。[41] しかし、沈黙と孤独が大好きなベケットは、また並はずれた集中力の持ち主でもあった。その集中力はこの家で極限まで試されることになる。言わずもがなだが、家賃の安さが決定的だった。ともあれ、数年間つづけて、夏になると、二人はここへ戻ってくるようになった。ベケットがマルヌ川に魅せられたのはこの時期であった。そしてユシー・シュール・マルヌの村は、彼の心のなかで、いつも創造的な手ごたえと結びつくことになった。

しかし、ベケットは毎年、母を喜ばせるため、最低一か月をともに過ごしにフォックスロックへ戻る習慣を守った。そのたびに、彼は母のパーキンソン病が眼に見えて悪化するさまに心を痛めた。「わたしは母の目を覗き込む、かつてなく青く、おずおずと、悲しい目……このような目を本当に見つめるのは初めてのことだと思う。ほかの目を見つめる必要はない。ここには見る者を愛させ、泣かせずにはおかない充分なものがある」。[42]

シュザンヌに促されて、ベケットは母の髪を一房、クラック医師に送って、遠距離診療・治療を依頼した。心霊学者ヘスター・ダウデンに対するベケットのかつての態度を思うと、彼がこんなことをするのは、意外に見えるかもしれない。別に彼の懐疑心が消えたわけではないし、クラックに対するシュザンヌの信頼に長年にわたって影響されたというだけでもない。むしろ、ベケット自身が正統医学の限界を疑うようになっていたということがある。また広い意味で言って、物事はすべて意外なことにあふれている以上、こんなふうに遠い的を狙って矢を放ってみるのも無駄ではないかもしれない、と彼が感じていたからであろう。母の病状をよくするためなら、どんなことでもしてみただろう。母への彼の愛情はそれほどに大きかった。

いかにも孝行息子然として、日曜の夕方の礼拝には母を教会へ連れていった。ときには、奮発して父の通っていたブラックロックの教会へ連れていき、昔、父ビルが説教のあいだ柱のかげに隠れて居眠りをし、お祈りのときも堂々と膝まづかずにいたという、その同じ席に座らせてあげたりした。「わたしたちみんなに愛され尊敬されていたフロスト氏は昨日朝、逝去されました。葬儀は明日でありますす」と牧師は、うやうやしく憂いをこめて口を開いた。[43] しかし、たいていはタロウにある母自身の教会へ付き添っていき、同じ椅子に二人並んで座った。母が三十五年前に座った席である。礼拝のあと、ベケットは紳士然と、同じ教区の高齢のご婦人方をそれぞれのお宅まで送った。[44]

しかし、数週間が痛みを伴って過ぎていった。彼の不在のあいだ淋しくてどうしようもないシュザンヌから、絶望的な手紙が届き、彼もパリへ帰りたくてたまらなくなる。[45] 回りの丘を長々と、疲れ果てるまで歩き、帰り道、田舎の小さなパブに寄って、ギネスを飲んだ。キャリックマインズ・ゴルフクラブで、一人ゴルフをして過ごす日もあった。[46] クラブハウスでは、ゴルフのコーチ、ジェム・バレットと一緒にダブルのウィスキーを飲み、シュザンヌが新聞紙にくるんで送ってくれたたばこ、ゴロワーズを吸った。[47] トム・マグリーヴィー、アーランド・アッシャー、コン・レヴェンソールといった旧友たちに会い、ある者とは飲みながら真面目な議論となることもあった。一九四五年、戦後最初の帰郷のとき、マグリーヴィーが「自分の好きなことを、自分の好きな連中のためにやっていて」大いに幸せそうなのを見た。[48] だが、数年後、ベケットはマグリーヴィーが書いていることについての私見をもらして、こう言った。「君が再び、アイルランドのためではなく、もっと君自身のために書くようになってほしいな。ある意味では、君が自分のやりたいことをやっているのはわかる。だが、それでは気持ちが満たされないときがあるんじゃないか」。[49] ベケットはパリのエコール・ノルマル時代の軽やかで、いたずらっぽいマグリーヴィーのほうがずっと好きだった。

ジャック・イェイツとは戦後アイルランドに帰るたびしょっちゅう会っていて、さらにもう一枚『レガッタの夕べ』という絵を買った。イェイツの妻コティが一九四七年五月に亡くなり、ベケットはその葬式にいった。[50] 夏になると、マリア・ジョラスから、ジェイムズ・ジョイスの遺体をチューリッヒの墓からアイルランドに移送し、埋葬しなおすことができないかどうか調べてくれという手紙をもらった。「七年ですって？」と葬儀屋は、まるで手遅れの病人の診察を頼まれた医者のような困惑の表情を浮かべて、ベケットに言った。「運ぶものがなにか残っていますかね、いったい」[51]。

6

一九四七年十一月、「貧窮にもかかわらず」ベケットは、翻訳の依頼を断わっていた。依頼してきたのは、マティスの娘婿ジョルジュ・デュテュイが再発行を企画していた新しい『トランジション』だった[52]。だが、一九四八年初頭の数か月、手元はますます不如意となった。銀行を通して受け取っていた祖国からの定期的送金さえ、あてにならなくなった。生き延びるために、英語の個人授業をしたり翻訳の仕事を探すことを余儀なくされた[53]。

翻訳の仕事を求めてパリのユネスコ（国連教育文化機構）に申請し、さまざまな種類の仕事をして報酬を得た[54]。この点で助けてくれたのは、かつてエコール・ノルマルの事務長で、いまはユネスコの有力者になっていたジャン・トマであり、かつてのエコール・ノルマルでの教え子の一人エミール・ドゥラヴネーだった[55]。ベケットは誇りを捨てて、数か月前に断わった雑誌に仕事を求めた。

『トランジション』は戦後創刊された英語の小雑誌（リトル・マガジン）の一つで、ほかにヴェイルの『ポインツ』、プリンプトンの『パリス・レヴュー』、ホーティスの『ゼロ』、トロッキの『マーリン』などがある[56]。ジョルジュ・デュテュイはユージーン・ジョラスからタイトルを買い取り、ジョラスを編集顧問の一人に迎え（ほかの顔ぶれはジャン＝ポール・サルトル、ジョルジュ・バタイユ、マックス＝ポル・フーシェ、ルネ・シャールなど）、雑誌の新方向としては、文学よりも美術・美術評論をめざすとした。また、その前身よりも知的な厳格さをもつ雑誌とするのに成功した。執筆者への原稿料は主として彼の妻マルグリットの資金から支払われた。彼女の父マティスは表紙の絵を無料で描いた。

ジョルジュ・デュテュイの手紙を息子クロードが保存している。ベケットがこれほど多くの翻訳をしていたとは誰も想像しなかっただろう。これは彼自身の明確な要求により無署名でなされた翻訳が少なからずあったからである[57]。加えて、雑誌のほかの執筆者の原稿に彼が手を入れたり、チェックしたりしたケースも相当あった[58]。また『トランジション』とは別個に、デュテュイの書いた評論をベケットが英訳したり手直ししたりした例もある。たとえば「ヴュイヤールとデカダンスの詩人たち」もそうで、アメリカの美術雑誌『アート・ニューズ』に載ったときは訳者の名前が明記されている。同様に、デュテュイがアメリカの画家サム・フランシスを論じた「サム・フランシスあるいは沈黙を活性化する者」もベケット訳で活字になった[59]。デュテュイの著書『フォーヴィズムの画家たち』をラルフ・マンハイムが英訳したときも、ベケットの熱心な助力があった[60]。

　デュテュイは、しかし、ベケットに生活を支えるための収入を提供しただけではなかった。十五歳年上の彼は、長身で、がっちりした体つき、目は明るく青く、性格は外向的で、部屋じゅうに響き渡る声で笑った。教養豊富で才気煥発、カリスマの持ち主であり、ベケットはその該博な美術の知識や、あふれるような知的談話に感銘していた。他人を活性化する達人でもあった彼の友人には、画家や作家や批評家たちが多かった。戦争の勃発時にはアメリカで講演旅行をしていて、そのまま戦中を過ごしたので、英米の美術や文学に精通していた。フランスに帰ったあと、彼はさまざまな秘書を使ったが、そのなかには才能ある若い詩人アンドレ・デュ・ブーシェや、批評家ピエール・シュナイダーもいた。エリュアールやブルトンのようなシュルレアリストとも親しかったが、友人の名をあげれば、ニコラ・ド・スタール、ピエール・タル＝コア、アンドレ・マッソンといったフランスの画家、スイスの画家アルベルト・ジャコメッティ、カナダの画家ジャン＝ポール・リオペル、アメリカの画家サム・フランシスおよびノーマン・ブラムからジョルジュ・バタイユ、ルネ・シャール、ジャン＝ポール・サルトルといったフランス作家にまで及ぶ。

　これらの友人たちの何人かはユニヴェルシテ通り九十六番地にあったデュテュイの事務所に入り浸っていた。部屋には大きなストーヴがあり、ほとんど毎日午後五時半になるとそれを囲んで煙草を吸い、だべる。それから筋向いのカフェ・トロワ・マロニエで飲み出す[61]。ベケットはときどきこの夕方の集まりに顔を出す程度だった。むしろデュテュイと二人きりで昼飯を食べたり、午後、事務所を訪ねて翻訳を読み直したりすることが多かった。ときにはデュテュイおよび彼の作家友達と夕飯を取ることもあった。ブルトンに初めて会ったのはそういうときであった。エリュアールにはそれより数年早くエドワード・タイタスと一緒に知り合っていた。

　ベケットとシュザンヌはときどきデュテュイ夫妻の家に夕食に招かれることもあった。だがシュザンヌはおそろしく律儀なところのある人だったので、招いたほうが気まずい思いをすることになった。サムとシュザンヌがときにはまともなフル・コースのディナーを必要としていることをよく知っているからこそ、ジョルジュとクロードは招待したのだが、事態は必ずしもうまくいかなかった。ついにジョルジュはあるとき言った。「シュザンヌのせいで卵を四つに割ってしまいたくない」[62]。シュザンヌとしてはおそらくお返しの招待ができないことを気に病んでいたのだろう。ファヴォリット通りのベケットたちの家にジョルジュとクロードを招いたときのメニューは、たぶん貧乏ゆえに、いつもきわめて質素なものだった。デュテュイ夫妻とサムは楽しく談笑するのが好きだったが、三人がアルコールと親しい冗談でいい気分になるにつれて、シュザンヌはだんだん白けてくる。酒好きと禁酒家が同席したときの、おなじみのパターンである。したがって、デュテュイがベケットを画家たちに紹介したのも、またベケットがデュテュイに友人のヴァン・ヴェルデ兄弟を紹介したのも、夜遅くまでモンパルナスで飲んだときであり、シュザンヌ抜きであった。アルベルト・ジャコメッティとよく深夜過ぎまでバーで話し込むようになったのもこの時期だった。二人とも不眠症だったのだ。しかし、話が知的な、いや美術的な話題にさえ及ぶことは稀だった。

デュテュイとなると、話は別だった。その博識で精妙な評論を読めばわかることだが、この鋭い知性の持ち主は、ベケットが展開するきわめて大胆かつ難解な議論にも充分な理解を見せ、それに自説をもって応戦する力があった。二人のあいだには親密な共感が生じ、ベケットも彼が相手なら自分の観念や感情について率直に語れるようになった。デュテュイは一九四八年から五二年にかけて、かつてトム・マグリーヴィーが果たしていた役目――ベケットの最良の聞き役――を果たしたといえよう。

二人の会話は芸術の究極をめぐる大胆な議論へと収斂していった。ピエール・タル＝コア、アンドレ・マッソン、ブラン・ヴァン・ヴェルデの作品を論じた『三つの対話』は、『トランジション49』に初めて発表されたが、これは二人のあいだで何か月にもわたって直接に、あるいは手紙で交わされた議論のほんの一部を表わすにすぎない。これに刺激されて、ベケットは、芸術家と外部世界のあいだの分裂についての考えを発展させたのみならず、自己そのものの内部の分裂とその結果をさらに探求することになった。対話のなかで、ベケットはいまでは有名になった自説を展開している。「わたしの言っているのは、芸術にうんざりして背を向けようとしている芸術、ちっぽけな成果に飽きあきした芸術のことだ。相変わらずのことを多少前より上手にやることができると思いこみ、または実際そうできる、退屈な道を前より少し遠くまでいくことができる、そういう芸術に飽きあきした芸術のことだ」。デュテュイが「で、代わりになにを？」と聞く。ベケットの答えは忘れがたい名文句だ。「表現の対象がない、表現の手段がない、表現の基点がない、表現の能力がない、表現の欲求がない、あるのは表現の義務だけ——ということの表現だ」。[63]

7

同じころベケットはフランス語による小説三部作、『モロイ』、『マロウンは死ぬ』、『名づけえぬもの』を集中的に書いていた。厳密に言えば、一九四七年五月から一九五〇年一月にかけてのわずか二年半の期間である。この三部作と『ゴドーを待ちながら』こそ、経済的には貧窮の底にあえぎながら創作的には豊饒をきわめたこの季節に生み出されたもっともみごとな作品だ。ベケットの全作品中、おそらく、もっとも衰えぬ価値を保ちつづける傑作群といえよう。フランス語の短編数編とともに、これら四作は、戦後、母の家にいるとき得たと彼が言う「啓示」、「開眼」以来、彼の探求がいかに深まったかを例証するものである。また、ここに明らかに見えてくるのは、個人的な要素や古典的引用などの扱い方が、戦前の彼の小説や詩に比べて、いかに大きく変わったかということだ。

ベケットはこれらの作品の明示するものについて、ローレンス・ハーヴィーに、「作品とは経験に頼るものではない。経験の記録ではない。もちろん利用はするけれど」[64]と語っている。それは、個人的経験がこの時期の著作に不在であるということではない。逆である。そういう挿話が隠れもなく目立つこともあるし、およそ個人的なものとは無縁に見えるような主題のなかに隠れていることもある。

フランス語の短編や三部作はベケットの個人的思い出、とくに少年時代の記憶に由来するものが多い。「欲しいのは」生家クールドライナ邸の幼年時代の寝室の「灯油ランプ、できればピンクの笠がついているもの」(「終わり」)[65]、父が少年ベケットによく読んでくれたジョー・ブリームまたはブリーン(「鎮静剤」)[66]、クレア通りの事務所の、初めは父の、やがて兄の、机に置いてあった「雄牛でもぶち殺せそうな円筒型の巨大な定規」(「追い出された男」)[67]。『モロイ』はこの種の記憶に満ちている。幼稚園の先生だった「エルスナー姉妹」とその犬ズールー[68]、少年ベケットが兄と一緒に集めて取り替えっこしていた切手のアルバム[69]、クールドライナと酷似した家の描写[70]、自分の緑色の自転車への叙情的愛着[71]、幼いベケットのものだったテディ・ベア「ベイビー・ジャック」。例をあげればきりがない。

ときには、過去の経験の利用の仕方はもっと複雑微妙になる。たとえば「工作員や情報員(メッセンジャー)」についてのくだりが、彼とスパイ組織のつながりに由来することは疑いない。「ガベール（メッセンジャー）はさまざまな方法で守られていた。彼以外には解読できない暗号を使っていた」[72]。これは、ペロン、ルグラン、ピカビア、そしてベケットたちがおなじみだったレジスタンス活動における暗号の用法を思い出させる。しかしここでは、人知を超え、天使や使者をも超える神の業を暗示するための、ひねった使い方がされている。粗筋からいえば、『モロイ』はベケットが息抜きにまだ読んでいた探偵小説から骨格を借用している。モロイは母を探して心理的旅に出かける。第二部の主人公モランはモロイを発見せよとの命令を受けて出発するが、結局自分によく似た男を殺してしまう。だが手がかりは見つからない。計画は不確かで、意味ありげに狙いから逸れていく。人物と人物が、夢のなかのように、混ざり合う。出来事は、少なくともプロットの面では、重要性を欠いている。出会いは、あるにしても恣意的であり、新しい展開にはいたらない。ベケットが子どものとき愛読したコナン・ドイルがもしこれを読んだら、あまりにも理性や推理を受け付けない世界に唖然としたことだろう。

『マロウンは死ぬ』では、ルイ家（フランス語版）あるいはランバート家（英語版）――ベケットは明らかにバルザックのルイ・ランベールを意識している――とサポスカット（ホモ・サピエンスとギリシア語で「糞」を意味するスカトスの結合）の日常生活の描写に莫大な紙数を費やしているが、これはベケットがルシヨン時代にボヌリ家のぶどう園や、オード家の農場や、マルセルとイヴォンヌ・ロブの小耕作農地で働いて得た田舎暮らしの経験に直接的・身体的に基づいている。人物たちはもはや現実の人びとをモデルにしてはいない（モデルがあるとすればベケット自身のある部分かもしれない）。最初の小説『マーフィー』とはそこがちがうけれど、人物たちの仕草や仕事は現実をふまえている。鶏に餌をやる。うさぎを殺す。ロバの死体を埋める。豚を殺す。こういった作業が、死を待ちながら主人公が自分に物語っている話に取り込まれている。

これらの個人的・自伝的な要素は、戦後の作品のなかで、現実を指し示す形で使われることはない。記憶はいわば作者の意に反して表面に浮かび上がってくるかのようである。場所の詳細にしても、どこかを特定したり、再現するものではない。ベケットは父とともによく歩いたダブリン郊外の丘を想起する。「海岸には灯りが見えた。灯船を含めて四つあった。みんな知っていた。子どものときからよく知っていた。夕方だった。父と一緒に小高いところ立っていて、父が私の手を握っていた。……父はまた山々の名を教えてくれた」[73]。『初恋』では、山腹から「遠くの街の光を、また子どものころ父が教えてくれたいまでも名前をその気になればかならず思い出せる灯台や灯船などの光」を見おろした記憶が蘇ってくる。[74] 一九三〇年代の英語の詩や散文では、これらの場所や物が実際の名前で呼ばれていた。いまは、トゥー・ロック、スリー・ロック、ティブラデン、グレンドゥー、キラキーといった山の名も、ダブリンの灯船の名も、現われることはない。それらを単に不特定の記憶として用いることは、それらを普遍化することだった。痛みと輝きの合間のどこかに位置する感情を読者に与え、父と子を結ぶ絆の親密さを喚起しながら、しかし、それにロマンティックな色づけを与えないのだ。

短編「終わり」の「私」は、かつてはよく知っていた街のある区域がいまやほとんど見分けがつかないという経験をして、不安になったことを語っている。

歩いていて、私は道に迷った。このあたりに来たのは久しぶりだったが、すっかり変わってしまったように見えた。いくつかの建物がまるごとなくなっていた。とがり杭の柵の位置が変わり、どちらを向いても見えるのは大きな文字で書かれた商人の名前であり、聞いたこともないそれらの名前は読むことさえむずかしいものだった。なにも覚えていない通りもあり、覚えているはずの通りでも、あるものは消え失せ、あるものはまったく違う名前になっていた。通りの全体的印象は以前と同じだった。[75]

この一節など、戦後ダブリンやパリに戻ったときのベケットの手紙からの引用かと見まがうほどに、彼の経験を反映している。しかし、ここでも作家の目は、主人公がどこか特定の場所とは関係なく体験している変化と疎外の感覚に注がれている。創り出された虚構の空間は現実の地理的空間につながっているが、それ自身の普遍的な意味合いをもっているのである。

戦後のベケットの著作に現われ始めた変化をさらによく示すのは、戦前の作品のようにあからさまに博識をひけらかす代わりに、かつての広汎な教養の残骸としてさりげなく引用する手口である。あるいは学問の喜劇的なパロディとして、または無知・混乱・驚愕を喚起する契機として逆用する方法と言ってもいい。

たとえば、古代哲学について一九三〇年代に書きつけた覚え書きのなかで、彼はエフェソスのヘラクレイトスに関してこう書いている、「彼のコスモス（宇宙）における流転の圧倒的地位。万物ハ流ル。彼にとって、同じ流れに二度足を踏み入れることはできない」[76]と。これは『モロイ』のなかで、アイロニカルなこだまを響かせる。「しかし糞を代えることにはなる。すべての糞は同じであるにしても、かまわない。ときどき糞を代える、一つの糞の山から少し先の別の山へと代わるのは、悪くないものだ[77]」。『マロウンは死ぬ』で、スコラ学派の「サイショニ感覚ノナカニ存在シナカッタモノハナニモノモ知性ノナカニ存在シナイ[78]」は、ベケットが一九三〇年代の覚え書きではイタリア語で、「ホロスコープ」ノートのなかではライプニッツのジョン・ロックへの反論に用いられているとおりのラテン語で[79]、それぞれ引用しているものだが、これが鸚鵡に教えこまれている。鸚鵡返しに繰り返させようというつもりであろう。初期の諸作品の一つ、じつは彼が「あの昔の難破船」と呼んでいる『マーフィー』のことだが、それを思い返して、語り手は言う、「まったく無害と思われるくせに、一度使ってしまうと文章全体が汚染されてしまう、そういう文句がある。無ホド現実的ナモノハ存在シナイ[80]」と。デモクリトスの名文句が『マロウンは死ぬ』で引用されるのは、語り手がこの文句のもつ暗黒をわきまえ、そのなかへ引きずり込まれる危険に対して「用心している」ことを語るためにほかならない。同様に、マンデヴィルの『ミツバチの寓話』を話題にするのも、ミツバチの踊りについてのあらゆる解釈を捜し求めたあげくに、語り手に、「こいつは私が一生費やしても理解できない問題だ」と述懐させるためである[81]。

哲学的・文学的な言及は三部作に満ちあふれている。ライプニッツの「予定調和」、ピュタゴラスの天球の音楽[82]、フロイトの「運命的快楽原理[83]」、『ハムレット』の反響——「もしおれに流す涙があるならば、滝のように、何時間でも流して見せよう[84]」——そしてシーシュポスの神話。「だがシーシュポスでさえ同じお決まりの場所でかすり傷を受けたり、うめいたり、または最近の流行のように「アルベール・カミュの一九四二年の『シーシュポスの神話』への当てこすり」喜びまわったりするいわれはない、と私は思う[85]」。ホメーロスの『オデュッセイア』、ダンテの『神曲』、それに聖書、いずれも重要な引用源ではある。だがいずれも当該のベケット作品への鍵というわけではない。

絵画・彫刻の好みも透けて見える。「私は独り旅路に残された、カレーの市民のように、埃の中、長い綱を引きずって[86]」。これはむろんロダンの彫刻『カレーの市民たち』を思い出させる。「幼児ぬき、母親ぬきで、果てしないエジプトへ、逃避と野宿の不規則な反覆[87]」は、ベケットがかつてヨーロッパの美術館で見た数知れぬ「エジプトへの途上の休息」の主題の絵画を喚起する。一九三七年二月、ドレスデンを訪れたベケットに向かって、美術館長ハンス・ポッセ氏は、「ティエポロのフレスコ画を階段の壁にもつ……ヴュルツブルク市民」を「絶賛」した。「……知っているさ」、とベケットは日記に皮肉たっぷりに書いている。[88]『マロウンは死ぬ』には、「この窓はまるで壁に描かれたようにも見える、ヴュルツブルクのティエポロの壁画みたいに。私はその昔相当なツーリストだったにちがいない[89]」。

謎に満ちた三部作では、哲学的・文学的・美術的な素材の使い方は初期の場合と大きくちがっている。博識の断片は、疑問や躊躇や否定や困惑の流れのなかに呑み込まれている。空間・自己・時間といった哲学的問題のほとんどが扱われているが、哲学的あるいは（主として）心理学的な語法に頼ることはけっしてない。エドゥアール・モロー・シールが指摘するように[90]、ベケットはいつも詩人として、なかんずく喜劇的作家として、問題に対処している。懐疑を通して確実性にいたろうとするデカルト的合理主義者の影が、三部作を覆っている。たとえばデカルトは、森のなかで迷ったらまっすぐ進み続けるのが最良の脱出手段だと信じている人間について語っている。だが、モロイは松葉杖をついて輪を描いて進んでいる。自分のような障害をもっている人間にとっては、これが直線にいちばん近い運動になるのではないかと考えているのである。そこでモロイは――これはまさに抱腹絶倒的場面だが――母親に向かって「暗闇のなかを、盲目的に」進み、懐疑からさらなる懐疑へと進んでいく。かくしてデカルト的「方法論」は、ほかのあらゆる真理発見のための哲学的体系と同じく無価値になる[91]。数学的推論もまた真実を理解・説明するにはおよそむなしいとわかる。おしゃぶり石をポケットから口へとぐるぐる回すモロイ、毎日の放屁の回数をもれなく数えようとするモロイ。すべて行き着くところは無知・不可解にほかならない。ただしモロイの場合、それは完全な懐疑主義者のもつ内面的平穏にいたる可能性はない。「というのは、なにも知らないというのは何物でもない、なにかを知ろうとしないのも同じく何物でもない、なにかを知るのを超えていること、なにかを知るのを自分は超えていると知ること、これこそが平穏のときであり、知りたがることをやめた探求者の魂に平和が訪れるときなのだ[92]」。

哲学的テーマが神話へと変容されるとすれば、心理学的モチーフも同様である。ベケットはもはや、かつて『マーフィー』でやったようにゲシュタルトとかキュルペといった心理学派に直接に言及することはない。ユング的原型やフロイト的問題は徹底的に消化吸収され、部分的に物語の構造化に利用されるか、深層心理学やその他のどんな哲学体系による説明も受け付けない、この説明不可能な世界に滑稽な細部を提供するために応用されるか、そのいずれかである。しかし、ユングとフロイトの理論の吸収は、あからさまに言及されないものの多くの文節に余韻を残していて、物語の構造や、モロイとのちにモランが旅の途中で出会う人物たちの位置づけのためには明らかに重要である。モロイの「根底的問題は母を見つけることである——〈個人的母〉でなく、彼のアニマの主たる変形としての、〈内なる母〉である」と、J・D・オハラは論文「ユングと『モロイ』物語」のなかで論じている[93]。彼はまた、小説後半におけるモランを自我・超自我・外界と関わるフロイト的自我と見なしている[94]。

ベケットの創造的苦闘の時期に書かれた小説三部作、とくに『名づけえぬもの』は、表面的印象にもかかわらず、彼の全作品中おそらくもっとも個人的な著作である。初期の詩や散文があからさまに個人的であるというのとは違う。そうではなくて、彼が自分の心の深いところにまで降りたって、自己のなかに見出した断片化のありよう、そして普通抑圧されている衝動や欲望と取り組んでいるのだ。一見想像力だけの産物と見えるものが、じつはきわめて個人的な、身体的かつ精神的な世界の精密・慎重・非妥協的な分析から生まれたものだとわかる。

8

『マーフィー』の売れ行き部数を見て、ピエール・ボルダス社は『メルシエとカミエ』に興味を示さなかったし、ベケットの次の二作の出版の希望も断った[95]。シュザンヌはそこでどこか引き受けてくれる出版社を求める行脚に出た。彼女の死の数か月後、ベケットは彼女にいかに多くを負っているかを簡潔に語っている。

すべてはシュザンヌのおかげだ。彼女は三部作を同時に出してくれる出版社を探して、そこらじゅうを売り込みに歩き回った。まったく未知の作家がなんとだいそれた望みをもったものだ！　シュザンヌが出版社めぐりをしているあいだ、わたしはといえばカフェに座って「指をいじって」、あるいはなんでもいいからいじりまわして待っていたものだ。ときには彼女は原稿を受付に預けてくるのが精一杯で、編集者と会うこともできなかった。ロジェ・ブランもそうだった。だが徒労の果てにシュザンヌはついにブランに会って、『ゴドー』と『エレウテリア』に興味をもたせたのだ。わたしはといえば、ひとごとみたいにのほほんと待っているだけだった[96]。

ベケットの作品の価値に対するシュザンヌの信念、それを他人に認めさせようという頑固な決意は、多くの文士たちからの激励によってますます強固になった。トリスタン・ツァラも『モロイ』を読んで、絶賛した一人だった。[97] 編集者ロベール・カルリエも好意的で『モロイ』と『マロウンは死ぬ』の原稿を受け取って、彼のよく知っているパリの多くの出版社に渡してあげようと言った。しかし、激励とか賞賛はそれとして、出版受諾の話はまた別であった。二つの小説の原稿が何十という出版社の手をぐるぐる回ったあげく、シュザンヌは、ベケットの言葉を借りれば「土壇場のあがき」として、ジェローム・ランドンにあたってみることにした。

弱冠二十一歳のランドンは、かつての有名なレジスタンスの小説『海の沈黙』の著者ヴェルコール（本名ジャン＝マルセル・ブリュレール）の興した出版社に共同経営者として参加していた。すでに二年前から編集長の地位についており、そのあいだに、モーリス・ブランショ、ジョルジュ・バタイユ、ピエール・クロソフスキーなどの非凡な著作を数冊出版していた。しかし、それらはおもにガリマール社の秘書をしているジャン・ポーランから回されてきたものであった。ベケットの三冊の小説はランドン自身の選択であり、これが彼にとって真の編集者としてのキャリアの始まりとなった。彼はベケットの三部作の第一作との個人的出会いをこう語っている。

わたしは昼食に帰宅しようとしていた。ジョルジュ・ランブリックスの机の上に原稿のあるのが見えた。きっとシュザンヌが彼のところに持ち込んだばかりのものにちがいない［じつはもってきたのはロベール・カルリエであった］[98]。わたしは「それはなんだ」と聞いた。ジョルジュは、「なんだか知らんがすごくいいものらしいぜ」と答えた。彼はまだ読んでいなかったのだけれど。わたしはそれを手に取って部屋を出た。『モロイ』を腕に抱えて昼飯に出かけた。メトロのなかで読みはじめた。ラ＝モット＝ピケ＝グルネル駅で乗り換えるとき、エレベーターのなかで爆笑してしまった。「人が見たら狂ってるって思うだろうな」と思った。それから「原稿を落としたら大変だ」と思いついた（原稿はホチキスでも、ひもでも束ねてなかった。一枚ずつばらばらのタイプ原稿だった）。そこでもちろん読むのをやめ、原稿を背中のうしろに隠した……わたしが狂ったように笑い続けているので、人はわたしをじろじろ見た。一見なにもしないでただ高笑いしている男など、不可解に見えてもしかたがない。それから事務所に帰り、その日のうちに原稿を読み終わり、夕方シュザンヌに手紙を出した。「結構です。引き受けましょう。決まりです」。そして数か月後に『モロイ』を出版した。[99]

ところがランドンが一九五〇年に『モロイ』と『マロウンは死ぬ』の出版を決定するや否や、ボルダス社は急に所有権を振り回し、最初の契約に基づき、ベケットの将来の作品すべてに権利があると言い出した。三年間にわたって激しい論争が続いたのち、やっと決着して、ボルダスは(彼の側から言えば)ベケットを契約から解放し、ランドンはフランス語『マーフィー』の売れ残り二七五〇冊を買い取った。[100] このやりとりをいまから振り返ると、結局こういうことではないか。ボルダスは、ベケットの作品を自分以外の誰かが欲しがっているのを知る。また『モロイ』が出版されるやたちまち批評家たちの好評を得たのに気づく。そしてこの作家に数年前に目をつけたのは自分だと主張し、契約書にしがみつこうとする。だが、ベケットのほかの本の出版に彼が全然乗り気を示さなかった事実を考えると、彼の主張には道義的な根拠が薄い。ベケットをフランス作家として発見した真の手柄は、若い駆け出しの編集者ジェローム・ランドンのものと言わなくてはならない。

9

『ゴドーを待ちながら』は一九四八年十月と一九四九年一月のあいだに書かれた。劇の設定は単純なものである。二人の男が二度にわたって、一本のやせ細った木のそばでゴドーという名の人物を待っている。ゴドーが現われれば自分たちは救われると二人は思っている。ほかに二人の男が登場し、しばらく舞台に留まる。しかし、待ち人はやって来ない。

この新作戯曲の視覚的な発想は、ベケット自身によると、カスパー・ダーフィト・フリードリヒの一枚の絵から得たものだという。それは二つの幕の終わりを見れば、納得できる。エストラゴンとヴラジーミルの二人が木のそばで月の昇るのを見つめている、そのシルエットが夜空を背景に浮かび上がる場面である。[101] しかし、そこにはもっと根本的なものがあるかもしれない。アメリカの演劇学者でベケットの友人であるルビー・コーンが語るところによれば、一九七五年彼女が『ゴドーを待ちながら』の稽古を見るためにベルリンにいたとき、ベケットと一緒に有名なドイツ・ロマン派絵画美術館でフリードリヒの作品を見た。[102] フリードリヒの『月を眺める男と女』(一八二四)という絵の前に来たとき、ベケットは断言した。「これが『ゴドーを待ちながら』の着想のもとだったのさ、わかるだろう[103]」。

ベケットは二枚の絵を混同していたのかもしれない。というのは、別のときに、彼は友人たちの注意を『月を眺める二人の男』（一八一九）に促したことがある。この絵では、一本の葉の落ちた大樹の黒い枝に縁取られて、外套を着た二人の男が満月を見つめている後ろ姿が描かれている。ベケットはこの絵を一九三七年にドレスデンのノイエ・マイスター美術館を訪れて以来見ていなかったのだが、この作品はフリードリヒについての書物に載っている写真でよく知られているものである。いずれにせよ、ベルリンの絵はドレスデンの絵と構図がそっくりなので、ベケットの言葉はどちらにも等しくあてはまるであろう[104]。

しかし、文学的な作品にたった一つの単純な発想源があることはめったにない。それに作者自身もそのすべてを意識しているとは限らない。視覚的に言っても、手を取り合って異次元の世界を見つめている浮浪者は、二枚のジャック・B・イェイツの強烈な絵を想起させる。一枚はロンドンのテート・ギャラリーに展示されている一九四二年の作品『二人の旅行者』――ベケットはおそらく一九四五年にアイルランドに帰ったとき、画家のスタジオで見たのであろう――もう一枚は、彼が一九四七年か一九四八年に見たかもしれない『平野の男たち』である[105]。戯曲の発想源はたくさん示唆されてきた。聖アウグスティヌスの言葉、「絶望するなかれ、泥棒の一人は救われた。驕るなかれ、泥棒の一人は地獄に墜とされた」が、救済のチャンスは五分五分だというこの劇に一貫する関心の源となっている。ベケットはまたある批評家に向かって、『ゴドーを待ちながら』の起源は『マーフィー』にある（おそらく心身二元論の問題を指しているのであろう）と言ったことがあるが、当の批評家はさらに議論を展開して、『ゴドーを待ちながら』は当時未公刊であった『メルシエとカミエ』の延長であると論じた[106]。

『ゴドーを待ちながら』に伝記的要素を素朴に期待して素朴な質問を発する人びともいる。エストラゴンとヴラジーミルは、南フランスへ向かう途上、退屈まぎれに反論ごっこに耽っているサムとシュザンヌではないのか。二人は、チェスをするためにしょっちゅう会って同じような無駄口を叩き合っていたベケットとアンリ・エダンのことではないのか。常識的に考えれば、芝居のせりふの切れっ端がそういった「おしゃべり」――とくに作者ベケットとシュザンヌとのあいだの会話――から生まれたことは大いにありうる。ベケットも友人たちにひそかにそう認めている（シュザンヌは鋭くウイッティな発言によって相手に切り返すこともできた人だった）。しかし、そういう会話が劇のなかのどこで交わされているか、あるいはそれらがどのくらい重要であるかとなると、確かめるのはむずかしい。せりふが現実生活にどのように根ざしているにせよ、もっと重要な影響源はミュージックホールから借りた形式やリズム（掛け合い問答や朗々たる独白や小唄やひとり言）であり、また哲学者たち（たとえばデカルト、ゲーリンクス、カント、ショーペンハウアー、ハイデガー）の言葉などであって、いずれも現実生活の会話とは縁遠いであろう。

この芝居はまたベケットのアイルランド的背景から発している。単に芝居の英語訳が現実のアイルランド的表現や構文を含んでいるという意味だけではない。登場人物の名前はエストラゴン、ヴラジーミル、ポッツォ、ラッキーなど、多国籍にわたる名前をもっている。だが、彼らが住んでいる世界――どぶで寝たり、道端で待っていたり、骨付き鶏肉にかぶりついたり――あるいは浮浪者の系譜や人物たちの定義しにくい「感じ」（フランス語版でもそうだが）などはまぎれもなくアイルランド的である。ベケットの場合よくあることだが、文学的な影響も強く、ジョン・ミリントン・シングの鋳掛け屋や乞食の世界がそれである。ベケットはシングに大きな恩恵を受けていることを認めていた。

劇の基本的状況はまたベケットの劇場観に、そして、おそらくは彼自身の人生に負うところが多い。誰かがやってくる、事態を変えてしまうような誰かまたは、なにかが到来する、それを待つのが、しばしば演劇の特徴的な主題ではないか。たとえばストリンドベリの『夢の劇』、W・B・イェイツの『鷹の泉』、およびメーテルリンクの『盲人たち』などはベケットもよく知っていた三つの例である。普通、最後には誰かがやってくる。なにかが起こる。そして状況が変えられる。もっとも、その変化は人物たちが考えたり望んだりしていたものとは限らない。ともあれベケットがわたしに語った言葉によれば、「あらゆる演劇は待つことである、という根本的事実をあえて中心に置いて、一つの状況を創り出そうとしたのである。その状況においては、退屈が、というか退屈の回避が、独特な劇的テンションを保つために不可欠な要素となるはずである」。

『ゴドーを待ちながら』の独創性は、沈黙をなんとかして埋めなければならないという具体的な現実にある。だから浮浪者―道化たちはおしゃべりし、帽子を交換し、にんじんを食べ、ゲームをやって、「おそるべき沈黙を押しとどめなければならない」のだ。こうした沈黙の用い方は、ストリンドベリやチェーホフの演劇から直感的に学んだのかもしれない。あるいはまたデモクリトスの箴言「無ほど現実的なものはない」をいかに演劇的に表現するかという哲学的な思考の結果かもしれない。すでに『エレウテリア

(自由)』ではなんの欲望ももたない人物を創ってみせた。となれば、続く芝居では、ゴドー氏という不在の人物を創って、この対象不在という特徴を具現せしめること以上にうまい方法はないではないか。これによって、人物たちが彼に対してどんな解釈をしてもかまわないということになる。なんといってもゴドーの決定的不在こそが、人物たちが待っているあいだ、また沈黙の脅威を食い止めているあいだ、心に感じているものにほかならない。

戦争の歳月は、待つことの具体的な現実を明らかに見せつけた。ベケットとシュザンヌがルシヨンに疎開していたあいだがまさにそうだった。戦争はまた待っている時間をつぶすことの重要さも明らかにした。芝居の中断が苦痛なくらい長引くような時間。そのなかで、ルシヨンの二人は悪夢が終わり、「本当の生活が始まるのを待っていた」。サンクウェンティン刑務所の囚人たちがベケットの浮浪者たちの状況にあれほど共感したというのも驚くにはあたらない。囚人たちこそ釈放あるいは保釈を一心に待ち望んでいる人間だし、なけなしの手段で時間つぶしをしなければならない苦痛を身をもって知っている人間だからだ。

狭所恐怖症的雰囲気、あてにならない使者、守られない約束などは、すでに指摘されてきたように(107)、ベケットのレジスタンス活動やパリからの逃亡の途次での奇行などと関係があるかもしれない。足に合わない長靴、どぶで過ごした一夜、乾いた麦わらのベッドで眠りたいというあこがれ、次はどこで食物にありつけるかという心配——赤かぶとか、にんじんは実際ごちそうだった——交わしたのに守られない約束などについて、みずからの経験を参照せずには当時のベケットは書くことができなかっただろう。ヴォクリューズとか、ルシヨンのボヌリ氏のぶどう畑、さらには名物の赤い土などにも言及し、少なくともしばらくのあいだはあまり明白な例以外はカットしないでおいた。終戦後の時期にもっと近かったら、こういう現実的言及がもっとたくさん出てきても当然だったろう。

浮浪者の一人は、はじめレーヴィというユダヤ人名を与えられていた。ラッキーに対するポッツォの仕打ちは、初期の批評家たちに、強制収容所で鞭を振るって犠牲者たちに暴力を加えている下士官を思い出させた。『ゴドー』が書かれる前の年にはベルゼン、ダッハウ、アウシュヴィッツの強制収容所についての想像を絶した情報や恐るべき映像記録が明らかになっていた。二冊の注目すべき本がマウトハウゼン収容所の生存者ジョルジュ・ルーストノー=ラコーによって出版され、ベケットの親友アルフレッド・ペロンが入っていた収容所の生活が描き出されていた(108)。もう一冊、『ゴドー』執筆の直前に出版された本がある(109)。マーニア・ペロンは彼女の夫の境遇を切々と描いたこれらの本を知っており、おそらくベケットに貸したと思われる。

まことに心打たれる話である。ペロンはボードレールやヴェルレーヌの詩の多くを暗記していた。栄養失調のあまりシャベルを使う力もなくなっていたので、手で石炭をかき集める労働で一日を過ごしたあと、ボードレールやヴェルレーヌの詩や自分自身の恋愛詩を、飢餓と病と暴力の悪夢的な場面の只中で朗唱するのがつねだった。彼には、「班長」たちのなかでも、もっとも野蛮なオットーさえ魅せされた。オットーは昼のあいださんざんペロンを殴りつけ、いじめ、火葬場送りだぞと脅しつけていたくせに、自分の誕生日の夜には殊勝にも腰を低くして、「あの詩人はどこだ、あのフランス人は」[110]と言いながらやってきた。そしてペロンに詩の朗読を頼んだ。また一方、かつて娼婦のヒモをやっていた頑健なポロは、繊細なペロン(「地獄のオルフェウス、狼たちの檻に入れられた小羊」[111])を守ってくれた。これらのまったく異質な個人たちの連帯がなかったなら、ペロンは数か月も早く亡くなったにちがいない。

ベケットはこれらの文書を強制的な恐怖ともいうべき気持ちで読んだことだろう。もし逮捕されたならば自分も同じ収容所に入れられ、同じ毎日の暴力にさらされたにちがいない、このような試練を自分だったら生き延びることはできまい、と思った。『ゴドーを待ちながら』の登場人物のあいだにあるさまざまな関係には、こういった人間的な問題が孕まれている。ヴラジーミルはエストラゴンにいくら腹を立てていても、そのゴゴを兄弟のように保護してやる。ある人物は召使を動物以下のごとくに扱い、大声で命令し鞭を鳴らし、完全な服従を要求するが、そのくせ召使いの朗誦に聞き惚れる。被害者のラッキーはエストラゴンを蹴る。そして劇中折々に、暴力は当然のものと見なされている。たとえばエストラゴンはヴラジーミルの質問に答えて、「ぶたれたか、だって? もちろんぶたれたさ」[112]。

この劇における暴力は、この時代の経験から生まれ出ている。しかし、ポッツォとラッキーの関係一つとっても、単純に人間の人間に対する非人間的行為というだけではすまない。主人と召使の二人組の場合、たがいに頼り合っている関係が存在し、問題はあからさまな搾取や虐待を超えた次元に及んでいる。さまざまな種類の伝記的な因縁がこの芝居の奥深くに秘められているのだが、しかし、そのような因縁・絆はみごとに超えられ、個人的・地域的な特殊な関係は変容されて消滅し、ほとんど目に止まらないものになっている。

10

一九五〇年夏の初めのころ、ベケットの兄から手紙が来た。母がここ数年闘ってきたパーキンソン病が悪化し、衰弱が激しい、先日転んで大腿骨を折った、という知らせである。これを聞くや、ベケットはただちにダブリンに赴いた。母の状態は彼の想像以上に悪く、メリオン老人ホームに入っていた。ハーバート・プレイス二十一番地にあるそのホームは、グランド・カナルとヒューバンド橋を見おろす場所にあった。サムとフランクは毎日見舞いにいった。フランクの妻ジーンは手のかかる子どもが二人いたが、キライニーからできる限り頻繁に出てきた。フランクは積算士の仕事をまだ続けていたので、長い不在をうしろめたく感じていたサムは、母の看病の大部分を引き受けることにした。老人ホームではメイ・ベケットは片足を吊り包帯で支えていたが、そのためいつも同じ側を向いてしか寝られなかったので、はなはだ寝心地が悪かった。しかし、足の具合は一番小さい問題にすぎなかった。パーキンソン病のもたらす精神障害は、事故の後急速に悪化して、七月二十四日の手紙でベケットは、医師の判断では臨終は遠くないようだと書いている。しかし、死がいつやってくるか誰も言おうとはしないし、言えもしない。「彼女の心はいつもさまよっていて、悪夢と幻覚の世界に生きている[113]」と、彼は書いている。

深い昏睡から醒めた母を見ると、「ひどい精神的かつ肉体的な苦悩」を味わっているのは明らかだった。ベケットは深く心を痛め、まる一週間、母の枕もとにつききりでいた。ホームを離れるのは、どうしても食事に出なければならぬとき、あるいは母の苦しみをこれ以上見ていられなくなったときだけだった。そんなときは落ち込んでただ一人、グランド・カナルの曳き舟道を歩き続けた。母のそばに座っているときは、激しく、しかし悲しく、心に願っていた、早く「すべては終わった、やっと[114]」と言えるときが来るように、と。一人で歩いていると、自分の陥っている立場を苦いアイロニーをもって噛みしめざるをえなかった——すなわち、なぜ母を不必要に苦しめるのかと責める相手として、絶望的に神を必要としている不可知論者。

打ちのめされ疲労困憊したベケットは、ついにフォックスロックの母の家に帰った。そして、彼の書いたもっとも美しい手紙を何通か書いた。「母の命は悲しい衰弱を続けている。ユシーでよく聞いた、停車にさしかかった夜汽車の音のデクレッシェンドに似ている。止まった、これで終わりだ、永遠の静けさが戻ってきた、と思ったとたんに、また聞こえてくる、終わりなく[115]」。母が昏睡状態から醒めることがなくなったときの手紙――「もう母のそばにはいないことにした。なんの役にも立たないから。わたしをいま、もっと必要としているのは兄だ。そう思えば、少なくとも、自分が誰かのためにいくらか役に立っていると感じることができる」[116]。

八月の第一週が過ぎるころ、ベケット自身が高熱を出してベッドについた。おまけに、ひどい歯痛に襲われた。医者はスルフォンアミド剤を処方した。翌日、彼は熱があろうとなかろうと歯医者にいかなければならなかった。難関に陥ったときの彼の得意技である機知を発揮して、彼は友人に書いた。自分としては、歯医者に「なにを抜かれてもかまいはしない。玉だけは別だけどね〔玉は俗語で睾丸の意〕」[117]。付け加えていわく、「だが、どうして玉だけなんだ?」しかし、彼はじきに回復し、一人で母を見舞いにいけるだけの力を取り戻した。母はもはや目も口も開くことができなくなっていた。みんなが驚嘆したことに、異常に強い心臓だけは「生まれたてみたいに打っていた」[118]。もう人を見ても識別できず、苦しむだけの意識もなくなっている(と、ベケットは祈っていた)。いまこそ、フランクとジーンと子どもたちを休ませてあげなければならない。彼は兄一家を追いやるようにして、短い小旅行に送り出した。彼らにはいま、それが必須であった[119]。

メイ・ベケットは一九五〇年八月二十五日に息を引き取った。以後、彼女の次男は体力・気力ともにげっそりと落ち込んでしまった。親友アンリとジョゼット・エダンにも、二週間以上、手紙を書けずにいた。やっと書いた手紙も、母のことはすっかりすんだと言いきっただけで、たちまちこれ以上は書けないと筆を擱《お》いてしまった[120]。母との関係が複雑かつ高度に情緒的なものであったために、母の死は彼にとって普通以上にトラウマ的な経験だった。愛する身内の死に遭遇したとき罪の意識を感じるのはよくあることだが、彼の場合、自分が母の望んだ孝行息子ではなかったという後悔によって罪の意識は深まらざるをえなかった。家族の誰にとっても動転と傷心のときではあったけれど、ベケットは一人悲しむほかなかった。フランクには妻ジーンと家族がいて慰めてくれる。だが、シュザンヌはメイに会ったことがなかった。息子の愛人と会うことをメイは拒否していたからである。それゆえ母の生前最後の数週間になって、シュザンヌが見舞いに行くのは偽善的であり、不適切であると見えたであろう。母ともっとも激しく仲たがいしながら、同時にもっとも親しかった息子は、母の死で自分が急に孤独になったと感じた。母と一緒に住むことはできなかったが、また母と情緒的絆を断つこともできなかった息子なのである。

葬儀はタロウにあるベケット家の教会でおこなわれた。ベケットは自分が段取りを決めることを主張した。サン・ロー時代以来の医者の友人で、現在はリッチモンド病院に勤めているフレディ・マッキーを訪ねて、母の棺を選ぶ手伝いを頼んだ。[121] メイの遺体を運ぶ葬列はレッドフォードにあるプロテスタント墓地へと進み、そこで愛する夫ビルと同じ墓に納められた。母とともに一九三三年以来あまりにもたびたび訪れ、ヒースを植え、母が父の墓石を小さなスポンジで拭うのを見つめ、壺の花をかえてきたベケットにとって、二人揃ってこの墓地へ来ることはもうないのだとは信じられない気がした。田園のなかの小道を下って墓地にいたり、棺のうしろについて左手の墓所へと少し登ると、眼下にグレイストーンズ港のかなたに、メイが戦争の悲惨な思い出が押し寄せる前まで住んでいた家が見晴るかせた。

ベケットはじきにパリへ戻るつもりでいた。しかし、メイの遺品などをまず選り分け、それから捨てたり形見分けをしたりしなければならなかった。またニュープレイスを売りに出さなければならなかった。十月にパリに帰ったベケットは、まったく心打ちひしがれた様子で、友人の誰に会うこともなく、ただちに静養のためユシーへ赴いた。

ベケットの美学の基本の一つは、彼がかつてわたしに語った「冷たい目」[122] に関わる。すなわち個人的経験を芸術作品に用いるには、それを「冷たい目」にさらさなければならないということだ。いまの場合、母の死をめぐる感情を充分コントロールして戯曲『クラップの最後のテープ』の一要素として利用することができるほどになるには、七年かかった。「母ついに死す」とクラップは一年を総括するメモの見出しに書きつける。「夢に溺れて早くおさらばしたいと望みながら」というせりふは、ベケット自身の見た母の姿をクラップに置き換えたものだ。そして、もっとも端的な部分は、「運河に面した家、久しい寡婦生活の後に臨終の床に横たわっている母、晩秋」であり、語り手が「近くの簗のそばのベンチから母の窓が見える」[123] あたりに腰を下ろして待っている、というくだりであろう。思い出は心に残っていた、しかし苦痛はほぼすでに、ゆっくりと消え去っていた。

11

一九四九年五月、ロジェ・ブランはアイルランド作家デニス・ジョンストンの戯曲『黄河の月』をゲテ・モンパルナス座で演出した。この劇の世界初演は一九三一年ダブリンのアビー劇場であり、そのころベケットはトリニティ・カレッジで教えていた。ジョンストンは、その昔ベケットと同じように、エズナ・マッカーシーに惚れていた。[124] ベケットはジョンストンを個人的にも知っていた。『エレウテリア（自由）』と『ゴドーを待ちながら』の適当な演出家を探している最中だったベケットとシュザンヌが、モンパルナスのせまい芸術家世界のこととて、アイルランド劇作家とフランスの演出家との一見幸先よい組み合わせに気がつかなかったとは思えない。『ゴドー』は数か月前に書き上がっており、かつての『エレウテリア（自由）』と同様、演出家たちのあいだですでに回覧されているところだった。しかし、シュザンヌの献身的努力にもかかわらず、それまでのところ引き受け手が現われなかった。

一九四九年、ロジェ・ブランは演出家としてよりも俳優としてパリで知られていた。一九三〇年代と四〇年代に三十本以上の映画に出演し、舞台でもマリア・カザレスやジェラール・フィリップなどという有名な俳優たちと共演していた。[125] 彼はすでにフランス語で書くアイルランド詩人ベケットのことは聞いていた。彼の詩の一編「アルバ」のペロンによるフランス語訳をラジオで聞いた憶えもあった。[126] ベケットのほうはブランをモンパルナスのカフェで見かけていて、彼がアントナン・アルトーやアルチュール・アダモフなどと親しい仲であることを知っていた。しかし、ブランは演出家としてはまだ駆け出しだった。ジョルジュ・デュテュイへの手紙からわかるように、ベケットは、初め俳優としても演出家としてもとくにブランに強く惹かれたわけではなかった。[127] 肝心なのはブランが芸術的勇気の持ち主らしいということだった。新しい無名のあるいは前衛的な劇に対して共感的な人物として知られ、カルチェ・ラタンのさる小劇場の支配人としてどんな劇を上演するかの決定権をもっているという話だった。

一年前、ブランは名目だけだが、ゲテ・モンパルナス座の法律的所有者のポストに就くことに同意していた。本当の所有者は彼のギリシア人の友人で女優のクリスティーヌ・ツィンゴスとその夫だった。しかし、二人はフランス国籍ではなかったので、劇場経営の許可が得られなかった。そこでブランは許可を得るために自分の名前を使わせ、その代わりに劇場経営に参加することにした。これで自分の好きな芝居を演出できる小屋をもつことができるというわけだ。[128] 同劇場の次の上演作品として、ブランは彼の大好きな芝居、ストリンドベリの『亡霊ソナタ』を選んだ。ベケットとシュザンヌはそれを観にいった。その晩のお客はほかに十七人いた。ベケットはもう一度観にいった。シュザンヌはそれから、『エレウテリア（自由）』と『ゴドーを待ちながら』の両方をブランのところへもっていった。一九五〇年の初め、ブランは両方の戯曲を読み終わり、ベケットは彼を自宅の小さなアパートへ招待した。ブランの人柄のよさと演劇への熱愛ぶりは印象的だった[129]。ブランは舞台以外ではひどく吃る男だったが、アイルランド演劇への強い関心を語った。二人はとくにシングの劇への熱愛を共有していることがわかった。ブランはベケットに言った、『ゴドーを待ちながら』のほうを上演したい、『エレウテリア（自由）』は登場人物が多すぎて金策がつかないだろう、と。

だがクリスティーヌ・ツィンゴスは『ゴドー』が気に入らず、ゲテ・モンパルナス座での上演を拒否した（たぶん自分が演ずる女役がなかったからだろう）。そこでブランは台本のコピーをさらに作って、ほかの小劇場の演出家たちに回した。一九五〇年の末にノクタンビュール座で、「アダモフの『大作戦と小作戦』［ブランが出演中であった］の客足が落ちたら」ただちに『ゴドー』を上演するというあてがついた[130]。だが結局のところ、ブランが資金と劇場の双方をなんとか確保するまでに、ベケットはもう二年待たなければならなかった。ブランは助成金委員会の委員であるジョルジュ・ヌヴーの助力によって、教育省の芸術文化部から五十万旧フランの助成金を処女作上演のための援助金として獲得した[131]。

金の算段がこうしてついたので、一九五二年七月二十三日、ポッシュ座のフランス・ギー夫人とのあいだに、ブランが彼女の劇場で『ゴドーを待ちながら』を演出するという合意書に署名がなされた[132]。しかしながら、契約書の解釈をめぐって意見が衝突し[133]、挙げ句の果てに芝居はジャン＝マリー・セローのもつ客席数二三〇のバビロン座に移ることになった。セローは借金を抱えており、劇場も閉鎖を目前に控えていたので、気前よく「どうせ店じまいをするのなら、美しく終わろうじゃないか」と決めたのである[134]。ブランはそれに同意した。俳優たちの出演料を払うだけのお金はあった。俳優たちはそれ以前にすでに無料で稽古を始めていた。しかし、助成金だけでは上演を維持するにはまだ足りなかった。若い（のちに有名になるフランス女優）デルフィーヌ・セイリグを含めて二、三の個人からの寄付のおかげで上演開始にこぎつけることができた[135]。一九五二年二月十七日に、モーリス・ナドーの助けで、劇の短縮版がクラブ・デッセー・ド・ラ・ラジオのスタジオで上演され、ラジオで放送されたのもよい景気づけだった。ジェローム・ランドンも戯曲をミニュイ社から十月に出版することを承諾した。これもこの新作に対する関心をかきたて、いい宣伝になった。

ブランはベケットの戯曲のもっているサーカス的・ミュージックホール的な特徴にたちまち反応を示した。賢明にも、彼は配役にキャバレーの歌い手でミュージックホールの役者でもあるリュシアン・ランブールに目をつけ、ヴラジーミル役に選んだ。この役者はブッフ・デュ・ノールのサーカスにいた大きな青い目をした小男であった。それから何人かにあたってみたあとで、もっとずんぐりした対照的な体つきのピエール・ラゥールをエストラゴンに決めた。ブラン自身はラッキー役だった。問題はポッツオで、決まっていた役者が降りてしまったので、ポッツオのせりふを数か月の稽古で暗記していたブランが、仕方なく引き受けることになった。

　年齢のわりには細身で若々しかったブランは、体格的にはまったくポッツォのタイプではなかったし、彼自身このでっぷり太った中年の威張り散らしている人物が大嫌いだった。あんな朗々たる声は出したくもなかったし、毎晩詰め物をしなければならないあの太鼓腹は真っ平ご免だった。この時点で、ということは、一九五三年一月三日の初日のほんの三週間ほど前のことだが、ジャン・マルタンが選ばれて、ポッツォの運び屋（「クヌーク」）、つまり、ラッキーの役を演ずることになった。マルタンは友人で医者のマルト・ゴーティエ（のちにシュザンヌの親友になる人である）に相談して、パーキンソン病の患者がどんなふうに痙攣するかを教えてもらった。マルタンはこれをみごとに演技に取り入れた。頭のてっぺんから足のつま先までずっと震え通しながら、口から唾液を流すその姿は、人間の惨《みじ》めさの衝撃的イメージとして、多くの観客の心をかき乱し、劇の衝撃を強めた[136]。彼の運んでいる大きなくたびれたかばんは、劇場の衣裳方の女性の亭主がゴミ箱をかたづけているときに見つけたゴミの一つだった[137]。

　ベケットはほとんどすべての稽古に立ち会った。シュザンヌはしばしば一緒に来るか、そこで彼と落ち合った。二人はブランとマルタンと大いに打ち解けた仲となった。当時のベケットは芝居に関してはまったくの素人《しろうと》で、それゆえめったに口出しもせず、説明もしなかった。稽古の前かあとでブランに静かに話しかけ、適切な示唆を与えたり、せりふの一部が舞台上でうまく機能しないのを見て取ったときは削除したりした。これらのいくつかの例は、戯曲のフランス語版の第二版に収められている[138]。今日にいたるまで日の目を見ていないせりふもある。

　初演に対する反応は毀誉褒貶さまざまであった。ジョゼット・エダンの記憶によれば、初めのうち観客数はプレヴューの直後落ち込んだので、友人たちのあいだを駆け回って盛り立てる必要を感じた、という。ジョゼットとアンリはサムとシュザンヌと一緒に三十回目の上演を祝うための晩餐に出かけたが、そのときでさえ芝居がこんなに大ヒットになろうとは、予想もしていなかった。劇評の多くは上々で、有名人の賞賛の声に包まれた。そのなかにはジャン・アヌイ、アルマン・サラクルー、ジャック・オーディベルティ、アラン・ロブ゠グリエなどがいた。しかし、成功が確実なものになったのは、騒ぎが巻き起こったときだ。というのは、多くの因習的な芝居好きたちが驚愕と衝撃を押さえきれなくなったからである。ラッキーの独白が終わったあと、よい身なりの憤懣やる方ない二十名ほどの観客が激しいブーイングをしたので、幕を降ろさなければならなかった。ベケットはその場にいず、あとで聞いたのだが[139]、幕間には雲行きはさらに険悪となり、怒り狂った抗議者たちと支持者たちが殴り合いになった。幕間が終わって客は席に戻ったものの、第二幕が開いて、第一幕の初めと同じ二人の人物がまだゴドーを待っているのを見ると、抗議者たちは再び足を踏み鳴らした。このスキャンダラスなエピソードはすべて劇場側が宣伝効果を狙ってでっち上げたものだというわさもあった。しかし、それはまさしく実話であった[140]。『ゴドー』がパリ演劇界の話題となるにつれて、観客たちの性格に大逆転が生じ、『ゴドー』を観ぬ者は演劇を語るべからずという、必見の出し物となった。毎回多くの人が満員札止めで追い返され、小劇場バビロン座としては切符売り上げの新記録が作られた[141]。

この芝居の上演にこぎつけるための長い苦労に疲れ果てたベケットは、世の中のこうした騒ぎをおもしろがりながら距離をおいて見ていた。にもかかわらず、『ゴドー』は彼にとってすべてを変えてしまった。それは彼の無名性に終止符を打ち、演劇的・経済的な成功の始まりを記すことになった。まもなくさまざまな国から翻訳や上演の申し出がミニュイ社に殺到しはじめた。しかし、なによりも肝心なのは次のことだ。すなわち、この芝居は人びとを促して、のちのケネス・タイナンの言葉を借りれば、「演劇をこれまで支配してきた諸法則を再検討」させ、「そしてその結果、それらの法則が硬直していると宣告」させたのである[142]。

原注：（筆者注は［ ］、訳者注は【 】を用いた）

第一章　少年時代の肖像　一九〇六―一五

（1）この話はDeirdre Bair, *Samuel Beckett*, Harcourt Brace Jovanovich, New York, and Jonathan Cape, London, 1978, pp. 3-4でまじめに取り上げられた。それ以来、このことに触れた書物や論文は数知れない。

（2）ベケットによるアレック・リードへの説明（一九六六年二月十日、リード・ノート）から。故アレック・リードの手書きのメモと往復書簡を調べ、引用することを許可してくれたテレンス・ブラウン教授に感謝申し上げる。【二〇〇〇年夏にフォックスロックのタロウ教会を訪れた訳者（岡室、堀）は、現在の牧師から当時の受洗者名簿を見せてもらったところ、そこには「サミュエル・ベケット、一九〇六年四月十三日生まれ」と記載されていた】

（3）Beckett, *Collected Poems in English and French*, John Calder, London, 1977, p. 17.（「血膿I」　高橋康也訳　三五頁）

（4）ベケットへのインタヴュー、一九八九年十一月十二日。

（5）Beckett, *Collected Poems in English and French*, 1977, p. 17.（「血膿I」　高橋康也訳　三五―三六頁）

（6）Beckett, *Company*, John Calder, London, 1980, p. 16.（『伴侶』　宇野邦一訳　一八頁）

（7）サミュエル・ロウの孫娘、シーラ・ペイジ（旧姓ロウ。以下、ペイジとする）へのインタヴュー、一九九〇年一月十九日。

（8）ロウの名は一六七五年以降、リークスリップのセント・メアリー教会の登記簿に数多く記載されている。教会のある墓の碑文には、ウォルター・ロウ、一七四九年五月二十六日に死す、とある。リークスリップのセント・メアリー教会およびルーカンのセント・アンドリュー教会の昔の教区登記簿を調査するという、大変貴重な仕事をしてくれたスーザン・ペグリーと、ブルース・ピアス牧師の助力に感謝申し上げる。

（9）ベケットの母方の祖父サミュエル・ロビンソン・ロウはリークスリップ小教区教会の熱心な信徒で、最初は役員として、次には収入役として意欲的に活動していた。一八七〇年に彼は「りっぱな献金受け皿を二枚」教会に寄付した。セント・メアリー教会の教区民代表者名簿に記載されている。

（10）ベケットへのインタヴュー、一九八九年七月九日。さらにペイジへのインタヴュー、一九九〇年四月二十日のなかで、ペイジは次のように述べている。「彼らは当時、お屋敷に住み、わたしの祖父は裕福でした。玄関まで階段のあるその大きな家を見に行ったときのことを覚えています。地元の有力者だけが住む大地主の邸宅です。彼らの所有地の端にはリフィ川が流れていました。そこには産卵期のサケ用の魚梯《ぎょてい》があったのを覚えています。それに男の子たちはみな釣りの名人だったことも。狩の名人でもありました」

(11) Eoin O'Brien, *The Beckett Country: Samuel Beckett's Ireland*, The Black Cat Press, Dublin, 1986, p. 347 n. 6.

(12) サミュエル・ロビンソン・ロウはこの地域にほかにも数か所、土地を所有、もしくは借りていたらしい。ザ・ミルのブリッジ・ロウや、リークスリップ橋の料金所や、リークスリップのミル・レーンに建つブラック・キャッスルを含むリークスリップとセルブリッジにある数戸の家屋の所有者、もしくは借用者に彼の名前がある。料金所についての情報をくれた現住者ジョン・コルガン氏に感謝申し上げる。

(13) アン・ベラスは一八三九年十二月二十八日に生まれ、一八四〇年二月に洗礼を受けている。

(14) ペイジへのインタヴュー、一九九〇年四月二十日。

(15) ベケットへのインタヴュー、一九八九年七月九日。

(16) 教会代表法人資料室の文書十六、一八六三年の結婚登録文書。一八六三年七月九日に結婚。

(17) ベラスの名前は、教区登記簿には三種類の綴り (Belas, Bellas, Beyliss) がある。

(18) 筆者のためにロウ家とベケット家の出生証明書をたどる作業をしてくれたスーザン・ペグリーとスーザン・シュリーブマンに感謝申し上げる。

(19) ペイジへのインタヴュー、一九九〇年四月二十日で、ペイジはロウ家を「二、三人の娘と三、四人の息子のいる大家族」だと述べている。彼女の叔父の一人はヴァンクーヴァーに、叔母のエスターはホノルルに住んでいた。

(20) エドワード・プライス・ロウはトリニティ・カレッジ在学中に父親が亡くなると、学業を終えるために自活を余儀なくされた。彼はダブリンの有名宝石店ジョンソンズでアルバイトをしたり、とても声がよかったのでダブリンの聖歌隊で歌ったりしていた。しかし、トリニティ・カレッジのスポーツクラブに入るだけのお金はなかった。それでも優秀なスポーツマンだった彼は、のちに仕事で渡ったニアサランド【アフリカ南東部の英国保護領】のテニス試合で何度も優勝杯を獲得している。「ニアサランド・テニス・チャンピオンシップ・ローンテニス・チャレンジ杯」という小さな複製によれば、エドワード・プライス・ロウは一九〇三年から一九〇六年までと、一九〇八年と一九〇九年、および一九一一年から一九一八年まで、チャレンジ杯を取り続けた。現物は現在も「ロウ杯」として使われている。ペイジへのインタヴュー、一九九〇年一月十九日。

(21) Deirdre Bair, *Samuel Beckett*, p. 8.

(22) ベケットへのインタヴュー、一九八九年七月九日。

(23) ベケットへのインタヴュー、一九八九年一月十九日。

(24) ベケットへのインタヴュー、一九八九年七月九日。だが、当時のアデレード病院のスタッフにメイ・ロウがいたという形跡はない。

(25) Deirdre Bair, *Samuel Beckett*, p. 7.

(26) ベケット家の使用人リリー・コンデルへのインタヴュー、一九九二年八月十日。

(27) リリー・コンデルへのインタヴュー、一九九二年八月四日。

(28) メイ・ベケットについてのこの描写は、一九八九年から一九九二年までのあいだ、ベケット、ペイジ、メアリー・マニング・ハウ（アダムズ夫人）、ジェイムズ・ギルフォード、リリー・コンデルから聞いたものによる。

(29) ハリーは一八八〇年七月二十二日に生まれ、一九二九年二月に結核で亡くなった。彼の一人息子ウィリアム・ジョージは実際にはジョンと呼ばれ、ジェラルドの息子で音楽家の従弟ジョンと区別するために、家族のあいだでは「南アフリカのジョン」として知られていた。ジョン・ベケット［すなわちW・G］から筆者へ、一九九二年八月二十九日付。

(30) ベケットへのインタヴュー、一九八九年七月九日。

(31) ポプリン製造会社R・アトキンソン・アンド・カンパニーについての情報は、ホーナー・ベケットが筆者に送ってくれた広告から得た。ホーナー・ベケットの助力に深く感謝申し上げる。

(32) ホーナー・ベケットはジェイムズ・ベケットの肖像を描いた油絵と、「十年以上幹事として会のために貢献した尽力と熱意の証として自由主義友好同盟会員よりジェイムズ・ベケットに贈る。一八五七年十月、ダブリンにて」という献辞付きの銀製のティーポットをもっている。ホーナー・ベケットから筆者へ、一九九二年九月八日付。

(33) 病院の建物の一部を建築する契約の日付は一八七〇年になっている。ホーナー・ベケットから筆者へ、一九九二年九月八日付。

(34) これはベケット兄弟が請け負った栄誉ある契約で、一八八五年四月十日におこなわれた大きな祭典では、建物の最初の石がまず英国皇太子によって、それからエドワード七世によって置かれた。レンスター・ハウスの脇に建つこの二つの建物は一八九〇年、それぞれ二十万ポンドで完成した（パンフレット *The National Library of Ireland and Science and Art 1877-1977*, p. 3.）。

(35) この建築会社がいかに大きく、有名であったかは、兄弟が別れたあと、「ジェイムズ・ベケット有限会社」が数十万平方フィートに及ぶ作業場をリングセンドのサウス・ドック・ワークスにもったことからもわかる。ジェイムズはこの後も、ダブリンのビショップ通りのW・R・ジェイコブズ・ビスケット工場やアイルランドの地方銀行など、大きな商業ビルや工場を建設した。

(36) ホーナー・ベケットから筆者へ、一九九二年九月八日付。ベケットの祖父はまた、アイルランド王立自動車クラブに隣接するドーソン通り三十三番地の建物を、クラブの施設拡張のため増改築するなどの仕事を請け負った。*Royal Irish Automobile Club, Report 1909*, p. 5.

(37) この楽譜は今日まで残されている。「砂州を越えて」、テニソン卿作詞、ファニー・ベケット作曲、ハ調第一番、ホ調第二番は、ダブリンのピゴット・アンド・カンパニーから出版された。出版年不詳。

(38) デアドラ・ハミルトンから筆者へ、一九九二年九月四日付。

(39) ジョン・ベケットへのインタヴュー、一九九一年八月二十七日。

(40) シシーの息子モリス・シンクレアへのインタヴュー、一九九一年五月二十二日。

(41) Beatrice Lady Glenavy, *Today We Will Only Gossip*, Constable, London, 1964, pp. 31-2.

(42) ジェラルドの娘アン・ベケットへのインタヴュー、一九九二年八月三日。

(43) アン・ベケットへのインタヴュー、一九九二年八月三日。

(44) ジェイムズの息子デズモンド・ベケットから筆者へ、一九九二年九月二十七日付。

(45) 彼は十六歳で水球のアイルランド代表選手に選ばれ、一九二四年のパリ・オリンピックではアイルランド・チームのキャプテンだった。デズモンド・ベケットから筆者へ、一九九二年九月二十七日付。

(46) ジョン・ヒューストンから筆者へ、一九九四年十一月二日付。

(47) けれども、ジムは最晩年になって両足を切断しなければならず、ベケットは彼が自宅で過ごせるようにと経済的な援助をした。「サムがいなかったら、ジムは公立の長期滞在老人用病院で人生を終えることになっていたかもしれません」と、ベケットの姪は語っている。アン・ベケットへのインタヴュー、一九九二年八月三日。

(48) ベケットへのインタヴュー、一九八九年七月九日。

(49) ベケットへのインタヴュー、一九八九年八月十二日。

(50) ベケットへのインタヴュー、一九八九年七月九日。ダン・レアリーは当時、キングスタウンだった。

(51) エドワード・ベケットは、祖父が獲得した、「ダブリンの水泳クラブ。四百四十ヤード・ハンディキャップ付認定競技にてW・ベケット優勝」と刻まれた優勝杯をもっている。

(52) ペイジへのインタヴュー、一九九〇年一月十九日。ベケットは *Watt*, Olympia Press, Paris, 1958, pp. 152-3（『ワット』高橋康也訳　一六四―一六五頁）で、「男好きのする男」「女好きのする女」という考え方について愉快に戯れ、楽しんでいる。

(53) ジェイムズ・ギルフォードへのインタヴュー、一九九二年八月五日。

(54) ジェイムズ・ギルフォードへのインタヴュー、一九九二年八月五日。

(55) ベケットへのインタヴュー、一九八九年七月九日。

(56) Beckett, *Dream of Fair to middling Women*, John Calder, London, 1992, and Arcade Publishing in association with Riverrun, New York, 1992, pp. 53-4.（『並には勝る女たちの夢』田尻芳樹訳　六六―六七頁）。

(57) ベケットの父親は、一九〇六年二月から一九〇八年十一月までアイルランド王立自動車クラブの会員だった。彼は一九二一年四月に再度会員になり、妻のメイ・ベケットも一九二六年七月に会員になった（アイルランド王立自動車クラブの会員名簿、一九〇一―三一年抄録による）。コーネリウス・F・スミス、D・J・ヒーリー中佐、W・フィッツシモンズの協力に感謝申し上げる。

(58) ベケットへのインタヴュー、一九八九年八月二十二日。

(59) ジェフリー・ペリンから筆者へ、一九九三年二月三日付。David Bowles, Carmel Callaghan and Tony Cauldwell, *Foxrock Golf Club, 1893-1993*, 出版年不詳, p. 208 参照。

(60) ベケットへのインタヴュー、一九八九年八月二十二日。
(61) Beckett, *All That Fall* in *Collected Shorter Plays*, Faber and Faber, London, 1984, p. 25.（『すべて倒れんとする者』 安堂信也・高橋康也訳 二二七頁）。
(62) ペイジへのインタヴュー、一九九〇年一月十九日。
(63) Beckett, *Worstward Ho*, John Calder, London, 1983, p. 13.（『いざ最悪の方へ』 長島確訳 二〇—二二頁）。
(64) メアリー・マニングへのインタヴュー、一九九二年三月十二日。
(65) メアリー・マニング・ハウ（アダムズ夫人）に対し、彼女の自伝のなかから関連するページを自由に使い、また引用するのを許可していただいたことを感謝申し上げる。Deirdre Bair, *Samuel Beckett*, p. 7には同じ話がもう少しくわしく説明されている。
(66) ベケットからアン・ベケットへ、一九八三年一月十四日付、およびペイジへのインタヴュー、一九九〇年一月十九日。
(67) 「サムの母親はロバに夢中でした」。ペイジへのインタヴュー、一九九〇年一月十九日。
(68) ペイジへのインタヴュー、一九九〇年一月十九日。
(69) Beckett, *A Piece of Monologue* in *Collected Shorter Plays*, p. 265.（『モノローグ一片』 高橋康也訳 二二三頁）。
(70) Beckett, *More Pricks than Kicks*, Calder and Boyars, London, 1970, p. 110.（『蹴り損の棘もうけ』 川口喬一訳 一五三頁）。
(71) ベケットへのインタヴュー、一九八九年七月九日。
(72) Beckett, *Watt*, p. 52.（『ワット』 高橋康也訳 五九頁）。
(73) 一九〇一年版『トムソン公認住所録』 一三〇六頁。
(74) 『並には勝る女たちの夢』のベラックワは、たとえば「言いようもなく超然とした場所にある、居心地よい両親の私邸に戻って心から嬉しかった。長くて辛い別離のあとの情熱的な再会の儀式が終わったあとで彼が最初にしたのは、古い玄関のまわりに群生するクマツヅラの茂みに放蕩息子としての自分の頭をつっこみ……、その芳香の豊かな胸の上でくらくらした状態に長々と浸ることだった。その芳香のなかには彼の子ども時代の喜びと悲しみのどんなに小さなものさえすべて保存されていたし、また未来永劫にわたって保存されつづけるだろう」（Beckett, *Dream of Fair to middling Women*, p. 145.『並には勝る女たちの夢』 田尻芳樹訳 一六九頁）。ベケットがこうした一節を書くまでには、プルーストにおける記憶と習慣についての研究を出版し、その膨大な小説でマドレーヌ菓子が果たす役割をパロディにする能力を備えていたという事実を見ても、このクマツヅラは本当にクールドライナ邸を思い起こさせたにちがいない。
(75) リリー・コンデルへのインタヴュー、一九九二年八月十日、およびペイジへのインタヴュー、一九九〇年一月十九日。
(76) リリー・コンデルへのインタヴュー、一九九二年八月十日。
(77) Beckett, *Company*, pp. 15-16.（『伴侶』 宇野邦一訳 一七—一八頁）
(78) ベケットへのインタヴュー、一九八九年七月九日。
(79) ベケットからマグリーヴィーへ、一九三二年八月四日付（トリニティ）。

(80) Beckett, *No's Knife. Collected Shorter Prose, 1947-1966*, Calder and Boyars, London, 1967, p. 82.(『反古草紙』片山昇・安堂信也・高橋康也訳 一〇五頁)。
(81) これらの個人的な回想は、ハーヴィーによるベケットへのインタヴュー、日付なし(ダートマス)による。
(82) Beckett, *More Pricks than Kicks*, pp. 12 and 17.(『蹴り損の棘もうけ』川口喬一訳 一三頁および二〇頁)。
(83) ベケットからハーバート・マイロンへ、一九六二年一月二十二日付(ボストン)。
(84) ペイジへのインタヴュー、一九九〇年四月二十日。
(85) Beckett, *Collected Poems in English and French*, p. 24.(「夕べの歌 II」高橋康也訳 四九頁)。
(86) Beckett, *Dream of Fair to middling Women*, p. 8(『並には勝る女たちの夢』田尻芳樹訳 一六頁)。
(87) この写真は、ベアトリス・グレナヴィー卿夫人の妹ドロシー・エルヴェリーがテイラー芸術奨学金を得るために出品する絵の母体になるようにと、日暮れ前の夕日に照らされたクールドライナ邸のポーチでとくにポーズをとらせたものだった。その出品作は、『双子』と名づけられた、寝間着姿の二歳のベケットにそっくりな子どもの絵だった。この絵の複写は、Dorothy Kay [Elvery], *The Elvery Family: A Memory*, edited by Marjorie Reynolds, The Carrefour Press, Cape Town, 1991, p. 37 に収められている。ドロシー・エルヴェリーはこのあともサム・ベケットの同じ写真をもとに、『祈る子ども』という題名の絵画を描いた。一九一八年ごろに描かれたこの絵の複写は、Marjorie Reynolds, *Everything You Do Is a Portrait of Yourself. Dorothy Kay. A Biography*, Privately Published by Alec Marjorie Reynolds, South Africa, 1989, p. 14 に収められている。
(88) これらの話は両方とも、ハーヴィーによるベケットへのインタヴュー、日付なし(ダートマス)による。
(89) ペイジへのインタヴュー、一九九〇年一月十九日。
(90) Beckett, *Molloy* in *Molloy Malone Dies The Unnamable*, Calder and Boyars, London, 1959, p. 123.(『モロイ』安堂信也訳 一八六―一八七頁)。
(91) Beckett, *Malone Dies* in *Molloy Malone Dies The Unnamable*, p. 206.(『マロウンは死ぬ』高橋康也訳 六六頁)。
(92) Beckett, *Malone Dies* in *Molloy Malone Dies The Unnamable*, p. 206.(『マロウンは死ぬ』高橋康也訳 六五―六六頁)。
(93) ジェイムズ・ギルフォードへのインタヴュー、一九九二年八月五日。
(94) 記憶のかなたにあるビル・シャノンは、Beckett, *Watt*, p. 52(『ワット』高橋康也訳 五九頁)、および *Dream of Fair to middling Women*, p. 146(『並には勝る女たちの夢』田尻芳樹訳 一七〇頁)のなかの「『ピカルディの薔薇』を口笛で吹く肺病やみの郵便屋」という描写に垣間見られる。Eion O'Brien, *The Beckett Country*, pp. 18-19 参照。
(95) リチャード・ウォルミズリ＝コタムから筆者へ、一九八九年五月十二日付。
(96) Beckett, *Company*, p. 28.(『伴侶』宇野邦一訳 三三頁)。このモデルについては、一九八九年八月二十日のベケットへのインタヴューで、ベケットに身元の確認をした。

(97) ベケットへのインタヴュー、一九八九年七月九日。

(98) フランクはとくにアイルランドとトリニダード・トバゴの切手収集に熱心で、「アイルランド臨時政府、一九二二年」、それに続く「アイルランド自由国、一九二二年」と（アイルランド語で）銘記された重刷の英国切手のみごとなコレクションをもっていた。一九五四年に彼が亡くなると、このコレクションは、ダブリンでも有数のコレクションとして売られた。

(99) Beckett, *Molloy* in *Molloy Malone Dies The Unnamable*, p. 109.（『モロイ』　安堂信也訳　一六四頁）。

(100) 一九〇〇年発行のトーゴの一マルク・カルミン切手は、トーゴがドイツの植民地だったときにドイツ当局が発行した切手シリーズの一つだ。「きれいな船」はウィルヘルム皇帝のヨットを描いた有名なデザインである。切手収集家ロビン・ホリーから筆者へ、一九九二年。

(101) Beckett, *Molloy* in *Molloy Malone Dies The Unnamable*, p. 121.（『モロイ』　安堂信也訳　一八四頁）。『モロイ』のなかの切手に関する情報は、Philip Baker, 'The Stamp of the Father in *Molloy*', *Journal of Beckett Studies*, 5 No. 1, Spring, 1996 および切手収集家ロビン・ホリーから得た。

(102) この話はハーヴィーによるベケットへのインタヴュー、日付なし（ダートマス）のなかでベケットが語ったものによる。

(103) Beckett, *Company*, p. 28.（『伴侶』　宇野邦一訳　三三—三四頁）。

(104) ペイジへのインタヴュー、一九九〇年一月十九日。

(105) Deirdre Bair, *Samuel Beckett*, p. 15.

(106) リリー・コンデルへのインタヴュー、一九九二年八月四日。

(107) リリー・コンデルへのインタヴュー、一九九二年八月十日。

(108) ペイジへのインタヴュー、一九九〇年一月十九日。

(109) ペイジへのインタヴュー、一九九〇年一月十九日。

(110) ベケットからリード夫人へ、一九六七年九月四日付、エルマン文書、〇〇三（タルサ）。

(111) Beckett, *Dream of Fair to middling Women*, pp. 135-6（『並には勝る女たちの夢』　田尻芳樹訳　一六〇頁）。

(112) ペイジへのインタヴュー、一九九〇年八月二十日。『勝負の終わり』の仏語タイプ原稿のなかで、ベケットは「バターでないときにはマーガリンだ」と書いた。Typescript 1, p.42（オハイオ）。

(113) ベケットからマグリーヴィーへ、一九三七年十月六日付に、「ぼくは母親の激しい愛《サヴェッジ・ラヴ》によって形成されている」とある（トリニティ）。

(114) ベケットへのインタヴュー、一九八九年八月二十二日。

(115) Beckett, *From an Abandoned Work* in *No's Knife*, p. 148.（『断章（未完の作品より）』　片山昇・安堂信也・高橋康也訳　一八四頁）。

(116) Beckett, *For To End Yet Again*, John Calder, London, 1976, pp. 40-1.（『また終わるために』　高橋康也・宇野邦一訳　六四—六五頁）。

(117) Beckett, *Company*, p. 41.（『伴侶』 宇野邦一訳 四九—五〇頁）。
(118) Beckett, *Dream of Fair to middling Women*, p. 1.（『並には勝る女たちの夢』 田尻芳樹訳 九頁）。
(119) 一九二五年にフォックスロックの郵便局長だった母親のあとを継いだシーラ・ブラジルへのインタヴュー、一九九一年七月十四日。
(120) Beckett, *Company*, p. 12.（『伴侶』 宇野邦一訳 一三頁）。
(121) Beckett, *All That Fall* in *Collected Shorter Plays*, p. 15.（『すべて倒れんとする者』 安堂信也・高橋康也訳 二〇一頁）。
(122) ベケットへのインタヴュー、一九八九年八月十二日。
(123) アレック・リード（リード・ノート）、および「しぶしぶの受賞者」『ミューサイト』（ダブリン）、一九六九年十一月、六三—六九頁。
(124) リリー・コンデルへのインタヴュー、一九九二年八月四日。
(125) ベケットへのインタヴュー、一九八九年八月十二日。
(126) ベケットが生まれた一九〇六年、エリーズ・エルスナー夫人は、「外国語と音楽の先生」アイダ・エルスナーと、P・W・エルスナーとともに、「タウヌス」にいたと記録されている。
(127) ベケットへのインタヴュー、一九八九年八月二十二日。
(128) この話はギャレット・ギルがアレック・リードに語ったものによる（リード・ノート）。
(129) 生徒だったギャレット・ギルがアレック・リードに語った情報（リード・ノート）。
(130) ハーヴィーによるベケットへのインタヴュー、日付なし（ダートマス）。
(131) Beckett, *Molloy* in *Molloy Malone Dies The Unnamable*, pp. 105-6.（『モロイ』 安堂信也訳 一五八—一五九頁）。
(132) 一九一三年版『トムソン公認住所録』。エルスナー姉妹の父親はチェリストで、一八五一年にドイツからアイルランドへ移民してきた。
(133) ハーヴィーによるベケットへのインタヴュー、日付なし（ダートマス）。
(134) シーラ・ブラジルへのインタヴュー、一九九一年七月十四日。そしてハーヴィーによる日付のない覚え書きには、エルスナー先生を乗せ、そのきびきびした言葉を聞いたのを覚えている、と言ったフォックスロックのタクシー運転手でマッカンという名の男との出会いが記述されている。
(135) Beckett, *All That Fall* in *Collected Shorter Plays*, p. 14.（『すべて倒れんとする者』 安堂信也・高橋康也訳 一九九頁）。
(136) 「子どものときおまえが隠れたあの誰も来ない廃墟がまだあそこにあるかどうか見にいったんだろう誰にも見つからないように入りこんで一日じゅう隠れて石の上に刺草にかこまれて絵本をかかえて」 Beckett, *That Time* in *Collected Shorter Plays*, p. 229.（『あのとき』 安堂信也・高橋康也訳 一五一頁）。

(137) ハーヴィーによるベケットへのインタヴュー、日付なし（ダートマス）。

(138) ルビナ・ホワイト・ロウは一九一三年十月三十一日に四十六歳で亡くなり、グレイストーンズ近くのレッドフォード墓地にて、一九〇七年に八歳で亡くなった息子のプライスと同じ墓に埋葬された。

(139) ペイジへのインタヴュー、一九九〇年一月十九日。

(140) Beckett, *Come and Go* in *Collected Shorter Plays*, p. 194.（『行ったり来たり』安堂信也・高橋康也訳　二二四頁）。

(141) メアリー・マニング、未刊の自伝。

(142) ペイジへのインタヴュー、一九九二年十一月二十日。

(143) ジェフリー・ペリンから筆者へ、一九九三年二月三日付。

(144) ディアベリの二調ピアノ連弾曲の楽譜には、「ピゴッツ［綴り字にまちがいあり］・アンド・カンパニーで買ったA・ディアベリ作曲、ピアノフォルテの有名な二調連弾曲」というベケット（八歳だったころ）の手書きの書き込みがある。この楽譜はベケットが亡くなった際、ユシーの故人の別荘にあった。

(145) ペイジへのインタヴュー、一九九〇年一月十九日。

(146) ベケットの石への愛着を示すこの記述は、一九六七年九月九日、ベルリンでベケットと食事をしたゴットフリート・ビュトナーの話にもとづく。ベケットはこれをフロイトの概念と結びつけるようになった。この話を使用する許可をくれたビュトナー氏に感謝申し上げる。

(147) Beckett, *Malone Dies* in *Molloy Malone Dies The Unnamable*, p. 182.（『マロウンは死ぬ』高橋康也訳　二七頁）。

(148) Beckett, *Waiting for Godot*, Faber and Faber, London, 1965, pp. 44-45.（『ゴドーを待ちながら』安堂信也・高橋康也訳　七三頁）。

(149) Beckett, *Waiting for Godot*, p. 64.（『ゴドーを待ちながら』安堂信也・高橋康也訳　一〇九頁）。

第二章　学校時代　一九一五—二三

(1) Beckett, *Texts for Nothing VII* in *No's Knife*, p. 105.（『反古草紙』『短編集』片山昇訳　一三二頁）。

(2) Beckett, *Watt*, p. 26.（『ワット』高橋康也訳　三〇頁）。

(3) Beckett, *Watt*, p. 27.（『ワット』高橋康也訳　三一—三二頁）。

(4) Beckett, *Texts for Nothing VII* in *No's Knife*, p. 104.（『反古草紙』『短編集』片山昇訳　一三一頁）。

(5) 以前にスティーヴンズ・グリーンのストレンジウェイズ・スクールのフランス語教師だったA・E・ル・プトンは、一九〇八年ごろ自分の学校アールズフォート・ハウスを設立した。

(6) ベケットへのインタヴュー、一九八九年八月二十二日。エックスショー氏は、一九七六年に書かれた未発表の散文 'Long Observation of the Ray' の手書き草稿の一つのなかで想起されている。草稿番号二九〇九（レディング）。

（7） Andrée Sheehy Skeffington, *Skeff. A Life of Owen Sheehy Skeffington 1909–1970*, The Lilliput Press, Dublin, 1991, p. 28.

（8） アンドリュー・ギャンリー、ベケットの七十歳の誕生日のために製作され、一九七六年四月に初めて放映されたアイルランド国営テレビの番組のなかで。

（9） ベケットへのインタヴュー、一九八九年八月二十二日。ベケットの主張の真偽は、もちろん、いまでは判定できない。なんの証拠にもならないが、ル・プトンは結婚し二人の息子をもうけた。のちに彼はなんらかの理由でオックスフォード近郊の執事に成り下がった。ベケットと同じころアールズフォート・ハウスに通ったジョン・O・ウィズダム教授へのインタヴュー、一九九二年八月五日。

（10） ベケットへのインタヴュー、一九八九年八月二十二日。

（11） クールドライナ邸への訪問、および所有者アーサー・フィネガン氏へのインタヴュー、一九九二年八月十日。

（12） ジェフリー・ペリンから筆者へ、一九九三年二月三日付。

（13） ジョン・マニングへのインタヴュー、一九九〇年六月十九日、およびメアリー・マニングへのインタヴュー、一九九二年三月十二日。

（14） ジェイムズ・バレットは一九〇六年から一九五〇年まで、キャリックマインズ・ゴルフ・クラブのプロだった。ジェイムズ・バレット（プロの息子で、彼もまたベケットとゴルフをした）から筆者へ、一九九二年八月二日付。

（15） ハーヴィーによるベケットへのインタヴュー、日付なし（ダートマス）。

（16） ベケットへのインタヴュー、一九八九年八月二十二日。

（17） リチャード・オサリヴァンへのインタヴュー、一九九二年八月十日。

（18） リチャード・オサリヴァンへのインタヴュー、一九九二年八月十日。

（19） ハーヴィーによるベケットへのインタヴュー、日付なし（ダートマス）。

（20） ハーヴィーによるベケットへのインタヴュー、日付なし（ダートマス）。

（21） ハーヴィーによるベケットへのインタヴュー、日付なし（ダートマス）。ベケットが本当にこの不運な人物をリスターだと思っていたかどうか、確証はない。

（22） ハーヴィーによるベケットへのインタヴュー、日付なし（ダートマス）。

（23） ジョン・O・ウィズダムへのインタヴュー、一九九二年八月五日。Andrée Sheehy Skeffington, *Skeff*, pp. 30–1 参照。

（24） リチャード・オサリヴァンへのインタヴュー、一九九二年八月十日、およびジョン・O・ウィズダムへのインタヴュー、一九九二年八月五日。

（25） ハーヴィーによるベケットへのインタヴュー、日付なし（ダートマス）。

（26） ハーヴィーによるベケットへのインタヴュー、日付なし（ダートマス）。

（27） ハーヴィーによるベケットへのインタヴュー、日付なし

（ダートマス）。

(28) ハーヴィーによるベケットへのインタヴュー、日付なし（ダートマス）。

(29) Vivian Mercier, 'The Old School Tie,' *The Bell*, XI, No. 6, Mar. 1946, reprinted in Michael Quane, *Portora Royal School* (*1618–1968*), Cumann Seanchais Chlochair, Monaghan, 1968, p. 56. このポートラの年代記を送ってくれたキャンベル・カレッジのキース・ヘインズに深く感謝申し上げる。

(30) ハーヴィーによるベケットへのインタヴュー、日付なし（ダートマス）。

(31) チャールズ・ジョーンズ将軍からリチャード・ニールへ、一九六九年十一月十二日付（ポートラ文書資料室）。ポートラ・ロイヤル・スクールの資料に再録、草稿番号一二二七／一／二／四（レディング）。

(32) デアドラ・ベアは、チャールズ・ジョーンズ将軍、J・A・ウォーレス博士など亡くなって久しい人びとのあいだにこのような意見の一致を見いだした（*Samuel Beckett*, p. 28および注62）。シリル・ハリス博士は筆者に次のように書いている。「サム・ベケットはわたしがつきあったどんな少年ともなんとなくちがっていました。目立って奇妙だったわけではありませんが、孤独で内向的な人物という印象を与えていました」。筆者への書簡、一九九二年十月二十六日付。

(33) *The Impartial Reporter and Farmer's Journal*, 4 Jan. 1990.

(34) ハーヴィーによるベケットへのインタヴュー、日付なし（ダートマス）。

(35) ベケットがハーヴィーに伝えたトンプソンの判断（ダートマス）。

(36) アンディ・マホニー製作で、一九七六年四月に初めて放送された四回にわたるアイルランド国営テレビの番組の第一回で、ベケットの同期生トム・コックスとダグラス・グレアムはベケットが二回シール賞を得たことを話した。

(37) ジョン・ベケット（南アフリカにいるベケットの従弟）から筆者へ、一九九二年九月十四日付。

(38) H・S・コースキャッデンから筆者へ、一九九二年十二月一日付。

(39) Michael Quane, *Portora Royal School* (*1618–1968*), p. 56.

(40) ジョージ・グレアム大佐から筆者へ、一九九二年十月十五日付。のちにポートラの校長になったベケットの同期生ダクラス・グレアムは、*The Beckett Country* への書き込みのなかで、テトリーが水泳コーチだと書いた著者オーン・オブライエンのまちがいを次のように訂正している。「彼はクリケットのコーチだった……そしていつもケンブリッジ大学セント・キャサリンズ・カレッジのクリケット帽をかぶって審判をした」。ほかの元学生も、テトリーではなくブルールが水泳をコーチしたという点で一致している。しかし、ベケットの詩「将来の参照のために」で言及される「弾丸頭で、毛の刈られた、赤ら顔の小ネズミみたいな、純粋数学者」がテトリーだとしているオブライエンの記述は正しいと思われる（*The Beckett Country*, p. 116）。この描写は、ベケットがたまたま思いついて痛快だったのか、単に大嫌いだった人物に仕返しをしようとして詩的逸脱をやらかしたかだろう。上の書き込みを引用することを許可してくれたグレアム師の令息ジョン、および彼に筆者を最初に紹介してくれたロイス・オーヴァーベックに深く感謝申し上げる。

(41) H・S・コースキャッデンから筆者へ、一九九二年十二月一日付。

(42) *Portora*, vol. XIX, no. 3, 1925, p. 1 のテトリーの写真は、Eoin O'Brien, *The Beckett Country*, p. 118 に再録されている。

(43) 一九七六年四月に放送されたアイルランド国営テレビラジオ番組のための、ジェフリー・トンプソンへのインタヴューのテープ。トンプソンの未亡人と令嬢がご厚意により筆者に提供してくれた。

(44) ポートラでの最終学年で、ベケットがかなりよくできたのは算数、幾何、英語の三つだけで、フランス語は中くらい(四百人中二百番)だった (Deirdre Bair, *Samuel Beckett*, p. 30)。ベアは、J・A・ウォーレスが成績簿を参照して一九六九年に次のように書いたものを参照している。「ベケットは勉強がきわめてよくできる部類に入っていたが、後輩たちには平均以上には見えなかったらしい。このことは試験の成績を見ると立証できる」。J・A・ウォーレスからリチャード・ニールへ、一九六九年十一月二十一日付、ポートラ・ロイヤル・スクールの資料に再録、草稿番号一二二七/一/二/四(レディング)。

(45) H・S・コースキャッデンから筆者へ、一九九二年十二月一日付。

(46) Eoin O'Brien, *The Beckett Country* へのダグラス・グレアム師の書き込み。H・S・コースキャッデンから筆者への一九九二年十二月一日付書簡で確認。

(47) シリル・ハリスから筆者へ、一九九二年十月二十六日付。

(48) ジョン・ベケット(南アフリカにいるベケットの従弟)から筆者へ、一九九二年九月十四日付。

(49) H・S・コースキャッデンから筆者へ、一九九二年十二月一日付。

(50) Eoin O'Brien, *The Beckett Country* への書き込みのなかで、ダグラス・グレアムは、ブルールはベケットに英語ではなくドイツ語を教えたと主張している。しかしここではグレアムがまちがっている。というのも、ベケットは大学も含めて学校でドイツ語を学んだことはないと断言しているからだ。当時ギリシア語はおもに聖職に就く者のために教えられていたが、ドイツ語はほとんど教えられていなかった。ジョージ・グレアム大佐から筆者へ、一九九二年十月十五日付。

(51) 一九七六年四月に放送されたアイルランド国営放送ラジオ番組のためのテープ。

(52) たとえば、Stephen Leacock, *Nonsense Novels*, John Lane, The Bodley Head, London and New York, 1911 に見られるように。

(53) Stephen Leacock, *Nonsense Novels*, p. 73.

(54) 一九七六年四月に放送されたアイルランド国営放送ラジオ番組のためのテープ。

(55) Beckett, *More Pricks than Kicks*, p. 21.(『蹴り損の棘

もうけ』川口喬一訳 二七頁)。

(56) この話は、トリニティ・カレッジ時代のルームメート、ジェラルド・パケナム・スチュアートが回想録のなかで語っている(タイプ原稿、一五頁)。その回想録は今日、*The Rough and the Smooth*, Heritage Press, New Zealand, 1995として出版されている。

(57) ボクシング部ののちの主将ダグラス・L・グレアムは次のように指摘している。「当時ポートラでわれわれが『ライト・ヘビー級』と呼んだものはおそらくウェルター級、つまり十ストーン【六十三・五キロ】超だった」(Eoin O'Brien, *The Beckett Country* へのダグラス・グレアムの書き込み)。ベケットより二年学年が上だった人によれば、「わたしは学校のボクシング大会でベケットがわたしをあしらった仕方をけっして忘れないだろう。わたしは準決勝で彼と当たったのだが、簡単にロープからリングの外へ放り出されてしまった。それでわたしのボクシング歴は終わりになった」そうだ。シリル・ハリスから筆者へ、一九九二年十月二十六日付。

(58) ベケットから筆者へ、*Samuel Beckett: an Exhibition*, Turret Books, London, 1971, p. 21.

(59) *Portora*, 1923, XVII, No. 3, p. 12. 学校でベケットは、スポーツ万能でのちにラグビーとサッカーでアイルランドの国際的スターになったA・M・ブキャナン主将のもとでラグビーとクリケットをした。ベケットは最初スクラム・ハーフとしてファースト15ラグビー部でプレーし、最終学年ではクリケット部とラグビー部の両方の名誉幹事を務めた。

(60) Eoin O'Brien, *The Beckett Country*, p. 117.

(61) 一九二一年の校内誌 *Portora* に出ている結果によると、ベケットは低学年の短距離走でも優勝した。また彼の名は低学年水泳大会の優勝カップにも刻まれている。最終学年に彼は友人チャールズ・ジョーンズと短距離走で二位を分け合ったが、いかにもベケットらしく、高学年の長距離走は「訓練不足」のせいで放棄しなければならなかった。*Portora*, 1923, XVII, No. 3, p. 19.

(62) チャールズ・ジョーンズ将軍、ポートラ・ロイヤル・スクールの資料、草稿番号一二二七/一/二/四(レディング)。

(63) ベケットへのインタヴュー、一九八九年八月二十二日。

(64) チャールズ・ジョーンズ将軍、ポートラ・ロイヤル・スクールの資料、草稿番号一二二七/一/二/四(レディング)。

(65) Eoin O'Brien, *The Beckett Country*, p. 358, n. 11.

(66) ベケットが校内誌 *Portora* に寄稿したかどうかについては意見が対立している。級友の一人トム・コックスはある程度の確信をもって、軽いユーモラスな記事を載せたと言った(一九七六年四月に放送されたアイルランド国営放送ラジオ番組)。ベケットを同じくらい知るハーバート・ギャンブルは、寄稿しなかったと思うと言った(ポートラ・ロイヤル・スクールの資料、草稿番号一二二七/一/二/四、レディング)。また Deirdre Bair, *Samuel Beckett*, p. 31 参照。ベケット自身はヴィヴィアン・マーシアに、*Portora* に寄稿した覚えはないと言った(一九七六年十月十七日付、ヴィヴィアン・マーシアの質問状への答え)。筆者の考えでは、仮に寄稿したとしても、彼が書いた可能性がもっとも高いのはジョン・ピールという偽名を使った、『おもちゃの交響曲に寄す』というソネットである。これは、ベケットが鳥の鳴き声かなにかの音を出した、校内オーケストラによるハイドン『おもちゃの交響曲』の演奏（一九二二）を記念して書いた。Eoin O'Brien, *The Beckett Country*, p. 119 参照。

(67) ポートラでの同級生でトリニティでの友人でもあるジェラルド・パケナム・スチュアートは、アイルランドの俳優パトリック・マギーと同様、この戯れ歌をそらんじていた。マギーとベケットは一九七〇年代、別々の機会にこれを筆者に暗誦してみせた。ベケットはかなり得意そうだった。

(68) チャールズ・ジョーンズ将軍、ポートラ・ロイヤル・スクールの資料、草稿番号一二二七／一／二／四（レディング）。

(69) トマス・B・タッカベリーの名は、一八九二年にジュニア・エクシビション奨学金を得たものの名誉委員のなかにある。

(70) この話は、ダグラス・グレアムの文書のなかにあった記述から取った。彼の令息ジョンの暖かい許可を得てここに再録した。ダグラスは、ベケットの七十歳の誕生日を記念して一九七六年四月に放送されたアイルランド国営放送ラジオ番組の第一回でこのことを語った。

(71) ベケットへのインタヴュー、一九八九年八月二十二日。この話は、当事者であるハーバート・ギャンブルによって確証された。「ベケットが、青の寮として知られていた寄宿舎で消灯後によく話を聞かせに来たのを覚えている。あるときこれがもとで、当時の校長E・G・シール師といざこざが起きた。そのときの話がなんだったか思い出せればいいのだが、思い出せない。それはベケットが十五歳で、わたしが十四歳だった一九二一年のことだったろう」。ハーバート・ギャンブル、草稿番号一二二七／一／二／四（レディング）。

(72) Michael Quane, *Portora Royal School (1618–1968)*, p. 56.

第三章　知的成長を遂げる　一九二三―二六

(1) アイリーン・ウィリアムズ（旧姓アダムソン）へのインタヴュー、一九九二年五月二十二日。

(2) ハーヴィーによるベケットへのインタヴュー、日付なし（ダートマス）。

(3) ベケットからロジャー・リトルへ、一九八三年五月十八日付（リトル）。

(4) ベケットへのインタヴュー、一九八九年七月五日。

(5) T・B・ラドモウズ＝ブラウンの未刊の回想録は、Roger Little, 'Beckett's Mentor, Rudmose-Brown: Sketch for a Portrait' *Irish University Review*, 14, 1 (Spring, 1984), p. 36 に引用されている。リトル教授のラドモウズ＝ブラウンについての著作と筆者の調査への協力なくしては、筆者の記述は不可能だった。

(6) ラドモウズ＝ブラウンはフランスの詩人についての論文

French Literary Studies, Talbot Press, Dublin and Fisher Unwin, London, 1917 と、二つの散文集 *French Short Stories*, Clarendon Press, Oxford, 1925 と *French Town and Country*, Nelson, London, 1928, それに教科書版の Racine, *Andromaque*, Clarendon Press, Oxford, 1917——ベケット自身、数年後に講義に使っている大好きな戯曲——と Marivaux, *Les fausses confidences*, Fisher Unwin, London, 出版年不詳 [1928] を出版している。

(7) デイヴィッド・ウェブへのインタヴュー、一九九二年八月十二日。

(8) ハーヴィーによるベケットへのインタヴュー、日付なし(ダートマス)。

(9) A・J・レヴェンソールがラドモウズ＝ブラウンの未刊の回想録からの抜粋を『ダブリン・マガジン』第二十一巻第一号(一九五六年一月—三月)五〇—五一頁に紹介していることが、Roger Little, 'Beckett's Mentor, Rudmose-Brown: Sketch for a Portrait', pp. 34-5 に引用されている。

(10) ハーヴィーによるベケットへのインタヴュー、日付なし(ダートマス)。

(11) ハーヴィーによるベケットへのインタヴュー、日付なし(ダートマス)。

(12) ベケットへのインタヴュー、一九八九年七月五日。

(13) ハーヴィーによるベケットへのインタヴュー、日付なし(ダートマス)。

(14) ベケットへのインタヴュー、一九八九年七月五日。

(15) ルコント・ド・リールの『古代詩集』『異邦詩集』『悲劇詩集』、およびアンリ・ド・レニエの著作『事実かどうかわからない物語』『漆の盆』『水の都』『翼のあるサンダル』『ヴェニスのスケッチ』はいずれも、一九二六年と二七年のトリニティ・カレッジの大学要覧に載っている。

(16) この詩集は *A Book of French Verse from Hugo to Larbaud*, Oxford University Press, London, 1928 として出版された。ヴェルレーヌの『艶なる宴』と『知恵』が一九二六年の大学要覧に、『詩集』の一つが一九二七年の大学要覧に載せられている。

(17) Beckett, *Dream of Fair to middling Women*, p. 165. (『並には勝る女たちの夢』田尻芳樹訳 一九二頁)。

(18) ベケットの手書きの注釈入りの『デリー』は現存している(アヴィグドール・アリカ)。

(19) プルーストの『(コンブレーの)スワン家の方へ』、ジッドの『イザベル』と『狭き門』、ジャムの『詩集』、ル・カルドネルの『ひとつの曙からもうひとつの曙へ』はいずれも、R・ド・ラ・ヴェスィエールの二十世紀詩選集とともに、ベケットが最終学年だったときの仏文学専攻の学生に課された作品だ。ラドモウズ＝ブラウンは大学院生に、現代詩に関する論文の指導もしていた。そのなかには、ラドモウズ＝ブラウンがはしがきを寄せている、フィリス・アクロイドによる興味深い博士論文 *Louis Le Cardonnel*, Dent, London and Hodges, Figgis & Co, Dublin, 1927 もある。

(20) Roger Little, 'Echanges de lettrés: l'amitié franco-irlandaise de Valery Larbaud et T. B. Rudmose-Brown', *Contrasts* (Dublin), No. 21, Spring, 1982, pp. 25-27 および

'Valery Larbaud et les letters irlandaises: connaissance de Rudmose-Brown,' *Revue de littérature comparée*, No. 1, 1983, pp. 101–11 参照。

(21) ベケットが初めてパリに住むようになったとき、ラドモウズ＝ブラウンのつてでフランシス・ジャムやヴィエレ＝グリフィン、レオン＝ポール・ファルグやポール・ヴァレリー、ヴァレリー・ラルボーと個人的なつきあいをするような友人になった、という神話が生まれた。これはまったくの作り話である。ベケットはジャムもヴィエレ＝グリフィンも知らないと言っている。ファルグとヴァレリーとはいくらか知り合いになったが、その仲介者はジェイムズ・ジョイスである。しかも驚いたことに、ラドモウズ＝ブラウンからヴァレリー・ラルボーに賛辞たっぷりの紹介状をもらってフランスに渡り、このフランス人の作家がジェイムズ・ジョイスの友人だったというのに、ベケットはラルボーとは一九四〇年の六月までほとんど面識がなかった。ベケットへのインタヴュー、一九八九年七月五日。

(22) Thomas Brown Rudmose-Brown, *Walled Gardens*, Talbot Press, Dublin, and Fisher Unwin, London, 1918.

(23) 「T・B・ラドモウズ＝ブラウンの未刊の回想録からの抜粋」『ダブリン・マガジン』第三十一巻第一号（一九五六年一月—三月）、三三頁。

(24) 「T・B・ラドモウズ＝ブラウンの未刊の回想録からの抜粋」、三二頁。

(25) *The Irish Beckett*, Syracuse University Press, Syracuse, New York, 1991 のなかで、著者ジョン・P・ハリントンがベケットを、カトリックが優位を占める、新たにできた自治政府の、自国を国外の影響を受けないように腐敗から守ろうとする姿勢に対し、大きな視野で抵抗を表明する立場に身を置いている、という指摘はおそらく正しいだろう。また、そうした地域の問題に対し、ベケットがとりわけ知識をもち、密接に関わっているという指摘も正しい。

(26) ヴァレリー・ラルボー文書資料室、ヴィシー市立図書館、書簡R五五四。Roger Little, 'Beckett's Mentor, Rudmose-Brown: Sketch for a Portrait,' p. 37 に引用されている。

(27) これもRoger Little, 'Beckett's Mentor, Rudmose-Brown: Sketch for a Portrait,' p. 41 に引用されている。

(28) Beckett, *More Pricks than Kicks*, p. 61.（『蹴り損の棘もうけ』川口喬一訳　八一頁）。

(29) Beckett, *More Pricks than Kicks*, p. 61.（『蹴り損の棘もうけ』川口喬一訳　八二頁）。

(30) Beckett, *Dream of Fair to middling Women*, p. 146.（『並には勝る女たちの夢』田尻芳樹訳　一七一頁）。

(31) ベケットへのインタヴュー、一九八九年七月五日。

(32) マキャヴェリ、「イタリア・ルネッサンスの純粋主義者」（ベンボ、スペロニ、カスティリョーネ）、カルドゥッチ、アリオストについて、ベケットが学生時代に書いたノートや、これらよりはるかに詳細なダンテについてのノートはいまも保存されている。カルドゥッチとダヌンツィオについてイタリア語と英語で書いた論文の下書き原稿も残っている。その論文の一つでは、たとえば、「カルドゥッチはすぐれた大学教授だったがひどいへぼ詩人だった」と結論を下している。

(33) 一九二一年版『トムソン公認住所録』に、アイダ・エルスナーとW・ポーリーン・エルスナーの住所はイーライ・プレイス二十一番地だと記載されている。
(34) ベケットの学生時代のノートには、ダンテのなかにとても理解できないような記述がある、と書かれている。たとえば、「天国篇」第二十八歌でビアトリーチェがおこなう天使の合唱隊の動きの説明をわかりやすく嚙み砕いたあと、「これは一語も理解できない」と書いている。
(35) ベケットへのインタヴュー、一九八九年七月五日。また、「いや、ダンテに目覚めたのは彼［ラドモウズ＝ブラウン］とは無関係だ。イタリア語の先生だったビアンカ・エスポジトの助けを借りて、自分でなんとか読めるようになった」と書いている。ベケットからロジャー・リトルへ、一九八三年五月十八日付。
(36) このカードは一九八九年、レディング大学の国際ベケット財団文書資料室にベケットから寄贈された。ダンテの本はいまも個人蔵だ。
(37) ベケットへのインタヴュー、一九八九年七月五日。彼の現実のイタリア語教師は、音楽家だった父親ミシェル・エスポジト氏、すなわち一九二二年以降は肩書きを授与されたので、ラネラーの「名誉市民」ミシェル・エスポジト氏の面倒をみていた。ベケットの若いころ、エスポジトは王立アイルランド音楽院でピアノの教師をし、アイルランドじゅうで知られた指揮者／ピアニストだった。ベケットは、エスポジトがベートーヴェンのピアノ・ソナタ全曲を演奏する連続コンサートにいったのを覚えている。彼は自分がまちがって弾いてばかりいたことを認めながら、エスポジトは「うまかったけれども、天才的なピアニストではなかった」と評した（ベケットへのインタヴュー、一九八九年八月八日）。けれども、ドメニコ・スカルラッティの十九のソナタを編集したエスポジトの功績は手放しに賞賛し、作曲家として高く評価している（モリス・シンクレアから筆者へ、一九九二年四月三日付）。ビアンカの父親は、ベケットのラジオドラマ『残り火』に出てくるイタリア人の音楽教師のモデルかもしれない。その教え方はダブリンの音楽家仲間のあいだでは評判が悪かった（Enid Starkie, *A Lady's Child*, Faber and Faber, London, 1941, p. 238 参照）。
(38) Beckett, *More Pricks than Kicks*, p. 20.（『蹴り損の棘もうけ』川口喬一訳 二五頁）。
(39) 一九三一年に書かれたマグリーヴィーへの書簡のなかで、ベケットは彼にフィレンツェで泊まったペンションの名前と住所を教えている（トリニティ）。
(40) Beckett, *Krapp's Last Tape* in *Collected Shorter Plays*, p. 58.（『クラップの最後のテープ』安堂信也・高橋康也訳 一〇八頁）。
(41) Beckett, *More Pricks than Kicks*, p. 16.（『蹴り損の棘もうけ』川口喬一訳 一九頁）。
(42) Beckett, *More Pricks than Kicks*, p. 20.（『蹴り損の棘もうけ』川口喬一訳 二五頁）。
(43) トリニティ・カレッジ保管の記録文書には、いろんな科目におけるベケットの成績が詳細に残されている。一九二四年にとったラテン語は優秀だったが、数学はほぼ平均点だった。

(44) トリニティ・カレッジで筆者と一緒にイギリス文学の授業の調査を手伝ってくれたノースカロライナ大学（シャーロット）のフレデリック・スミス教授に感謝申し上げる。

(45) ベケットは、『ヘンリー五世』『真夏の夜の夢』『ジュリアス・シーザー』『コリオレーナス』『お気に召すまま』『十二夜』『ヴェニスの商人』『テンペスト』『リチャード三世』『ロミオとジュリエット』『マクベス』『ハムレット』についてのトレンチの講義に出席した。

(46) Beckett, *More Pricks than Kicks*, 'Fingal' p. 30.（「フィンガル」『蹴り損の棘もうけ』 川口喬一訳 三八頁）。『ハムレット』の引喩《アリュージョン》は第一幕第二場から。

(47) Beckett, *More Pricks than Kicks*, 'Draff' p. 198.（「残り滓」『蹴り損の棘もうけ』 川口喬一訳 二八三頁）。『ロミオとジュリエット』の引喩《アリュージョン》は第五幕第三場から。

(48) Philip Howard Solomon, 'Lousse and Molloy: Beckett's Bower of Bliss', *Australian Journal of French Studies*, 1969, 6, No. 1, pp. 65-81. ラドモウズ＝ブラウンの『妖精女王』についての試験問題は、「歓楽の館」の破壊に関してだった。

(49) 『並には勝る女たちの夢』の題辞を含むチョーサーからの引用は、この少しあと、ベケットの一九三一—三二年のノートにいくつか写してある。

(50) ベケットへのインタヴュー、一九八九年八月十二日。(*No's Knife*, p. 142.『断章（未刊の作品より）』 片山昇・安堂信也・高橋康也訳 一七六頁)。

(51) 散文「なんたる不幸」のセルマについて、ベケットはジョン・ダンの『エレジー第二』を引用して、「少なくとも彼女には美貌の転綴遊戯《アナグラム》がある」と言っている。Beckett, *More Pricks than Kicks*, p. 128.（『蹴り損の棘もうけ』 川口喬一訳 一七六頁）

(52) この記述は、筆者自身が二十年以上にわたってベケットと交わした談話にもとづくものだが、とくに一九九二年六月十三日におこなったバーバラ・ブレイとの談話に負っている。

(53) William York Tindall, *Samuel Beckett*, Columbia University Press, New York and London, 1964, p. 37.

(54) ベケットへのインタヴュー、一九八九年九月十三日。

(55) ベケットは、一九七〇年十月七日付のジョン・マコーミックから筆者への書簡に、一九二三年から二七年のあいだにアビー劇場で観たと記憶しているものにしるしを付けてくれた。草稿番号一二二七／一／二／一六（レディング）。

(56) 一九七六年四月、アイルランド国営ラジオ放送第一の番組に出演したビル・カニンガムの話。

(57) ［トリニティでベケットの学生だった］W. H. Lyons, 'Backtracking Beckett', in *Literature and Society. Studies in Nineteenth and Twentieth Century French Literature. Presented to R. J. North*, Birmingham, 1980, p. 214.

(58) Beckett, *Endgame*, Faber and Faber, London, 1958, 1964 repr., p. 12.（『勝負の終わり』 安堂信也・高橋康也訳 九頁）。

(59) ベケットから筆者へ、一九七二年四月十一日付。

(60) これについては、James Knowlson and John Pilling,

Frescoes of the Skull. The Later Prose and Drama of Samuel Beckett, John Calder, London, 1979 and Grove Press, New York, 1980, pp. 259–74でもっと詳細に論じている。

(61) *The Times*, 31 Dec. 1964.

(62) James Agee, *Agee on Film*, quoted in Tom Dardis, *Keaton. The Man Who Wouldn't Lie Down*, Virgin Books, London, 1989, p. 69.

(63) Tom Dardis, *Keaton*, pp. 120 and 131.

(64) アイリーン・ウィリアムズへのインタヴュー、一九九二年五月二十二日。

(65) ラグビーでフォワードのリーダーをやっているジェム・ヒギンズという名前の学生が、アルバという名の美しい女性と会う約束をしているこのカフェを、ベケットはわざと「ボン・ブーシュ（Bonne Bouche を Bon Bouche）」とまちがった綴りで記している。Beckett, *Dream of Fair to middling Women*, p. 154.（『並には勝る女たちの夢』 田尻芳樹訳　一七九頁）。

(66) アイリーン・ウィリアムズへのインタヴュー、一九九二年五月二十二日。

(67) Beckett, 'A Wet Night', *More Pricks than Kicks*, pp. 57–9（「濡れた夜」『蹴り損の棘もうけ』 川口喬一訳　六九―七四頁）、および 'Sanies I', *Collected Poems in English and French*, p. 18.（「血膿Ｉ」 高橋康也訳　三八頁）。

(68) イースト・ハム記念病院に入院していたエズナ・マッカーシーからデニス・ジョンストンへ、一九五九年五月二十一日付。草稿番号一〇〇六六／一七〇、二〇三（トリニティ）。（この三日後にエズナは死去した）。

(69) デニス・ジョンストン、草稿番号一〇〇六六／二八八／三二四（トリニティ）。

(70) ベケットへのインタヴュー、一九八九年九月十三日。

(71) アイリーン・ウィリアムズへのインタヴュー、一九九二年五月二十二日、およびデニス・ジョンストンがＢＢＣでおこなった「九つの川」という話より。ジョンストンはこの話のなかで、エズナを九番目の川、「エウテルペ」にたとえた。草稿番号一〇〇六六／三〇―三二（トリニティ）。

(72) ハーヴィーによるベケットへのインタヴュー、日付なし（ダートマス）。

(73) ジョルジュ・ベルモン（プロルソン）へのインタヴュー、一九九一年八月三日。

(74) Beckett, 'Sanies I', *Collected Poems in English and French*, p. 17.（「血膿Ｉ」 高橋康也訳　三八頁）。

(75) ハーヴィーによるベケットへのインタヴュー、日付なし（ダートマス）。

(76) ジェフリー・ペリンから筆者へ、一九九三年二月三日付。

(77) Joseph Maunsell Hone, 'A Note on My Acquaintance with Sam Beckett'（テキサス）。

(78) *John Wisden's Cricketers' Almanack for 1927*, edited by C. Stewart Caine. John Wisden & Co., Ltd, London, 1928, p. 427. ふだんはノーサンプトンシャーのキャプテンでオールラウンドプレイヤーの、イギリスが誇る名クリケット選手のＶ・Ｗ・Ｃ・ジュップが観覧席からノーサンプトンシャー州チームが一イニング二四一点という大差でアイルランドから来た「連中」を負かしたのを見て、とんでもないという表情を浮かべていた（J・D・グウィンから筆者へ、一九九二年七月四日付）。ベケットのプレーぶりはひどかった。中ぐらいの球速の変化球でトリニティ・カレッジのために先発したが、彼は十五オーヴァー【投球数。一オーバーは六球】で四十七人の打者のうち一人もアウトにできなかった。その間《かん》、ノーサンプトンシャー州チームは七人で四百五十四点を獲得、なかでも二人の打者W・E・アダムズとJ・E・ティムズはファースト・クラス・クリケット【一試合二日から四日かかる正式試合】で初めて、百点取った。次に攻撃になると、ベケットは、たったの四点をねらってアウトになった。大学チームはさらに試合を続行させられ、ベケットはファースト・クラス・クリケットで初めて投球したシドニー・C・アダムズというレッグ・スピンをかけた投球が得意な選手に一点ねらいでアウトにされ、クリケット年鑑に汚名を残すことになった（Edward Liddle, *The Cricketer*, vol. 71, No. 2, Feb. 1990 の死亡者略歴のベケットの項）。トリニティの二度目のイニングは七十分であっというまに、大学チームは五十八点というさびしい点しか取れなかった。

(79) ハーヴィーによるベケットへのインタヴュー、日付なし（ダートマス）。

(80) 週一度討論会を開くが、ビリヤード・テーブルと静かな部室をもつ歴史クラブにベケットは入ったおかげで、授業の合間に本を読んだり、ものを書いたりしに部室へいくことができた。彼は討論会では発言しなかった。

(81) ベケットへのインタヴュー、一九八九年七月十一日。

(82) この選考試合は、ドニーブルックからスタートし、スティローガン、ダンドラム、ステップアサイド、グレンカレン、パイン・フォレスト、グレンクリーを通ってサリー・ギャップのグレンヴュー・ホテルまで行き、デルガニー経由で「レンガの滝」へ進み、その浅瀬を渡ってキルマカノーグ、ゴーツ・パス、エニスケリー、キルマリン、デヴィルズ・エルボー、その他小さな村々を通ってドニーブルックに戻るというものだった。*Irish Cyclist & Motor Cyclist*, 11 Mar. 1925, p. 18.

(83) ジョン・マニングへのインタヴュー、一九九〇年六月十九日。

(84) ジェラルド・パケナム・スチュアート「回想録」（タイプ原稿、一四頁）

(85) 一九七六年四月、アイルランド国営ラジオ放送第一の番組に出演したトム・コックスの話。ナット・グールドは、ベケットによる一九二九年のジェイムズ・ジョイス「ダンテ・・・ブルーノ・ヴィーコ・・ジョイス」に言及されている。Beckett, *Disjecta. Miscellaneous Writings and a Dramatic Fragment*, ed. Ruby Cohn, John Calder, London, 1983, p. 28.（「ダンテ・・・ブルーノ・ヴィーコ・・ジョイス」川口喬一訳　一〇八頁）。

(86) 「ぼくは二晩ほど寝床のなかで、例の激しく乱れ打つ心臓と頭痛を経験した。これはちょうど十一年前に経験したが、当時にくらべれば不安はたいしたことない」。ベケットからマグリーヴィーへ、一九三七年四月二十六日付（トリニティ）。

(87) 彼はまもなく、ロンサールが『エレーヌへのソネ集』のなかで愛と死を結合させた部分を、自分の短編「愛と忘却」の結末に使うことにする。Beckett, *More Pricks than Kicks*, p. 105.（『蹴り損の棘もうけ』 川口喬一訳 一四八頁）。

(88) ベケットの旅行ガイドブックは現存する。Henry Debraye, *En Touraine et sur les bords de la Loire*（*Châteaux et Paysages*）, Editions J. Rey, Grenoble, 1926 は、アラン・トンプソンからオーン・オブライエンに寄贈された。「S・B・ベケット。トゥール。一九二六年八月」という署名入りだ。

(89) Henry Debraye, *Touraine and its Châteaux*, The Medici Society, London and Boston, 1926, p. 11.

(90) トリニティ・カレッジへの帰途、ベケットが読み残していたダンテの「天国篇」についてメモをしたノートの最初のページには、「トゥールにて購入、一九二六年九月三日」と記してある。

(91) ベケットとチャールズ・L・クラークとの出会いについては、ローレンス・ハーヴィーによるベケットへのインタヴュー、日付なし（ダートマス）をもとにした。また、ロイス・オーヴァーベックは、チャールズの未亡人コンスタンス・クラーク夫人から手に入れた書簡のコピーを提供してくれたうえ、クラークについておこなった調査結果もたくさん筆者にくれた。

(92) ジェラルド・パケナム・スチュアートから筆者へ、一九九二年五月十四日付。

(93) 一九七六年四月、アイルランド国営ラジオ放送第一の番組に出演したジェフリー・トンプソンの話。

(94) ジェラルド・パケナム・スチュアートから筆者へ、一九九二年五月十四日付。

(95) マリセット・マユーへのインタヴュー、一九九〇年九月二十一日。

(96) ベケットへのインタヴュー、一九八九年九月十三日。

(97) Beckett, 'Ding-Dong', *More Pricks than Kicks*, p. 42.（「ディーン・ドーン」『蹴り損の棘もうけ』 川口喬一訳 五七頁）。

(98) Beckett, *More Pricks than Kicks*, pp. 42-3.（『蹴り損の棘もうけ』 川口喬一訳 五七頁）。

(99) ジェラルド・パケナム・スチュアート「回想録」（タイプ原稿、一五頁）

(100) ハーヴィーによるベケットへのインタヴュー、日付なし（ダートマス）。

(101) Beckett, *Endgame*, p. 37.（『勝負の終わり』 安堂信也・高橋康也訳 六四頁）。

(102) ジェラルド・パケナム・スチュアート「回想録」（タイプ原稿、一五頁）

(1)　A・A・ルースから筆者へ、一九七〇年九月二十四日付。
(2)　ベケットへのインタヴュー、一九八九年九月十三日。
(3)　トリニティ・カレッジ評議会は一九二七年三月二日、「サミュエル・バークレイ・ベケット（奨学生）をパリ師範学校の英語講師として」推薦した。トリニティ・カレッジ・ダブリン評議会議事録原簿（以下、議事録とする）、第二十三巻による。
(4)　このベケットを巻き込んだ騒動については、トマス・マグリーヴィーの伝記作家スーザン・シュレイブマンが議事録から得た情報を筆者にくれたのが最初で、さらにマグリーヴィー文書のうちの往復書簡で確認できた。
(5)　この指名は一九二七年一月二十二日の会議で、トリニティ・カレッジ評議会によって認可された。これは仮の認可だった。議事録第二十三巻より。
(6)　マグリーヴィーが書くフランス語は、フランス人の友人ジャン・クーロンに宛てた書簡からわかるように、一九三〇年代なかばになっても不正確だった。
(7)　ウィリアム・マコーズランド・スチュアートからルイス・パーサーへの書簡のコピー、マグリーヴィー文書、草稿番号八一四一（トリニティ）。
(8)　ルイス・パーサーからマグリーヴィーへ、一九二七年五月十三日付、マグリーヴィー文書、草稿番号八一四一（トリニティ）。
(9)　ベケットにブザンソン大学の職を申し入れる手紙は、全仏大学学校事務局から発信され、日付は一九二七年七月六日となっている。申請は七月十四日までにしなければならなかった。このことは議事録第二十三巻によれば、一九二七年十月一日の会議で触れられた。
(10)　ベケットの指名についての公式な合意はフランス総領事を通じてなされただけで、このことは一九二八年四月二十八日の評議会の議事録に記録されている（議事録第二十四巻）。
(11)　ベケットへのインタヴュー、一九八九年七月五日。
(12)　ヴィーダ・アッシュワースの娘ジャネット・バークロフトへの電話インタヴュー、一九九二年八月十一日。
(13)　ベケットへのインタヴュー、一九八九年七月五日。
(14)　ベケットへのインタヴュー、一九八九年七月五日。ヴェラ・エスポジトは自分の母親について、「わたしは母似です。母はイタリア人ではなく、ロシア人でした。サンクトペテルスブルグ出身で、一八六七年に祖父とともに国を出て以来、戻っていません。母たちはナポリの近くに身を落ち着け、（当時十六歳だった）母はやがてわたしの父親と出会い、若くして結婚しました。母は茶色い髪をし、目は青灰色で、ピンク味を帯びた色白の肌をしていました」と語っている。ヴェラ・エスポジトからリチャード・エルマンへ、一九五五年六月十八日付、エルマン文書、〇一一、ドックレル・ファイル（タルサ）。
(15)　ベケットへのインタヴュー、一九八九年七月五日。
(16)　ヴェラ・エスポジト・ドックレルからリチャード・エルマンへ、一九五五年四月十四日付、エルマン文書、〇一一、ドックレル・ファイル（タルサ）。

(17) リチャード・エルマンによるベケットへのインタヴュー、一九五四年六月二十一日、エルマン文書、〇〇三、ベケット・ファイル（タルサ）。ダンテの「煉獄篇」第二十五歌、一二三行にある実際の句は「カレール・ノン・メノ」である。

(18) ヴェラ・エスポジトは当時のベケットについて次のように書いている。「サムは当時禁酒主義者で、お酒を飲んだり、酔っ払ったりするのを嫌っていました。このため、大学のスポーツ・サークルからは距離を置いていました。両親も彼にはとても厳しく、もっとも厳格なプロテスタントの一派に属していました。裕福でしたから、彼は貧乏ってものを知りませんでした。なにがなんでもアイルランドから出たくて、出ていったのです」。リチャード・エルマンへの書簡、一九五五年四月十四日付、エルマン文書、〇一一、ドックレル・ファイル（タルサ）。

(19) この二つのジョイスのエピソードは、リチャード・エルマンによる伝記 *James Joyce*, Oxford University Press, Oxford, New York, etc, new and revised edition, 1983, pp. 155 and 160-1 に書かれている。エスポジトがジョイスに歌がうまいと褒めた話は、ベケットが一九五四年にエルマンに話したものだ。他方、ジョイスが酔っ払った事件をエルマンに話したのはヴェラ・エスポジトである。

(20) マリオ・エスポジトは一九一二年から二一年にかけて、ダブリンの『王立アイルランド・アカデミー会報』とパリの『図書館報』のいずれかに、ラテン語の写本や学術論文についての研究をいくつも著わしている。また一九二一年、彼は個人で、『文献学論叢——古代・中世文学とその研究』と題する書物をフィレンツェで出版した。

(21) この話は Ulick O'Connor, *Oliver St John Gogarty*, New English Library, London, 1967, p. 156 に描かれている。

(22) この休暇から、ベケットの一九五六年の戯曲『勝負の終わり』のなかでも数少ない抒情的な瞬間、すなわち、ごみため用のドラム缶に葬られた老人の一人ネルがコモ湖の水面にボートでこぎ出て、そこから「底まで、あんなに白く、あんなにはっきり」見ることができたのを思い出す場面が生まれた。Beckett, *Endgame*, p. 21.（『勝負の終わり』安堂信也・高橋康也訳　二九頁）。

(23) マリオ・エスポジトからリチャード・エルマンへ、一九六八年十二月十五日付、エルマン文書、〇一一、ドックレル・ファイル（タルサ）。

(24) Beckett, *Dream of Fair to middling Women*, pp. 129-30.（『並には勝る女たちの夢』田尻芳樹訳　一五四頁）。

(25) Beckett, *Dream of Fair to middling Women*, p. 130.（『並には勝る女たちの夢』田尻芳樹訳　一五四頁）。

(26) マリオ・エスポジトからリチャード・エルマンへ、一九六八年十二月十五日付、エルマン文書、〇一一、ドックレル・ファイル（タルサ）。

(27) Beckett, *Dream of Fair to middling Women*, p. 130.（『並には勝る女たちの夢』田尻芳樹訳　一五四—一五五頁）。この引喩《アリュージョン》は、ダンテの「天国篇」第三歌から。

(28) Beckett, *More Pricks than Kicks*, pp. 54-5.（『蹴り損

の棘もうけ』川口喬一訳　七二頁)。

(29) ベケットが読んだダンテ作品は個人蔵として現存している。ヴァザーリは *Dream of Fair to middling Women*, p. 77.(『並には勝る女たちの夢』田尻芳樹訳　九二頁)に言及がある。

(30) ベケットはある短編のなかで、トマソ・マザッチョを「汗っかきの《巨人トム》」と形容し、「奇妙な鋲釘を打った彼女のべたべたの顔面組織のせいで、なにしろとてもフレスコふうに見えたというだけのこと、つまりほら腰から上が、例の病的なコバルト色の慎みを絵に描いたよう、ときているものだから、有頂天の《十五世紀ふう《クラトロチェント》》の完全な宝玉、そりゃもう、汗っかきの《巨人トム》の完全な宝石に見えたというわけ」(Beckett, *More Pricks than Kicks*, p. 67.『蹴り損の棘もうけ』川口喬一訳　九一頁)と書いている。だが、ここに言及されている時点のマザッチョはフィレンツェではなく、ロンドンのナショナル・ギャラリーにある『聖母マリアとキリスト』というパネル画の中心にいる(Eoin O'Brien, *The Beckett Country*, p. 362, n. 28.)。

(31) 問題をみごとにあてるビアンカ・エスポジトの才能は、「ダンテと海ざりがに」で、シニョーラがベラックワに勉強するなら、「『ダンテのごくまれな同情の動きをあれこれまとめてごらんになったほうがよくはないかしら。かつてはこれは』と彼女の過去時制はつねに悲しみを帯びるのであった、『人気のある問題でしたわ』」と言う場面に反映されている。Beckett, *More Pricks than Kicks*, p. 18.(『蹴り損の棘もうけ』川口喬一訳　二二頁)。

(32) A・A・ルースから筆者へ、一九七〇年九月二十四日付。

(33) ベケットへのインタヴュー、一九八九年九月二十日。

(34) これらの詩は、*Tragiques suivis du voyage sentimental*, Stock etc., Paris, 1922 という書物に収められ、出版された。

(35) ラドモウズ＝ブラウンは、シュヌヴィエールの詩「時を過ごす」を自分の詩選集『ユゴーからラルボーまでのフランス詩選』に入れている。

(36) 一九一一年から六〇年の寮室記録(トリニティ、MUN/V/39a/3, p. 419)によれば、ベケットはベルファストのキャンベル・カレッジに教えに出かけた一九二八年の一月九日まで、トリニティの自室を空《あ》けていない。

(37) Jules Romains, *Bertrand de Ganges*, ed. A. G. Lehmann, Harrap, London, 1961, p. 8.

(38) 学生時代のベケットを知る古典文学専攻のアーサー・ヒリスは、『仲間』は当時トリニティの芸術専攻の学生のあいだでとても流行していた書物で、自分の好きなフランス小説の一つだったと語っている。アーサー・ヒリスへのインタヴュー、一九九二年六月四日。

(39) ハーヴィーによるベケットへのインタヴュー、日付なし(ダートマス)。

(40) ベケットへのインタヴュー、一九八九年九月二十日。

(41) デアドラ・ベアは、ベケットはパリで「ジューヴについての論文をほとんどやっていない」と書いている(*Samuel Beckett*, p. 90)。イノック・ブレイターは、ベケットがジューヴの論文の代わりにプルーストの論文を提出したと述べている（*Why Beckett*, Thames and Hudson, London, 1989, p. 26.『なぜベケットか』安達まみ訳　二七頁）。ほかの批評家もこれを事実としている。たとえば、「サミュエル・ベケットは一九二八年、フランスの詩人ピエール＝ジャン・ジューヴについて研究論文を書くつもりでパリにやってきた」と（Thomas Cousineau. *Waiting for Godot. Form in Movement*, Twayne, Boston, 1990, p. 13.）。

(42)　ハーヴィーによるベケットへのインタヴュー、日付なし（ダートマス）。ジョン・フレッチャーも、ベケットが受賞の条件として『一体主義』についての研究論文を提出している、としている（*The Novels of Samuel Beckett*, Chatto and Windus, London, 1964, p. 13.）。

(43)　ハーヴィーによるベケットへのインタヴュー、日付なし（ダートマス）。

(44)　マイルズ・デラップへのインタヴュー、一九九二年一月三十一日。

(45)　ベケットへのインタヴュー、一九八九年九月十三日。

(46)　*The Campbellian*, vol. VI, July 1928, p. 412.

(47)　打順五番のベケットは、二十一点という最高得点を獲得し、続けて生徒の一番打者の一人をアウトにした。

(48)　セイロンの茶農園主ウィリアム・ダフ・ギボン卿の息子だったギボン校長は、一九〇〇年から一九〇一年にかけて、ブール戦争の志願兵として軍隊で戦ったことがあり、第一次大戦では中佐になった。高校でもオックスフォード大学でもラグビーの名選手だったが、肩を痛めて長いこと、ファースト・クラス・ラグビー（正式試合）に出られなくなったため、コーチの側にまわってラグビーのマニュアル本『ラグビーの始め方』や『ラグビーの理論と実践』を執筆した。ウィリアム・ダフ・ギボンについての情報は、彼が校長をしていたダルウィッチ・カレッジの司書／文書資料室所員A・C・ホールやダルウィッチ・カレッジ学報から得た。

(49)　キース・ヘインズから筆者へ、一九九二年一月十日付。

(50)　ハーヴィーによるベケットへのインタヴュー、日付なし（ダートマス）。

(51)　ハーヴィーによるベケットへのインタヴュー、日付なし（ダートマス）。

(52)　この話は作り話だと言われている。だが晩年、筆者がこの学校でどうやっていたのかと尋ねたとき、ベケット自身、まことに、おもしろおかしくこの話をしてくれた。

(53)　ベケットからマグリーヴィーへ、日付なし［内容からみて一九三二年七月十四日付］（トリニティ）。

(54)　クライムズ自身もその後まもなく教師をやめ、アレクサンダー・ビニー商会の技師になった。一九三八年に結婚すると、セイロンに行き、第二次大戦後はシンガポールに移り住み、まもなくシンガポール造船技術会社社長に納まり、ペナン・ハーバー連盟会長兼総支配人にも選ばれた。クライムズについての情報は、『オックスフォード、ケブル・カレッジ卒業生原簿』と機械工学協会にある詳記から得た。

(55)　Beckett, *More Pricks than Kicks*, p. 116.（『蹴り損の棘もうけ』川口喬一訳　一六二頁）。

(56)　ハーヴィーによるベケットへのインタヴュー、日付なし（ダートマス）。

(57) ペギーの妹デアドラ・ハミルトン（旧姓シンクレア）へのインタヴュー、一九九一年六月二十日、およびモリス・シンクレアから筆者へ、一九九二年六月七日付。

(58) デアドラ・ハミルトンへのインタヴュー、一九九一年六月二十日。

(59) コンスタンス・クラークからロイス・オーヴァーベックとマーサ・フェーゼンフェルドへ、一九九二年三月十四日付。

(60) ベケットへのインタヴュー、一九八九年九月十三日。

(61) Beckett, *Dream of Fair to middling Women*, p. 114.（『並には勝る女たちの夢』　田尻芳樹訳　一三七頁）。

(62) Beckett, *Dream of Fair to middling Women*, p. 113.（『並には勝る女たちの夢』　田尻芳樹訳　一三七頁）。

(63) ベケットへのインタヴュー、一九八九年九月十三日。

(64) Beckett, *Dream of Fair to middling Women*, p. 14.（『並には勝る女たちの夢』　田尻芳樹訳　二三頁）。

(65) モリス・シンクレアから筆者へ、一九九一年五月二十七日付。

(66) ペギー・シンクレアの肖像画はゴットフリート・ビュトナーとその妻レナーテが所有している。筆者を自宅に招き、カッセルの町を案内し、文書を提供してくれた夫妻に感謝申し上げる。

(67) Beckett, *Dream of Fair to middling Women*, p. 4.（『並には勝る女たちの夢』　田尻芳樹訳　一一頁）。

(68) Beckett, *Krapp's Last Tape* in *Collected Shorter Plays*, p. 58.（『クラップの最後のテープ』　安堂信也・高橋康也訳　一〇九頁）。

(69) モリス・シンクレアから筆者へ、一九九一年五月二十七日付。

(70) Beckett, *Dream of Fair to middling Women*, p. 114.（『並には勝る女たちの夢』　田尻芳樹訳　一三七頁）。

(71) ジェラルド・パケナム・スチュアートから筆者へ、一九九二年五月十四日付。

(72) Proust, *A l'ombre des jeunes filles en fleurs*, Vol. II, Gallimard, NRF, Paris, 1919, 119th printing, p. 99. ベケットが自分の別離の苦しみを表わす部分に下線を施し、余白に自分のことを書き留めたこの本は、レディング大学国際ベケット財団にベケットから寄贈された。この本の存在を筆者に教えてくれたアダム・ピエットに感謝申し上げる。

(73) *Fremden-protokoll der Markt-gemeinde Laxenburg*, 1927–1933, Nr. 3, Band 9 の宿泊客名簿の四百五十一番にベケットの名前があることから、ベケットがラクセンブルクに滞在していたのはまちがいない。彼がここに到着したのは十月四日で、（パリへ）出発したのは十月三十一日だ。宿泊したのはブラウアー・ホフだった。誕生日と学生という身分も記録されている。ラクセンブルクで筆者のために調査をし、「ヘレラウ＝ラクセンブルク」学校について筆者が記述した情報を詳細に提供してくれたモニカ・セードルに感謝申し上げる。

(74) モリス・シンクレアへのインタヴュー、一九九一年五月二十二日、およびモリス・シンクレアから筆者へ、一九九二年六月七日付。

(75) Beckett, *Dream of Fair to middling Women*, pp. 13–

14.（『並には勝る女たちの夢』 田尻芳樹訳 二一頁）。

（76） Beckett, *Dream of Fair to middling Women*, pp. 13–14.（『並には勝る女たちの夢』 田尻芳樹訳 二一頁）。

（77） ヘレラウ＝ラクセンブルク学校、夏季コース（リズム体操、音楽、体操、ダンス）の学校案内、一九三一年。

（78） Beckett, *Dream of Fair to middling Women*, p. 13.（『並には勝る女たちの夢』 田尻芳樹訳 二一頁）。

（79） ヨハン・ヴォイトによるモニカ・セードルへのインタヴュー、一九九二年九月。

（80） Beckett, *Dream of Fair to middling Women*, p. 15.（『並には勝る女たちの夢』 田尻芳樹訳 二三頁）。

（81） Beckett, *Dream of Fair to middling Women*, p. 15.（『並には勝る女たちの夢』 田尻芳樹訳 二三―二四頁）。

（82） Beckett, *Dream of Fair to middling Women*, p. 19.（『並には勝る女たちの夢』 田尻芳樹訳 二八頁）。

（83） Beckett, *Dream of Fair to middling Women*, p. 19.（『並には勝る女たちの夢』 田尻芳樹訳 二八頁）。

（84） Beckett, *Dream of Fair to middling Women*, p. 31.（『並には勝る女たちの夢』 田尻芳樹訳 四一頁）。

第五章 パリ時代 一九二八―三〇

（1） 一九二〇年代終わりのエコール・ノルマル・シュペリユールの事情に関しては、以下のものに基づいている。ベケットと同期のノルマル出身者であるエミール・ドゥラヴネー、ジョルジュ・プロルソン、およびクロード・ジャメへのインタヴュー、ノルマル出身者から筆者宛のたくさんの書簡、さらにはダブリンのトリニティ・カレッジ図書館のウィリアム・マコーズランド・スチュアートからトマス・マグリーヴィー宛の書簡。

（2） Beckett, *Dream of Fair to middling Women*, p. 52.（『並には勝る女たちの夢』 田尻芳樹訳 六五頁）。

（3） エコール・ノルマルでは、毎年二十八名の学生が文学に、同数の学生が科学に入学を許可される。これがさらに数多くの専門科目へと分散される。

（4） エミール・ドゥラヴネーからリチャード・エルマンへ、一九八二年三月十七日付（エミール・ドゥラヴネーからの写し）。

（5） エミール・ドゥラヴネーへのインタヴュー、一九九一年五月十七日、およびドゥラヴネーからリチャード・エルマンへ、一九八二年三月十七日付（エミール・ドゥラヴネーからの写し）。

（6） ベケットからマグリーヴィーへ、日付なし［一九三〇年］（トリニティ）。

（7） ベケットが実際に居住するころには、地下の階に水しか出ないシャワーがいくつか取り付けられていた。しかし、それらを使えるほどの屈強な学生はほとんどいなかった。エミール・ドゥラヴネーへのインタヴュー、一九九一年五月十七日。

(8) ジョルジュ・ベルモン（プロルソン）とのインタヴュー、一九九一年八月三日。ジョルジュ・プロルソンは戦後になってジョルジュ・ベルモンと名前を変えており、これ以降はベルモンと呼ぶこととする。

(9) トム・マグリーヴィーは自伝的なスケッチをおこなうにあたり、このように自分の部屋を三人称で描いている。草稿番号一〇三八一／二〇四（トリニティ）。

(10) トム・マグリーヴィーによる。草稿番号一〇三八一／二〇四（トリニティ）。

(11) ウィリアム・スチュアートはベケットやマグリーヴィーと同じく、ダブリンのトリニティ・カレッジ出身であり、英国のブリストル大学のすぐれたフランス語教授となった。

(12) ウィリアム・マコーズランド・スチュアートからマグリーヴィー宛書簡（一九二七年二月四日付）に同封されていたものからの情報、草稿番号八一四一、一四（トリニティ）。

(13) トム・マグリーヴィーの記述は以下の人たちへのインタヴューにもとづいている。すなわち、サミュエル・ベケット、エコール・ノルマルでのマグリーヴィーの親友の一人で、のちに国立科学研究センター長になったジャン・クーロン、マグリーヴィーの指導を受けたエミール・ドゥラヴネー、ジョルジュ・ベルモン、およびこの二人の外国人講師に関する詳細な思い出を筆者に書き送ってくださったその他のノルマル出身者の方々である。

(14) *Collected Poems of Thomas MacGreevy*, Anna Livia Press, Dún Laoghaire, and The Catholic University of America Press, Washington, DC, 1991 に付されたスーザン・シュライブマンの序文、および Patricia Boylan, *All Cultivated People. A History of the United Arts Club Dublin*, Colin Smythe, Gerrards Cross, Bucks., 1988 の諸所を参照。

(15) ジョルジュ・ベルモンへのインタヴュー、一九九一年八月三日。

(16) ハーヴィーによるベケットへのインタヴュー、日付なし（ダートマス）。

(17) マグリーヴィーは大学を卒業してロンドンにいた二年間に、いくつかの雑誌でバレエやオペラ評ばかりでなく、書評の仕事も担当した。視覚芸術雑誌『コノサー』の編集助手を務め、ロンドンのナショナル・ギャラリーで臨時の講師を務めたのち、絵画に関する造詣はきわめて深くなっていた。マグリーヴィーはイタリア美術の熱烈な賞讃者だった。彼の翻訳したポール・ヴァレリーの『レオナルド・ダ・ヴィンチの方法』は、ジェイムズ・ジョイスの友人で、詩人・翻訳家および出版人でもあったジョン・ロドカーによって出版された。さらにマグリーヴィーは詩も発表しており、ベケットがエコールにやって来る以前には、出版社を回って小詩集を売り込もうとしていた。

(18) コション・ド・レ（ここは以前、実際においしい子豚料理を出していた）は現在もあるが、いまはレストランで、バスティッド＝オデオンと呼ばれている。

(19) このカフェ・マユーは、詩人で批評家のアンドレ・テリヴがつねに出入りしていた。ベケットはテリヴがフランスの詩人ルイ・ル・カルドネル（ベケットのかつての指導教授だったラドモウズ＝ブラウンの知り合い）と一緒にいるところに出くわした時、彼のほうはアルフレッド・ペロンと、エコールで英語を指導した唯一の一年生の学生であったジョルジュ・プロルソン（ベルモン）と一緒だった。ベケットからマグリーヴィーへ、日付なし、一九三〇年（トリニティ）。

(20) エミール・ドゥラヴネーからリチャード・エルマンへ、一九八二年三月十七日付（エミール・ドゥラヴネーからの写し）。

(21) アラン・ダンカンはエリー・ダンカンの一人息子で、ダブリン芸術クラブの主要創設者の一人であり、ダブリン市立美術館の創設者でもあった。Patricia Boylan, *All Cultivated People* 参照。

(22) ベケットへのインタヴュー、一九八九年十月二十三日。

(23) Noel Riley Fitch, *Sylvia Beach and the Lost Generation*, W. W. Norton & Co., New York, London, 1983, pp. 277-8 参照。

(24) Beckett, *Dream of Fair to middling Women*, p. 37.『並には勝る女たちの夢』田尻芳樹訳 四八頁）。ジェイムズ・ジョイスはきまってこの二種類の酒をミックスした。一方はアルコールの強い食前酒で、もう一方は食後酒だった。そして友人たちにもこの相当強烈なカクテルを作ってみるように勧めた。ジョルジュ・ベルモンへのインタヴュー、一九九一年八月四日。

(25) ベケットからマグリーヴィーへ、日付なし［内容からみて、一九三〇年夏］（トリニティ）。

(26) ベケットはこんなふうにして自分が正面の柵をよじ登った時のことをくわしく話してくれた。しかもそれ以来柵が高くなり、よじ登れなくなったとも付け加えた。ベケットへのインタヴュー、一九八九年九月。

(27) ロジェ・ベルナールから筆者へ、一九九一年四月二十三日付。およびジョルジュ・ベルモンへのインタヴュー、一九九一年八月三日。

(28) カミーユ・マルクーから筆者へ、一九九一年四月十五日付。

(29) カミーユ・マルクーから筆者へ、一九九一年四月十五日付。

(30) ユリース・ニコレから筆者へ、一九九一年四月二十三日付。

(31) Richard Aldington, *Life for Life's Sake*, Cassell, London, 1968, p. 319.

(32) ベケットへのインタヴュー、一九八九年九月二十日。

(33) トム・マグリーヴィー、未刊の自伝の断片より。草稿番号八〇五四（トリニティ）。

(34) ルシアン・ルボーから筆者へ、日付なし。

(35) たとえば、次の書簡を参照。ベケットからマグリーヴィーへ、日付なし［おそらく一九三〇年七月下旬］（トリニティ）。この書簡のなかでベケットは、叔父のハリー・シンクレアと一緒にオペラ『ルイーズ』を観にいく予定であると書いている。ベケットはまた、ジョイス一家ともオペラを観にいった。

(36) Georges Belmont, 'Remembering Sam', *Beckett in Dublin*, ed. S. E. Wilmer, The Lilliput Press, Dublin, 1992,

p. 111.

(37) ベケットへのインタヴュー、一九八九年十一月十日。

(38) ベケットからマグリーヴィーへ、日付なし［おそらく一九三〇年七月下旬］（トリニティ）。

(39) ベケットへのインタヴュー、一九八九年四月。

(40) トム・マグリーヴィー、未刊の回想録（トリニティ）、およびリチャード・エルマンによるベケットへのインタヴュー、一九五三年、エルマン文書、〇〇三（タルサ）。

(41) マリオ・エスポジトからリチャード・エルマンへ、一九五八年十二月十五日付。エルマン文書、〇一一、ドックレル資料（タルサ）。

(42) ヴェラ・エスポジト・ドックレルからリチャード・エルマンへ、一九五五年四月十四日付。エルマン文書、〇一一、ドックレル資料（タルサ）。

(43) ビル・カニンガムへのインタヴュー、一九九二年八月十一日。

(44) ダンテの「煉獄篇」――これを二人とも嘆賞していた――に対するジョイスの評価は、ベケットの印象に強く残った。ジョイスはかつてベケットにこう語ったことがある。「ダンテ全体を流れているのは天国に対するあこがれというより、存在に対するノスタルジアである。詩のなかではすべてのものが、わたしはかつて存在していた、わたしはかつて存在していた、と言う」（リチャード・エルマンによるベケットへのインタヴュー、一九五三年七月二十八日、エルマン文書、〇〇三、タルサ）。『ラジオ・ドラマ　下書きII』のなかでは、「あそこじゃ、だれもが、おれはこうだった、わたしはああだったって、溜息をついている。まるで弔いの鐘みたいだ」とアニメーターが指摘する（Beckett, *Rough for Radio II* in *Collected Shorter Plays*, p. 118.『ラジオ・ドラマ　下書きII』高橋康也訳　八一頁）。ベケットの登場人物の幾人かも、こうした考えを繰り返す――「もう一度、もう一度」と、クラップはほとんど抑揚をつけずに言う。しかし、人生をもう一度生き直すことにはある種の曖昧さがつきまとい、それがベケットの特徴をよく示している。それゆえクラップでさえ、思慕をこめて次のような言葉で締めくくる。「あの昔のみじめさを、すっかり、もう一度か。……一度じゃ足りないんだな」。Beckett, *Krapp's Last Tape* in *Collected Shorter Plays*, p. 63.（『クラップの最後のテープ』安堂信也・高橋康也訳　一一七頁）。

(45) これはベケットがジョイスに会ったときのことを語ったベケット自身の言葉である（ハーヴィーによるベケットへのインタヴュー、ダートマス）。この出会いはベケットがパリについた最初の数日間に実現したはずである。というのも、ベケットは夕食の時間まで居続け、ジョイスが妻の健康状態を非常に心配しているのに気づいたのを覚えていたからだ。ノラが最初に受けた検査のための癌手術は十一月八日であり、このあとしばらくラジウム治療が続き、そのあと一九二九年二月の終わりに子宮摘出の手術を受けている。

(46) ベケットへのインタヴュー、一九八九年九月二十日。

(47) ベケットへのインタヴュー、一九八九年十月二十三日。

(48) Richard Ellmann, *James Joyce*, new and revised edition, Oxford University Press, London, 1982, p. 648.（リ

チャード・エルマン『ジェイムズ・ジョイス伝2』宮田恭子訳　みすず書房　一九九六年　七九二頁）。

(49)「雌牛」に関するベケットの広範なメモには、アイルランド自由国には毎年二万五千頭の雄牛が鑑札を受けており、百五十万頭の乳牛がいたといったような情報が含まれている。また『生粋の町方のいやな奴』*Trueborn Jackeen* に関する手書きのメモとタイプ原稿も残されている。

(50) これに関するさまざまな意見の梗概については、Barbara Reich Gluck, *Beckett and Joyce. Friendship and Fiction*, Bucknell University Press, Lewisburg, 1979, p. 175, n. 59. 参照。

(51) James Joyce, *Finnegans Wake*, Faber and Faber, London, 1964, p. 467.（ジェイムズ・ジョイス『フィネガンズ・ウェイクⅢ・Ⅳ』柳瀬尚紀訳　河出書房新社　一九九三年　五五四頁）。「星《ほし》まわりの悪《わる》い在《ア》ル廃《スタ》レの忿懣《ふんまん》呻《スタめ》く語呂《ごろ》つき」を除いたこの部分は、一九二八年夏の『トランジション』第十三号に掲載された。

(52) ベケットへのインタヴュー、一九八九年九月二十日。

(53) *Our Exagmination Round His Factification For Incamination Of Work In Progress*, 1929, Shakespeare and Company, Paris, 1929. Faber and Faber, London, reprint, 1959, pp. 6, 14, 21, 14.（「ダンテ・・・ブルーノ・ヴィーコ・・ジョイス」川口喬一訳　九四、九六、九八、九九、一〇七、一一六―一一七、一〇六頁）。

(54) ジェイムズ・ジョイスからハリエット・ショー・ウィーヴァーへ、一九三〇年三月十八日付。「この最後の断片の見直しは途方もなく大変な仕事で、二か月以上にもわたり不眠不休で、ときには午前一時にもなることがあります。七人もの人がこの仕事の七つの異なる箇所を手伝ってくれています（後略）」。*The Letters of James Joyce*, I, ed. Stuart Gilbert, Faber and Faber, London, 1957, p. 290.

(55) ハーヴィーによるベケットへのインタヴュー、日付なし（ダートマス）。

(56) Beckett, *Ohio Impromptu* in *Collected Shorter Plays*, pp. 285-6.（『オハイオ即興劇』高橋康也訳　一四五頁）。

(57) ベケットへのインタヴュー、一九八九年九月二十日。

(58) リチャード・エルマンによるニーノ・フランクへのインタヴュー、一九五三年八月二十日、エルマン文書、〇四六（タルサ）。

(59) ベケットへのインタヴュー、一九八九年九月二十日。

(60) リチャード・エルマンによるベケットへのインタヴュー、一九五三年七月二十八日、エルマン文書、〇〇三（タルサ）。

(61) リチャード・エルマンによるベケットへのインタヴュー、一九五三年七月二十八日、エルマン文書、〇〇三（タルサ）。

(62) リチャード・エルマンによるリュシー・レオン・ノエルへのインタヴュー、［一九五三年］七月十九日、エルマン文書、一五三（タルサ）。

(63) リチャード・エルマンによるマリア・ジョラスへのインタヴュー、一九五三年七月二十二日、エルマン文書、〇五四（タルサ）。

(64) リチャード・エルマンによるリュシー・レオン・ノエルへのインタヴュー、一九五三年八月三十一日、エルマン文書、一五三（タルサ）。

(65) ベケットへのインタヴュー、一九八九年九月二十日。

(66) ジョイスからヴァレリー・ラルボーへ、一九二九年七月三十日付。*Selected Letters of James Joyce*, ed. Richard Ellmann, Faber and Faber, London, 1975, p. 344.

(67) ベケットへのインタヴュー、日付なし、一九八九年［四月か］。

(68) ベケットはノラが子宮摘出の手術を受け、ジョイスが彼女のいるヌイイの病院に泊まっていたあいだ、定期的に郵便物を届けた。Brenda Maddox, *Nora. A Biography of Nora Joyce*, Hamish Hamilton, London, 1988, p. 327.

(69) Bozena Berta Delimata, 'Reminiscences of a Joyce Niece', *James Joyce Quarterly*, 19, No. 1 (Fall 1981), p. 55.

(70) アルバート・ハッブルからリチャード・エルマンへ、日付のない手書き原稿、エルマン文書、〇五二（タルサ）。

(71) Bozena Berta Delimata, 'Reminiscences of a Joyce Niece', p. 55.

(72) Bozena Berta Delimata, 'Reminiscences of a Joyce Niece', p. 50.

(73) ジェイムズ・ジョイスからハリエット・ショー・ウィーヴァーへ、一九二九年十月十九日付、*The Letters of James Joyce*, I, p. 285.

(74) リチャード・エルマンによるベケットへのインタヴュー、一九五四年六月二十一日、エルマン文書、〇一一（タルサ）。

(75) ベケットへのインタヴュー、一九八九年十月二十三日。

(76) アルバート・ハッブルからリチャード・エルマンへ、日付のない手書き原稿（エルマン文書、〇五二、タルサ）。スチュアート・ギルバートはリチャード・エルマンに対して異なった推測をしており、「ベケットはルチアと同衾した可能性がある。当時彼は大酒飲みだった。ルチアに多少興味をもっていて、セックスまでいったのではないか」と述べている。リチャード・エルマンによるインタヴュー、一九五三年八月七日。エルマン文書、〇四八（タルサ）。

(77) Brenda Maddox, *Nora. A Biography of Nora Joyce*, p. 337.

(78) ベケットへのインタヴュー、一九八九年十月二十七日。

(79) ベケットからブッシュルイ氏へ、一九八〇年九月二十九日付。エルマン文書（タルサ）。

(80) Beckett, *Dream of Fair to middling Women*, p. 37.（『並には勝る女たちの夢』田尻芳樹訳　四八頁）。

(81) Samuel Putnam, *Paris was our Mistress, Memoirs of a Lost and Found Generation*, Plantin Publications, Plantin Paperbacks, London, 1987. [First edition 1947.]

(82) 『ベレニス』は、一九二九年十二月二日にパリのオデオン座で上演されている。これはオデオン座の制作によるもので、そこではローマは大げさなセットや骨組みだけのセットを使って象徴的に示されることはなく、ほんの時たま音を使用することによって示されただけであった（Paul Blanchart, *Firmin Gémier*, l'Arche, Paris, 1954, p. 302 参照）。ベケットはドイツ日記のなかで「オデオン座でラシーヌを観たが、セットはものの数にも入らなかった」と記している。ベケット「ドイツ日記」第四冊、一九三七年一月二十一日。

(83) ケイ・ボイルは二人が初めて会った時、次のように、ベケットがこのマキャヴェリの芝居に非常に感激していたと語っている。「ベケットはこの芝居がイタリア語（この言語は彼が大好きだった言葉である）で書かれた、もっとも力強い芝居であるということをわたしにわからせたがった」（Kay Boyle, 'All Mankind is Us', *Samuel Beckett. A Collection of Criticism*, McGraw-Hill, New York, etc., 1975, p. 16.）。ベケットは一九三七年にミュンヘンでドイツの演出家エガース＝カストナーにも同じように、『マンドラゴラ』を「もち上げて」いた（ドイツ日記第六冊、一九三七年三月十九日）。この芝居はヴァルサマキ夫人一座によって上演された。これらの芝居について調べる際にご助力いただいたプルー・ウィネット氏に感謝申し上げる。

(84) ベケットによるモンターレ、フランキ、コミッソの翻訳は、*This Quarter*, II, April-May-June 1930, pp. 630, 672, 675–83 に掲載された。

(85) Beckett, *Dream of Fair to middling Women*, p. 40.『並には勝る女たちの夢』田尻芳樹訳 五一頁)。

(86) Beckett, *Dream of Fair to middling Women*, p. 38.『並には勝る女たちの夢』田尻芳樹訳 四九頁)。

(87) Beckett, *Dream of Fair to middling Women*, p. 41.『並には勝る女たちの夢』田尻芳樹訳 五三頁)。

(88) Beckett, *Dream of Fair to middling Women*, p. 42.『並には勝る女たちの夢』田尻芳樹訳 五三頁)。

(89) モーリス・シンクレアから筆者へ、一九九一年五月二十七日付。

(90) ベケットからマグリーヴィーへ、日付なし［おそらく一九三〇年六月］（トリニティ）。

(91) モーリス・シンクレアから筆者へ、一九九二年十一月二十二日付。

(92) Rubin Rabinovitz, *The Development of Samuel Beckett's Fiction*, University of Ilinois Press, Urbana and Chicago, 1984, p. 17.

(93) Beckett, 'Assumption', *transition*, 16–17, June 1929, p. 271.（「被昇天」高橋康也訳 二六〇頁）。

(94) Rubin Rabinovitz, *The Development of Samuel Beckett's Fiction*, p. 18.

(95) アン・チザムによるナンシー・キュナードの伝記によれば、最後の週までに百篇以上の詩の投稿があった（Anne Chisholm, *Nancy Cunard*, Penguin Books, Harmondsworth, 1981, p.206.『ナンシー・キュナード』野中邦子訳 河出書房新社 一九九一年 二三八頁）。しかしナンシー・キュナード自身の記憶によれば、ほぼ七十篇ほどであったという。'The Hours Press', *Book Collector*, 13 (4), Winter 1964, pp. 188–96.

(96) ベケットが当時最も徹底的に調べていた書物の一つに、アドリアン・バイエの『デカルトの生涯』がある。もう一冊（この本は現在では『ホロスコープ』を執筆するに際し、ベケットが非常に多くを利用していたことがはっきりとわかっている）は、ダブリンのトリニティ・カレッジの個性的な哲学者J・P・マハフィの『デカルト』（一九〇一）である。Francis Doherty, 'Mahaffy's Whoroscope', *Journal of Beck-

ett Studies, n. s., vol. 2, No. 1, 1992, pp. 27–46. マハフィの『デカルト』は、英語読者のための哲学の古典シリーズの一冊として、エディンバラとロンドンでウィリアム・ブラックウッド社から一九〇一年に刊行された。

(97) ベケットからナンシー・キュナードへ、一九五九年一月二十六日付（テキサス）。「そんな時期でした」はすぐに気づくありふれた表現による語呂合わせであると同時に、『ホロスコープ』からの引用でもある。

(98) おそらく詩のなかでこれ見よがしの巧妙さと専門的すぎる知識をひけらかしてみせたことから、のちに友人のコン・レヴェンソールに一冊を献呈する際に、ベケットは以下のような献辞を書き残している。すなわち『ホロスコープ』は「下手な詩」で、これを「下手な詩が最後の詩となるとは限らないことを理解してくれる人」に捧げるのだ、と。

(99) Nancy Cunard, *These Were the Hours*, Southern Illinois University Press, Carbondale, 1969, p. 111.

(100) Anne Chisholm, *Nancy Cunard*, p. 207.（『ナンシー・キュナード』野中邦子訳　二三八頁）十ポンドは当時としてはかなりの額で、ベケットが『プルースト』によりチャトー・アンド・ウィンダス社から受け取った印税の前払金の半額に相当する。

(101) 「ドルフィン叢書の企画は本当にすばらしいと思います。ぜひ成功しますように。マグリーヴィーは［T・S・エリオットに関する］エッセイを書き始めており、プルースト論については、エコール・ノルマルのサミュエル・ベケットという人物がふさわしいのではないかという考えです。個人的には存じておりませんが、彼の書いた時間に関する詩にはナンシー・キュナードが提供した十ポンドの賞金を与えた経緯がありますので、評論もおそらくいいものを書いてくれるでしょう」。リチャード・オールディントンからチャールズ・プレンティスへ、一九三〇年六月十八日付（ウィンダス、レディング）。

(102) チャールズ・プレンティスからリチャード・オールディントンへ、一九三〇年六月二十日付（ウィンダス、レディング）。ドルフィン叢書への執筆依頼をオールディントンがいやがった理由は彼の書簡の次のような内容から明らかである。「マグリーヴィーには英雄［『ある英雄の死』を指す。マグリーヴィーの評論『リチャード・オールディントン』の一部となるもの］などに関する批評は書くように言ってありますが、この評論は出版社のほうから依頼すべき性質のものではないと断わっておきました。このドルフィン叢書には、どんなものでも執筆を依頼すべきではないということがとても重要だと思います。なぜなら、良質で適切な作品だけを収めることが重要なのですから」。リチャード・オールディントンからチャールズ・プレンティスへ、一九三〇年六月十八日付（ウィンダス、レディング）。

(103) ドルフィン叢書として刊行されたものは全部で十六冊のみ。書目の一部は以下のとおり。Aldous Huxley, *Vulgarity in Literature*, T. F. Powys, *The Only Penitent*, Norman Douglas, *London Street Games*, Lennox Robinson, *The Far-Off Hills*, Sylvia Townsent Warner, *Opus 7*, また第一次大戦を扱った小説『ある英雄の死』の成功以来有名になっ

たリチャード・オールディントンは *Stepping Heavenward* を上梓した。

(104) デザイン関連の仕事はすべて有名なデザイナーであるホルバイン工房のエドワード・ボーデンが六ギニーで担当した。しかし注意深い指図をし、念入りな検査をおこなったのはチャールズ・プレンティス自身であった。

(105) チャールズ・プレンティスからベケットへ、一九三〇年十月十日付（ウィンダス、レディング）。

(106) ベケットからチャールズ・プレンティスへ、一九三〇年十月十四日付（ウィンダス、レディング）。

(107) プレンティスは気は進まなかったものの、『並には勝る女たちの夢』の出版を断わった。彼もパートナーのハロルド・レイモンドも採算がとれないと見たからで、この小説はベケットの死後刊行された。しかしながら、のちに『蹴り損の棘もうけ』の出版は引き受けている。これは大部分が『夢』から生まれたものである。当時の売り上げはごくわずかだった。そして二年後に『マーフィー』出版の打診を受け、断わることになったとき、プレンティスは数年前からすでにチャトー・アンド・ウィンダス社を離れ、外部から出版の適否を判断する原稿閲読者として二義的な決定に参加しただけであり、彼自身はその決定に参加してはいない。

(108) チャールズ・プレンティスからリチャード・オールディントンへ、一九三〇年三月十日付（ウィンダス、レディング）。

(109) プレンティスが一九三四年にチャトー・アンド・ウィンダス社を去って以来、ベケットと彼のあいだで取り交わされた後期の書簡の存在を突きとめようとする試みは、あらゆる努力にもかかわらずまだ成功していない。ベケットが一九三六年から三七年にかけてつけていた日記から、当時二人がまだ定期的に連絡を取り合っていたことは明らかである。

(110) ベケットへのインタヴュー、日付なし、一九八九年［四月か］。

(111) Richard Aldington, *Pinorman. Personal Recollections of Norman Douglas, Pino Orioli, and Charles Prentice*, Heinemann, London, 1954, pp. 87–8 and *Life for Life's Sake*, p. 354.

(112) *An Innkeeper's Diary* より。Oliver Warner, *Chatto and Windus. A Brief Account of the Firm's Origin, History and Development*, Chatto and Windus, London, 1973, pp. 19–20 に引用されている。

(113) Oliver Warner, *Chatto and Windus. A Brief Account of the Firm's Origin, History and Development*, pp. 19–20.

(114) 「ペロンと大車輪でA・L・P［アナ・リヴィア・プルーラベル］に取り組んでいる。いまでは滑稽になってきた。ありうるとすれば、これが唯一の態度だと思う」。ベケットからマグリーヴィーへ、日付なし［内容からみて、一九三〇年夏後半］（トリニティ）。

(115) ベケットからマグリーヴィーへ、日付なし［一九三〇年七月十八日ごろ］（トリニティ）。

(116) Arlen J. Hansen, *Expatriate Paris. A Cultural and Literary Guide to Paris of the 1920s*, Arcade Publishing, New York, 1990, p.202 を参照。

(117) ベケットからマグリーヴィーへ、日付なし［一九三〇年七月十八日ごろ］（トリニティ）。

(118) ベケットからマグリーヴィーへ、日付なし［おそらく一九三〇年六月］（トリニティ）。

(119) このことはベケット自身の学問的な注釈に対する苛立ちはもちろん、ドルフィン叢書の整頓された性質とも調和していた。ベケットのおもな拠り所となった出典は以下の書物である。Ernst Robert Curtius, *Marcel Proust*, La Revue nouvelle, Paris, 1928（参照の明示あり）; Léon-Pierre Quint, *Marcel Proust: sa vie, son oeuvre*, Editions du Sagittaire, Paris, 1925（参照の明示なし）; Arnaud Dandieu, *Marcel Proust: sa révélation psychologique*, Firmin-Didot, Paris, 1930（参照の明示なし）そしておそらくBenoit-Méchin, *La musique et l'immortalité dans l'oeuvre de Marcel Proust*, Simon Kra, Paris, 1926.

(120) ベケットからマグリーヴィーへ、日付なし［おそらく一九三〇年夏］（トリニティ）。キーツの「夜鳴鶯の賦」からの記憶すべき一行は、ベケットの『蹴り損の棘もうけ』のなかの一篇「ダンテと海ざりがに」の終わり近くでも引用されている。Beckett, 'Dante and the Lobster', *More Pricks than Kicks*, p. 21.（『蹴り損の棘もうけ』川口喬一訳 二七頁）。

(121) ベケットからマグリーヴィーへ、一九三〇年七月［おそらく八月の誤り］七日付（トリニティ）。

(122) Beckett, *Proust. Three Dialogues Samuel Beckett & Georges Duthuit*, Calder and Boyars, London, 1970 repr., pp. 90–91.［『プルースト』の初版は一九三一年］（『プルースト』楜澤雅子訳 一八八頁）。

(123) ベケットからマグリーヴィーへ、一九三〇年七月七日付（トリニティ）。ベケットが引用している一節は、ダヌンツィオの小説『火炎』から取られている（*Il Fuoco*, Fratelli Treves, Milan, 1904, p. 92.）ベケットがこの小説を読んでいたことは明らかである。カッサンドラ・ヴィヴァリアによる英訳では *The Flame of Life*, Heinemann, London, 1915, p. 63 である。この引用箇所を教えてくれたジョン・ピリング教授に感謝申し上げる。

(124) Beckett, *Proust*, p. 91.（『プルースト』楜澤雅子訳 一八八―一八九頁）。ベケットはダヌンツィオの『合奏』の描き方のすばらしさ（ベケットはこの部分をイタリア語で引用している）に満足の意を表わすことで、ダヌンツィオに対して一貫して敵対的な態度を取ることは避けている。だが、彼の『火炎』の「恐ろしい柘榴《ざくろ》」は「破れ、傷ついて、種子の赤い液を滴らせ、腐敗した水のうえで腐敗する」（一八九頁）と攻撃せずにはいられなかった。たとえこの例がベケットの議論にとって、ほかのものと比べてそれほど関連があるとは思えないとしても。

(125) ベケットからマグリーヴィーへ、日付なし［一九三〇年七月］（トリニティ）。

(126) プルーストに対するこの悲観主義的な読解を明らかにしている研究として、Nicholas Zurbrugg, *Beckett and Proust*, Colin Smythe, Gerrards Cross, Bucks., 1988 がある。

(127) ベケットからマグリーヴィーへ、日付なし［おそらく一九三〇年九月十九日］（トリニティ）。

(128) ベケットからマグリーヴィーへ、日付なし［おそらく一九三〇年九月十九日］（トリニティ）。

(129) ベケットからマグリーヴィーへ、日付なし［おそらく一九三〇年九月十九日］（トリニティ）。

第六章 アカデミー——帰還と脱出 一九三〇—三一

(1) ベケットからマグリーヴィーへ、クールドライナ邸より、日付なし［九月下旬］（トリニティ）。

(2) ベケットからマグリーヴィーへ、日付なし［九月下旬］（トリニティ）。

(3) ベケットからマグリーヴィーへ、一九三〇年十月五日付（トリニティ）。

(4) ベケットからマグリーヴィーへ、十一月十四日付［一九三〇年］（トリニティ）。

(5) ベケットからマグリーヴィーへ、一九三〇年十月五日付（トリニティ）。

(6) ベケットからマグリーヴィーへ、十一月十四日付［一九三〇年］（トリニティ）。

(7) この講演は、草稿番号一三九六／四／一五（レディング）。

(8) ベケットは、一九三一年十二月二十日付のマグリーヴィー宛書簡（トリニティ）でも、マルセイユに関して同じ形容詞を使っている。

(9) ベケットからマグリーヴィーへ、日付なし（トリニティ）。

(10) Beckett, *Le Concentrisme*, translated by John Pilling on Mencard 118, The Menard Press, 1990.

(11) ベケットとの談話、日付なし。

(12) ジョルジュ・ベルモン、一九九一年三月五日付の筆者の書簡に対する回答（日付なし）。ジョルジュ・ベルモン（プロルソン）は、この章の草稿を読んで、この芝居に関する記憶をくわしく語ってくれた。

(13) *T. C. D.: A College Miscellany*, 26 Feb. 1931, p. 116.

(14) *T. C. D.: A College Miscellany*, 26 Feb. 1931, p. 116.

(15) 「この永遠のクソ人生は、まったく信じられないほど退屈だ。木曜、金曜、土曜にピーコック劇場で三つの芝居をやった。『火刑』、『微笑むブデ夫人』、『ル・キッド』（コルネイユとベルクソン）だ」。ベケットからマグリーヴィーへ、一九三一年二月二十四日付（トリニティ）。

(16) *Irish Times*, 20 Feb. 1931.

(17) 「『キッド』には、おもしろいデカルト的王女が登場し、口が聞けず、ぼうっとしたまま、ラヴェルの『パヴァーヌ』に合わせて舞台を横切った」。ベケットからマグリーヴィーへ、一九三一年二月二十四日付（トリニティ）。Beckett, *More Pricks than Kicks*, p. 101（『蹴り損の棘もうけ』川口喬一訳 一四一頁）参照。

(18) *Irish Times*, 20 Feb. 1931.

(19) 一九八九年十月十四日のインタヴューで、ジョルジュ・

ベルモンは、Deirdre Bair, *Samuel Beckett*, pp. 127–8 の記述を訂正した。そこには、ベケットが時計の針を動かすもの言わぬ人物を演じたと書かれている。

(20) *Irish Times*, 20 Feb. 1931.

(21) Deirdre Bair, *Samuel Beckett*, pp. 127–8.

(22) ジョルジュ・ベルモンへのインタヴュー、一九八九年十月十四日。

(23) ジョルジュ・ベルモンから筆者へ、一九九一年三月付。

(24) ベケットからマグリーヴィーへ、一九三一年二月二十四日付（トリニティ）。

(25) *T. C. D.: A College Miscellany*, 26 Feb. 1931, p. 116.

(26) ジョルジュ・ベルモンへのインタヴュー、一九八九年十月十四日。

(27) ジョルジュ・ベルモンから筆者へ、一九九一年三月付。

(28) シェーマス・オサリヴァンは、『ダブリン・マガジン』のためにトム・マグリーヴィーのT・S・エリオット論と、サン・ジョン・ペルスの「装飾豊かで、ときおりけばけばしい『散文詩』」、『アナバシス』(Peter Ackroyd, *T. S. Eliot*, Cardinal, Sphere Books, London, 1988, p. 189) のエリオットによる翻訳を書評するようにベケットに頼んだ。しかし、結局彼はどちらも書評しなかった。マグリーヴィーは個人的な友人だということが広く知られていると思ったし、サン・ジョン・ペルスの詩は、「ぞっとするような色彩でクローデルを悪くしたようなもの」と思えたのだ（ベケットからマグリーヴィーへ、一九三一年三月十一日付、トリニティ）。もっとも、興味深いことに、エリオットが原文に忠実でないときはいつでもこの翻訳は好ましいと言った。

(29) ベケットからマグリーヴィーへ、一九三一年一月二十五日付（トリニティ）。

(30) ベケットからチャールズ・プレンティスへ、一九三〇年十月二十七日付（ウィンダス）。

(31) ベケットからマグリーヴィーへ、［一九三一年］十一月十四日付（トリニティ）。

(32) ベケットからマグリーヴィーへ、一九三一年三月十一日付（トリニティ）。

(33) ベケットからマグリーヴィーへ、一九三一年三月十一日付（トリニティ）。

(34) ハーヴィーとベケットとの談話、日付なし（ダートマス）。

(35) 「ぼくは遠くにいきたいけれども、もちろんいくという考えに耐えられないし、なぜハンブルクなのかも理解できない。ハンブルクは暖かくないだろうし、ぼくはおそらく恐怖を抱くだろう。それが最新の精神状態だ。恐怖——しかし、属格を伴わない」（ベケットからマグリーヴィーへ、一九三一年三月十一日付、トリニティ）。

(36) ジェイムズ・ジョイスからハリエット・ショー・ウィーヴァーへ、一九三一年三月四日付、*Letters of James Joyce*, I, p. 302.

(37) 「この混乱を赦してください。今朝ようやく、わたしもいくことを知ったのです」。ベケットからチャールズ・プレンティスへ、一九三一年三月二十三日付（ウィンダス）。

(38) ベケットからチャールズ・プレンティスへ、一九三一年三月二十五日付（ウィンダス）。ベケットは、九時発のパリ行き列車に乗るため、翌日プレンティスには会えないと書いている。

(39) Leon Edel, 'A Paris Letter', *Canadian Forum*, Apr., 1931 and in 'The Genius and Injustice Collector', *American Scholar* (Autumn 1980).

(40) Robert McAlmon and Kay Boyle, *Being Geniuses Together*, Hogarth Press, London, 1984, p. 279.

(41) スーポーの記述は、フランス語版『アンナ・リヴィア・プルーラベル』の序文として *Nouvelle Revue Française*, No. 212, 1 May 1931, pp. 633-6 に掲載された。

(42) James Joyce, *Haveth Childers Everywhere*, Faber and Faber, London, May 1931.

(43) ベケットからマグリーヴィーへ、一九三一年五月二十九日付（トリニティ）。ほぼ六十年たってもまだ、ベケットは自分の稿が過小評価され廃棄されたことに屈辱を感じていた。ベケットへのインタヴュー、一九八九年九月二十日。

(44) ベケット学者に等閑視されているこの稿は、イェール大学バイネッケ稀覯書図書館の六つの別々の項目、すなわちMS Box 6 F 3-8, Joyce, Anna Livia Plurabelle をなしている。タイプ原稿に付けられた一九三〇年七月五日付のベケットからフィリップ・スーポーへの書簡は、自分たちの翻訳への懸念を表明している。ベケットの自信のなさか、謙虚さが翻訳に影響したということは大いにありうる。しかし、ベケットとペロンの翻訳は、ジョイスが介入して修正を言い出す前に、文学雑誌『ビフュール』に載せるため、かなりゲラに手を入れる段階までいっていた。そのゲラのカタログ番号はF5である。

(45) ノエル・ライリー・フィッチュとの一九八〇年のインタヴュー（および一通の手紙）で、ベケットは、『アンナ・リヴィア・プルーラベル』の翻訳を読んだのはアドリエンヌ・リッチではなくスーポーだと言っている（*Sylvia Beach and the Lost Generation*, p. 314 and note on p. 430）。しかし、イーデルのような同時代の証言のほうが明らかに信用できる。一九三一年五月十日付シルヴィア・ビーチ宛の書簡でジョイスは、「ミス・モニエがA・L・Pの朗読をコッポラのために録音し、レコードを売るべきだと思う」と書いている（*The Letters of James Joyce*, I, p. 304）が、これはスーポーではなく彼女が朗読した場合によりよく該当する。

(46) Robert McAlmon and Kay Boyle, *Being Geniuses Together*, Hogarth Press, London, 1984, pp. 279-80.

(47) *The European Caravan, an Anthology of the New Spirit in European Literature*, compiled and edited by Samuel Putnam, Maida Castelhun Darnton, George Reavey and J. Bronowski. Part I, France, Spain, England and Ireland. Brewer, Warren & Putnam, New York, 1931.

(48) ベケットからマグリーヴィーへ、一九三一年五月二十九日付（トリニティ）。

(49) ベケットからマグリーヴィーへ、一九三一年五月二十九日付（トリニティ）。

(50) けんかに関するここでの記述は、マグリーヴィーからチャールズ・プレンティスが一九三一年七月十五日に受け取った書簡（ウィンダス）と同じ日に、プレンティスがマグリーヴィーに出した返事（ウィンダス）に基づいている。前者のなかで、マグリーヴィーは、「母親が原稿を見て、彼がダブリンを出る二週間前に彼を家から追い出したんだ。父親と兄はもちろん、いつもどおり彼にとてもやさしい。でも、彼がひどく不幸なんじゃないかと恐れている」と書いている。

(51) のちの『ホロスコープ』ノートがそうであるように、一九三一年から三二年にかけて書かれたこのノートの大半は、ベケットが読んでいた幅広い本からの不可思議な引用からなっている。しばしばそれらは単一の単語か句である。そのかなり多くがのちに、おもに『並には勝る女たちの夢』や、一九三〇年代初めの詩に使われたことを示すしるしが付けられている。

(52) ベケットからマグリーヴィーへ、一九三二年八月［二十七日］付（トリニティ）。

(53) ベケットからマグリーヴィーへ、一九三二年十二月十二日付（トリニティ）。

(54) ベケットからチャールズ・プレンティスへ、一九三一年六月三十日（ウィンダス）。

(55) ベケットからマグリーヴィーへ、日付なし、しかし一九三一年八月初め（トリニティ）。

(56) ヴラジーミル　だって、おまえは確かにマコン地方にいたんだろう？

エストラゴン　そんなことは絶対にない、マコン地方になんて！　おれは瘡っかきみたいな一生を、ここでおくったんだよ！　ここで！　クソコン地方さ！

Beckett, *Waiting for Godot*, pp. 61–2.（『ゴドーを待ちながら』 安堂信也・高橋康也訳　一〇三頁）。【ただし、この邦訳ではフランス語版からの「ラ・ヴォークリューズ」になっている】

(57) Beckett, *More Pricks than Kicks*, p. 26.（『蹴り損の棘もうけ』 川口喬一訳　三二―三三頁）。

(58) マグリーヴィーからチャールズ・プレンティスへ、受け取り一九三一年七月十五日付（ウィンダス）。

(59) ベケットからマグリーヴィーへ、日付なし［一九三一年八月初め］（トリニティ）。

(60) ベケットからマグリーヴィーへ、日付なし［一九三一年八月初め］（トリニティ）。

(61) ベケットからマグリーヴィーへ、日付なし［一九三一年八月初め］（トリニティ）。

(62) ベケットからマグリーヴィーへ、日付なし［一九三一年八月初め］（トリニティ）。

(63) Richard Ellmann, *James Joyce*, pp. 639–40.（『ジェイムズ・ジョイス伝2』 宮田恭子訳　みすず書房　一九九六年　七八三頁）。

(64) ベケットからマグリーヴィーへ、日付なし［一九三一年八月初め］（トリニティ）。

(65) ベケットからマグリーヴィーへ、日付なし［一九三一年八月初め］（トリニティ）。

(66) ベケットからマグリーヴィーへ、日付なし［おそらく一九三一年八月下旬］（トリニティ）。

(67) ベケットからマグリーヴィーへ、一九三一年十一月八日付（トリニティ）。

(68) ベケットからマグリーヴィーへ、一九三一年十月九日付（トリニティ）。

(69) ベケットからマグリーヴィーへ、日付なし［おそらく一九三一年八月下旬］（トリニティ）。興味深いことに、この書簡で使われている表現は、『並には勝る女たちの夢』の冒頭で自転車をこぐ幼児ベラックワの描写にほぼ等しい。

(70) ベケットからマグリーヴィーへ、日付なし［一九三一年九月九日ごろ］（トリニティ）。

(71) 「イメージのすべてはわたし独自のものだ」とベケットは「自由のくびき」に関して誇らしげにハーヴィーに語った。日付なしのメモ、一九六二年ごろ（ダートマス）。

(72) ベケットからマグリーヴィーへ、一九三一年十月九日付（トリニティ）。

(73) ハーヴィーによるベケットへのインタヴュー、日付なし（ダートマス）。

(74) Beckett, 'Yoke of Liberty' in *The European Caravan, an Anthology of the New Spirit in European Literature*, p. 480.

(75) Beckett, *Collected Poems in English and French*, p. 13.（「愁嘆の歌II」高橋康也訳　三一頁）。

(76) ジョルジュ・ベルモンとのインタヴュー、一九九一年八月三日。

(77) ベケットからマニングへ、一九三七年五月二十二日付（テキサス）。

(78) ベケットからマグリーヴィーへ、一九三一年、日付なし（トリニティ）。

(79) Beckett, *Dream of Fair to middling Women*, p. 44.（『並には勝る女たちの夢』田尻芳樹訳　五五—五六頁）。

(80) ベケットからマグリーヴィーへ、一九三一年十一月八日付（トリニティ）。

(81) ベケットからマグリーヴィーへ、一九三一年十一月八日付（トリニティ）。

(82) ベケットからマグリーヴィーへ、一九三一年十一月八日付（トリニティ）。

(83) ハーヴィーによるベケットへのインタヴュー、日付なし（ダートマス）。

(84) これらの特徴のいくつかはEoin O'Brien, *The Beckett Country*, pp. 200–8でくわしく記述されている。

(85) Beckett, *Collected Poems in English and French*, p. 12.（「愁嘆の歌I」高橋康也訳　二七頁）。これらの特徴に関するよりくわしい議論がHarvey, *Samuel Beckett: Poet and Critic*, Princeton University Press, Princeton, New Jersey, 1970, pp. 127–38にある。

(86) ベケットからマグリーヴィーへ、一九三一年十一月八日付（トリニティ）。

(87) ベケットからマグリーヴィーへ、日付なし［一九三一年九月末］（トリニティ）。

(88) Thomas MacGreevy, *Richard Aldington*, Chatto and Windus, London, 1931, p. 17.

(89) サミュエル・パットナムは、*Paris was our Mistress*, pp. 90–3において、スフィンクス売春宿の活気に満ちて粋な開店をうまく記述している。

(90) ハーヴィーによるベケットへのインタヴュー、日付なし（ダートマス）。

(91) 一九三一年から三二年のノートは、シンデレラ、青い鳥、ロミナグロビス、ベルベル、不幸な騎士、親指トムを含むこれらの童話についてベケットが付けたメモのすべてを含んでいる。親指トムは『並には勝る女たちの夢』で次のように言及されている。「それは親指トムのポケットに小石がいくつ入っているか数えるようなものだ」（*Dream of Fair to middling Women*, p. 216.『並には勝る女たちの夢』田尻芳樹訳　二五一頁）。ノートには「親指トムのポケットには小石がいくつあるのだろうか」と書かれている。『モロイ』におけるポケットの小石の順列を思い起こすなら興味深い言及である。オーノア伯爵夫人に関してはジョン・ピリングの教示を得た。

(92) ハーヴィーによるベケットへのインタヴュー、日付なし（ダートマス）。

(93) ベケットからマグリーヴィーへ、一九三一年十月九日付（トリニティ）。

(94) Beckett, *Collected Poems in English and French*, p. 20.（「血膿Ⅱ」高橋康也訳　四一頁）。

(95) ベケットからマグリーヴィーへ、一九三一年十二月二十日付（トリニティ）。『蹴り損の棘もうけ』の脚注が、同美術館でのペルジーノの絵の展示のされかたに関する同じ苛立ちを表明している。「この像［マグダラのマリアのこと］は、キラキラ光る陳列用ガラスケースの奥に小さく縮こまっているので、部分的にしか見ることができない。だが、忍耐が肝要、すぐれた記憶力の働きによって、画家の意図にごく近いところまで、この絵に隠されている全体的主張を引き出した例がないではない」。'Love and Lethe', p. 93.（「愛と忘却」川口喬一訳　一三〇頁）。

(96) ベケットからマグリーヴィーへ、一九三一年十二月二十日付（トリニティ）。

(97) このピエタの歴史については、Pietro Scarpellini, *Perugino*, Electra Editrice, 1984, p. 102 および *Tutta La Pittura del Perugino*, Rizzoli Editore, Milan, 1959, p. 104 参照。紋章は、結局、一九四七年のさらなる修復のあいだにほとんど取り払われた。

(98) Beckett, *More Pricks than Kicks*, p. 93.（『蹴り損の棘もうけ』川口喬一訳　一三〇頁）。

(99) 「オーペンの別の友人はウィリアム・シンクレアで、サム・ベケットの叔母シシー・ベケットの夫だった」。Beatrice Lady Glenavy, *Today We Will Only Gossip*, Constable, London, 1964, p. 36. また William Orpen, *Stories of Old Ireland and Myself*, Williams and Norgate, London, 1924, pp. 43-4 および Deirdre Bair, *Samuel Beckett*, p. 58 参照。

(100) ベケットからマグリーヴィーへ、一九三一年十二月二十日付（トリニティ）。ここで言及されているキーティングとは、ほぼまちがいなくショーン・キーティング（一八八九―一九七八）である。

(101) ベケットからマグリーヴィーへ、一九三一年、日付なし

（トリニティ）。

(102) ベケットからマグリーヴィーへ、一九三〇年［夏］、日付なし（トリニティ）。

(103) ベケットへのインタヴュー、一九八九年七月九日。

(104) こうした感情のいくぶんかは、ずっとあとになってベケットのラジオドラマ『残り火』に浮上する。Beckett, *Collected Shorter Plays*, p. 96（『残り火』安堂信也・高橋康也訳『ベケット戯曲全集1』三〇八頁）。

(105) ベケットからマグリーヴィーへ、一九三一年十二月二十日付（トリニティ）。

(106) Beckett, *More Pricks than Kicks*, p. 96.（『蹴り損の棘もうけ』川口喬一訳　一三五頁）。

(107) ハーヴィーによるベケットへのインタヴュー、年不詳、五月十四日（ダートマス）。

第七章　『並には勝る女たちの夢』　一九三二―三三

(1) ベケットは先に「とにかくケルンまで」はいくことを考えていた。ベケットからマグリーヴィーへ、一九三一年十二月二十日付（トリニティ）。

(2) これら二通の手紙は現存しない。ベケットがそれらを書いたことについて語ってくれた。ベケットへのインタヴュー、一九八九年十月。

(3) Deirdre Bair, *Samuel Beckett*, p. 137.

(4) ハーヴィーによるベケットへのインタヴュー、日付なし（ダートマス）。ベケットは筆者に、シンクレア家に数か月連続して滞在したことはどんなときでも、いっさいない、と強く主張した。ベケットへのインタヴュー、一九八九年十月。デアドラ・ハミルトン（・シンクレア）も、彼がカッセルに六か月滞在したことがあるとは思えないと言った。筆者への書簡、一九九二年十一月二十六日付。

(5) チャールズ・プレンティスからベケットへ、一九三二年二月八日付（ウィンダス）。

(6) リチャード・オールディントンからマグリーヴィーへ、一九三二年二月二十五日、四月二十七日、五月十七日、六月十五日付（トリニティ）。二月二十五日に、オールディントンはマグリーヴィーに、「サムに魅力的な手紙をくれてありがとうと言う」ように頼んだ（トリニティ）。

(7) *Negro Anthology Made by Nancy Cunard 1931–1933*, Wishart and Co, London, 1934 のためにベケットは二十近い記事を翻訳した。この並はずれた本に関するすぐれた記述が、Anne Chisholm, *Nancy Cunard*, pp. 255–95（『ナンシー・キュナード』野中邦子訳　河出書房新社　一九九一年　二九七―三四七頁）にある。

(8) 『並には勝る女たちの夢』のアイルランド初版（The Black Cat Press, Dublin, 1992, p. vii）の序言に、この作品は一九三二年の夏の数週間で書かれた、とあるのはまちがいである。ベケットからチャールズ・プレンティスへの一九三一年八月十五日付書簡を見ると、『夢』の「沈思静座のうちに」の部分、そしてこの段階では「彼らは夜出かける」と呼ばれていた次の部分もおそらく、すでにアイルランドで、遅くとも一九三一年七月末までには書かれていたことがはっきりわかる（ウィンダス）。「不規則な感じで、断続的に」書いている「ドイツ喜劇」への言及があるマグリーヴィーへの少し前の書簡も、おそらく『夢』のカッセルの部分を指している。ベケットからマグリーヴィーへ、一九三一年五月二十九日付（トリニティ）。

(9) 『並には勝る女たちの夢』のタイプ原稿を受け取ったことを記すチャールズ・プレンティスからベケットへの一九三二年六月二十九日付の書簡により、タイプも含めたこの小説の完成の日付が、いくら遅くても六月の最終週だと事実上確定できる（ウィンダス）。

(10) *Collected Poems of Thomas MacGreevy*, introduction by Susan Schreibman, p. xxx に引用。

(11) Beckett, *Dream of Fair to middling Women*, p. 133.（『並には勝る女たちの夢』 田尻芳樹訳　一五七頁）。

(12) Beckett, *Dream of Fair to middling Women*, p. 120.（『並には勝る女たちの夢』 田尻芳樹訳　一四三頁）。

(13) Gerry Dukes, 'How it is with bouncing Bel', *Irish Times*, 31 Oct. 1992.

(14) Rubin Rabinovitz, *The Development of Samuel Beckett's Fiction*, pp. 25–7.

(15) Beckett, *Dream of Fair to middling Women*, p. 49.（『並には勝る女たちの夢』 田尻芳樹訳　六一頁）。

(16) ベケットへのインタヴュー、一九八九年九月二十日。

(17) Beckett, *Dream of Fair to middling Women*, p. 5.（『並には勝る女たちの夢』 田尻芳樹訳　一一頁）。

(18) Beckett, *Dream of Fair to middling Women*, p. 15.（『並には勝る女たちの夢』 田尻芳樹訳　二三頁）。念頭にある画家はアンドレア・デル・サルト。

(19) Beckett, *Dream of Fair to middling Women*, pp. 68–9.（『並には勝る女たちの夢』 田尻芳樹訳　八三―八四頁）。

(20) Beckett, *Dream of Fair to middling Women*, p. 75.（『並には勝る女たちの夢』 田尻芳樹訳　九一頁）。

(21) Beckett, *Dream of Fair to middling Women*, p. 101.（『並には勝る女たちの夢』 田尻芳樹訳　一二二頁）。

(22) Beckett, *Dream of Fair to middling Women*, p. 103.（『並には勝る女たちの夢』 田尻芳樹訳　一二四頁）。

(23) 「ヴァルターは、きわめて中世的に、エロスとアガペー、敬虔と憐憫、物質と精神という対立する要求に苦しんでいる……愛、とくに性的な愛は、日が昇る瞬間から腐敗の厳格な過程に従属すると見られている。そしてその永遠的な側面は、死が気まぐれに意味もなく侵入してくることで絶えず脅かされるように見える」。John Pilling, *Samuel Beckett*, Routledge and Kegan Paul, London, Henley and Boston, 1976, p. 135.

(24) Beckett, *Dream of Fair to middling Women*, pp. 23–4.（『並には勝る女たちの夢』 田尻芳樹訳　三三頁）。「煉獄篇」第四、六歌を参照。

(25) Beckett, *Dream of Fair to middling Women*, p. 15.（『並には勝る女たちの夢』 田尻芳樹訳　二三頁）。

(26) Terence Killeen, 'Play it again Sam!', *Irish Times*, 5 Nov. 1992.

(27) Beckett, *Dream of Fair to middling Women*, p. 33.（『並には勝る女たちの夢』田尻芳樹訳　四四頁）。

(28) Beckett, *Dream of Fair to middling Women*, p. 50.（『並には勝る女たちの夢』田尻芳樹訳　六二—六三頁）。

(29) Beckett, *Dream of Fair to middling Women*, pp. 50, 33.（『並には勝る女たちの夢』田尻芳樹訳　六二—六三、四四頁）。

(30) リチャード・エルマンによるベケットへのインタヴュー、一九五四年六月二十一日、エルマン文献、〇〇一（タルサ）。

(31) ベケットとの談話、日付なし。

(32) Beckett, *Dream of Fair to middling Women*, p. 51.（『並には勝る女たちの夢』田尻芳樹訳　六三—六四頁）。

(33) ベケットが学生時代に読んだダンテの版はいま私人の手にある。あらゆる細部が『夢』で描かれているとおりであることを確証してくれた所有者に感謝申し上げる。

(34) 一九二五—二六年のノートのうち二点が保存されている。きわめて詳細なメモが書かれており、ごくたまに個人的な感想が入るほかは、各歌の出来事の要約にほぼ限定されている。

(35) Beckett, *Dream of Fair to middling Women*, p. 49.（『並には勝る女たちの夢』田尻芳樹訳　六一—六二頁）。

(36) Beckett, *Dream of Fair to middling Women*, p. 151.（『並には勝る女たちの夢』田尻芳樹訳　一七七頁）。

(37) Beckett, *Dream of Fair to middling Women*, pp. 190–1.（『並には勝る女たちの夢』田尻芳樹訳　二二一—二二三頁）。

(38) Beckett, *Dream of Fair to middling Women*, pp. 54–5.（『並には勝る女たちの夢』田尻芳樹訳　六八頁）。

(39) Beckett, *Dream of Fair to middling Women*, p. 164.（『並には勝る女たちの夢』田尻芳樹訳　一九一頁）。

(40) Beckett, *Dream of Fair to middling Women*, p. 177.（『並には勝る女たちの夢』田尻芳樹訳　二〇六頁）。

(41) ベケットからマグリーヴィーへ、一九三一年三月十一日付（トリニティ）。

(42) ボーフレがリュシアンのモデルだということは、エコール・ノルマルでベケットとボーフレ双方の友だちだったジョルジュ・ベルモンによって別に確証されている。

(43) Beckett, *Dream of Fair to middling Women*, p. 22.（『並には勝る女たちの夢』田尻芳樹訳　三一—三二頁）。

(44) Beckett, *Dream of Fair to middling Women*, pp. 116–17.（『並には勝る女たちの夢』田尻芳樹訳　一四〇頁）。

(45) Beckett, *Dream of Fair to middling Women*, p. 47.（『並には勝る女たちの夢』田尻芳樹訳　五九頁）。

(46) Beckett, *Dream of Fair to middling Women*, p. 47.（『並には勝る女たちの夢』田尻芳樹訳　五九頁）。ベケットの親友アルフレッド・ペロンは、『夢』の表現を借りればサルトルの「無二の相棒」（'bosom butty'）で、エコール・ノルマル時代、部屋（や勉強）をともにし、一九三〇年代を通じてつきあいを続けた。したがって、問題の身振りはボーフレのもの、それへの反発はサルトルのものだったかもしれない。あるいは身体の「他者性」への嫌悪は、単に、サルトル、ボーフレ、ベケットが当時共通に呼吸していた（概してチュートン的な）哲学的空気だったのかもしれない。

(47) Beckett, *Dream of Fair to middling Women*, p. 37.（『並には勝る女たちの夢』田尻芳樹訳　四八頁）。

(48) Beckett, *Dream of Fair to middling Women*, p. 37.（『並には勝る女たちの夢』田尻芳樹訳　四八頁）。

(49) Beckett, *Dream of Fair to middling Women*, pp. 48–9.（『並には勝る女たちの夢』田尻芳樹訳　六〇―六一頁）。

(50) アンリ・エヴラールはアルフレッド・ド・ミュッセの『夜』をすべて覚えていて、暗誦できた。ジョルジュ・ベルモンへのインタヴュー、一九九一年八月三日。

(51) ルネ・エヴラール夫人から筆者へ、一九九一年五月十七日付。

(52) Beckett, *Dream of Fair to middling Women*, pp. 144–5.（『並には勝る女たちの夢』田尻芳樹訳　一六八―一六九頁）。

(53) 『オックスフォード英語辞典』は 'fricatrice' を「みだらな女」と定義している。E. g. Ben Jonson, *Volpone*, IV, ii: 'To a lewd harlot, a base fricatrice.' ベケットはこの単語を一九三一年のマグリーヴィー宛書簡で使っている（トリニティ）。

(54) 「ジェフリーは忙しく、もちろんフリカ家のところにいる」。ベケットからマグリーヴィーへ、一九三四年八月十八日付（トリニティ）。

(55) Beckett, *Dream of Fair to middling Women*, p. 169.（『並には勝る女たちの夢』田尻芳樹訳　一九六頁）。

(56) Beckett, *Dream of Fair to middling Women*, p. 76.（『並には勝る女たちの夢』田尻芳樹訳　九二頁）。

(57) モリス・シンクレアから筆者へ、一九九二年十一月十五日付。

(58) これらの特定的言及のすべてが、多くの場合写真付きで、Eoin O'Brien, *The Beckett Country* で論じられている。

(59) ハーヴィーによるベケットへのインタヴュー、日付なし（ダートマス）。

(60) ルチアがのちに第二の保護者ジェイン・リダーデイルに送った手紙によれば、彼女はけっしてベケットとの関係が終わったことを認めていなかった。たとえば、一九七三年十月二十日付の彼女の書簡を参照（ロンドン大学ユニヴァーシティ・カレッジ図書館）。しかし、これは単に彼女の病気の影響かもしれない。多くの精神分裂病患者は時間の経過の感覚を欠いているらしい。

(61) Richard Ellmann, *James Joyce*, p. 650.（リチャード・エルマン『ジェイムズ・ジョイス伝2』宮田恭子訳　みすず書房　一九九六年　七九四頁）。

(62) ベケットへのインタヴュー、一九八九年七月五日。

(63) ポール・レオンからハリエット・ショー・ウィーヴァーへ、ジョイスの言葉を引用しながら、一九三五年七月十九日付。Richard Ellmann, *James Joyce*, p. 650.（『ジェイムズ・ジョイス伝2』宮田恭子訳　七九四頁）に引用。

(64) ジェイムズ・ジョイスからハリエット・ショー・ウィーヴァーへ、一九三二年一月十七日付。*Letters of James Joyce*, I, p. 312.

(65) ベケットは筆者にジョイスの後悔の念について、また、一九三〇年代にジョイスがよく街へ出て、自分の父親の記念に、最初に出くわした浮浪者に百フラン札を恵んでやるよう、（マリア・ジョラスやポール・レオンにしたように）彼に頼んだことを語ってくれた。ベケットへのインタヴュー、一九八九年九月二十日。

(66) ベケットへのインタヴュー、一九八九年九月二十日。印刷された詩は次のようになっている。「暗い過去から／みどりごが誕生した／喜びと悲しみで／心は引き裂かれる。／／揺りかごでやすらかに／生ける者は眠る。／愛と慈悲に見守られ／その目を開け！／／鏡に向かって／若い命が吹き込まれ、／存在しなかった世界が／訪れる。／／幼な子は眠り／老いたる者は去る。／ああ、見捨てられた父よ、／息子を許せ！」Richard Ellmann, *James Joyce*, p. 646.（『ジェイムズ・ジョイス伝2』 宮田恭子訳　七九〇頁）。

(67) ハリエット・ショー・ウィーヴァーはジェフリー・フェイバーに会いに行き、フェイバー社の幹部の『ユリシーズ』発刊についての態度を確かめようとした。「ハリエットの印象は、最近の出来事にフェイバー社の連中がかなり衝撃を受けている、というものだった。私的に流通させるためにわいせつな原稿を印刷してもらえるか印刷屋に尋ねただけで告発され、六か月間ワームウッド・スクラブズ刑務所送りになった若者がいたのである」。Jane Lidderdale and Mary Nicholson, *Dear Miss Weaver*, The Viking Press, New York, 1970, p. 315.

(68) ハロルド・レイモンドからマグリーヴィーへ、一九三二年三月十五日付（ウィンダス）。

(69) リチャード・オールディントンからマグリーヴィーへ、一九三二年二月十七日付（トリニティ）。

(70) Richard Ellmann, *James Joyce*, p. 653.（『ジェイムズ・ジョイス伝2』 宮田恭子訳　七九八頁）に引用。

(71) ベケットからチャールズ・プレンティスへ、一九三二年八月十五日付（ウィンダス）。

(72) ベケットからサミュエル・パットナムへ、一九三二年六月二十八日付（プリンストン）。

(73) チャールズ・プレンティスからベケットへ、一九三二年七月五日付（ウィンダス）。

(74) 『酔いどれ船』が翻訳された状況に関するこの記述は、この翻訳のファクシミリ版がフェリックス・リーキーと筆者の編集で一九七六年にホワイトナイツ・プレスから出版される以前の、ベケットとのインタヴューに基づいている。

(75) ベケットのパリ出発の日付はマグリーヴィーへの「一九三二年七月」十四日付書簡（トリニティ）で確証できる。

(76) ベケットからマグリーヴィーへ、「一九三二年七月」十四日付（トリニティ）。この書簡のなかでベケットは、パリからの旅行、ロンドン到着後の住まいや活動について書いている。

(77) ベケットは、ギボン（ベルファストのキャンベル・カレッジ校長）とラドモウズ＝ブラウン、ジャン・トマから、紹介状、推薦状を得た。ベケットからマグリーヴィーへ、「一九三二年七月」十四日付（トリニティ）。

(78) 二月初め、ベケットはドルフィン・シリーズにアンドレ・ジード研究を書くことを申し出たが、プレンティス社は商業上の理由で断わった。チャールズ・プレンティスからベケットへ、一九三二年二月八日付（ウィンダス）。

(79)『並には勝る女たちの夢』は六月終わりにプレンティス社へ送られた。チャールズ・プレンティスからベケットへ、一九三二年六月二十九日付（ウィンダス）。

(80) 意中の詩のなかには、のちの「血膿Ⅱ」である「幸福な島ありき」、未刊行の長詩「春の歌」があった。後者のタイプ原稿は、A・J・レヴェンソールの書類のなかから発見された。いまそれはテキサスにあり、別のコピーは個人が所有している。「春の歌」も「幸福な島ありき」も、チャールズ・プレンティスに拒否された。チャールズ・プレンティスからベケットへ、一九三二年七月二十七日（ウィンダス）。

(81) チャールズ・プレンティスからベケットへ、一九三二年七月十九日付（ウィンダス）。

(82) ベケットからリーヴィーへ、一九三二年十月八日付（テキサス）。

(83) 彼はそれ以前にマッカーシーに手紙を書き、プルースト論を送っていた（チャールズ・プレンティスからベケットへ、一九三二年七月二十一日付、ウィンダス）。マッカーシーは出版社グレイソンに推薦状を書くと約束し、アルフィエリかヴィーコの研究を書くとよいと言った。

(84) ベケットからマグリーヴィーへ、［一九三二年七月］十四日、一九三二年八月四日付（トリニティ）。

(85) チャールズ・プレンティスは一九三二年七月二十一日に、ベケットに、大英博物館読書室室長宛の紹介状を送った（ウィンダス）。ベケットは、「もう大英博物館にはがまんできない。プラトン、アリストテレス、グノーシス派でうんざりした」と書いた（ベケットからマグリーヴィーへ、一九三二年八月四日付、トリニティ）。アレティーノとアリストテレスのターレス論を読んだことに関しては、ハーヴィーによる「夕べの歌Ⅰ」についてのベケットへのインタヴュー、日付なし（ダートマス）。

(86) ベケットからマグリーヴィーへ、一九三二年八月四日付（トリニティ）。

(87) ハーヴィーによるベケットへのインタヴュー、日付なし（ダートマス）。

(88) Alexander Pope, *Moral Essays*, Epistle III, 339–40. ベケットはこの少しあと、詩のなかで記念塔についてのポープの次の言葉を使った。「そしてさらに遠ざかってあらんかぎりの速さでレンの横柄な巨漢に這い登り」（'Serena I', *Collected Poems in English and French*, p. 22.「夕べの歌Ⅰ」高橋康也訳　四四頁）。

(89) ハーヴィーによるベケットへのインタヴュー、日付なし（ダートマス）。

(90) ベケットからマグリーヴィーへ、［一九三二年九月］十三日付、および（この詩の完成に関しては）一九三二年十月八日付（トリニティ）。十月の手紙にはこの詩の出版されたものを改訂した詩が添えられていた。それもトリニティ・カレッジ図書館にある。リーヴィー宛一九三二年十月八日付書簡（テキサス）でベケットはこの詩について書いている。

(91) Lawrence Harvey, *Samuel Beckett: Poet and Critic,*

p. 87. ベケット自身はこの詩をあまり高く買っていなかった。「パリ以来書けた唯一のものを同封する。自分としてはとくに上出来とは思えない」。ベケットからマグリーヴィーへ、一九三二年十月八日付（トリニティ）。

(92) ベケットからマグリーヴィーへ、一九三二年八月四日付（トリニティ）。

(93) ベケットからマグリーヴィーへ、一九三二年八月四日付（トリニティ）。

(94) ベケットからマグリーヴィーへ、一九三二年八月四日付（トリニティ）。

(95) ベケットからマグリーヴィーへ、［一九三二年八月］十八日付（トリニティ）。

(96) ベケットからマグリーヴィーへ、［一九三二年八月］十八日付（トリニティ）。

(97) ベケットからマグリーヴィーへ、一九三二年八月四日付（トリニティ）。

(98) Michael S. Howard, *Jonathan Cape, Publisher*, Jonathan Cape, London, 1971, p. 137 に引用。

(99) ベケットからマグリーヴィーへ、［一九三二年八月］十八日付（トリニティ）。

(100) ベケットからマグリーヴィーへ、［一九三二年八月］十八日付（トリニティ）、またベケットからリーヴィーへ、一九三二年十月八日（テキサス）。

(101) ハーヴィーによるベケットへのインタヴュー、一九六二年三月（ダートマス）。

(102) ベケットからマグリーヴィーへ、一九三二年八月三十日付（トリニティ）。

(103) ベケットからマグリーヴィーへ、［一九三三年］二月一日付（トリニティ）。

(104) ベケットからマグリーヴィーへ、［一九三三年］日付なし（トリニティ）。彼はスカルラッティのソナタも買ったが、ハープシコード用だったので、「ピアノで弾くには骨と皮ばかりだ」と感じた。ベケットからマグリーヴィーへ、［一九三三年］日付なし（トリニティ）。

(105) ベケットからマグリーヴィーへ、一九三二年八月付、および一九三三年［四月］二十三日付（トリニティ）。

(106) 「昨日美術館にいき、スペイン絵画とプッサンの部屋を見た。エル・グレコの聖フランチェスコは、次の部屋にあるルーベンスの描いたものと比べるとかなりけばけばしい。プッサンの『埋葬』は並はずれている。こんな青と紫、こんな叙情的な色は見たことがない。隅にあるスペイン人の頭はベラスケスだという説がいまあるそうだが、ぼくは信じない」。ベケットからマグリーヴィーへ、一九三二年八月付（トリニティ）。

(107) ベケットからマグリーヴィーへ、［一九三二年九月］十三日付（トリニティ）。

(108) ベケットからマグリーヴィーへ、［一九三三年］一月五日付（トリニティ）。トリニティ・カレッジの学生だったあいだ、彼はホーンのチームで何度もクリケットの試合をしており、またホーンをパーシー・アッシャーとジャック・イェイツの友人としても知っていた。

(109) これはのちの *Swift or the Egoist*, Victor Gollancz, Lon-

don, 1934 である。ホーンは以前にロッシとバークリー僧正についての研究書 *Bishop Berkeley; His Life, Writings and Philosophy*, Faber and Faber, London, 1931 を書いていた。

(110) ベケットからマグリーヴィーへ、一九三一年二月三日付(トリニティ)。

(111) ベケットへのインタヴュー、一九八九年十一月十日。

(112) ベケットへのインタヴュー、一九八九年十一月十日。

(113) ベケットからマグリーヴィーへ、一九三五年五月十五日付(トリニティ)。

(114) ベケットからマグリーヴィーへ、一九三二年八月付(トリニティ)。

(115) ベケットからマグリーヴィーへ、一九三二年八月付(トリニティ)。

(116)「ぼくはジードについてなにか書き始めようと必死に努力したが、また失敗した」。ベケットからマグリーヴィーへ、[一九三二年九月]十三日付(トリニティ)。

(117)『ジョゼフ・アンドリューズ』は彼を魅了した。「こんなにおもしろいものをいままで読んだことがなかったなんて!」ベケットからマグリーヴィーへ、一九三二年十月八日付(トリニティ)。

(118)「男まえだってそう悪いわけじゃなし、一種のクレチン病にかかったトム・ジョーンズと言ったところ」。Beckett, *More Pricks than Kicks*, p. 111.(『蹴り損の棘もうけ』川口喬一訳 一五三―一五四頁)。

(119) ベケットからマグリーヴィーへ、一九三二年十月八日付(トリニティ)。

(120) 彼は子ども時代に『ガリヴァー旅行記』を読んでいた。それを今回再読したのだ。ベケットからマグリーヴィーへ、[一九三三年]一月一日付(トリニティ)。

(121) ベケットからマグリーヴィーへ、[一九三二年十二月]十二日付(トリニティ)。引用の出典は、Rahel Sanzara, *The Lost Child* (*Das verlorene Kind*), translated by Winifred Katzin, Victor Gollancz, London, 1930.

(122) ベケットからマグリーヴィーへ、[一九三二年]十二月五日付(トリニティ)。

(123) ベケットからマグリーヴィーへ、[一九三二年]十二月五日付(トリニティ)。

(124) ベケットからマグリーヴィーへ、[一九三二年十二月]十二日付(トリニティ)。

(125)「……僕たちは聖ニコラス教会を見た。とても魅力的で、クリストフォロ・C[クリストファー・コロンブス]が、無作法をしでかす[アメリカ大陸を発見する!]前にここで聖餐式に参加したそうだ」(ベケットからマグリーヴィーへ、一九三二年十月八日付、トリニティ)。この部分は「なんたる不幸」に生かされている。「いつもの翼にのって、《コノートの門》と石の夢のゴールウェイまで、そしてもっと正確に言えば、聖ニコラス教会まで飛んでしまっていた、ここには、ベラックワの計画では、二人が到着したときにまだ閉まっていなければ、さっそく出向いて、楽しい気分転換にようやく彼女を右手に、一緒にひざまずき、かねての誓いを遂行するため、かつて彼らより以前にそこにひざまずいたクルーソーとコロンブスの霊を請来することになっていた」。Beckett,

More Pricks than Kicks, pp. 135–6.（『蹴り損の棘もうけ』川口喬一訳　一八七頁）。

(126) ベケットからマグリーヴィーへ、［一九三三年］一月五日付（トリニティ）。ベケットはスウィフト僧院長とステラにまつわる逸話をこの手紙のなかで書いている。

(127) ベケットからマグリーヴィーへ、［一九三三年四月］二十三日付（トリニティ）。ベケットはこの詩は上出来ではないと感じていた。詩とともに送った手紙のなかで、「書くことはますます困難になっている。その結果、ますます書くものがひどくなっているように思う」と書いている。ベケットからマグリーヴィーへ、［一九三三年］五月十三日付（トリニティ）。

(128) ベケットからマグリーヴィーへ、［一九三二年十二月］十二日、［一九三三年］一月五日付（トリニティ）。

(129) ベケットからマグリーヴィーへ、［一九三二年十二月］十二日付（トリニティ）。

(130) ベケットからマグリーヴィーへ、［一九三三年四月］二十三日付（トリニティ）。

(131) ベケットからマグリーヴィーへ、［一九三三年四月］二十三日付（トリニティ）。

(132) ベケットからマグリーヴィーへ、［一九三三年］日付なし（トリニティ）。

(133) ベケットからマグリーヴィーへ、［一九三三年］五月十三日付（トリニティ）。

(134) ベケットからマグリーヴィーへ、［一九三三年］五月十三日付（トリニティ）。

(135) ベケットからマグリーヴィーへ、［一九三三年］六月二十二日付（トリニティ）。

(136) ベケットからマグリーヴィーへ、［一九三三年］日付なし（トリニティ）。

(137) ベケットからマグリーヴィーへ、［一九三三年四月］二十三日付（トリニティ）。

(138) ベケットからマグリーヴィーへ、［一九三三年］六月二十二日付（トリニティ）。

(139) ベケットからマグリーヴィーへ、一九三三年七月二日付（トリニティ）。

第八章　ロンドン時代　一九三三―三五

(1) ベケットからマグリーヴィーへ、一九三三年七月二日付（トリニティ）。

(2) ベケットからマグリーヴィーへ、一九三三年七月二日付（トリニティ）。

(3) Beckett, *More Pricks than Kicks*, pp. 195–6.（『蹴り損の棘もうけ』川口喬一訳　二七九頁）。

(4) Beckett, 'Malacoda' in *Collected Poems in English and French*, p. 26.（「マラコーダ」高橋康也訳『詩　評論　小品』五二―五三頁）。この詩にはまた、オランダの草花画家ヤン・ファン・フイスムの手になる、蝶が一枝の花の上にとまっている絵への言及もある（「このフイスムを箱の上においてくれたまえ／成虫《イマーゴ》に気をつけろそいつが彼なんだから」）。これは父親の思い出が息子の心に生き続けるだろうということを示唆している【ユング心理学では「イマーゴ」は、幼児期に形成された家族の理想像で、成人後も不変のものを意味する】。事実、ベケット自身が死を迎えるまで、父の記憶が色あせることはなかった。

(5) ベケットからマグリーヴィーへ、「一九三三年七月」二十五日付（トリニティ）。

(6) ベケットからマグリーヴィーへ、一九三三年七月二日付（トリニティ）。

(7) ベケットからマグリーヴィーへ、「一九三三年七月」二十五日付（トリニティ）。ベケットは晩酌用のギネスで一杯やりたいという衝動にさえ駆られたという。その代わり、「とてもやさしく、敬虔な気持ち」で、一曲だけピアノを弾くことを許された。それは「死線を越えて《クロシング・ザ・バー》」という曲だった。誰かが「死線を越え」たら音楽に向かうよう、あるいはベケット自身の言葉を借りれば「音楽に逃げ込む」よう、父方の祖母にしつけられていたのだ。

(8) ベケットからマグリーヴィーへ、「一九三三年七月」二十五日付（トリニティ）。

(9) ベケットへのインタヴュー、一九八九年十一月十日。

(10) ベケットからマグリーヴィーへ、一九三三年十一月一日付（トリニティ）。この心情は三十年以上経って書かれたラジオドラマ『残り火』に再び顔をのぞかせている。この作品では海は脅迫し、吸い込むような音をたて、主人公のヘンリーはその音から逃れることができない。「ヘンリー　耳をすましてごらん！（間。）昼だ、つめだ！（間。）逃げるんだ！海の聞こえないところへ！　南米の大草原だ！　なんだって？」（Beckett, *Embers* in *Collected Shorter Plays*, p. 98.『残り火』安堂信也・高橋康也訳二九八―二九九頁）。

(11) ベケットからマグリーヴィーへ、一九三三年十月九日および十一月一日付（トリニティ）。

(12) チャールズ・プレンティスからベケットへ、一九三三年十一月十三日付（ウィンダス）。

(13) ベケットからマグリーヴィーへ、一九三三年十二月六日付（トリニティ）。文中に記したように、その短編『こだまの骨』は未出版のままである。タイプ原稿はニュー・ハンプシャー州ハノーヴァーのダートマス大学に所蔵されている。

(14) チャールズ・プレンティスからベケットへ、一九三三年十一月十三日付（ウィンダス）。

(15) ベケットからマグリーヴィーへ、一九三三年十二月六日付（トリニティ）。

(16) デアドラ・ベアは、ベケットが精神療法医に連絡をとるためにロンドンを訪れたのは一九三三年のクリスマス前だと書いている（*Samuel Beckett*, p. 176）。だが、資料を見る限りそうであったとは考えにくい。マグリーヴィー宛の書簡（一九三四年一月八日付）はベケットが一月にロンドンを再訪したことを示唆しているが、これは日付がまちがっており、実際には一月二十九日付の次の手紙と同じく一九三五年一月に書かれたものだ。二通ともガートルード通りで書かれているが、そこに引っ越したのは一九三四年の九月に入ってからである。また、当時ロンドンで仕事と生活をしていたチャールズ・プレンティスは、短編集『蹴り損の棘もうけ』の校正刷りに関するベケット宛の書簡を、一九三三年十二月中は一貫してダブリン市クレア通り六番地に送っている。プレンティスからベケットへの書簡はそれぞれ十二月四日、七日、十一日、十八日、二十日付で、いずれもダブリン宛になっているのである（ウィンダス）。ベケットがすでにロンドンに居住していたならば、もちろんプレンティスはそうしなかったはずだ。

(17) John Fletcher, *The Novels of Samuel Beckett*, p. 38, および筆者によるベケットへのインタヴュー、一九八九年十一月十日。

(18) マグリーヴィーからジャン・クーロンへ（フランス語）、一九三五年八月四日付（クーロン）。

(19) ベケットからモリス・シンクレアへ（フランス語）、一九三四年一月二十七日付（シンクレア）。

(20) ベケットからレヴェンソールへ、一九三四年五月七日付（テキサス）、およびベケットからヌアラ・コステロへ、一九三四年二月二十七日付（コステロ）。

(21) エドワード・ダウデン（一八四三—一九一三）は *Shakespeare: A Critical Study of His Mind and Art* (London: H. S. King, 1875)（『シェイクスピア——精神と芸術の批評的研究』宮本和江・宮本正和訳　こびあん書房　一九九四年）、および *The Life of Percy Bysshe Shelley* (1886) の著者。

(22) David Piper, *The Companion Guide to London*, 1964, p. 195.

(23) ベケットへのインタヴュー、一九八九年十一月十日。

(24) マグリーヴィーからジャン・クーロンへ（フランス語）、一九三五年八月四日付（クーロン）。

(25) ベケットからマグリーヴィーへ、一九三四年八月十八日付（トリニティ）。一九三四年九月十八日付、および（「なけなしの一ポンド」を送ったことについては）一九三五年二月二十日付の書簡（トリニティ）参照。

(26) ベケットからマグリーヴィーへ、一九三四年八月二十八日（トリニティ）。

(27) ウィルフレッド・ビオンはベケットより九歳年長。一八九七年英領インドのマトゥラ生まれ。一九七九年十一月死去。

(28) ベケットからモリス・シンクレアへ（フランス語）、一九三四年一月二十七日付。

(29) ベケットへのインタヴュー、一九八九年十一月十日。

(30) 一九三五年二月、ベケットはマグリーヴィーに次のように書き送っている。「月曜日でビオンのところにいくのは百三十三回目になる」。（ベケットからマグリーヴィーへ、一九三五年二月八日付（トリニティ）。二、三回の治療の小休止を利用して、ベケットはアイルランドに帰国したり、フランスで兄と束の間の休暇を過ごしたりした。

(31) ビオンは学生時代、ラグビー部や水泳部を統率していた。（水球やラグビーのチームにいたころの写真は自伝 *The Long Week-end, 1897–1919; Part of a Life*, Fleetwood Press, Abingdon, 1982）に収録されている。その後、オックスフォード大学クイーンズカレッジで近代史の学位を取るため学問に励む一方、水泳部の主将となった。大学ではラグビー選手でもあったが、けがのせいで「青章」は獲得できなかった。また、あの有名なアルレッキーノも演じている。

(32) Gérard Bléandonu, *Wilfred R. Bion. La vie et l'oeuvre*, Dunod Bordas, Paris, 1990 および筆者によるビオンの二番目の妻フランチェスカとの談話（一九九〇年、一九九五年、日付なし）による。

(33) ベケットからマグリーヴィーへ、一九三四年九月八日［九月十六日］付、および［一九三五年］八月二十一日付（トリニティ）。

(34) ベケットからマグリーヴィーへ、一九三五年十月八日付（トリニティ）。第一次大戦中ビオンは王立戦車連隊に所属し、カンブレで殊勲章を受章。心の傷となった戦中の経験を、ユーモアと恐怖を織り交ぜて自伝（*The Long Week-end, 1897–1919*）に詳述している。

(35) このときの連続講演は、C. G. Jung, *The Collected Works*, vol. 18, *The Symbolic Life. Miscellaneous Writings*. Translated by R. F. C. Hull and edited by Sir Herbert Read, Michael Fordham and Gerhard Adler, Routledge and Kegan Paul, London and Henley, 1977 に収録されている。ベケットが聴講した講演は討議とともに七〇頁から一〇一頁に掲載されている。

(36) H. V. Dicks, *Fifty Years of the Tavistock Clinic*, Routledge and Kegan Paul, London, 出版年不詳, pp. 36-37.

(37) 一九三五年の調査によれば、ベケットが患者だった当時、タヴィストック診療所で治療を受けていた患者のうち四十四パーセントが「精神不安」に悩まされていた。Dicks, *Fifty Years of the Tavistock Clinic*, pp. 69–70.

(38) この症状の描写は、ベケットからマグリーヴィーへの書簡（一九三五年一月一日付および五月十日付）に基づいている。

(39) ビオンとタヴィストック診療所に関してはパール・キング氏の助言に負うところが大きく、厚く御礼申し上げる。キング氏には基礎的な文献をご教示いただいたほか、「伝記と精神分析」の学会ではビオンやタヴィストックで働いていた人びとを知る精神分析医を多数紹介していただいた。また、マルコルム・パインズ氏とロバート・ヒンシェルウッド氏の助言にも感謝したい。ビオン夫人のフランチェスカ・ビオン氏には多数の情報のみならず、ご厚意によりビオンの著作を数冊提供していただいた。

(40) Dicks, *Fifty Years of the Tavistock Clinic*, p.67.

(41) ベケットへのインタヴュー、一九八九年十一月十日。ここで言及されている夢の記録はまだ発見されていない。

(42) ベケットからマグリーヴィーへ、一九三五年一月一日付（トリニティ）。'Lightning Calculation' と題された全二ページの未発表の短編（『マーフィー』のライアンズ紅茶店の場面の草稿）は、ガートルード通りで書かれた。このなかでベケットは次のように書いている。「彼［主人公クィグリー］がまずとりかかったのは、夜のさまざまな段階で見た夢の記述を調べることだった」。草稿番号二九〇二（レディング）。

(43) ベケットからモリス・シンクレアへ（フランス語）、一九三四年一月二十七日付（シンクレア）。

(44) Robert S. Woodworth, *The Contemporary Schools of Psychology*, The Ronald Press, New York, 1931.

(45)『マーフィー』の第一章でニアリーがゲシュタルト心理学者ふうに語る場面がある。「あらゆる生は形相《フィギュア》と土台《グラウンド》だよ、マーフィー」(Beckett, *Murphy*, Calder and Boyars, London, 1963, [1 st ed. Routledge, London, 1938] p. 7.『マーフィー』川口喬一訳　八頁)。ベケットはもっとあとの頁でゲシュタルト的なジョークを書いている。「ミス・ドワイヤーが、(……)ニアリーをこの上なく幸運な男にする間もなく、彼女はあれほど美しい姿で闊歩していた大地から杳として行くえしれずになってしまった。ニアリーはクルト・コフカ氏に直ちにその理由を解明してくれるよう書簡を出した。まだ彼はその返事をもらっていなかった」(*Murphy*, p. 37.『マーフィー』川口喬一訳　五四頁)。コフカ(一八八六—一九四〇)はゲシュタルト心理学の創始者の一人。ベケットは当時それをウッドワースの著作のなかで読んだばかりだった。彼は以下の部分を書き写している。『ゲシュタルト心理学における形相と土台(*Figure and Ground in Gestalt Psychology*)』——形相は地から浮き上がる。それは両者の根本的な相違によるものである。この相違はゲシュタルト心理学者にとってなによりも重要であり、経験と行動という概念の根本的な原理となっている」。それゆえジョークなのだ。

(46) Beckett, *Murphy*, p. 58.(『マーフィー』　川口喬一訳　八六頁)。

(47) ジャン＝ミシェル・ラバテは著書 *Beckett avant Beckett*, PENS, Paris, 1984, pp. 139-45で、ベケットがキュルペ学派(とゲシュタルト心理学)を用いていることに関して興味深い議論を展開している。しかし、その際彼が拠っているのはベケットの典拠である可能性の少ない Gardner Murphy, *An Historical Introduction to Modern Psychology*, Kegan Paul, London, 1929である。もちろんベケットがこの文献を読まなかったと断言することはできないが、少なくともウッドワースを読んでいたのはたしかである。

(48) ベケットがアドラーを読んでいた時期は、おおよその日付までわかっている。彼は次のように書いている。「アドラーを読み終わった。彼もまた精神を追究している。これを信じ込ませることができるのは独断論者くらいのものだろう」。ベケットからマグリーヴィーへ、一九三五年二月八日付(トリニティ)。

(49) ベケットはジョーンズやフロイトのほか、Alfred Adler, *The Neurotic Constitution*; Otto Rank, *The Trauma of Birth*; Karin Stephens, *The Wish to Fall Ill*, Wilhelm Stekel, *Psychoanalysis and Suggestion Therapy* などの著作についても詳細なノートをとっている。そのノートは現存している。

(50) これらの引用はベケット自身がタイプしたノートからの引用。

(51) 治療をめぐるベケット自身の記録が現存していたら、あるいはビオンのカルテが保存されていれば、このことは単なる推論以上のものとなるだろう。

(52) ジェフリー・トンプソン、一九七六年、ベケット七十歳の誕生日を祝うアイルランド国営テレビの番組のなかで。

(53) ベケットからマグリーヴィーへ、[一九三五年] 四月二十六日付 (トリニティ)。

(54) ベケットからマグリーヴィーへ、[一九三五年] 三月十日付 (トリニティ)。

(55) ベケットからマグリーヴィーへ、[一九三五年] 三月十日付 (トリニティ)。

(56) ベケットからマグリーヴィーへ、一九三七年十月六日付 (トリニティ)。

(57) ベケットからマグリーヴィーへ、[一九三五] 年三月十日付 (トリニティ)。

(58) Wilfred R. Bion, *The Long Week-end, 1897–1919* and *All My Sins Remembered* and *The Other Side of Genius: Family Letters*, Fleetwood Press, Abingdon, 1985.

(59) Beckett, 'A Case in a Thousand', the *Bookman*, Aug. 1934, pp. 241-2

(60) ベケットからレヴェンソールへ、一九三四年五月七日付 (テキサス)。

(61) 当時まだ「残り滓」と題されていた短編集の出版のためにチャトー・アンド・ウィンダス社と初めて接触した日付は、一九三三年十月三日となっている (ウィンダス)。

(62) チャールズ・プレンティスからベケットへ、一九三三年十二月十一日付 (ウィンダス)。

(63) チャールズ・プレンティスからヴァイキング・プレスのB・W・ヒューブシュへ、一九三四年一月二十三日付。同じくスタンリー・ラインハートへ、一九三四年二月一日付。同じくベケットへ、一九三四年五月三日付 (ハリソン・スミス・アンド・ハーズ社が出版を断わったことについて)。ヒューブシュは出版を断わりつつ、次のように書いている。「この本は尋常とは言えず、少々一貫性に欠け、文学的たとえの多い文体で書かれているので読者に対する要求が高すぎます」。しかし「この著者はわたしを圧倒しました。将来への賭けとしては非常に有望でしょう」と、付け加えている。ヒューブシュからプレンティスへ、一九三四年一月三十一日付 (ウィンダス)。

(64) ハロルド・レイモンドからベケットおよびダブルデイ・ドーラン・アンド・ガンディ有限会社へ、一九三四年五月十六日付 (ウィンダス)。

(65) ベケットからモリス・シンクレアへ、一九三四年七月十三日付 (シンクレア)。

(66) ベケットへのインタヴュー、一九八九年九月二十日。

(67) ベケットからマグリーヴィーへ、日付なし [一九三四年八月八日] (トリニティ)。

(68) ベケットからマグリーヴィーへ、一九三四年八月十八日付 (トリニティ)。

(69) ベケットからマグリーヴィーへ、一九三五年十二月三十一日付 (トリニティ)。

(70) ベケットからマグリーヴィーへ、一九三四年八月十八日付 (トリニティ)。

(71) Arthur Calder-Marshall in the *Spectator*, 1 June 1934. しかし、ベケットは一九三八年八月に『トリスラム・シャンディ』を読むと (または再読すると)、「その質の高さにもかかわらず苛立ちをおぼえた」。ベケットからマグリーヴィーへ、日付なし［一九三八年八月五日］。

(72) Francis Watson in the *Bookman*, LXXXVI, No. 541, July 1934, pp. 219-20.

(73) Edwin Muir, 'New short stories,' the *Listener*, 4 July 1934.

(74) *Times Literary Supplement*, 26 July 1934.

(75) *Morning Herald*, 13 July 1934.

(76) *Morning Post*, 22 May 1934.

(77) *John O'London's Weekly*, 9 June 1934.

(78) Richard Sunne in *Time and Tide*, 26 May 1934 によれば、「一級と評すには才気に満ちすぎた作品」。

(79) *Time and Tide*, 26 May 1934.

(80) *Times Literary Supplement*, 26 July 1934.

(81) チャールズ・プレンティスからリチャード・オールディントンへ、一九三四年六月六日付（ウィンダス）。

(82) チャールズ・プレンティスからベケットへ、一九三四年十一月八日付（ウィンダス）。ベケット自身の書簡はチャトー・アンド・ウィンダス社には保管されていない。

(83) ベケットからマグリーヴィーへ、日付なし［一九三四年八月八日］（トリニティ）。

(84) ベケットからマグリーヴィーへ、日付なし［一九三四年八月八日］（トリニティ）。

(85) ベケットからマグリーヴィーへ、一九三四年八月十八日付（トリニティ）。

(86) ベケットからマグリーヴィーへ　一九三四年日付なし［八月三日・八日］（トリニティ）。

(87) ベケットからマグリーヴィーへ　日付なし［一九三四年八月八日］（トリニティ）。

(88) ベケットからマグリーヴィーへ日付なし［一九三四年八月八日］（トリニティ）。

(89) 「彼［ベケットの兄、フランク］は、母の収支は赤字で、主な出費はぼくの治療代だという。困ったことになった」。（ベケットからマグリーヴィーへ、一九三五年一月一日付（トリニティ）。

(90) ベケットからマグリーヴィーへ、一九三五年四月二十六日付（トリニティ）。

(91) ベケットからマグリーヴィーへ、一九三五年一月一日付（トリニティ）。

(92) ベケットからマグリーヴィーへ、一九三五年一月一日付（トリニティ）。

(93) パトリック・オドワイヤーから筆者へ、一九九三年六月二十一日付。この書簡でオドワイヤーは、ヌアラ・コステロから聞いたことを報告している。

(94) ベケットからマグリーヴィーへ、一九三三年十二月六日付（トリニティ）。

(95) ベケットがヌアラに宛てた書簡のコピーを送ってくれたヴァレリー・コステロ氏と、情報および *Tuam Annual* に掲載された、パリのヌアラからの書簡についての小記事を提供してくれたパトリック・オドワイヤー氏に感謝申し上げる。

(96) ベケットからマグリーヴィーへ、［一九三五年］二月八日付（トリニティ）。

(97) ベケットからマグリーヴィーへ、［一九三五年］九月八日付（トリニティ）。

(98) ベケットへのインタヴュー、一九八九年十一月十日。

(99) ヌアラ・コステロが今日に名を残すおもな理由は、ベケットにランボーの「酔いどれ船」の翻訳原稿をゆだねられたことにある。彼女は責任をもってその原稿を保存した。またベケットはそれより四年前にトリニティカレッジでおこなった「集中主義」に関するいんちき講義の原稿も一部渡した。コステロは一九八四年三月十一日に死去し、ランボーの翻訳とトリニティカレッジの講義原稿は彼女の遺言によりレディングのベケット文書資料室に寄贈された。

(100) ベケットからマグリーヴィーへ、［一九三五年］三月十日付（トリニティ）。

(101) ベケットからレヴェンソールへ、一九三四年五月七日付（テキサス）。

(102) *Spectator*, 23 Mar. and 23 June 1934. (Eduard Mörike, *Mozart on the Way to Prague*, Albert Feuillerat, *Comment Proust a composé son roman* の書評）および *Bookman*, LXXXVII, Christmas 1934, pp. 10, 14 and 111 (Ezra Pound, *Make It New*, Giovanni Papini, *Dante Vivo*, and Sean O'Casey, *Windfalls* の書評）、さらに *Criterion*, XIII, July 1934, 705-7 (Rainer Maria Rilke, *Poems*, trans. J. B. Leishman の書評）がある。

(103) Beckett, *Disjecta. Miscellaneous Writings and a Dramatic Fragment*, ed. Ruby Cohn, John Calder, London, 1983, p. 70. 【オシアンは三世紀のアイルランドの英雄で詩人。十八世紀にジェイムズ・マクファーソンがその訳詩と称して自作を発表し、ロマン派に影響を与えた】

(104) ベケットは出版されてまもないマグリーヴィーの『詩集』を「おそらく戦後のアイルランド詩にもっとも重要な貢献をした」作品と評した。Beckett, *Disjecta*, p. 74.

(105) Beckett, *Disjecta*, p. 75.

(106) Beckett, *Disjecta*, p. 70.

(107) Beckett, *Disjecta*, p. 70.

(108) John Harrington, *The Irish Beckett*, p. 33.

(109) ベケットからマグリーヴィーへ、日付なし［一九三四年八月八日］（トリニティ）。

(110) John Harrington, *The Irish Beckett*, p. 30.

(111) ベケットからマグリーヴィーへ、日付なし［一九三四年八月八日付］（トリニティ）。

(112) ベケットからマグリーヴィーへ、一九三四年八月十八日付（トリニティ）。

(113) この「自由国《サルストウット》の検閲」と題されたエッセイは、マグリーヴィー宛の封筒に書かれた日付、一九三四年八月二十七日以前に書き上げられた。書簡自体は一九三四年八月二十八日付である（トリニティ）。*Disjecta*, p. 174 に、このエッセイは一九三五年に書かれたとあるのは誤りである。その根拠となったのは、『蹴り損の棘もうけ』が発禁図書に登録されるのは一九三五年三月三十一日だが、ベケットは同エッセイの末尾にその登録番号を記しているほか、一九三五年九月三十日時点での発禁図書に言及しているという事実である。しかし、これらはベケットが一九三六年にユージーン・ジョラスの手で出版してもらうためにエッセイを改稿したときに書き加えたものである。

(114) Beckett,「自由国《サルストウット》の検閲」, *Disjecta*, p. 84.

(115) Beckett, *Disjecta*, p. 85.

(116) Beckett, *Disjecta*, p. 87.

(117)「予備のトイレットペーパーにしようと原稿類にざっと目を通していたら、アイルランドの検閲制度に関する二千語程度の論説を見つけた。二年ほど前のいまごろ『ブックマン』から頼まれた原稿だが、いまだに眠っている」(ベケットからリーヴィーへ、一九三六年五月六日付、テキサス)。マリア・ジョラスのリーヴィー宛の葉書は売りに出ており「ゴドーを待ちながら関連書籍」カタログの六十二頁五九九番に掲載されている。ジョラスはリーヴィーに、ベケットの原稿を送ってくれたことに対して謝辞を述べつつも、届くのが遅すぎたため残念ながら収録できない旨を記している。ベケットからマグリーヴィーへ、一九三六年五月七日付(トリニティ)参照。

(118) ベケットとヘスターがよく演奏したのはラヴェルの「逝ける王女のためのパヴァーヌ」だった。マグリーヴィー宛の一九三五年三月十日付書簡によれば、ベケットは「その舞踊のうやうやしさに、とくに光を当てた」という。

(119) ベケットからマグリーヴィーへ、一九三五年二月八日付(トリニティ)。

(120) この人物は、『パンチ』によく寄稿していたもっと有名な芸術家で挿画家のレオナルド・レイヴン＝ヒル(一八六七―一九四二)とは別人である。

(121) ベケットからマグリーヴィーへ、[一九三五年]二月八日付(トリニティ)。【『はかない人生』は原文では 'Vie de Brevet' とあるが、ファリャの 'La vida breve' のことか】

(122) ベケットからマグリーヴィーへ、[一九三五年]三月十日付(トリニティ)。

(123) ヴィルヘルム・フルトヴェングラー指揮のベルリンフィルは、一九三四年一月、毎年恒例のツアーで訪英した。ベケットはクイーンズホールでのコンサートのチケットを買った。プログラムの中心はシューマンの第四交響曲とベートーヴェンの第七交響曲だった。

(124) 当時の英国の新聞各紙は、ナチスのユダヤ人の扱いに憂慮している。四月のユダヤ人による事業の排斥のあと、一九三三年七月一日交付の「公務員法」に「アーリア人条項」が導入され、これによって、アインシュタイン、マックス・ラインハルト、指揮者のブルーノー・ワルターといった偉大な人材が職を追われた。フルトヴェングラーと国家社会主義の関わりという問題は、*The New Grove Dictionary of Music and Musicians*, edited by Stanley Sadie, vol. 7, 1980, p. 38 および C. Reiss, *Wilhelm Furtwängler. A Biography* Frederick Muller, London, 1955 において論じられている。

(125) ジョン・ベケットとの電話での談話、一九九二年二月十七日。

(126) ベティーナ・ジョニックへのインタヴュー、一九九四年十月十四日。

(127) ベケットはベートーヴェンの最後の作品、弦楽四重奏第三番アレグロは比類なき美を宿していると考えていたが、その曲を再び聞いて、アレグロの前のカヴァティーナに感動した。「穏やかな終結と強度という点で、これはわたしがいままで聴いてきた尊敬するルートヴィヒ【ベートーヴェン】のどの曲よりも深い感動を与えてくれた。ここで聴かなければ彼にこんな曲を作ることができたなんて思いもよらなかっただろう」。ベケットからモリス・シンクレアへ（フランス語）、一九三四年三月四日付（シンクレア）。

(128) ベケットからモリス・シンクレアへ（フランス語）、一九三四年三月四日付（シンクレア）。

(129) Chris Ackerley, 'Beckett's "Malacoda": or, Dante's Devil Plays Beethoven', *Journal of Beckett Studies*, vol. 3, no. 1, 1993, pp. 59-64.「マラコーダ」は Beckett, *Collected Poems in English and French*, p. 26（ベケット『詩　評論　小品』高橋康也訳　五二―五三頁）所収。

(130) Beckett, *Dream of Fair to middling Women*, p. 18.（『並には勝る女たちの夢』田尻芳樹訳　二七頁）。以下も参照のこと。［シューベルト］「彼らはひねもすよもすがら、蓄音機をかけて起きている。『音楽に寄す《アン・デイ・ムジーク》』が二人の大好きな曲」、［モーツアルト］『ドン・ジョヴァンニの魔術師《ヘクセンマイスター》』、［ショパン］「（…）あるいはショペンだがピションだかショベニクだかショピネットーだか誰だか知らぬが、《田舎音楽》の震えと装飾音的絞扼と狭窄を許したり……」。Beckett, *More Pricks than Kicks*, p. 121, p. 184, p. 190.（『蹴り損の棘もうけ』川口喬一訳　一六八、二六二、二七一頁）。

(131) たとえば『すべて倒れんとするもの』の冒頭で流れるシューベルトの憂うつな四重奏曲『死と乙女』や『ゴドーを待ちながら』、および『しあわせな日々』に出てくる歌や曲の数々がある。さらに重要なものとしては、テレビ作品『幽霊トリオ』で引用される、『幽霊』の名で知られるベートーヴェンのピアノ三重奏第五番と、『夜と夢』のなかで使われ、『なに　どこ』ではそれとなく言及されるシューベルトの歌曲『夜と夢』がある。

(132) ベケットについては多くのことが書かれてきたが、ようやく音楽についても、メアリー・ブライデンがベケット作品における音楽の重要性を示す著作を編集した。Mary Bryden ed., *Beckett and Music*, Clarendon Press, 1998.

(133) ベケットからモリス・シンクレアへ、一九三四年七月十三日付（シンクレア）。

(134) アーサー・ヒリスにはベケットのトリニティ・カレッジ在学時代の情報を提供していただいたほか、ロンドンでの音楽に関わる活動についてもご教示いただいた。心より感謝申し上げる。

(135) ベケットからマグリーヴィーへ、日付なし［一九三五年九月二十三日付］（トリニティ）。

(136) ベケットからモリス・シンクレアへ（フランス語）、日付はないが文面から察するに一九三四年七月のものと思われる。

(137) ベケットがオペラに対してどう感じていたかを理解するにあたり、アーサー・ヒリス（一九九二年二月三日）とベティーナ・ジョニック（一九九四年十月十日）へのインタヴューが大いに役立った。

(138) その旅行について彼は以下のように記している。「とても暑く、ありきたりなだけだった。シャンティイ【クルーエ父子の肖像画などのコレクションで知られるコンデ博物館のあるフランス北部アオズ県の町】の絵画以外は」（ベケットからモリス・シンクレアへ、一九三四年七月十三日付）。ベケットのメモのうち、日付が入っているのはルーヴル（一九三四年六月十七日付）とシャンティイ（一九三四六月十八日付）のみである。メモの前後関係から察するに、彼は一九三四年六月以前にハンプトンコートを、夏の休暇のあとロンドンに戻った折りにウォレス・コレクションを訪れているようだ。しかし、そうも言い切れない。というのは、日付が付されていない絵画については目録を見てメモをとった可能性もあるからだ。

(139) ベケットからマグリーヴィーへ、一九三四年八月十八日付（トリニティ）。

(140) この箇所を書くことができたのは、おもに、すぐれた画家アヴィグドール・アリカのおかげである。ベケットが昔の巨匠たちについて深い知識をもっていたという事実に筆者の注意を最初に向けさせてくれたのは、彼だった。本章のすべて、そして、ほかの章もそのときの洞察から出発している。

(141) ベケットは当時以下の図録を購入している。『ナショナル・ギャラリー、トラファルガー広場、目録』一九二九年、第八六版。『ナショナル・ギャラリー図録』第一巻、イタリア派、トラファルガー広場、一九三〇年。チャールズ・ホームズ『ナショナル・ギャラリー挿絵入りガイド』一九三一年。C・H・コリンズ・ベイカー『ハンプトンコート絵画目録』グラスゴウ、マクルホーズ商会、一九二九年。トレンチャード・コックス『ウォレス・コレクション総合案内』ロンドンHMSO社、一九三三年。『ダリッジのアレンズ・カレッジ・オブ・ゴッズ・ギフト美術館収蔵絵画の解説と歴史』一九二六年。後年ベケットは、これらの目録をアイルランド、フランス、ドイツ、イタリアの目録とともにアヴィグドール・アリカに寄贈した。

(142) Beckett, *Dream of Fair to middling Women*, p. 174.（『並には勝る女たちの夢』田尻芳樹訳 二〇三頁）。

(143) Beckett, *Murphy*, p. 172.（『マーフィー』川口喬一訳 二五六頁）。ベケットは『マーフィー』執筆の直前、ロンドンのナショナル・ギャラリーで力強い絵画『割礼』（当時はベリーニの作品とされていたが、現在ではベリーニ工房作とされている）を見た。そこで見たその他の絵画数点も、同じ小説のなかで言及されている。クロードの『風景―ナルキッソス』は p. 155（二三〇頁）に、ティントレット『銀河の起源』は p. 98（一四四頁）に登場する。小説『ワット』の主人公ワットのひどい姿はヒエロニムス・ボスの絵画『嘲弄されるキリスト（茨の冠）』にたとえられるが、この絵画もナショナル・ギャラリーに所蔵されている。Beckett, *Watt*, p. 174.（『ワット』高橋康也訳 二二八頁）。

(144) 一九三〇年代、ベケットは自分で見つけたヨーロッパのどの美術館にいってもエルスハイマー（一五七八―一六一〇）の「このうえなくすばらしい」絵画を探し求めた。エルスハイマーは長年ローマに住み、創作活動をおこなった十六世紀のドイツの画家。

(145) 照明画法は月光やろうそく、たいまつ、かがり火をまねて創り出された、ほのかな光の効果に触発されてできた画法。ベケットがロンドンから出した書簡や個人的なメモは、彼が「照明画法」という手法の歴史や発展過程に魅了されていたことを明示している。彼は次のように書いている。「エルスハイマー［アダム・エルスハイマー］は『照明』画家の筆頭だった」は［ロンドンのナショナル・ギャラリーの］ドイツの間《ま》ではとても見にくい。だが『トビアスと天使』はすばらしい。ルーベンスは多くの死者のうっぷんを晴らし、自分の『怠惰』を嘆いている！　ヘールトヘンの『礼拝』［あるいはナショナル・ギャラリーに展示されているヘールトヘン・トート・シント・ヤンス画『キリスト降誕の夜』か］が最も初期の照明画法を使ったものの一枚だろう」。ベケットは見識ある者としてこう付け加えることを忘れない。「もちろんラファエロの『聖ペテロの解放』から始まるとするのでは不充分だ。この関連ではオックスフォードにあるウッチェロもまだ見ていない」（ベケットからマグリーヴィーへ、［一九三五年］二月二十日付、トリニティ）。ベケットはホントホルストとエルスハイマーの作品に通じており、R・H・ウィレンスキーの『オランダ美術案内』に論評やメモを書き入れるほどだった。

(146) ベケットからマグリーヴィーへ、一九三四年九月八日付（トリニティ）。

(147) ベケットからマグリーヴィーへ、一九三四年九月八日付（トリニティ）。

(148) ベケットからマグリーヴィーへ、一九三四年九月八日付（トリニティ）。

(149) ベケットからマグリーヴィーへ、日付なし［一九三四年九月十六日］（トリニティ）。

第九章　『マーフィー』　一九三四―三六

(1) ベケットからマグリーヴィーへ、一九三四年九月八日付（トリニティ）。

(2) ベケットからマグリーヴィーへ、一九三四年九月八日付（トリニティ）。

(3) Beckett, *Murphy*, p. 50.（『マーフィー』　川口喬一訳　七五頁）。

(4) Beckett, *Plays* in *Collected Shorter Plays*, p. 154.（『芝居』　安堂信也・高橋康也訳　八二頁）。

(5) ベケットからマグリーヴィーへ、一九三四年九月八日付（トリニティ）。

(6) ベケットからマグリーヴィーへ、一九三四年九月八日付（トリニティ）。

(7) Beckett, *Murphy*, p. 47.（『マーフィー』　川口喬一訳　七〇頁）。

(8) ベケットからマグリーヴィーへ、一九三五年十月八日付（トリニティ）。

(9) ベケットからマグリーヴィーへ、一九三四年九月八日付（トリニティ）。

(10) ベケットからマグリーヴィーへ、一九三五年一月二十九日付（トリニティ）。

(11) ベケットからマグリーヴィーへ、［一九三五年］二月十四日付および［一九三五年］三月十日付（トリニティ）。

(12) ベケットからマグリーヴィーへ、［一九三五年］二月二十日付（トリニティ）。

(13) ベケットからマグリーヴィーへ、［一九三五年］二月八日付（トリニティ）。

(14) ベケットからマグリーヴィーへ、［一九三五年］四月二十六日付（トリニティ）。

(15) ベケットからマグリーヴィーへ、［一九三五年］四月二十六日付（トリニティ）。

(16) ベケットからマグリーヴィーへ、一九三五年一月一日付（トリニティ）。

(17) ベケットからマグリーヴィーへ、一九三五年五月五日付（トリニティ）。チャールモント・ハウスでは、ジャン・リュルサ（ベケットは三年前にさる芸術家のアトリエがある階に泊まったことがあるが、その同じ芸術家）の創作した絵画が、怒りにかられた鑑賞者によって襲撃を受けたばかりであった。空の真ん中に大きな穴を開けられたのである。ベケットは『装飾的な風景』の受けた被害の程度を確かめるために「救急医療室」、つまりギャラリーの奥の部屋に連れていかれた。そして保管者とその時の動機と事情について話をした。

(18) このベケットによるイングランドの田舎への旅行の説明は、彼のマグリーヴィー宛書簡、一九三五年七月および八月に書かれたレヴェンソール宛書簡、ベケットへのインタヴュー（日付なし）、および筆者自身が彼の足跡をたどったときの体験に基づいている。

(19) ベケットからマグリーヴィーへ、［一九三五年七月］二十五日付（トリニティ）。

(20) ドロイトウィッチ、チェダー、ビデフォード、ウェストウォード・ホウ！、ドゥーン渓谷、さらにエルストリーとともに、これらの地名のリストは、以下の書簡のなかに記されている。ベケットからレヴェンソールへ、［一九三五年］八月七日付（テキサス）。

(21) ベケットからマグリーヴィーへ、［一九三五年七月］二十五日付（トリニティ）。

(22) グレン・リン・ホテル（ベケットが母親と滞在したしばらくのち、火事で一部が焼けた）は、いまでは宿泊用の家やアパートとして使われ、はらはらするような（そして危険な）川の地溝と峡谷の見える二十五エーカーの美しい公園のなかに位置している。ベケットたちが滞在したホテルとその周りの土地に関する情報を提供してくださった、リントンにあるツーリスト情報センターのリチャード・J・スーター氏に心より感謝申し上げる。

(23) ベケットからマグリーヴィーへ、［一九三五年七月］二十五日付（トリニティ）。

(24) ベケットからマグリーヴィーへ、［一九三五年七月］二十五日付（トリニティ）。

(25) ベケットが『いざ最悪の方へ《ワーストウォード・ホウ》』のタイトルを「最悪の《ワースト・》言葉《ワード》」という言葉に引っかけて一九八三年の散文テクストに用いることになったとき、キングズリーの（よく似たタイトルをもった）小説のタイトルばかりでなく、このときの、概して言えば幸せだった母親との旅行の思い出も彼の頭にはあったのである。

(26) ベケットからマグリーヴィーへ、［一九三五年］二月十四日付（トリニティ）。一週間後、彼は、「ぼくはジェーンの手法が好きだ。かぎ編み様式のなかに最も都合よく位置づけうる素材があるからね。そしてともかくも『感情と分別』の」エレナ・ダッシュウッドは、フィールディングの『トム・ジョーンズ』の」ソフィーに劣らず、魅力的な内縁の妻として写実的に描かれている」と記している。ベケットからマグリーヴィーへ、［一九三五年］二月二十日付（トリニティ）。

(27) ベケットからマグリーヴィーへ、［一九三五年七月］二十五日付（トリニティ）。

(28) リッチフィールドにあるジョンソン博士生家記念館の館長には、一九三五年の来客名簿にベケットが訪れた証拠を見つけ、ご助言をいただいたことに対し感謝申し上げる。

(29) ベケットからマグリーヴィーへ、［一九三五年］八月三十一日付（トリニティ）。

(30) ベケットからマグリーヴィーへ、［一九三五年］八月三十一日付（トリニティ）。

(31) ベケットからマグリーヴィーへ、［一九三五年］八月三十一日付（トリニティ）。

(32) 『マーフィー』は、ベケットの主要な草稿群のうちで、まだ個人が所有している数少ないものの一つで、研究者には利用することができない。筆者も一九七六年にロンドンの某銀行の金庫室で、六冊におよぶ全部で八百ページからなる自筆ノートにざっと目を通しただけである。その時タイトルと最初の日付とをメモしておいた。五冊は赤い表紙で、一冊は青い表紙だった。草稿は多くの点で最終稿とは大きく異なっている。

(33) 「とてもゆっくりとしか進まないが、小説を一生懸命書いている。いまの感じでは、たぶん遅かれ早かれ出来上がるだろうと思う。全部捨てなければならないという気持ちは消えた。あとは、残りを書くという骨折りだけ」（ベケットからマグリーヴィーへ、一九三五年十月八日付、トリニティ）。この段階で、ベケットはおよそ二万語を書き終えていた。

(34) ベケットからマグリーヴィーへ、日付なし［一九三五年九月二十二日］（トリニティ）。

(35) それでも、ベケットはコン・レヴェンソールに葉書を送り、ニアリーが本当にクフーリン像の尻に頭をぶつけることが可能かどうか問い合わせている。A. J. Leventhal, 'The Thirties', *Beckett at Sixty*, Calder and Boyars, London, 1966, pp. 11-12.

(36) ベケットからモリス・シンクレアへ、一九三四年七月付（何日かの記載なし）（シンクレア）。

(37) Beckett, *Murphy*, p. 54.（『マーフィー』川口喬一訳八一頁）。

(38) これらの像は、『マーフィー』では、それぞれ一八八頁、一〇六頁、および六八頁で言及されている。「リーマ」とはジェイコブ・エプスタインの石像のレリーフ像のことで、博物学者のW・H・ハドソンに対する賞讃の証として一九二五年に建てられたものである。当時は賛否両論があり、ベケットがロンドンに来る以前、二度にわたって体一面に真っ黒いタールを塗られ、鳥の羽毛でおおわれたことがあった。

(39) Beckett, *Murphy*, p. 13.（『マーフィー』川口喬一訳 一七頁）。

(40) Beckett, *Murphy*, p. 14.（『マーフィー』川口喬一訳 一九頁）。

(41)『マーフィー』用の準備ノートにベケットは次のように記している。「全体を通して煉獄的な雰囲気を持続すること」（『マーフィー』創作ノート「ホロスコープ」、草稿番号三〇〇〇、レディング）。このノートに出てくる煉獄に関する記載事項については John Pilling, 'From a (W)horoscope to *Murphy*', *The Ideal Core of the Onion: Reading Beckett Archives*, Reading, 1992, pp. 9–10 で論じられている。

(42) Beckett, *Murphy*, p. 47.（『マーフィー』川口喬一訳 七〇頁）。

(43) Beckett, *Murphy*, p. 5.（『マーフィー』川口喬一訳 五頁）。

(44) Beckett, *Murphy*, p. 74.（『マーフィー』川口喬一訳 一〇一頁）。

(45) ベケットからモリス・シンクレアへ、一九三四年五月五日付（シンクレア）、およびレヴェンソールへ、一九三四年七月二十六日付（テキサス）。

(46)「一九五九年までは芝の手入れをする方法として、羊たちに草を食べさせていましたから、三〇年代にはきっといたと思います」。中央王立公園管理人J・アダムズ夫人より筆者へ、一九九三年三月十六日付。

(47) Linda Ben-Zvi, *Samuel Beckett*, Twayne, Boston, 1986, p. 45.

(48) ベケットからマグリーヴィーへ、［一九三五年］九月八日付（トリニティ）。

(49) Beckett, *Murphy*, p. 101.（『マーフィー』川口喬一訳 一四九頁）。

(50)「怪しげなカーストのヒンズー人の博士」は、『アーフェルカンプからカンペンドンクまでの感情の謬見』に関する美術論文を書いており、次のような不平を述べたあとで自殺する。「ぼくの足は……針の先よりもちさくなってしまいました」（Beckett, *Murphy*, p. 134.『マーフィー』川口喬一訳 一九七―一九八頁）。この部分は、ガウアー通りに住んでいた気の狂ったさる中国人が実際に自殺したことから生まれたものである。彼は自殺する前に同じような一風変わったことを主張していた。ベケットからレヴェンソールへ、一九三四年七月二十六日付（テキサス）。

(51) ベケットからマグリーヴィーへ、［一九三五年］九月八日付（トリニティ）。

(52) ベケットからマグリーヴィーへ、［一九三五年］九月八日付（トリニティ）。

(53) ベケットからマグリーヴィーへ、日付なし［一九三五年九月二十三日］（トリニティ）。

(54) ベケットからマグリーヴィーへ、一九三五年十月八日付（トリニティ）。

(55) Beckett, *Murphy*, p. 19.（『マーフィー』川口喬一訳

二七頁)。

(56)『マーフィー』創作ノート「ホロスコープ」、草稿番号三〇〇〇(レディング)。

(57) Beckett, *Murphy*, p. 22.(『マーフィー』 川口喬一訳 三二頁)。

(58)「ラシーヌ的照明、飲み込まれる闇」。『マーフィー』創作ノート「ホロスコープ」、草稿番号三〇〇〇(レディング)。

(59) いくつかの出来事が起きる日付と、さまざまな登場人物や場所と関連する色彩──フローベールの『ボヴァリー夫人』的色合いを帯びている──は、太陽のスペクトル(「紫、藍、青、緑、黄色、オレンジ色、赤。この順番で」)によって、あるいはそれらと惑星との結びつきによって支配されている。ベケットは占星術に関する書物のなかで実際に宮について調べている。しかし、おそらく小説が設定されている歳月については、その知識の大部分を『ホイッティカー年鑑』か、あるいは小説が暗示しているように『オールド・ムア年鑑』から取ってきたのだろう。(「『でもそれじゃオールド・ムア暦だわ』とミス・クーニハンが言った、『『週間アイリッシュ・タイムズ』ではなく』」。Beckett, *Murphy*, p. 147.『マーフィー』 川口喬一訳 二一八頁)。

(60) この役職は通常六か月契約だったが、トンプソン医師は延長を認められ、十月の終わりまで留まることができた(ベツレヘム王立病院文書係兼主事パトリシア・H・オールダリッジから筆者へ、一九九三年二月十二日付)。一九三五年当時のベツレヘム王立病院の建物、スタッフ、管理体制に関する筆者の質問に快く答えてくれたオールダリッジ氏に心より感謝申し上げる。

(61) Deirdre Bair, *Samuel Beckett*, p. 219.

(62) ベケットからマグリーヴィーへ、日付なし[一九三五年九月二十三日](トリニティ)。ジェフリー・トンプソンが実際にベケットを連れてベカナムの病棟を案内して回ったのは、一九三五年の九月なかばだった。もっとも、それ以前にもおしゃべりやチェスの試合のために何度かベケットを喜んで迎え入れたことはあった。

(63) Beckett, *Murphy*, pp. 116-17.(『マーフィー』 川口喬一訳 一七二頁)。

(64) ハーヴィーによるベケットへのインタヴュー、一九六二年二月二日付(ダートマス)。

(65) Beckett, *Murphy*, Jupiter Book, Calder and Boyars, 1969 reprint のペーパーバック版の裏表紙に記された出版社の推薦広告による。

(66)『マーフィー』創作ノート「ホロスコープ」、草稿番号三〇〇〇(レディング)。

(67) John Fletcher, *The Novels of Samuel Beckett*, p. 45.

(68) Beckett, *Murphy*, p. 109.(『マーフィー』 川口喬一訳 一六〇頁)。

(69) Beckett, *Murphy*, p. 115.(『マーフィー』 川口喬一訳 一六九頁)。

(70) Beckett, *Murphy*, pp. 114-15.(『マーフィー』 川口喬一訳 一六九頁)。

(71) パトリシア・H・オールダリッジから筆者へ、一九九三年二月十二日付。

(72) パトリシア・H・オールダリッジから筆者へ、一九九三年二月十二日付。

(73) Beckett, *Murphy*, p. 176.（『マーフィー』川口喬一訳 二六二―二六三頁）。

(74) トム・マグリーヴィーとチャールズ・プレンティスの二人の親友であるリチャード・オールディントンが一九三一年に上梓した小説『大佐の娘』のエピローグに「ビム」と「ボム」の名前が出てくる（「ビムとボム登場」）。これがベケットの心に訴えて記憶に残り、最後の戯曲『なに　どこ』でこの二人の名前を用いるに至ったという可能性もありうる。

(75) パトリシア・H・オールダリッジから筆者へ、一九九三年二月十二日付。

(76) Beckett, *Murphy*, p. 164.（『マーフィー』川口喬一訳 二四五頁）。

(77)『マーフィー』のなかのチェスの試合に関するすぐれた分析については Deirdre Bair, *Samuel Beckett*, pp. 220–1 および 224–5 参照。

(78) Beckett, *Murphy*, p. 168.（『マーフィー』川口喬一訳 二五一頁）。

(79) Ruby Cohn, *Back to Beckett*, Princeton University Press, Princeton, New Jersey, 1973, p. 34.

(80) Beckett, *Murphy*, p. 86.（『マーフィー』川口喬一訳 一二六頁）。

(81) Beckett, *Murphy*, p. 164.（『マーフィー』川口喬一訳 二二五頁）。

(82) この同定についてはジェイムズ・メイズの以下の論文から示唆を得た。'Young Beckett's Irish Roots,' *Irish University Review*, 1984, vol. XIV, No. 1, p. 23. マクランに関しては、Walter Starkie, *Scholars and Gypsies*, John Murray, London, 1963, pp. 4–5, 113–15, and 119–20 参照。マクランが若い講師だったころ、ベケットはこのはつらつとした、恐ろしく博学な特別研究員と食堂で食事をしたことがあったのだろう。トリニティ・カレッジでベケットと同期で、アールズコート・ハウス・スクールでも一緒だったジョン・O・ウィズダムは、以下の二つの論文でマクランがヘーゲルをどのように論じたかについて書いている。'Macran's Treatment of the History of Modern Philosophy,' *Hermathena*, LXV, 1945, pp. 20–33 and LXVI, 1945, pp. 40–54.

(83) ベケットは『マーフィー』創作ノート「ホロスコープ」に次のように記している。「女性を愛しながらもけっして交わらないためにより多くの苦悩を受けるか、あるいは憎まざるをえない女性とつねに交わるか。（『老フォーテュネイタス』のなかのアグリピンのジレンマ。ニアリーに与えよ）」。この引用は『マーフィー』のなかではこの言葉どおりには記されていないが、その考えは、ニアリーがミス・クーニハンとミス・ドワイヤーに対する時に直面するジレンマの核心を伝えている。

(84) James Mays, 'Mythologized Presences: *Murphy* in its time,' in *Myth and Reality in Irish Literature*, ed. Joseph Ronsley, Wilfred Laurier University Press, Waterloo, Ont., 1977, p. 210.

(85) ベケットは筆者に、実生活において『マーフィー』を執筆しながら、再びフランス語でヌアラ・コステロの名前で語呂合わせをして、「海辺で裸になって《ヌ・ア・ラ・コタ・ロ》」と、ヌアラを念頭において願望充足をおこなっていた、と語った。シーリアの名前で語呂合わせをしたあと、ケリー氏は次のようにコメントする。「彼女の名前の語呂合わせをすると心は少しだけ、ほんの少しだけ慰められた」(Beckett, *Murphy*, p. 82.『マーフィー』川口喬一訳 一一九頁)。

(86) シーリア・ケリーは改心した娼婦としての曖昧な立場の一部を、トマス・デッカーの戯曲『正直な娼婦』に登場するベラフロントの性格に負っている。ベケットはこの作品を読んでおり、一部を「ホロスコープ」創作ノートに引用している。肉体との関連では、シーリアはマーフィー自身が憎んでいるという彼の側面を反映し、肉体の誘惑者としての女性に対する、デッカーの断罪的ではありながらも滑稽な態度は、偶発的な世界から逃れたいというマーフィーの夢にぴったりと収まっている。

(87) Mary Bryden, *Women in Samuel Beckett's Prose and Drama*, Macmillan Educational, (UK), London, 1993, p. 36.

(88) Beckett, *Murphy*, p. 73.(『マーフィー』川口喬一訳 一〇八頁)。

(89) エドマンド・ベントリーによるヘスター・ダウデンの伝記には、彼女がウィージャ・ボードを使って心霊のセッションをおこなったときの言葉を書き写したものがいくつか収められている。*Far Horizon. A Biography of Hester Dowden Medium and Psychic Investigator*, Rider and Company, London, 1951, pp. 50–8.

(90) Edmund Bentley, 'The Coming of Johannes', *Far Horizon*, pp. 80–8.

(91) Beckett, *Murphy*, p. 70.(『マーフィー』川口喬一訳 一〇三頁)。

(92) Beckett, *Murphy*, p. 73.(『マーフィー』川口喬一訳 一〇九頁)。

(93) Beckett, *Murphy*, p. 63.(『マーフィー』川口喬一訳 九四頁)。

(94)「『オースティンと呼んでくれ、あるいはオーガスティンでもいい』とティクルペニーは言った」。Beckett, *Murphy*, p. 67.(『マーフィー』川口喬一訳 九九頁)。

(95) Beckett, *Murphy*, p. 133.(『マーフィー』川口喬一訳 一九五頁)。

(96) Beckett, *Murphy*, p. 63.(『マーフィー』川口喬一訳 九四頁)。

(97) Gregory A. Schirmer, *The Poetry of Austin Clarke*, University of Notre Dame Press and The Dolmen Press, Dublin, 1983, pp. 23–43 参照。

(98) ベケットは『ブックマン』に書評を書くためにクラークの詩を読んだが、全然(あるいはほとんど)おもしろいとは思わず、「好古趣味の人たち」と呼んだ人のなかに彼を位置づけていたので、クラークの敵意を予期していた。デニス・デヴリンは、トム・マグリーヴィーに、この『ブックマン』の書評のためにクラークはベケットを墓場までも追いかけて行くつもりらしい、と語った(デヴリンからマグリーヴィーへ、一九三四年八月三十一日付、トリニティ）。しかし、のちにベケットがマグリーヴィーに宛てた書簡を見ると、どうやらマグリーヴィーは機転を利かせて、このことをベケットに伝えなかったらしい。「オースティン・クラークが、ある晩シシーのところにいた、ぼくもソルケルドとフフフフランス人ミュランと一緒にそこにいた……クラークは憎しみでいっぱいだったが、『ブックマン』のことで（もし彼が読んでいたとしても）ぼくになにか悪意を抱いているようには見えなかった。彼はとても感傷的で思いやりのある男だった。それとも人は誰でも、なんらかの文学上のコネをつかもうとするものなのだろうか」（ベケットからマグリーヴィーへ、一九三六年六月五日付、しかし実際は一九三七年、トリニティ）。しかしながら、この書簡をみると、ベケットがクラークから敵意に満ちた反応を受けるのではないかと予想していたことがわかる。一九三五年［おそらく一九三五年十一月］に書かれたリーヴィー宛の日付のない書簡（テキサス）で、ベケットは『こだまの骨』を『オブザーヴァー』のハンバート・ウルフに一冊送る旨を述べている。「オースティン・クラークの肚黒い鉤爪にかかるといけないので」と。

(99) ベケットからパーシー・（アーランド）・アッシャーへ、一九三八年三月二十七日付（テキサス）。

(100) このエピソードをきわめて慎重に扱った説明については、Susan Halpern, *Austin Clarke, His Life and Works*, The Dolmen Press, Dublin, 1974, pp. 36–7 参照。

(101) ティクルペニーのモデルがオースティン・クラークであることは、ジェイムズ・メイズのみごとな論文 'Mythologized Presences: *Murphy* in its Time', pp. 199–201 で考察されている。ベケットとの往復書簡が筆者のこの議論の一助となっているが、メイズ教授のおかげで、明解な議論と、このテーマに関するオースティン・クラーク自身からのメイズ教授宛書簡の存在を知りえた。

(102) ジェイムズ・メイズから筆者へ、一九九三年一月二十七日付。

(103) Beckett, *Murphy*, p. 6.（『マーフィー』川口喬一訳七頁）。ベケットはもちろんバレエの『ペトルーシュカ』を観たばかりだった。

(104) Beckett, *Murphy*, pp. 96–7.（『マーフィー』川口喬一訳 一四一―一四二頁）。

(105) ベケットからマグリーヴィーへ、一九三六年七月七日付（トリニティ）。この書簡はBeckett, *Disjecta*, pp. 102, 175に再録されているが、七月十七日という日付はまちがいである。

(106) ベケットからマグリーヴィーへ、［一九三五年］二月十四日付（トリニティ）。

(107) これらの作家によるベケットへの影響関係に関する研究については、Frederick Smith, *Beckett's Eighteenth Century*, Palgrave Macmillan, New York, 2002 参照。この書物のいくつかの章を出版される前に拝読させてくれたスミス教授に感謝申し上げる。

(108) ベケットからレヴェンソールへ、一九三四年五月七日付（テキサス）、およびヌアラ・コステロへ、一九三四年五月十日付（コステロ）。

(109)『マーフィー』創作ノート「ホロスコープ」、草稿番号三〇〇〇（レディング）。

(110) ベケットからマグリーヴィーへ、日付なし［一九三四年九月十六日］（トリニティ）。この書簡には、ルソーに対するすぐれた批評があり、そこでは「一人でいることに対する権利の擁護者であり、まことに悲劇的な人物……」とある。

(111) ベケットからレヴェンソールへ、一九三四年五月七日付（テキサス）。『ブデンブローク家の人々』にはすぐれた箇所がある。そこでトーマス・マンは幸福、成功などについて語り、それを星から発する光と同じようなものと捉え、その光源は一番明るいときに壊され、その明るさがそれ自身の弔いの鐘となっている。だからもし明るい光があるとすれば、どうか不幸とともにありますように、またよそよそしい気持ちのなかで鳴る鐘とともに。君を怒らせることになるかな？いずれにせよ、このマンの作品は静寂主義の基礎だと思う、もし基礎が必要ならばね」。

(112) ベケットからマグリーヴィーへ、［一九三五年］二月八日付（トリニティ）。

(113) ベケットからマグリーヴィーへ、［一九三五年］二月十四日付（トリニティ）。

(114) ベケットはグーチとソレルの二人について広範なノートを取っている。

(115) Beckett, *Murphy*, p. 160.（『マーフィー』川口喬一訳二三八頁）。

(116) Beckett, *Murphy*, p. 160.（『マーフィー』川口喬一訳二三八頁）。

(117) ベケットのノートには、『ダビデとバテシバ』からほかのせりふが引用されており、「ピールが重要なのは劇作家としてではなく、抒情詩人としてである」という言葉の例証となっている。「『ほら、わが恋人が雌鹿のような軽快な足取りで踊るようにやってきた、／そしてぼくの憧れをその髪に絡み合わせてしまった』」。

(118) ベケットからマグリーヴィーへ、［一九三五年］一月二十九日付［ベケットはまちがって一九三四年としている］（トリニティ）。「来週エンバシーで『錬金術師』が上演されることになっているので、いきたいと思っている。いろんな人が押し寄せてくる館がじつにみごとに芝居における場所の一致を示しており、ジョンソンはどれだけ多くのものをそこから生み出していることか。王宮で養われたものが熱病にかかったような、包囲された町の住民のような雰囲気など……」。ベケットからマグリーヴィーへ、［一九三五年］三月十日付（トリニティ）。

(119) Beckett, *Murphy*, p. 18.（『マーフィー』川口喬一訳二六頁）。

(120) Beckett, *Murphy*, pp. 8, 37.（『マーフィー』川口喬一訳五五頁、一八三頁）。

(121) ベケットからマグリーヴィーへ、日付なし［一九三五年九月二十三日］（トリニティ）。

(122) ハーバート・リードからT・M・ラッグへ、一九三八年二月一日付（ラウトレッジ、レディング）。

(123) Beckett, *Murphy*, p. 76.（『マーフィー』川口喬一訳一一二頁）。

(124) C. G. Jung, *The Collected Works*, vol. 18, *The Symbolic Life. Miscellaneous Writings*, p. 74.

(125) Beckett, *Murphy*, p. 80.（『マーフィー』 川口喬一訳 一一七頁）。

(126) Beckett, *Murphy*, p. 80.（『マーフィー』 川口喬一訳 一一七頁）。マイケル・ムーニーは 'Presocratic Scepticism: Samuel Beckett's *Murphy* Reconsidered', *ELH*, 49, pp. 214–34において、『マーフィー』とソクラテス以前の哲学者に関する重要な研究をおこなっている。

(127) ベケットからマグリーヴィーへ、一九三六年七月二十六日、八月十九日、および九月十九日付（トリニティ）。「スピノザ以外は、誰もあまりスピノザを明確にはしてくれません」と、ほぼ二年後にベケットはアーランド・アッシャーに述べている。ベケットからアーランド・アッシャーへ、一九三八年四月六日付（テキサス）。

(128) ベケットからマグリーヴィーへ、［一九三六年］一月十六日付（トリニティ）。

(129) ベケットからマグリーヴィーへ、一九三六年三月五日付（トリニティ）。

(130) ベケットからマグリーヴィーへ、一九三五年十月八日付（トリニティ）。

(131) アーシュラ・トンプソンへのインタヴュー、一九九〇年六月。

(132) アーシュラ・トンプソンへのインタヴュー、一九九〇年六月。

(133) Deirdre Bair, *Samuel Beckett*, p. 185.

(134) ジョージ・リーヴィーへのインタヴュー、'George Reavey and Samuel Beckett's early writing', *Journal of Beckett Studies*, Summer 1977, No. 2, p. 10.

(135) ベケットからリーヴィーへ、一九三五年三月十五日付（テキサス）。

(136) この改訂作業の一部は、一九三二年八月にウィッシャートに詩の出版を検討してもらうために、送るに先立ってなされた。そのころベケットはマグリーヴィーに次のように書いている。「詩を再びタイプし直していじくっているが、これほど以前のもの全部が――『隊商』に載せたものも全部――まがい物でどうしようもない代物だと思ったことはない。『ホロスコープから［『ホロスコープ』以降］やっと少しはましなものが書けるようになったと感じている」。ベケットからマグリーヴィーへ、一九三二年八月［二十七日］付（トリニティ）。

(137) 詩はガートルード通り三十四番地（ベケットは九月初旬にここへ引越していた）から、一九三四年十一月一日に雑誌『詩』に投稿された。雑誌のほうでは、誰か（おそらく編集助手であろう）が封筒に「長いの［「愁嘆の歌Ⅰ」］はきわめてジョイス的だが、採用する価値はありそう」と書いている。さらにほかの誰か（おそらく編集者だったモートン・ドーウェン・ゼイブル教授）が「かもね。自分としてはあまり気乗りはしない」と付け加えている。そしてこれらの詩の掲載を断った。ゼイブル文書に関し、ロイス・フリードバーグ＝ドブリーの協力に感謝申し上げる。

(138) コン・レヴェンソールは死ぬまで書類保存ケースのなか

にこの二つの詩の写しを保管していた。ベケットは「春の歌」をジョルジュ・ベルモンにも一部渡していた。この未刊の詩「春の歌」が一九三五年八月以降にも改訂されていた可能性は、ベケットがプールで非難されたときの出来事から取った詩行の存在からも明らかである。「きみ、臍まれ上げな、臍まれ上げな」というせりふは、明らかにパディントンの公衆プールでの出来事への言及である。「SOS［ショーン・オサリヴァン］の身振りに気づいた。一緒に水浴びしていたのだが、パディントンではわれわれだけではなかった。ぼくが着ていたヤンツェン・パンチェン［ベケットの着ていた最新の水着］が洞穴のような臍からずっと下までずり落ち、発育不全の乳房のせいで公の非難を浴びることになった」（ベケットからレヴェンソールへ、［一九三五年］八月七日付（テキサス）。残されたこの詩の二つの版（レヴェンソールのものとベルモンのもの）は、実際非常に異なっている。

(139) ベケットからマグリーヴィーへ、［一九三二年］十月十八日付（トリニティ）。

(140) 「葬儀屋の男はなだめるのが一番むずかしい。全然詩になっていないし、いまできることと言えば、もう手を引いてこれ以上の損失を食い止めることだけだ。でもこの詩には、どこか詩集に含めないでおくことのできないなにかがある」（ベケットからマグリーヴィーへ、［一九三五年］九月八日付、トリニティ）。十月には、この詩が「よくなった」と、ベケットは書いている。ベケットからマグリーヴィーへ、一九三五年十月八日付（トリニティ）。

(141) John Pilling, *Samuel Beckett*, p. 159.

(142) ハーヴィーによるベケットへのインタヴュー、日付なし（ダートマス）。

(143) ベケットからマグリーヴィーへ、［一九三五年］十二月三十一日付（トリニティ）。

(144) ベケットからマグリーヴィーへ、［一九三五年］十二月三十一日付（トリニティ）。

(145) ベケットからマグリーヴィーへ、［一九三六年］一月十六日付（トリニティ）。

(146) ベケットからマグリーヴィーへ、［一九三六年］一月十六日付（トリニティ）。

(147) 「新しいやつ、そのうちのいくつか［ジャック・イェイツの最近の絵画］はみごととしか言いようがない。とくにある小さな絵、『朝』という作品はほぼ空の景色を描いている。広い通りがいつものように西に面したスライゴーへと通じていて、少年が馬に乗っている。三十ポンドだ。十ポンドあれば、彼に無理を言ってでもゆるやかな支払いを申し込んだが。でも手元にはない。いまはほのめかしてみてわかってもらえたが、実行には移していない。でも、お金を工面する望みを捨てたわけではない。彼が分割払いに応じてくれると思うかい。これほど欲しいと思う絵を見てから相当経つ」。（ベケットからマグリーヴィーへ、一九三六年一月二十九日付［ベケットは日付をまちがえて一九三五年としている］、トリニティ）。五月初め、ベケットは（借りた）十ポンドのお金を払い、残る二十ポンドをあとから払ってこの絵を買った。

(148) ベケットからマグリーヴィーへ、［一九三五年］十二月三十一日付（トリニティ）。

(149) ベケットからマグリーヴィーへ、一九三六年五月七日付(トリニティ)。

(150) 「エズナ・マッカーシーが彼のプロヴァンス語の講義をする仕事を得たので、フェリブリージュの宝典が理解できるように彼女の手助けをしている。オーバネルがそのなかで一番いいように思う。ミストラルの『ミレイユ』と『回想と物語』も含まれている」(ベケットからマグリーヴィーへ、一九三六年一月二十九日付[ベケットは日付をまちがえて一九三五年としている]、トリニティ)。十三ページに及ぶミストラルとフェリブリージュの作家たち(ジョゼフ・ルマニーユとテオドール・オーバネル)に関するベケットによるタイプ原稿は現在も残っている。そのうちの十二ページは、ガストン・パリスの著書『思想家と詩人』のなかのミストラルに関するノートから成っている。

(151) デアドラ・ベアのベケット伝に書かれた、この時期の記述にはいくつかの重大な問題がある。ベケットは日付をまちがえて一九三六年六月五日としているが、実際は一九三七年の六月に書かれたトム・マグリーヴィー宛の一通の長い重要な書簡を見れば、ベケットの社交的な振る舞いや仕事の申請はドイツ旅行のあとでなされたものであって、それ以前ではないことがわかる。書簡のなかの名誉毀損の訴訟に関する問い合わせや、ミュンヘン在住の画家からのメッセージから、この日付のほうが正しいことがわかる。

(152) ベケットからマグリーヴィーへ、一九三六年一月二十九日付[ベケットは日付をまちがえて一九三五年としている](トリニティ)。

(153) メアリー・マニングへのインタヴュー、一九九二年三月十三日。

(154) ベケットからマグリーヴィーへ、一九三六年三月二十五日付(トリニティ)。

(155) 「オブライエン、光のある面を指差しながらいわく、『あそこは美しい瀑布だ』と。イェイツの答えは簡潔だが、少し説得力に欠けていた。『もし瀑布というものが瀑布以外のなにものにも似ていず、光の面が光の面以外のなにものにも似ていないとすれば、云々』。トンクスは美しく、老齢で体は弱ってはいるが、快活ですらりとしており、ホーンのよう[ジョー・ホーンはベケットの知人で、ヘンリー・トンクスに関する著書がある]で、ジョージ・ムア、ローランドソン、シッカート的なものに満ちている」。ベケットからマグリーヴィーへ、一九三六年六月二十七日付(トリニティ)。

(156) ベケットからマグリーヴィーへ、一九三六年九月九日付(トリニティ)。

(157) ベケットからマグリーヴィーへ、一九三六年九月九日付(トリニティ)。

(158) ベケットからマグリーヴィーへ、[一九三六年]二月六日付(トリニティ)。

(159) ベケットからマグリーヴィーへ、一九三六年五月七日付(トリニティ)。

(160) ベケットからマグリーヴィーへ、一九三六年六月二十七日付(トリニティ)。

(161) ベケットからマグリーヴィーへ、一九三六年三月二十五日付(トリニティ)。

(162) ベケットからマグリーヴィーへ、［一九三六年］二月六日付（トリニティ）。

(163) ベケットからマグリーヴィーへ、［一九三六年］七月二十六日付（トリニティ）。

(164) ベケットからマグリーヴィーへ、［一九三三年］六月二十二日付、および「再びスペイン語を始めた」（ベケットからマグリーヴィーへ、［一九三三年］九月七日付、トリニティ）。ベケットは一九三五年の終わりになってもスペインへ行くことを完全に断念したわけではなかった。ベケットからマグリーヴィーへ、一九三五年十月八日付（トリニティ）参照。

(165) 一九三二年七月七日付、T・B・ラドモウズ＝ブラウンの推薦状。この初期の推薦状は、ベケットが一九三七年七月十九日にケープタウン大学でのイタリア語講師の職に応募する際に、あとから作成されたほかの書類と一緒にされた。ケープタウン大学人事部のクレア・ステイブルフォード氏には、推薦状の写しを見せていただいたことに対し、心より感謝申し上げる。また作家で、英語講師のJ. M. Coetzee 氏には、これらの推薦状が存在することに筆者の注意を向けていただいた。心より感謝申し上げる。

(166) ゲーテに関するベケットのさまざまなノートと、詩「プロメテウス」のタイプ原稿は残されている。

(167) ベケットからマグリーヴィーへ、一九三六年三月二十五日付（トリニティ）。

(168) 「ドイツ語に取り組んでファウストを読んでいる。昨夜第一部を終えた。なにかとても断片的でしばしばちぐはぐだったり、具体的すぎるという印象を受けたが、おそらく第二部で修正されるだろう。アウエルバッハの酒場、魔女たちの台所、ワルプルギスの夜、など。ほとんど場と雰囲気ばかりで、それらが対応する精神状態を圧倒してしまう。あらゆる出来事の連続もうんざりするほどで、ベートーヴェン的な断固とした楽観主義も、生まれようとしている途方もない時間も同様だ」（ベケットからマグリーヴィーへ、日付なし［一九三六年八月十九日］、トリニティ）。ヴォルフガング・ファン・エムデン教授のご教示に感謝申し上げる。

(169) エリザベス・ストックトンから筆者へ、一九九二年四月十一日付。

(170) エリザベス・ストックトンから筆者へ、一九九二年四月十一日付。

(171) Beckett, *Collected Poems in English and French*, p. 30.（「カスカンド」高橋康也訳　六二―六三頁）。

(172) メアリー・マニングへのインタヴュー、一九九二年三月十三日。

(173) ベケットからマグリーヴィーへ、一九三六年九月十九日付（トリニティ）。

第十章　ドイツ――知られざる日記　一九三六―三七

(1) ベケットからマグリーヴィーへ、一九三六年十月九日付

（トリニティ）。

（2）『マーフィー』では、ミス・クーニハンがニアリーに「シャンドンの教会墓地のプラウト神父（F・S・マーオニー）の墓のところで午前の逢引《あいびき》をすることを約束した。ここは彼女が知っている場所のなかで、新鮮な空気とプライバシーが保たれ、襲撃から免れているという三点が調和しているコーク市内で唯一の場所であった」（Beckett, *Murphy*, p. 38.『マーフィー』 川口喬一訳 五六頁）。ベケットはコークからハンブルクへの旅よりも前にこの教会墓地を訪れたか、あるいはあとになって小説に書き込んだかのいずれかであろう。最初のほうが可能性が高いと思われる。

（3） ベケット、「ドイツ日記」（未刊）第一冊、一九三六年九月二十八日。以後、「日記」と略記する。この六冊にも及ぶ日記の存在に筆者の注意を向けてくれたのは、なによりもエドワード・ベケットのおかげである。彼はこれをサン・ジャック大通り三十八番地のベケットのアパートの地下室にあった古いトランクのなかから見つけ出してくれたのである。この日記をもっぱら筆者が利用できるように取りはからってくれたエドワード・ベケットに心から感謝申し上げる。

（4） ベケット「日記」第一冊、一九三六年九月二十九日。

（5） ベケット「日記」第一冊、一九三六年九月三十日。

（6） ベケット「日記」第一冊、一九三六年十月一日。

（7） ベケット「日記」第一冊、一九三六年十月一日。

（8） ベケット「日記」第一冊、一九三六年十月五日。

（9） Deirdre Bair, *Samuel Beckett*, p. 242.

（10） ベケット「日記」第一冊、日付のない記載項目［一九三六年十月三日あるいは四日］。およびベケットからマグリーヴィーへ、一九三六年十月九日付（トリニティ）。

（11） ベケット「日記」第一冊、一九三六年十一月十三日。

（12） ベケット「日記」第一冊、一九三六年十月七日。この日の部分には、聖ヨハネのこの言葉（十一章二十六節）がドイツ語で引用されているが、まちがって三十六節と記されている。ベケットはこの言葉をトム・マグリーヴィー宛書簡では英語で引用している。ベケットからマグリーヴィーへ、一九三六年十月九日付（トリニティ）。

（13） ベケット「日記」第一冊、一九三六年十月十九日。

（14） ベケット「日記」第一冊、一九三六年十月九日。

（15） ベケット「日記」第一冊、一九三六年十月九日。

（16） ベケット「日記」第一冊、日付のない記載項目［一九三六年十月三日あるいは四日］。

（17） ベケット「日記」第一冊、一九三六年十月十八日。

（18） ベケット「日記」第三冊、一九三六年十二月三十一日。

（19） ベケット「日記」第一冊、一九三六年十月九日。

（20） ベケット「日記」第一冊、一九三六年十月十一日。

（21） ベケットがミス・シェーンから借り受けた書物のなかには以下のようなものが含まれていた。Rudolf Binding, *Die Waffenbrüder*, Rütten and Loening, Frankfurt am Main, 1935 and *Sankt Georgs Stellvertreter*, Rütten and Loening, Frankfurt am Main, 1934; Hans Leip, *Herz im Wind. Geschichten von der Wasserkante*, E. Diederichs, Jena, 1934; Henry von Heiseler, *Wawas Ende ein Dokument*, A. Langen and G. Müller, 1933; Wilhelm Schäfer,

Die Anekdoten, A. Langen and G. Müller, Munich, 1928 or 1929 edition; さらに叙情詩集の *Das kleine Gedichtbuch –Lyrik von Heute*, Ernst Wiechert, *Hirtennovellen*, A. Langen and G. Müller, Munich, 1934 and Rainer Rilke, *Die ausgewählten Gedichte*, Insel-Bücherei, Leipzig, 1935.

(22) ベケット「日記」第一冊、一九三六年十月十二日。

(23) ベケット「日記」第一冊、一九三六年十月二十日。

(24) このドイツ語訳の手書き草稿は、［一九三六年］八月十八日の日付があり、ベケットのノートのなかに残されている。クラウディア・アッシャーの示唆によって変更したもの、およびベケットの日記の記載項目のなか（「日記」第一冊、一九三六年十一月二日）で指示されているものは、一つを除いてすべて草稿のなかに組み込まれている。

(25) アッシャーがエルンスト・ヴィーヒャートの小説を幾冊か貸してくれたが、ベケットはどれもほとんど共感を覚えなかった。それらは、*Die Magd des Jürgen Doskocil*, Langen and Müller, Munich, 1934（英訳は *The Girl and the Ferryman*, Pilot Press, London, 1947）と、おそらく *Das Spiel von deutschen Bettelmann*, Langen and Müller, Munich, 1934 であった。この小説家の *Das Todeskandidat*, Langen and Müller, Munich, 1934 は自分で購入している。

(26) ベケット「日記」第一冊、一九三六年十月二十四日。

(27) ベケット「日記」第二冊、一九三六年十月二十日。

(28) ベケットからマグリーヴィーへ、一九三六年十月九日付（トリニティ）。

(29) ベケットが記しているところによれば、美術館にはそのほか「たくさんのすてきなファン・ホーイエンの作品、ブローウェルに与えられた一枚の風景画（これはおそらく金もうけのために制作されたお粗末な作品だろう）、ヴァン・ウーデンとテニールスによる作品はダブリンのものほど出来はよくない、二枚のエフェルディンヘンのもの、一枚のエルスハイマー、一枚のディルク・ハルス」があった。ベケットはエルスハイマーの『洗礼者聖ヨハネの説教』、「絶美の」フィリップス・ヴァウヴェルマン（『砂丘の騎手』）、およびアールト・ファン・デル・ネール（『月光の風景』）をこのうえなく絶賛している。（ベケット「日記」第一冊、一九三六年十月八日と十月十八日、およびベケットからマグリーヴィーへ、一九三六年十月九日付、トリニティ）。十月十八日に訪れたときには、ここには上質のロイメルスウェーレ（『使徒マタイの召命』、すばらしいヒンリッヒ・フンホフ（『穂の服を着たマリア』）、上質のブルクマイアー（『橄欖山のキリスト』）もあることにふれ、ヤン・ファン・デル・ヘイデン（ヤン・ファン・デル・ヘイデン作『ボスの館近くの園亭』）が描いたツタの這った四阿《あずまや》がいかに美しいかを述べている。

(30) ベケット「日記」第一冊、一九三六年十月二十一日。

(31) ベケット「日記」第一冊、一九三六年十月二十一日。

(32) ベケット「日記」第二冊、一九三六年十一月十九日。この絵画は、現在ニューヨーク近代美術館に所蔵されている。

(33) ベケット「日記」第二冊、一九三六年十一月十九日。

(34) ベケット「日記」第二冊、一九三六年十一月二十二日。

(35) ベケット「日記」第五冊、一九三七年二月十五日。

(36) ベケット「日記」第一冊、一九三六年十月二十五日。この教授とは、一八七〇年生まれのベン・ディーデリッヒのことで、彼の執筆した伝記とは、『エミール・ゾラ』(ライプツィヒ、一八九八年)と『アルフォンス・ドーデ』(ハンブルク、一九〇一年)を指す。
(37) ベケットからマグリーヴィーへ、一九三七年一月十八日付(トリニティ)。
(38) ベケット「日記」第二冊、一九三六年十一月十三日。
(39) ベケット「日記」第二冊、一九三六年十一月十日。
(40) ベケット「日記」第二冊、一九三六年十一月十六日。
(41) ベケットからマグリーヴィーへ、一九三七年一月十八日付(トリニティ)。
(42) ベケット「日記」第二冊、一九三六年十一月二十三日。
(43) ベケット「日記」第二冊、一九三六年十一月二十三日。
(44) ローザ・シャピーレ、ローザの出版物、およびそのコレクションに関する最もくわしい説明は、*Jahrbuch der Hamburger Kunstsammlungen*, vol. 9, 1964, pp. 114–62 に収められた彼女に関するゲールハルト・ヴィーテクの論文を参照。
(45) ベケット「日記」第二冊、一九三六年十一月二十二日。
(46) ベケット「日記」第二冊、一九三六年十一月十四日。
(47) ベケットからマグリーヴィーへ、一九三七年一月十八日付(トリニティ)。
(48) ベケット「日記」第二冊、一九三六年十一月十五日。
(49) ベケット「日記」第二冊、一九三六年十一月十四日。
(50) ベケット「日記」第三冊、一九三六年十一月二十日。
(51) 「洗面所にいるすべての人が『ハイル・ヒトラー』と言う」(ベケットからマニングへ、一九三六年十一月十四日付(テキサス))。日記からはベケットが苛立っている様子がところどころにうかがえる。
(52) ベケット「日記」第四冊、一九三七年一月十一日。
(53) たとえば、ベケットは次のように記している。「皇太子宮殿の近・現代室は閉鎖されていて、ノルデ以降の現代ドイツ絵画は見られない。ぼくはハンブルクでドイツの一般市民はもう見ることのできないさまざまな作品を見て回るための許可証を得たので、この皇太子宮殿でも使えるかどうか館長に聞いてみるつもりだ。本当はハンブルクでしか利用できないのだがね。一階にはすばらしいムンクとファン・ゴッホの作品がある」。ベケットからマグリーヴィーへ、一九三六年十二月二十二日付(トリニティ)。
(54) ハンブルク美術館館長のヘルムート・レッピーン博士には、ハンブルクとそこの美術館を訪れた際に筆者をもてなしてくれたご厚意に対し、またモダン・アートとの関連で、この時期なにが起こったのかという点についてご教示いただいたことに対し、心より感謝申し上げる。
(55) ベケットからマグリーヴィーへ、一九三七年一月十八日付(トリニティ)。
(56) ベケット「日記」第二冊、一九三六年十一月二十四日。
(57) ベケット「日記」第二冊、一九三六年十一月二十六日。
(58) ベケット「日記」第二冊、一九三六年十一月十五日。
(59) ベケット「日記」第二冊、一九三六年十一月二十五日。
(60) ベケット「日記」第二冊、一九三六年十一月二十六日。
バルゲールについて書かれたある書物には、ベケットが彼のアトリエで見た可能性のある作品のいくつかが掲載されている。Wolfgang Hesse, *Eduard Bargheer. Leben und Werk*, Galleria Hesse, Campione d'Italia, 1979.

(61) ベケット「日記」第二冊、一九三六年十一月二十六日。

(62) ベケット「日記」第二冊、一九三六年十一月二十六日。

(63) ベケット「日記」第二冊、一九三六年十一月二十五日。

(64) Beckett, *Disjecta*, p. 118.

(65) ベケット「日記」第二冊、一九三六年十一月二十六日。

(66) *Der Maler Willem Grimm 1904–1986*, Hans Christians Verlag, Hamburg, 1989.

(67) ベケット「日記」第一冊、一九三六年十月二十六日。この日には母親が送ってくれた『アイリッシュ・タイムズ』に掲載されたブレーメンの「曲がった尖塔」の写真について、ベケットは「ぼくを刺激して文化欄に書かせようとする意図あり」と記している。

(68) ベケット「日記」第一冊、一九三六年十月二十五日。

(69) Beckett, *First Love*, Calder and Boyars, London, 1973, pp. 12–13.（『初恋』安堂信也訳　一二―一三頁）。

(70) ベケット「日記」第二冊、一九三六年十一月二十七日。

(71) ハノーファー州立美術館では、黄金のテーブルのマイスターの作品に感嘆し、マイスター・ベルトラムの偉大な「キリスト受難の祭壇画」を見、それほど熱中はしなかったが、フランドル派とオランダ派の絵画を見て回った。

(72) ベケット「日記」第二冊、一九三六年十二月六日。

(73) ベケット「日記」第二冊、一九三六年十二月九日。

(74) ベケット「日記」第三冊、一九三六年十二月十八日。

(75) ベケット「日記」第二冊、一九三六年十二月九日。

(76) たとえば『あのとき』『ロッカバイ』そして『なに　どこ』など。ブラウンシュヴァイクにあるヘルツォーク＝アントン＝ウルリッヒ・ギャラリー館長のラインホルト・ヴェックス博士には、ジョルジョーネはじめ、ほかの所蔵作品を時間を延長して個人的に見せていただいたことに対し、心より感謝申し上げる。

(77) ベケット「日記」第二冊、一九三六年十二月六日。

(78) ベケット「日記」第二冊、一九三六年十二月九日。

(79) ベケットが登った階段を再びたどらせていただき、また塔に登る際に個人的にエスコートしてくださった、アンドレーアス教会のヘニング・キューナー牧師に感謝申し上げる。

(80) ベケット「日記」第二冊、一九三六年十二月九日。

(81) ベケット「日記」第二冊、一九三六年十二月八日。

(82) ベケットからマグリーヴィーへ、一九三七年一月十八日付（トリニティ）。

(83) ベケットからマニングへ、一九三六年十二月十三日付（テキサス）。

(84) ベケットからマニングへ、一九三七年一月十八日付（テキサス）。

(85) ベケット「日記」第四冊、一九三七年一月十四日。

(86) ベケット「日記」第四冊、一九三七年一月十五日。

(87) Karl Scheffler, *Deütscher Maler und Zeichner im neunzehnten Jahrhundert*, Insel Verlag, Leipzig, 1911. もっともベケットはおそらく後刷のものを買ったのだろう。

(88) ベケット「日記」第二冊、一九三六年十二月十六日。

(89) ベケット「日記」第二冊、一九三六年十二月十六日。

(90) ベケット「日記」第三冊、一九三六年十二月二十日。

(91) ベケット「日記」第三冊、一九三六年十二月二十日。

(92) ベケット「日記」第三冊、一九三六年十二月十八日。

(93) ベケット「日記」第三冊、一九三六年十二月十八日。

(94) ベケットはしばしば人があまり気づかない細部を取り上げる。たとえばヴェネツィアーノの『三博士の礼拝』について次のように記している。「ヨゼフ、聖母、つまさきにキスしたまま深くひれ伏した礼拝者、駱駝――驢《ろ》は尊厳と無力の調和、白馬の巨大な臀部、花々、鳥たち（空にはコウノトリ、小屋には孔雀）、水、大きな糸杉、遥かな背景には絞首門にぶら下がっている人影――すべてみごとだ」（ベケット「日記」第三冊、一九三六年十二月二十日）。ベルリン訪問の際あたたかく迎えていただき、ご助言を賜った、ベルリンのダーレムにある絵画館館長のヘニング・ボック博士をはじめ、国立美術館のディーナ・パネック夫人、およびブリュッケ美術館のマグデレーナ・メラー博士に感謝申し上げる。

(95) ベケット「日記」第四冊、一九三七年一月十五日。

(96) ベケット「日記」第四冊、一九三七年一月十五日。

(97) ベケット「日記」第四冊、一九三七年一月十五日。

(98) ベケット「日記」第三冊、一九三六年十二月二十六日。

(99) ベケット「日記」第四冊、一九三七年一月十三日。ベケットが所蔵していたカイザー・フリードリヒ美術館とドイツ美術館のカタログ（彼はのちにこれをアヴィグドール・アリカに贈った）のなかで、ベケットは作品番号一六三一のヘールトヘン・トート・シント・ヤンスの『洗礼者ヨハネ』に「インドの細密画の隠者と比較せよ」という注を書き込んでいる。またベルリンの国立美術館が出している『インドの細密画』（出版年不詳。ベケットはこれを購入している）のカタログ第一巻四二頁には、まさにこの細密画である「隠者のもとへの訪問」が描かれている。

(100) ベケット「日記」第四冊、一九三七年一月十二日。

(101) ベケット「日記」第四冊、一九三七年一月十二日。マグリーヴィー宛の一九三七年一月十八日付書簡（トリニティ）のなかで、ベケットは次のように書いている。「ヴォルテールの部屋はじつに魅力的で、滑稽で、まったくバビロンの女王だ。幻想的な鳥や花が壁や天井のいたるところに描かれ、椅子のカヴァーには泉が描かれている。にもかかわらず、どこか亡命と孤独の雰囲気に満ちている」。鳥や花はいまでも壁に描かれているが、椅子のカヴァーはもうヴォルテールの部屋には置かれていない。

(102) ベケット「日記」第四冊、一九三七年一月十二日。「完全なポルノグラフィーだ。これと比較すれば、フラゴナールなんかフラ・アンジェリコのように見える」。ベケットからマグリーヴィーへ、一九三七年一月十八日付（トリニティ）。

(103) ベケット「日記」第四冊、一九三七年一月十二日。

(104) ベケット「日記」第四冊、一九三七年一月十二日。

(105) ベケットからマニングへ、一九三七年一月十八日付（テキサス）。

(106) Friedrich Hebbel, *Gyges und sein Ring, Eine Tragödie in fünf Acten*, Verlag von Tendler und Comp., Vienna, 1856.

(107) ベケット「日記」第四冊、一九三七年一月十二日。

(108) ベケットからマニングへ、一九三七年一月十八日付（テキサス）。

(109) ベケット「日記」第四冊、一九三七年一月十二日。

(110) Walther Bauer, *Die notwendige Reise*, B. Cassirer, Berlin, 1932.

(111) ベケット「日記」第四冊、一九三七年一月十八日。

(112) ベケット「日記」第四冊、一九三七年一月十八日。これと同じ日に、ベケットはメアリー・マニングに次のように書き送っている。「遅ればせながらドイツ・ロマン派の小説に刺激を受けて、あのとき自分にはわからなかった、主人公を椅子に縛りつけるということに対する新しい正当な理由に気づいた。あるいは椅子に縛りつけるという表象に対する、というべきか。注意しないと、ぼくは自分の書いたものにはっきりとした態度をとってしまうかもしれない」。ベケットからマニングへ、一九三七年一月十八日付（テキサス）。

(113) ベケットからマグリーヴィーへ、一九三六年十月九日付（トリニティ）。

(114) ベケットからリーヴィーへ、一九三六年十一月十三日付（テキサス）。

(115) ベケットからマニングへ、一九三六年十一月十四日付（テキサス）。

(116) ベケットからマニングへ、一九三六年十二月十三日付（テキサス）。

(117) ベケットからリーヴィーへ、一九三六年十二月二十日付（テキサス）。

(118) ベケット「日記」第五冊、一九三七年二月十九日。

(119) ヨーゼフ・アイヒハイムは一九二四年三月にミュンヘンで上演されたベルトルト・ブレヒトの『イングランドのエドワード二世の生涯』にも出演し、一九三一年十月に同じくミュンヘンで上演されたビリンガーの『霧の夜』でもシュトローマー役で出演している（Günther Rühle, *Theater für die Republik 1917–1933*, FAM, 1967, pp. 508, 511, 1089 参照）。彼は多くの映画にも出演している。この役者の跡をたどる際に、ご助力いただいたジョン・ウィーチョレックとジョン・サンドフォードに心より感謝申し上げる。

(120) ベケットからマニングへ、一九三七年一月十八日付（テキサス）。

(121) ベケットからマグリーヴィーへ、一九三七年二月十六日付（トリニティ）。

(122) ベケット「日記」第四冊、一九三七年一月二十三日。

(123) ベケット「日記」第四冊、一九三七年一月二十六日。

(124) ベケットから葉書にてマグリーヴィーへ、一九三七年一月二十五日付（トリニティ）。

(125) ベケット「日記」第四冊、一九三七年一月二十八日。

(126) ベケットからマグリーヴィーへ、一九三七年二月十六日付（トリニティ）。

(127) ベケット「日記」第四冊、一九三七年一月二十七日。

(128) ベケット「日記」第四冊、一九三七年一月二十九日。

(129) ベケットからリーヴィーへ、一九三七年一月三十日付（テキサス）。

(130) ベケットからマグリーヴィーへ、一九三六年十二月二十二日付（トリニティ）。

(131) ベケット「日記」第四冊、一九三七年二月二日。
(132) ベケット「日記」第四冊、一九三七年二月五日。
(133) ベケットからマグリーヴィーへ、一九三七年二月十六日付（トリニティ）。
(134) ベケット「日記」第五冊、一九三七年二月十五日。
(135) ベケット「日記」第四冊、一九三七年二月七日。
(136) ビーネルト夫人はとてつもなくたくさんのモダン・アートの貴重なコレクションを収集していた。長い時間をかけてベケットは個人的にそれらを見せてもらうという特権を与えてもらい、心から感謝した。「ビーネルト夫人は書斎の引出しのなかにある引き出しを開けてモンドリアンやカンディンスキーの作品を出してくれた。茶色の紙に包んだ作品を取り出して、もしぼくがこれをドイツでは誰にも見せないなら譲るという」（ベケット「日記」第五冊、一九三七年二月十五日）。危険に満ちた時代だったので、夫人はもはや通常では誰にも自分の所蔵する絵画作品を見せられないことに気づいていたのである。グローマンはイーダ・ビーネルトのコレクションの挿絵入りカタログを作成しており、ベケットはこれを夫人からもらい受けている。このカタログ、Will Grohmann, *Die Sammlung Ida Bienert Dresden*, Muller and I. Kiepenheuer, Potsdam, [1933] は、ベケットからアヴィグドール・アリカに贈られた。
(137) ベケット「日記」第五冊、一九三七年二月十五日。
(138) ベケット「日記」第四冊、一九三七年二月十日。
(139) ベケット「日記」第四冊、一九三七年二月二日。
(140) ベケット「日記」第四冊、一九三七年二月二日。
(141) ベケット「日記」第四冊、一九三七年二月三日。
(142) ベケットからマグリーヴィーへ、一九三七年二月十六日付（トリニティ）。
(143) ベケット「日記」第四冊、一九三七年二月十二日。
(144) 興味深いことに、ベケットが泊まっていたビュルガーヴィーゼ十五番地の下宿屋の経営者ヘーファー氏は、ツヴィンガー回廊の建物に大規模な修復作業が施される以前にこの回廊のデッサンを描いていた。ベケットはツヴィンガー回廊の版画室でこのヘーファーのデッサンを見て賞讃している。
(145) ベケットからマグリーヴィーへ、一九三七年二月十六日付（トリニティ）。
(146) ベケットからジョルジュ・デュテュイへ、一九四八年七月二十七日付（デュテュイ）。ここでベケットは、デュテュイがイタリア人の空間の用い方について述べていたことに言及している。ベケットはアントネロ・ダ・メッシーナが描いた聖セバスチャンのことを覚えており、次のように記している。「すごくいい、すごくいい。あの絵は最初の部屋にあった。見るたびに身動きできなくなった」。
(147) ベケットはツヴィンガーにあるものも含め、ドイツで見た多くのブローウェル作品に夢中になった。これに関しては次のように記している。「初期の明るい色彩の［絵］、ほぼディルク・ハルスやドイスターの様式に近い『愛の音楽を合奏する農民たち』。それ［農民による音楽の合奏］はブローウェルが見い出した世界では長くは続かなかった」。ベケット「日記」第四冊、一九三七年二月五日。
(148) ベケット「日記」第五冊、一九三七年二月十四日。

(149) ベケットは一貫してゴシックよりロマネスク、バロックよりロココ様式を好んだ。絵の前に立って長い時間を過ごすのと同じように、彫刻や彫像を前に時を過ごすこともしばしばであった。ニュルンベルクの聖ローレンツ教会にあるアーダム・クラフトの聖体器に対するコメントでもそうだったが、自分の見方をずばりと言ってのけることができた。「おそろしい仕組み。ゴシック的なもの以上にゴシック的で、骨の折れる静力学による奇跡だ。薄汚れた石灰岩による摩天楼、小尖塔はカーブして丸天井の曲線のあとをたどり、空間が許せば、ずっと続けることもできただろうということがわかる」。ベケットからマグリーヴィーへ、一九三七年三月七日付（トリニティ）。

(150) ベケット「日記」第五冊、一九三七年二月二十三日。

(151) ベケット「日記」第五冊、一九三七年三月二日。

(152) ベケット「日記」第六冊、一九三七年三月十七日。

(153) ベケット「日記」第六冊、一九三七年三月十七日。

(154) ベケットからマグリーヴィーへ、一九三七年三月七日付（トリニティ）。

(155) ベケットの蔵書には二種類のカタログが保管されていた。一つはミュンヘンで一九二八年に出た『ミュンヘン・アルテ・ピナコテーク』。これは二百枚の図解入りで、従兄からもらったもの。もう一つは『ミュンヘン・アルテ・ピナコテークのカタログ』で、ミュンヘン官庁カタログ、一九三六年刊。このカタログはベケットがミュンヘンで購入したもので、欄外にはベケットによるわずかなメモが残されている。

(156) ベケットからマグリーヴィーへ、一九三六年一月九日付［ベケットは日付をまちがえて一九三五年としている］（トリニティ）。

(157) ベケット「日記」第五冊、一九三七年三月十三日。

(158) ベケット「日記」第五冊、一九三七年三月八日。

(159) ベケットからマグリーヴィーへ、一九三七年三月二十五日付（トリニティ）。

(160) ベケット「日記」第五冊、一九三七年三月九日。

(161) ベケット「日記」第五冊、一九三七年三月九日。

(162) ベケット「日記」第五冊、一九三七年三月十一日。

(163) ベケット「日記」第五冊、一九三七年三月十五日。

(164) ベケット「日記」第六冊、一九三七年三月十七日。

(165) ベケットからマグリーヴィーへ、一九三七年三月二十五日付（トリニティ）。

(166) ベケットはエンデの絵を「まったく最低、夢、神話、観念だけの絵で（中略）直接的な視覚体験は微塵もない」と記している（ベケット「日記」第六冊、一九三七年三月十九日）。幸運にも、エドガー・エンデの話はもっと楽しく、すぐに二人は再び言語についての議論を始めた。この画家のことを、ベケットは次のように記している。「楽しそうな感情が表面に表われるのは、会話のなかに人を監禁し、質問や間接的な言及でまわり一面に柵をもうける時だ。その各々のかんぬきに対して偏見の柵が突然現われる。意思伝達は不可能であるということには同意しない。ぼくはついに、人間は唯我論者であるかそうでないかのどちらかだ、と言った」（ベケット「日記」第六冊、一九三七年三月三十一日）。ヨーゼフ・マーダーはケルンでアーラーズ＝ヘステルマンのもとで学んだが、これだけでベケットの目には充分非難に値すると思えた。「青ざめた風景のなかのトラ、ライオン、鳥、馬、男や女の裸体画。哀れなまでにひどい。デッサンも、色彩も、構図も、着想も、すべて。指だけは賞讃に値する！　しかもそれは最良のもののなかに含まれる！　ナチにはもったいない！　なのに個人的には非常に感傷的で、控え目で、誠実でもある」。ベケット「日記」第六冊、一九三七年三月二十三日。

(167) ベケット「日記」第六冊、一九三七年三月二十六日。

(168) ベケット「日記」第六冊、一九三七年三月二十六日。

(169) ベケットはバルマー自身がルドルフ・シュタイナーに鼓舞されて書いたパンフレット「しかしハイデガー氏は」を読んで到達し得たと思えたバルマーの絵画に対する洞察をエガースに伝えようとして、次のように記している。「いかなる意味で『しかしハイデガー氏は』がバルマーの絵を明解にしてくれているかを説明しようとするが、身動きが取れなくなった」。ベケット「日記」第六冊、一九三七年三月二十六日。

(170) ベケット「日記」第五冊、一九三七年三月十一日。

(171) ベケット「日記」第二冊、一九三六年十一月十七日。

(172) ベケット「日記」第三冊、一九三六年十二月二十五日。

(173) ベケット「日記」第三冊、一九三六年十二月二十五日。

(174) ベケットはアルフェルデスのことを次のように記している。「小柄でたくましい男。自信に満ちた顔つきで、笛吹きの笛の先から出てくるような声。最初はひどいカタルにかかっている人と同じような、かなり悲惨な印象を受けた。まるで一言一言がヘーラクレースの大仕事の一つのように感じられる。彼がこの声のことを話す。ぼくは心から敬意を表わしておいた」。ベケット「日記」第六冊、一九三七年三月三十日。

(175) ベケット「日記」第六冊、一九三七年三月三十一日。

(176) ベケット「日記」第六冊、一九三七年三月十四日。

(177) ベケット「日記」第六冊、一九三七年四月一日。

(178) ベケットからピーター・ギダルへ、一九七二年九月十二日付（ギダル）。

(179) このカール・ヴァレンティンの部分に関しては、ピーター・ギダルのご教示のお陰である。ギダルから筆者へ、「一九九〇年」七月十九日付。

(180) ベケットからマグリーヴィーへ、一九三七年三月二十五日付（トリニティ）。

(181) ベケット「日記」第五冊、一九三七年三月十三日。

(182) ベケット「日記」第六冊、一九三七年三月二十六日。

(183) ベケット「日記」第六冊、一九三七年三月二十五日。

(184) ベケット「日記」第一冊、一九三六年十月六日。

第十一章　永遠の故郷　一九三七―三九

(1) ベケットからマグリーヴィーへ、一九三七年四月二十六日付（トリニティ）。

(2) ベケットからマグリーヴィーへ、一九三七年四月二十六日付（トリニティ）。

(3) ベケットからジョー・ホーンへ、一九三七年七月三日付（テキサス）。

(4) ベケットの言い分はこうだった。もう大学で教えるのはこりごりだ、自分の興味はヨーロッパやヨーロッパ的な文化にある、また自分と関係をもったメアリー・マニングが夫とともに近々バッファローに移ってくる予定であることを知ったからには、自分がそこにいくのはまずい（ベケットからマグリーヴィーへ、［一九三七年］七月七日付、トリニティ）。とはいえ、ベケットは八月初めにもまだそのことで悩んでいた。ベケットからマグリーヴィーへ、一九三七年八月四日付（トリニティ）。

(5) ためらいながらも、ベケットは略歴などの応募書類を準備していた。この件については、マグリーヴィーへの書簡、一九三七年七月七日付、八月四日付（トリニティ）で触れている。略歴のなかで、ベケットは機転を利かせたのか、『蹴り損の棘もうけ』を『短編集』、『こだまの骨』を『詩集』と呼び変えている。応募書類にはラドモウズ＝ブラウンからの二通の推薦状（一九三七年六月五日付と一九三二年七月七日付）をはじめ、ウォルター・スターキー、R・W・テイト、ジャン・トマからの推薦状もあった。審査にあたったのは、弁護士トーマス・ロス、牧師長A・A・ルース、医師ジェフリー・トンプソンだった。（第九章、注165参照）。

(6) ベケットからマグリーヴィーへ、［一九三七年］七月七日付（トリニティ）、およびメアリー・マニングへ、一九三七年七月十一日付（テキサス）。ベケットは一九三七年にベルリンで知り合い、手紙を交わしたアクセル・カウンから、この翻訳の推薦を受けた。

(7) ベケットからマグリーヴィーへ、一九三七年八月四日付（トリニティ）。

(8) ベケットからマグリーヴィーへ、一九三七年四月二十六日付（トリニティ）。

(9) ベケット家の使用人リリー・コンデルは、二匹のケリーブルー犬のうちの年取ったほうのウルフを、ベケットとメイがどんなに強く愛していたかを語っている。彼女はこんな楽しい話をしてくれた。「奥様がバスでお出かけになるとき、奥様は黒のスカーフを身に付けられ、ウルフの首にはピンクのスカーフを巻いて、ウルフをバス停で待たしておいたものです。そして犬のそばにカバンも置いておいたので、バスの運転手は奥様がそこにおいでにならなくても、奥様と犬がバスを待っていることがわかったのです」。リリー・コンデルへのインタヴュー、一九九二年八月四日。

(10) デアドラ・ベアは、ベケットの留守中に犬を死なせ、その後、悲しんだ（そぶりにすぎないのか、本当に悲しんでいたのか、と彼女は疑問を付している）母の行為について、「ベケットを故意に挑発する一連の行為」と解釈している（*Samuel Beckett*, p. 251）。筆者の目には、むしろメイは親心から責任をもって、犬を留守中に眠らせたという解釈のほうが、心理学的にも説得力があると思われる。

(11) ベケットからマグリーヴィーへ、一九三六年八月七日付（トリニティ）。

(12) ベケットからマグリーヴィーへ、一九三七年五月十四日付（トリニティ）。
(13) ベケットからマニングへ、一九三七年五月二十二日付（トリニティ）。
(14) モリス・シンクレアから筆者へ、一九九三年十月十一日付。当時のベケットとモリス・シンクレアの家族に関する情報を提供してくれたモリス・シンクレア氏に感謝申し上げる。
(15) ベケットからマグリーヴィーへ、［一九三七年］七月七日付（トリニティ）。
(16) リリー・コンデルへのインタヴュー、一九九二年八月四日。
(17) ベケットからマグリーヴィーへ、一九三七年八月二十三日付（トリニティ）。
(18) ベケットからマグリーヴィーへ、［一九三七年］七月七日付（トリニティ）。
(19) ベケットからマグリーヴィーへ、一九三七年八月十四日付（トリニティ）。
(20) ベケットからマグリーヴィーへ、一九三七年八月二十三日付（トリニティ）。
(21) マーヴィン・ウォールへのインタヴュー、一九九二年八月十一日。
(22) ベケットからマグリーヴィーへ、一九三七年八月二十三日付（トリニティ）。
(23) ベケットからマグリーヴィーへ、［一九三七年］七月七日付（トリニティ）。
(24) ベケットからアーランド・アッシャーへ、一九三七年六月十五日付（トリニティ）。
(25) ベケットがここで言及している二枚の絵画とは、『ブーシコーとビアンコーニの思い出に』（現在アイルランド国立美術館所蔵）と、『ブレフニーのさざ波』（現在ダブリン民間所蔵）である。彼はまたイェイツの『干潮』と『馬と少年』についても語っているが、彼はその複製画をもっていた。
(26) 招待した理由の一つは、母が所有する農家の離れに飼っているロバを、イェイツが見たがったことにある。母がイェイツととても仲むつまじくやっていたので、ベケットは見ていてうれしかった（ベケットからマグリーヴィーへ、一九三七年六月五日付、トリニティ）。なお、この書簡の日付「一九三六年」は、誤りである。この書簡に見られるベケットの母に対する愛情は、心からのものであろう。このあと同じ年の夏、ベケットは母と叔母のシシーと連れ立って、イェイツの「最も大きく、最も自由に」描かれた近作の風景画を見に行っている。ベケットからマグリーヴィーへ、一九三七年七月七日付（トリニティ）。
(27) ベケットからマグリーヴィーへ、一九三七年八月十四日付（トリニティ）。この少し前に、ベケットはマグリーヴィー宛の私信のなかで、イェイツとコンスタブルの類似点について、はっきりと述べている（ベケットからマグリーヴィーへ、一九三七年八月四日付、トリニティ）。そして今度の書簡では、むしろ両者の相違点に焦点を当てている。「イェイツにはコンスタブルには見られないなにかがある。その風景は隠れ、おびやかし、仕え、破壊するのさ。コンスタブルの自然は、クロードやセザンヌの自然とはちがって、ターナーの自然がそうであったように、とことん人間化され、空想化されたもので、まさに『魂』が住み着いているんだ。アイルランドでは、舞台装置と同じくらい非人間的に無機化された自然を感じようと思えば、たいした感受性も必要ないのだけれど、誰もそれをわかっていない。そして、おそらくジャック・イェイツの最終的な特質とは、万物の究極的な無機性にあるのさ。ヴァトーは胸像や、壺でそれを表現したけれど、彼の描いた人物はつまるところ鉱物にすぎない。純粋に無機的な万物の並置、そこではなにかを奪うことも、与えることもできないんだ。変化や交換の可能性は絶たれているのさ」。ベケットからマグリーヴィーへ、一九三七年八月十四日付(トリニティ)。

(28) ベケットからマグリーヴィーへ、一九三七年八月十四日付(トリニティ)。ベケットがここで言及している絵画は『嵐』という題で、一九三六年に描かれている。その絵のうわさを最後に耳にしたのは、ロンドンのウォディントン・ギャラリーが所蔵していたときのことだった。ヒラリー・パイルから筆者へ、一九九三年十月二十六日付。

(29) ベケットからジョルジュ・デュテュイへ、一九五四年三月二日付(デュテュイ)。

(30) Beckett, *Proust. Three Dialogues, Samuel Beckett and Georges Duthuit*, p. 66.(『プルースト』 楜澤雅子訳 一六八頁)

(31) ベケットからマグリーヴィーへ、[一九三七年]九月二十一日付(トリニティ)。

(32) たとえば、ベケットは自分自身を評して、「無為の観念という灰色の喧噪のなかの無意志」とマニングに書いている。ベケットからマニングへ、一九三七年八月三十日付(テキサス)。

(33) ベケットからマニングへ、一九三七年八月三十日付(テキサス)。

(34) ベケットからマニングへ、一九三七年五月二十二日付(テキサス)。

(35) ベケットは大学時代、ジョンソンの関連図書を読んでいた。ジョンソンの教訓的物語『ラセラス』、アスカムとドライデンによるジョンソンの生涯、ボズウェルの『ジョンソン伝』、『ヘブリディーズ諸島旅行記』などに関して、一九三四年から三六年のあいだに記されたと思われる覚え書きが、「ホロスコープ」ノートに見られる(レディング)。一九三六年にダブリンで買ったもう一冊の自分用のノートによれば、その年の八月に、来たるべきドイツ旅行に備えて、ジョンソンからチェスターフィールド卿への有名な書簡をドイツ語に翻訳するためか、ジョンソンのドイツ語の既訳を書き写すために、ジョンソンを読み直している。ジョンソンからチェスターフィールド卿への書簡は、表紙に「IFS(アイルランド自由国)、ダブリン、クレア通り六番地、三六年七月十三日」と記された罫のあるノートに書き写されている。同じペンで書かれたその前の項目には、一九三六年八月という日付がある。このことからすると、ジョンソンの資料はドイツ語で書かれているが、その日付は彼がハンブルクに出発する数か月前までさかのぼることができることになる。もっともノートの裏表紙に近いページに記された二、三の項目には、彼がこのノートをドイツに携帯していったことが示されている。

(36) ベケットからマグリーヴィーへ、一九三六年六月五日付(トリニティ)。そのなかで、ベケットは彼のジョンソン計画の予定の日付がまちがっていたことを論じている。それはまぎれもなく、一九三七年六月五日に書かれている。

(37) ベケットからマニングへ、一九三六年十二月十三日付(テキサス)。

(38) ベケットからマニングへ、一九三六年十二月十三日付(テキサス)。

(39) これらのノートは、ベケットがルビー・コーンに譲ったのだが、その後、寛大にもコーンはほかのジョンソン資料とともにレディング大学のベケット文書資料室にノートを寄贈した。ベケットは、ジョンソン博士やスレイル夫人についておびただしいメモを取っただけでなく、ジョンソンをスレイル夫妻に紹介したアーサー・マーフィー、ファニー・バーニー、フランク・バーバー(ジョンソンの黒人召使い)、ロバート・レヴェット博士、ポリー・カーマイケル、エリザベス・デムーラン夫人、ジョンソンの盲目の友人アンナ・ウィリアムズ夫人たちに関する逸話や情報を、書き残している。またベケットは、ボズウェルの有名なバークベック・ヒルズ一八八七年版『ジョンソン伝』を所蔵しており、たくさんの蔵書を他人に譲ったにもかかわらず、それだけは死ぬまで手放さなかった。さらに、彼はジョンソン博士とスレイル夫人に関するほかの多くの文献にも目を通している。

(40) Ruby Cohn, *Just Play: Beckett's Theater*, Princeton University Press, Princeton, 1980, p. 149. コーンはノート草稿の内容について秀逸な解説をしている。

(41) その論拠は、ジョンソン・ノート購入の日付と、ドイツ日記にはジョンソン博士への言及がまったく見られないことにある。ジョンソン・ノートの第一冊目は、ドイツ日記の最後のノートとともにミュンヘンで購入されている。ベケットはそのノートを「兄貴」と呼んでいる。それには、黒くて柔らかく光沢のある表紙があり、ドイツ日記の第六冊目とのちがいは、見た目でわかる。どちらのノートにも、裏表紙の内側右下に文房具店の名前(フリッツ・フューラー)入りの小さなシールが貼ってある(ノート購入は、「ドイツ日記」第六冊、一九三七年三月十七日の項目にある)。ジョンソンについて続きの覚え書きを記した第二冊目、第三冊目のノートは、ダブリンの文房具店ブラウン・アンド・ノーランズで買っている。

(42) 四月末、ベケットは性的不能説の結末を、興奮気味に書いている。「だんだんおもしろくなってきたよ。ジョンソンが彼女(スレイル夫人)から身を引いたことを隠すために、怒ってみせたものの、身を引くことなど必要なかったことを知ったとき、それは真の怒りに変わるのさ。どちらにしても、愛し合う術をもたない愛の絶望が底にある」(ベケットからマグリーヴィーへ、一九三七年四月二十六日付、トリニティ)。ところが、七月初めのベケットの書簡には、ドラマの焦点が移り、より悲劇的なジョンソンの姿が、彼の心のなかに立ち現われている。

(43) ベケットからマニングへ、一九三七年七月十一日付(テキサス)。

(44) ベケットからマグリーヴィーへ、一九三七年八月四日付

（トリニティ）。

(45)「仮に戯曲が彼（ジョンソン博士）についてのもので、彼女（スレイル夫人）についてのものではないとしても、だからといって彼が正しかったとかいうような馬鹿なことを言いたいのではないんだ。精神的に内面世界の住人となった彼が、悲劇的存在であることを言いたいだけなのさ。つまり、ぼく自身もそうした全体を構成する一部として書く意味がある。けれど夫人のほうはと言えば、肉体的にも自意識とは無縁であり、ぼくにはまったく興味がもてないね」。ベケットからマグリーヴィーへ、一九三七年八月四日付（トリニティ）。

(46) フレデリック・スミスはベケットが「ジョンソン幻想」と呼んだものについて以下の書物で探求している。Frederick Smith, *Beckett's Eithteenth Century*, Palgrave Macmillan, New York, 2002. ベケット作品のこの領域に関するスミス氏の助言に感謝申し上げる。

(47) ベケットからマニングへ、一九三七年日付なし［十二月］（テキサス）。

(48) ベケットからマグリーヴィーへ、一九三三年十二月六日付（トリニティ）。

(49) 次の二人の論は、ベケットの後期戯曲作品とジョンソン草稿との関係を考えるうえで最良のものである。Linda Ben-Zvi, *Samuel Beckett*, p. 55 および Ruby Cohn, *Just Play. Beckett's Theater*, pp. 161–2.

(50) ベケットからマグリーヴィーへ、［一九三七年］九月四日付（トリニティ）。

(51) ベケットからマグリーヴィーへ、［一九三七年］九月二十一日付（トリニティ）。

(52) ベケットからマグリーヴィーへ、一九三七年九月二十八日付（トリニティ）。

(53) モリス・シンクレアから筆者へ、一九九三年十月十一日付。

(54) ベケットからマグリーヴィーへ、一九三七年十月六日付（トリニティ）。

(55) この考えはデアドラ・ベアが提示している。*Samuel Beckett*, p. 263.

(56) モリス・シンクレアから筆者へ、一九九三年十月十一日付。

(57) ベケットからマグリーヴィーへ、一九三七年十二月十日付（トリニティ）。

(58) ベケットからマグリーヴィーへ、［一九三七年］十一月一日付および一九三七年十二月十日付（トリニティ）。

(59) ベケットへのインタヴュー、一九八九年十月二十三日。

(60) エリザベート・ヴァン・ヴェルデへのインタヴュー、一九九〇年九月十二日。ベケットは、この時期、このスタイルのジール・ヴァン・ヴァルデの絵画を所有していた。一点は、『シルヴェスター一九三七―八』と呼ばれるもので、一九七三年四月にベケットからレディング大学のベケット財団文書資料室に寄贈された。もう一点は、一九三七年十一月の日付があるもので、ベケットの死後、地下室で見つかった。

(61) ジョイスの『ユリシーズ』に次の一節がある。「彼はナッソー通りの角を横切り、イェイツ父子商会のウィンドウの前に立って双眼鏡の値ぶみをした。それともちょっとハリス老人の店に寄って若いシンクレアとおしゃべりをしようか？　礼儀ただしい男。たぶん昼食中だろう」James Joyce, *Ulysses*, Corrected Text, edited by Hans Walter Gabler with Wolfhard Steppe and Claus Melchior, Penguin Books, London, 1986, p. 136.（ジェイムズ・ジョイス『ユリシーズI』丸谷才一・永川玲二・高松雄一訳　四〇二頁）。

(62)　一九〇六年、モリス・ハリスの二番目の妻は、夫モリスが義理の妹で家政婦をしていたサラ・ホワイトと浮気をしたと主張し、離婚申請をしていた。「孫たちを知っていたジェイムズ・ジョイスは訴訟を精査した。裁判のなかで、モリス・ハリスは、『ユリシーズ』のレオポルド・ブルーム、『フィネガンズ・ウェイク』のハンフリー・チンプデン・イアウィッカーたちと同じくらい多くの罪を告発された」。Louis Hyman, *The Jews of Ireland*, Irish University Press, Dublin, 1972, p. 148.

(63)　著者によるシンクレア／ゴガティ文書誹毀《ひき》訴訟の説明は、ダブリン、最高裁判所、国立公文書館、「一九三七年三〇〇／P」にもとづいている。それには、ベケット自身による宣誓供述書や、F・R・ヒギンズの委員会証言（『アイリッシュ・レポート』）をはじめ、アイルランドやイギリスの新聞記事が含まれている。『アイリッシュ・タイムズ』（十一月二十三日、二十四日、二十五日、二十八日）、『アイリッシュ・インディペンデント』（十一月二十三日、二十四日、二十五日）、『ロンドン・タイムズ』（十一月二十三日、二十四日、三十日）など。筆者はまた、オリヴァー・セント・ジョン・ゴガティの伝記のなかの、ユーリック・オコーナーによるすぐれた章も参考にしている。二、三のまちがいはあるが、その章は裁判の全貌を生きいきと伝えている。筆者が力を入れたのは、裁判のなかでベケットが演じた役割と、それが彼に与えた影響についてである。ダブリンの弁護士アーネスト・キーガン、ダブリン事務弁護士会のメアリー・ゲイナー、筆者に代わって多くのコピーを収集してくれたスーザン・シュライブマン諸氏に感謝申し上げる。

(64)　Oliver St J. Gogarty, *As I was Going Down Sackville Street*, Rich and Cowan, London, 1937, pp. 70–1. この本は、一九三七年四月に、『イヴニング・スタンダード』と図書推薦協会が取り上げている。

(65)　「ショウシンショウメイの」という言葉は、ゴガティの著書のアメリカ版では、イタリックになっており、そのことも裁判で論点の一つとなった。

(66)　Oliver St J. Gogarty, *As I was Going Down Sackville Street*, Rich and Cowan, London, 1937, p. 71.

(67)　モリス・シンクレアから筆者へ、一九九一年五月二十七日付。

(68)　モリス・シンクレアから筆者へ、一九九一年五月二十七日付。

(69)　ベケットへのインタヴュー、一九八九年七月九日。

(70)　たとえば、Ulick O'Connor, *Oliver St John Gogarty* および Deirdre Bair, *Samuel Beckett*.

(71)　ハリーが文書誹毀による被害を主張し、「正式の裁判所への召喚状を発行してもらったのは、「ボス」・シンクレアの死後一週間たった五月十一日のことだった。そして、訴訟は係争中のまま、五月二十二日、ゴガティに本の出版の差し止めの仮処分がくだされた。この裁定は、六月四日にハンナ裁判官が審議し、六月十八日最高裁判所で事件を審問した。出版禁止の仮処分をめぐる詳細と最高裁判所の裁定については、一九三七年度版『アイリッシュ・レポート』、三七七―三八五頁を参照した。

(72) ベケットからマグリーヴィーへ、一九三七年五月十四日付(トリニティ)。

(73) この時点では、出版社のリッチ・アンド・コーワンはアイルランド裁判所の管轄外となるため、出頭要請に従わず、ゴガティ側の供述書は提出されていない。そののちも、同じ理由により、出版社に対する文書誹毀訴訟は進展しなかった。

(74) 一九三七年度版『アイリッシュ・レポート』、三七八、三八〇頁。

(75) ベケットからマグリーヴィーへ、一九三七年五月十四日付(トリニティ)。

(76) Ulick O'Connor, *Oliver St John Gogarty*, New English Library, London, 1967, p. 249.

(77) 『アイリッシュ・タイムズ』、一九三七年十一月二十三日。

(78) 裁判の公文書「一九三七年三〇〇/P」によれば、ベケットの著書『蹴り損の棘もうけ』と『ホロスコープ』が弁護側の証拠品として一九三七年十一月二十二日に提出されている。

(79) *Beckett, More Pricks than Kicks*, p. 61.(『蹴り損の棘もうけ』川口喬一訳 八二頁)。

(80) ベケットは、「濡れた夜」(これまた思わせぶりな題名だが)の物語のなかのイエズス会士の例を挙げてもよかったろう。そこでは、イエズス会士に最高のせりふが与えられており、あの極端な毒舌の北極熊《ポーラー・ベア》よりも、文句なく印象的である(『蹴り損の棘もうけ』川口喬一訳 八四頁)。

(81) 『アイリッシュ・タイムズ』、一九三七年十一月二十四日。

(82) 『アイリッシュ・タイムズ』、一九三七年十一月二十四日。

(83) 『アイリッシュ・インディペンデント』、一九三七年十一月二十四日。

(84) ハーヴィーによるベケットへのインタヴュー(ダートマス)。ベケットが襲われた事件について、ブライアン・コフィはジョージ・リーヴィー宛の書簡のなかで、あらためて語っている(一九三八年一月九日付、テキサス)。コフィは、最も事の次第をよく知っていたにちがいないダンカン夫妻から聞いたことを、そのままリーヴィーに伝えている。したがって、筆者は彼が直接聞いた話をもとに説明していると同時に、ベケットから個人的に聞いた説明も織り込んでいる。両者のただ一つの大きな食いちがいは、事件が起こった時間についてであって、コフィによれば午後八時半、ベケットによれば午前一時だった。後者のほうがおそらく本当だったのだろう。その他詳細については、ベケットからマグリーヴィー、ジョージ・リーヴィー、アーランド・アッシャーに宛てた書簡をはじめ、フランク・ベケットからマグリーヴィーへの書簡、ルネ・エヴラールから筆者への書簡、さらにアン・ベケット、ジョン・ベケット、ジョルジュ・ベルモン・プロルソン、エリザベート・ヴァン・ヴェルデへのインタヴューを参考にしている。
(85) ベケットへのインタヴュー、一九八九年十月二十三日。
(86) ベケットがブルーセ病院に入院したときの記録は現在も残っている。「入院 一九三八年一月七日、退院 一九三八年一月二十二日、住所 グランド・ショーミエール通り九番地六号。一二三番 手術。」彼の生地はアイルランド、ダブリンとなっていたが、国籍はフランス人と書かれていた。診断としては「左胸部出血」とあり、フォリン病棟に運び込まれた。一九九三年十一月三日に作成した文書からの抜粋による。筆者の質問に親切に答えてくれたパリの公立福祉病院の文書係ヴァレリー・ポアンソットに感謝申し上げる。
(87) ベケットへのインタヴュー、一九八九年十月二十三日。
(88) ベケットからリーヴィーへ、一九三八年一月十三日付(テキサス)。
(89) アン・ベケットへの電話インタヴュー、一九九三年十月二十日。ベケットの従兄弟にあたる双子の姉弟アンとジョンは毎年恒例となっていたパントマイム鑑賞のために、ゲイエティ劇場に行く途中だった。そのとき二人の父のジェラルド・ベケットは、新聞売りの少年の売り声を聞いて誰が刺されたのか気になり、『イヴニング・ヘラルド』を一部買ったのだった。
(90) ベケットからマグリーヴィーへ、一九三八年一月二十一日付(トリニティ)。
(91) ベケットからマグリーヴィーへ、一九三八年一月二十七日付(トリニティ)。
(92) ベケットからマグリーヴィーへ、一九三八年一月十二日付(トリニティ)。
(93) エリザベート・ヴァン・ヴェルデへのインタヴュー、一九九〇年九月十三日。ニーノ・フランクは、ジョイスと一緒に二度ベケットを見舞ったことを覚えている。彼によれば、どちらも十五分ほどの見舞いで、その間《かん》、ジョイスとベケットはわずか二言、三言しか言葉を交わさなかったが、たがいの深い愛情が感じられたと言う(リチャード・エルマンによるニーノ・フランクへのインタヴュー、一九五三年八月二十日。エルマン文書、BOX046、タルサ)。退院したベケットが、リベリア・ホテルに戻ると、ジョイスとノラから贈られた「ニオイスミレの巨大な花束」が、彼を待ち受けていた。ベケットからマグリーヴィーへ、一九三八年一月二十七日付(トリニティ)。
(94) ルネ・エヴラールから筆者へ、一九九一年五月十七日付。しかしながら、エヴラールは、ベケットの際立った個性が、看護スタッフのなかに、好感や共感を生んでいたことについて書いている。
(95) ベケットからマグリーヴィーへ、一九三八年一月二十一日付(トリニティ)。
(96) ベケットからマグリーヴィーへ、一九三八年二月十一日付(トリニティ)。
(97) ベケットからマグリーヴィーへ、一九三八年二月十一日付(トリニティ)。
(98) ハーヴィーによるベケットへのインタヴュー、日付なし(ダートマス)。
(99) ベケットからアーランド・アッシャーへ、一九三八年三月二十七日付（テキサス）。

(100) ベケットからアーランド・アッシャーへ、一九三八年四月六日付（テキサス）。

(101) Peggy Guggenheim, *Out of this Century*, André Deutsch, London, 1980, p. 164.（ペギー・グッゲンハイム『20世紀の芸術と生きる』岩本巌訳　みすず書房　一九九四年　一八八頁）。

(102) Beckett, *Collected Poems in English and French*, p. 39.

(103) エイドリエン・ジェイムズ・ベセル（旧姓ホープ）は一九三三年四月に、ジョン・ライオネル・ベセルと結婚しており（『アイリッシュ・タイムズ』一九三三年五月一日）、ダン・レアリー、ロウワー・ジョージ通り二十四番地でアンティーク・ショップを経営していた。ダブリンの『イヴニング・プレス』記録（一九六九年十一月十日）によると、ベケットは彼女のために『ホロスコープ』に自筆のサインをし、何度か私信を書いている。彼女はまたジール・ヴァン・ヴェルデの絵画も一点所蔵していた。この情報をくれたマーサ・フェーゼンフェルドとロイス・オーヴァーベックに感謝申し上げる。

(104) ペギー・グッゲンハイムは、その回想録のなかで次のように語っている。「わたしたちの愛の生活が始まってから十日目、ベケットはもう浮気をした。ダブリンからやってきた女性をベッドに引き入れたのだ。どういうきっかけでその事がわかったのか、覚えていないが、彼は女性がわざわざきてくれたので、追い返すことができなかった、と言った」(*Out of this Century*, p. 164. ペギー・グッゲンハイム『20世紀の芸術と生きる』岩本巌訳　一八八頁)。ベケットがこのころ、会ったと語っているアイルランド女性は、エイドリエン・ベセルだけである。「ダブリンからベセル夫人が［ここに来て］いたけれど、彼女のことはとてもよく知っているよ。」（ベケットからマグリーヴィーへ、一九三八年一月五日付、トリニティ）。この「とてもよく知っているよ」という言葉は、おそらくマグリーヴィーにはピンと来ただろう。

(105) 「ペギー・グッゲンハイムがずっとこちらに居て、彼女とはよく会っている。彼女はコーク通りに、コクトーの絵画や家具を置いて画廊を開くつもりだ。［一月］二十二日にオープンする予定。まずはカンディンスキー、アルプ、ブランクーシ、ベンノあたりがあって、五月にはジール・ヴァン・ヴェルデの個展の予定さ」。ベケットからマグリーヴィーへ、一九三八年一月五日付（トリニティ）。

(106) Peggy Guggenheim, *Out of this Century*, p. 162.（ペギー・グッゲンハイム『20世紀の芸術と生きる』岩本巌訳　一八五頁）。

(107) エリザベート・ヴァン・ヴェルデへのインタヴュー、一九九〇年九月十三日。

(108) Peggy Guggenheim, *Out of this Century*, p. 167.（ペギー・グッゲンハイム『20世紀の芸術と生きる』岩本巌訳　一九一頁）。

(109) 「わたしたちはドゥラージュでマルセイユまで行ったのよ。サムはまるでジョン【ペギーの元恋人で亡くなったジョン・ホームズ】のように車を運転し、ジョンのように海に飛び込んだの。彼のことがますます好きになったわ。九月になったらダルマティア【アドリア海沿岸地域】まで彼を誘い出そうかしら」。ペギー・グッゲンハイムからエミリー・コールマンへ、日付なし、消印は一九三八年七月四日付（デラウェア）。

(110) Peggy Guggenheim, *Out of this Century*, pp. 167–8.（ペギー・グッゲンハイム『20世紀の芸術と生きる』岩本巌訳　一九二頁）。

(111) エリザベート・ヴァン・ヴェルデへのインタヴュー、一九九〇年九月十三日。

(112) エリザベート・ヴァン・ヴェルデへのインタヴュー、一九九〇年九月十三日。ベケットの「ヴォルチゲール」好きは、未刊の物語「こだまの骨」にも言及がある（ダートマス）。

(113) Peggy Guggenheim, *Out of this Century*, pp. 176.（ペギー・グッゲンハイム『20世紀の芸術と生きる』岩本巌訳　二〇二頁）。

(114) ベケットは彼らのお金に関わるもめ事にうんざりした。ヴァン・ヴェルデは、「二五〇ポンド」ではなく「二五〇ギニー」【ギニーは英国の昔の通貨で、現在の一・〇五ポンドにあたる】をペギーに支払うよう要求した。ベケットからマグリーヴィーへ、［一九三八年］五月二十六日付（トリニティ）。

(115) エリザベート・ヴァン・ヴェルデへのインタヴュー、一九九〇年九月十三日。

(116) エリザベート・ヴァン・ヴェルデへのインタヴュー、一九九〇年九月十三日。

(117) ペギー・グッゲンハイムからエミリー・コールマンへ、日付なし、消印は一九三八年七月四日付（デラウェア）、および *Out of this Century*, p. 179.（ペギー・グッゲンハイム『20世紀の芸術と生きる』岩本巌訳　二〇五頁）。

(118) ペギー・グッゲンハイムからエミリー・コールマンへ、日付なし、消印は一九三八年七月四日付（デラウェア）。

(119)「だからわたしはベケットがパリにいるときは、彼と毎晩過ごしたの。彼はまるでことなかれ主義で、わたしといただけなの。わたしが誰かほかの人のものになっていたこの何か月かのあいだ［ペギーは心はなおもベケットのものだったと言っているが、夏の終わりごろ、ベケットのアパートに泊まっていたとき、彼の留守に彼女はイヴ・タンギーと寝ている］……、わたしがベケットに言った気の利いたせりふといったら、『車を貸してあげるからブルターニュにでもいって来たら？　そうしたらあなたをもう愛していないことを忘れられるから』、という一度だけよ」。ペギー・グッゲンハイムからエミリー・コールマンへ、日付なし、消印は一九三八年九月二十三日付（デラウェア）。

(120) ベケットからグウィネズ・ヴァーノン・リーヴィーへ、一九三八年四月十四日付（テキサス）。

(121) ベケットからマグリーヴィーへ、［一九三八年］四月二十二日付（トリニティ）。

(122) ジョン・ベケットへのインタヴュー、一九九一年八月二十七日。

(123) ベケットからリーヴィーへ、一九三八年四月二十二日付（テキサス）。

(124) Desmond O'Grady, 'Beckett in Paris,' *Poetry Ireland Review*, No. 37, Winter 1992-3, p. 130.
(125) アリカへのインタヴュー、一九九二年二月二十三日。
(126) ベケットからマグリーヴィーへ、［一九三八年］五月二十六日付（トリニティ）。
(127) その輪には新旧の友人が入り交じっていた。ベケットはマドリードから帰る途中のナンシー・キュナードと二月に食事をしたが、彼女とはスペインの革命政権のことしか話をすることができなかった。この少しあと、彼はジミー・スターンと会った。彼とは、クリスマスに詩人のラズ・アーロンソンの紹介で知り合いになっていた。ベケットは、秋にセッカー社から新しい小説を出版予定のアイルランド人スターンが気に入った。ベケットからマグリーヴィーへ、一九三八年三月八日付（トリニティ）、およびリーヴィーへ、一九三八年三月八日付（テキサス）。
(128) アドラーは、カーニュのヴァン・ヴェルデ夫妻に合流したとき、ベケットに絵画を三点貸していた。そして、アドラーはベケットのアパートを訪れ、ベケットに一点絵を売っている。ベケットからマグリーヴィーへ、一九三九年付（トリニティ）
(129) 一九三九年一月、ヘイターはベケットの求めに応じて、ジョイスの誕生日のために、石灰の石版に彫り込みをした。
(130) ベケットからリーヴィーへ、一九三九年二月二十八日付、および三月五日付（テキサス）。
(131) ベケットからマグリーヴィーへ、一九三九年四月十八日付（トリニティ）。
(132) ベケットへのインタヴュー、日付なし。
(133) ベケットからリーヴィーへ、一九三九年十二月六日付（テキサス）。
(134) ベケットからマグリーヴィーへ、一九三八年四月三日付（トリニティ）。
(135) Noël Arnaud, '*Etranges Volontés*,' *Temps mêlés/Documents Queneau*, No. 150, 33-6, July 1987, pp. 297-315.
(136) ペロンの翻訳について、ベケットは「彼の最良の努力の結晶ではない」と述べているが、それは *Soutes*, 9, 1938, p. 41. に掲載された。ベケットからマグリーヴィーへ、一九三八年四月三日付（トリニティ）。
(137) ベケットからマグリーヴィーへ、一九三七年十二月二十二日付（トリニティ）。
(138) ベケットからマグリーヴィーへ、一九三八年一月五日付（トリニティ）。
(139) 「ぼくはシェム［ジョイス］がノラを説得しようとするのを、二時間も椅子に掛けて聞いていたのだけれど、ノラはもう荒れていて、大晦日なのに一歩も外出しようとしなかった。結局、彼もまた出かけようとせず、ぼくは行く年の最後の一時間をヘレンとジョルジオの三人だけで過ごすことになった。あの夫婦を今晩、『モダン・タイムズ』でも観に誘い出すことができればいいのだがね」。ベケットからマグリーヴィーへ、一九三八年一月五日付（トリニティ）。
(140) ベケットからマグリーヴィーへ、［一九三八年］四月三日、および二十二日付（トリニティ）。
(141) 一九三八年十月初め、ハインリヒ・ツィマーという名の東洋神話と仏教思想の研究者が、ジョイスに自著を一冊送ってきた（*Maya der indische Mythos*, Deutsche Verlags-Anstalt, Berlin, 1936）。ジョイスはベケットに、自分のためにその本を読んで簡単なメモを取ってくれないかと頼んだ。そのとき、ベケットは取ったメモを、ページのあいだにはさんだままジョイスに本を返した。その本はニューヨーク大学のバッファロー図書館にあるジェイムズ・ジョイス蔵書の一冊となっている。明らかにベケットの手によって書かれた三ページのメモが、*The Personal Library of James Joyce, University of Buffalo Studies*, pp. 42–7 に記載されている。これまで研究者たちは、ベケットがどのようにして東洋思想の知識を得たのか不思議に思っていたが、この本は、まさに彼にくわしい知識を与えたであろう一冊である（バッファロー の詩／珍本収集の管理者であるロバート・バーソルフ氏とマイケル・ベイジンスキー氏の助言と協力に感謝申し上げる）。

(142) Fritz Mauthner, *Beiträge zu einer Kritik der Sprache*, 3rd ed., 3vols., F. Meiner, Leipzig, 1923. ベケットはジョイスよりもずっと前にマウトナーを読んだことを覚えていた（Linda Ben-Zvi, 'Fritz Mauthner for Company', *Journal of Beckett Studeies*, No. 9, 1984, pp. 65–88. 参照）。だが、彼の記憶ちがいかもしれない。彼自身による覚え書きは明らかに後期のものである。つまり、彼はまた昔の興味を拾ってきたのかもしれない。

(143) ベケットからイアン・パーソンズへの『マーフィー』のタイプ原稿同封の書簡、一九三六年六月二十九日付（ウィンダス、レディング）。

(144) ウォーナーはこう書いている。「（それは）とても個性があって、おもしろいので、もし会社側が赤字覚悟ならば、それでもけっこうだろう」。しかしながら、彼はこの小説が商業的に成功する見込みはないだろうと結論している（オリヴァー・ウォーナー、原稿閲読者記録、一九三六年七月二日付、一九三七年文書、ウィンダス、レディング）。イアン・パーソンズはその文書に次のように補足している。「そう、たしかによく書けているが、それは全体がそうであるわけではなく、部分部分についてのみそうである。さらに言えば、きっと売れないだろう。ベケットは才気豊かな青年であるが、ごく限られた読者層にしか受けないだろう。だからと言って、この本が絶対的な意味においてとても『すばらしい』というわけでもなく、どちらかと言うと、よくできた冗談だ。しぶしぶではあるが、出版すべきだと思う」。タイプ原稿がベケットに戻ったのは、一九三六年七月五日だった。

(145) リチャード・チャーチからハロルド・レイモンドへ、一九三七年一月十一日付（ウィンダス、レディング）。リーヴィーは、リチャード・チャーチから送られてきた自分宛の書簡を、うれしい知らせを添えて、ベケットに送った。Deirdre Bair, *Samuel Beckett*, pp. 247–8.

(146) ハロルド・レイモンドからリチャード・チャーチへ、一九三七年一月十九日付（ウィンダス、レディング）。

(147) ジャック・B・イェイツからT・M・ラグへ、一九三七年十一月二十二日付（ラウトレッジ、レディング）。この書簡を発見したのはマーサ・フェーゼンフェルドであり、彼女は一九八〇年代半ばにベケットにこの書簡のことを話している。ベケットはジャック・イェイツが『マーフィー』を推薦してくれたことは、すっかり忘れていた。

(148) T・M・ラグからジャック・B・イェイツへ、一九三七年十二月八日付(ラウトレッジ、レディング)。

(149) ラグはリードに校正刷りを送って、こう書いた。「すぐにこれを読んでください。わたしは大いに楽しみました。そのうち、あなたにも宣伝に一役買っていただけると、とてもうれそうです[「うれしいです」の誤り]。出版日はまだ決まっていませんが、来月の終わりごろになるかと思います」。T・M・ラグからハーバート・リードへ、一九三八年一月十五日付(ラウトレッジ、レディング)。

(150) ハーバート・からリードT・M・ラグへ、一九三八年二月一日付(ラウトレッジ、レディング)。

(151) ベケットからリーヴィーへ、病院のベッドでの鉛筆書きの書簡[一九三八年一月十七日付](テキサス)。

(152) ベケットからリーヴィーへ、[一九三八年一月十七日付](テキサス)。

(153) ベケットからリーヴィーへ、[一九三八年一月十七日付](テキサス)。

(154) ベケットからリーヴィーへ、一九三八年一月十三日付(テキサス)。

(155) ベケットからリーヴィーへ、一九三八年二月二十日付(テキサス)。

(156) ベケットからマグリーヴィーへ、一九三八年二月二十一日付(トリニティ)。

(157) もっとも、一時期、彼は思いに反して、カヘインの申し出を受けて、こう書いている。「ぼくは千語につき一五〇フランでサドの翻訳を受けた。彼は翻訳を三、四か月先に延ばしたいようだが、ぼくはそのときまでいまの気持ちが変わらない保証はないし、翻訳にあてる時間もあるかどうかわからないと答えた」(ベケットからリーヴィーへ、一九三八年三月八日付、テキサス)。しかし、結局、気が変わり、ベケットは翻訳を断わった。

(158) ベケットからマグリーヴィーへ、一九三八年二月二十一日付(トリニティ)。

(159) [一九三八年]四月二十二日、ベケットはマグリーヴィーに、パリに来てからというもの、フランス語で詩を二篇書いただけだと手紙を書いている。さらに六月十五日、彼は「最近のフランス語詩数篇」(トリニティ)について語り、詩を同封している。

(160) ベケットからマグリーヴィーへ、一九三八年四月三日付(トリニティ)。事実、ベケットはこの時期、知られている以上にフランス語でたくさんのものを書いている。アルフレッド・ペロンと『マーフィー』をフランス語に訳しただけでなく、一九三八年秋のリーヴィーに宛てた書簡によれば、『蹴り損の棘もうけ』の一章、「愛と忘却」を、おそらくまたペロンの助けを借りて、フランス語に翻訳している。それを一九三九年初めに終えたとき、ジャン=ポール・サルトルからジャン・ポーランへと転送された。さらに、彼はジョイスの『フィネガンズ・ウェイク』に関する批評を『ヌーヴェル・ルヴュ・フランセーズ』のために書き始めた。

(161) これらの詩には、たとえば、熟知している「ヴォージラール通り」(第十詩の題名)、ナヴァール通りのはずれにある古代ローマの円形闘技場「リュテシア闘技場」、フランスの人類学者「ガブリエル・ドゥ・モルチェ」(第七詩)の珍しい像のあるモンジュ通りなどの地名から、伝統的フランス民謡「父さんが旦那を選んでくれた」(第二詩)の歌詞、隣の部屋のラジオから聞こえてきた、サッカーの実況の声、彼の部屋の窓ガラスにとまっていたハエの細かい観察など、いろいろなものが書き込まれている。「第四詩」の「被昇天」では、キリストの昇天と、父や、さらにキリスト昇天の聖木曜日がある五月に肺結核で死んだ「緑の目をした」ペギーの死を、重ね合わせている。第八詩の「所詮は無駄」では、最近の彼の父の死(そして記憶に現れる父のぼんやりとした姿)を、マンモスの時代、氷河期、リスボン大震災、そしてドイツから一月初めに届いた全集をドイツ語でむさぼるように読んだカントなど、時空を超えた事柄と並列して書いている。

(162) この詩は、アヴィグドール・アリカに譲ったカント全集の一冊にはさんであるのが見つかったものである。ベケットは、それも贈り物だとのちに認めている。

(163) これらの詩は最近、ジャック・ピュットマンの所持品とともに、ブラン・ヴァン・ヴェルデの文書のなかにあるのが見つかった。それに添えられたブランの手によって書かれた言葉は、「ベケットにささげる詩」(ベケットによる詩、ではない)である。したがって、同じ題名ではあるが、その原作者については、若干の疑問が残らざるをえない。

(164) ベケットからマグリーヴィーへ、一九三九年四月十八日付(トリニティ)。

(165) ベケットからリーヴィーへ、一九三九年六月十六日付(テキサス)。

(166) ハーヴィーによるベケットへのインタヴュー、日付なし(ダートマス)。

(167) ベケットからマグリーヴィーへ、一九三八年五月二十六日付(トリニティ)。

(168) ベケットからマグリーヴィーへ、「一九三八年八月五日付」(トリニティ)。しかしながら、のちにベケットは、ウィリアム・ヨーク・ティンダールにスターンを、とくに『トリストラム・シャンディ』を褒め上げている。一九六三年一月十五日付の書簡、『ゴドーを待ちながら』カタログ、六十四頁、第五七〇項に引用。

(169) ベケットからマグリーヴィーへ、一九三八年二月十一日付(トリニティ)。ベケットは筆者にその本が好きだと語った。

(170) ベケットからマグリーヴィーへ、「一九三八年」五月二十六日付(トリニティ)。

(171) ベケットからマグリーヴィーへ、一九三九年四月十八日付(トリニティ)。

(172) シュザンヌがベケットと知り合う前の彼女の親友ミータとエドマンド・タビー夫妻へのインタヴュー、一九九四年十一月二十四日。ミータもまた一九二〇年代に、エコール・ノルマルで音楽の勉強をしていた。シュザンヌが若かったころの情報を提供してくれた夫妻に感謝申し上げる。

(173) たとえば、もう一人のピアニスト、ロジェ・ドゥルートル、その妹イヴォンヌ、ミータ・タビーとその夫エドマンドである。

（174） Beckett, *Dream of Fair to middling Women*, p. 188.（『並には勝る女たちの夢』 田尻芳樹訳 二一八頁）

第十二章 亡命・占領・レジスタンス 一九四〇―四二

（1） ベケットからリーヴィーへ、一九三八年九月二十七日付（テキサス）。

（2） ベケットからアーランド・アッシャーへ（フランス語）、一九三八年四月六日付（テキサス）。

（3） ベケットからリーヴィーへ、一九三八年九月二十七日付（テキサス）。

（4） ベケットからマグリーヴィーへ、一九三九年四月十八日付（トリニティ）。

（5） ハーヴィーによるベケットへのインタヴュー、日付なし（ダートマス）。

（6） 彼が「西洋の暴走」と呼んだものについてのすぐれた記述は、B. H. Liddel Hart, *History of the Second World War*, Cassell and Co., London, 1970; Book Club Associates edition, 1973, pp. 65–86.

（7） ベケットからリーヴィーへ、一九四〇年五月二十一日付（テキサス）。

（8） リチャード・エルマンによれば、マリア・ジョラスが六月十三日にヴィシーのジョイスを訪ね、リヨン駅が閉鎖されているため誰も列車でパリを出ることはできないと言った。ジョイスは、そんなはずはない、サミュエル・ベケットがパリから列車でやって来たばかりだ、と答えた。Richard Ellmann, *James Joyce*, p. 732.（『ジェイムズ・ジョイス伝2』宮田恭子訳 みすず書房 一九九六年 八八八頁）。

（9） ベケットへのインタヴュー、一九八九年七月十一日。ヴァレリー・ラルボーは単にアイルランドの小切手（父親の財産から来た最新の収入）を現金化してベケットのフランスの銀行口座に入れただけだという説がある（Richard Ellmann, *James Joyce*, p. 732.『ジェイムズ・ジョイス伝2』宮田恭子訳 八八八頁、および Deirdre Bair, *Samuel Beckett*, p. 306）。そのとおりかもしれない。しかし、筆者との談話で、ベケットは、ラルボーの寛大さはこうした貸与よりははるかに大きなものだったときっぱり言った。

（10） ベケットとシュザンヌの、ヴィシーから（結局は）大西洋岸アルカッションに至った旅の、こうした記述は、ベケット自身の言葉にもとづいている。ハーヴィーによるベケットへのインタヴュー、日付なし（ダートマス）、および筆者によるベケットへのインタヴュー、一九八九年七月十一日。

（11） 一九三九年九月に申請したベケットの書類が、慌ただしい出発のほんの数日前にまだ整っていなかった様子は、リーヴィーへの一九四〇年五月二十一日付書簡（テキサス）に示されている。

（12） ハーヴィーによるベケットへのインタヴュー、日付なし（ダートマス）。

(13) ベケットからスチュアート・マギネスへ、一九五八年八月二十一日付（レディング）。

(14) Peggy Guggenheim, *Out of this Century*, p. 208.（ペギー・グッゲンハイム『20世紀の芸術と生きる』岩本巌訳 二四〇頁）。

(15) ジャン・ブールディエ（ヴィラ・サン＝ジョルジュの所有者）から筆者へ、一九九二年七月七日付。

(16) 筆者の問い合わせに親切に答えてくれ、ベケットとシュザンヌが滞在したヴィラ・サン＝ジョルジュの写真を送ってくれたジャン・ブールディエに厚く感謝申し上げる。

(17) ハーヴィーによるベケットへのインタヴュー、日付なし（ダートマス）。

(18) リーヴィーへのインタヴュー、一九七一年八月六日、*Journal of Beckett Studies*, summer 1977, No. 2, p. 13.

(19) ハーヴィーによるベケットへのインタヴュー、日付なし（ダートマス）。

(20) アイルランド公使館からベケットへ、一九四〇年十一月二十八日付（ランドン）。

(21) パリの日常生活に関するこれらの詳細の一部は、以下の書物から借りた（Henri Amouroux, *La Grande histoire des Français sous l'Occupation*, vol. 2, *Quarante millions de Pétanistes, juin 1940-juin 1941*, Robert Laffont, Paris, 1977, pp. 157–204）。また、占領初期のフランスの日常生活に関して話してくれたアニーズ・ポステル＝ヴィネー、ジェルメーヌ・ティリヨン、エマ・レヴァン＝ルシャノワ、ジョゼット・エダンにも感謝する。

(22)「ヴラジーミル 蕪はいらないかい？ エストラゴン あるのはそれだけか？ ヴラジーミル 蕪に大根だ。エストラゴン 人参は、もうないのかい？ ヴラジーミル ない。だいいち、おまえ、むりだよ、そう人参、人参って。」Beckett, *Waiting for Godot*, p. 68.（『ゴドーを待ちながら』安堂信也・高橋康也訳 一一六―一一七頁）。

(23) ハーヴィーによるベケットへのインタヴュー、日付なし（ダートマス）。

(24) Richard Ellmann, *James Joyce*, p. 734–41.（『ジェイムズ・ジョイス伝2』宮田恭子訳 八九〇―八九八頁）。

(25) ここで用いた情報を提供してくれた「グロリアSMH」の次のメンバーに深く感謝申し上げる。ヴィオレット・ルジエ＝ルコック（レジスタンスで移送、収容された人々の国立協会の機関誌『声と顔』に載せた筆者の広告に応答してくれた）、アルフレッド・ペロンの親友ピエール・ウェデール、そして、同盟していた鉄道細胞「レール」のリーダー、アンリ・ブーセル。レジスタンスの細胞の裏切りに至った出来事の詳細を語ってくれたジェルメーヌ・ティリヨン、この上なく貴重な手助けをしてくれたアニーズ・ポステル＝ヴィネー（旧姓ジラール）、レジスタンス・グループのほかのメンバーを追跡するための重要な情報を提供してくれたアンドレ・ジャコブ、ジャック・ルグランやその他の事柄に関して教えてくれた破毀院判事ジャン・ラロック、シャロン・シュール・サオーヌのレジスタンス活動について情報提供してくれた上院議員で前大臣アンドレ・ジャローにも感謝申し上げる。また、筆者の質問に答え、ベケットのレジスタンス細胞の二人のリーダー、ジャンニーヌ・ピカビアとその母ガブリエル・ビュフェ＝ピカビアの任務完了報告文書を提供してくれたSOE顧問ジャーヴェーズ・カウエルにも多くを負っている。このうえなく貴重な導きをしてくれた、ロンドン戦争博物館のマーク・シーマンにも深く感謝申し上げる。この章はとりわけ筆者自身によるベケットへのインタヴューに基づいている。しかし、デアドラ・ベアの功績も認められるべきだろう。彼女のベケット伝のすぐれた章は、ジャンニーヌ、ガブリエル・ビュフェ＝ピカビアへのインタヴューにおもに基づいていて、ベケットの積極的なレジスタンス関与の性質について筆者を最初に啓発してくれた。

(26) 一九六六年二月十日のベケットとの談話に関するアレック・リードのメモ（リード、個人蔵）。

(27) Michael R. Marrus and Robert O. Paxton, *Vichy France and the Jews*, Basic Books, New York, 1981 参照。

(28) 一九六六年二月十日、パリでのベケットのアレック・リードに対する発言（リード、個人蔵）。

(29) ベケットへのインタヴュー、一九八九年十月十八日。ポール・レオンの息子アレクシスは、当時実際にバカロレアの最初のテストを受けていたと確言してくれた。アレクシス・レオンへのインタヴュー、一九九二年七月二十四日。

(30) リュシー・レオン・ノエルから筆者へ、一九七一年一月十二日付。彼らは実際には、ある女に残酷にも裏切られていた。その女は、金と引き換えに、配給をレオンのもとに届けてやると言っていた。この裏切りはレオンの死後も続いた。

(31) 一九五五年三月七日付の国防省第六局の文書は、ベケットが、一九四一年九月一日から「グロリアSMH」のP・1工作員（活発な軍務とみなされた）だったことを確証している（ランドン）。これは、細胞への必ずしも遅い加入ではない。最も活躍したメンバーの一人、シュザンヌ・ルーセルは六月に加入したばかりだったし、ほかのメンバーの多くもそれから数か月たってようやく入っていた。この情報は、シュザンヌ・ルーセルが作成した公式の細胞解散文書に由来する。同文書は、自身一九四一年三月に細胞に加わったヴィオレット・ルジエ＝ルコック夫人が親切にも筆者に貸してくれた。

(32) SOE顧問ジャーヴェーズ・カウエルから筆者へ、一九九二年五月二十日付。

(33) 一九九二年六月十九日付のジャーヴェーズ・カウエルからの情報。また Nigel West, *MI6. British Secret Intelligence Service Operations 1909–45*, Weidenfeld and Nicolson, London, 1983, pp. 141–5 参照。

(34) ジャック・ルグランの友人ジャン・ラロックが一九四〇年十一月からこの細胞に属していた、というガブリエル・ベイリー＝カウエル＝ピカビアの証言がもし正確なら、細胞の正式な発足は夏の終わりか秋の初めだったと考えられる。一九九四年二月二十六日、筆者によりジャン・ラロックに対して読み上げられ、彼によって確証された証言。

(35) 「エトワル」とその分枝「アンテラリエ」――「アルマン」という男が運営していたが、これはポーランドの情報局員ロマン・ガルビー・チェルニオースキーの偽名の一つである（Roman Garby Czerniawski, *The Big Network*, Ronald, London, 1961 参照）――と「レール」（アンリ・ブーセルによってパリのラ・シャペル車庫で運営されてた鉄道関係の情報網)、そして「グロリアＳＭＨ」ともう一つ「Ｆ２」と呼ばれた細胞は、フランスの国際的弁護士で、フランス第二部局のメンバーだったミシェル・ブローによって監督されていた (Henri Noguères, *Histoire de la Résistance en France de 1940 à 1945*, Robert Laffont, Paris, vol. I, 1967, pp. 191–4, 406–7参照。「グロリアＳＭＨ」と「レール」に関しては、vol. II, 1969, pp. 216–22参照)。「アンテラリエ」は、諜報、脱走、妨害というレジスタンス活動の全三領域で活動していた。しかし、早くもそれは一九四一年の夏にマティルド・カレによって裏切られた。彼女は、「ヴィクトワール」、「ミシュリーヌ」、あるいは（レジスタンスの歴史のなかで、また二重スパイをフランソワーズ・アルヌーが演じた映画によって有名になったので）「ラ・シャット」（「猫」）と呼ばれていた。この裏切りによって「グロリアＳＭＨ」は、一九四一年後半と一九四二年、連合軍にとって一層重要な情報源となった。

(36)　ジャック・ルグランの親友ジャン・ラロックへのインタヴュー、一九九四年二月二十六日。

(37)　シュザンヌ・ルーセルとシモーヌ・ラエーの風貌についての情報は、一九九四年二月二十四日、アニーズ・ポステル＝ヴィネーへのインタヴューに基づく。

(38)　「グロリアＳＭＨ」の多くのメンバーと同様、シモーヌ・ラエーは、ラーフェンスブリュックに移送され、収容された。彼女は自分の体験について二冊の本を書いている。*Un Homme libre parmi les morts*, G. Durassié, Paris, 1954 および、*Les Rachetés. Portraits et récits de bagne, 1942–45*, G. Durassié, Paris, 1963.

(39)　アレクシス・ペロンの記憶では、シュザンヌ・ルーセルは、リセ・ビュフォンの単なる生徒監督だったが、ピエール・ウェデールは、彼女はそこの英語教師で、戦後アグレガシオンに通ったと考えている。

(40)　B. H. Liddel Hart, *History of the Second World War*, p. 377参照。「グロリアＳＭＨ」のメンバーが、ジルベール・ルノー（「レミ大佐」）によって組織されたものも含めて多くの細胞に属していたのは明らかである。ルノーは、この三隻の軍艦の封鎖、爆撃、修理、そして最終的な逃亡のあいだ、軍艦を監視していた。

(41)　アニーズ・ポステル＝ヴィネーへのインタヴュー、一九九四年二月二十四日、ロンドンＳＯＥ本部でのジャンニーヌ・ピカビアの任務完了報告、一九四三年三月十四日、およびピエール・ウェデール、ヴィオレット・ルジエ＝ルコックへのインタヴュー、一九九〇年十一月二十八日。

(42)　アニーズ・ポステル＝ヴィネーへのインタヴュー、一九九四年二月二十四日。

(43)　ジャーヴェーズ・カウエルから筆者へ、一九九二年六月二十五日付。

(44)　ベケットへのインタヴュー、一九八九年十一月十七日。

(45)　M. R. D. Foot, *Resistance. An Analysis of European Resistance to Nazism 1940–1945*, Eyre Methuen, London, 1976, p. 99.

(46)　ロンドンＳＯＥ本部でのジャンニーヌ・ピカビアの任務

完了報告、一九四三年三月十四日（SOE文書、ロンドン）。

(47) ベケットから匿名の役人へ、一九四五年十月十四日付（ロンドン）。

(48) Deirdre Bair, *Samuel Beckett*, p. 311.

(49) ピエール・ウェデールから筆者へ、一九九二年五月十六日付。

(50) アレクシス・ペロンへのインタヴュー、一九九二年六月十四日。ラザロは、マーニア・ペロンとその双子の息子の隣人だった。

(51) デアドラ・ベアによると、ジャンニーヌ・ピカビアは、「ジミー・リード」という男が、ベケットのタイプ文書の（写真技師ではなく）運搬人だったことを覚えていた（Deirdre Bair, *Samuel Beckett*, p. 311）。彼女が覚えている唯一のものであるこの名前は、ベケットのギリシア人と非常に音が似ている。ベケットが自分の連絡相手の名前を忘れるのはありそうにないとはいえ、事件から何十年もたって、記憶に混乱が生じた可能性もある。誰かが「ギリシア人（グリーク）」を「リード」と聞きちがえたのかもしれない。

(52) M. R. D. Foot, *Resistance. An Analysis of European Resistance to Nazism 1940–1945*, Eyre Methuen, London, 1976, p. 15.

(53) ジャンニーヌ・ピカビアの以下のSOEに対する任務完了報告によれば、彼女をペロンに紹介したのは、彼女が戦前から知っていたベケットだった。「わたしはナントとロリアンでなにかを組織したいと思っていた。「そして戦前から知っていたサム・ベケットを通じて、準軍事組織に関わっていたアルフレッド・ペロンにパリで出会い、また通称エレーヌのシュザンヌ・ルーセルという女性にも出会った」（一九四三年三月十四日、SOE本部でのジャンニーヌ・ピカビアの任務完了報告、SOE）。したがって、ベケットをレジスタンスに引き込んだのはペロンだが、彼はベケットを通じてピカビア母娘に会ったようだ。

(54) 一八八一年生まれの彼女は二年間ベルリンで音楽を学び、ドレスデンにも住んだことがあった。したがって、好都合にもドイツ語が堪能だった。画家フランシス・ピカビアとの結婚は一九二五年に解消していたが、二人は友人であり続けた。離婚以来彼女はジャーナリズムの仕事と講義を続けていた。聡明で教養豊かで、さまざまな文学に通じ、絵画をこのうえなく愛していた。

(55) ガブリエル・ピカビアのきわめて多岐にわたるレジスタンス活動の記述は、一九四三年の英国SOEに対する彼女の任務完了報告にもとづいている（SOE）。

(56) ガブリエル・ビュフェ＝ピカビアの任務完了報告（SOE）。

(57) ジャンニーヌ・ピカビアの任務完了報告（SOE）。

(58) Eugène Condette, *Les Chemins d'une destinée. Histoire d'un compagnon de la Libération*, X. Perroux, Mâcon, 1966, p. 54. この本は、アンドレ・ジャローのレジスタンスとの勇敢な協力作業に関するものである。

(59) アンドレ・ジャローへのインタヴュー、一九九四年二月二十三日。

(60) ベケットへのインタヴュー、一九八九年十一月十七日。

(61) ロベール・アレシュの裏切りに関するここでの記述は、一九九三年六月二十三―二十六日のジェルメーヌ・ティリヨンへの長いインタヴューと、彼の裁判に関する文書、新聞記事に基づいている。

(62) Germaine Tillion, *Ravensbrück*, Editions du Seuil, Paris, 1973, p. 15.

(63) ジェルメーヌ・ティリヨンへのインタヴュー、一九九三年六月二十四日。

(64) 一九四八年五月二十二日付『フランス＝ソワール』に掲載されたアレシュ裁判の記事。

(65) ジャン・ラロックへのインタヴュー、一九九四年二月二十六日。

(66) ジェルメーヌ・ティリヨンへのインタヴュー、一九九三年六月二十四日。

(67) 裁判を記憶する細胞のほかのメンバーは、アレシュが地位と流暢な仏、独両語を利用して、すでに刑務所への訪問神父に任命されるよう手を打っていて、ド・ヴォメクール兄弟を含む収監中のレジスタンスのメンバーと連絡することができたのだ、と主張している。ジェルメーヌ・ティリヨンはこれを否定し、このアレシュの申し出は、もっとのちの、アレシュが告解から情報をつかんだとされるときのことだった、そして彼はその情報をただちにドイツ秘密情報機関に流した、と主張した。

(68) ジャン・ラロックへのインタヴュー、一九九四年二月二十五日。ウォルム銀行はまだ存在するが、ＵＡＰ（パリ保険協会）の一部になっている。

(69) 金額に関する情報はジェルメーヌ・ティリヨンへのインタヴューと、裁判のときのロベール・アレシュ自身によるドンシモーニ予審判事に対する証言に基づいている。彼はまた裁判で、五万フランを仲介人に支払い、残りはもう一人の「ジャンニーヌ」に渡すまで、将来のためにとっておいたと述べた。この人物は、アレシュの豊かな想像力の産物でないとしたら、ヴィクトワール（あるいはミシュリーヌ、「猫」）に裏切られたヴァレンティの組織のメンバーだったと信じられている。ジャーヴェェーズ・カウエルから筆者へ、一九九二年五月二十日付。

(70) 筆者が連絡するたった三日前に、ジャン・ラロックは、未返済の金額についての情報を要求する一九五〇年のウォルムス銀行からの手紙を破棄していた。

(71) ジャンニーヌ・ピカビアの任務完了報告（ＳＯＥ）。

(72) ガブリエル・ビュフェ＝ピカビアの任務完了報告（ＳＯＥ）。

(73) 「グロリアＳＭＨ」のメンバーと彼らの逮捕に関するくわしい文書を提供してくれたヴィオレット・ルジエ＝ルコック氏に深く感謝申し上げる。これらの文書は、細胞の解散の際、シュザンヌ・ルーセルによって集められた資料の一部である。

(74) ハーヴィーによるベケットへのインタヴュー、日付なし（ダートマス）。

(75) ハーヴィーによるベケットへのインタヴュー、日付なし（ダートマス）。

(76) ハーヴィーによるベケットへのインタヴュー、日付なし

(ダートマス)。

(77) ベケットへのインタヴュー、一九八九年十一月十七日。

(78) ベケットから匿名の役人へ、一九四五年十月十四日付(ランドン)。

(79) 一九四四年にサイモン・アンド・シュスター社から出版されたケイ・ボイルの小説『雪崩』は、メアリー・レノルズとマルセル・デュシャンのレジスタンス活動に基づいていた。二人は、この本がささげられている「ローズ・セラヴィ夫妻」であり、ケイ・ボイルは二人と売り上げをわかちあった(Sandra Whipple Spanier, *Kay Boyle Artist and Activist*, Paragon House, New York, 1988, pp. 160-3, と n. 36, p. 237 参照)。ローズ・セラヴィ(R,を二重にして綴る)はデュシャンの多くの偽名の一つだった。Arturo Schwartz, 'Rrose Séravy alias Marchand de Sel alias Belle Hélène', *Marcel Duchamp*, L'Arc, Librairie Duponchelle, Paris, 1990, pp. 29-35.

(80) ベケットへのインタヴュー、一九八九年七月二十七日。

(81) ベケットの滞在に関するここでの記述は、一九九一年三月二十五日の、ナタリー・サロートへの長いインタヴューに基づいている。

(82) ハーヴィーによるベケットへのインタヴュー、日付なし(ダートマス)。デアドラ・ベアは、二人は、占領地域から「自由地域」に入るのに橋渡し役を使わず、シャロンからリヨンまで公然と列車に乗った、と述べている(*Samuel Beckett*, p. 318)。これはベケット自身の供述と食いちがう。もちろん、二人がパリからシャロンまで、あるいは「自由」地域に入ってから列車に乗った可能性はある。

第十三章　ルシヨンの避難所　一九四二—四五

(1) この章は以下の方々へのインタヴューに基づいている。すなわちサミュエル・ベケット、フェルナン・オード、クロード・ブロンデル、ボヌリ夫人、ジョゼット・エダン、ポーレット・イカール(旧姓オード)、イヴォンヌ・ロブ(OBE)、ウジェーヌ・フィドラー、エリー・ブラン、エメ・ボノム、エリー・イカール、エレーヌ・アルベルティーニ(旧姓ギュリニ)、ジュリエット・フェリエ、ロジェ・ルイとその妻ベルナデット、ジャン・ダヴィード、ヴィテ・ラジェとその夫アンドレである。村を訪れた際、なにかと親切にお世話いただいたことに対し、ルシヨン在住のすべての方がたに感謝申し上げる。さらに「グローバル・ヴィレッジ」でベケットに関する映画を準備するためにおこなったルシヨンでのインタヴューの記録の写しをくださったジョン・ライリーに感謝申し上げる。

(2) Beckett, *Waiting for Godot*, p. 62.(『ゴドーを待ちながら』安堂信也・高橋康也訳　一〇三頁)。フランス語版では、ルシヨンと農夫のボヌリ(彼のところでベケットとシュザンヌは実際にぶどう摘みをした)の名前が出てくる。英語版ではこれらの名は削除され、ぶどう摘みはさらに北へ移されて

「カコン地方」が「マコン地方」と響き合っている。一方フランス語版では「メルドクリューズ」が「ヴォークリューズ」と共鳴し、ドイツ語版では「ブライスガウ」が「シャイスガウ」と韻を踏んでいる。

(3) エレーヌ・アルベルティーニへのインタヴュー、一九九〇年七月。

(4) イヴォンヌ・ロブ＝ドゥルートゥルへのインタヴュー、一九九〇年七月。

(5) ヴィシーでのベケットとシュザンヌの短い滞在と役人との面会に関する情報については、ヴィシー警察文書の、ヴィシーからアヴィニョンへの安全通行権証による。この一九四二年九月二十九日付の通行権証は現在も保管されている（ランドン）。

(6) ベケットの名前が記された、ルシヨン自治体における居住「外国人に交付された到着ヴィザ」の登記簿は、いまでも村役場に保存されている。ベケットの誕生日は一九〇六年四月十三日、国籍はアイルランド、現住所はホテル・エスコフィエ、もとの居住地はパリとあり、無職と記されている。身分証明書番号は CI 40. 99.530. である。

(7) アナ・オメーラ・ビーミッシュの誕生日は一八八三年四月三十日、生誕地はダブリンとなっている。しかし、国籍はあいかわらず英国と記されており、職業は登記簿には英語教師と記されている。

(8) ホテルとその経営者のアドリエンヌ・エスコフィエに関する詳細は、以下の方々へのインタヴューによる。すなわち、現在はレストランとなっている「ダヴィード」の現オーナー、エレーヌ・アルベルティーニ、ジュリエット・フェリエ、クロード・ブロンデル、フェルナン・オードへのインタヴュー（一九九〇年七月）である。ホテルの昔の写真を提供してくれたダヴィード氏に感謝申し上げる。彼は以前ルシヨンの村長だった。

(9) ジョゼット・エダンへのインタヴュー、一九八九年四月。

(10) Deirdre Bair, *Samuel Beckett*, pp. 327–31.

(11) ジョゼット・エダンへのインタヴュー、一九九〇年九月十二日。

(12) イヴォンヌ・ロブへのインタヴュー、一九九〇年七月、およびイヴォンヌ・ロブから筆者へ、一九九〇年八月九日付。

(13) ハーヴィーによるベケットへのインタヴュー、日付なし（ダートマス）。

(14) ハーヴィーによるベケットへのインタヴュー、日付なし（ダートマス）。

(15) 所有者であるヴィテ夫妻へのインタヴュー、一九九〇年七月。二人は二十五年前の一九六五年に家の賃借料を引き継ぐことになった。家は戦争以来いっさい変わっていなかった。台所のストーブと導管はもうなくなっていた。しかし、二階の部屋は明らかにベケットがいた当時の状態のままであった。

(16) ハーヴィーによるベケットへのインタヴュー、一九六一年十一月七日（ダートマス）。

(17) 畑でのベケットの仕事ぶり、およびオードの農場への訪問の詳細については、フェルナン・オードへのインタヴュー（一九九〇年七月十八日）による。

(18) フェルナン・オードへのインタヴュー、一九九〇年七月十八日。
(19) Beckett, *Malone Dies* in *Molloy Malone Dies The Unnamable*, pp. 204-6.（『マロウンは死ぬ』 高橋康也訳 六五―六七頁）。
(20) ベケット『ワット』自筆ノート、第三冊、一九〇頁（テキサス）。
(21) フェルナン・オードから筆者へ、日付なし、一九九二年七月十日受取。
(22) ジョン・ライリーによるエリー・ブランへのインタヴュー、一九八九年七月。
(23) イヴォンヌ・ロブへのインタヴュー（一九八九年七月）、およびイヴォンヌ・ロブから筆者へ、一九九〇年八月九日付。ベケットはヒュー・ウォルポールの小説を四巻からなるアルバトロス現代ヨーロッパ双書（ハンブルク、パリ、ボローニャ刊、一九三二―三四年）で読んでいる。この書物は現在レディング大学のベケット文書資料室にある。イヴォンヌ・ロブ寄贈。
(24) Beckett, *Watt*, pp. 33-4.（『ワット』 高橋康也訳 三九頁）。
(25) Hugh Walpole, *Judith Paris*, The Albatross Verlag, Hamburg, 1932, pp. 54-5.
(26) Hugh Walpole, *Judith Paris*, pp. 55.
(27) Beckett, *Catastrophe* in *Collected Shorter Plays*, p. 301.（『カタストロフィ』 安堂信也・高橋康也訳 一六五頁）。この戯曲は、獄中にあったヴァーツラフ・ハヴェルにささげられた。
(28) ルシヨンにエダンが到着したときの模様は、ジョゼット・エダンとの三回にわたる長いインタヴュー（一九八九年四月、一九九〇年二月、および一九九〇年九月）に基づいている。ジョゼット・エダンは、デアドラ・ベアの説明がこの点において重大な過ちを犯していると強く主張している。さらにまた、ベアが述べていることとは異なり、ベケットとシュザンヌは自分たちが到着する一年前からそこにいたとも述べている。エダン夫人は正確を期すために、わざわざ本章のこの箇所に一行ずつていねいに目を通してくださった。エダン夫人に深く感謝申し上げる。
(29) ジョゼット・エダンへのインタヴュー、一九八九年四月、および一九九〇年二月。
(30) ロジェ・ルイへのインタヴュー、一九九〇年九月十九日。
(31) ジョゼット・エダンへのインタヴュー、一九八九年四月。
(32) ジョゼット・エダンへのインタヴュー、一九九〇年九月十二日。
(33) ミス・ビーミッシュと連れのシュザンヌ・アレヴィに関する詳細については、エレーヌ・アルベルティーニとポーレット・イカールへのインタヴュー、一九九〇年七月、ジョゼット・エダンへのインタヴュー、一九八九年四月および一九九〇年二月、さらにベケットへのインタヴュー、一九八九年十一月による。
(34) 戦後はジョン・ファーカーソンが著作権代理人となって、ミス・ビーミッシュはさらに二十冊もの大衆歴史小説を書き、最後の作品は彼女が八十七歳の時に出た。おそらくこの年に彼女は亡くなったのだろう。シュザンヌ・アレヴィが彼女の遺言執行人となって一九八五年に亡くなるまで、戦後カンヌでビーミッシュと一緒に住んでいた家に住み続けた。カンヌのドゥニーズ・ヴェランドから筆者へ、一九九〇年八月九日付。

(35) ボヌリ夫人およびエレーヌ・アルベルティーニへのインタヴュー、一九九〇年七月。

(36) エディット・フィドラーへのインタヴュー、一九九一年五月二十一日。

(37) Beckett, *Krapp's Last Tape* in *Collected Shorter Plays*, p. 58.(『クラップの最後のテープ』 安堂信也・高橋康也訳 一〇七頁)。

(38) この手書きの草稿 'Crapp's Last Tape' は、テキサス大学オースティン校の人文科学研究センターにある。Carlton Lake, *No Symbols Where None Intended*, Austin, Texas, 1984, p. 105, No. 227 参照。

(39) ベケットへのインタヴュー、一九八九年七月。

(40) Beckett, *Krapp's Last Tape* in *Collected Shorter Plays*, p. 58.(『クラップの最後のテープ』 安堂信也・高橋康也訳 一〇七頁)。

(41) ボヌリ夫人とエリー・イカールの示唆による。しかしルシヨンでのレジスタンス運動の指導者であったエメ・ボノムや、同じ地区のもう一人の卓越したレジスタンスのメンバーであったクロード・ブロンデルなどは、ミス・ビーミッシュのそのような情報活動に関してはなにも知らなかった。

(42) エリー・ブランは自分の家と同じ道沿いにあったベケットとシュザンヌの家を何度か訪れている。ジョン・ライリーによるエリー・ブランへのインタヴュー、一九八九年七月。

(43) デュムニール夫人の訪問に関するこの説明は、ポーレット・イカールおよびフェルナン・オードへのインタヴュー(一九九〇年七月)による。

(44) ジョゼット・エダンへのインタヴュー、一九八九年四月と一九九〇年二月、およびイヴォンヌ・ロブへのインタヴュー、一九九〇年七月。

(45) ジョゼット・エダンへのインタヴュー、一九九〇年九月十二日。

(46) ジョン・ライリーによるウジェーヌ・フィドラーへのインタヴュー、一九八九年七月、および筆者によるウジェーヌ・フィドラーへのインタヴュー、一九九〇年七月。

(47) ジョゼット・エダンへのインタヴュー、一九九〇年九月十二日。

(48) ウジェーヌ・フィドラーへのインタヴュー、一九九〇年七月。

(49) これらすべての日付に関しては、テキサス大学オースティン校にあるハリー・ランサム人文科学研究センターに保管されている『ワット』の自筆草稿ノートに見いだされる。

(50) ハーヴィーによるベケットへのインタヴュー、日付なし(ダートマス)。

(51) Beckett, *Watt*, p. 52.(『ワット』 高橋康也訳 五九頁)。ビル・シャノンの身元をつきとめたのはシーラ・ブラジルであった。Eoin O'Brien, *The Beckett Country*, p. 18 and p. 348, n. 22 参照。

(52) ベケットへのインタヴュー、一九八九年八月。ベケットは父親が「扁平顔のミラー」というニックネームを使ったことははっきりとは覚えていなかったが、たとえば「白目がちのワット」といったようなほかのニックネームを筆者に引き合いに出した。

(53) Beckett, *Watt*, p. 15.（『ワット』高橋康也訳 一七頁）。

(54) ベケットからマニングへ、一九五七年七月三十一日付（テキサス）。

(55) 草稿では、たとえばベケットは次のように記している。「五〇ポンドは不面目にも、リーソン通りとポートベロ橋のあいだにある運河の北側の河岸に面したティスラーの売春宿で、スタウトとウィスキーといったつまらないものに費やされてしまった」。ベケット、ルシヨンで書かれた『ワット』自筆草稿、第四冊、八一頁（テキサス）。

(56) Rubin Rabinovitz, *The Development of Samuel Beckett's Fiction*, p. 125.

(57) この表現は、Lawrence Harvey, *Samuel Beckett Poet and Critic*, p. 352 による。

(58) イヴォンヌ・ロブへのインタヴュー、一九九〇年七月。

(59) Deirdre Bair, *Samuel Beckett*, pp. 327–31.

(60) ルシヨンにおけるレジスタンス・グループの活動に関する箇所と、ベケットのこの運動との関わりについては、以下のグループのメンバーたちへのインタヴューに基づいている。すなわち、ジョン・ライリーによるエメ・ボノムへのインタヴュー、一九八九年七月、および筆者によるエメ・ボノムへのインタヴュー、一九九〇年七月。筆者によるクロード・ブロンデル、エリー・イカール、ロジェ・ルイへのインタヴュー、一九九〇年九月。いくつかの詳細については、さらにジョゼット・エダンへのインタヴュー、一九九〇年二月から得られた。*La Résistance au pays d'Apte de la Durance au Ventoux*, Cavaillon, 1982（著者不詳）には、ルシヨンのグループのメンバーのリストが載っており、そこにはサミュエル・ベケットの名前も含まれている。

(61) エレーヌ・アルベルティーニへのインタヴュー、一九九〇年七月。

(62) この無線電信機は、ヴォークリューズのフォンテーヌにあるレジスタンス博物館に現在展示されているものと同一のものである。

(63) 同じことが、戦争直後、ゆるやかな協力をしたということを理由に、あるいは、闇市を開いたということで、当地の人びとを告発する手紙をめぐっても起きた。エメ・ボノムへのインタヴュー、一九九〇年七月、および彼の息子のアンドレとの議論による。彼は戦後に書かれたこのような告発の手紙を一通わたしに見せてくれた。

(64) マルセル・ロブの逮捕とドランシーでの投獄の記述に関しては、妻のイヴォンヌ・ロブへのインタヴュー、一九九〇年七月による。

(65) ハーヴィーによるベケットへのインタヴュー、日付なし（ダートマス）。ベケットのルシヨン・レジスタンス支部のメンバー・カードは現在も保存されている（ランドン）。

(66) ハーヴィーによるベケットへのインタヴュー、日付なし（ダートマス）。

(67) ジョゼット・エダンへのインタヴュー、一九九〇年九月十二日。
(68) ベケットへのインタヴュー、一九八九年七月。
(69) 詳細は、ジョゼット・エダンへのインタヴュー、一九九〇年二月による。

第十四章　戦争の余波　一九四五―四六

(1) ベケットがこの時、そもそもパリにいったのかどうか、あるいは通り過ぎたのかどうか、疑問が投げかけられたことがある (Deirdre Bair, *Samuel Beckett*, p. 335.)。しかし、ベケットはハーヴィーに、二人そろって数か月間パリに滞在したのち、復活祭のころに、一人でアイルランドに向かった、と話している。ハーヴィーによるベケットへのインタヴュー、日付なし (ダートマス)。
(2) ジョゼット・エダンへのインタヴュー、一九九三年四月三日。
(3) ハーヴィーによるベケットへのインタヴュー、日付なし (ダートマス)。
(4) ジョゼット・エダンへのインタヴュー、一九九三年四月三日。
(5) ハーヴィーによるベケットへのインタヴュー、日付なし (ダートマス)。
(6) デアドラ・ベアによれば、シュザンヌがルシヨンから一人で戻ってきたときに、ジールとリスルのヴァン・ヴェルデ夫妻がベケットのアパートに住んでいたと述べている (*Samuel Beckett*, p. 686, n.38)。しかしながら、リスル・ヴァン・ヴェルデは自分たち夫婦はファヴォリット通り六番地のベケットのアパートには住んでいなかったと否定している。小さなホテル住まいをしながら、彼らはシュザンヌやベケットとパリで会っていたと言う。リスル・ヴァン・ヴェルデへの電話インタヴュー、一九九五年三月七日。
(7) リスル・ヴァン・ヴェルデへの電話インタヴュー、一九九五年三月七日。
(8) ヨーロッパにおいて、戦争が正式に終結したのは、一九四五年五月八日である。
(9) ロンドンでベケットを待ち受けていた困難については、ベケットの話を「聞き書き」したローレンス・ハーヴィーの日付のないメモにほぼ基づいている (ダートマス)。
(10) ジャンニーヌ・ピカビアの任務完了報告、'Organisation of the Service', 14 Mar. 1943, p. 1. ガブリエル・ビュッフェ・ピカビアの任務完了報告も、一九四三年八月におこわれている (SOE)。
(11) Deirdre Bair, *Samuel Beckett*, p. 336.
(12) ベケットからリーヴィーへ、一九四五年六月二十日付 (テキサス)。
(13) ベケットがラウトレッジ社を訪ねたときは、売り上げははっきりしなかった。一年後、ベケットがラウトレッジ社に『マーフィー』を六冊注文したとき、それが一九四二年に絶版になったことを知らされ、激怒した。それから三十年後、ベケットはデアドラ・ベアに、ラウトレッジ社のノーマン・フランクリンが一九六〇年代のベケット書籍目録に記した情報に誤りがあって、『マーフィー』は戦前に安売りされた、と語っている（Deirdre Bair, *Samuel Beckett*, p. 686, n. 33）。しかし、ベケットはまちがっている。実際は、フランクリンのほうが真実に近い。売り上げは、ほぼフランクリンが記していたとおりだった。もっとも彼は、『マーフィー』が一九四三年三月に実際に絶版となり、ヨーロッパ文学事務局のベケットの口座が閉じられたという重要な一点を省略していた。『マーフィー』に関するラウトレッジ社の印税の明細によれば、一九四二年から四三年に、印刷済みの一五〇〇部のうち、未製本の七五〇部が、いまだに特定できないどこかのバイヤーによって買い上げられたことを示している（これらの本は空襲により焼失した可能性もある）。しかし、その印税は口座を閉鎖したときに、一九四三年三月にヨーロッパ文学事務局に支払われている（ユニヴァーシティ・カレッジ・ロンドン、ワトソン図書館の文書係ジリアン・ファーロング氏と、レディング大学の文書係マイケル・ボット氏の協力と助言に感謝申し上げる）。

(14) 不思議なことに、五年後、彼はラウトレッジ社がヨーロッパ文学事務局に最終的に支払った印税の少額の小切手をベケットは受け取った。ベケットからリーヴィーへ、一九五〇年十二月十一日付（テキサス）。

(15) ベケットからリーヴィーへ、一九四六年九月一日付（テキサス）。

(16) ベケットから「ラグ様」へ、一九四五年五月二十五日付。ベケットは彼に、「先月、ロンドンでお話しした原稿を、郵便書留でお送りします」と書いている（ラウトレッジ、レディング）。

(17) T・M・ラグからベケットへ、一九四五年六月六日付（ラウトレッジ、レディング）。ベケットはジョージ・リーヴィーに次のように書いている。「ぼくの著書『ワット』はラウトレッジ社に断わられたよ。ラグ氏とリード氏はそれが狂気じみて不可解」だということで意見が一致し、『マーフィー』の筆者には、本当に気の毒だとのこと。ところで、君の仕事を引き継いだ代理人の名前を忘れてしまい、その人がまだ仕事をやってくれているかどうかもわからないんだ。君が『マーフィー』を引き受けてくれたときの粘り強さの半分でよいから、もし誰か代理人を知っていたら、若い人のほうがありがたいけれど、その名前を教えてくれないかな」。ベケットからリーヴィーへ、一九四五年六月二十日付（テキサス）。

(18) ブライアン・コフィの義理の兄弟であるグリーンについての情報はデアドラ・ベアによる伝記に見られる。Deirdre Bair, *Samuel Beckett*, p. 340.

(19) 「ぼくは『ワット』を去年の八月に仕事を始めたばかりの男にくれてやったよ。ニコルソン・アンド・ワトソンが食いついてくれそうなんだ」。（ベケットからリーヴィーへ、一九四五年十月三十一日付、テキサス）。この出版社は結局食いついてはくれなかった。ベケットは「くたばりぞこないのなんとかソンども」のリストのなかに（ジャクソンやジョンソンやウィルソンと並んで）、彼らの名前を使うことによって、仕返しをしている。Beckett, *Malone Dies* in *Molloy Malone Dies The Unnamable*, p. 218.（『マロウンは死ぬ』 高橋康也訳 九二頁）。

(20) 報告書番号六〇三八。原稿は一九四六年四月八日付の正式な通知とともにA・P・ワット・アンド・サン社に返却された（ウィンダス、レディング）。

(21)『ワット』のタイプ原稿は、一九四六年六月にメシュエン社に、一九四六年九月にはセッカー・アンド・ウォーバーグ社に渡った（ベケットからリーヴィーへ、メシュエン、［一九四六年］六月十九日付、テキサス）。R・P・ワットからセッカー・アンド・ウォーバーグへ、一九四六年九月三日付。フレデリック・ウォーバーグからR・P・ワットへの断わりの書簡、一九四六年十月九日付（セッカー・アンド・ウォーバーグ社、レディング）。

(22) フレデリック・ウォーバーグからR・P・ワットへ、一九四六年十月九日付（セッカー・アンド・ウォーバーグ社、レディング）。

(23)「母はいつも家に来てくれる女の子に口述して手紙を書いてもらっていたけれど、前回の手紙は四ページにもわたって自分の手で書いたんだ」。ベケットからマグリーヴィーへ、［一九四八年］九月二十六日付（トリニティ）。

(24) リリー・コンデルへのインタヴュー、一九九二年十月十日。

(25) ベケットからジョルジュ・デュテュイへ、一九四八年八月二日、二十二日付（デュテュイ）。

(26) エドワード・ベケットへの電話インタヴュー、一九九五年三月七日。

(27) デアドラ・ハミルトンへのインタヴュー、一九九一年六月二十日。

(28) ベケットからグウィネズ・リーヴィーへ、一九四五年五月十日付、およびリーヴィーへ、一九四五年六月二十日付（テキサス）。

(29) ベケットからリーヴィーへ、一九四五年十月三十一日付（テキサス）。

(30) Deirdre Bair, *Samuel Beckett*, P. 341.

(31) ベケットからグウィネズ・リーヴィーへ、一九四五年六月二十日付（テキサス）。

(32) ベケットからマグリーヴィーへ、一九四七年十一月二十四日付（トリニティ）。

(33) ベケットからグウィネズ・リーヴィーへ、一九四五年六月二十日付（テキサス）。

(34) ベケットからマグリーヴィーへ、［一九四五年］八月六日付（トリニティ）。

(35) ベケットからマグリーヴィーへ、一九四五年八月十九日付（トリニティ）。

(36) ベケットへのインタヴュー、一九八九年十一月十日。救急車六台、トラック一台、多目的ワゴン車一台を含む百七十五トンもの備品が、八月なかば、ダブリンの波止場からシェルブールに向けて、貨物船メナピアに積み込まれた。ベケットは、得意のフランス語を駆使して、資材が道路か鉄道で波止場から病院予定地へ届くように手配した。サン・ローでは、パリのフランス赤十字社と地元の医療施設との橋渡しだけでなく、資材の荷札を判読したりもした。サン・ローでのアイルランド赤十字社の活動を詳細かつみごとにまとめた著書として、Eoin O'Brien, *The Beckett Country*, pp. 315–42 がある。

(37)　ベケットからマグリーヴィーへ、一九四五年八月十九日付（トリニティ）。

(38)　Beckett, 'The Capital of the Ruins.' アイルランド国営ラジオ放送の番組のための話、一九四六年六月。その原稿は Eoin O'Brien, *The Beckett Country*, pp. 333–7 に掲載されている。

(39)　Eoin O'Brien, *The Beckett Country*, p. 328.

(40)　ジム・ギャフニーが自分の妹ノラへ宛てた書簡、一九四五年十月二日付。Eoin O'Brien, *The Beckett Country*, pp. 326–7 に引用されている。

(41)　ベケットへのインタヴュー、一九八九年十一月十日。

(42)　シモーヌ・マッキーへのインタヴュー、一九九三年六月二十六日、およびイヴォンヌ・ルフェーヴルから筆者へ、一九九五年三月二十二日付（ルフェーヴル）。

(43)　ベケットからイヴォンヌ・ルフェーヴルへ宛てた書簡は三通あり、そのなかでベケットは彼女から、母のための薬パルパニットを買う話に触れている。そのうちの二通は六月二十三日付と八月二十二日付であるが、何年かは記されていない。おそらく一九四八年に書かれたものだろう。もう一通には、一九四九年四月二十六日の日付がある（ルフェーヴル）。パルパニット入手の経緯については、イヴォンヌ・ルフェーヴルから筆者への書簡、一九九五年三月二十二日付（ルフェーヴル）による。

(44)　アーサー・ダーリーの説明は、ベケットへのインタヴューのほかに、ダーリーの友人で遺言執行者のアーネスト・キーガン、シモーヌ・マッキーへのインタヴュー、およびオブライエンの著書に書き起こされている、サン・ローのアイルランド赤十字病院家政婦長メアリー・クローリーの思い出話に基づいている。Eoin O'Brien, *The Beckett Country*, p. 339.

(45)　ベケットからマグリーヴィーへ、一九四五年十二月二十一日付（トリニティ）。

(46)　ベケットへのインタヴュー、一九八九年十一月十日。

(47)　Beckett, *Collected Poems in English and French*, p. 54. ダーリーの友人で遺言執行者のアーネスト・キーガンが英訳している。（「A・D・の死」高橋康也訳　八四頁）。

(48)　シモーヌ・マッキーへのインタヴュー、一九九三年六月二十六日。

(49)　ハーヴィーによるベケットへのインタヴュー、日付なし（ダートマス）。

(50)　ベケットからマグリーヴィーへ、一九四五年十二月二十一日付（トリニティ）。この書簡はサン・ローを去る決意をしたあとで書かれた。

(51)　この話は実際には放送されていないようである。Eoin O'Brien, *The Beckett Country*, pp. 333–7 参照。

(52)　デアドラ・ベアはクラップの啓示をベケット自身の啓示に結びつけている。「彼（ベケット）の思考回路がかき混ぜられるほどに酒を飲んだのち、いつものように夜も更けてからぶらぶら散歩をした。ふと気がつくと、冬の嵐にもまれながら、ダブリン港の突堤の先に立っていた。突然、啓示が訪れた。それは、『ベケット的』と呼ばれることになる膨大な作品群を生み出すことになる」(Deirdre Bair, *Samuel Beckett*, p. 350)。ほかの多くの批評家も繰り返しベケットとクラップを同一視してきた (Carlton Lake, *No Symbols Where None Intended*, p. 49)。オーン・オブライエンは、クラップが啓示を得た場所を、ダブリン港ではなく、ダン・レアリーの埠頭であると訂正している。東の埠頭近くの灯台や、出版された決定稿に「風速計」とあるように風速計とかの目印が、その根拠である。そしてオブライエンはこう続けている。「ダン・レアリーの埠頭は文学史に大きな意味をもつ場所となった。ベケットが［クラップではなく］、彼の文学において追求すべき道を見つけたのは、ある運命の夜、東の埠頭においてであった」。さらにこうも記している。「…たとえ控えめであったとしても、この啓示（ベケット自身が用いている言葉だが）は、戯曲『クラップの最後のテープ』のなかでまざまざと鮮明に描かれている」。Eoin O'Brien, *The Beckett Country*, pp. 81-3.

(53) Beckett, *Krapp's Last Tape* in *Collected Shorter Plays*, p. 60.（『勝負の終わり／クラップの最後のテープ』安堂信也・高橋康也訳 一二二―一二三頁）。

(54) たとえば、*As No Other Dare Fail*, John Calder, London, 1986, p. 8, p. 12 のなかに見られる。

(55) ベケットへのインタヴュー、日付なし［一九八七年ごろ］。ベケットはリチャード・エルマンに次のように書いている。「突堤や暴風のもろもろのくだりは想像上のものです。わたしが啓示を経験したのは、一九四五年の夏、ニュープレイスというクールドライナ邸から道を隔てたところにある母の小さな家でのことです」。ベケットからリチャード・エルマンへ、一九八六年一月二十七日付、（タルサ）。

(56) Gabriel d'Aubarède, *Nouvelles littéraires*, 16 Feb. 1961. これは、Lawrence Graver and Raymond Federman, eds., *Samuel Beckett: The Critical Heritage*, Routledge and Kegan Paul, London, Henley and Boston, 1979, p. 217 に引用されている。

(57) ベケットへのインタヴュー、一九八九年十月二十七日。ベケットのこの言葉は、かつて彼がイズレエル・シェンカーに語ったこととほぼ同じである。「ジョイスはより多くを知れば、より多くのことができた。彼は芸術家として、全知全能をめざした。わたしは無知、無能により仕事をしている。一般に表現とはなにかを達成すること、達成でなければならない、という一種の美学的公理が存在しているように思います。わたしの小さな探求とは、これまで芸術家たちが芸術には使えないなにか、その定義からして芸術とは相容れないなにかとして、いつも脇に押しやっていた存在のすべての領域についてのものです」。イズレエル・シェンカーのベケットへのインタヴュー、『ニューヨークタイムズ』、一九五六年五月五日。*Samuel Beckett: The Critical Heritage*, p. 148 からの引用。

(58) ベケットから筆者に送られた覚え書き。当時、筆者は『クラップの最後のテープ』のベケットによる演出ノートの出版に向けて準備をしていた。
(59) イズレエル・シェンカーのベケットへのインタヴュー、『ニューヨーク・タイムズ』、一九五六年五月五日。*Samuel Beckett: The Critical Heritage*, p. 148からの引用。
(60) リチャード・オールディントンからP・A・G・オールディントンへ、一九四六年十月八日付(南イリノイ大学、カーボンデール)。
(61) ベケットからマグリーヴィーへ、一九四七年十一月二十四日付(トリニティ)。
(62) ベケットからアンリ・エダンへ、一九四七年四月二十九日付。さらにこの計画について親切に説明してくれたジョゼット・エダンへのインタヴュー、日付なし。
(63) ベケットからマグリーヴィーへ、一九四八年一月四日付(トリニティ)。一万フランという金額は思いつきではない。それはベケットがボルダ社からもらった『マーフィー』の翻訳料である。
(64) ベケットから(ベケットやシュザンヌとパリで食事をともにした)イヴォンヌ・ルフェーヴルへ、一九九五年三月二十二日付(ルフェーヴル)。
(65) ベケットからイヴォンヌ・ルフェーヴルへ、日付なし[一九四七年](イヴォンヌ・ルフェーヴル)。一九四七年から四八年にかけて出された手紙やカードがほかにも何通か保存されており、そのなかでベケットはイヴォンヌに届いたばかりの小包の礼を述べている。
(66) ベケットからイヴォンヌ・ルフェーヴルへ、一九四八年四月五日付(ルフェーヴル)。
(67) ベケットからマグリーヴィーへ、一九四八年一月四日付(トリニティ)。

第十五章 「書くことの狂熱」 一九四六—五三

(1) イズレエル・シェンカーによるベケットへのインタヴュー。*Samuel Beckett: The Critical Heritage*, p. 148.
(2) Carlton Lake, *No Symbols Where None Intended*, p. 49.
(3) Carlton Lake, *No Symbols Where None Intended*, p. 50.
(4) ベケットは彼の作品の文献目録作成者たちに、それを書いたのは一九四五年の初めで、ブランとジールの個展のあとのことだった、と語っている。しかし、それは記憶ちがいだろう。確かにそれは一九四五年の秋以前に書かれはしたが、サン・ローでのベケットは、美術画廊からも、絵画、美術館、図書館からも、さらには自分の蔵書からさえも遠ざかっていたし、おまけに疲れ果てていた。とすれば、それが書かれたのは一九四五年四月に彼がパリを離れる以前にちがいない。あるいは五月から八月までのアイルランド滞在中というのも可能性は低いが不可能ではない。
(5) この美術批評はフランス語でBeckett, *Disjecta*, pp. 118–32に再録されている。

(6) Beckett, *Disjecta*, p. 118, ('[le] grand peintre inconnu qu'est Ballmer').

(7) ベケットが批評のなかで論じている絵画作品の多くは、彼自身が戦前に見たことのあるもの（たとえばドレスデンにあるジョルジョーネの『眠るヴィーナス』や、ハンプトン・コートにあるマンテーニャの『カエサルの凱旋』）か、あるいはハーグにあるフェルメールの『デルフトの眺望』のように複製画で知っているものだった。

(8) Beckett, *Disjecta*, p. 126.

(9) ハーヴィーによるベケットへのインタヴュー、日付なし（ダートマス）。

(10) 「つづき」の草稿はボストン大学図書館カルヴィン・イズレエル・コレクションに所蔵。英語で書かれた最初の二十九ページは、二月十七日から三月十三日まで規則正しく日付が記されている。それと対照的にフランス語で書かれた箇所には日付がない。

(11) ベケットからリーヴィーへ、一九四六年五月二十七日付（テキサス）。

(12) 『レ・タン・モデルヌ』はすでにボーヴォワール、サルトル、モーリス・メルロ＝ポンティ、ボリス・ヴィアン『蟻《しびれ》』（なだいなだ訳 『運命の法則』 文藝春秋 一九九二年）、ナタリー・サロート『見知らぬ男の肖像』（三輪秀彦訳 河出書房新社 一九七七年）、モーリス・ブランショ「エイトレの矛盾」（『完本 焔の文学』 重信／橋口訳 紀伊國屋書店 一九九七年）などを掲載していた。またジャン・ジュネの『葬儀』（生田耕作訳 河出書房新社 一九八七年）からの抜粋もそこで発表しており、ジュネの驚くべき『泥棒日記』（朝吹三吉訳 河出書房新社 一九九〇年）が日の目をみたのはベケットの最初の物語が掲載されたのと同じ号だった。

(13) ベケットからトーニー・クレルクス（ジャコバ・ヴァン・ヴェルデ）へ、一九四六年五月十五日付。この書簡のなかでベケットは彼女が「つづき」を掲載にまでこぎつけてくれたことを喜んでいる。またトリスタン・ツァラによれば文芸雑誌『フォンテーヌ』も受け入れてくれたかもしれないと関心を表わしている。ジャコバ宛の一九四六年六月三十日付書簡を見れば、ジャコバが「つづき」の前半部分を『レ・タン・モデルヌ』に送ったとき、後半部分はまだ未完だったことがはっきりする（フランス国立図書館）。

(14) ベケットからシモーヌ・ド・ボーヴォワールへのフランス語によるこの書簡は、Carlton Lake, *No Symbols Where None Intended*, p. 82 所収。

(15) これらの仏語詩もまたトーニー・クレルクスが『レ・タン・モデルヌ』に送りつけている。ベケットからトーニー・クレルクス（ジャコバ・ヴァン・ヴェルデ）へ、日付なし［一九四六年九月ごろ］（フランス国立図書館）。

(16) リチャード・アドマッセンによるこの草稿の記述（*The Samuel Beckett Manuscripts. A Study*, G. K. Hall, Boston, 1979, pp. 66–7）は、この作品に関しては不正確で、日付がちがっている。カールトン・レイクはそれを訂正しており、信頼できる（*No Symbols Where None Intended*, pp. 151–2）。

(17) アレクシス・ペロンへのインタヴュー、一九八九年七月。

この言葉はのちに『ゴドー』にも使われる。

(18) Beckett, *Mercier et Camier*, Les Editions de Minuit, Paris, 1970, p. 15.（ベケット『初恋／メルシエとカミエ』安堂信也訳　五九頁）。

(19) Beckett, *Mercier et Camier*, p. 21.（ベケット『初恋／メルシエとカミエ』安堂信也訳　六六頁）。

(20) たとえばアレクシス・ペロンは『モロイ』のタイプ原稿をもっているが、それにはベケットとマーニアの双方の手直しがある。その原稿をミニュイ版（*Molloy*, Les Editions de Minuit, Paris, 1951, pp. 205–8）と比較してわかるのは、ベケットはたまにマーニアの意見を受け入れているが、多くの場合、彼女の提案を退けていることだ。最終的にはこのタイプ原稿のかなりの部分が削除されて、出版されている。

(21) ベケットからマーニア・ペロンへ、一九五三年二月十二日付、［一九五三年三月二十六日付］、および一九五三年四月五日付（アレクシス・ペロン）。

(22) ピエール・ボルダからベケットへ、一九四六年十月二十九日付（ミニュイ）。

(23) ベケットからリーヴィーへ、一九四六年十二月十五日付（テキサス）。

(24) ベケットがマグリーヴィーへの書簡で語ったところによれば、『マーフィー』は最初の数か月でわずか六部しか売れなかったという（一九四八年三月十八日付、トリニティ）。しかし、これはやや誤解を招く表現で、ベケットが一九五一年五月に印税の明細を求めたときに、ボルダ社は『マーフィー』が二百八十五部売れたことを確認している。ミニュイ文書による。

(25) ベケットの死後のことであるが、ベケットの以前のアメリカにおける出版業者バーニー・ロセットとベケットの版権者のあいだで激しい論争が繰り広げられたあげく、一九九五年、『エレウテリア』をフランス語で出版するということで決着した。ロセットにはしぶしぶながらもその英語訳の出版が許された。

(26) Beckett, *Eleutheria*, Les Editions de Minuit, Paris, 1995, p. 74. *Eleuthéria*, translated by Michael Brodsky, Foxrock Inc. New York, 1995, pp. 68–9（『エレウテリア（自由）』坂原眞里訳　八二頁）。タイトルについていえば、仏語版にはアクサンがなく、アメリカ版にはアクサンがある。とくに言及がないかぎり、以後の引用はアメリカ版による。なおバーバラ・ライトによるイギリス版の新たな翻訳が一九九六年九月にロンドンのフェイバー・アンド・フェイバー社から刊行されている。

(27) それらの引用については次の書物にくわしい。Dougald McMillan and Martha Fehsenfeld, *Beckett in the Theatre*, John Calder, London, Riverrun Press, New York, 1988, pp. 30–45.

(28) 筆者はこの戯曲がいかなる理由で失敗作と思えるかについて、次の書物のなかの一章でくわしく論じている。James Knowlson and John Pilling, *Frescoes of the Skull, The Later Prose and Drama of Samuel Beckett*, pp. 23–38（『エレウテリア（自由）』坂原眞里訳　九六頁）

(29) Beckett, *Eleuthéria*, p. 81（『エレウテリア（自由）』

坂原眞里訳　一三〇頁）

（30）Beckett, *Eleuthéria*, pp. 117-8（『エレウテリア（自由）』坂原眞里訳　一五二頁）

（31）Beckett, *Eleuthéria*. 筆者にはマイケル・ブロッキーの翻訳（pp. 143-4）に比べて、フレッチャー／スパーリングによる翻訳は部分訳ながらすばらしい。Fletcher and Spurling, *Beckett. A Study of His Plays*, Eyre Methuen, London, 1972, p. 50.

（32）ベケットからリーヴィーへ、一九四七年五月十四日付（テキサス）。

（33）ベケットからマグリーヴィーへ、一九四八年一月四日付（トリニティ）。

（34）ベケットからマグリーヴィーへ、一九四八年三月十八日付（トリニティ）。

（35）ジェローム・ランドンからシュザンヌ・デュムニールへ、一九五一年五月二十二日付。シュザンヌからの返信には、『エレウテリア（自由）』についてベケットはますます心配を募らせています。しかし、彼は書き直す手もあるかもしれないと考えています」とある（シュザンヌからジェローム・ランドンへ、一九五一年五月二十五日付）。一九五一年七月一日付でシャルル・バンスッサンはベケットに面会を求める手紙を書いている。その時点においては、ベケットはおそらくこの戯曲に対して保留の意を表明したのではないだろうか。これらすべての書簡はミニュイ文書による。

（36）戦後のパリの「新しい演劇《ヌーヴォー・テアトル》」に関しては、David Bradby, *Modern French Drama 1940-80*, Cambridge University Press, 1984, pp. 53-86 参照。ブラッドビー教授の助言に感謝申し上げる。

（37）この逸話は（この学習方法を見せてくれた）エドワード・ベケット、イレーヌ・ランドン、アレクシス・ペロンとの談話に基づいている。

（38）アレクシス・ペロンへのインタヴュー、一九八九年七月。

（39）ベケットからアンリ・エダンへ、一九四七年五月［十九日］付（エダン）。書簡のなかでベケットは、同じようなちょっとした手術をするならジヴォーダンにしてもらったらいいとエダンに薦めている。

（40）モリス・シンクレアから筆者へ、一九九一年五月二十七日付。

（41）ランドンへのインタヴュー、一九八九年七月。

（42）ベケットからジョルジュ・デュテュイへのフランス語書簡、［一九四八年］八月二日付（デュテュイ）。

（43）ベケットからジョルジュ・デュテュイへのフランス語書簡、［一九四八年］八月二日付（デュテュイ）。

（44）ベケットからジョルジュ・デュテュイへのフランス語書簡、一九四八年八月二十二日付（デュテュイ）。

（45）ベケットからジョルジュ・デュテュイへのフランス語書簡、一九四八年七月二十七日付、一九四八年八月付、および日付なし［一九四八年八月］（デュテュイ）。

（46）ベケットからジョルジュ・デュテュイへのフランス語書簡、日付なし［内容からみて、一九四八年八月十二日付］（デュテュイ）。

（47）ベケットからジョルジュ・デュテュイへのフランス語書簡

簡、一九四八年七月二十七日付（デュテュイ）。
(48) ベケットからリーヴィーへ、一九四五年五月十日付（テキサス）。
(49) ベケットからマグリーヴィーへ、一九四八年三月十八日付（トリニティ）。
(50) ベケットからエダンへ、一九四七年五月［十九日付］（エダン）。
(51) ベケットからジョルジュ・デュテュイへのフランス語書簡、一九四八年八月二十二日付（デュテュイ）。ベケットはこのジョイス委員会の案を認めず、まもなくこの計画からきっぱり身を引いた。「母がイェイツの再葬のことが載っているよと『アイリッシュ・タイムズ』を送ってくれた。再葬の意図はたぶん『あっぱれイェイツ』と彼を讃えてやりたいのだろう。同じたぐいのことをジョイスにまでしたがっている連中がいるとは！」。ベケットからマグリーヴィーへ、［一九四八年］九月二十六日付（トリニティ）。
(52) ベケットからマグリーヴィーへ、一九四七年十一月二十四日付（トリニティ）。
(53) ベケットからマグリーヴィーへ、一九四八年三月十八日付（トリニティ）。
(54) ベケットからマグリーヴィーへ、一九四八年一月四日付（トリニティ）。ベケットはスペイン詩選集の翻訳を依頼されていた（一九五八年に出版）。カリフォルニア大学バークレー校の中国文学教授である陳（Chen Shih-Hsiang）による「中国文学の文化的本質」という講演の内容を手直しするために、どれだけベケットが呼び出されたかについて、エミール・ドゥラヴネーは詳述している（Emile Delavenay, *Témoignage. D'un village savoyard au village mondial 1905–1991*, Diffusion Edisud, La Calade, Aix-en-Provence, 1992, pp. 352-3）。この講演のベケットによる知られざる翻訳は *Interrelations of Cultures: their contribution to international understanding*, Paris, UNESCO, 1953 に掲載されている。
(55) ベケット文献目録の注には、ユネスコがゲーテに捧げた書物のなかの翻訳に関する記述があり、それによればベケットの手による詩の翻訳はほかにもいくつかありそうだ。Raymond Federman and John Fletcher, *Samuel Beckett. His Works and His Critics*, University of California Press, Berkeley, Los Angeles and London, 1970, pp. 98–9.
(56) これら新しい雑誌の創刊やその時期一般については、James Campbell, *Paris Interzone*, Secker and Warburg, London, 1994 に生きいきと描かれている。
(57) ベケットは自分のおこなった翻訳について、ジョルジュ・デュテュイに次のように書いている。「署名にはとくにこだわりません」。ベケットからジョルジュ・デュテュイへ、一九四八年七月十七日付（デュテュイ）。
(58) ベケットがおこなったさまざまな翻訳に関して、彼が書簡のなかで言及している内容をふまえたうえで、学問的に緻密な研究が進行中である。やがてベケットによる翻訳の新たな面が明らかにされるだろう。ざっと検証するだけでも以下のような作品が見てとれる。アンリ・ミショー「左でなく右へ」（'To Right nor Left', *transition* 48, 4, pp. 14–18）、ポール・エリュアールのピカソをめぐる七つの詩（*transition*

49, 5, pp. 6–13)、ルネ・シャールの詩「クールベの石割」('Courbet : The Stone-Breakers', *transition*, 49, 5, pp. 48–9) ――ルネ・シャールと結婚したティナ・ジョラスがレミ・ラブリュスに、ベケットはシャールを翻訳したと語っている。さらに（好みではなかったが）ジャック・プレヴェールの「ピカソの散歩」('Picasso goes for a walk', *transition* 49, 5, pp. 50–3)、アルフレッド・ジャリの「機械の描写」('The Painting Machine', *transition* 49, 5, pp. 38–42)、アンドレ・デュ・ブーシェ「沈黙の批評家フェリックス・フェネオン」('Félix Fénéon or the Mute Critic', *transition* 49, 5, pp. 76–9)、フランシス・ポンジュ「ブラック、あるいは出来事と快楽としての現代アート」('Braque, or Modern Art as Event and Pleasure', 49, 5, pp. 43–7) ――「これはじつにひどい」とベケットはジョルジュ・デュテュイに寸評している（ジョルジュ・デュテュイへの書簡、一九四九年三月一日付、デュテュイ）。またかつてのレジスタンス仲間ガブリエル・ビュッフェ＝ピカビアのアポリネール論（*transition* 50, 6, pp. 110–25)、第三号、第四号に掲載された「サルトル最後の授業」('Sartre's Last Class') という題名のおそらくデュテュイ自身のものと思われる二作品、さらに彼の主要作品である「マチスとビザンチン空間」('Matisse and Byzantine Space', *transition* 49, 5, pp. 20–37)。その念入りに調べ上げられた作品群はあまりにも膨大でここに列挙することはできない。ベケットとデュテュイに関するすぐれた論稿「ベケットと画家――未公開書簡の証言」(*Critique*, Aug.-Sept. 1990, 519–20, pp. 670–80.) は、こうしたベケットと上記の文学者たちとの結びつきがどのようにできたかについての話をふんだんに提供してくれる。『トランジション』に掲載された論文や詩のコピーを送ってくれたマーサ・フェーゼンフェルド氏とロイス・オーヴァーベック氏にも感謝申し上げる。

(59) ジョルジュ・デュテュイによるサム・フランシス論の素描的な翻訳はベケット文書資料室にある（草稿番号二九二六、レディング）。

(60) Geroges Duthuit, *Les Fauves*, Les Trois Collines, Geneva, 1949. ラルフ・マンハイムによる英訳は「現代芸術の記録」コレクションの一冊として出版されている (*The Fauvist Painters*, Wittenborn, Schultz Inc., New York, 1950)。レミ・ラブリュスによれば、マンハイムはベケットの翻訳に署名してほしいと手紙を書いたが、デュテュイはその翻訳はベケットが自分への好意からしてくれたものであり、本人が名前を伏せておきたい旨を説明し断わったとのことである。デュテュイからマンハイムへ、一九五〇年一月二一日付。

(61) 筆者によるジョルジュ・デュテュイの素描はクロード・デュテュイ、ピエール・シャベール、ジョゼット・エダンたちへのインタヴューに基づいている。

(62) クロード・デュテュイへのインタヴュー、一九九〇年十一月二十六日。

(63) Beckett, *Disjecta*, p. 139. 同じ文脈でベケットはブラン・ヴァン・ヴェルデが表現に関心をもっていなかったとみなしている。「私見によれば、ヴァン・ヴェルデは、精神的と物質的とを問わず、あらゆる形の創作誘因から追放された（お望みなら解放された）絵画を描いた最初の画家であり、表現とは不可能な行為であるという確信によって両手を金縛りにされることのなかった最初の画家である」(Beckett, *Disjecta*, p. 143. サミュエル・ベケット「三つの対話」高橋康也訳　二三五頁)。ベケットがデュテュイへの書簡に吐露しているのだが、こうしたヴァン・ヴェルデの芸術行為の解釈がブラン自身の見解というよりも、ベケット自身の見解により近いことをみずから認めている。ベケットからジョルジュ・デュテュイへ、一九四九年三月二日付（デュテュイ）。

(64)　ハーヴィーによるベケットへのインタヴュー、日付なし（ダートマス）。

(65)　Beckett, 'The End' in *No's Knife. Collected Shorter Prose 1947–1966*, p. 48.（「終わり」片山昇訳　六三頁）

(66)　「灯台守の息子で、頑丈で筋肉隆々たる陽気な若者——たしかそんな文章だった——である彼はナイフを口にくわえ、鮫《さめ》を追って夜中に何マイルも泳いだのだ、理由《わけ》は忘れた、たぶんただの英雄気取りからだろう」。(Beckett, 'The Calmative' in *No's Knife. Collected Shorter Prose, 1947–1966*, p. 28.「鎮静剤」片山昇訳　三五頁）。筆者がベケットに確かめたところによると、彼の父親は夜になるとよくこの物語を彼に読んで聞かせたものだった。だが、どこから出版された本なのかは不詳である。

(67)　Samuel Beckett, 'The Expelled' in *No's Knife. Collected Shorter Prose, 1947–1966*, p. 18.（「追い出された男」片山昇訳　二二頁）。フランク・ベケット［ベケットの兄］がやっていた「ベケット・アンド・メドカーフ」の積算会社に一九四四年に入社したイアン・マクミランによれば、フィリップ・ベーカー宛の一九九二年六月二十三日付書簡のなかで、昔の積算士が使っていたとても重い「円筒型の物差し」について説明しており、彼の記憶ではそれが会社の事務室にずっとあったとのことである。『モロイ』に出てくる警察署長も、そうした「円筒型の物差し」でモロイを脅しており、彼にお金をくれた弁護士もまた同じような物差しを振り回していた。ラジオドラマの『残り火』のような他の作品にもそれは使われている。この情報を知らせてくれただけでなく、筆者が引用することにも快諾いただいたフィリップ・ベーカー氏に感謝申し上げる。

(68)　Beckett, *Molloy*, in *Moloy Malone Dies The Unnamable*, pp. 105–6.（『モロイ』安堂信也訳　一五八―一五九頁）

(69)　Beckett, *Molloy*, in *Moloy Malone Dies The Unnamable*, p. 121.（『モロイ』安堂信也訳　一六四頁）

(70)　「歯形の屋根のてっぺんと、排煙筒を四つつけた一本の煙突とが、にじんだ星がいくつか光る空からやっと浮き出していた。私は顔を香り豊かな植物の黒い群れに向けた。それこそ私のもので、思いどおりにしても、だれも文句は言わなかったものだった」。Beckett, *Molloy*, in *Moloy Malone Dies The Unnamable*, p. 128.（『モロイ』安堂信也訳　一九三―一九四頁）

(71)　「なつかしい自転車よ、私はおまえをヴェロ［ヴェロシペードの略で、昔のチェーンのない自転車。現在では自転車の日常的呼び方］とは呼ぶまい。おまえは同じ年式の仲間たちおぜいと同じように、緑色に塗られていたな。ありゃなぜだろう」。Beckett, *Molloy*, in *Moloy Malone Dies The Unnamable*, p. 16.（『モロイ』 安堂信也訳 一九頁）

（72） Beckett, *Molloy*, in *Moloy Malone Dies The Unnamable*, p. 106.（『モロイ』 安堂信也訳 一六〇頁）

（73） Beckett, 'The End' in *No's Knife. Collected Shorter Prose, 1947–1966*, p. 66.（「終わり」『短編集』 片山昇訳 八八頁）

（74） Beckett, *First Love*, p. 59.（『初恋』 片山昇訳 四六頁）

（75） Beckett, 'The End' in *No's Knife. Collected Shorter Prose, 1947–1966*, pp. 46–7.（「終わり」 片山昇訳 六二頁）

（76） ベケット、哲学的覚え書き。

（77） Beckett, *Molloy*, in *Molloy Malone Dies The Unnamable*, p. 41.（『モロイ』 安堂信也訳 五八頁）

（78） Beckett, *Malone Dies*, in *Moloy Malone Dies The Unnamable*, p. 218.（『マロウンは死ぬ』 高橋康也訳 九一頁）

（79） G. W. Leibniz, *Les nouveaux essais sur l'entendement humain*, Book II, chapter I in *Opera philosophica*, Berlin, 1840, p. 223.（『人間知性新論（上）』『ライプニッツ著作集4巻』所収 谷川・福島・岡部訳 工作舎 一九九三年 一一三頁）

（80） Beckett, *Malone Dies*, in *Molloy Malone Dies The Unnamable*, p. 193.（『マロウンは死ぬ』 高橋康也訳 三六頁）

（81） Samuel Beckett, *Molloy*, in *Molloy Malone Dies The Unnamable*, p. 170.（『モロイ』 安堂信也訳 二五八頁）

（82） Samuel Beckett, *Molloy*, in *Molloy Malone Dies The Unnamable*, p. 62.（『モロイ』 安堂信也訳 九一頁）

（83） Samuel Beckett, *Molloy*, in *Molloy Malone Dies The Unnamable*, p. 99.（『モロイ』 安堂信也訳 一四八頁）

（84） Samuel Beckett, *Molloy*, in *Molloy Malone Dies The Unnamable*, p. 121.（『モロイ』 安堂信也訳 一八三頁）

（85） Samuel Beckett, *Molloy*, in *Molloy Malone Dies The Unnamable*, p. 133.（『モロイ』 安堂信也訳 二〇二頁）

（86） Samuel Beckett, *Molloy*, in *Molloy Malone Dies The Unnamable*, p. 129.（『モロイ』 安堂信也訳 一九六頁）

（87） Samuel Beckett, *Molloy*, in *Molloy Malone Dies The Unnamable*, p. 66.（『モロイ』 安堂信也訳 九七頁）

（88） ベケット「ドイツ日記」第四冊、一九三七年二月六日。

（89） Beckett, *Malone Dies*, in *Molloy Malone Dies The Unnamable*, p. 236.（『マロウンは死ぬ』 高橋康也訳 一三〇頁）

（90） Edouard Morot-Sir, 'Grammatical Insincerity in *The Unnamable*, *Samuel Beckett's Molloy, Malone Dies, The Unnamable*, ed. Harold Bloom, Modern Critical Interpretations, Chelsea House, New York etc., 1988, pp. 131–44.

（91） 著者はマイケル・ムーニーのすぐれた論文に負っている。Michael Mooney, 'Molloy, part i: Beckett's 'Discourse on Method', *Journal of Beckett Studies*, No. 3, Summer 1978, pp. 40–55.

（92） Beckett, *Molloy*, in *Molloy Malone Dies The Unnamable*, p. 64.（『モロイ』 安堂信也訳 九三頁）

（93） J. D. O'Hara, 'Jung and the "Molloy" narrative', *The*

Beckett Studies Reader, ed. S. E. Gontarski, University Press of Florida, Gainesville, etc., 1993, p. 131. J・D・オハラはユング、フロイト的観点からベケット小説三部作をより詳細に読み込んでいる。筆者がその論文を読む許可を得、氏と有意義な話をする機会を何度となく与えてくれたことに感謝申し上げる。

(94) J. D. O'Hara, 'Freud and the narrative of "Moran"', *Journal of Beckett Studeis*, 2nd series, vol. 2, No. 1 Autumn 1992, p. 48.

(95) 一九四八年一月十三日付の書簡のなかで、ピエール・ボルダはトーニー・クレルクスに「『モロイ』をいますぐ出版することはできない」ので、その原稿を彼女がどこに売り込もうとかまわないと述べている（ミニュイ）。

(96) ベケットへのインタヴュー、一九八九年十月二十七日。

(97) Maurice Nadeau, *Grâces leur soient rendues. Mémoires littéraires*, Albin Michel, Paris, 1990, pp. 363–4 参照。ほかにもベケットをあと押しした面々に、編集者のA・C・ジェルヴェがいる。彼はマックス＝ポル・フーシェ宛の書簡の写しを一九四九年十月二十一日付でシュザンヌ・デュムニールに送っているのだが、マックス＝ポル・フーシェはベケットをしてもっとも重要な現代作家の一人と評していた。マックス＝ポル・フーシェからA・C・ジェルヴェへの書簡の写し、一九四九年十月二十三日付。ジュルヴェがシュザンヌ・デュムニール宛への書簡に引用したのは、この書簡からである（ミニュイ）。

(98) シュザンヌ・デュムニールからジョルジュ・ランブリクスへの一九五〇年十月五日付の書簡はこの間の事情をはっきりさせている（ミニュイ）。ほぼ同じ時期、ランブリクスはジャン・ポーランと編集作業をして、ミニュイ社の評論雑誌『84』に『マロウンは死ぬ』(*Malone meurt*) の抜粋 ('Malone s'en conte,' *84*, 16) を掲載すべく印刷の手配をしている。ジョルジュ・ランブリクスからシュザンヌ・デュムニールへ、一九五〇年十月十六日付（ミニュイ）。

(99) ランドンへのインタヴュー、一九八九年七月十三日。

(100) ピエール・ボルダからランドンへ、一九五三年十二月一日付（ミニュイ）

(101) この点についていえば、一九七五年にベルリンで、みずからの戯曲演出のためにベケットが準備したノートのなかで、彼は「K・D・フリードリヒ」、すなわちドイツロマン派画家 (Casper David Friedrich) の名前を明記している。なおこのノートは出版されている。*The Theatrical Notebooks of Samuel Beckett, vol. 1, Waiting for Godot*, eds. Dougald McMillan and James Knowlson, Faber and Faber, London and Grove Press, New York, 1994, p. 236.

(102) これらの絵画作品は当時ミース・ファン・デル・ローへが建築した新国立美術館に展示されていた。その後、一九八六年の秋にシャルロッテンブルク宮殿ノーベルスドルフの一翼に移された。

(103) 筆者がルビー・コーンに確認、一九九四年八月九日。

(104) しかしながら、一九四三年ルシヨンで書かれた『ワット』の四冊目の草稿ノートには、「イメージのなかのイメージ」という見出しがあり、そのなかに「カスパー・ダーフィト・フリードリヒの月と男たち」という引用がある（『ワット』草稿ノート第四冊、その第一頁には「ルション 一九四三年十月四日」と記されている、テキサス）。そしてベケットが『ゴドー』を書くまではベルリンに戻っていないことからすれば、その戯曲を執筆したときに彼の脳裏にあったのは、たぶんドレスデンにある二人の男が月を見つめている絵のほうであったろう（Beckett, *Malone Dies*, in *Moloy Malone Dies The Unnamable*, p. 198.『マロウンは死ぬ』 高橋康也訳 四九頁参照）。『ワット』の草稿ノートについてはメアリー・ブライデン氏に感謝申し上げる。

(105) このことは以前Marilyn Gaddis Rose, *Jack B. Yeats, Painter and Poet*, Berne and Frankfurt, 1972, p. 45のなかで論じられていた。

(106) Colin Duckworth, Introduction to *En attendant Godot*, Harrap, London, 1966, pp. xiv–xxv.

(107) Hugh Kenner, *A Reader's Guide to Samuel Beckett*, Thames and Hudson, London, 1973, pp. 30–1.

(108) 最初の本はジョルジュ・ルーストノー＝ラコーによる『呪われた犬 ヒトラー徒刑場からの生存者の回想』(Georges Loustaunau-Lacau, *Chiens Maudits. Souvenirs d'un rescapé des bagnes hitlériens*. Editions du Réseau Alliance, Paris, 1945)。アルフレッド・ペロンに関する記述は八九、九五頁。

(109) Georges Loustaunau-Lacau, *Mémoires d'un Français rebelle 1914–48*, Robert Laffont, Paris, 1948, pp. 313–14.

(110) Georges Loustaunau-Lacau, *Mémoires d'un Français rebelle 1914–48*, p. 314.

(111) Georges Loustaunau-Lacau, *Mémoires d'un Français rebelle 1914–48*, p. 313.

(112) Beckett, *Waiting for Godot*, p. 9.（『ゴドーを待ちながら』 安堂信也・高橋康也訳 八頁）

(113) ベケットからエダンへ、一九五〇年七月二十四日付（エダン）。

(114) Beckett, *Krapp's Last Tape* in *Collected Shorter Plays*, p. 60.（『勝負の終わり／クラップの最後のテープ』 安堂信也・高橋康也訳 一一一頁）。

(115) ベケットからエダンへ、一九五〇年七月三十一日付（エダン）。これらの書簡はすべてフランス語で書かれている。

(116) ベケットからエダンへ、一九五〇年七月三十一日付（エダン）。

(117) ベケットからエダンへ、一九五〇年八月九日付（エダン）。

(118) ベケットからエダンへ、一九五〇年八月九日付（エダン）。

(119) ベケットからエダンへ、一九五〇年八月十九日付（エダン）。

(120) ベケットからエダンへ、一九五〇年八月三十一日付（エダン）。

(121) シモーヌ・マッキーへのインタヴュー、一九九三年六月二十六日付。

(122) ベケットとの談話、日付なし（一九八〇年ごろか）。【この「冷たい目」という言葉はW・B・イェイツの墓碑銘に刻まれたイェイツ最後の詩句を想起させる。「冷たい目を向けよ／生に、死に。／馬上の人よ、通り過ぎよ！」】。

(123) これらはすべて『クラップの最後のテープ』からの引用（二二頁）。

(124) デニス・ジョンストンはエズナ・マッカーシーとの恋愛について、『九本の川』（草稿番号一〇〇六六／三〇—三二）のなかで彼女を「エウテルペー」【笛を持ち音楽・抒情詩をつかさどる女神】にたとえている。だがこの恋愛沙汰をベケットはエズナと一緒だった学生時代に知っていたことだろう。

(125) ブランは、ジャン・ルノアール、マルセル・カルネ、マルク・アレグレ、アベル・ガンスといった名だたる監督のもとで映画に出演している。彼が出演した劇の役割や、監督した劇については、*Roger Blin. Souvenirs et propos recueillis par Lynda Bellity Peskine*, Gallimard, Paris, 1986 参照。

(126) *Roger Blin. Souvenirs et propos*, p. 80.

(127) ベケットからジョルジュ・デュテュイへ、日付はないが一九五〇年三月（デュテュイ）。

(128) ブランがゲテ・モンパルナス座の劇場支配人兼演出家になった経緯については、ブランについての書物（*Roger Blin. Souvenirs et propos*, pp. 65-6.）と、ブランの友人であり『ゴドー』初演でラッキー役を演じたジャン・マルタンへのインタヴュー、一九八九年九月に基づいている。

(129) ベケットからジョルジュ・デュテュイへ、日付はないが一九五〇年三月（デュテュイ）。

(130) ベケットからリーヴィーへ、一九五〇年十二月十一日付（テキサス）。

(131) *Roger Blin. Souvenirs et propos*, pp. 83-4.

(132) ポッシュ座との合意書の原本、書名入り写し三部、一九五二年七月二十三日付（ミニュイ）。

(133) この意見衝突については、次のように多くの書簡が残っている。ランドンからフランス・ギーへ、一九五二年十一月十二日付、フランス・ギーからロジェ・ブランへ、フランス・ギーからランドンへ、ともに一九五二年十一月十六日付、ロジェ・ブランから省庁のJ・ジュジャールへ、一九五二年十一月二十二日付（ミニュイ）。

(134) *Roger Blin. Souvenirs et propos*, p. 83.

(135) デルフィーヌ・セイリグはロジェ・ブランの教え子で、巡業中に『ゴドー』を読み、その美しさに打たれ、心を突き動かされた。パリに戻るや否や彼女は、おじが「旅費」の足しにと残してくれていたお金を、セローに使ってくださいと働きかけた。デルフィーヌ・セイリグへのインタヴュー、一九九〇年一月二十九日。

(136) ジャン・マルタンは彼の演技に舞台衣装方の女性がどんなにぞっとして、吐き気までもよおしたか、その強烈な効果について語った。そしてラッキーを演じるにあたり、この驚くべき方法を続けようと決心をした。ジャン・マルタンへのインタヴュー、一九八九年九月。

(137) ジャン・マルタンへのインタヴュー、一九八九年九月。

(138) こうした変更のいくつかは *En attendant Godot*, ed. Colin Duckworth に記録されている。

(139) その一人は新聞に抗議の投書して『ゴドー』を罵倒している。『ル・モンド』一九五三年二月二日。

(140) ベケットは一九五三年二月四日付のランドンからの書簡で、その「乱闘」について知った。また数日後、マーニア・ペロンからの「興趣にとんだ詳細な」報告に感謝の返信をしている。ベケットからマーニア・ペロンへ、一九五三年二月十二日付（アレクシス・ペロン）。

(141) ランドンからベケットへ、一九五三年二月四日付（ミニュイ）。

(142) ケネス・タイナン、『オヴザーバー』一九五五年八月七日（再録 *Samuel Beckett: The Critical Heritage*, p. 97.）。

訳者略歴

井上善幸（いのうえ よしゆき）
1958年生．関西大学大学院文学研究科博士課程単位取得退学．明治大学教授．英文学・観念史専攻．
共編著書：『ベケット大全』（白水社，1999）．論文：「サミュエル・ベケット『勝負の終わり』解読」（『立命英米文学』第8号，1990），「サミュエル・ベケット『オハイオ即興劇』における夢の系譜学」（『図書の譜』第4号，2000），「ミクロコスモスの創造──ベケットの『失われたもの』とソクラテス以前の哲学」（『明治大学教養論集』364号，2003），「サミュエル・ベケット『失われたもの』の世界像──『神曲』との比較による」（『明治大学人文科学研究所紀要』第52冊，2003）など．

岡室美奈子（おかむろ みなこ）
1958年三重県生．国立ダブリン大学大学院アングロ・アイリッシュ文学・演劇専攻博士課程，早稲田大学大学院文学研究科博士課程単位取得退学，早稲田大学助教授，現代アイルランド演劇，演劇学専攻．
共編著書：『ベケット大全』（白水社，1999）．論文：「ジョイスとベケットの円環《リング》・螺旋《らせん》──『ケルズの書』，大地母，幾何学，錬金術をめぐって」（『英文学』第79号，早稲田大学英文学会，2000），"*Quad* and the Jungian Mandala"（*Samuel Beckett Today/Aujourd'hui*, 6, 1997），"The Cartesian Egg: Alchmical Images in Beckett's Early Writings"（*Journal of Beckett Studies*, Vol. No. 2, 2000）．

高橋康也（たかはし やすなり）
1932年東京都生．東京大学大学院人文科学研究科博士課程単位取得退学．東京大学名誉教授，昭和女子大学教授．英文学専攻．2002年6月24日逝去．
著書：『エクスタシーの系譜』（あぽろん社，1966；筑摩書房，1986），『ベケット』（研究社，1971），『道化の文学』（中央公論社，1977），『ノンセンス大全』（晶文社，1977）．共編著書：『ベケット大全』（白水社，1999）．訳書：『ベケット戯曲全集』（共訳・白水社，1967–86）．

田尻芳樹（たじり よしき）
1964年生．東京大学大学院人文科学研究科博士課程単位取得退学．東京大学助教授．イギリス文学専攻．
共編著書：『ベケット大全』（白水社，1999）．訳書：ベケット『並には勝る女たちの夢』（白水社，1995）．論文：「言語の消去を夢見て──ベケット論」（『批評空間』第2期第9号，1996），「トム・ストッパードとポストモダン」（『一橋論叢』第119巻第3号，1998），「『真面目が肝心』と〈擬似カップル〉──ベケットからワイルドへ」（高橋康也編『逸脱の系譜』研究社，1999），"Beckett and Synaesthesia"（*Samuel Beckett Today/Aujourd'hui*, 11, 2001）

堀 真理子（ほり まりこ）
1956年東京都生．青山学院大学大学院文学研究科博士課程単位取得退学．ロンドン大学大学院演劇科M. A. 青山学院大学教授．英米文学・演劇学専攻．
著書：*Beckett On and On...*（共著・Fairleigh Dickinson University Press, 1996）．共編著書：『ベケット大全』（白水社，1999）．論文：「ベケットと知覚の不思議」（『ユリイカ』1996年2月号）．"Elements of Haiku in Beckett: The Influence of Eisenstein and Arnheim's Film Theories"（*Samuel Beckett Today/Aujourd'hui*, 11, 2001）．

森 尚也（もり なおや）
1954年岡山県生．岡山大学大学院文化科学研究科博士課程単位取得退学．神戸女子大学瀬戸短期大学教授．英文学専攻．
著書：『近・現代的想像力に見られるアイルランド気質』（共著，渓水社，2000）．共編著書：『ベケット大全』（白水社，1999）．"Beckett's Brief Dream"（*International Aspects of Irish Literature*, London: Colin Smythe, 1996）．論文：「サミュエル・ベケットのモナド・機械・他者」（『思想』2001年10月号）．「ベケットのモナド的無窓世界，あるいは闘争する時計たち」（『ユリイカ』1996年2月号）．

ベケット伝　上巻

2003年5月20日　印刷
2003年6月10日　発行

訳　　者 © 井上善幸
岡室美奈子
高橋康也
田尻芳樹
堀　真理子
森　尚也

発行者　川村雅之
装幀者　江口称弘
印刷所　株式会社理想社

発行所　101-0052 東京都千代田区神田小川町3の24
電話 03-3291-7811（営業部），7821（編集部）
http://www.hakusuisha.co.jp
株式会社白水社

乱丁・落丁本は、送料小社負担にてお取り替えいたします.

振替　00190-5-33228　　松岳社（株）青木製本所

ISBN4-560-04765-0

Printed in Japan

ベスト・オブ・ベケット（全3巻）［安堂信也／高橋康也訳］　本体2000円～本体2300円

1 ゴドーを待ちながら　2 勝負の終わり／クラップの最後のテープ（行ったり来たり・わたしじゃない・あのとき）

3 しあわせな日々／芝居（言葉と音楽・ロッカバイ・オハイオ即興劇・カタストロフィ）

■S・ベケット
エレウテリア（自由）［坂原眞里訳］
夫婦の悩みの種である息子の無気力な生活態度をめぐり、とりとめのない会話が続く。長年出版を禁止されていた処女戯曲。本体2400円

■S・ベケット
マーフィー［川口喬一訳］
「ベケット文学」の原点ともいうべき長編小説。デカルト、スピノザ、ライプニッツ等への哲学的関心事が凝縮されている作品。本体2600円

■S・ベケット
モロイ［安堂信也訳］
気づくと家にいたモロイの意識は崩壊寸前で、自分の名前も思い出せない。ヌーヴォー・ロマンの先駆となった記念碑的前衛小説。本体2800円

■S・ベケット
マロウンは死ぬ［高橋康也訳］
死の床に横たわるマロウンは、所有物の品目と数編の物語を書きつける。彼の生と物語の人物の生は徐々に収斂され、ついに…　本体2800円

■S・ベケット
ワット［高橋康也訳］
語り得ないものを語ろうとする主人公ワットの精神の破綻を複雑な語りの構造を用いて示した特異な長編小説。本体2600円

■S・ベケット
名づけえぬもの［安藤元雄訳］
どことも知れぬ薄明かりの中で語り続ける声。自分をときあかそうとする語り手は言葉を重ねるほどに溶け去っていく――　本体2800円

■S・ベケット
並には勝る女たちの夢［田尻芳樹訳］
その半自伝的内容ゆえ「死後しばらくするまで」出版が禁じられていた、ベケットの幻の処女長編小説、ついに邦訳刊行なる。本体2718円

■G・ドゥルーズ／S・ベケット
消尽したもの［宇野邦一／高橋康也訳］
スピノザ、ニーチェ、カフカ…。その系譜上にベケットがつらなるとき、〈消尽したもの〉という新しい哲学概念がかたちづくられる。本体2000円

■E・ブレイター
なぜベケットか［安達まみ訳］
難解として敬遠されがちだったベケット文学の諸問題を、ベケット研究の第一人者が、その足跡を分かりやすく最晩年まで辿る。本体2427円

■高橋康也監修
ベケット大全［井上善幸／岡室美奈子／近藤耕人／田尻芳樹／堀真理子／森尚也編］
ベケットの多方面にわたる仕事と全体像を、95のキーワードで読む、情報満載の事典。年譜・作品解題・口絵・索引付。本体3800円

■S・ベケット
ジョイス論／プルースト論　ベケット　詩・評論集［高橋康也／片山昇／川口喬一／楜澤雅子／岩崎力／安堂信也編］
「ダンテ・・・ブルーノ・ヴィーコ・・ジョイス」「プルースト」「ホロスコープ」他　本体2800円

価格は税抜きです．別途に消費税が加算されます．
重版にあたり価格が変更になることがありますので，ご了承ください．